BASTEI
LÜBBE

THOMAS M. DISCH

MERKURSTAB

Horror-Roman

Ins Deutsche übertragen
von Joachim Honnef

BASTEI
LÜBBE

BASTEI-LÜBBE-TASCHENBUCH
Band 13 459

Erste Auflage:
Juni 1993

Deutsche Lizenzausgabe 1993
Bastei-Verlag Gustav H. Lübbe
GmbH & Co., Bergisch Gladbach
Originaltitel: The M. D.
Lektorat: Dr. Edgar Bracht
Titelillustration: Nico Keulers
Umschlaggestaltung:
Quadro Grafik, Bensberg
Satz: KCS GmbH,
Buchholz/Hamburg
Druck und Verarbeitung:
Brodard & Taupin, La Flèche,
Frankreich
Printed in France

ISBN 3-404-13459-1

ERSTES BUCH

1

Am Freitag vor den Weihnachtsferien informierte Schwester Mary Symphorosa die Erstkläßler der Muttergottesschule, daß es keinen Weihnachtsmann gab, daß die Geschenke, die sie unter dem Weihnachtsbaum fanden, von ihren Eltern stammten und es heidnisch und gottlos und eine Sünde gegen das erste Gebot war, etwas anderes zu denken. Diese Ansprache hielt sie jedes Jahr, und man mußte immer damit rechnen, daß mindestens ein Kind einen Wutanfall bekam oder sich auf andere Weise uneinsichtig – trotzig zeigte. In diesem Jahr war es Billy Michaels, ein sonst eher ruhiger Junge, der sich auf den Boden warf, schrie und um sich schlug und so die Aufmerksamkeit auf sich zog.

Schwester Symphorosa schaute eine Weile zu und betastete dann das große hölzerne Kruzifix, mit dem der Rosenkranz an ihrer Schwesterntracht befestigt war. Sie war nicht besonders beunruhigt. Sie empfand sogar eine berufliche Befriedigung über das hysterische Verhalten des Jungen, wie sie auch ein Exorzist bei einer Teufelsaustreibung empfinden mochte. Sie betrachtete dieses jährliche Ritual der Desillusionierung als eine Pflicht, die ihr als Verteidigerin des Glaubens auferlegt war. Kinder sollten nicht mit dem Glauben an Dinge aufwachsen, die sie später zwangsläufig als unwahr erkennen würden, eine Erfahrung, die nur die knospenden Blätter jedes wahren Glaubens vernichten konnte. Das Märchen vom Weihnachtsmann war ein heidnischer Brauch, wie sie soeben den Kindern erklärt hatte, und deshalb sündig, und dies um so mehr, als es mit einem heiligen Tag der Christen verknüpft worden war. Mary Symphorosa ging entschlossen zu dem Jungen, packte ihn am

Hemdkragen, zog ihn hoch und ließ ihn auf die Schulbank plumpsen. Er stieß ein letztes Kreischen des Protests aus, und sie gab ihm eine schallende Ohrfeige. »Schluß damit!«

Er verstummte und starrte sie an.

Bevor er seine Dummheit wiederholen konnte, wandte Schwester Symphorosa ihm den Rücken zu und sprach weiter zu den Kindern, als wäre nichts geschehen. »Nun, wer kann mir sagen, was uns das erste Gebot vorschreibt?«

Niemand meldete sich. Schwester Symphorosa hatte ein zu schnelles Tempo eingeschlagen. Alles, was sie ihnen in den vergangenen zwei Wochen über Moses und das Goldene Kalb und die Zehn Gebote erzählt hatte, war aus dem launischen Gedächtnis der Kinder verschwunden. Da halfen keine Andeutungen.

»Das erste Gebot«, erklärte Schwester Symphorosa im Tonfall eines Moses, der die Stämme Israels tadelt, »lautet: ›Ich bin der Herr, dein Gott; du sollst keine fremden Götter neben mir haben.‹ Und was ist dieser Weihnachtsmann anderes als ein fremder Gott? Er kann mit einem Zauberschlitten, der von fliegenden Rentieren gezogen wird, um die ganze Welt fliegen. Er soll wissen, ob ihr brav oder böse wart . . .«

Billy Michaels gab einen gurgelnden Laut von sich, als würde er gewürgt – oder als bereite er sich auf einen neuen Wutanfall vor.

»Billy Michaels, sei ruhig und sitz still. Nur *Gott*, der allwissend ist, weiß das. Nur Gott kennt die Geheimnisse, die wir alle in unseren Herzen haben. Gott weiß das, weil Gott alles weiß, aber der Weihnachtsmann kann gar nichts wissen, denn es gibt ihn nicht und gab ihn nicht, obwohl es einst einen Sankt Nikolaus gab. Aber der lebte nicht am Nordpol. Niemand lebt dort, es ist viel zu kalt. Der wahre Sankt Nikolaus lebte in einer Stadt namens Myra, wo er Bischof wie unser lieber Bischof Fitzgerald war, und sein Feiertag ist der sechste Dezember.«

Es folgte lange Stille. Schwester Symphorosas Blick schweifte an den Reihen der Gesichter mit den großen Augen entlang und suchte nach Anzeichen von Trotz oder Unaufmerksamkeit. Zu ihrer großen Freude ohne Erfolg.

»Sankt Nikolaus«, fuhr sie in heiterem Tonfall fort, »ist der

Schutzheilige der Kinder und Ladenbesitzer, und so müssen die Legenden mit dem Weihnachtsmann angefangen haben.« Sie verstummte, um die Kinder nicht zu überfordern. Es reichte, das Idol zu zerschmettern; sie brauchte nicht auch noch seine Herkunft darzustellen.

»Wenn ihr heute von der Schule nach Hause geht, Kinder, möchte ich, daß ihr euren Eltern sagt, es ist euch klar, daß es keinen Weihnachtsmann gibt. Sagt ihnen das und *dankt* ihnen dann für all die schönen Geschenke, die sie euch gaben, als sie vortäuschten, der Weihnachtsmann zu sein. Und sagt ihnen, daß sie diese Rolle nicht mehr zu spielen brauchen. Und wenn ihr kleine Brüder oder Schwestern habt, die an den Weihnachtsmann glauben, müßt ihr ihnen das ebenfalls sagen, denn es ist eine Sünde gegen das erste Gebot, Götter zu verehren, die es nicht gibt. Habt ihr das alle verstanden?«

Einige Kinder nickten, und ein paar flüsterten *Ja, Schwester.* Aber Billy Michaels zeigte keinerlei Regung.

»Billy«, fragte Schwester Symphorosa, »hast du verstanden?«

Der Junge reagierte nicht.

»Billy«, sagte sie in dem geduldigen Tonfall, den man vielleicht wählt, um einem Papagei das Sprechen beizubringen, »ich rede mit dir. Ich habe dir eine Frage gestellt.«

Widerstrebend schaute er zu ihr auf. Es war Angst in seinem Blick, aber in seinem widerspenstigen Herzen schwelte noch Trotz. Sie hätte den Jungen am liebsten wieder geschlagen, doch sie unterdrückte den Impuls. Ein halsstarriger Geist mußte korrigiert werden, aber sie mußte sich mit körperlichen Strafen zurückhalten, weil sie bereits zweimal zu Schwester Fidelis, der Direktorin, bestellt worden war und die jüngere Nonne sie wegen übermäßiger Strenge getadelt hatte. Schwester Fidelis ließ sich zu leicht von Eltern einschüchtern, die sich beschwerten. Aber sie war die Direktorin, und Schwester Symphorosa war ihr Gehorsam schuldig. Solange der Junge sie nicht provozierte, mußte sie sanft mit ihm umgehen. Und du verstehst jetzt, Billy, daß es keinen Weihnachtsmann gibt?«

»Ich habe ihn gesehen«, sagte Billy.

»Du hast ein *Bild* von ihm gesehen«, sagte Schwester Symphorosa.

»Nein, er war lebendig. Und er sah genau so aus wie auf den Bildern. Er war dick und hatte ein rotes Gewand und einen Sack voller Geschenke.«

»Dann hast du jemanden gesehen, der sich verkleidet hatte, um wie der Weihnachtsmann auszusehen. Viele Geschäftsleute zahlen Gammlern, die sie auf den Straßen finden, Geld dafür, daß sie sich als Weihnachtsmann *ausgeben*. Aber es sind nur alte, umherziehende Gelegenheitsarbeiter. Und so einen hast du getroffen.«

»Nein«, widersprach Billy. »Ich sah ihn durch den Kamin herunterkommen. Das war nicht sein Gehilfe bei Daytons, den habe ich auch schon mal gesehen. Das war der echte Weihnachtsmann.«

Vorne im Klassenzimmer ertönte Kichern. Viele der Kinder verstanden bereits, daß es keinen Weihnachtsmann gab. Schwester Symphorosa hatte manchmal den Eindruck, daß die Täuschung mit dem Weihnachtsmann von den Kindern ausging, statt von den Eltern, und ihnen allen klar war, daß Rentiere nicht fliegen und der Weihnachtsmann nicht überall gleichzeitig sein konnte. Aber sie bekamen mehr Geschenke, wenn sie die ganze Farce mitmachten. Ein solches Verhalten fand sie empörend.

»William«, sagte sie streng, »du sollst nicht lügen.«

»Ich lüge nicht.«

Schwester Symphorosa nagte an der Unterlippe. Angesichts solcher Halsstarrigkeit wäre eine körperliche Bestrafung der richtige Kurs. Aber der Junge verhielt sich jetzt ruhig, und sie mußte sich zurückhalten. Sollte Schwester Fidelis mit ihren liberalen Prinzipien das Problem lösen, wenn sie das konnte!

Schwester Symphorosa schrieb eine Notiz an Schwester Fidelis, faltete den Zettel und gab ihn Billy Michaels. »Ich will, daß du diese Notiz zu der Direktorin bringst. Weißt du, wo ihr Büro ist?«

Der Junge nickte.

»Du sagst Schwester Fidelis, was du mir gesagt hast, und wenn sie dir glaubt, daß du den Weihnachtsmann durch den Kamin kommen sahst, dann wird sie dir einen Zettel für mich geben, auf dem steht, daß du kein Lügner bist. Aber wenn sie dir nicht zustimmt, wirst du dich bei mir und der ganzen Klasse entschuldigen müssen, weil du unsere Zeit mit einem solch lächerlichen Blödsinn vergeudet hast. Und du kommst nicht ohne entweder diese Notiz oder eine Entschuldigung in meine Klasse zurück, denn ich kann keine Lügner dulden.«

Als er das Klassenzimmer verlassen hatte, erzählte Schwester Symphorosa als eine Art Belohnung für den Rest der Klasse die wahre Geschichte von Sankt Nikolaus, dem Bischof von Myra, der wie durch ein Wunder drei reiche Jugendliche wieder zum Leben erweckt hatte, die von einem bösen Gastwirt ermordet, zerstückelt und in einem Faß mit Lake versteckt worden waren.

»Und deshalb«, rundete Schwester Symphorosa die herrliche Geschichte mit einer Lektion ab, »ist Sankt Nikolaus der Schutzheilige der Kinder, und wir beten zu ihm, damit er uns vor Räubern und Dieben schützt. Aber er ist *nicht* der Weihnachtsmann. Ich hoffe, das ist klar. Gibt es irgendwelche Fragen?«

Die kleine Burdon meldete sich.

»Ja, Sally?«

»Schwester, was ist ein Faß mit Lake?«

»Ein Faß mit Lake, Sally, wurde früher von Fleischern benutzt, um zu verhindern, daß Fleisch verdarb. Eine Lake ist eine Salzlösung. Wenn Fleisch nicht richtig vor dem Verderb geschützt wird, fault es und bekommt Würmer. Aber wenn wir Fleisch in ein Faß mit Salzwasser legen, wird es nicht schlecht. Natürlich war das in der Zeit, bevor es Kühlschränke und Tiefkühltruhen gab. Wenn Sankt Nikolaus heute gelebt hätte, dann hätte er die Leichen der drei Jungen höchstwahrscheinlich in einer Tiefkühltruhe gefunden. Gibt es noch Fragen?«

Es gab keine mehr, und so nutzte Schwester Symphorosa den Rest des Nachmittags, um den Kindern Weihnachtslieder beizubringen. Sie sangen *O Come All Ye Faithful, Adeste Fideles, Stille Nacht* und *We Three Kings of Orient Are*. Dann durften sich die Kinder Lieder wünschen. Ein Mädchen wünschte sich *Jingle Bells*, aber keiner schlug ein Lied über den Weihnachtsmann vor.

Schwester Symphorosa entließ die Klasse mit dem Gefühl, ein gutes Tagwerk vollbracht zu haben.

Dann erinnerte sie sich an Billy Michaels. Er war noch nicht vom Büro der Direktorin zurückgekehrt. Es war nicht ratsam, hinter ihm herzulaufen. Dadurch würde er sich nur noch wichtiger fühlen. Sie nahm ihren Rosenkranz, küßte das silberne Kruzifix und bekreuzigte sich. »Im Namen des Vaters und des Sohnes und des Heiligen Geistes. Amen.«

Dann dachte sie über das erste der fünf Geheimnisse der Heilsgeschichte nach, über Mariä Verkündigung.

2

Kurz nach sechzehn Uhr, gerade als die Episode der Fernsehserie ›General Hospital‹ am Freitagnachmittag ihren spannenden Höhepunkt erreichte, gab der Rauchmelder in der Küche Alarm, und bevor die alte Mrs. Obstschmecker wußte, was los war, begann das Telefon zu klingeln. Sie nahm den Hörer ab, sagte »Hallo?«, und erst dann wurde ihr klar, daß der Rauchmelder immer noch in Betrieb war und schwarzer Rauch aus der Küche quoll. »Tut mir leid«, sagte sie, »ich kann jetzt nicht reden. Da brennt etwas.« Sie legte den Telefonhörer auf einen Stapel Kleidungsstücke, die darauf warteten, gebügelt zu werden, und eilte in die Küche, wo die Kaffeekanne auf der hinteren Herdplatte Rauch verströmte, wie Mrs. Obstschmecker bereits vermutet hatte. Der Gestank von angebranntem Bakelit erfüllte ebenfalls die Küche, aber die alte Mrs. Obstschmecker hatte einen schwachen Geruchssinn, so war lange unbemerkt geblieben, daß die Kaffeekanne anbrannte – die Herdplatte war nicht ausgeschaltet worden.

»O Gott«, rief sie und tauchte den halb geschmolzenen Boden der Kanne in ein Becken mit Spülwasser. »Madge wird wütend sein.« Aus einer Vielzahl von Gründen, echten und eingebildeten, lebte Mrs. Obstschmecker in Angst vor ihrer Tochter Madge und wollte ihr keinen Anlaß für Ärger oder auch nur Klage geben. Madge würde die ruinierte Kaffeekanne bestimmt als ein weiteres Signal für den zunehmenden Gedächtnisschwund ihrer Mutter auslegen, und Mrs. Obstschmecker war überzeugt, daß Madge im Geiste Buch über diese Patzer führte, bis zu dem Tag, an dem sie ihre Mutter in irgendein Pflegeheim stecken würde. Madge hatte in Pflegeheimen gearbeitet und wußte, wie sie waren. Dennoch machte sie seit einiger Zeit Andeutungen, daß ihre Mutter in einem Pflegeheim gut aufgehoben wäre. Ein Pflegeheim! Sie würde bald ins *Gefängnis* gehen müssen!

Mrs. Obstschmecker sagte sich, daß sie die Fenster öffnen mußte. Die Fenster öffnen und die Küche entlüften. Sie konnte zwei der Küchenfenster öffnen, doch das dritte klemmte. Und die ganze Zeit klingelte der Rauchmelder Alarm, und sie konnte sich unmöglich auf sonst etwas konzentrieren. Mrs. Obstschmecker wollte nicht das Risiko eingehen, sich auf einen Stuhl zu stellen, und so nahm sie die Zeitung *Pioneer Press* vom Küchentisch und benutzte sie als Fächer, um den Rauch von der Alarmanlage wegzuwedeln. Ihre faltigen Oberarme wabbelten, und ihr gewaltiger Busen wogte. »Hör auf!« befahl sie dem Rauchmelder. »Hör sofort auf!«

Und das tat er. Sofort nach ihrem Befehl verstummte der Alarm. »Gott sei Dank«, sagte Mrs. Obstschmecker.

Sie bemerkte, daß die hintere Herdplatte immer noch rot glühte, und nun wurde ihr klar, daß sie die Platte nicht abgeschaltet hatte. Das tat sie jetzt. Tropfen und Kleckse der geschmolzenen Kaffeekanne hafteten an der rotglühenden Herdplatte. Es würde unmöglich sein, die Kaffeekanne zu säubern. Sie würde eine neue kaufen und hoffen müssen, daß Madge es nicht bemerkte. Ned konnte eine Kanne für sie kaufen, wenn er von der Schule kam. Er hätte bereits daheim sein müssen. Beide Kinder kamen *immer* zum Ende von ›General Hospital‹ nach Hause, es sei denn, Ned mußte zur Chorprobe bleiben, und am letzten Tag vor den Weihnachtsferien war das möglich. Aber Billy sollte jetzt zu Hause sein.

»Billy?« rief sie. Sie ging ins Eßzimmer und rief von neuem nach ihm und dann noch einmal am Fuß der Treppe. Mrs. Obstschmecker fühlte sich mehr ärgerlich als besorgt. Das Kind kannte den Heimweg, und wenn Billy nach der Schule zu einem Freund gegangen war, um sich die Zeichentrickfilme anzuschauen, die er hier zu Hause nicht sehen durfte (sie verursachten bei ihm Alpträume, jedenfalls behauptete Madge das), desto besser. Es bedeutete, daß er so etwas wie einen Freund hatte.

Solch ein unmögliches Kind! Mrs. Obstschmecker war überhaupt nicht überrascht gewesen, als die Schwester vor einem Monat angerufen und sich bei Madge beschwert hatte, daß der Junge sich geweigert hatte, ein Mittagsschläfchen in der für die Erstkläßler vorgeschriebenen Zeit – vierzehn Uhr – zu machen. »Ich glaube«, hatte die Schwester gesagt, »dieser Junge ist von einem Teufel besessen!« Madge wußte nicht und hatte auch nicht gefragt, ob die Schwester es sinnbildlich gemeint oder nur als Redewendung benutzt hatte. Madge war nicht sehr religiös. Mrs. Obstschmecker war der Ansicht, daß zuviel Religion der Disziplin abträglich war, denn wenn Kinder sich zu viele Gedanken darüber machten, was richtig und falsch war, dann neigten sie dazu, rebellisch zu werden und die Regeln in Frage zu stellen, die ihre Eltern für sie aufgestellt hatten. Jetzt mußte sie sich jedoch fragen, ob es nicht besser gewesen wäre, Madge als eine wirklich strenge Katholikin aufzuziehen, wie zum Beispiel Mrs. Wolfgren ihre Tochter Karen aufgezogen hatte, die so ein Vorbild an Hingabe und Aufopferung für ihre arme bettlägerige Mutter war. Jemanden mit einer Tochter wie Karen mußte man einfach beneiden.

Mrs. Obstschmecker kehrte in die Küche zurück, um zu sehen, ob der Rauch abgezogen war und sie die Fenster schließen konnte. Das zweite Fenster ging schwer, und bevor sie es schließen konnte, klingelte jemand an der Haustür. Als Mrs. Obstschmecker durch das Eßzimmer ging, um die Haustür zu öffnen, sah sie den Telefonhörer, der auf der Bügelwäsche lag. Sie nahm den Hörer und sagte: »Es tut mir leid, ich kann jetzt nicht sprechen.« Dann legte sie den Hörer auf die Gabel. Wieder schlug die Türklingel an. »Ich komme, ich komme. Immer mit der Ruhe!«

Sie zog die schwere Holztür auf, sah, daß es weiblicher Besuch war, und öffnete die Außentür aus Aluminium und Plastik. »Sondra«, sagte sie, als sie die Besucherin verspätet erkannte.

»Ist Billy zu Hause?« fragte Sondra. Sondra war jetzt Sondra

Winckelmeyer, aber einst war sie Sondra Michaels gewesen. Sie war Billys Mutter.

»Was? Nein. Noch nicht.«

»Hat jemand von der Schule angerufen?«

»Was? Nein. Keiner hat angerufen.«

»Ich habe versucht anzurufen, aber die Leitung war in der letzten halben Stunde besetzt«, sagte Sondra und schob sich an Mrs. Obstschmecker vorbei in die Diele.

»Ich war hier«, verteidigte sich Mrs. Obstschmecker. »Jede Minute.« Bevor sie die Tür schloß, bemerkte sie eine dünne Schicht Neuschnee auf der Verandatreppe und auf dem Bürgersteig jenseits davon. Es war fast dunkel, und die Straßenlampen brannten, diese schrecklichen gelben Peitschenlampen, die die schönen altmodischen Laternen in der gesamten Calumet Avenue abgelöst hatten.

»Weißt du, wo Billy ist?« beharrte Sondra. Sie hatte bereits ihren Mantel ausgezogen und auf den Schaukelstuhl in der Diele geworfen. Der Mantel hatte einen Kragen aus Silberfuchs.

»Nein. Aber er müßte jetzt auf dem Heimweg sein.«

»Und Edward?«

»Edward? Oh, du meinst Ned. Der ist vermutlich bei der Chorprobe. Er wird dieses Jahr beim Krippenspiel ein Solo singen. Ist etwas nicht in Ordnung?«

»Deshalb bin ich hier. Um das herauszufinden. Wenn das Telefon funktioniert, möchte ich bei der Schule anrufen und feststellen, ob sie ihn inzwischen gefunden haben.«

»Warum bist du so sicher, daß er weg ist? Kinder trödeln oftmals auf dem Heimweg von der Schule. Vielleicht ist er mit einem Freund nach Hause gegangen. Oder er schaut sich Geschäfte an.«

»Die Direktorin sagte mir, daß er mit einer Notiz zu ihrem Büro geschickt wurde, dort jedoch nie eintraf. Er ist nirgendwo im Schulgebäude, doch sein Mantel hängt noch im Garderobenraum. Man hat versucht, hier anzurufen, aber die Leitung war besetzt, und so rief man mich an.«

»Du meinst, Billy ist ohne Mantel in diesem Wetter draußen?«

»Anscheinend. Wo ist das Telefon?«

Mrs. Obstschmecker ärgerte sich über den überfallartigen Besuch, wagte jedoch nicht zu protestieren. Sie zeigte Sondra das Telefon, und Sondra wählte die Telefonnummer der Schule. Besetzt. Als sie ihre eigene Telefonnummer in Willowville anrief, meldete sich ihre Stieftochter Judith und erklärte, daß es keine neuen Anrufe gegeben hatte.

»Wo ist Madge?« fragte Sondra Mrs. Obstschmecker. »Wann wird sie zu Hause sein?«

»Sie sollte jetzt jeden Augenblick hier sein.«

»Was heißt das? In einer Stunde? In einer halben Stunde?«

»Das heißt jeden Augenblick.«

»Was riecht hier so komisch?« Sondra drehte den Kopf hin und her und schnupperte. Ihr braunes Haar war silbergrau gefärbt, damit es zum Kragen ihres Mantels paßte, und ihre Kleidung – ein dunkelbrauner Wollrock und ein kürbisfarbener Pullover mit Samtbesatz – sah sehr teuer aus.

»Vermutlich die Kaffeekanne. Sie . . . kochte über. Aber du willst doch nicht sagen, daß Billy bei diesem Wetter ohne Mantel draußen ist? Es beginnt zu schneien. Es ist eisigkalt.«

»Deshalb ist die Direktorin offenbar besorgt.«

»Warum würde Billy so etwas tun?«

»Anscheinend hat seine Lehrerin, die mit dem komischen Namen, den ich nie behalten kann . . .«

»Symphorosa.«

»Ja, die. Sie sagte den Erstkläßlern, daß es keinen Weihnachtsmann gibt, und Billy regte sich darüber auf. Die Direktorin erzählte mir keine weiteren Einzelheiten.«

Auf der Veranda ertönten Schritte und schließlich lauteres Stampfen, und Mrs. Obstschmecker wußte, daß ihr Schwiegersohn mit den Schuhen auf die Fußmatte trat.

»Sondra«, sagte Henry, als er ins Haus kam.

»Henry, weißt du, wo Billy ist?« Mit Mrs. Obstschmecker hatte Sondra brüsk und in leisem Kommandoton gesprochen. Als sie mit ihrem Exmann sprach, klang ihre Stimme schrill und jammernd.

»Verdammt, du meinst, er ist noch nicht hier? Man rief mich im Hotel an, und ich versuchte, hier anzurufen, aber es war ständig besetzt.« Er sah Mrs. Obstschmecker vorwurfsvoll an.

»Ich habe den ganzen Nachmittag mit keinem geredet«, sagte Mrs. Obstschmecker halb wahrheitsgemäß.

»Hat jemand daran gedacht, oben nachzuschauen?« fragte Sondra. »Vielleicht ist er heimgekommen und ohne ein Wort auf sein Zimmer gegangen.«

»Warum sollte er so etwas tun?« fragte Mrs. Obstschmecker empört.

»Vielleicht aus Angst vor Strafe. Jedenfalls solltest du nachsehen.«

»Du hast recht«, sagte Henry.

»Und ich werde unterdessen mit meinem Wagen den Schulweg entlangfahren. Hast du eine Ahnung, wo er wahrscheinlich hingegangen ist? Wo würde er für gewöhnlich hingehen, wenn er allein sein will?«

»Nirgendwohin«, sagte Mrs. Obstschmecker.

»Alle Kinder haben irgendeinen Lieblingsplatz, ein Versteck, ein Baumhaus, einen Ort, an den sie sich zurückziehen.«

»Ich werde auf dem Speicher und im Keller nachsehen«, sagte Henry.

»Oh, er würde nicht auf den Speicher gehen«, wandte Mrs. Obstschmecker ein. »Er fürchtet sich dort.«

»Hast du eine Jacke oder einen Mantel für ihn, falls ich ihn finde?« fragte Sondra.

»Wir haben einen neuen Mantel für ihn zu Weihnachten, aber der ist als Geschenk eingepackt.«

»Dann pack ihn aus.«

»In Ordnung.«

Während Henry in den oberen Zimmern nachschaute, rief Sondra noch einmal bei der Schule an. Diesmal war die Leitung nicht besetzt, aber die Nonne, mit der Sondra sprach, wußte nichts Neues in puncto Billy.

Henry kam mit einer von Neds alten Winterjacken die Treppe herunter und gab die Jacke Sondra, die sich mit dem Wagen auf die Suche nach Billy machte, während Henry zu Fuß über die Calumet Avenue ging und in Geschäften nachschaute.

Mrs. Obstschmecker ließ sich in den Schaukelstuhl sinken. Für einen kurzen Augenblick empfand sie ein freundschaftliches Gefühl für den Stiefsohn ihrer Tochter, der durch sein

Weglaufen die Aufmerksamkeit von der geschmolzenen Kaffeekanne ablenken würde. Aber es war nur ein kurzes Aufflackern, das bald in Mrs. Obstschmeckers eingefleischte Abneigung überging, eine Abneigung, die nicht nur auf dem natürlichen Widerwillen eines Menschen basierte, der einen Fremden als Mitglied der Familie behandeln mußte, sondern auch auf der unleugbaren Tatsache, daß der Junge absonderlich war. Während es in dem alten Haus dunkel wurde, schaukelte Mrs. Obstschmecker mit dem knarrenden Schaukelstuhl und dachte über Bestrafungen nach, die sie vielleicht Madge vorschlagen würde, wenn sie erfuhr, was los gewesen war, und in Wut geriet.

3

Als die Dunkelheit hereinbrach, begann es zu schneien. Jedesmal wenn Billy jenseits der steinernen Einfriedung des Brosner Parks einen Wagen vorbeifahren sah, kauerte er sich in seinem Pullover zusammen wie eine Schildkröte, die versucht, sich in ihren Rückenschild zurückzuziehen. Es war so kalt, daß er eine Zeitlang in seiner Not geweint hatte, aber jetzt machte ihm die Kälte überhaupt nicht mehr viel aus, abgesehen davon, daß seine Hände, die er in die Hosentaschen geschoben hatte, so steif waren, daß er sie kaum bewegen konnte.

Dieser Teil des Parks – Nabisco Hill – war fast immer verlassen, es sei denn, es gab genügend Schnee zum Schlittenfahren. Manchmal lief ein Hund, der von der Leine gelassen wurde, im Zickzack bis zur Hügelkuppe und schnüffelte am Gras, aber die Hundebesitzer folgten den Hunden für gewöhnlich nicht. In der ganzen Gegend war der Nabisco Hill der beste Platz, wenn man allein sein wollte.

Aber es war kalt. Es gab nicht mal einen Baumstamm, an den man sich lehnen konnte, um sich vor dem Wind zu schützen. Im vergangenen Sommer waren viele Bäume gefällt worden, die von der Ulmenkrankheit befallen gewesen waren.

Bäume konnten krank werden wie Menschen, und wenn das passierte, wurden sie gefällt. Man konnte natürlich einen Baum nicht sehr gut ins Krankenhaus schicken. Das war eine lustige Idee, ein Krankenhaus für Bäume, die Art Idee, die seinem Bruder Ned gefallen würde – oder dazu führen würde, daß er sich über ihn lustig machte. Billy wußte nie, wie Ned reagierte. Manchmal war er nett wie die Leute im Fernsehen, aber bisweilen war er so ekelhaft, daß Billy ihn am liebsten erschlagen hätte wie Kain in der Geschichte von Kain und Abel. In Wirklichkeit war es nicht Kain, der erschlagen wurde, sondern Kain erschlug Abel, aber er hätte erschlagen werden *sollen*, und Billys Gedächtnis speicherte die Dinge, wie sie hätten sein sollen.

Es war keine richtige Lüge. Er hatte tatsächlich den Weihnachtsmann gesehen, nur in einer anderen Art des Sehens. Billy konnte Dinge nur auf diese andere Weise sehen, wenn es dunkel war, kein Licht in der Nähe war und er allein war. Er hätte es jetzt tun können, wenn er das gewollt hätte, wenn er einfach auf den Schnee schaute und dann *in* den Schnee, wenn er seine Augen wie kleine Bohrer benutzte, die sich in Holz bohrten. Zuerst hatte der Schnee keine besondere Farbe. Er war nicht weiß, wie die Leute immer sagten, aber er hatte auch keine andere normale Farbe, die man in einer Schachtel mit Farbstiften finden konnte. Wenn man in der Dunkelheit auf den Schnee schaute, hatte er alle möglichen Tupfer und Sprenkel, wie sie auf dem Fernsehschirm zu sehen waren, wenn das Gerät defekt war, und je genauer man hinblickte, desto heller wurde alles und desto mehr Einzelheiten waren da, bis die Pünktchen ein richtiges Bild ergaben. Das war jetzt der Fall in der kleinen Schneefläche auf einem großen Steinblock. Die Farben wirbelten durcheinander, verschmolzen und wurden schärfer, bis sie einen bestimmten Umriß ergaben, einen glänzenden Ball wie eine Kugel am Weihnachtsbaum. Das Glitzern im Schnee wurde zu Eiszapfen, und dann nahm ein ganzer Weihnachtsbaum Gestalt an, mit kleinen, hell flimmernden Lichtern. Es war so klar wie ein Bild auf dem Fernsehschirm. Das einzig Komische daran war, daß es keine Größe hatte. Es war groß und klein zugleich, und Billy fühlte sich ebenso – ohne Dimension. Aber der Baum war real, so real wie der Schnee, in dem er sich befand. Billy bildete sich das nicht ein. Er konnte es sehen.

Manchmal, wenn auch nicht oft, konnte er auch Dinge hören. Ein Piepsen, als pfeife jemand, nur nicht sehr gut. Ned pfiff genauso. Aber das konnte man nur hören, wenn alles sonst völlig still war. Hier auf dem Hügel war ein anderes Geräusch, das störte, eine Art leises Surren wie von einem Ventilator an der Decke, der niemals stoppte, als wäre die ganze Stadt ein großer Wagen, der im Leerlauf lief.

Und dann konnte er über diesem Surren ein fernes hohes Klagen hören, wie von einem Krankenwagen in einem anderen Teil der Stadt, das sich jedoch näherte. Die Lichter auf dem Baum flimmerten schneller, und dann war da eine Art purpurner Blitz und der Weihnachtsmann war im Schnee, schaute Billy an und lächelte. Sein Bart war nicht schneeweiß, sondern genauso purpur wie der Schnee, aber sonst sah er genauso aus, wie es sein sollte.

»*Hallo, Billy*«, sagte er mit polternder Stimme. »*Was machst du so spät hier draußen? Du mußt frieren.*«

»Das tue ich.«

»*Nun, dann ist es vielleicht an der Zeit, daß du dich auf den Heimweg machst. Ich wette, daß deine Mutter besorgt ist.*«

»Schwester Symphorosa . . .«, begann Billy mit dem Gefühl, daß er für den Weihnachtsmann alles von Anfang an erklären mußte.

Aber der Weihnachtsmann winkte ab, und der Rauch aus der Pfeife in seiner Hand zeichnete lange schlangenartige S in die Luft. »*Rede nicht von Schwester Symphorosa. Das ist kein Grund für dich, im Park zu erfrieren.*«

»Dann bist du nicht böse auf mich?«

»*Hoho! Du sorgst dich um deine Weihnachtsgeschenke, nicht wahr?*«

Billy schüttelte den Kopf. »Sie sagte, daß du . . .« Er konnte es nicht in Worte kleiden.

Der Weihnachtsmann lächelte. Der Rauch aus seiner Pfeife bildete eine Art Heiligenschein um seinen Kopf. »*Sie sagte, daß es mich nicht gibt, nehme ich an.*«

»Und sie wollte, daß ich das ebenfalls sage. Sie sagte, du wärst ein heidnischer Gott.«

»Nun, ich nehme an, das bin ich in vielerlei Hinsicht. Sie hatten ihre guten Seiten, einige davon.«

»Sie sagte, daß keiner am Nordpol leben kann, weil es dort zu kalt ist.«

»Das zeigt, wie wenig sie über den Nordpol weiß. Solche Leute ignoriert man am besten einfach.«

»Ich habe es versucht. Aber sie schrieb eine Notiz für die Direktorin und schickte mich zu ihr. Und sie sagte, daß ich nicht in ihre Klasse zurückkommen kann, nicht mal nach den Weihnachtsferien, wenn ich nicht sage ...« Billy verstummte bekümmert. Es hatte anscheinend keinen Sinn, die Dinge zu erklären, nicht einmal dem Weihnachtsmann.

»Daß ich nicht existiere? Nun, du hättest lügen und sagen sollen, was sie hören wollte.«

»Aber es ist falsch, zu lügen.«

»Nicht bei jemand wie Schwester Symphorosa. Es ist nur falsch, jemand zu belügen, dem du vertraust. Wenn du mich angelogen hättest, wäre das falsch. Aber genug von diesem Gerede. Du mußt nach Hause, oder du holst dir eine noch schlimmere Erkältung als du schon hast.«

»Ich möchte lieber hierbleiben. Bei dir.«

»Du kannst nicht immer bekommen, was du willst. Aber mach dir keine Sorgen wegen Weihnachten. Ich habe bereits das meiste dessen, was du dir gewünscht hast.«

»Wenn ich jetzt heimgehe, wirst du dann später wiederkommen und mit mir reden?«

»Keinen Handel, Billy. Vielleicht werde ich wiederkommen, vielleicht auch nicht. Das kommt ganz darauf an. Ich mag dich, das weißt du.«

»Wenn ich jetzt nach Hause gehe, werde ich vermutlich verhauen.«

Der Weihnachtsmann blickte auf seine Armbanduhr. *»Nein«*, sagte er, *»das glaube ich nicht. Es ist zu spät, und sie sind besorgt. Aber wenn du heimgehst, darfst du ihnen nicht sagen, daß du mit mir gesprochen hast. Das würde ihnen mißfallen, weißt du, und wenn du es ihnen sagst, würde das nur noch zu mehr Problemen führen.«*

»Keinen Handel«, sagte Billy mit einem pfiffigen Lächeln.

Der Weihnachtsmann lachte, und sein Bauch unter dem straff sitzenden roten Gewand wackelte wie Wackelpudding in der Fernsehwerbung. *»Ich mache dir einen Vorschlag. Du hältst unser Gespräch geheim, und später erzähle ich dir ein besseres Geheimnis. Was hältst du davon?«*

»Was für ein besseres Geheimnis?« fragte Billy.

»Ich werde dir sagen, wo dein Bruder seinen Giftstock versteckt hat.«

»Versprochen?«

»Versprochen. Und unser Geheimnis?«

»Ich werde es keinem erzählen. Aber das heißt nicht, daß ich sagen muß, was Schwester Symphorosa von mir verlangt.«

»Oh, es ist mir gleichgültig, was du mit ihr machst. Gehst du jetzt nach Hause?«

»Okay.«

»Dann schließ die Augen.«

Billy tat es, und als er die Augen wieder öffnete, war der Weihnachtsmann verschwunden, und der Schnee war nur normaler glatter Schnee. Der Boden war mit einer dicken Schneeschicht bedeckt, und es schneite stärker als zuvor. Billy rieb sich mit den kalten Händen über die kalten Wangen. Dann ging er den Nabisco Hill hinunter in Richtung Calumet Avenue, und er schlitterte und rutschte im glitschigen schneebedeckten Gras aus. Es war schrecklich kalt, und er hatte einen Heimweg von zehn Blocks vor sich, aber das zählte anscheinend kaum im Vergleich zu dem Geheimnis, das wie die Glut eines Briketts in seinem Herzen brannte.

4

Sondra Winckelmeyer stand am Fuß des Nabisco Hill im Brosner Park und empfand ein bittersüßes Gefühl der Wehmut beim Anblick dieser altvertrauten Gegend. Sie war nur fünf Blocks entfernt aufgewachsen, und das Zweifamilienhaus, in dem sie gewohnt hatten, als Billy ein Baby gewesen war, befand sich nicht viel weiter entfernt. Sie hatte im Sommer 1967 den alten Kinderwagen praktisch jeden Tag zwischen den Holzbänken im Park und dem Haus hin und her geschoben. Sie fragte sich, ob damals der Park so vernachlässigt worden war, oder ob er nur zu dieser Jahreszeit mit den kahlen Bäumen und dem abgestorbenen Gras und den ungeleerten Mülleimern mit Dosen, Flaschen und Zeitungen so trist und heruntergekommen wirkte. Das wehmütige Gefühl ging in Abscheu über, nicht nur für den Brosner Park, sondern für die ganze verwahrloste Gegend. Das Viertel war ein Slum geworden, anders konnte man es nicht bezeichnen, und der arme Billy mußte hier aufwachsen und eine Schule besuchen, in der über die Hälfte der Schüler Farbige waren. Er mußte die alte Kleidung seines Stiefbruders tragen und das schreckliche Essen der fetten Mrs. Obstschmecker essen. Es war, als wäre er entführt worden, nur mit dem Unterschied, daß es unmöglich war, den Kidnappern Lösegeld zu zahlen. Und Sondra konnte sich nur selbst die Schuld geben, denn wenn sie ihre Karten richtig ausgespielt hätte, wäre Billy immer noch bei ihr, und alles wäre in Ordnung.

»Billy!« rief sie in die Dunkelheit des Parks. »Billy, wenn du dich irgendwo versteckst, komm her! Billy?«

Keine Antwort.

Vom Fuß des Hügels aus war nur ein kleiner Abschnitt des Parks zu sehen, doch von der Kuppe aus hatte man einen ziemlich guten Überblick. Es war wenig wahrscheinlich, daß Billy ohne warme Kleidung in einem beginnenden Schneesturm durch den Park stapfte, aber jetzt war sie schon so weit gegangen, daß sie gleich gründlich weitersuchen konnte. Sie benutzte die Jacke, die sie für Billy mitgebracht hatte, als Muff und stapfte über den Pfad zur Hügelkuppe. Was hatte diese Nonne getan, um Billy zu veranlassen, bei diesem Wetter wegzulaufen? Sie würde vermutlich nie eine ehrliche Antwort auf diese Frage bekommen. Am letzten Schultag vor Weihnachten hatte sie den Kindern eingebläut, daß es keinen Weihnachtsmann gab! Kindern der ersten Klasse! Sondra konnte es nicht fassen.

»Billy!« rief sie, als sie sich der Hügelkuppe näherte. Sie blieb stehen, um zu Atem zu kommen, und rief von neuem, obwohl sie es sinnlos und albern fand, sich solche Mühe in dem verlassenen Park zu machen. An ihren Händen löste sich die Jacke, und der Wind strich durch die Ärmel und blähte sie wie Luftsäcke.

Sondra wollte auf keinen Fall ausrutschen und sah immer dorthin, wo sie gerade die Füße aufsetzte, und so bemerkte sie den großen Felsblock erst, als sie oben auf dem Hügel war. Eigentlich war Sondra nicht der Typ, der sich in die Details einer Landschaft versenkt. Felsen und Bäume und sogar Blumen nahm sie eher am Rande wahr. Dennoch veranlaßte sie etwas am Umriß dieses besonderen Felsblocks, sich hinabzuneigen und genauer hinzuschauen. Es war kein Schnee darauf, das war das Merkwürdige. Statt dessen war die rissige Oberfläche mit einer dünnen Eisschicht bedeckt wie mit einer Kristallkruste, und einen Augenblick lang war Sondra sich ziemlich sicher, daß sie in den Wölbungen und Rissen der Eisschicht das lächelnde Gesicht des Weihnachtsmannes sehen konnte. Sie blinzelte, doch das Gesicht war immer noch dort im Eis, fast so deutlich, als wäre es auf eine Weihnachtskarte gedruckt. Er lächelte und zwinkerte ihr anscheinend zu, wirkte jedoch nicht richtig freundlich, sondern irgendwie bedrohlich. Sie berührte das Eis mit einer behandschuhten Hand, und auf einmal löste sich das eisige Bild auf. Sie erschauerte, als wäre die Kälte des verschneiten Hügels durch jede Faser ihres Körpers gedrungen. Was die Einbildungskraft doch alles bewirkt, dachte sie und bemühte sich, die Erscheinung ins Lächerliche zu ziehen und somit aus ihren Gedanken zu verbannen.

Sondra kehrte zu dem Buick zurück, den sie beim Eingang zum Park geparkt hatte. Der Vinylüberzug des Sitzes war eisigkalt, als sie sich hinters Steuer setzte. Plötzlich wurde ihr der Ernst der Lage klar: Der Junge konnte erfrieren. Aber nein, das war unmöglich. Jemand würde ihn in der Kälte sehen, mit nach Hause nehmen und bei der Polizei anrufen. Dies war keine verdammte Wildnis, sondern die Stadt St. Paul, Minnesota, und Kinder verirrten sich nicht auf den Straßen in Schneestürmen und starben nicht an Erfrierung.

Wieder halbwegs beruhigt, warf Sondra den Motor an und fuhr zurück zur Calumet Avenue 1350. Bei der ersten Verkehrsampel stoppte sie und suchte hoffnungsvoll den Bürgersteig und die Fassaden der Geschäfte ab. Der gigantische Kopf eines Weihnachtsmanns war ans Schaufenster des Rexall Drugstore an der Ecke geklebt. Seine Augen schienen mit hämischer Freude zu glitzern. *O Gott,* dachte sie, *ich drehe durch.*

5

Nachdem er die meiste Zeit des frühen Nachmittags bei einem älteren Gemeindemitglied verbracht hatte, das mit Krebs im Sterben lag, kehrte Pfarrer Windakiewiczowa zur Muttergotteskirche zurück, um zweiundvierzig Dritt- und Viertkläßlern die Beichte abzunehmen. Sich ihre geflüsterten kleinen Sünden durch das Gitter im Beichtstuhl anzuhören, war fast so stärkend wie eine kühle Flasche Bier. Oder noch besser, angesichts des Wetters, wie ein Glas Pfefferminzschnaps. Als er ihr die letzte Buße von zehn Vaterunser und zehn Ave-Maria auferlegt hatte, fühlte sich Pastor Windakiewiczowa bereit, Joan Zerbys Jammern und Klagen auf dem Sterbebett zu ertragen. Doch wahrscheinlicher war, daß er einen gefrorenen Nudeleintopf ertragen mußte, denn Mrs. Hickey, die Haushälterin der Pfarrei, hatte sich eine Woche Weihnachtsurlaub genommen, um ihre Schwester in St. Cloud zu besuchen, und hatte einen Kühlschrank voller sorgfältig beschrifteter und geizig bemessener Essensportionen zurückgelassen.

Er war gerade in die Pfarrei zurückgekehrt und hatte seinen Mantel auf den Haken in der Diele gehängt, als das Telefon klingelte. Er ließ es viermal klingeln und hoffte, daß Pfarrer Youngermann den Anruf entgegennahm. Das war nicht der Fall, und mit dem sicheren Gefühl, daß er sich noch mehr Probleme aufhalste, nahm er den Hörer ab und sagte: »Muttergotteskirche.«

»Kann ich bitte mit Pfarrer Windakiewiczowa sprechen?« fragte eine Frauenstimme.

»Am Apparat.«

»Pfarrer, hier ist Madge Michaels.«

Pfarrer Windakiewiczowa kramte in der Erinnerung. »Ah, Mrs. Michaels, ja. Ihr Gatte hat geholfen, unsere Bingo-Abende durchzuführen. Was kann ich für Sie tun?«

Mrs. Michaels hatte eine sehr klare Vorstellung, was er für sie tun konnte, eine Vorstellung, die Pfarrer Windakiewiczowa verblüfft und ungläubig zur Kenntnis nahm.

»Mrs. Michaels«, protestierte er, als sie ihre Forderungen vorgetragen hatte, »ich kann unmöglich tun, was Sie verlangen. Erstens ist Schwester Symphorosa berechtigt, ihre Klasse zu führen, wie sie das für richtig hält und . . .«

»Auch wenn das bedeutet, daß sie mein Kind ohne Winterkleidung in einen Schneesturm treibt? Und ihm ins Gesicht schlägt, wenn er in einer Verfassung ist, die an Hysterie grenzt?«

»Schwester Symphorosa ist eine erfahrene Lehrerin, und ich bin überzeugt, sie würde niemals . . .«

»Ich bin eine erfahrene Krankenschwester, und mein Sohn muß wegen dieser Frau vielleicht ins Krankenhaus.«

»Ich kann Ihre Besorgnis verstehen, Mrs. Michaels, aber . . .«

»Ich kann Ihre Besorgnis verstehen, wenn die Geschichte in der Zeitung veröffentlicht wird.«

»Nun, Mrs. Michaels, das wäre . . . völlig unnötig.«

»Das hoffe ich. Und wenn Billy bis zu seiner Schlafenszeit von Schwester Symphorosa hört, das heißt bis zwanzig Uhr, haben Sie mein Wort, daß ich keinen Wirbel machen werde – ganz gleich, wie krank der Junge vielleicht wird. *Außerdem* möchte ich, daß jemand Billys Mantel nach Hause bringt.«

»Dafür werde ich sorgen, Mrs. Michaels. Aber ich bezweifle, daß ich Schwester Symphorosa überreden kann . . .«

Die Leitung war tot. Mrs. Michaels hatte aufgelegt.

Offenbar würde er versuchen müssen, Mrs. Michaels zu besänftigen. Er hatte keinen Zweifel daran, daß stimmte, was die Frau ihm gesagt hatte. Schwester Symphorosas Feindseligkeit gegen den Weihnachtsmann hatte schon mehrfach zur Empörung von Eltern geführt, und wenn sie auch kaum verantwortlich dafür war, daß der Junge nur dürftig bekleidet in den Schneesturm davongelaufen war, sah es zweifellos schlecht aus. Die *Pioneer Press* war der Kirche im allgemeinen wohlgesonnen, aber in diesem Fall konnte sich das ›öffentliche Interesse‹ als zu groß erweisen. Er mußte etwas unternehmen.

Aber erst, wenn er sich die zwei Zentiliter Schnaps vor dem Abendessen genehmigt hatte, die er aus dem Meßbecher trank, um zusätzliches Geschirrspülen zu vermeiden. Er spülte den Meßbecher, trocknete ihn ab und stellte ihn auf seinen Platz auf dem oberen Regal ab. Dann zog er seinen Mantel an und ging die zwei Blocks zur Klosterschule durch das dichte Schneetreiben. Die Kälte und das Glitzern des Winterabends schienen sich mit dem Geschmack des Schnaps zu vermischen und zu einem Gefühl der Frische und Energie zu führen. Als er vor der Klosterschule stand, freute er sich fast auf die Konfrontation mit Schwester Symphorosa, weil es ein Konflikt war, aus dem er von der Natur der Sache her als Sieger hervorgehen mußte. Schließlich waren die Nonnen zum Gehorsam verpflichtet.

6

Als Billy heimkam, waren nur Oma Obstschmecker da, die nicht seine Großmutter war, aber Oma Obstschmecker genannt werden mußte, und sein Bruder Ned, der in Wirklichkeit sein Stiefbruder war. Als er Billy frierend und zitternd sah, sagte Ned: »Junge, du steckst aber in Schwierigkeiten!« Dann lief er aus dem Haus, um Billys Eltern zu suchen. So blieb Billy allein bei Oma Obstschmecker zurück, die überhaupt nicht ärgerlich wirkte, auch nicht als sie feststellte, daß er sich in die Hosen gemacht hatte. Sie versprach, Hose und Unterhose in die Waschmaschine im Kellergeschoß zu stecken, ohne es Madge zu verraten.

Billy ärgerte sich mehr über die Schande, in die Hose gemacht zu haben, als über sonst etwas. Oma O. nahm ihm das Versprechen ab, sofort heiß zu baden, was er auch tat, mit dem Erfolg, daß er nach dem Bad noch mehr zitterte als bei seiner Ankunft im Haus. Er war gerade aus der Badewanne gestiegen und in seinen Pyjama geschlüpft, als Ned mit seinem Vater zurückkehrte. Sein Vater stampfte die Treppe so laut herauf, daß Oma Obstschmecker ›Henry! Bitte!‹ rief. Dann flüsterten die beiden vor der Schlafzimmertür, und währenddessen kam Madge heim, und so war sich Billy eine Zeitlang selbst überlassen, weil die Erwachsenen im Wohnzimmer diskutierten. Billy hätte das Gespräch hören können, wenn er zu der Belüftungsklappe in der oberen Diele gegangen wäre, aber er wollte nur unter den beiden zusätzlichen Decken liegen, mit denen ihn Oma Obstschmecker zugedeckt hatte, und schlafen. Aber aus irgendeinem Grund konnte er nicht einschlafen. Vermutlich war es noch zu früh. Oder es war auf Symptome der Lungenentzündung zurückzuführen, die er bekommen würde, wie Oma Obstschmecker gedroht hatte, als sie ihn nach dem Bad abgetrocknet hatte. Als Fünfjähriger war er lange Zeit krank gewesen, und er erinnerte sich noch, wie er damals endlos im Bett gelegen und keinen Schlaf gefunden hatte. In jener Zeit hatte er gelernt, in der Dunkelheit Dinge an der Zimmerdecke zu entdecken.

Die Diskussion unten im Wohnzimmer endete, und seine Mutter kam nach oben und setzte sich eine Weile zu ihm ans Bett, und das war schön, obwohl er nicht wie sonst den Duft ihres Haars riechen konnte, und dann kam Madge mit dem Thermometer. Während Billy das Thermometer mit der Zunge wärmte, sagte Madge: »Ich habe mit ihm gesprochen«, und Billys Mutter erwiderte: »Was hat er gesagt?« und Madge antwortete: »Das ist noch nicht raus, wir müssen abwarten.«

Eine Weile später, als seine Mutter ihm einen Abschiedskuß gegeben hatte und nach Willowville zurückfuhr, klingelte das Telefon. Billy wußte sofort, daß Madge diesen Anruf gemeint hatte, als sie von ›abwarten‹ gesprochen hatte. Der Beweis war, daß Ned kurz darauf nach oben kam und sagte, er solle runterkommen, da wäre ein Anruf für ihn. »Von wem?« fragte Billy. »Das wirst du ja hören«, sagte Ned geheimnisvoll.

Als er zum Telefon ging, das auf den Tisch im Eßzimmer gestellt worden war, an dem Oma Obstschmecker für gewöhnlich saß, war die ganze Familie versammelt wie zu einem wichtigen Fernsehprogramm, nur daß sie anstatt den Bildschirm Billy betrachteten. Madge stand auf der Türschwelle zur Küche und hatte Gummihandschuhe an. Ned saß am anderen Ende des Tisches und tat so, als mache er seine Hausaufgaben. Oma Obstschmecker saß in ihrem Schaukelstuhl, den sie vom Fernseher abgewandt hatte, um ins Eßzimmer schauen zu können. Billys Vater saß am Erkerfenster bei den Topfgeranien und blätterte in einer Programmzeitschrift. Billy blickte argwöhnisch auf den Telefonhörer und sah zu Madge hinüber, die daraufhin die Lippen zu einem grimmigen, dünnen Lächeln verzog. »Es ist ein Anruf für dich, Billy. Von Schwester Symphorosa.«

Ihn verließ der Mut, aber er nahm den Telefonhörer und sagte: »Hallo.«

»Guten Abend, Billy. Hier ist Schwester Symphorosa.«

Er nickte.

Es folgte eine lange Pause, dann fuhr Schwester Symphorosa fort: »Wir waren hier alle besorgt, Billy. Ein paar der Schwestern haben bis zum McCarrons Boulevard nach dir gesucht.«

Billy wußte nicht, wo der McCarrons Boulevard lag, aber allein am Klang von Schwester Symphorosas Stimme erkannte er, daß es ziemlich weit sein mußte. Ihre Stimme klang so bebend wie sonst, wenn sie in Wut geriet und jemanden schlug. Er war froh darüber, daß sie nur am Telefon war und nicht im selben Raum, denn er wußte nicht, was sie hören wollte. Er sagte: »Es tut mir leid.« Das war für gewöhnlich das Beste bei Erwachsenen.

»Nun«, sagte Schwester Symphorosa immer noch mit bebender Stimme, »wir werden uns mit alldem befassen, wenn die Schule wieder anfängt, nach den Ferien. Aber heute abend will ich dir nur sagen, daß ich ... mich geirrt habe ... als ich dir sagte, daß es keinen Weihnachtsmann gibt. Pfarrer Windakiewiczowa kam heute abend zur Klosterschule – er ist jetzt hier bei mir – und informierte mich, daß es einen Weihnachtsmann *gibt*. Und daß er – wie formulierten Sie es, Herr Pfarrer?« Es folgte eine kurze Pause, erfüllt mit leisem Murmeln, und dann fuhr die Schwester in einem Tonfall fort, der kaum unterdrückte Wut verriet: »Er ist der Geist der Liebe in Menschengestalt. Ich hoffe, du findest diese Information beruhigend.«

Billy wußte nicht, was er sagen sollte, und so schwieg er.

»Hast du irgendwelche *Fragen* bezüglich des Weihnachtsmanns, Billy?«

Billy hatte fast nicht den Mut, aber schließlich fragte er: »Kommt er wirklich durch Kamine?«

»Augenblick. Ich werde Pfarrer Windakiewiczowa fragen. Er ist hier der Fachmann auf diesem Gebiet. Pfarrer, Billy möchte wissen, ob der Weihnachtsmann wirklich durch Kamine kommt.« Wieder eine Pause. »Ja, Billy, das tut er wirklich. Noch andere Fragen?«

Billy schüttelte den Kopf.

»Wenn du keine weiteren Fragen hast, dann sollte ich dich daran erinnern – mit Pfarrer Windakiewiczowa Erlaubnis –, daß wir Weihnachten ebenfalls die Geburt Jesu feiern. Ich hoffe, du erinnerst dich an das, was ich der Klasse über die Geburt Jesu in Bethlehem erzählt habe?«

»Ja, Schwester.«

»Er wurde geboren, um uns von unseren Sünden zu erlösen!« Das klang wirklich, als würde sie jeden Augenblick vor Wut platzen. Billy war froh, daß er nicht Pfarrer Windakiewiczowa war, obwohl der natürlich ein Priester war (und ein Erwachsener) und sie deshalb ihre Wut nicht an ihm auslassen würde. Sie würde warten, bis Billy wieder in der Schule war, und es ihm dann geben.

»Billy, hörst du mir zu?«

»Ja, Schwester.«

»Ich frage mich, ob du mir sagen kannst – *uns* sagen kannst, wo du hingegangen bist, als ich dich zur Direktorin schickte.«

Billy spürte, daß er zu schwitzen begann. Sein Gesicht und seine Handflächen wurden feucht. Er starrte auf die kleinen Löcher der Sprechmuschel, damit er den Blicken aller Versammelten ausweichen konnte, die sich bemühten, die andere Seite des Gesprächs mitzubekommen. Dann geschah etwas Seltsames. Ohne daß er sich darum bemühte, konnte er Schwester Symphorosa *sehen*. Ihre hellblauen Augen hatten einen sonderbaren Glanz, ein Glühen wie das der Nachtlampe, die die ganze Nacht im Badezimmer an war, ihre Stirn war mit Schweiß bedeckt (wie seine, erkannte er jetzt), und sie hielt den Telefonhörer, als wäre es der Stiel einer Axt. Sie war wütend – auf ihn und auf Pfarrer Windakiewiczowa und sogar auf den Weihnachtsmann, wie Billy erkannte. Zuerst dachte er, sie hätte gelogen, sie glaubte nicht an den Weihnachtsmann und hätte es nur gesagt, weil sie es sagen mußte. Aber als er sie jetzt *sah*, wußte er, daß sie wirklich an den Weihnachtsmann glaubte. Man kann nicht etwas hassen, wie sie den Weihnachtsmann haßte, wenn man nicht daran glaubt.

Billys langes Schweigen war nicht als Trotzreaktion und Halsstarrigkeit gedacht, doch es erfüllte schließlich den gleichen Zweck. Schwester Symphorosa begnügte sich mit einer Frage, die leichter zu beantworten war. »Wie fühlst du dich?«

»Okay«, sagte er unverbindlich.

»Mrs. Michaels war besorgt, daß du dir vielleicht eine schlimme Erkältung holst, weil du ohne Mantel unterwegs warst.«

Billy schaute auf das winzige Gesicht in der Sprechmuschel des Telefonhörers und schielte und blinzelte, damit es verschwand. An der Art, wie sie an der Unterlippe nagte und an dem Pulsieren des bläulichen wurmartigen Dings auf ihrem Handrücken (Billy wußte, daß es eine Ader war) erkannte er, daß sie ihm in Wirklichkeit eine schlimme Erkältung wünschte.

»Mir geht's gut«, beharrte er. Und er dachte: *Ich hoffe, du bekommst die Erkältung an meiner Stelle. Ich hoffe, du bekommst eine Lungenentzündung!*

»Nun, dann gute Nacht, Billy«, sagte sie mit weicherer Stimme, als hätte sie plötzlich ihren Ärger überwunden. »Ich wünsche dir frohe Weihnachten.«

»Gute Nacht, Schwester.«

Sie hielt den Telefonhörer noch ein wenig länger in der Hand, als wartete sie darauf, daß er ihr ebenfalls frohe Weihnachten wünschte, doch das tat er nicht, und sie legte den Hörer auf. Jetzt konnte er sie nicht mehr in der Sprechmuschel des Telefonhörers sehen.

»Nun?« fragte Oma Obstschmecker. »Was hatte sie dir zu sagen?«

»Sie sagte . . .« Etwas Sonderbares geschah mit dem Licht im Eßzimmer, als wiche es nach und nach hinaus in den Schnee des Abends. Billy neigte den Kopf zurück, um zu sehen, ob das die Dinge deutlicher erkennbar machte. »Sie sagte, es gibt wirklich einen Weihnachtsmann.« Er lächelte triumphierend, und dann drehte sich alles vor seinen Augen, seine Knie gaben nach, und das Licht ging völlig aus.

»Welch ein kleiner Schauspieler!« bemerkte Oma Obstschmecker bissig.

Madge neigte sich über ihren Stiefsohn, legte ihm die Hand auf die Stirn, fühlte seinen Puls und blickte besorgt drein. »Er schauspielert nicht, Mutter. Er ist ohnmächtig geworden.« Sie griff unter Billys Achseln und setzte ihn auf. »Henry«, sagte sie im Befehlston zu ihrem Mann, »hilf mir, ihn ins Schlafzimmer zu tragen.«

7

Es war Sonntagabend, zwei Abende vor Weihnachten, und die Kinder waren im Bett. Madge war zur Arbeit gegangen (sie hatte in den vergangenen drei Monaten Nachtschicht gehabt; das wurde besser bezahlt), und Henry Michaels und seine Schwiegermutter saßen am Tisch im Eßzimmer und verpackten Weihnachtsgeschenke. Genauer gesagt, Henry erledigte das. Mrs. Obstschmecker hatte keine richtigen Geschenkkärtchen in dem Karton mit den Überbleibseln vom vergangenen Jahr gefunden und die bequemere Aufgabe übernommen, Henry zu beaufsichtigen und zu beraten. Henrys Art, Geschenke zu verpacken, war einfallsreich, jedoch nicht sehr ordentlich, und so hatte Mrs. Obstschmecker reichlich Gelegenheit zu konstruktiver Kritik. Henry nickte bei jedem ihrer Vorschläge und packte die Geschenke weiterhin auf seine Art und Weise ein.

Mrs. Obstschmecker wandte sich der Politik zu. »Ich kann nicht glauben, daß man ernsthaft darüber redet, den Präsidenten unter Amtsanklage zu stellen. Den Präsidenten!«

Henry, der jede Minute von Watergate genossen hatte, lächelte. »Wen sonst können sie unter Amtsanklage stellen, Oma Obstschmecker? Amtsanklagen sind besonders für Präsidenten vorbehalten. Normale Leute kommen einfach ins Gefängnis.«

»Ich wünsche, du würdest mich Großmutter nennen, Henry. Ich bin Neds Großmutter, aber ich bin nicht so alt, um deine zu sein.«

»Wie du meinst. Aber du verstehst, daß ich mit der Amtsanklage recht habe, nicht wahr? Das ist die einzige Möglichkeit, ihn festzunageln.«

»Er ist nicht kriminell. Nichts ist *bewiesen* worden. Ist man nicht unschuldig, bis eine Schuld bewiesen ist?« Dies war ein Argument, das sie schon mehrmals bei Diskussionen über Watergate benutzt hatte, es hatte bisher bestenfalls widerwillige Zustimmung geerntet. Aber diesmal überging Henry es einfach, als hätte sie nichts von Belang gesagt, und er blickte nicht einmal beim Einpacken der Geschenke auf.

»Es ist nichts bewiesen, weil er auf diesen Tonbändern sitzt und sie nicht rausrückt«, sagte Henry.

»Die Tonbänder enthalten Geheimnisse der nationalen Sicherheit«, wandte Mrs. Obstschmecker ein.

»Ja, und jede Menge anderer Geheimnisse«, sagte Henry.

»Du bist so schlimm wie alle anderen. Du willst ihn einfach aus dem Amt *treiben*, und es ist dir egal, wie du das machst. Ich halte es für eine Sünde, diesen armen Mann so leiden zu lassen.«

Mrs. Obstschmecker betrachtete ihren Schwiegersohn mit einem bösen Blick. Sie verstand nicht, wie er stets so eklig sein konnte, ohne sich wirklich zu streiten. Immer wenn sie anderer Meinung als Mister Obstschmecker gewesen war, der vor drei Jahren gestorben war, hatte das mit gegenseitigem Anschreien geendet. Sie hatten nicht nur häßliche kleine Scherze gemacht wie Henry Michaels. Sie würde nie verstehen, warum ihre Tochter diesen Mann hatte heiraten wollen. Es sei denn wegen seines Aussehens.

Er sah wie John F. Kennedy aus. Mal abgesehen davon, daß sein Haar rötlicher war als das von JFK, daß er größer und dünner war, einen anderen Haarschnitt hatte und unter seinen Augen dunkle Ringe waren, was (wie er behauptete) auf seinen Job (den er soeben verloren hatte) als stellvertretender Manager des Leif Ericson Hotels zurückzuführen war – abgesehen von diesen Einzelheiten sah er (nach Ansicht seiner Schwiegermutter) genau wie JFK aus.

Während viele Leute solch eine Ähnlichkeit, wenn sie sie entdeckt hätten, zu seinen Vorzügen gezählt hätten, stellten sie für Mrs. Obstschmecker alles Unerträgliche bei ihrem Schwiegersohn dar: langes Haar, eine Menge pharisäische liberale Vorstellungen (er war *gegen* den Krieg und *für* offene Sexualerziehung), und ganz allgemein die Art, sich über normale Leute wie sie lustig zu machen.

»Gib mir die Schere«, sagte er. Nicht »gib mir *bitte* die Schere«; einfach: »Gib mir die Schere.« Typisch.

»Sie liegt direkt vor dir«, erwiderte sie.

Henry nahm die Schere und schnitt ein Stück Weihnachtspapier mit blauen und silbernen Glocken ab, das groß genug war, um die Langspielplatte einzupacken, auf der der Komiker Poppy Mueller *Märchen der Welt* erzählte.

»Nun, *ich* glaube an ihn«, sagte Mrs. Obstschmecker.

Henry schaute mit dem pfiffigen Grinsen auf, mit dem er seine Beleidigungen zu mildern pflegte. »Dann glauben schon zwei an ihn.«

»Was?« Sie kniff die Augen zusammen und versuchte, seine Bemerkung zu verstehen. »Wenn du damit sagen willst, daß keiner sonst an den Präsidenten glaubt außer mir und ihm selbst, dann irrst du dich. Billy Graham war heute abend in den Nachrichten und sagte, daß er jedes Vertrauen in die Integrität des Präsidenten hat. Und das ist ein Zitat. Er sagte, der Präsident hat vielleicht einige Fehler in der Einschätzung begangen, aber er ist ein integrer Mann. Und Billy Graham würde das nicht sagen, wenn er nicht an den Präsidenten glaubte.«

»Das ist sehr loyal von Billy Graham, aber das meinte ich nicht.« »Was meintest du dann?«

»Ich meinte, wir haben hier in der Familie zwei wahre Gläubige – du glaubst an Nixon, und Billy glaubt an den Weihnachtsmann.«

Mrs. Obstschmecker gab ein kleines schnaubendes Lachen von sich, aber sie fühlte sich danach nicht besser. Wenn man über Henrys Witze lachte, war das, als würde man überlistet, ihm zuzustimmen.

Sie wechselte abrupt das Thema.

»Was war im Hotel los?«

»Heute schlossen sie das Café.«

»Und dieses schöne Restaurant mit dem großen Kronleuchter?«

»Das wurde schon vor zwei Wochen geschlossen, am Tag, an dem die Entlassungen angekündigt wurden.«

»Ich kann das einfach nicht verstehen. So ein schönes altes Gebäude. Wo werden die Leute wohnen, die nach St. Paul kommen, wenn es kein Hotel mehr gibt?«

»Sie werden nicht herkommen. Jetzt kommt schon keiner – das war das Problem, deshalb schließen wir. Nach Einbruch der Dunkelheit ist in der Innenstadt tote Hose.«

»Ich erinnere mich noch, wie Mr. Obstschmeckers Kusine Gladys ihre Hochzeitsfeier in diesem Ballsaal gab. Das war vor fast dreißig Jahren. Mr. Obstschmecker trug noch seine Uniform. Mein Gott, kaum zu glauben, daß es so lange her ist.«

Henry hatte die Poppy-Mueller-LP fertig eingepackt und maß jetzt eine Zellophanverpackung mit Unterhosen mit rotem, glänzenden Papier ab, das vom letzten Jahr übriggeblieben war. Das Papier reichte so gerade, wie Henry zufrieden feststellte.

Mrs. Obstschmecker hatte gerade begonnen, die Hochzeitsfeier der Kusine ihres Mannes zu schildern, die 1945 oder vielleicht 1944 im Leif Ericson Hotel stattgefunden hatte, als sie durch laute Schreie unterbrochen wurde, die direkt über ihr aus der Zimmerdecke zu dringen schienen. Sie blickte besorgt nach oben.

»Das ist Ned«, sagte Henry sachlich. Er legte die verpackten Unterhosen neben das Weihnachtspapier und erhob sich am Tisch. »Er hat einen seiner Alpträume.«

Henry eilte hinauf in Neds Schlafzimmer – ein großer dunkler Raum mit einem Balkon nach Norden, so daß nie direkter Sonnenschein hereinfiel. Er schaltete die einzige Sechzigwattglühbirne an, und Umrisse schälten sich aus der Dunkelheit.

Ned lag starr mitten auf dem großen Messingbett (ein Erbstück von Mrs. Obstschmecker), starrte voller Entsetzen auf die abblätternde Farbe an der hohen Decke und rief immer wieder:

»Ich habe es nicht gesehen! Ich war nicht dort!« Manchmal warf er ein: »Du mußt mir glauben, ich habe nichts gesehen!«

»Ich glaube dir, ich glaube dir«, sagte Henry und rüttelte den Jungen an der Schulter. »Komm, wach auf.«

Es war nie leicht, Ned zu wecken, wenn er einen seiner Alpträume durchlitt. Madge hatte eine Ärztin in der psychiatrischen Station zu Neds Problem konsultiert, und die Ärztin hatte erklärt, daß sich Neds Alpträume zwar von normalen schlechten Träumen unterschieden, jedoch keinen Grund zur Besorgnis abgaben. Es würde mit der Zeit abklingen.

Henry zog den Jungen in eine sitzende Position und schrie: »Ned, wach auf – es ist nur ein Traum.«

»Ich habe es nicht gesehen«, schrie Ned als Antwort und bäumte sich in Henrys Umklammerung auf. »Ich war nicht dort!« Es war, als wollte er sich gegen einen Peiniger wehren, der versuchte, ihn zu einem Geständnis zu bringen – aber für welches Verbrechen, eingebildet oder real, daran würde sich Ned vermutlich nicht erinnern, wenn er aufwachte. Denn anders als bei Träumen war dieser nächtliche Horror anscheinend ohne eine Spur verschwunden, wenn er erwachte. Ned hatte über das nächtliche Entsetzen nur sagen können, daß jemand mit einer piepsenden Stimme dabei war und das Schrecklichste dabei das Gefühl war, unter einem langsam herabsinkenden Gewicht zerquetscht zu werden.

Der Junge schüttelte ein paarmal den Kopf mit dem schweißnassen Haar. »Ich habe es nicht gesehen!« rief er noch einmal – und dann wachte er auf. Die Augen, die geöffnet, jedoch im Alptraum gefangen gewesen waren, betrachteten Henry, er erkannte ihn, und die Lippen, an denen noch Speichel klebte, verzogen sich zu einem müden Lächeln. »Ich glaube, ich habe wieder geträumt.«

Henry nickte.

»Tut mir leid. Hoffentlich habe ich keinen aufgeweckt. Ist es spät?«

»Noch nicht mal elf Uhr.«

»Ist Ma noch auf der Arbeit?«

»Ja. Und ich bin unten und packe mit Oma Obstschmecker Geschenke ein.«

Ned wischte sich den Speichel vom Mund. »Du packst Geschenke ein? Ich dachte, die kommen alle vom Weihnachtsmann.«

»Okay, du Schlaukopf, wir packen keine Geschenke ein. Wir diskutieren über Politik. Willst du runterkommen und mit deiner Oma über Politik diskutieren?«

»Nein, danke. Da habe ich lieber noch einen Alptraum.«

»Kein weiterer Alptraum heute nacht. Das ist eine ärztliche Anordnung.« Er umarmte den Jungen und ließ den immer noch angespannten Körper auf das verschwitzte Kissen sinken. »Du kannst noch eine Weile lesen, wenn du möchtest.«

Ned schüttelte den Kopf. »Dann bis morgen früh«, sagte Henry und schaltete das Licht aus.

Es gab keine Antwort aus der Dunkelheit.

Henry vergewisserte sich, daß Billy tief und fest schlief (erstaunlicherweise war der Junge nicht mit einer Erkältung für sein Abenteuer vor zwei Tagen bestraft worden).

Dann ging er auf die Toilette, um seine Blase zu erleichtern, und kehrte schließlich ins Eßzimmer zurück, um die restlichen Geschenke zu verpacken.

8

Es war der Tag nach dem zweiten Weihnachtstag, und Ned war ganz allein im Haus. Seine Mutter, die donnerstags frei hatte, und Henry, jetzt offiziell arbeitslos, waren zu der Frühvorstellung eines neuen und angeblich sensationellen Horrorfilms namens *Der Exorzist* gegangen, während Oma Obstschmecker mit Billy die kostenlose Puppenschau-Version von *Schneewittchen und die sieben Zwerge* anschaute. So konnte Ned telefonieren, den Kühlschrank plündern oder mit Billys Weihnachtsgeschenken spielen, ohne daß Billy es erfuhr. Statt dessen schlug er auf dem Tisch im Eßzimmer sein Ringbuch auf, um eine Hausarbeit zu machen, die ihm einen Anrechnungspunkt in Miss Brophys Kurs einbringen würde.

Der Merkurstab

schrieb er oben auf das linierte Blatt, wo der Titel hingehörte, und dann auf der nächsten Linie:

(*Symbol der ärztlichen Wissenschaft*)

Er ließ zwei Linien aus und begann:

Merkur war ein Gott der alten Römer. Er war der Gott des Handels und der Götterbote. Statuen und Bilder von Merkur zeigen ihn mit geflügelten Schuhen und einer geflügelten Mütze, als Symbol für seine schnelle Übermittlung von Botschaften.

In der Enzyklopädie, aus der Ned abschrieb, war das etwas anders formuliert als in seiner Ausgabe der *Junior Universe of Knowledge Encyclopedia;* moderne Wörter wie ›Kommerz‹ wurden mit Merkurs Namen in Zusammenhang gebracht. Ned verzichtete darauf, diese Passagen abzuschreiben.

Er wird ebenfalls mit einer geflügelten Hand oder mit einem Stab gezeigt, den er in der Hand hält, den Merkurstab, auch Äskulapstab. Um seinen Merkurstab winden sich zwei Schlangen, um ihn zu beschützen, wenn er durch Himmel und Erde reist. In späteren Zeiten wurde Merkur der Gott der Magie und Wissenschaft, und so ist jetzt sein Merkurstab ein Symbol der ärztlichen Wissenschaft. Bei den Orinoko-Indianern in Südamerika werden ähnlich geflügelte ›Zauberstöcke‹ bei Heilungszeremonien und in Ritualen Schwarzer Magie benutzt.

Das war tatsächlich ein wenig stärker als das, was in der *Junior Universe* zu diesem Thema stand. Die Information über die Orinoko-Indianer stammte aus einem Artikel in einem Comic, in dem ein Zauberstab der Orinoko-Indianer abgebildet war, der Ned stark beeindruckt hatte, besonders weil er etwas besaß, das fast genau wie das aussah, was der Künstler gezeichnet hatte. Doch Neds Zauberstab oder Merkurstab oder was auch immer, war nicht aus Südamerika oder dem alten Griechenland gekommen. Er hatte es selbst gemacht aus dem getrockneten Kadaver eines Spatzen am Ende eines sonderbar gewundenen doppelten Stocks. Die beiden Holzstücke, die sich umeinander wanden, wirkten wirklich wie zwei Schlangen. Ned hatte nichts Besonderes im Sinn gehabt, als er das Ding gemacht hatte; er hatte es einfach irgendwie gespenstisch schön gefunden.

Eine Zeitlang nach der Anfertigung hatte Ned den aufgespießten toten Spatzen benutzt, um seinen kleinen Bruder in Angst und Schrecken zu versetzen. Er hielt ihm den Stab vor die Nase, schwenkte ihn hin und her und sagte ernst und drohend: »Paß auf, ich werde dich mit dem Giftstab berühren. Paß auf!« Und Billy, der sich so wunderbar leicht Angst einjagen ließ, rannte in Panik davon und machte sich vor Furcht vor der Wirkung des Stabs in die Hosen. Es war dumm, aber es machte Spaß, und ein solcher Streich war (wie Pfarrer Windakiewiczowa Ned bei der Beichte versichert hatte) nur eine läßliche Sünde, solange keine körperliche Mißhandlung dabei im Spiel war.

Die römischen Götter waren nicht wie unser Gott, schrieb Ned weiter auf die Seite.
Sie waren nicht immer tugendhaft. Merkur wurde nicht nur als Bote und Heiler, sondern auch als Dieb berühmt. Verbrecher beteten zu ihm als ihrem Beschützer. Einer der Planeten wurde nach ihm benannt und ebenso das Quecksilber (Mercury), das in jedem Thermometer zu finden ist. Durch eine sonderbare Ironie ist Quecksilber eines der verheerendsten Gifte, die der Menschheit bekannt sind. Die Symptome einer Quecksilbervergiftung zeigen sich in wundem Mund und Gaumen, lockeren Zähnen, Darmbeschwerden, und oftmals endet sie mit dem Tod. Der Merkurstab des Gottes Merkur mag das Symbol der ärztlichen Wissenschaft sein, aber das chemische Element Quecksilber ist genau das Gegenteil!

Die Seite war fast voll, und Ned schrieb seinen Namen und die Klasse in die Ecke und auf die andere Ecke ›für einen

Anrechnungspunkt‹. Er lächelte zufrieden. In der Schule gab es keinen Band der *Junior Universe* Enzyklopädie, ebensowenig in der Stadtbücherei, und selbst wenn Miss Brophy argwöhnte, daß er aus einem Buch abgeschrieben hatte, konnte sie es nicht beweisen. Die Enzyklopädie war ein Geschenk von seinem richtigen Vater, Lance Hill, der in Kanada wohnte und mit dem Verkauf dieses Nachschlagewerks den Lebensunterhalt verdiente – das hatte er jedenfalls im vergangenen Jahr gemacht, als er Ned das Exemplar als Weihnachtsgeschenk geschickt hatte. Seither hatte Neds Vater nichts mehr von sich hören lassen, abgesehen von einer Postkarte im Juli aus Whitehorse im Yukonterritorium (›Das Polarlicht ist wirklich wunderbar!‹) und einem Brief, den er Madge vor ein paar Wochen geschickt und in dem er um Geld gebeten hatte. (Ned hätte den Brief nicht lesen dürfen, aber wie der Gott Merkur war er verschlagen und kannte alle Verstecke seiner Mutter.) Ned hatte Mitleid mit seinem Vater, der Kanada haßte und dort keinen guten Job finden konnte, dort jedoch leben mußte, weil er sich vor dem Wehrdienst drückte; aber er vermißte ihn nicht wirklich, denn Lance war schon 1967 über die Grenze geflüchtet, als der Krieg gerade in Fahrt gekommen und Ned erst fünf Jahre alt geworden war. Auch davor hatten Lance und Madge nicht zusammengelebt, und so hatte Ned nur wenig klare Erinnerungen an den ›Hippie‹ (wie Oma Obstschmecker ihn bezeichnete). Die klarste Erinnerung war die an ein Picknick auf irgendeinem Hinterhof, wo es ein Spiel mit Hufeisen gegeben hatte. Den ganzen langen Nachmittag im Sommer hatte sein Vater versucht, ein Hufeisen so zu werfen, daß es sich um einen Pfahl wand und mit wundervollem Klingeln den anderen Picknickteilnehmern ankündigte, daß er einen Punkt gemacht hatte, was ihm jedoch nie gelang. Er warf immer heftiger, und als es an der Zeit zur Heimfahrt war, gab es einen Streit darum, wer den Wagen fahren würde. Lance verlor, und Madge fuhr. Was für ein Vater war das? Jetzt sagte sich Ned, daß er mit Henry als Vater viel besser dran war, wenn er auch jedem, den er kennenlernte, erklären mußte, warum sein Nachname Hill war, obwohl sein Elternname Michaels lautete.

Billy und Oma Obstschmecker kamen kurz nach sechzehn

Uhr nach Hause, und Ned, der die Kunst beherrscht hatte, ein Puzzle auseinanderzunehmen und zusammenzusetzen, das aus vier verbogenen Nägeln bestand, setzte sich mit einem Glas Milch und einem Stück Hefekuchen mit Korinthen, Ingwer, Zimt und Muskat (eine Spezialität von Oma Obstschmecker) an den Küchentisch, um sich Billys atemlose Schilderung der Geschichte von Schneewittchen anzuhören. Oma Obstschmecker machte derweil ein Nickerchen in ihrem Zimmer im Obergeschoß.

Als Billy zum Höhepunkt der Geschichte kam – die Hexe überreichte den vergifteten Apfel –, schweifte er von dem Märchen ab, um Ned zu fragen: »In Wirklichkeit gibt es keine solchen Hexen, oder? Oma sagte, es ist alles nur erfunden, all der Kram über Prinzen und Zauber und Zwerge.«

Ned beschäftigte sich mit den Kuchenkrümeln auf der Tischplatte. »Nun, das würde ich nicht sagen. Ich meine, es gibt wirklich Zwerge. Ich habe Fotos gesehen, und ich habe sie in Filmen gesehen, und es gibt Prinzen in England und anderen Ländern. Und es gab überall Hexen. Und die Leute hatten so große Angst vor ihnen, daß man die Hexen bei lebendigem Leib verbrannte.«

»Wie?« fragte Billy.

»Nun, zuerst band man sie an einen Pfahl, an einen wirklich großen Holzpfahl, und dann machte man einen Scheiterhaufen um ihre Füße und zündete ihn an. Und die Leute kamen und schauten zu.«

»Warum macht man das nicht mehr?«

»Weil nicht mehr jeder an Hexen glaubt. Jedenfalls nicht hier in Amerika. Doch in Haiti glaubt man noch daran. Dort gibt es Voodoo. Und in Südamerika sind die Orinoko-Indianer.«

Billy, der bereits über die Bräuche und hypnotischen Kräfte der Orinoko-Indianer informiert worden war, nickte ernst. »Das sind die mit den Stäben. Aber warum verbrennen die Leute, die an Hexen *glauben*, sie nicht mehr?«

»Ich nehme an, weil die Regierung das nicht erlaubt.«

Billy war noch nicht zufrieden. »Aber angenommen, da ist eine Hexe, die böse Dinge tut, wie zum Beispiel Leute töten oder sie betäuben wie die Hexe es mit Schneewittchen machte, wie sieht es dann aus?«

Ned trank einen Schluck Milch, während er über das Problem nachdachte. Dann teilte er mit, zu welchem Schluß er gelangt war. »Ich nehme an, man muß Hexen mit Hexen bekämpfen. Aber mit guten Hexen.«

Die Vorstellung, daß Hexen gut sein konnten, war neu für Billy. »Was tun gute Hexen?« Aus dem Stegreif hatte Ned keine Antwort darauf. Dann kam ihm eine Eingebung. »Die guten Hexen sind wie Heilige. Oder Priester. Wie der Priester in dem Film, den sich Mutter und Vater angesehen haben. *Der Exorzist.*«

»Ist das die Sache mit dem Mädchen, das vom Teufel besessen ist und all die schmutzigen Wörter sagt?« (Das war Oma Obstschmeckers Zusammenfassung des Films gewesen, als sie am Morgen das Angebot abgelehnt hatte, mit Madge und Henry *Der Exorzist* anzuschauen.)

Ned nickte. »Und erinnerst du dich an den Film im Fernsehen, in dem dieser Priester in der Talkshow erklärte, daß es wirklich Teufel gibt, die in Leute fahren und sie zu verrückten Taten treiben? Und ein Priester kann den Teufel austreiben, und jemand, der das macht, ist ein Exorzist. So nehme ich an, eine gute Hexe würde das Gegenteil von dem tun, was eine böse Hexe macht. Wenn zum Beispiel die böse Hexe Leute krank macht, könnte die gute Hexe sie wieder gesund machen.«

Billy dachte sorgfältig darüber nach, und je mehr er darüber grübelte, desto mehr Sinn ergab es anscheinend.

Ned unterdrückte unterdessen seinen aufkeimenden Ärger, weil man ihm nicht erlaubt hatte, *Der Exorzist* zu sehen. Er fühlte sich reif genug, um einen Film anzuschauen, in dem schmutzige Wörter benutzt wurden. Die Dinge waren vielleicht früher anders gewesen, als seine Eltern aufgewachsen waren. Damals hatten Kinder diese Wörter vielleicht nie gehört. Aber jetzt *benutzten* sie solche Wörter, sogar auf einer katholischen Schule, sogar auf der Muttergottesschule. Ned hatte *Der Exorzist* von der ersten bis zur letzten Zeile gelesen. Er hatte es von Henrys Taschenbüchern in einer Kiste auf dem Speicher stibitzt. Er fand, daß es eine phantastische Geschichte war, und er hätte gern all die gruseligen Szenen gesehen, die in einem Film wirklich glaubwürdig wirkten. Aber Madge hatte nein gesagt, kommt nicht in Frage, und Henry hatte sie unterstützt, und jetzt würde Ned nie den Film sehen, denn er war als Film der Kategorie ›R‹ freigegeben, den Ned nur in Begleitung Erwachsener sehen durfte. Es war so unfair, besonders angesichts der Tatsache, daß Ned eine innere Berufung zum Priesteramt zu haben glaubte und *Der Exorzist* ein Film mit einem Priester als Helden war. Aber sich darüber zu ärgern, war eine Sünde – besonders eine Sünde gegen das vierte Gebot, demzufolge man Vater und Mutter ehren soll.

9

»Und wie geht es dem König des Kegelkönigreichs?« fragte Henry, nachdem er pro forma angeklopft und das Schlafzimmer seines Sohns betreten hatte.

Die besagten Kegel des Königreichs waren in verschiedenen bedeutsamen Positionen und Kombinationen im Zimmer verteilt. Einige standen offen da, andere lauerten unter dem Bett oder spähten aus V-förmigen Höhlen, die durch geöffnete Bücher gebildet worden waren. Die größeren Kegel waren Erwachsene, die kleineren Kinder, aber politisch waren die Kegel in zwei Partien organisiert, die nicht den Generationsunterschied respektierten. Da waren die Grünen, geführt von Dundor, dem großen grünen Kegel, und seiner Mätresse Fluff, der große gelbe Kegel, und da waren die Roten, angeführt von der Hexe Icksy und ihrem Sohn Reinhardt, der große und kleine rote Kegel. Icksy hatte einst Dundors einzigen Sohn Hans ermordet, und Dundor hatte geschworen, die alte rote Hexe und ihr ganzes Volk zu besiegen, die nach einer langen Reihe von Schlachten zum Rückzug zu den Höhlen des Ho Chi Minh Berges in der dunkelsten Ecke des Schlafzimmers gezwungen worden waren. Die siegreichen Grünen hingegen genossen ein luxuriöses Leben zwischen den Topfpflanzen, welche die Hängenden Gärten von Wyomia vor dem Doppelfenster und auf den Fensterbänken bildeten. Billy kümmerte sich selbst um die Ableger der Hauspflanzen von unten, das heißt, Dundors Kanzler tat das als Teil seiner Pflicht beim großen Bewässerungsprojekt des Königreichs. Der Kanzler hieß offiziell Kardinal Richloo, aber er hatte auch einen Geheimnamen, den nur er und Icksy, die Rote Hexe, kannten. Da sie Macht über den Diener hatte, dem Dundor am meisten vertraute, hatten die Roten so lange die Invasionen der Grünen überleben können, aber nun hatte das Hauptgeschenk des Weihnachtsmannes an Billy zur Folge, daß die Lage verzweifelt wurde. Der Weihnachtsmann hatte Billy eine Spielzeugeisenbahn geschenkt, und Dundor hatte die Schienen von Wyomia westwärts bis zum Fuß des Ho Chi Minh Berges gelegt. Wenn der Ferien-Waffenstillstand endete, würde Dundor seine Truppen und Nachschub per Zug zum Herz des feindlichen Gebiets bringen und den Feind ins Steinzeitalter zurückbomben. Jedenfalls drohte er damit in den abendlichen Fernsehsendungen.

Selbstredend konnte Billy all dies nicht seinem Vater erklären. Nicht weil Henry uninteressiert gewesen wäre. Er hätte sich vermutlich zu sehr dafür interessiert, weil er selbst ein großer Erzähler und Erfinder von Geschichten war. Aber der lange Kampf zwischen den Grünen und Roten war Billys geistiges Eigentum, und er wollte nicht, daß jemand daher kam und seinen Kegeln sagte, was sie zu tun hatten, weder sein Vater noch Ned und gewiß nicht Oma Obstschmecker, die stets Fragen über sie stellte in der Hoffnung, Billy würde einen Beweis für ihre Behauptung erbringen, daß seine Stunden mit den Kegeln ein ungesunder Zeitvertreib waren und sie ihm deshalb weggenommen werden sollten.

Anstatt die Frage seines Vaters zu beantworten, wehrte Billy sie mit einer Gegenfrage ab. »Wie spät ist es?«

»Zeit zum Schlafen.«

»Du sagtest, du würdest mir heute abend eine Geschichte vorlesen.«

»Deshalb bin ich hier. Hast du ein Buch ausgesucht?«

»Das mache ich jetzt.«

Während Billy zum Ho Chi Minh Berg ging, um seine Bettlektüre auszuwählen, setzte sich Henry auf die Kante des großen klobigen Betts. Er spürte, wie die Spannung aus seinem

Rücken, den Schultern und dem Nacken wich, als hätte er ein heißes Bad genommen. Er liebte das Ritual vor dem Schlafengehen ebenso sehr wie Billy, und er hatte sogar eine Theorie, die er nie jemandem erzählt hatte, nicht einmal Madge, wonach die Zeit, in der er Billy Geschichten vorlas oder erzählte, einen therapeutischen Wert hatte, der zumindest gleichwertig mit der Behandlung durch die Medikamente Tylenol oder Ben-Gay war.

Billy kehrte mit dem Bilderbuch *Die Nacht vor Weihnachten* zurück.

Henry runzelte fragend die Stirn. »Dieses Buch? Bist du dir sicher? Heute ist der Abend nach der Nacht *nach* Weihnachten. Der Weihnachtsmann ist unten am Südpol und macht Urlaub.«

»Ich weiß. Aber mir gefällt, wie es klingt: *Es war die Nacht vor Weihnachten, und im ganzen* Haus *bewegte sich kein Geschöpf, nicht einmal eine* Maus.

»Das nennt man Reime, wenn zwei Wörter gleich klingen. Es gibt viele andere Geschichten, die gereimt sind, nicht nur *Die Nacht vor Weihnachten.*«

»Ich weiß, aber mir gefällt diese.«

»Dein Bruder sagte, daß du sie selbst lesen kannst. Liest du wirklich schon so gut?«

»Aber es ist was anderes, wenn du vorliest. Du liest *besser* als ich.«

»Nun, es freut mich zu hören, daß ich noch irgendwie verwendbar bin. Okay, ich werde noch einmal *Die Nacht vor Weihnachten* vorlesen, aber dann hat sich's mit dem Weihnachtsmann bis zum nächsten Jahr. Okay?«

»Okay«, stimmte Billy widerstrebend zu.

Henry hob Billy auf seinen Schoß und begann vorzulesen. Alarmiert durch die Warnung, daß dies sein Abschied vom Weihnachtsmann sein mußte, widmete Billy den Worten seine völlige Aufmerksamkeit, und er konnte aus der Geschichte eine Reihe relevanter Fragen ableiten. Was waren Karamellen? Warum trug man Hüte im Bett? Warum hatte der Schnee eine Bank? Wenn der Weihnachtsmann mit einem ›kleinen Schlitten‹, fuhr und durch einen Kamin herabkommen konnte, wie groß war er dann in Wirklichkeit? Warum wurde er Kobold genannt? War er wirklich der Bischof von Myra gewesen, wie Schwester Symphorosa sagte, oder war das jemand anders gewesen?

»Nun, Billy, ich bin nicht der in der Welt führende Sachverständige in puncto Weihnachtsmann oder Sankt Nikolaus oder Bischof von Myra. Wir sollten in der Tat eine ernsthafte Diskussion darüber führen. Ich versprach deiner Mutter, daß wir jede Verwirrung klären, bevor du wieder zur Schule gehst, und so ist das vielleicht der richtige Augenblick.«

»Liest du das Buch nicht zu Ende vor?« fragte Billy bestürzt.

»Also gut, ich lese es zu Ende vor, und *dann* werden wir eine ernsthafte Diskussion haben.« Henry schaute auf die Seite, die eine Großaufnahme vom Weihnachtsmann zeigte, der Pfeife rauchte und dem Betrachter zuzwinkerte. »Er war pausbäckig und ›rundlich‹«, las er zum zweiten Mal, »– ein richtig fröhlicher alte Kobold/ Und ich lachte, wenn ich ihn sah, diesen Kobold/ Ein Zwinkern seiner Augen, ein Lächeln der Heiterkeit/ Und schon wußte ich, es gab keinen Grund zur Bangigkeit/ Er sprach kein Wort . . .«

»Was ist ›Bangigkeit‹?«

Henry lachte. »Das gleiche wie Angst.«

»Warum sollte jemand Angst vor dem Weihnachtsmann haben?«

»Das sollte keiner. Genau das sagt der Vers. Wenn der Weihnachtsmann der Person in dem Vers zuzwinkert, weiß sie, daß sie *nichts* zu befürchten hat und keine Angst zu haben braucht.«

»Aber die Person muß ängstlich gewesen sein, bevor sie sah, daß der Weihnachtsmann ihr zuzwinkerte, denn sonst würde er das nicht denken. Findest du nicht auch?«

»Ich habe nie darüber nachgedacht, aber das ergibt anscheinend einen Sinn. Nun, es muß so sein, weil der Weihnachtsmann Zauberkräfte hat. Er hat ein fliegendes Rentier, und er kann seine Größe so verändern, daß er durch Kamine paßt, und wenn er solche Dinge kann, dann ist er wer weiß wozu sonst noch fähig.«

»Ist er wie die guten Hexen?«

Henry neigte den Kopf zur Seite und bemühte sich, ein Grinsen zu unterdrücken. »Was und wer sind gute Hexen?«

»Die in dem Film, den du heute gesehen hast.«

»*Der Exorzist?* Hat Ned mit dir darüber gesprochen?«

»Es war eine Hexe in *Schneewittchen*, und so redeten wir über Hexen, und er sagte, es gibt gute Hexen und böse Hexen, und die guten benutzen ihre Zauberkraft, um die Leute besser zu machen.«

»Nun, Billy, nach meiner Erfahrung waren Hexen stets Frauen. Wenn ein Mann Zauberkraft benutzt, gute oder böse, nennt man ihn Hexenmeister oder Zauberer, und ich habe nie gehört, daß eine dieser Bezeichnungen auf den Weihnachtsmann zutrifft. In dem Vers wird er als Kobold bezeichnet, und ich nehme an, daß alle Kobolde etwas über Zauberei wissen.«

»Er sieht aber wie eine normale Person aus. Abgesehen davon, daß er dick ist. Aber er hat keine spitzen Ohren.«

»Wie Mr. Spock?«

»Wie Kobolde«, erklärte Billy geduldig.

»Wer weiß schon, wie Kobolde aussehen? Es kommt ganz darauf an, wer die Geschichte über sie erzählt. Vielleicht haben sie spitze Ohren, vielleicht auch nicht. Das ist schließlich alles nur Phantasie.«

»Aber du sagtest . . .!«

»Was?«

»Du sagtest, der Weihnachtsmann ist ein Kobold.«

Henry nickte. »Richtig.«

»Aber der Weihnachtsmann ist keine Phantasie. Schwester Symphorosa hat es *am Telefon* gesagt!«

»Billy, das sagte sie, weil deine Mutter es von ihr verlangte. Sie tat es, um nett zu sein, damit du dich in der Weihnachtszeit nicht aufregst. Und in gewisser Weise ist es richtig, zu sagen, daß es einen Weihnachtsmann gibt.«

»Aber was ist mit meinem Zug?« fragte Billy, bestürzt über diesen unerwarteten Verrat.

»Was soll damit sein?«

»Woher kommt er?«

»Von uns.«

»Aus einem Geschäft?«

Henry nickte. »Vom K-Markt.«

»Du hast ihn einfach für Geld gekauft?«

»Nein, eigentlich haben wir ihn auf Kredit gekauft. Eines Tages werden wir ihn hoffentlich bezahlen.«

Billy schaute bestürzt auf das Bilderbuch. Er wollte vom Schoß seines Vaters rutschen, doch Henry klemmte seine Beine ein und hielt ihn fest.

»Hey, willst du nicht das Ende hören?«

Billy schüttelte den Kopf und wich dem Blick seines Vaters aus. Er versuchte, sich aus der Beinschere seines Vaters zu befreien, und Henry hatte Mitleid mit ihm und gab ihn frei. Billy blieb in seinem Pyjama neben dem Bett stehen und blickte niedergeschlagen und stumm auf die Spielzeugeisenbahn, die im Kaufhaus K-Markt gekauft worden war.

Ist er böse auf mich? fragte sich Henry. Er hätte es ihm nicht verdenken können. Der Junge sah offenbar etwas in dem Weihnachtsmann, das über den üblichen einfachen Trick hinausging, an ihn zu glauben, damit man teurere Geschenke verlangen konnte, als die Eltern sich erlauben konnten.

»Nun, *ich* möchte den Rest hören, und du kannst zuhören oder nicht, ganz wie du willst.« Henry blätterte eine Seite um, worauf der Weihnachtsmann den Strumpf füllte, der beim Kamin hing, und las:

Er sprach kein Wort, sondern setzte sogleich seine Arbeit fort.
Er füllte all die Strümpfe mit feinen Sachen – zum Beispiel mit Billys Eisenbahn – und zog dann weiter mit fröhlichem Lachen . . .

Henry warf einen Seitenblick zu Billy, um zu sehen, ob die kleine Abänderung des vertrauten Textes eine Reaktion bei ihm hervorrief, doch der Junge stand nur stumm und bedrückt da.

Und so verließ er zufrieden das Haus,
Hurtig stieg er aus dem Kamin hinaus.
Er sprang auf den Schlitten, pfiff dem Gespann,
Und die Tiere flogen davon mit dem Weihnachtsmann;
Doch ich hörte ihn rufen, bevor er verschwand . . .

Henry legte eine Pause ein, damit Billy im Chor den Abschiedsgruß des Weihnachtsmanns sagen konnte, aber der Junge wollte nichts davon wissen.

Henry schloß das Buch mit einem Seufzen und erhob sich vom Bett. »Hör zu, Billy, es tut mir leid, daß ich es dir sagen mußte, aber deine Mutter und ich, wir entschlossen uns . . .«

»Sie ist nicht meine Mutter«, sagte Billy tonlos.

»Wir beschlossen«, fuhr Henry fort, »daß wir es dir gleich nach Weihnachten besser sagen sollten. Vielleicht war das falsch von uns. Du hättest es gewiß selbst herausgefunden, wenn du darüber nachgedacht hättest.«

Billy ging zum Lichtschalter neben der Tür. »Ich will jetzt ins Bett gehen«, sagte er mit der Hand auf dem Schalter.

»Richtig«, sagte sein Vater. Er legte das Bilderbuch auf die Kommode. Auf der Türschwelle wandte er sich um und fragte: »Wie wär's mit einem Gutenachtkuß?« Er breitete einladend die Arme aus.

Billy schüttelte den Kopf und schaltete das Licht aus. »Ich bin jetzt zu alt für so was«, erklärte er mit einem Anflug von Bitterkeit in der Stimme.

Er schloß die Tür.

10

In dieser Nacht sandte Icksy, die Hexe, ihren Raben Karn zum geheimen Tinker Toy – das Büro von Kardinal Richloo zwischen dem Kleiderschrank und der Kommode. Karn sagte dem betagten Kanzler, daß der Zeitpunkt gekommen sei, an dem er Icksy helfen mußte, Dundor zu besiegen, denn sonst würde sie seinen – Richloos – geheimen Namen preisgeben und auch seine Farbe verraten (denn Kardinal Richloo war in Wirklichkeit pinkfarben und übermalt mit grüner Fingerfarbe, zu der Zeit, als er sich den Grünen angeschlossen hatte, damals im September, als Dundors Sohn Hans ermordet worden war und der Krieg begonnen hatte). Richloo war sehr bestürzt und aufgeregt, aber er versprach, Icksys Befehl zu befolgen und die Züge mit den Truppen auf dem Weg zum Ho Chi Minh Berg entgleisen zu lassen.

Als Karn, der Rabe, auf das Territorium der Roten zurückkehrte, begann die Dunkelheit des Schlafzimmers heller zu schimmern, und die Flügelschläge des Raben verursachten ein sonderbar pfeifendes Geräusch. Billy stockte der Atem. Er erkannte, daß er die Geschichte nicht mehr weiter erfinden mußte. Alles was jetzt geschehen würde, stand nicht mehr unter seinem Einfluß.

Karn flog höher und höher, und Billy fühlte sich hinter dem mächtigen Raben mitgezogen wie ein Wagen an einem Abschleppseil. Dann ließ sich der Rabe bei einer gewissen Höhe auf dem Zweig eines Baums nieder, und Billy fand sich am Fuß des Baums wieder. Ihm gegenüber stand ein junger Mann in einem weißen Anzug von der Art, wie er sie hier und da auf Seiten des Buchs *Junior Universe* seines Bruders gesehen hatte. Die Augen des jungen Mannes waren schwarz wie das Gefieder des Raben, und seine Lippen waren so rot, als hätte er sie mit Lippenstift geschminkt. Billy fühlte sich merkwürdig in seinem Pyjama unter dem Baum bei dem Treffen mit solch einer unheimlichen Person, aber neben diesem sonderbaren Gefühl empfand er eine neue Art von Erregung, wie er sie noch nie zuvor gespürt hatte.

»*Hallo, Billy*«, sagte der Fremde mit den roten Lippen mit einer polternden Stimme, die wie die des Weihnachtsmanns klang, obwohl er offensichtlich zu jung war, um der Weihnachtsmann sein zu können. »*So sieht man sich wieder.*«

»Du bist nicht der Weihnachtsmann.«

Die roten Lippen verzogen sich zu dem überlegenen Lächeln eines Erwachsenen. »*In der Tat, ich bin nicht der Weihnachtsmann.*«

»Wer bist du?«

»*Ich weiß das, und du mußt es herausfinden . . .*«

»Du bist ein heidnischer Gott.«

Der Fremde lachte. Es war ein herzliches, freundliches Lachen, und Billy erinnerte sich an den Vers mit dem fröhlichen Lachen des Weihnachtsmanns.

Der Fremde zwinkerte ihm zu und neigte den Kopf zur Seite. »*Das ist ziemlich nahe dran. Aber welcher heidnische Gott, kannst du das erraten?*«

Billy schüttelte den Kopf.

»*Hast du jemals von einem Gott namens* Mercury *gehört?*«

»Mercury«, echote Billy. »Mercury ist in einem Thermometer.«

»*Ja, und es gibt auch einen Planeten namens Mercury. Aber vor diesen Dingen war ich ein Gott. Gott Merkur. Der Gott der Diebe und Kriminellen, aber auch der Gott der Ärzte und Geschäftsleute. Gewiß wußtest du das. Hast du nicht die Hausaufgaben deines Bruders gelesen, die er für Miss Brophys Kurs schrieb, um einen Anrechnungspunkt zu erhalten?*«

»Stimmt«, sagte Billy. »Das hatte ich vergessen.«

»*Hattest du es vergessen – oder hast du gelogen? Na?*« Die roten Lippen verzogen sich zu einem leicht belustigten Lächeln. »*Merk dir, es ist nichts falsch am Lügen, solange man sich nicht erwischen läßt. Aber klüger als eine Lüge ist eine Halbwahrheit. Ich erhielt meinen Stab von Jupiter unter der Bedingung, daß ich niemals eine glatte Lüge sage. Einige sagen jedoch, ich erhielt den Stab von meinem Bruder Apollo, der in Wirklichkeit mein Halbbruder ist. Und ich kann mich nicht erinnern, was die Wahrheit ist, denn ich war zur Zeit der Übergabe in deinem Alter.*«

»Du meinst . . . den Merkurstab?« fragte Billy im Flüsterton.

Merkur nickte . . . »*Du hast die Hausarbeit deines Bruders gelesen, und so kennst du den geheimen Namen meines Stabs. Aber du weißt nicht, wo er versteckt ist und wie man ihn benutzt.*«

»Sag es mir!« drängte Billy.

»*Und warum sollte ich das tun?*«

Billy mußte nachdenken. Dann sagte er: »Weil du es versprochen hast. Du sagtest, wenn ich unser Gespräch geheimhalte, verrätst du mir ein Geheimnis.«

Der junge Gott plusterte die Federn an seinem geflügelten Helm auf und schien zu überlegen. »*War es nicht der Weihnachtsmann, der dir das versprach?*« entgegnete er schließlich.

Billy schüttelte heftig den Kopf. »Du warst es.«

»Warum denkst du das?«

»Weil es keinen Weihnachtsmann gibt.«

»Aber mich gibt es?«

»Ja.«

»Noch einmal, warum denkst du das?«

»Wenn der Giftstab dort ist, wo du sagst, dann denke ich das.«

Der Gott begann zu verschwinden, aber er löste sich nicht in der Dunkelheit ringsum auf, sondern schrumpfte zusammen. Als er fast so klein wie Billy geworden war, erinnerte Billy sich an etwas und rief: »Warte!«

»Ja?« sagte Merkur, während er weiter schrumpfte.

»Du sagtest, du bringst mir bei, wie er benutzt wird.«

»Nein, in Wirklichkeit sagte ich, daß du nicht weißt, wo er ist, und das weißt du ja auch nicht. Aber ich habe nichts versprochen. Ich habe nur gesagt, daß ich dir helfen würde, ihn zu finden. Und das werde ich tun. Er ist in der Garage.«

»Wo in der Garage?«

»Dort wo Karn ihn vielleicht findet, wenn er sucht.«

»Und wenn ich ihn habe, zeigst du mir dann . . .«

Merkur hob die Hand, und obwohl er nicht größer als einer der Kegel war, brachte die Geste Billy sofort zum Verstummen. *»Tu, was ich dir sage – und ich werde dir sagen, was du sonst noch wissen willst.«*

»Was muß ich tun? Sag es mir, und ich tue es heute nacht.«

»Bombe Dundors Eisenbahn in die Luft. Zerstöre sie völlig. Laß die Grünen überwältigen und das Volk von Wyomia versklaven. Tu das, und all die Macht des Merkurstabs wird dir gehören.«

»Schwöre es!« sagte Billy.

»Ich schwöre es beim Bart des Jupiter! Bei den Brustwarzen meiner Mutter Maia schwöre ich es! Und bei meinem Stab . . .« – plötzlich, gerade als er in einem Punkt von Helligkeit verschwand, tauchte der Merkurstab in Merkurs Hand auf, ein gewundener Stock, auf dem die abgetrennten Flügel eines toten Vogels befestigt waren – *schwöre ich es.*

Lange Zeit starrte Billy auf die Decke seines Schlafzimmers. Als er dann überzeugt war, daß alle im Haus schliefen, zog er seine Pantoffeln an und machte sich auf den Weg, um den versteckten Merkurstab zu suchen und die Anweisungen des Gottes auszuführen.

11

Der Zettel lag dort, wo Henry ihn finden würde, wenn er sich um Viertel vor zehn zum Frühstück hinsetzen würde, neben der Schale mit Müsli, die Madge ihm hingestellt hatte, als sie von der Nachtschicht heimgekehrt war. Es war eine linierte Seite, die aus einem Ringbuch herausgerissen worden war und auf der in Handschrift etwas stand, und Henry nahm auf den ersten Blick an, daß die Botschaft von Ned stammte. Er las und erkannte, daß nicht Ned, sondern Billy das geschrieben hatte. Er wußte nicht, ob ihn mehr erstaunte, was der Junge geschrieben hatte, oder die Tatsache, daß er fast so leserlich und richtig wie Ned schreiben konnte, der in der sechsten Klasse war.

Lieber Dad,
das mit gestern abend tut mir leid. Ich benahm mich wie ein kleines Kind. Warum sollte ich böse auf Dich sein? Wenn Du mir so schöne Geschenke zu Weihnachten machst. Ich sollte Dir vielen Dank sagen. Du bist ein wundervoller Vater. Hier ist ein dicker Kuß. Ich hoffe, du bekommst bald einen anderen Job.

Mit freundlichen Grüßen
Dein Sohn
William Michaels

Henry begann zu weinen. Zugegeben, er weinte leicht. Als er am ersten Weihnachtstag zum x-ten Mal *The Wizard of Oz* angeschaut hatte, während die Frauen sich um den Truthahn und die Zutaten gekümmert und die Jungen ihre Spielzeuge ausprobiert hatten, waren Henry in regelmäßigen Intervallen die Tränen gekommen, vom Vorspann bis zu Dorothys Rückkehr nach Kansas zu ihrer Familie. Sogar bei zweien der Werbespots war er gerührt gewesen. Alles, was einen Anflug von unerfüllbaren Hoffnungen, tapferen Leiden, ergebener Treue oder großen Illusionen hatte, konnte Henry zu Herzen gehen und entweder feuchte Augen oder eine Tränenflut hervorrufen, je nach Stand seines Wasserreservoirs.

An diesem Morgen war der Pegel niedrig, und das Vergnügen des Weinens machte bald praktischen Erwägungen Platz. Wenn der Junge tatsächlich selbst den kleinen Brief geschrieben hatte, anstatt ihn von seinem Bruder hatte schreiben lassen, dann vergeudete er seine Zeit bei den Erstkläßlern. Der Gedanke, daß er Billy zurück in Schwester Symphorosas Klasse schicken mußte, beunruhigte ihn bereits.

Henry rief Ned zu sich und fragte ihn, ob er den Brief geschrieben hatte. Ned verneinte.

»Wie hat er so gut schreiben gelernt? Hast du ihm geholfen?«

»Nein. Aber manchmal schaut er mir über die Schulter, wenn ich meine Hausaufgaben mache. Und, ja, einmal sollte ich ihm zeigen, wie ich den Bleistift halte, ich glaube, das war vor einem Jahr. Aber ich dachte, er wollte malen. Er schreibt prima, nicht wahr? Ich meine für einen Sechsjährigen.«

»Ist er im Lesen auch so frühreif?«

»Das weiß ich nicht. Er ist da ein bißchen geheimnistuerisch. Ich nehme an, weil es ihm *auch* gefällt, wenn ihm etwas vorgelesen wird. Er sagt sich vermutlich, wenn wir wissen, wie gut er lesen kann, werden wir ihm nicht mehr vorlesen. Er sieht sich begeistert die *Sesamstraße* an. Und ich habe gesehen, daß er heimlich Bücher ohne Bilder las oder jedenfalls Bücher mit ziemlich uninteressanten Abbildungen. Wie zum Beispiel meine Enzyklopädie.«

»Warum hast du mir das nicht schon eher gesagt?«

Ned zuckte die Achseln. »Was gibt es da zu sagen? *Ich* konnte schon im Kindergarten lesen. Nicht schreiben, aber lesen. Viele Kinder können das, es ist nichts Besonderes.«

Henry erkannte, daß sein Stiefsohn nicht so erfreut war wie er, ungewöhnliche Talente bei Billy zu entdecken. Bis jetzt hatte Ned überdurchschnittliche Leistungen auf der Schule gezeigt und die besten Noten mit nach Hause gebracht, sogar in Betragen und Sport. Ned freute sich vielleicht nicht über die Konkurrenz eines noch tüchtigeren jüngeren Bruders.

»Wo ist Billy im Augenblick?« fragte Henry.

»Der ist mit seinem Schlitten unterwegs. Im Park, nehme ich an.«

»Allein?«

»Vermutlich mit Ronny Tuttle. Ich weiß es nicht. Ich bin nicht der Hüter meines Bruders. Ich möchte wissen, woher er das Papier hat. *Er* besitzt kein Ringbuch. Er muß eine Seite aus meinem Ringbuch herausgerissen haben.«

»O Ned, sei nicht so kleinlich. Was ist schon ein Blatt Papier?«

»Es geht nicht um das Papier. Es ist eine Sache der Privatsphäre. Du möchtest auch nicht, daß jemand in deinem Schreibtisch herumkramt, oder?«

Henry lächelte verständnisvoll. Es freute ihn immer, wenn einer der Jungen durch gute Argumente Punkte machte. Jeder Punkt war ein Schritt vorwärts auf dem Weg zur juristischen Fakultät, ein Ehrgeiz, den er insgeheim für beide Jungen hegte. Madge hingegen wünschte, daß Ned Arzt wurde; das hatte sie ihm gesagt.

Ned zog sich mit dem Gefühl zurück, einen Punkt gegen Henry gemacht zu haben, und Henry, der viel davon hielt, seinen Impulsen zu folgen, anstatt lange zu überlegen, suchte die Telefonnummer der Pfarrei der Muttergotteskirche heraus und rief dort an. Zum Glück meldete sich Pfarrer Youngermann und nicht Pfarrer Windakiewiczowa. Pfarrer Youngermann stimmte zu, Henry um halb zwölf zu empfangen, wenn er sich die Mühe machte, zur Pfarrei zu fahren. Kein Problem, sagte Henry, was nicht ganz stimmte, denn er konnte nirgendwohin legal fahren, denn man hatte ihm '69 den Führerschein abgenommen, nachdem er betrunken einen Unfall verursacht hatte. Durch diesen Unfall war er im Krankenhaus gelandet, wo er Madge kennengelernt und sie aus einem Gipsverband heraus umworben hatte.

Henry ging zur Pfarrei und erklärte Pfarrer Youngermann die Situation. Der Pfarrer stimmte zu, daß Henrys Idee gut klang, aber er wies darauf hin, daß die Entscheidung von der neuen Direktorin der Schule, Schwester Fidelis, getroffen werden mußte. Pfarrer Youngermann telefonierte mit der Nonne, und sie war bereit, Henry zu einem Gespräch im Kloster zu empfangen, das zwei Blocks entfernt war, jenseits von Schule und Parkplatz.

Schwester Fidelis erwies sich als junge Frau mit hübschem Gesicht und einer üppigen Figur, deren Formen sich auch unter der Schwesterntracht abzeichneten. Sie war die Art Nonne, die man nur in Hollywoodfilmen sah, gespielt von Ingrid Bergmann oder Julie Andrews oder Sally Field. Henry erklärte sein Anliegen und seine Besorgnis über Billys Rückkehr in Schwester Symphorosas Klasse, und Schwester Fidelis nickte immer wieder verständnisvoll und gab sogar einige Kommentare zum Thema Schwester Symphorosa ab. Ohne daß Henry darum bitten mußte, schlug sie vor, daß Billy, wenn er tatsächlich so gut lesen und schreiben konnte, wie es nach dem Brief an seinen Vater den Anschein hatte, und wenn er außerdem einfache Addition und Subtraktion beherrschte (oder mit ein bißchen Privatunterricht erlernte), in die zweite Klasse versetzt werden konnte. Es überraschte Henry, auf so wenig Widerstand zu stoßen, und das gab er auch offen zu, bevor er das Kloster verließ.

»Oh, es ist unser Ziel, talentierte Kinder zu fördern«, entgegnete Schwester Fidelis mit einem verbindlichen Lächeln. »Es ist jetzt alles anders, als es zu unserer Schulzeit war. Wie alt sind Sie, Mr. Michaels – um die Fünfunddreißig?«

Henry zuckte zusammen. Frauen schätzten ihn für gewöhnlich jünger ein, als er war. »Nahe dran«, sagte er. »Dreiunddreißig.«

»Nun, als wir zur Grundschule gingen, gab es das noch nicht, daß Kinder Klassen überspringen, ganz gleich wie intelligent sie vielleicht waren. Als Grund nannte man für gewöhnlich, daß solche Kinder nicht richtig in die Gesellschaft hineinwachsen, wenn sie nicht mit genau Gleichaltrigen in einer Klasse sind. Aber das ist Unsinn. Der wahre Grund war einfach, daß nur wenige Lehrer bereit waren, die Herausforderung anzunehmen, die diese Kinder darstellten. Es ist leichter, zu leugnen, daß die Begabten besondere Anforderungen an den Unterricht stellen, aber ich finde es nur fair, daß wir den Talentierten mehr geben, wenn wir mehr von ihnen erwarten, besonders wenn sie so jung sind wie Ihr Sohn und nicht einfach Büchereien plündern können. Oh, ich befürchte, ich habe mich wieder von meinem Lieblingsthema hinreißen lassen. Sie müssen mir verzeihen.«

»Ihnen verzeihen?« antwortete Henry in ihrer freimütigen Art und ihrer schnellen Sprechweise, ähnlich einem Tenor, der sich bei einem Duett dem Tempo einer Sopranistin anpaßt, das sie angeschlagen hat. »Alles, was Sie gesagt haben, ist Musik in meinen Ohren. Es machte mir wirklich Sorge, daß Billy seine Stunden mit Ringelreihen verbringen muß, obwohl er längst das Dividieren lernen könnte. Verstehen Sie mich jedoch nicht falsch. Ich will keinen Druck auf den Jungen ausüben, damit er ein neuer Einstein wird. Aber ich möchte, daß er in seinem eigenen natürlichen Tempo vorankommt. Es sieht aus, als wäre das schnell genug, ohne daß ich das forciere.«

Schwester Fidelis lachte, aber auf verschwörerische Weise. »Nun, Mr. Michaels, Sie sollten nichts gegen Ringelreihen sagen. Es ist eine jahrhundertealte Tradition, und wenn sie sich so lange gehalten hat, muß es einen Grund dafür geben. Aber bevor ich mich zu einer langatmigen Lektion über die Geschichte der Gruppentänze hinreißen lasse – über die ich praktisch nichts weiß –, muß ich mich wirklich entschuldigen. *Zwei* Pianoschüler warten auf mich.«

Henry hielt ihr die Hand hin und zeigte sein freundlichstes Lächeln. »Schwester, es war mir ein Vergnügen.«

Schwester Fidelis reichte ihm die Hand, bekräftigte ihr Versprechen und fügte hinzu: »Ich sollte dies nicht sagen, Mr. Michaels, aber ich hoffe wirklich, daß Ihr Sohn so intelligent ist, wie Sie meinen.«

»Nun, auf Wiedersehen, Schwester.«

»Auf Wiedersehen, Mr. Michaels. Fahren Sie vorsichtig, die Straßen sind heute glatt.«

Henry stieg das Blut in die Wangen. Er hatte sich noch nie so sehr wegen des Führerscheinentzugs geschämt wie in diesem Augenblick.

12

Um sechzehn Uhr, als es zu dämmern begann, startete Madge Michaels den Motor ihres Dodge Monaco, ließ ihn laufen, bis sie sicher war, daß er nicht wieder ausging, und fuhr rückwärts aus der Garage. Sie zermalmte die Plastiklok des Zugs, mit dem Dundors Truppen transportiert wurden, mit dem rechten Hinterrad und noch einmal mit dem rechten Vorderrad. Sie hatte das Autoradio eingeschaltet, und so hörte sie nicht das Bersten von Plastik. Und weil sie nach hinten auf den Zufahrtsweg hinausblickte, sah sie nicht das Wrack, das auf dem Boden der Garage zurückblieb. Selbst wenn sie es gesehen hätte, wäre ihr nicht klargewesen, welche Auswirkungen dieser ›Unfall‹ für die armen Grünen haben würde, die jetzt zur Niederlage und Sklaverei verdammt waren, und im besonderen Fall von Dundor zur Anklage und zur Enthauptung mit der Axt.

Billy, der im Lagerraum der Garage saß, wurde jedoch Zeuge der Zerstörung der Spielzeugeisenbahn, und als er das Wrack sah, freute er sich. Sofort verlangte er kühn von Merkur, sein Versprechen zu erfüllen und ihm die Benutzung des Merkurstabs beizubringen, den er bereits hinter einem Stapel Gerümpel entdeckt hatte, wo Ned ihn versteckt hatte.

Götter sind natürlich nicht verpflichtet, unsere Gebete zu erhören, wenn es uns paßt. Viele werden vielleicht nie erhört. Aber Billy war nicht beunruhigt, als sich kein Bild in dem Halbdunkel formte, denn es war ihm klar, daß er die Entscheidung erzwungen hatte. Es reichte für jetzt, daß er den Giftstab genau dort gefunden hatte, wo er nach den Worten des Gottes sein sollte. Jetzt gehörte er ihm, und er war entschlossen, ihn zu verstecken, wo Ned niemals danach suchen würde – auf dem Speicher, unter einer Isolierschicht. Billy war überzeugt, daß Merkur bald zurückkehren und sein Versprechen erfüllen würde. Unterdessen mußte die Vernichtung der Grünen weitergehen.

Er kehrte die Splitter der Plastiklok zusammen und warf sie in einen der Müllsäcke, die bereits in den Mülleimer in der Gasse hinter der Garage gebracht worden waren. Dann verbarg er den Merkurstab unter seiner Winterjacke, ging durch die Küchentür ins Haus, vergewisserte sich, daß niemand ihn sah, und schlich zum Speicher hinauf. Er hätte eigentlich Angst haben sollen, denn Ned hatte ihm gesagt, daß auf dem Speicher der Geist von Opa Obstschmecker umging, den Billy als sehr fetten Mann in Erinnerung hatte, der versucht hatte, ihm den gekrümmten Griff des Spazierstocks um den Hals zu haken, wenn er sich zu nahe an seinen Schaukelstuhl herangewagt hatte. Eine Erinnerung, bei der Billy erschauerte. Es war alles, was Billy von dem Mann in Erinnerung hatte, aber es reichte, um den Speicher zu einem Ort des Schreckens zu machen. Jetzt fühlte sich Billy jedoch unter dem Schutz von Merkur, und er fürchtete sich nicht vor dem Speicher und Opa Obstschmeckers Geist. Er fürchtete sich vor nichts Übernatürlichem.

Er versteckte den Merkurstab unter der grauen Isolierwolle, die die lange Rinne zwischen den Bodenbalken auf dem östlichen Teil des Speichers ausfüllte, wo keine Bretter verlegt waren.

An diesem Teil des Speichers neigte sich das Dach so nahe zum Boden, daß sich Billy bücken mußte, um sich nicht die Kopfhaut an Nägeln aufzureißen, die aus den modrig riechenden Balken ragten. Er streichelte über die vertrockneten Flügel des Merkurstabs und ließ seinen Schatz unter der Schicht Isoliermaterial zurück.

Und dort lag er viele Wochen lang ungestört, wenn auch nie vergessen. Dicke Schneedecken legten sich auf das Dach darüber, schmolzen, froren und wurden durch noch höhere Schneeschichten ersetzt. Dundor wurde enthauptet (mit einer Laubsäge) und seine Leiche wurde in den Hängenden Gärten von Wyomia aufgehängt, damit alle Bürger erschauern und trauern konnten. Reinhardt wurde zum König gekrönt, und am Tag seiner Inthronisation überredete ihn seine Mutter, einen Erlaß zu unterzeichnen, der jedem die Todesstrafe androhte, der nicht den Gott Merkur verehrte und ihm keine Opfer in Form verbrannter Süßigkeiten darbrachte. Zum Glück für den Frieden des Königreichs wagte es keiner der unglücklichen Grünen – jetzt alle versklavt – gegen Reinhardts Erlaß aufzubegehren, doch selbst diese allgemeine Unterwerfung bewog den Gott nicht, wieder mit Billy zu sprechen. Billy strengte seine Augen an, um ihn vielleicht jenseits der dunklen Schlafzimmerdecke zu sehen, aber er nahm nur zufälliges Flackern von schwachen Farben wahr, aus denen sich weder ein Gesicht noch eine Szenerie ergaben.

Unterdessen war er in der Welt des Tageslichts in der zweiten Klasse und dort bereits Klassenbester, sogar im Rechnen. Seine neue Lehrerin, Miss Beane, war keine Nonne, aber Mitglied eines Ordens. Miss Beane, eine kleine, dicke, rothaarige Frau mit Brillengläsern, die wie zwei Miniatur-Fernsehschirme aussahen, machte Billy sofort zu ihrem Lieblingsschüler und stellte ihn allen im Klassenzimmer 201 als Vorbild hin, die noch nicht das Addieren und Subtrahieren beherrschten. Billy hatte das in drei Tagen gelernt, und dann hatte er sich aus eigenem Antrieb heraus und ohne es jemand zu erzählen, mit dem Multiplizieren und Dividieren beschäftigt. Das Rechnen war für Billy etwas so Natürliches wie das Schwimmen; er konnte nicht verstehen, warum andere Kinder deswegen so ein Theater machten.

Die zweite Klasse machte ihm viel mehr Spaß als der Unterricht in der ersten Klasse, die ›Kindergartenklasse‹. Ihm gefiel nur nicht, daß er den dümmeren Kindern zuhören mußte, die vorzulesen versuchten, aber selbst das gab ihm das neue Gefühl der Überlegenheit. In der ›Kindergartenklasse‹ war das Gewinnen und Verlieren nur Teil eines Spiels – und nicht mal ein Spiel wie Schach, bei dem man etwas denken mußte, sondern kindische Spiele wie zum Beispiel Fangen. Aber die zweite Klasse war das Wahre. Dort gab es für jedes Fach Noten, und man bekam entweder gute oder schlechte, bestand oder versagte, und die Kinder, die versagten (meistens die schwarzen), würden schließlich von der Schule geworfen werden, sich Drogen zuwenden, Straßenräuber werden und am Ende im Gefängnis landen, während die Kinder, die in der Schule ihr Bestes gaben, schließlich aufs College gehen und im Leben Erfolg haben würden. Einiges davon hatte Billy selbst herausgefunden, und ein Teil hatte er Bemerkungen von Miss Beane und Unterhaltungen zwischen seinem Vater und Ned entnommen.

Nicht, daß sich Billy, der erst im April sieben wurde, Sorgen wegen der noch sehr fernen Zukunft gemacht hätte, in der er entweder als erfolgreich oder als Versager betrachtet werden würde. Im Augenblick orientierte er sich einfach nur und erfreute sich an dem, was Miss Beane gern als die Welt der Bücher bezeichnete. Er hatte jetzt eine eigene Büchereikarte, mit der er sich bis zu acht Bücher gleichzeitig ausleihen konnte. Zuerst hatte er überwiegend Bilderbücher ausgewählt, denn man konnte ein Buch, das hauptsächlich aus Bildern bestand, im Nu zu Ende lesen. Aber als er dann an einem Samstag Mitte Februar Madge fragte, ob sie ihn zur Bücherei fahren konnte, wies Madge ihn darauf hin, daß er erst vorgestern acht Bücher ausgeliehen hatte. Billy wandte ein, daß er alle acht Bücher ausgelesen hatte. Madge erklärte sich bereit, ihn zur Bücherei zu fahren, aber nur unter der Bedingung, daß er richtige Bücher auswählte, die gelesen werden mußten, und keine Bilderbücher. Die Lektüre der richtigen Bücher machte Billy viel mehr Spaß, denn mit seiner Phantasie konnte er sich für gewöhnlich alles viel besser vorstellen, als es in den meisten Bilderbüchern dargestellt war. In den Bilderbüchern waren die Bilder gekritzelt oder verschwommen, während die Bilder, die Billy sehen konnte, indem er einfach die Augen schloß, klar und detailliert waren wie in einem Kinofarbfilm.

Das einzige Thema, in dem Billy sich nicht als geborenes Talent auszeichnete, war Religion. Er konnte die Antworten auf die Fragen des Katechismus gut genug aufsagen, wenn er aufgerufen wurde, aber es mißfiel ihm vieles, was er *tun* sollte, um ein guter Katholik zu sein. An einem Freitagnachmittag sollte ein Klassenspiel über den seliggesprochenen Pfarrer Martin Lugger aufgeführt werden, ein australischer Priester des Neunzehnten Jahrhunderts, der für die Marienverehrung verantwortlich war. Billy sollte die Rolle von Pfarrer Luggers Gefährten, Pfarrer Kreuzer, spielen, und dazu mußte er eines der Gewänder anziehen, das die Meßdiener während des Gottesdienstes trugen. Billy bestand jedoch darauf, daß das Gewand ein Mädchenkleid war, und wollte es nicht anziehen. Selbst als Pfarrer Youngermann, der selbst eine Soutane trug, ihm Vorhaltungen machte, blieb Billy hart in seinem Widerstand, und schließlich wurde die Rolle des Pfarrer Kreuzer von dem Jungen Jules Johnson gespielt und Billy wurde mit einem Minuszeichen in der Rubrik ›Zeigt kooperatives Verhalten‹ in der Schulakte gebrandmarkt.

Der vorletzte Tag im Februar war der Aschermittwoch, der erste Tag der Fastenzeit und der Tag, an dem die Katholiken zur Messe gehen und sich Asche auf die Stirn schmieren lassen. Sämtliche Schüler der Muttergottesschule mußten an der Messe teilnehmen und warten, während sich die Erwachsenen das Aschenkreuz holten, und dann waren die Kinder an der Reihe, Bankreihe um Bankreihe. Obwohl drei Priester den Job so schnell wie möglich erledigten und die Worte, die zu der Asche gehörten, wie Zungenbrecher perfekt meisterten

»BedenkeohMenschdaßduStaubbistundwiederzumStaubzurückkehrenwirst!
BedenkeohMenschdaßduStaubbistundwiederzumStaubzurückkehrenwirst!«

dauerte die Prozedur über eine halbe Stunde. Billy geriet an Pastor Windakiewiczowa, und ein großer Klacks Asche bedeckte die Hälfte seiner Stirn und fiel in schwarzen Sprenkeln über seine Nase und seine Wangen. Billy erkannte erst, welche Sonderausschüttung Asche er bekommen hatte, als er sich in der Schulpause im Spiegel auf der Jungentoilette sah. Er sah lächerlich aus, aber weil die Toilette voller Jungen war, konnte er die Asche nicht abwaschen. Alle anderen waren ohnehin gleichermaßen beschmiert. Die Asche wurde nur ein Problem, als er nach der Schule nach Hause gehen mußte. Für gewöhnlich gingen er und Ned zusammen heim, aber Ned nahm die Fastenzeit ernst und nahm an Exerzitien teil, bei der er eine zusätzliche Stunde lang in der Schule bleiben mußte. Billy weigerte sich, mit Ned an den Exerzitien teilzunehmen (die Morgenmesse hatte ihm bereits gereicht), und weil es zu kalt war, um auf dem Schulhof zu warten, machte sich Billy allein auf den Heimweg.

Sein Heimweg führte über die Coughlin Avenue zur Ludens und dann westwärts zur Calumet Avenue. In diesen Straßen gab es die meisten Geschäfte und den größten Autoverkehr. Aber es war langweilig, stets auf dem selben Weg heimzugehen, und wenn er über die Lind Street zur Calumet Avenue ging und sich dann nordwärts wandte, würde er durch den Brosner Park gehen. Oder wenn er nordwärts auf der Kuhn Avenue ging, kam er an dem Zweifamilienhaus vorbei, in dem er vor der Scheidung seiner Eltern gewohnt hatte. Ned würde nie den Weg über die Kuhn Avenue nehmen, denn er führte an der Weyerhauser Junior High-School vorbei, deren Schüler zur Hälfte Schwarze waren und die als verfeindet mit der Muttergottesschule galt. Aber Billy hatte noch nie Probleme auf dem Schulweg gehabt, weil er noch so klein war und größere Jungen ihn ignorierten und unbehelligt ließen. So entschied sich Billy am Nachmittag des Aschermittwoch, über die Kuhn Avenue nach Hause zu gehen.

Die Kuhn Avenue unterschied sich nicht sonderlich von der Calumet, abgesehen davon, daß die Häuser ein wenig enger zusammen standen und bei einigen die Fenster mit Pappkarton und Brettern vernagelt waren, weil die Scheiben zerbrochen waren. Und die Wagen auf den Zufahrtswegen waren manchmal halbe Wracks. Aber sonst war die Kuhn Avenue eine Straße wie alle anderen, mit Vorhöfen, mit zertrampelten oder unzertrampeltem Schnee, je nachdem ob Kinder in den Häusern wohnten, und vielen jungen Kiefern, die nicht viel größer als Weihnachtsbäume waren und als Ersatz für absterbende Ulmen gepflanzt worden waren. Auf den meisten Bürgersteigen war während des ganzen Winters der Schnee geräumt worden, und so bildete sich kein Eis, wie es auf den Bürgersteigen der Calumet Avenue im allgemeinen der Fall war.

Das Haus Kuhn Avenue 1633, in dem Billy gewohnt hatte, war cremefarben verputzt und mit braunen Holzleisten verziert. Die Familie Michaels hatte im oberen Teil des Hauses gewohnt, und eine Familie namens Cornings im unteren. Es gab nur drei Cornings: Marion, Orville und Bubby. Bubby war behindert und saß von morgens bis abends am Fenster, schaute sich den Verkehr an und schaukelte in dem Rollstuhl hin und her, auf dem er festgeschnallt war. Bubby hatte starken Eindruck auf Billy gemacht, als sie Nachbarn gewesen waren. In den Sommern, wenn Bubbys Rollstuhl auf dem Hof parkte, benutzte Billy Bubby als Publikum bei den nie endenden Abenteuern des Ronald Rabbit (das war in den Tagen bevor das Kegel-Königreich entstanden war), und obwohl Marion Corning das zuerst mißbilligte und versuchte Billy von ihrem Sohn fernzuhalten, der zehn Jahre alt gewesen war, hatte Bubby durch gurgelnde Laute und Gesten klargemacht, daß ihm diese privaten Theateraufführungen Spaß machten und er eine Fortsetzung wünschte.

Bubby war heute da. Wie üblich saß er am Fenster, und Billy fand, daß er seit der letzten Begegnung groß geworden war, fast wie ein Erwachsener. Er neigte den Kopf zur Seite, und sein Blick ging ins Leere. Auch als Billy einen sehr weichen Schneeball ans Fenster warf, um auf sich aufmerksam zu machen, zeigte Bubby keine Reaktion. Er saß einfach da wie eine Pflanze (Billy erinnerte sich, daß sein Vater das zu ihm gesagt hatte). Kinder wie Bubby gingen nie zur Schule, heirateten nicht, arbeiteten nicht und taten überhaupt nichts. Sie wurden nur gefüttert und wuchsen auf. Billy fand die ganze Sache faszinierend.

Dennoch verweilte Billy nicht lange vor dem Haus 1633. Es war zu kalt, und Bubby war zu teilnahmslos. Billy setzte den Weg über die Kuhn Avenue fort, bis er zur Ecke Pillsbury und dem eingezäunten Schulhof der Weyerhauser Junior High-School gelangte. Er sah die Jungen erst, als sie aus ihrem Versteck hinter einem geparkten Lastwagen sprangen und ihn packten und auf ihn einschlugen. Sie nahmen seine Schulbücher und warfen sie über die andere Seite des Zauns. Sie machten sich über die Asche auf seiner Stirn lustig und wuschen sie mit Schnee ab. Dann durchsuchten sie all seine Taschen nach Geld, und als sie keines fanden, hoben sie ihn an Armen und Beinen an, schwangen ihn hin und her und ließen ihn los, und er flog in einen großen Schneehaufen, den ein Schneepflug in die Gosse geschoben hatte. Als Billy sich aufrappelte und den Schnee aus den Augen blinzelte, waren die Jungen fort, aber er merkte sich ihre Gesichter und kannte ihre Namen und war so überzeugt, daß er es ihnen heimzahlen würde, daß er nicht mal heulte.

Zu Hause schnauzte ihn Oma Obstschmecker an, weil er nicht auf Ned gewartet hatte und über die Kuhn Avenue gegangen war, und während sie ihn anbrüllte, lächelte er still vor sich hin und sagte sich, daß er es auch ihr heimzahlen würde. Und allein dieser Gedanke schien zu wirken, denn mitten in ihrer Tirade bekam sie einen ihrer Migräneanfälle und mußte sich in ihrem Zimmer hinlegen. Als Ned heimkam, machte er großes Theater, weil Billy die Asche von der Stirn gewischt hatte. Billy kam gar nicht dazu, ihm zu erklären, wie es geschehen war. So machte sich Billy gar nicht mehr die Mühe, etwas zu seiner Rechtfertigung zu sagen, sondern er fügte Ned einfach der Liste seiner Feinde hinzu. Er nahm ein Buch, ging auf sein Zimmer und las, bis es Zeit zum Abendessen war. Heute abend gab es Pizza aus der Tiefkühltruhe, denn weder Madge noch Henry waren daheim, um etwas anderes zu bestimmen, und Oma O. liebte Pizza aus der Tiefkühltruhe so sehr wie die Jungen Pizza mochten.

Seit kurzem durfte Billy abends statt bis einundzwanzig Uhr bis zweiundzwanzig Uhr aufbleiben, aber heute abend ging er um zwanzig Uhr dreißig ins Bett. Er schaltete das Licht aus und schaute zur Zimmerdecke, überzeugt, daß Merkur über alles Bescheid wußte und zu ihm kommen würde – so überzeugt wie jemand, der an einer Bushaltestelle wartet und sich sicher ist, daß in der nächsten Viertelstunde oder in zwanzig Minuten ein Bus kommen wird.

Zuerst war da eine Art Blubbern, als wäre das Schlafzimmer zu einer gewaltigen Kaffeemaschine geworden, die mit kochendem Kaffee gefüllt war, und dann tauchte der Gott auf, nackt bis auf die geflügelten Sandalen und den Helm, mit dem er in der Enzyklopädie der Erwachsenen in der Bücherei abgebildet war. Der Merkurstab in seiner Hand sah genau aus wie der Stab, der auf dem Speicher unter der Isolierschicht versteckt war.

Billy sprach als erster. »Ich habe getan, was du gesagt hast.«

»Ja, ich weiß.«

Etwas an der Art, wie er das sagte, erinnerte Billy an den Weihnachtsmann und das Lied:

Er weiß, wenn du schläfst;
Er weiß, wenn du wach bist;
Er weiß, wenn du böse oder gut bist . . .

»O nein.« sagte Merkur heiter. *Ich beschäftige mich nicht mit ›böse‹ oder ›gut‹.«*

»Woher weißt du, was ich denke?«

»Ein Gott weiß das vor allem. Ich weiß auch, daß du dein neues Talent nutzen möchtest, und ich bin hier, um zu erklären, wie das geht. Aber du mußt aufmerksam zuhören, denn ich werde mich nicht wiederholen.

»Mein neues Talent? Nein«, sagte Billy vorsichtig, »ich möchte wissen, wie der Stab benutzt wird. Der Giftstab, durch den jemand krank wird.«

Merkur tippte mit der Spitze des Merkurstabs auf seine leuchtend roten Lippen. *»Während du das gesagt hast, Billy, hast du schon eines der Dinge getan, die du tun mußt, damit der Merkurstab wirkt. Du hast gereimt, ›benutzt wird‹, ›krank wird‹. Weißt du, wie man reimt?«*

»Wenn man Wörter benutzt, die gleich klingen, wie Haus und Maus?«

»Genau. Wenn du jemand mit der Macht des Merkurstabs verfluchst, muß der Fluch gereimt sein. Bis du ziemlich geschickt im Reimen bist, solltest du deine Flüche vorher gut ausarbeiten, damit sie genau hinkommen. Das ist das erste, was du wissen mußt. Als zweites mußt du wissen, daß du den Merkurstab nicht benutzen kannst, um etwas rückgängig zu machen, das du getan hast. Du kannst ihn zum Heilen benutzen, aber nicht zum Beseitigen seines eigenen Fluchs. Als drittes mußt du dir merken, daß der Merkurstab, den du hast, schwach ist vom Mangel an Benutzung. Stell es dir vor wie bei einer Taschenlampe, deren Batterie fast leer ist. Er wird stärker werden, wenn du ihn benutzt, und du wirst seine Kraft auf andere, weniger auffallende Übermittler übertragen können, zum Beispiel auf einen Löffel oder eine Zigarette. Aber im Augenblick kann nur seine direkte Berührung Schaden anrichten. Eine letzte Warnung: er wird nicht töten. Nicht direkt. Er mag Beschwerden hervorrufen, die zum Tod führen werden,

und du wirst vielleicht durch Studien herausfinden, welche Beschwerden es sind und wie grausam oder gemildert ihre Pathologie ist. Aber der Tod als solcher ist in den Händen ... anderer Götter. Ich glaube, das genügt zu dem Thema. Hast du irgendwelche Fragen?«

»Wie lange wird die Kraft anhalten?«

»*Sie ist lebenslang garantiert.*«

»Wirkt sie bei Tieren?«

»*Gewiß. Bei allem, was wächst, auch bei Pflanzen.*«

Billy kicherte bei dem Gedanken daran, was er mit verschiedenen Hunden auf einigen Hinterhöfen anstellen konnte, wenn er sie auf dem Weg zur Schule passieren mußte.

Merkur lächelte. »*Jetzt, Billy, mußt du dich hinknien und mich anbeten.*«

»Was?«

»*Macht gibt es niemals kostenlos. Man muß dafür bezahlen, und für geistige Macht muß man mit Anbetung bezahlen. Leg einfach deine Hand auf die Spitze des Merkurstabs.*«

Merkur hielt ihm seinen Zauberstab mit der Spitze nach vorne hin. Billy legte die Hand darauf. Zu seiner Überraschung fühlte sich der Stab warm und nachgiebig an. Ein Geruch erfüllte die Luft, als würden auf einem Grill Hamburger verkohlen.

»*Sprich mir nach: Du, Merkur, bist mein Gott. Ich lege mein Leben in deine Hand.*«

»Du, Merkur, bist mein Gott. Ich lege mein Leben in deine Hand.«

»*Ich verpfände dir meine Seele.*«

»Ich verpfände dir meine Seele.«

»*Das schwöre ich bei diesem Stab.*«

»Das schwöre ich bei diesem Stab.«

Billy spürte kurz ein Jucken auf der Handfläche. Dann verschwand der Merkurstab und ebenso der Gott, und Billy war allein in der Dunkelheit. Er war schweißbedeckt und zitterte, und es erstaunte ihn, solche Macht zu haben.

13

Da Henry Michaels von seiner Frau Sondra geschieden war und Neds Mutter von ihrem Mann Lance geschieden war, waren sie beide bis in alle Ewigkeit zur Hölle verdammt, solange sie weiterhin als Mann und Frau zusammenlebten (oder solange Sondra Winckelmeyer und Lance Hill noch lebten). Dies war die Quelle eines allgemeinen bedrückenden, ja quälenden Gefühls für Ned, seit seine Mutter sich zu ihm gesetzt und ihm erklärt hatte, daß sie und Henry entgegen den Lehren der Kirche heiraten würden und der patzige kleine Billy Michaels sein Stiefbruder werden würde. Jetzt jedoch war die Wahrscheinlichkeit ihrer Verdammung für Ned zu Verzweiflung und einer ständigen Zwangsvorstellung geworden.

Neds Sorge war akut geworden, als in der dritten Woche der Fastenzeit ein afrikanischer Missionar zur Muttergottesschule gekommen war, um für die oberen Klassen die Exerzitien abzuhalten. Im Verlauf dieser Exerzitien hatte der Priester, Pfarrer Borghese, die Leiden der Seelen in der Hölle beschrieben, der Seelen derjenigen, die gestorben waren, während sie in wilder Ehe (wie seine Mutter mit Henry Michaels) gelebt hatten, oder die bei einer Abtreibung oder einem Autounfall gestorben waren, kurz nachdem sie die Sünde der Unkeuschheit begangen hatten. Pfarrer Borghese hatte die Qualen und den Übelkeit erregenden Gestank der Hölle beschrieben und von dem schrecklichen Leid der Verdammten gesprochen, denen für immer der Anblick Gottes versagt blieb. Dann hatte er mit einer Stimme, die so schön klang wie die eines Sängers, gefragt: *Warum? Warum* tun Leute so etwas? *Warum* setzen sie ewiges Glück für ein paar flüchtige Augenblicke fleischlicher Befriedigung aufs Spiel? Immer wieder war das *Warum* des Priesters durch die Muttergotteskirche gehallt, und es hatte keinen Weg des Entkommens, kein Verstecken für Ned vor der sicheren Verdammung gegeben, die der Priester gegen seine Mutter und Henry ausgesprochen hatte. Ihr wieder zum Leben erweckter Körper würde mit offenen, eiternden Wunden bedeckt sein, ihre Münder würden mit dem Schleim unsterblicher Würmer und Skorpione gefüllt. Und sie würden heulend um Gnade flehen und keine bekommen. Es konnte kein Erbarmen für diejenigen geben, die zu Lebzeiten Gottes Liebe abgelehnt hatten. Seine väterliche Liebe würde ihnen bis in alle Ewigkeit versagt bleiben, und die Seelen der Seligen würden aus der himmlischen Herrlichkeit auf sie herabblicken und sich über den Schrecken und das Leid der Verdammten freuen.

Net hatte die so bildhaft dargestellte Verdammung seiner Mutter und Henry auf völlig neue Weise aus der Fassung gebracht. Es war anscheinend nur eine Sache von Tagen oder Wochen, bis sie ihre schreckliche Strafe erhalten würden. Er hatte schlimmere Alpträume denn je, aus denen er zitternd und schwitzend erwachte. Einmal machte er ins Bett. Madge begann anzudeuten, daß er vielleicht zu einem Psychiater gehen sollte, zu Dr. Helbron im Foshay Tower. Wie konnte er erklären, daß es nicht sein Problem war, sondern *ihres*, das Problem des ehebrecherischen Paars?

Am Mittwoch der Karwoche ging Ned zur Beichte bei Pfarrer Windakiewiczowa und fragte, was er persönlich tun mußte, um die beiden Sünder auf den rechten Weg zurückzubringen. Mußte er Madge und Henry Vorwürfe machen, weil sie als Ehebrecher zusammenlebten? Mußte er sie an die schrecklichen Gefahren erinnern, denen sie sich mit jedem Tag aussetzten, der ohne Reue verging? Sollte er, wie es andere aus Protest getan hatten, in den Hungerstreik treten, bis sie sich der heiligen Autorität der Kirche unterwarfen?

Nein, hatte Pfarrer Windakiewiczowa geraten, er sollte auf keinen Fall ein Wort zu beiden sagen. Ned mußte seine Bemühungen zu ihren Gunsten auf Gebete und vielleicht etwas mäßiges Fasten, wie zum Beispiel der Verzicht auf den Nachtisch, beschränken.

Es war Aufgabe ihrer Beichtväter, Madges und Henrys träges Gewissen aufzurütteln.

Würde Pfarrer Windakiewiczowa das dann tun? fragte Ned. Würde er Madge und Henry anrufen, einen Besuch vereinbaren und sie drängen, ihre Sünden zu bereuen und sich davon abzuwenden? Pfarrer Windakiewiczowa wurde an diesem Punkt ziemlich schroff und forderte Ned ziemlich unverhüllt auf, er solle sich um seine eigenen Angelegenheiten kümmern. Ned wurde eine ungewöhnlich harte Buße zugemessen (obwohl er eigentlich keine eigenen Verfehlungen zu beichten hatte, außer seiner unfreiwilligen Verwicklung in das unerlaubte Zusammenleben seiner Mutter mit Henry) und aus dem Beichtstuhl entlassen.

Wie bei dem Mann im Evangelium war Neds letzte Verfassung schlimmer als seine erste. Er ging durch den sonnigen Aprilanfang wie ein Gefangener zu seiner Hinrichtung. Wie konnte er weiterhin mit ihnen zusammenleben? Wie konnte er sich zu ihnen an denselben Tisch setzen, obwohl er wußte, daß es bald ihr Fleisch sein würde, das geschmort und gebraten wurde, nicht irgendein Steak? Und es war ihm verboten worden, auch nur darüber zu sprechen!

Aber das war nicht genau das, was sich der Priester von ihm hatte versprechen lassen. Er konnte nicht mit seiner Mutter oder Henry darüber sprechen, aber von Billy war nicht die Rede gewesen. Billy war gerade erst sieben Jahre alt geworden, bereitete sich jedoch schon auf die Kommunion vor, er war intelligenter als die meisten Siebenjährigen. Vielleicht konnten sie *zusammen* etwas tun, um ihre Eltern vor der Hölle zu retten. Auf jeden Fall konnten sie darüber *reden*.

Als Ned nach Hause kam, war Billy jedoch nicht in seinem Zimmer und auch nirgendwo unten im Haus, und seine Jacke und die Gummischuhe standen in der Diele bei der Hintertür, was bedeutete, daß er irgendwo im Haus sein mußte. Oma Obstschmecker war allein in ihrem Zimmer und döste vor einer Werbesendung, die im Fernsehen lief. Kein Anzeichen von Billy im Keller, in den anderen Zimmern oben oder auf der Veranda.

Nur eine Möglichkeit blieb.

Ned öffnete die Tür zum Speicher und spähte die steile Treppe hinauf. »Billy? Bist du da oben?« Ned hörte ein Rascheln. »Billy?« rief er von neuem.

Diesmal antwortete Billy. »Ja, ich bin hier oben, hau ab.«

Ned stieg die Treppe hinauf. Die Luft war hier oben kälter als draußen und sehr feucht. Groll gegen Billy stieg in ihm auf. Der

Speicher war nie offiziell als Neds Domäne erklärt worden, aber er betrachtete ihn als solche. Billy sollte eigentlich Angst dort oben haben und sich vor Opa Obstschmeckers Geist fürchten.

Oben auf der Treppe schaute sich Ned um und sah Billy am fernen Ende des Speichers hocken, wo der Boden nicht mit Brettern bedeckt war. Ein langer Strahl der untergehenden Sonne fiel durch das westliche Dachfenster und stach durch die Luft zu dem Jungen, wie um ihn bei seiner unerlaubten Anwesenheit bloßzustellen.

»Was machst du hier oben?« fragte Ned.

»Das geht dich nichts an.«

»Ich dachte, du hast Angst auf dem Speicher?«

»Warum sollte ich Angst haben? Hast du welche?«

»Nein«, sagte Ned. Dann dachte er darüber nach und erkannte, daß er vielleicht doch welche hatte. Er hatte die Geschichte mit Opa Obstschmeckers Geist erfunden, um Billy einen Schrecken einzujagen, und er wußte, daß es keine Geister gab. Aber die Seelen der Leute lebten irgendwo weiter, und lange verstorbene Heilige kehrten oftmals in Visionen zurück. Was war da der Unterschied zwischen einem Geist und einer Vision?

Billy lächelte hämisch. »Doch, du hast Angst, das sehe ich dir an.«

Ned schüttelte den Kopf. »Warum bist du hier oben?«

Billy zuckte die Achseln. »Um zu spielen.«

»Aber es ist kalt.« Ned spürte bereits, daß er eine Gänsehaut bekam, weil die kalte, feuchte Luft durch sein dünnes Baumwollhemd drang.

»Ich habe einen Pullover an.«

Ned bemerkte, daß Stücke von Isoliermaterial an Billys Pullover und seiner Kordhose hafteten, als hätte er sich in dem Zeug gewälzt. Er ging näher zu der Stelle, an der Billy hockte. Die kalten Dielen knarrten.

Billy wich zurück. »Was willst du? Siehst du nicht, daß ich beschäftigt bin?«

»Beschäftigt?«

»Laß mich in Frieden!«

Ned war jetzt überzeugt, daß Billy etwas Falsches tat, aber er konnte sich nicht vorstellen, was. Billy war viel zu jung, um die Sünde der Unkeuschheit zu begehen. Aber wie konnte man sonst ganz allein auf einem Speicher sündigen? Ohne bewußt eine Strategie zu entwickeln, sagte sich Ned, daß es das beste war, offen die Sache mit den gefährdeten Seelen ihrer Eltern zur Sprache zu bringen. »Ich war vorhin beichten«, begann er.

Zuerst konnte sich Billy nicht vorstellen, worauf Ned hinauswollte. Er nahm an, daß Ned von irgendeiner Sünde sprechen wollte, die er begangen hatte, doch es drehte sich alles darum, daß sein Vater und Madge in die Hölle kommen würden, weil sie nicht verheiratet waren.

»Aber sie sind doch verheiratet«, wandte Billy ein. »Sie haben das Hochzeitsfoto in ihrem Schlafzimmer.«

»Nicht in den Augen der Kirche. Nur ihre ersten Ehen zählen – die deines Vaters mit Sondra und die meiner Mutter mit Lance. Mit denen sind sie in Wirklichkeit verheiratet.«

»Ich halte das für blöde.«

»Aber wenn sie sterben, werden sie in die Hölle kommen. Automatisch. Das kannst du nicht einfach ignorieren.«

»*Du* behauptest das. Aber Daddy geht zur Kommunion. Das könnte er nicht, wenn er eine Todsünde begangen hätte.«

»Das kommt nur zu den Sünden hinzu. Wenn man zur Kommunion geht, obwohl man mit einer Todsünde lebt, wird alles nur schlimmer.«

»Warum redest du mit *mir* darüber?« fragte Billy. »Du solltest mit *ihnen* reden.«

Ned schüttelte betrübt den Kopf. »Das kann ich nicht.«

»Wenn sie in die Hölle kommen, ist das ihre eigene Schuld, aber *ich* bezweifle, daß sie in die Hölle kommen, weil sie es sich anders überlegt haben, mit wem sie verheiratet sein sollten. Meine Mutter sagt, sie ist jetzt viel glücklicher, als sie es mit Mr. Winckelmeyer war. Was kann mein Dad also tun? Er kann nicht hingehen und mit den Winckelmeyers leben. Und *dein* Dad ...« Billy verstummte diplomatisch. Es war ein ungeschriebenes Gesetz, daß niemand jemals über Lance Hill sprach.

»Was ist mit meinem Dad?« fragte Ned bedrückt.

Billy lächelte gönnerhaft; eine Kopie des Lächelns, das er bei seinem Vater gesehen hatte, als der Name Lance Hill erwähnt worden war.

»Was ist mit meinem Dad?«

Billy seufzte und wiederholte, was Madge betrunken in der Küche zu Henry gesagt hatte: »Er ist ein Schwuler.«

Billy wußte nicht, was das Wort bedeutete, und so war er nicht auf Neds Reaktion vorbereitet. Ned sprang auf ihn zu und wollte ihn packen, aber es gelang ihm nicht richtig. Billy rutschte auf den Knien zur Seite und duckte sich tief unter den Dachsparren. Ned schlug nach ihm, traf jedoch eine Dachsparre, und ein hervorstehender Nagel riß eine lange rote Furche über seinen Handrücken. Er schrie auf. »O mein Gott!« entfuhr es ihm, und dann überlegte er, ob er soeben eine Todsünde begangen hatte. Angesichts dieser Möglichkeit wurde er noch wütender. »Ich werde dich *umbringen*!« drohte er Billy an.

»Ich habe das nicht gesagt«, verteidigte sich Billy. »Deine Mutter sagte das. Ich hörte es nur, als sie mit Vater sprach.«

Ned wußte, daß Billy die Wahrheit sagte, aber das machte es ihm nicht leichter.

Blut lief über seine Hand und tropfte von seinen Fingerspitzen. Die roten Tropfen wurden schwarz, als sie auf die Schicht Isolierwolle fielen. Und dort, als weise sein Blut darauf hin, war die geflügelte Spitze des Merkurstabs. Ned schob den kleinen Hügel aus Isoliermaterial zur Seite, der den Stab bedeckte, an dem die Flügel befestigt waren. »Du hat ihn *gestohlen*! *Das* hast du hier getrieben. Du hast ihn gestohlen und bist hier raufgegangen, um ihn zu verstecken.«

»Rühr ihn nicht an!« warnte Billy und gestikulierte zu Ned, als wollte er einen Vogel verscheuchen, der sich auf dem Rasen niedergelassen hatte.

»Rühr ihn nicht an!« echote Ned. »Du sagst *mir*, ich soll ihn nicht anrühren? Das ist ja wohl das Letzte! Weißt du, was das ist? Weißt du, was ich damit ausrichten kann?« Ihm fiel ein, welche Geschichten er Billy über die Zauberkräfte des Giftstabs erzählt hatte. Und er entschloß sich, seinem Bruder eine Lektion zu erteilen.

»Er ist gefährlich«, sagte Billy und wich zurück.

»Und ob er das ist. Er ist so gefährlich, daß er dir . . .« Er sprach seine Drohung nicht vollständig aus, denn er hatte den Merkurstab in seine blutende Hand genommen, und plötzlich ging ein Zittern durch seinen Körper, als blase ein Wind durch ihn hindurch, ein spannungsgeladener Wind, der mit elektrischer Kraft an seinem Gewebe zerrte, Atome und Moleküle verdrehte und neu ordnete, die Desoxyribo-Nuklein-Säure, Träger der Erbsubstanz, zerschmetterte, wie ein Sturm das Fenster eines Hauses zerschmettern mochte, und durch die Lymphen, Muskeln, Venen und Arterien tobte und neue Kraft sammelte, um neu zu zerstören und neue Schmerzen zuzufügen, Schmerzen, die so unvorstellbar waren, daß Ned nicht in der Lage war, etwas zu sagen. Er wollte den Merkurstab loslassen, doch seine Hand war wie daran geschweißt, als hätte er eine Hochspannungsleitung angefaßt, was in gewisser Weise der Fall war. Die Vibration hatte sich in jedem Teil seines Körpers ausgebreitet; in seinen Ohren, so daß er eine Art Heulen hörte, das Geräusch von Verdrehung und Verzerrung von Knochen und Bändern; in seiner Kehle, so daß er weder sprechen noch Atem holen konnte; in seinen Knöcheln und Knien, so daß seine Beine nachgaben und er hinfiel, einen Bodenbalken mit der Hüfte streifte und mit dem Gesicht in dem Isoliermaterial landete. Dessen Fasern kratzten in seinen Augen, und er hatte nicht einmal die Selbstbeherrschung, um die Lider geschlossen zu halten.

»Ich habe es dir gesagt«, sagte Billy leise und vorwurfsvoll. »Aber du wolltest ja nicht hören.« Er ergriff Ned am Arm und zog ihn auf die Seite.

Ned begann zu würgen. Seine Augen quollen hervor, und die Lider begannen unregelmäßig zu flattern. Dann wurde sein zuvor angespannter und zitternder Körper schlaff, und der Merkurstab fiel ihm aus der Hand.

Billy bückte sich und hob ihn auf. Ein Rest der Kraft, die den Merkurstab erfüllt hatte, rief in Billys Hand ein sonderbar angenehmes Prickeln hervor, das fast so schnell verschwand, wie er es gespürt hatte. Zurück blieb ein Gefühl der Trauer, aber auch der großen Ruhe. Er wußte einfach, was er tun mußte, um zu verhindern, daß man ihm die Schuld für das

Geschehene gab. Es gab keinen Grund, ihm die Schuld zu geben; das mit Ned war ein Unfall. Billy hatte nie vorgehabt, den Fluch, den er dem Merkurstab eingegeben hatte, auf seinen Stiefbruder zu übertragen:

Verdammter, dreckiger, gemeiner Bubi
Wenn ich dich berühre, bist du wie Bubby!

»Es tut mir leid«, sagte Billy ruhig. »Es tut mir ehrlich leid. Aber ich hatte die Worte bereits gesagt. Und ich kann sie nicht rückgängig machen. Ich wollte sie bei den Burschen anwenden, die mich zusammengeschlagen haben. Ich hätte sie niemals bei dir benutzt.« Es waren Tränen in seinen Augen. Er sagte die Wahrheit. Es war ein Unfall gewesen.

Neds Körper begann sich langsam auf und ab zu bewegen wie in einer Wiege. Speichel floß aus seinem aufklaffenden Mund, lief übers Kinn und tropfte in das Isoliermaterial. Billy bückte sich und schaute ihm ins Gesicht. »Kannst du mich verstehen?«

Ned gab rhythmische wimmernde Laute von sich, genau wie Bubby Corning, als er ihn kennengelernt hatte, damals an der Kuhn Avenue, bevor Bubby ganz zu einer ›Pflanze‹ geworden war.

Billy versteckte den Merkurstab in einem anderen Teil des Speichers. Dann ging er hinunter auf die Toilette und entfernte systematisch jedes Stückchen Isoliermaterial vom Pullover und der Hose. Die Speichertür hatte er offengelassen, damit sein Vater genau wußte, wo er suchen mußte, wenn er Ned vor dem Abendessen suchte. Er wußte, daß es Fragen geben würde, wenn Ned gefunden wurde, und um ein Alibi für die Zeit nach der Schule zu haben, überredete er seine Großmutter zu einem Schachspiel. Sie spielte schrecklich schlecht Schach, war nie in der Lage, über den nächsten Zug hinaus zu denken und deshalb immer erstaunt und ärgerlich, wenn sie verlor. Billy ließ sie absichtlich die erste Partie gewinnen, damit sie zu einem zweiten Spiel bereit war. Gegen Ende dieser Partie kamen Henry und Madge mit einem Abendessen nach Hause, das sie im Chinarestaurant gekauft hatten.

Es war Madge, die Ned auf dem Speicher fand, und sie fuhr ihn im Dodge ins Krankenhaus. Im Krankenhaus konnte man natürlich nichts für Ned tun. Fast einen Monat lang wurde Ned untersucht, und Billy mußte ebenfalls eine Reihe von Untersuchungen über sich ergehen lassen, aber nichts half. Neds Verfassung blieb so wie die, in der Madge ihn vorgefunden hatte. Die Ärzte hatten keine Erklärung. Manchmal, sagten sie, geschehen diese Dinge. Manchmal gibt es keine Erklärung.

ZWEITES BUCH

14

Die Ulme im Hinterhof, die an der Ulmenkrankheit fast eingegangen war, lebte neu auf. Sie war nicht nur genesen, sondern strotzte geradezu vor Gesundheit, und Ned schien mit ihr in seltsamer Weise verbunden zu sein. Sein Bewußtsein erwachte, wenn das Licht der Morgendämmerung auf ihre Blätter fiel, und schlief erst wieder ein, wenn das letzte Glühen der Abenddämmerung vom Himmel verschwunden war. Er konnte *spüren*, wie die Säfte durch den Baumstamm strömten. Er nahm den wechselnden Druck der verschiedenen Membrane wahr, den Durst der Wurzeln, das gierige Drehen der unteren Blätter nach dem Licht, das ihnen der Schatten des Hauses versagte; er spürte all das in seinem eigenen Körper wie ein Lied, das stets im Radio läuft und einen mit seinem Takt sogar erfüllt, wenn man nicht daran denkt.

Nicht daß sich Ned selbst besser gefühlt hätte, weil ihm die wiedergeborene Ulme bewußt war. Sein eigener Körper blieb träge und betäubt, ein Anker aus lebendem Fleisch, der ihn stets bei vollem Verstand an die Bettcouch auf der nach Norden blickenden, von der Ulme beschatteten Veranda hinter seinem Schlafzimmer hielt. Es war Henrys Idee gewesen, Ned die wärmeren Monate dort draußen verbringen zu lassen, wo er beobachten konnte, was in der Gasse und auf dem Hof geschah. Tatsächlich bedeutete es, daß er beobachten konnte, wie sich die Blätter der Ulme in die Richtung drehten, die vom Wind bestimmt wurden. Aber selbst dieses zufällige Hin und Her spendete eine Art Trost, eine Linderung der Qual seines Dahinvegetierens, der Pein, nicht mehr in der Lage zu sein, als mit einem Blinzeln denjenigen, die die Bedürfnisse seines Körpers erfüllten – ihn fütterten, die Windeln wechselten, ihm die Fingernägel schnitten – anzuzeigen, daß er noch ein menschliches Wesen war und denken konnte, wenn auch nicht immer sehr klar, und daß Billy für seine Verfassung verantwortlich war, der kleine gottverdammte Billy, dessen Stimme und Schritte und täglichen Besuche auf der Veranda wie Flammen des Höllenfeuers waren, die Ned mit einem Haß versengten, der immer noch so stark war wie in den ersten Wochen im Krankenhaus, als ihm langsam klargeworden war, was geschehen war, und daß dieser lebende Tod immer andauern, eine *ewige* Qual sein würde.

Ewigkeit. Der afrikanische Missionar, Pfarrer Borghese, hatte bei den Exerzitien über die Ewigkeit gesprochen. Er hatte gesagt, daß kein Lebender jemals verstehen konnte, wie sie war, was es bedeutete, daß etwas einfach immer weitergeht, ein Schmerz, der sich nie ändert, ohne Hoffnung, daß es jemals Erleichterung gibt. Pastor Borghese hatte sogar das Beispiel eines Kranken angeführt, der im Bett liegt und sich von einer Seite auf die andere wälzt, Schleim hustet oder sich einen nassen Waschlappen auf die Stirn legt. In der Ewigkeit der Hölle waren selbst diese kleinen Erleichterungen den Verdammten versagt. »Wir können uns das nicht vorstellen«, hatte der Priester mit leiser, klagender Stimme gesagt, »wir verstehen das nicht.« Aber Ned verstand es. Ned hätte Pfarrer Borghese Lektionen über die Bedeutung von Ewigkeit und Hölle und Qualen der Verdammten geben können, von denen laut Pfarrer Borghese die schlimmste die Verzweiflung war, daß einem für immer der Anblick Gottes versagt blieb. Aber in diesem Punkt hatte er sich geirrt. Nach nur kurzer Zeit in der Hölle hört der Verdammte auf, an Gott zu glauben, und denkt, er hat nie daran geglaubt. Oder die Verdammten glauben an eine ganz andere Art Gott, nicht an den gütigen, freundlichen Schöpfer des Himmels und der Erde, sondern an den grausamen Architekten des Infernos, in dem die Verdammten wohnen, einer der hämisch in seiner Macht und Herrlichkeit auf die Verdammten herabblickt, sich an ihrem Leiden weidet und Befriedigung dabei empfindet.

So ein Gott war Billy Michaels.

Nicht daß Billy hämisch gewesen wäre. Fast das Gegenteil stimmte. Er war der ideale kleinere Bruder und treue Gefährte, stets bereit, ihn zu füttern, und er gab nie den unbewiesenen Gedanken auf, daß Ned einen wachen Verstand in der zur Untätigkeit verdammten Hülle seines Körpers hatte, ein Gedanke, den Henry und Oma Obstschmecker seit langem aufgegeben hatten, jedoch um Madges willen halbherzig aufrechterhielten. Aber Billy hatte anscheinend überhaupt keinen Zweifel. Früh am Morgen und gleich nach der Schule setzte er sich zu Ned ans Bett und las die Comics in der *Star Tribune* vor, hielt die Zeitung vor Neds Gesicht und zeigte ihm jede der Figuren, von Lucy in ›Peanuts‹ über Dagwood und Dennis bis zu Mark Trail. Er las den Text in den Sprechblasen vor und erklärte Witze. Oder er erzählte Ned von den Ereignissen des Tages in der Schule oder Nachbarschaft, wer bei Gemeinschaftskunde durchgerasselt war, wer nachsitzen mußte, weil er sich auf dem Schulhof geprügelt hatte, welcher Nachbar sich eine Beule in die Stoßstange gefahren hatte. Oftmals machte er die Hausaufgaben in Neds Schlafzimmer am Tisch neben dem Fenster, während Ned, in seiner Paralyse gefangen, auf dem Bett lag und zur Decke oder Wand starrte, je nachdem wie sein hilfloser Körper zuletzt gebettet worden war, und sich die Bemerkungen seines Peinigers anhören mußte. Er mußte es über sich ergehen lassen, daß Billy seine Hausaufgaben laut vorlas, lange Katechismuslektionen zitierte, die Biographie von Daniel Boone und einen Aufsatz über die ersten Astronauten im Weltraum vorlas. Sogar im Sommer fuhr Billy unbeirrt damit fort, Ned mit seiner verdammten brüderlichen Liebe zu quälen. Schließlich wurde es eine Quelle der Besorgnis für Henry, daß sein Sohn zuviel Zeit mit dem Behinderten verbrachte und vielleicht etwas Krankhaftes an dieser aufopfernden Fürsorge war. Ned hatte ein Gespräch zwischen Henry und Madge gehört, als sie auf dem Hinterhof gesessen, Bier getrunken und auf die gegrillten Rippchen gewartet hatten.

»Ich sehe nichts Schädliches daran«, sagte Madge. »Es ist reine Herzensgüte, das ist alles. Wenn jemand mit acht Jahren lernt, freundlich zu sein, dann wächst er vielleicht zu einem freundlichen und gütigen Erwachsenen heran.«

»Nicht seine Freundlichkeit macht mir Sorge, sondern die *Zeit,* die er bei Ned verbringt. Mit ihm redet. Es ist wie diese Kegel, mit denen er zu spielen pflegte.«

»Du hattest nie etwas gegen das Spiel mit den Kegeln.«

»Da war er jünger.«

»Willst du damit sagen, daß Ned wie ein Kegel ist?«

»Nein, Madge, du weißt, daß ich es nicht so meinte.«

»Und er ist jetzt auf der Veranda und hört jedes Wort, das wir sagen.«

Henry hatte keine Antwort darauf, und ein paar Minuten später hörte Ned, daß die Verandatür geschlossen wurde.

Die Blätter der Ulme bewegten sich im Wind. Aus der Ferne klang das Geräusch eines Rasenmähers. Ein Rotkehlchen ließ sich auf einem Zweig der Ulme nieder und flog schließlich weiter. Die Ewigkeit dauerte an.

15

»Als ich in deinem Alter war«, schwelgte Henry in Erinnerungen, während er den Rechen gegen den Stamm der Ulme lehnte und eine Schachtel Kent aus der Hemdtasche zog, »gab es nicht diesen Blödsinn, daß man Laub in Müllbeuteln ›entsorgen‹ mußte, und es sprach auch keiner davon, es zu kompostieren. Wir verbrannten es einfach. Entweder in einer Mülltonne oder auf einem großen Haufen auf dem Hof. Das war eines der schönen Dinge in dieser Jahreszeit, der Geruch von Feuern im Freien überall wohin man ging. Ein schöner Geruch.« Er zündete eine Zigarette an, blickte nachdenklich auf die Flamme, bis sie zu nahe an seinen Fingern war, und schnippte sie aus.

»Können wir ein großes Feuer machen?« fragte Billy hoffnungsvoll. Er hatte die Aufgabe, den Stapel zusammengeharkter Blätter und Äste zu durchsuchen und alle längeren Äste auszusortieren, die den Müllsack durchstoßen konnten. Sein Hemd und die Hose waren mit Laub bedeckt, und Staub und Laubfetzen hafteten unter dem Hemd an seinem Nacken und juckten.

»Tut mir leid, Junge, aber wenn ein Streifenwagen vorbeikommt, müßte ich bei den Cops zweihundert Dollar Strafe zahlen, und das ist ein ziemlich hoher Preis für das Vergnügen, Laub zu verbrennen.«

»Warum harken wir das Laub überhaupt zusammen? Warum lassen wir es nicht einfach liegen, wo es ist?«

»Weil sonst der Rasen im Frühjahr nicht wachsen würde. Wenn du in einen Wald gehst, findest du nicht viel Gras. Wenn du also einen schönen Rasen haben willst, mußt du das Laub zusammenharken.«

Henry nahm den Rechen mit einem Seufzen und begann wieder einen Haufen Laub zusammenzuharken. Die Zähne des fächerförmigen Rechens fuhren durch das hohe Gras unter den Blättern, das Henry seit Anfang September nicht mehr gemäht hatte. Er mußte an die Haarbürste im Badezimmer denken, in der sich ständig ausgefallene Haare sammelten. Auf seinem Hinterkopf begann eine kreisförmige kahle Stelle deutlich sichtbar zu werden. »Nicht nur die Bäume verlieren ihr Dachstroh«, bemerkte er wehmütig.

Billy blickte auf, wartete auf »sondern auch . . .« was Henrys Worte abrunden würde. Als es nicht kam, fragte er: »Was ist Dachstroh?«

»Das benutzten die Leute in England, um das Dach ihrer Häuser zu decken, bevor Dachpfannen erfunden wurden.«

Billy schaute hinauf zum Dach des Obstschmecker-Hauses. Die ganze Zierbemalung war um alle Fenster im Obergeschoß und am Giebel des Speichers abgeblättert, und das Abflußrohr hatte sich von der Regenrinne gelöst, aber die Dachschindel wirkten alle in guter Verfassung.

»Es ist ein anderer Ausdruck für Haar«, erklärte Henry. »Ich dachte daran, daß ich mein Haar fast verliere wie die Bäume ihre Blätter. Das passiert bei manchen Männern, wenn sie älter werden, aber ich hatte noch nicht so früh damit bei mir gerechnet.«

»Was verursacht eine Glatze?«

»Billy, wenn ich diese Frage beantworten könnte, wäre ich Millionär. Einige Leute haben noch mit achtzig volles Haar, andere beginnen schon auf dem College kahl zu werden, und keiner weiß, warum. Es liegt manchmal in den Genen – und frag mich nicht, was Gene sind, denn ich weiß nur, daß sie der kleinste Teil jedes Menschen sind, so klein, daß man sie nur unter dem Mikroskop sehen kann und nur Ärzte auf Universitäten etwas über sie wissen.«

Billy nickte wissend. »Wir haben in der Schule über Gene gesprochen. Die Kinder erben sie von ihren Eltern. Ich habe die Hälfte meiner Gene von dir und die andere Hälfte von meiner Mutter, und ihr beide habt eure Gene von euren Eltern und so geht es zurück bis zu Adam und Eva.«

»Nun, du bist ein größerer Experte auf diesem Gebiet als ich.«

Billy zog einen langen Ast aus dem Laubhaufen und zerbrach ihn in drei handliche Stücke. »Als du in meinem Alter warst, hast du dich da an Halloween kostümiert und bei den Leuten gesammelt?«

Henry lächelte und nickte. »Klar, bis zu einem gewissen Alter.«

»Bis zu welchem Alter?«

»Zehn oder elf. Vielleicht auch zwölf. Ich war ein Knirps bis zur High-School, so konnte ich länger als die meisten Jungs bei den Leuten klingeln und Geschenke bekommen.«

»Wie hast du dich kostümiert?«

»Als Gespenst, als ich klein war. Dann war ich Pirat mit einer schwarzen Augenklappe und ein anderes Mal ein Tippelbruder. Und einmal muß ich eine Maske getragen haben, irgendein billiges Sonderangebot, denn ich erinnere mich, daß der Mund der Maske aufweichte und die Form verlor, nachdem ich ein Stück Apfelkuchen gegessen hatte, ohne sie abzunehmen. Ich kann mich jedoch nicht erinnern, was für eine Maske es war.«

Billy ließ die Falle zuschnappen. »Warum kann *ich* dann nicht sammeln gehen?«

»Darüber haben wir schon ausführlich gesprochen, Partner. Du weißt, warum.«

»Andere Kinder dürfen das. Es gibt kein Gesetz dagegen wie gegen das Verbrennen von Laub.«

»Aber deiner Schule gefällt das nicht, und sie macht an Halloween eine Feier, bei der ihr soviel Süßigkeiten bekommt, als ob ihr von Haus zu Haus gegangen wäret und darum gebettelt hättet. Und die Eltern brauchen sich nicht zu sorgen, daß jemand den Kindern übel mitspielt.«

»Du meinst, Rasierklingen in Äpfel stecken und so was?«

»Richtig, so was ist schon passiert.«

»Aber ich würde nicht zu Leuten wie der alten Mrs. Wirtz gehen. Ich würde einfach zu Leuten gehen, die eine Laterne am Fenster brennen haben. Das sagt auch Ralph. Er darf sammeln gehen, und er ist auch erst in der zweiten Klasse.«

»Aber er geht auf die staatliche Schule, nicht wahr? Und da gibt es keine Feier für die Kinder.«

»Aber ich will nicht auf die blöde Feier. Ich weiß, wie das laufen wird. Wir müssen in der Turnhalle sitzen und alte Filme anschauen. Und die älteren Kinder nehmen sich die besten Süßigkeiten selbst und lassen den Kleineren nur Popcorn und Äpfel und solches Zeug. So war es im vorigen Jahr.«

Henry seufzte. Er hatte in diesem Punkt volles Verständnis für seinen Sohn. Eine von der Schule veranstaltete Feier war nichts im Vergleich zu der Aufregung beim Sammeln von Süßigkeiten auf eigene Faust, und was die Gefahr von Rasierklingen in Äpfeln anbetraf, so sagte er sich, daß sie genauso groß war wie mit einem Flugzeug entführt oder von einem Blitz getroffen zu werden. Der wahre Grund für ein Verbot des Sammelns an Haustüren, den Schwester Fidelis in dem Brief verschwiegen hatte, den sie allen Eltern der Schüler der Muttergottesschule geschickt hatte, war die Tatsache, daß das Viertel jetzt zu einem Drittel von Farbigen bewohnt wurde und Horden von Grundschülern, die nach Einbruch der Dunkelheit mit Säcken voller Süßigkeiten herumliefen, praktisch eine Einladung zur Katastrophe waren. Aber natürlich wollte man das nicht so den Kindern sagen. Es würde zu sehr nach Vorurteil klingen.

In der Hoffnung, das Thema wechseln zu können, fragte Henry: »Was wirst du als Kostüm tragen?« Er setzte damit unausgesprochen voraus, daß er von dem Kostüm sprach, das Billy bei der Schulfeier tragen würde.

Zuerst schwieg Billy, weil er spürte, daß jede Antwort eine Kapitulation zugunsten der Schulfeier sein würde. Doch dann, fast als wäre er Henrys unausgesprochenen Gedanken gefolgt, kündigte er an: »Ich gehe als Schwarzer.«

»Was?« Henry war entsetzt. »Nein, das ist keine gute Idee, Billy.«

»Warum nicht? Ich schmiere mir Ruß auf die Hände und das Gesicht, wie ich es im vergangenen Sommer bei diesem Picknick ohne Absicht tat. Du fandest damals, daß ich wie ein kleiner Mohr aussah. Und Mutter lachte.«

»Billy, es gibt Kinder auf deiner Schule, die Schwarze sind, und für sie ist ihre Hautfarbe eine Sache, in der sie empfindlich sind. Sie würden denken, du machst dich über sie lustig.«

»Aber es ist nur eine Verkleidung. Wenn ich zu dieser blöden Feier gehen muß, dann will ich mich so kostümieren.«

Wieder einmal mußte Henry das Verhandlungsgeschick seines Sohnes bewundern.

»Weißt du was, Billy, wir überlassen die Entscheidung deiner Mutter. Wenn Madge nichts dagegen hat, daß du mit geschwärztem Gesicht zu der Halloween-Party gehst, dann kannst du so hingehen. Okay?«

»Okay«, sagte Billy. »Und andernfalls kann ich von Haus zu Haus sammeln gehen?«

»Nein«, sagte Henry entschieden. »Das kommt nicht in Frage. Und was hältst du davon, wenn wir jetzt die Müllsäcke fertig mit Laub füllen?«

Billy sagte nichts, schlenderte jedoch in scheinbarem Gehorsam zu den getrennten Haufen von Ästen, um dort die letzten aus dem Laub entfernten Stücke abzulegen.

Er überlegte, was sich auf *Glatze* reimen mochte.

Er starrte in den Haufen der Äste, als wären sie in Flammen.

Katze. Aber das paßte nicht. Und etwas anderes fiel ihm nicht ein, so sehr er sich auch bemühte. Er versuchte es mit *Kahlkopf*, aber er konnte sich nicht vorstellen, wie er dieses Wort in einen Fluch einbauen konnte, der wirken würde. Er hatte in den letzten anderthalb Jahren die Erfahrung gemacht, daß nur richtige Wörter wirkten. Wenn man Nonsenswörter benutzte, funktionierte der Fluch entweder überhaupt nicht oder war sehr schwach.

Er ging das Problem von einer anderen Richtung an.

Berühr den Griff dieses Rechen . . .

Aber er wollte Henry nicht *schwächen*. Er wollte, daß Henry eine Glatze bekam.

Dann erkannte er plötzlich, daß die Antwort ihn förmlich anstarrte. Er bückte sich und nahm einen der größten Äste von dem Haufen. Mit dem Ast in der Hand ging er zur Hintertür.

»Hey, wir müssen noch ein paar Müllsäcke füllen«, rief Henry.

»Ich muß aufs Klo«, log Billy.

Auf dem Weg zum Speicher und während er den Ast und den Merkurstab aneinanderrieb und die Kraft des einen Holzstücks auf das andere übertrug, murmelte er den Fluch vor sich hin, den der Ast tragen würde, und feilte an dem Text, bis er mit der Form zufrieden war:

Eine Berührung mit diesem Ast
Und schon du eine Glatze hast

Als er auf den Hinterhof zurückkehrte, ließ er den Ast auf eine Stelle des Rasens fallen, an der sein Vater noch nicht das Laub zusammengeharkt hatte. Mit einem spitzbübischen Grinsen bot er dann an, das Füllen der Plastiksäcke zu übernehmen.

Henry war froh darüber, daß er sich nicht mehr dauernd bücken mußte. Er zündete sich noch eine Zigarette an und wollte dann weiter harken, doch da kam Oma O. zur Hintertür und rief, daß ein Anruf vom Stellenvermittlungsbüro gekommen war und Henry am Telefon erwartet wurde.

»Hey!« sagte Henry. »Das könnte ein Job sein. Drück mir die Daumen, Junge.«

Er eilte ins Haus, und Billy fühlte sich plötzlich erleichtert. Fast von dem Augenblick an, in dem er den Ast auf den Rasen fallen gelassen hatte wie eine Mine, die zur Explosion bereit war, hatte er es bereut. Sein Vater verdiente wirklich nicht so etwas Schreckliches (Billy wußte, daß eine Glatze etwas Schreckliches für seinen Vater sein würde).

Er zerbrach den Ast in zwei Hälften und brach beide Stücke wiederum. Dennoch war er sich nicht sicher, ob dadurch der Fluch gebannt war. Verbrennen war bestimmt sicherer. Er schritt zu der Flanelljacke, die Henry auf das Holzgeländer der Treppe gehängt hatte, und nahm ein Streichholzbriefchen mit der Reklame von Hunt's Ketchup aus der Tasche.

Mit dem ersten Streichholz ließen sich die Aststücke leicht anzünden, aber die Flamme erlosch gleich. Die Aststücke, die Billy in Form eines Tipis aufgestellt hatte, fielen zusammen und blieben glimmend auf der Zementfläche liegen, die Billy am Fuß der Holztreppe als Feuerstelle benutzt hatte.

Der Wind blies das nächste Streichholz aus, das er anzuzünden versuchte.

Das dritte Zündholz ging an. Fasziniert beobachtete Billy, wie eine orangefarbene Flamme an einem Aststück emporzüngelte wie eine lebende Kreatur. Die Flammenkreatur kroch von einem Aststück zum anderen. Sie wuchs, schrumpfte und wuchs von neuem, als Billy im Winkel einen Ast an einen anderen hielt, wie man Kerzen von Docht zu Docht anzündet.

»Um Himmels willen! William! Was treibst du da?« Oma Obstschmecker stürmte die Treppe hinunter, bevor Billy einen klaren Gedanken fassen konnte. Sie riß ihm das angebrannte Aststück aus der Hand, packte die anderen, warf sie zu Boden und trat die Flammen aus.

»Du weißt, daß du nicht mit Streichhölzern spielen sollst. Was hat dich getrieben, so etwas zu tun? Und auch noch dicht bei dieser alten Holztreppe! Du hättest das ganze Haus in Brand stecken können. William, warum *grinst* du?«

»Es tut mir leid, Oma.« Aber er konnte das Grinsen nicht unterdrücken. Die Vorstellung, daß Oma Obstschmecker einen so kahlen Kopf hatte wie Schweinchen Dick, war zu erheiternd. Ihm war klar, daß er vielleicht bestraft werden würde, weil er das Feuer gemacht hatte, aber dann sah er vor seinem geistigen Auge Oma O. Kahl wie ein Ei, und er mußte wieder grinsen.

»Was findest du daran so lustig? William? Sag es mir!«

»Nichts, Großmutter.«

Vielleicht hat das Feuer den Fluch schon zerstört, sagte er sich. Vielleicht bekommt Oma O. keine Glatze. Es würde interessant sein, das herauszufinden. Wenn er die Sache so betrachtete, sozusagen wissenschaftlich, dann konnte er auch das Grinsen unterdrücken.

Oma O. musterte ihn seltsam, und dann gab sie ihr abschließendes Urteil ab. »Du bist ein merkwürdiger Junge, daran gibt es keinen Zweifel.« Dann ging sie ins Haus.

Einen Moment lang hatte Billy das Gefühl, das ihn schon oft beschlichen hatte, als er kleiner gewesen war und in die Dinge hatte hineinschauen können, als er Gesichter und Körper und Gebäude und Tiere gesehen hatte. Es war das Gefühl, sehr groß und zugleich sehr klein zu sein. Größer als der größte Erwachsene und kleiner als das kleinste Gen. Das Licht auf dem Hof schien zu flackern, als ob eine Wolke vor der Sonne vorübergezogen wäre, und ein Windstoß wirbelte einige der zusammengekehrten Blätter von den Haufen auf und verstreute sie auf dem Rasen. Dann verschwand das Gefühl, und es war wieder alles wie zuvor.

16

»Hey, hör dir das an, das ist interessant.« Billy richtete den Strahl der kleinen Taschenlampe auf den Text unter der Überschrift *Halloween* und las laut aus der *Junior Universe* Enzyklopädie vor:

Halloween ist eines der ältesten Feste, die wir feiern. Es fällt auf den 31. Oktober. Das Wort Halloween ist eine Verkürzung von ›All Hallows Eve‹, das heißt, der Vorabend vor dem christlichen Feiertag Allerheiligen. Aber Halloween und die damit verbundenen Bräuche reichen weit vor die christliche Zeit zurück. Halloween geht auf die Zeit der alten Druiden zurück, die in England und im nördlichen Europa lebten, als diese Gebiete noch ein weiter Wald waren, durch den des Nachts Wölfe streiften und die Menschen in Angst lebten. Für die Druiden begann das neue Jahr mit Halloween und nicht am ersten Januar, und so war für sie Halloween also der Silvesterabend!

Bei den Druiden hieß Halloween Oidhche Shamhna, das

ist der Vortag des Saman. Saman war der Gott des Todes für die Druiden, und man glaubte, daß Gott Saman am Vorabend seines Festes die Seelen aller Bösen versammelte, die im vergangenen Jahr gestorben waren und seit ihrem Tod in den Körpern von Tieren gelebt hatten.

»Hey«, bemerkte Billy, »das ist wirklich gruseliges Zeug, nicht wahr?«

Ned, der auf dem Bett in eine sitzende Position aufgerichtet worden war, hörte so stumm und machtlos zu wie jeder Günstling von Gott Saman.

Billy las weiter aus der Enzyklopädie vor:

In den Zeiten der Christenheit glaubten viele Leute weiterhin, daß der All Hallows Eve der Abend des Jahres war, an dem Geister und Hexen höchstwahrscheinlich im Freien herumwanderten. Sie setzten auch den Brauch der Druiden fort und machten große Feuer zum Dank für die Ernte des Jahres. In diese Feuer wurden Steine gelegt, ein Stein für jedes Mitglied der Familie. Am Morgen wurde die Asche der Feuer gesiebt und nach den Steinen gesucht, und wenn ein Stein fehlte oder beschädigt war, glaubte man, daß derjenige, den der Stein symbolisierte, im Laufe des Jahres sterben würde.

Obwohl wir in der modernen Zeit solchen Aberglauben nicht mehr akzeptieren, ist Halloween immer noch für viele verbunden mit dem Unheimlichen und Übernatürlichen. Die Laternen, die in den Fenstern unserer Wohnungen leuchten, sind eine Erinnerung an die Feuer der alten Druiden und ihre Waldwelt voller Hexen, Geister und besessener wilder Tiere. Für uns ist Halloween auch eine passende Zeit, um Dank zu sagen und die Annehmlichkeiten und Wohltaten des zivilisierten Lebens zu teilen. Und auch die Süßigkeiten!

Billy klappte den dicken Band mit Begriffen von G bis I zu und ging zu seinem eigenen kleinen Bücherschrank neben Neds Bett. Er betastete Neds Windel und vergewisserte sich, daß sie trocken war, und dann setzte er sich auf die Bettkante. Das einzige Licht im Zimmer war die Taschenlampe auf dem Tisch, an dem Billy gelesen hatte, und in dem fernen Schein sah Neds blasses, schlaffes Gesicht unheimlich aus; der Anblick hätte jedermann erschreckt, der nicht so daran gewöhnt war wie Billy. Einmal war er allein gewesen mit Oma Obstschmecker, die jedoch ein Nickerchen gemacht hatte, und er hatte seinen Freund Ralph Johnson mit auf Neds Zimmer genommen und ihn Ned anschauen lassen, der nur mit der Windel und sabbernd auf dem Bett gelegen hatte. Er hatte Ralph gezeigt, wie man sehen konnte, daß Ned lebte, indem man ihm einen Spiegel vor den Mund hielt, und er hatte Ralph aufgefordert, den Spiegel selbst zu halten, aber Ralph hatte sich nicht so nahe ans Bett gewagt. Seither hatten sie im Eß- und Wohnzimmer spielen müssen, wenn Billy Lust auf ein Spiel mit Ralph gehabt hatte. Ralph weigerte sich, in eines der oberen Zimmer zu gehen, weil Ned dort oben lag.

Auch ohne Ned in seinem Schlafzimmer hätte ein Außenstehender die Szenerie gruselig gefunden, wegen des Mini-Dschungels aus Pflanzen in Töpfen und Hängepflanzen in Körben vor den drei Fenstern, die auf die Veranda hinausblickten. Einige der Pflanzen waren Originalpflanzen aus den Hängenden Gärten von Wyomia (verschwunden aus Billys Zimmer durch den Erlaß des siegreichen jungen Königs der Kegel, Reinhardt), und andere waren ihre Ableger.

In den Töpfen und Körben gedieh genügend Efeu, um ein kleines Blumengeschäft zu versorgen. Trotz des Mangels an Licht und der minimalen Pflege gediehen alle Pflanzen mit dicken, gewundenen Stengeln und üppigen, gelblichen Blättern. Der Grund für diese unnatürliche Vitalität war, daß Billy die positiven Kräfte des Merkurstabs für ihre Gesundheit eingesetzt hatte, genauso wie er die Ulme im Hof vor dem Schicksal der anderen Ulmen in der Umgebung bewahrt hatte, die alle wegen der Ulmenkrankheit hatten gefällt werden müssen.

Zuerst hatte es Billy widerstrebt, den Merkurstab für eine so große Unternehmung zu benutzen. Die Ulme war riesig, fast doppelt so groß wie das Haus, und sie war anscheinend im ersten Stadium der Krankheit. Billy brauchte nicht daran erinnert zu werden, daß es mit der Kraft des Merkurstabs wie mit einer Batterie war: Wenn man sie nicht auflud, wurde sie leer.

Wenn er den Merkurstab in der Hand hielt und die Augen schloß und sich konzentrierte, konnte er sogar spüren, wie die Kraft vom Zauberstab in seinen Körper überging. Es war wie ein Zittern, das man spürt, wenn man über eine Brücke geht und gleichzeitig ein Lastwagen darüberfährt. Oder wie das Schwingen der Stimmgabel, die von Schwester Catherine angeschlagen worden war, als sie das Thema Klangwellen behandelt hatte. Aber da der alte Baum Madge und Oma O. soviel bedeutete, hatte Billy den Merkurstab eingesetzt, um die große Ulme gesund zu machen.

Sonderbarerweise hatte das Heilen der Ulme dem Merkurstab keine Kraft entzogen, sondern ihm neue Kräfte verliehen. Jetzt bewegte sich keine Stimmgabel mehr in seinen Händen, sondern etwas wie ein Elektrobohrer oder eine zuckende Schlange. Schließlich fand Billy den Grund heraus: die Ulmenkrankheit wurde von Käfern übertragen, die sich unter der Rinde des Baums eingruben, und der Merkurstab sorgte dafür, daß Hunderte, Tausende, vielleicht Millionen von Käfern krank wurden und starben. Die Heilung des Baums hatte vielleicht etwas von der positiven Kraft des Stabs aufgebraucht, aber nicht soviel, wie er aus dem gewonnen hatte, was er den Käfern angetan hatte. Als Billy das erkannte, brachte er den Merkurstab so oft wie möglich ins Freie (versteckt in seinem KISS-Ranzen), damit er aufgeladen wurde und gleichzeitig eine der Ulmen im Brosner Park rettete.

Er war stolz auf die Macht, die er hatte, und auf seine geheimen guten Taten zugunsten des Brosner Parks, aber er geriet nie in Versuchung, den Ruhm in Anspruch zu nehmen oder damit zu prahlen, nicht bei anderen Kindern und schon gar nicht bei Erwachsenen. Teils lag es daran, daß er nicht viele Freunde hatte, aber mehr noch unterließ er es aus einem verschwommenen, gleichwohl starken Gefühl heraus, daß die Kraft des Merkurstabs nur verringert werden konnte, wenn sie bekannt – und angezweifelt – wurde. Erwachsene glaubten nur an Phänomene ihrer Alltagswelt. Die Nonnen und Priester redeten von der Kraft des Gebets, aber eigentlich glaubten sie nicht daran, und ihre Ungläubigkeit war ansteckend wie eine Krankheit. Diese Erfahrung hatte er schon bei dem Streit um den

Weihnachtsmann machen müssen; er wollte sie nicht wiederholen, und so hatte er bei der Beichte Pfarrer Windakiewiczowa verschwiegen, was er Ned angetan hatte. Er hatte gebeichtet, daß er seinem Bruder ›Schaden zugefügt‹ hatte, aber er hatte darauf bestanden, daß es unbeabsichtigt gewesen war. Pfarrer Windakiewiczowa hatte keine Einzelheiten wissen wollen. Er hatte ihm eine Buße von zehn Vaterunser und zehn Ave-Maria zugemessen, und Billy war wieder im Stand der Gnade gewesen.

Es gab noch einen Grund, weshalb Billy niemals in Versuchung geriet, von dem Merkurstab und dessen Zauberkräften zu reden. Es gab eine ideale Person, mit der er sein Geheimnis teilen konnte: Ned war nicht in der Lage, überhaupt viel anderes zu tun, aber er konnte zuhören. Und die Dinge wurden klarer, wenn er sie Ned ausführlich darlegte. Wie zum Beispiel die Sache mit Schwester Catherine, die der ganzen Klasse einen Besuch im Como Zoo verweigert hatte, weil fünf Jungen verspätet aus der Pause gekommen waren. Billy hatte Schwester Catherine die Schuld gegeben, doch als er darüber mit Ned gesprochen hatte, war ihm klargeworden, daß sie vielleicht recht hatte. Diesen fünf Jungen konnte sie nicht vertrauen, daß sie bei der Klasse blieben. Sie befürchtete, sie würden auf eigene Faust losziehen. Deshalb blieb ihr keine Wahl, und es war nicht ihre Schuld, sondern die der Jungen.

Sie waren alle fünf Schwarze, aber das war etwas, das man nicht beachten sollte, denn ein Vorurteil war eine Todsünde.

»Es macht mir überhaupt nichts aus, daß der Zoobesuch ausfiel«, erklärte Billy seinem Bruder, dessen Kopf zur Seite gewandt war, so daß sein Blick auf den höchsten Korb mit einer Hängepflanze gerichtet war. »Ich war schon oft im Zoo. Aber es ist unfair. Sie machen etwas Falsches, und wir werden alle bestraft. Und wenn man sie verpetzt, wie es Geraldine McKune machte, als Lyman Sinclair ›ficken‹ unter die Vokabeln auf der Tafel schrieb, verprügeln sie einen. Geraldine ist ein Mädchen, und so wurde *sie* nicht verprügelt, aber sie schütteten Tinte auf die Ärmel ihres weißen Mantels, der in der Garderobe hing. Es war nicht zu beweisen, daß Lyman das getan hatte. Aber jeder, auch die Schwester, ist sich darüber im klaren, daß es einer der vier anderen getan haben muß, wenn es nicht Lyman war. Und das ist einfach nicht fair.«

Billy schaute Ned an, um eine Bestätigung zu erhalten, sah, daß Neds Kopf zur Seite ruckte, und bettete den Kopf wieder auf das Kissen.

»Sieh sich das einer an«, sagte Madge von der Türschwelle her. »Der kleine Samariter ist rund um die Uhr im Einsatz.«

Ohne sich zu ihr umzudrehen, wußte Billy, daß Madge getrunken hatte. Nüchtern sagte sie nicht viel außer ›Das ist schön‹ oder ›Wie interessant‹ oder ›Ich bin jetzt beschäftigt, stör deinen Vater‹, aber wenn sie trank, war eine Spur von Sarkasmus in allem, was sie sagte. Für gewöhnlich gefiel sie Billy besser, wenn sie betrunken war. Tatsächlich fanden die meisten Leute sie dann netter, einschließlich Henry, obwohl er sie immer ermahnte, etwas gegen ihr Alkoholproblem zu unternehmen, bevor es ernst wurde.

»Er ist trocken«, sagte Billy und zog sich vom Bett zurück.

Madge nickte und zupfte an dem schwarzen Halstuch, das sie unter dem Kinn verknotet hatte. Sie trug immer öfter schwarze Kleidung, wenn sie sich nicht in ihre Krankenschwesterntracht zwängen mußte. Sie hielt das für praktischer. Henry fand, daß sie in Schwarz wie eine alte Frau wirkte, und er schenkte ihr zum Geburtstag ein rotes Kleid, das sie jedoch fast nie trug. Billy fand, daß sie mit der schwarzen Kleidung hexenhaft aussah, und deshalb gefiel sie ihm, aber er sagte es ihr nie, vermutlich weil sie nie nach seiner Meinung fragte. Zwischen ihnen beiden herrschte Einvernehmen, sich so wenig wie möglich in die Quere zu kommen.

Ohne die Sache psychologisch zu betrachten, verstand Billy, daß Madges offenkundige Kälte daher rührte, daß sie jetzt mit Ned in dessen Verfassung leben mußte, eine Liebe für ihn empfand, die nie erwidert, aber auch nie begraben und vergessen werden konnte. So verübelte Billy es ihr nicht, aber er fühlte sich traurig, als er vor der Schlafzimmertür stand und belauschte, was Madge sagte, als sie sich allein mit Ned wähnte. Sie sprach mit leiser, eintöniger Stimme, wie eine der alten Frauen, die hinten in der Muttergotteskirche ihre Gebete murmelten. Er wünschte, er könnte irgendwie helfen, ihr irgendeine

Medizin geben, nach deren Genuß sie sich besser fühlte als nach dem Wodka, den sie im Gefrierfach des Kühlschranks hinter einem Stapel Tiefkühlkost verbarg, nicht um ihn vor irgend jemandem zu verstecken, denn alle wußten, daß er dort war, sondern einfach aus Höflichkeit.

Und in diesem Augenblick hatte Billy eine Eingebung, weil er in Gedanken bereits mit dem Merkurstab beschäftigt war und weil das mit Oma O. auf dem Hof passiert war. Es *gab* eine Medizin, die er ihr geben konnte. Er hatte gehört, wie sein Vater bei der Diskussion über ihr Trinken Alkoholismus als Krankheit bezeichnet hatte. Wenn das so war, dann konnte er, Billy, sie mit dem Merkurstab heilen!

Alkoholismus – was um Himmels willen reimte sich darauf? Oder Alkoholikerin? Billy fiel nichts ein. In diesem Fall mußte er die Worte umstellen, damit das schwierige Wort nicht am Ende war. Zum Beispiel: »Du bist jetzt keine Alkoholikerin mehr.«

Was reimte sich auf ›mehr‹?

17

Das Alter ist voller Leiden, aber für eine sauertöpfische, pessimistische Person – wie Mrs. Obstschmecker nun einmal war – hält das Alter noch mehr Ungemach bereit als für die übrigen. Dann findet man heraus, wer die echten Freunde sind. Die einzige verbliebene Person, die Mrs. Obstschmecker ehrlich als Freundin betrachten konnte, war Mrs. Wolfgren, aber vor einem Monat war Mrs. Wolfgren von ihrer undankbaren Tochter Karen in ein ›Heim‹ gesteckt worden. Es hieß ›St. Jude's Residence‹, aber St. *Judas* kam der Wahrheit näher. Jetzt hatte Mrs. Obstschmecker selbst an Madges freien Tagen, an denen sie ihre Mutter fahren konnte, keine Lust, Mrs. Wolfgren in dem trostlosen kleinen Zimmer zu besuchen, das sie mit einer anderen Frau teilen mußte, die irgendeine Art Krebs hatte und bald sterben würde. Es war zu schrecklich. Und es machte auch keinen Spaß mehr, Mrs. Wolfgren zu besuchen. Sie redete nur noch über ihre Verdauung und ihre Schlafstörungen, und sie brachte nicht einmal mehr die Konzentration für ein einziges Rommézspiel auf, geschweige denn für eine ganze Partie, und auf alles, was Mrs. Obstschmecker ihr sagte, reagierte sie ebenso apathisch wie Ned. Schrecklich, einfach schrecklich.

Aber sie konnte nicht immer nur im Haus herumhocken, dann würde sie allmählich enden wie Mrs. Wolfgren. Sie mußte aktiv bleiben, etwas unternehmen. Ihr Arzt sagte das, und Madge war der gleichen Meinung. Aber was? Gartenarbeit war die ideale Lösung, doch jetzt war Ende Oktober (der Morgen des Tags vor Allerheiligen), und es gab sehr wenig Gartenarbeit zu erledigen; sie konnte sich allenfalls um die Pflanzen im Haus kümmern, die jedoch alle prächtig gediehen und keine Pflege brauchten. Spazierengehen war gut, aber Mrs. Obstschmecker fühlte sich nicht mehr sicher beim Spazieren in ihrem eigenen Wohnviertel, und bei einem längeren Spaziergang machte ihr die rechte Hüfte zu schaffen. Sie konnte mit dem Bus in die Innenstadt fahren, aber St. Paul hatte sich in den letzten Jahren so sehr verändert, daß sie sich dort fast in einer Stadt eines anderen Staats fühlte, wie in Chicago oder Denver. Und wenn sie das andere Viertel im Zentrum besuchte, Minneapolis, mußte sie umsteigen und eine halbe Stunde länger auf den Anschluß warten, und dem fühlte sie sich nicht gewachsen, besonders nicht, wenn das Wetter so launisch war.

»Ich weiß, was ich mache«, sagte sie laut, als sie sich im Spiegel der Badezimmertür musterte. »Ich lasse mir die Haare machen.«

Sie brauchte keine Dauerwelle, denn sie hatte ihre letzte erst Anfang September gehabt. Eine Wäsche und Legen der Locken würde reichen, während Sonia sie manikürte. Plötzlich besserte sich ihre Stimmung, und sie fühlte sich fast heiter.

Sie zog ihren braunen Mantel an, setzte den randlosen Hut auf, der fast den gleichen Farbton hatte, und machte sich auf den Weg zur Bushaltestelle. Sie brauchte nicht lange auf den Bus zu warten, und lange Zeit war sie der einzige Fahrgast. An der Ecke Ludens und Coughlin bedankte sie sich höflich bei dem Fahrer (er war ein Schwarzer, der auf dieser Linie fuhr, so lange Mrs. Obstschmecker zurückdenken konnte), und er wünschte ihr einen guten Tag.

Und dort, zwischen dem Drugstore an der Ecke und einer neuen Wäscherei, war Ludens Schönheitssalon. Reklameplakate, die Frisuren zeigten, schmückten die Fenster und schirmten die Arbeitenden drinnen vor den Blicken der Passanten ab (zu dieser Stunde, an einem Freitagmorgen, gab es nur sehr wenige).

»Mrs. Obstschmecker!« rief Sonia und setzte ein freundliches Lächeln auf. »Das ist aber eine schöne Überraschung. Kommen Sie herein!«

»Ich hätte mich telefonisch anmelden sollen«, sagte Mrs. Obstschmecker und ließ sich von Sonia aus dem Mantel helfen. »Aber ich machte gerade einen Spaziergang, sah den Bus und handelte aus einem Impuls heraus. Ich hoffe, Sie können mich in Ihre Termine einschieben. Nur waschen und legen. Und natürlich die Maniküre.« Sie gab Sonia ihren Hut.

Mrs. Obstschmecker ließ ihre Massen auf dem Behandlungsstuhl nieder und empfand eine Mischung aus Besorgnis und Abenteuerlust wie in früheren Jahren, als sie bei einer Kirmes auf einem Karussell Platz genommen hatte. Sonia band Mrs. Obstschmecker ein Tuch um und senkte langsam den Rücken des Stuhls, bis Mrs. Obstschmeckers Kopf in der Porzellanmulde des Waschbeckens ruhte.

»Nun entspannen Sie sich einfach, meine Liebe«, sagte Sonia.

Mrs. Obstschmecker lächelte zu den Leuchtstofflampen empor und entspannte sich einigermaßen. Sie lauschte dem Rauschen des warmen Wassers, das in das Becken lief, und als sie die wohlige Wärme des Wassers spürte, schloß sie die Augen und stieß den Atem aus, den sie angehalten hatte, seit der Stuhl gesenkt worden war.

Es zischte leise, als Sonia Shampoo in ihre Hand drückte. Dann begann Sonia mit weichen Händen das Shampoo in Mrs. Obstschmeckers Haar einzumassieren und den Skalp zu bearbeiten. Es war ein prickelndes Gefühl, ein leichtes, angenehmes Kitzeln. Das gleichmäßige Tempo von Sonias Kopfwäsche wurde unregelmäßig, und dann hörte sie plötzlich auf.

»Mrs. Obstschmecker«, sagte sie in einem Tonfall, der fast drohend klang, »was haben Sie mit Ihrem Haar gemacht?«

»Wie meinen Sie das?«

»Haben Sie irgendein Färbemittel benutzt? Sie wissen, daß in Ihrem Alter das Haar sehr empfindlich ist. Es kann keine scharfe chemische Behandlung vertragen.«

Mrs. Obstschmecker wollte die Augen öffnen, doch sofort begannen sie vom Shampoo zu brennen. Und ihr Skalp kribbelte wie verrückt. »Ich habe *überhaupt* nichts mit meinem Haar gemacht«, protestierte sie schwach. »Was ist los? Warum fühlt sich das so . . .«

»Ich sage Ihnen eines, Lady«, unterbrach Sonia mit einer Stimme, die fast nicht mehr wiederzuerkennen war. »*Ich* bin nicht dafür verantwortlich. Dies ist reines *Baby*-Shampoo, und es enthält nichts, das . . . so etwas anrichten könnte.«

Mrs. Obstschmecker wollte sich aufsetzen, doch es gelang ihr nicht. Ihre Augen brannten. Ihre Kopfhaut schien in Flammen zu stehen.

»Legen Sie sich zurück«, sagte Sonia streng. »Ich werde das Shampoo ausspülen. Aber *ich* übernehme keine Verantwortung.«

Das warme Wasser rann über Mrs. Obstschmeckers Kopf und ihre Stirn, und sie spürte sofort Erleichterung, als es über ihre kribbelnde Kopfhaut lief. Aber diese Erleichterung verflog, als Sonia entsetzt hervorstieß: »Mein Gott!«

Mrs. Obstschmecker wollte sich aufsetzen, diesmal wirklich entschlossen, doch Sonia drückte sie grob zurück. »Nein«, sagte sie. »Lassen Sie mich erst ein Handtuch um Ihren Kopf wickeln. Und dann möchte ich, daß Sie gehen.«

Ohne sich die Mühe zu machen, das Haar zu trocknen, wickelte Sonia ein großes weißes Handtuch um Mrs. Obstschmeckers Kopf und stellte dann den Sitz auf.

»Ich verstehe das nicht«, sagte Mrs. Obstschmecker fast wimmernd. »Warum verhalten Sie sich so komisch? Sie schulden mir eine Erklärung.«

Sonia verschränkte die Arme vor ihrer Bluse, die ein paar Wasserflecke abbekommen hatte. »Sie wollen eine Erklärung? Schauen Sie in das Waschbecken.«

Mrs. Obstschmecker stand auf und blickte in das Waschbecken. Als sie den Kopf senkte, um auf die Masse schaumweißer Haare zu blicken, die den Abfluß verstopften, löste sich das Handtuch von ihrem Kopf und fiel auf ihre Schultern.

»Es ist nicht meine Schuld«, sagte Sonia eisig.

Zum ersten Mal seit ihrer frühesten Kindheit (denn als Mädchen war sie ziemlich ruhig gewesen und hatte nicht zu Anfällen oder Theater geneigt) bekam Mrs. Obstschmecker einen Schreikrampf. Sie betastete ihren Kopf, als könnte die Berührung den Anblick vertreiben, den sie sah. Kein Haar war mehr auf ihrem Kopf. Sie war so kahl wie Schweinchen Dick.

18

Als Henry gutgelaunt mit einer Plastiktasche, die sich mit einem dicken Kürbis und Süßigkeiten wölbte, nach Hause kam, kochte Madge vor Zorn. Sie hatte die meiste Zeit der letzten vier Stunden damit verbracht, ihre hysterische Mutter zu trösten oder wenigstens zu beruhigen. Schließlich war es nur ihrer beruflichen Erfahrung zu verdanken, daß sie ein paar Minuten für sich selbst gewinnen konnte, indem sie Mrs. Obstschmecker ein Placebo gab und ihr weismachte, es sei ein starkes Beruhigungsmittel. So hatte sie Zeit genug, um sich einen Wodka mit Orange zu mixen und dann den Anwalt anzurufen, dessen Name ihr Dr. Allard von der Chemotherapie gegeben hatte. Alex Grossbart hatte seine Kanzlei im Foshay Tower und war spezialisiert auf Schadenersatzklagen. Sie rief in der Praxis an, wurde bis zu Grossbart verbunden und erhielt seinen Rat, welche Schritte sofort unternommen werden mußten. Dann setzte sie sich hin und regte sich auf.

»Hey«, sagte Henry und stellte die Plastiktasche ab. »Was ist passiert? Warum bist du so früh vom Krankenhaus gekommen? Ist was mit Ned?«

»Warum kommst du so spät heim?«

Er hob die Arme in gespielter Kapitulation. »Hey, ich bin unschuldig. Ich habe nur die Anweisungen befolgt, die du mir heute morgen gegeben hast. Erinnerst du dich?« Er nahm den

Kürbis aus der Plastiktasche und hielt ihn als Friedensangebot hoch. »Ich habe den und die Süßigkeiten für Billys Party und andere Süßigkeiten für Kinder, die hier sammeln. Es gab ein Sonderangebot in Schokoriegeln. Willst du einen?«

Madge schnitt eine Grimasse. »Nicht zum Orangensaft.«

Henry blickte auf das fast leere Glas in Madges Hand. Er kannte sie gut genug, um zu wissen, daß sie allenfalls zum Frühstück Orangensaft pur trank und sonst nur einen Schuß davon in Wodka gab, aber er enthielt sich einer diesbezüglichen Bemerkung. »Etwas muß passiert sein. Das sehe ich dir an.«

»Es geht um Mutter«, sagte Madge und ließ die Schultern sinken. »Sie hatte einen Unfall. Und ich kann das nicht verstehen. Es ergibt keinen Sinn.«

»Verdammt. Ist sie wieder gefallen?«

Madge schüttelte bekümmert den Kopf. »Sie hat ihr Haar verloren.«

Henry hob fragend die Augenbrauen und setzte sich zu seiner Frau an den Küchentisch. »Das mußt du mir näher erklären.«

Madge holte tief Luft und berichtete, was ihr beim Warten auf Henry schon ein dutzendmal durch den Kopf gegangen war – wie Oma O. im Krankenhaus aufgeregt und fast verwirrt angerufen hatte; wie sie, Madge, vergebens versucht hatte, *ihn* zu erreichen, damit er die arme Frau aus dem Schönheitssalon an der Ludens Street abholte (»Aber du weißt doch, Madge, daß ich für gewöhnlich um diese Zeit nicht hier bin« – ein Protest, der ihm nur einen bösen Blick einbrachte); wie sie zum Schönheitssalon gefahren war, Oma O. einem Zusammenbruch nahe angetroffen hatte und von der Besitzerin des Salons angeschrien worden war. »Als wäre es Mutters Schuld! Die arme Mutter saß dort mit zitternden Händen und war völlig außer sich, was ich ihr nicht verdenken konnte. Es sah so schrecklich aus. Aber du darfst nichts zu ihr sagen, Henry. Sie ist *sehr* empfindlich in diesem Punkt, jeder wäre das.«

»Wenn ich das richtig verstanden habe, ging sie in einen Schönheitssalon, ließ sich die Haare waschen und verlor durch das Shampoo *alle* Haare?«

»Nun, offenbar war es kein Shampoo. Entweder handelt es sich um einen Verpackungsfehler, oder Sonia lügt, denn sie schwört, daß es ganz normales Baby-Shampoo war, das sie im Großhandel kaufte. Ich hatte die Geistesgegenwart, mir den Rest des Shampoos zu schnappen, das sie benutzte, und so kann es analysiert werden. Ich drohte ihr an, sofort die Polizei anzurufen, wenn sie mir das Shampoo nicht überläßt. Sie war fast so aufgeregt wie Mutter. So etwas kann ihr Geschäft ruinieren. Es ist nur eine kleine Klitsche. Und sie ist nicht gegen so etwas versichert.«

Henry versuchte sich seine Schwiegermutter mit Glatze vorzustellen.

»Henry, das ist nicht lustig. Das ist ernst. Mutter ist in einer schrecklichen Verfassung. Stell dir vor, *dir* wäre das passiert.«

»Du hast natürlich recht. Aber wir können wohl nicht viel tun. Werden die Haare wieder wachsen?«

Madge blickte ihn finster an. »Woher soll ich das wissen? Gott, ich hoffe es. Mutter ist überzeugt, Krebs zu haben. Sie muß gehört haben, daß Haarausfall eine Nebenwirkung der Chemotherapie ist, und sie wirft Ursache und Wirkung durcheinander. Sie ist völlig außer sich, aber der Anwalt sagt, daß wir sie fotografieren müssen. So bald wie möglich. Ist ein Film in der Kamera?«

»Der Anwalt? Ich höre zum ersten Mal was von einem Anwalt.«

»Dr. Allard von der Chemotherapie gab mir seinen Namen. Er ist auf Fälle von Produkthaftung spezialisiert.«

»Dr. Allard oder der Anwalt?«

»Henry, bitte, das ist kein Spaß! Ich ging zuerst zur Chemotherapie, weil ich die haarsträubende Idee hatte . . .«

»*Haar*sträubende? Wer macht hier Späße?«

»Henry. Ich ging dorthin, weil ich dachte, sie haben vielleicht eine besondere Perücke zur Hand. Manchmal, wenn sie Frauen beraten, die eine Chemotherapie mit der Aussicht auf starken Haarverlust vor sich haben . . .«

»Oh, das klingt schlimmer, als eine Glatze zu bekommen.«

Madge trank ihren Wodka-Orange und schnitt eine Grimasse. »Jedenfalls hatten sie keine Perücke, aber als ich fragte, schlug Dr. Allard vor, Verbindung mit dem Anwalt Alex Grossbart im Foshay Tower aufzunehmen. So rief ich ihn an, und er sagte, daß wir sofort Fotos von ... dem Unfall machen sollen. Im Profil und von vorne. Wenn wir den Hersteller verklagen, sind die Fotos wichtig als Beweis vor Gericht. Wenn also kein Film in der Kamera ist, kannst du einen besorgen?«

»Klar. Aber muß es auf der Stelle sein? Der Laden hat bis neun Uhr auf.«

»Wann auch immer.«

»Zu schade, daß es keine positiven Rollen für kahlköpfige Frauen gibt. Bei den Männern gibt es Kojak und Yul Brynner und, äh, Meister Proper. Aber für Frauen gibt es nicht viel.«

Bevor Madge entscheiden konnte, ob er das sarkastisch oder ernst meinte, knallte die Haustür zu, und einen Augenblick später tauchte Billy in der Küche auf und erklärte mit tränenüberströmtem Gesicht und mit einer Miene, die einen tragischen Verlust widerspiegelte: »Ich gehe nicht zur Halloween-Feier!«

»Billy-Boy, was ist das Problem? Hast du dich in der Schule geprügelt?« Henry klopfte auf seinen Schoß. »Komm, setz dich und erzähl uns, was passiert ist.«

Billy schüttelte den Kopf und wischte sich mit dem Ärmel seines Flanellhemds die Tränen von der Wange, aber er ging nicht näher zu seinem Vater. »Ich habe mich nicht geprügelt. Ich habe nichts Falsches getan. Ich ging nur zur Tafel, um Zahlen zu teilen, und alle fingen zu lachen an. Die Schwester verbot ihnen das Lachen, und sie hörten eine Weile auf, und ich erklärte, wie oft sechs in fünfundneunzig geht.«

»Da muß ich passen«, sagte Henry. »Wie oft?«

Aber Billy ließ sich nicht aufheitern. Er starrte finster auf den Küchenboden, und neue Tränen bildeten sich in seinen Augenwinkeln. Henry empfand plötzlich den vertrauten Schmerz elterlicher Hilflosigkeit. Er kniete sich neben Billy und schloß ihn in die Arme, bis sich der Körper des Jungen der Kraft seiner Liebe ergab, er die Umarmung erwiderte und ernsthaft zu heulen begann.

»Ich habe *nichts* getan«, schluchzte er. »Aber alle lachten, und dann sah die Schwester, was es war, und nahm es von meinem Rücken und zerriß es. Aber sie wollte nicht sagen, was es war. Alle mußten eine Viertelstunde nachsitzen, weil keiner verriet, wer es mir an den Rücken geheftet hatte. Es war nicht

Janet Daly, die ihren Platz hinter mir hat, denn sie fehlte heute, weil sie krank ist. Und die ganze Zeit während des Nachsitzens lachten sie. Alle lachten. Ich wartete auf dem Schulhof, bis sie raus durften, aber keiner wollte mir sagen, was auf dem Zettel stand, nicht mal meine besten Freunde. Sie sagten, sie hätten es nicht lesen können. Aber sie lachten.«

»Vielleicht war es was Lustiges – hast du daran schon gedacht?«

Billys Körper versteifte sich bei Henrys Worten, die für ihn wie ein Verrat waren.

»Ich kann mir denken, was es war«, sagte Madge cool im Tonfall der Krankenschwester Michaels. »Vermutlich stand auf dem Zettel ›Tritt mich‹.«

»Vermutlich«, stimmte Henry zu, dankbar für Madges schnelles Teamwork.

»Tritt mich?« wiederholte Billy.

»Das klebten Kinder anderen auf den Rücken, als ich zur Schule ging«, sagte Madge und nickte. »Für gewöhnlich taten sie das jedoch nicht im Klassenzimmer, sondern in einer Pause. Es war damals ein allgemeiner Spaß. Du solltest das nicht so ernst nehmen. Keiner meint das böse.«

Billy sah niedergeschlagen aus, aber er hatte mit dem Heulen aufgehört. »Und wenn man das auf dem Schulhof auf dem Rücken hat, und jemand liest es, dann wird man getreten?«

»Das ist ja der Witz daran«, sagte Henry. »Natürlich ist es nie ein Witz, jemand wirklich weh zu tun, aber das ist für gewöhnlich das Ergebnis. Trotzdem solltest du nicht die Halloween-Feier wegen eines Streichs versäumen, den inzwischen wahrscheinlich jeder vergessen hat. Weißt du was, du gehst auf dein Zimmer und denkst darüber nach, und in ein paar Minuten bringe ich diesen Kürbis, der dort auf dem Tisch liegt, zu dir rauf, und wir schnitzen daraus eine Halloween-Laterne. Okay?«

Billys Gesicht hellte sich auf. Eine Laterne zu machen war eines der schönsten Dinge von Halloween. »Warum können wir das nicht gleich machen?«

»Weil dein Vater und ich über etwas reden müssen«, sagte Madge. »Oma O. hatte . . . einen Unfall. Und sie ist sehr aufgeregt. Und fürs erste sollten wir alle versuchen . . . ihr aus dem Weg zu gehen.«

»Was für ein Unfall?«

»Sie verlor alle Haare beim Waschen«, sagte Henry und bemühte sich um eine ernste Miene, was ihm jedoch nicht ganz gelang.

»Alle?« fragte Billy.

»Ja«, sagte Madge. »Aber wir alle müssen versuchen, so zu tun, als wäre nichts . . . Sonderbares an ihrem Aussehen. Es hat sie sehr aufgeregt. Denk daran, wie du dich in der Schule gefühlt hast, als alle gelacht haben, und dann kannst du dir vorstellen, wie sich Großmutter fühlen muß.«

»Wir sollten sie also nicht anstarren«, führte Henry weiter aus, »und keine Bemerkungen machen, die sie hören könnte. Und jetzt flitzt du auf dein Zimmer.«

Widerstrebend, mit Groll auf seine Klassenkameraden und immer noch mit verletztem Stolz, ging Billy nach oben. Er blieb an der Tür zu Neds Schlafzimmer stehen. Obwohl er seinen Eltern gesagt hatte, was ihm in der Schule widerfahren war, fühlte er sich kaum erleichtert, und er war geneigt, alles noch einmal Ned zu erzählen. Darüber konnte der sich hämisch freuen. Das mit Oma O's Haar war, wie Billy aus der belustigten Reaktion seines Vaters geschlossen hatte, kein ernsthafter Schaden, sondern mehr ein Streich, aber im Augenblick kam ihm sein eigenes Leid zu groß vor, um sich über den Streich freuen zu können.

Als er in seinem Zimmer war, wurde er von neuem an sein Dilemma erinnert. Dort auf dem Haken auf der Innenseite der offenen Schranktür hingen die weiße Jacke, die weiße Hose und das defekte Stethoskop, das Kostüm, das ihm die Eltern schließlich erlaubt hatten, nachdem sie ihn überzeugt hatten, daß es unklug war, wenn er sich das Gesicht schwärzte und als Neger zu der Feier ging.

Es war leicht gewesen, das Kostüm zusammenzustellen. Die Hose stammte von seiner Kommunion im vergangenen Jahr, und die Jacke hatte seine Mutter von einer sehr kleinen Schwesternschülerin im Krankenhaus geliehen. Dazu gab es auch ein Stirnband mit einem Lämpchen darauf, wie es Ärzte benutzten, um Patienten in den Rachen zu schauen, und hölzerne Spatel, um ihre Zunge herunterzudrücken. Es war eindeutig ein Arztkostüm, aber nicht das eines x-beliebigen Doktors. Billy hatte als der Held seines Lieblingsfilms, den er im vergangenen Jahr zweimal gesehen hatte, zu der Feier gehen wollen, als *Frankenstein junior.*

Die meisten Leute wissen nicht, daß Frankenstein kein Monster, sondern ein Arzt ist. So war es wirklich das perfekte Kostüm für Halloween, und Billy, der zunächst lieber an den Haustüren gesammelt hätte, anstatt zu der Feier zu gehen, hatte sich sehr darauf gefreut, sein Frankenstein-Kostüm bei der Feier zu tragen, einige Späße aus dem Film zu wiederholen, Leuten die Zunge niederzudrücken und ganz allgemein eine Schau zu machen. Aber jetzt, angesichts dessen, was in der Klasse passiert war, würde er zu Hause bleiben müssen. Die Unfairneß der Lage wurmte ihn, aber was konnte er tun, was konnte er tun?

19

Kürbisse sind immer härter, als man sie in Erinnerung hat, und als Henry vom grinsenden Mund der Halloween-Laterne einwärts schneiden wollte, rutschte die Messerklinge ab, und er säbelte sich fast einen Finger ab. Was er jedoch wirklich absäbelte, war der einzige Schneidezahn der Halloween-Laterne. »Dies ist eine Halloween-Laterne, die zuviel Süßigkeiten gefuttert hat«, witzelte Henry, um die Zahnlosigkeit des Dings zu entschuldigen.

Billy runzelte die Stirn und verstand nicht sofort den Zusammenhang.

»Er hat alle Zähne verloren«, erklärte Henry und drehte den Kürbis, damit Billy das Gesicht – dreieckige Augen, dreieckige Nase und ein einfacher Halbmond als Mund – von vorne sehen konnte. »Weil er zuviel Süßes genascht und sich nie die Zähne geputzt hat. Wußtest du nicht, daß Süßes die Zähne verdirbt?«

Billy kicherte und nickte zustimmend. »Prima.«

Als nächstes setzte Henry die weiße Kerze in den ausgehöhlten Kürbis ein, eine weitere Prozedur, die in der Erinnerung viel leichter zu bewältigen gewesen war. Zehn Minuten und zwei Streichholzbriefchen später stand die Kerze jedoch stabil im Kürbis, und als der Deckel aufgesetzt und das Licht im Zimmer ausgeschaltet wurde, war die Wirkung unbestreitbar gruselig. *Was für ein verrückter Brauch,* dachte Henry. *Ich frage mich, wer mit diesem Blödsinn angefangen hat.*

Das Anzünden der Halloween-Laterne mußte bei Billy ähnliche Gedanken gefördert haben, denn er fragte seinen Vater: »Wann gab es die erste Halloween-Laterne?«

Henry stellte sich der Herausforderung, indem er improvisierte plausible Antworten auf Billys fundiertere Fragen gab, und dann erklärte er, in früheren Zeiten hätten die Leute geglaubt, daß Geister, die von Natur aus von Kerzenflammen angezogen wurden wie Motten vom Licht, in dem ausgehöhlten Kürbis gefangen wurden und dazu gebracht werden konnten, ihre Geheimnisse zu erzählen, zum Beispiel, wo sie vor dem Tod ihr Geld versteckt hatten. Er konnte sogar als unterstützenden Beweis den Kinderreim über Peter, den Kürbisesser, anführen, der seine Frau (seine tote Frau in Peters Fall) in einen ausgehöhlten Kürbis gesteckt hatte.

Bevor Billy seinen Vater bezüglich dieses Elementes der Volkskunde ins Kreuzverhör nehmen konnte, wurden sie von unten gerufen. Madge war mit einem Film aus dem Fotogeschäft zurückgekehrt und wollte, daß Henry ihn in die Kamera einlegte.

Henry nahm die Zeitungsseiten mit den Kernen und dem Fleisch des Kürbis. Die Halloween-Laterne ließ er brennend und mit dem Geruch von verbranntem Kürbis auf der Kommode zurück und nahm Billy das Versprechen ab, daß er die Kerze ausblasen würde, wenn sie noch mehr rauchen würde als bisher. Als Henry die Treppe hinunterging, schaute er auf seine Armbanduhr. 18 Uhr 45. Weniger als eine halbe Stunde, um Oma O. als Model für ihre neue pflegeleichte Frisur zu fotografieren, denn anschließend würde Madge Billy zu seiner Feier fahren müssen. Eigentlich sollten sie mit den Fotos bis morgen früh warten, denn Oma O. war morgens im allgemeinen besser gelaunt als kurz nach dem Abendessen (wenn man Swansons Hühnerklein aus der Tiefkühltruhe und Erbsen aus der Dose als Abendessen bezeichnen konnte). Aber Madge bestand darauf, daß die Fotos an diesem Abend gemacht werden mußten.

Madge war in der Küche. Der Fotoapparat und der Film lagen auf dem Tisch. »Du legst den Film ein, Henry, und ich gehe zu Mutter und rede noch mal mit ihr. Sie ist immer noch aus dem Häuschen, und der Gedanke, daß das Schreckliche fotografiert wird, ist natürlich nicht sehr verlockend, aber ich habe sie darauf hingewiesen, daß sie den Beweis braucht, wenn sie den Shampoo-Hersteller verklagen will, und das hat sie anscheinend umgestimmt.«

»Hey«, sagte Henry mit Pokermiene, »das nenne ich Charakterstärke.«

Henry legte den Film ein, und dann nahm er aus Langeweile einen Aschenbecher, um ihn in den Abfalleimer unter der Spüle zu leeren. Er öffnete den Deckel des Abfalleimers mit einem Tritt auf das Fußpedal und sah auf der zerknüllten Swansons Hühnerklein-Packung die leere Wodkaflasche. Einer Intuition folgend, überprüfte er das Gefrierfach. Da spähte jetzt eine Literflasche Wodka hinter Tiefkühlkost hervor. Das erklärte, weshalb Madge so bereitwillig den Film gekauft hatte. Unter den gegebenen Umständen konnte Henry ihr das kaum verdenken.

Er genehmigte sich einen Schluck aus der noch warmen Wodkaflasche und legte sie gerade zurück ins Gefrierfach, als Madge ihm grünes Licht gab, in Oma O's Schlafzimmer zu kommen.

Sie saß in dem Schaukelstuhl, der in die Mitte des Zimmers, direkt unter die Lampe, gerückt worden war, wo das Licht am hellsten für Fotos war. Die Kamera war mit Blitzlicht ausgerüstet, aber sie wußten aus Erfahrung, daß es nicht immer funktionierte. Oma O. trug ihren pinkfarbenen gesteppten Morgenrock und – nicht dazu passend – Madges Mütze mit den Ohrenschützern aus Pelzimitat, die man mit einem Riemen unter dem Kinn festbinden konnte (was jetzt der Fall war). Die Mütze war an sich schon so groß, daß sie genauso auf jeden

Kopf gepaßt hätte, ob auf einen kahlen oder behaarten. Aber sie sah auch drollig aus, und Henry hatte Mühe, ein Lächeln zu unterdrücken.

»Hallo, Oma O.«, sagte er in weichem besänftigendem Tonfall, wie man ihn bei einem Hund anwenden würde, der als beißfreudig bekannt ist und gereizt wirkt. »Ich hörte zu meinem Bedauern von deinem Pech. Schreckliche Sache.«

Mrs. Obstschmecker preßte die Lippen zusammen und nahm seine Worte mit einem kaum wahrnehmbaren Nicken zur Kenntnis.

»Mutter«, sagte Madge im gleichen Tonfall wie zuvor Henry, »du wirst jetzt die Mütze abnehmen müssen, damit Henry die Fotos machen kann.«

Mrs. Obstschmecker starrte wütend auf den Fotoapparat in Henrys Hand und dann, immer noch wütend starrend, löste sie das Kinnband der Mütze. Das heißt, sie wollte das tun. Die Aufgabe erwies sich jedoch als unerwartet schwierig, denn der Knoten saß sehr fest, und das wabbelnde Fleisch unter ihrem Kinn verhinderte einen leichten Zugang zum Knoten. Schließlich löste Madge den Knoten, und als Oma O. stocksteif sitzenblieb, nahm Madge die Mütze ab, um das haarlose pinkfarbene Ei ihres Kopfes zu entblößen.

Henry schnaubte.

Es war ein ganz leichtes Schnauben, aber es hätte genausogut schallendes Gelächter sein können. Mrs. Obstschmeckers wütendes Starren wurde förmlich zu einem Laserstrahl.

Henry versuchte, wegzublicken, bemühte sich, seinen Atem unter Kontrolle zu halten, aber es war zu spät. Er spürte, daß ein erstes Zittern von Lachen seine Brust erschütterte. Er senkte den Blick auf die Kamera in seiner Hand und hoffte, sein Grinsen zu verbergen, aber er konnte es nicht unterdrücken. Und dann brach es unaufhaltsam aus ihm hervor. Zuerst ein leises, glucksendes Lachen. Dann das lange Luftholen der Kapitulation und schließlich das verhängnisvolle schicksalhafte wiehernde Gelächter.

Mrs. Obstschmecker erhob sich zornig vom Schaukelstuhl und riß ihm den Fotoapparat aus der Hand. »Verschwinde aus meinem Zimmer!« schrie sie ihn an. »Verschwinde!«

»Mutter!« flehte Madge.

»Verschwinde aus meinem *Haus*!« Sie schleuderte den Fotoapparat ihrem Schwiegersohn nach, der sich zurückzog. Die Kamera streifte ein gerahmtes Foto des verstorbenen Mr. Obstschmecker, das neben der Tür hing, prallte ab und fegte einen kleinen Keramikpudel von einem Regal mit Nippessachen. Das Glas des gerahmten Fotos zerklirrte, der Pudel zerbarst und Mrs. Obstschmecker begann zu würgen und dann nach Luft zu schnappen, weil sie nicht in der Lage war, durch Worte oder Gesten auszudrücken, wie groß ihr Zorn war. Ihr Gesicht und die Glatze waren jetzt nicht mehr natürlich rosig, sondern puterrot.

»Mutter, bitte. Henry meinte es bestimmt nicht böse . . .«

»Und ob«, erwiderte Mrs. Obstschmecker mit bebender Stimme. »Und ich meinte, was ich sagte. Er zieht hier aus!«

»Mutter, das beste für dich ist jetzt, du setzt dich hin und beruhigst dich. Du bist überreizt. Und das ist gefährlich. Wir können morgen früh über die Sache reden.«

»Es gibt nichts zu bereden.«

Jemand klingelte an der Haustür. Ein Summer, verbunden mit der Haustürklingel, war in Mrs. Obstschmeckers Zimmer installiert worden, damit sie auch hier das Klingeln hören konnte. Der Zorn der alten Frau schlug sofort in Angst um. »Madge, wer kann das sein? Zu dieser Stunde? O Gott, ich kann mich so bei niemandem sehen lassen. Wo ist die Mütze? Madge? Madge, was ist los mit dir?«

Es war in der Tat etwas mit Madge los, aber Madge, so wenig geneigt wie ihre Mutter, in ihrem Leid gesehen zu werden, schüttelte nur heftig den Kopf und versuchte, es rechtzeitig bis zur Toilette zu schaffen. Sie ging vornübergeneigt mit kleinen, schnellen Schritten. Sie hielt immer noch die Mütze mit den Ohrenschützern in der Hand, und als sie sich auf halbem Weg zur Toilette übergeben mußte, hielt sie aus einem Reflex heraus die Mütze unter den Mund, um das Erbrochene aufzufangen. Auch als sie sich weiter übergab, setzte Madge langsam den Weg zur Toilette fort, und so schaffte sie es zur Toilette, ohne ihre Kleidung oder den Teppich zu beschmutzen. Sie leerte den erbsengesprenkelten Inhalt der Mütze in das Klosettbecken und kniete sich dann neben das Becken, um auf den nächsten Krampf zu warten, der seinerseits nicht lange auf sich warten ließ.

Während Madge sich übergab, stand Mrs. Obstschmecker vor der Toilettentür und hatte vorübergehend ihre eigene Pein vergessen. »Madge«, rief sie durch die Tür (sie würde nie eine besetzte Toilette betreten), »Madge, was ist los?«

Madge gab keine Antwort außer würgenden Lauten, aber von der Haustür her rief Henry: »Kümmert euch nicht um das Klingeln, es waren nur die ersten der Kinder, die Süßigkeiten sammeln.« Es folgte eine Pause, und dann fügte er hinzu: »Oma O., es tut mir leid, daß ich gelacht habe. Ich meinte es nicht so. Es kam einfach über mich, ich konnte nichts dafür. Es tut mir wirklich leid.«

»Verschwinde«, sagte Mrs. Obstschmecker unerbittlich. »Verschwinde und laß mich in Frieden!«

Mrs. Obstschmecker wandte sich von der Toilettentür ab, sah in einem Fenster ohne Vorhang das Spiegelbild ihres veränderten Äußeren und schlug die Hände vor die Augen, um den Anblick auszulöschen. Ein Bild ihres Schädels, dessen Kopfhaut vom Skalpell eines Chirurgen aufgeschnitten war, hätte nicht schrecklicher sein können. Wir alle können uns den Tod leichter vorstellen, als wir mit Schande leben können.

Es klingelte wieder an der Tür.

20

Als sein Vater das Zimmer verlassen hatte, das nur vom Glühen der zahnlosen Halloween-Laterne beleuchtet war, schaltete Billy nicht das Licht an, sondern setzte sich im Schneidersitz mitten auf sein Bett und betrachtete das frisch geschnitzte Gesicht mit der desinteressierten Geduld einer gut gesättigten Katze, die ein Mäuseloch inspizierte.

Das flackernde Licht der Kerzenflamme glühte durch die eingeschnittene Schale der Frucht und verlieh den Dingen im Zimmer ein schwaches, flimmerndes Leben, besonders dem Pappskelett, für das Billy einen Dollar fünfundneunzig von seinem eigenen Geld bezahlt hatte und das jetzt an der Wand neben dem Bett und genau gegenüber der Laterne hing. Bis zu diesem Augenblick hatte Billy das Gefühl gehabt, sein Geld mit dem Kauf des Skeletts vergeudet zu haben, denn es hatte gar nicht so gespenstisch gewirkt. Aber jetzt, im Schein der Halloween-Laterne, war es sehr gruselig. Der Tod, erkannte Billy mit einer plötzlichen Eingebung, war etwas, das schließlich jedem widerfuhr, und deshalb feierten die Leute Halloween und am nächsten Tag Allerheiligen, um sich an diese Tatsache zu erinnern, und deshalb hängte man Skelette und Halloween-Laternen auf. Eine Halloween-Laterne war eine Art Schädel mit einer Kerze darin, und eines Tages verlor man den Inhalt seines eigenen Schädels, indem er ausgehöhlt wurde oder zu einem schwarzen Klecks verrottete, auf die Weise wie ein Komposthaufen endet, und der Schädel wurde leer wie der Kürbis, und man war tot.

»Tot und begraben«, sagten die Leute, als ob sie genau wüßten, wohin sie nach dem Tod gingen. Aber wußten sie das? Wußte Billy nicht schon jetzt mehr über Himmel und Hölle als alle Priester und Nonnen auf der Schule, die nur Geschichten erzählten, die man ihnen vorgekaut hatte, und die im Unterschied zu Billy nicht wußten, wie es war, mit einem übernatürlichen Wesen von Angesicht zu Angesicht zu reden und aus dieser Quelle Kraft zu schöpfen.

Er lächelte die Kürbislaterne an. Heute abend würde er diese Kraft *nutzen*. Warum nicht? Warum sollte er den Kindern, die es für so lustig gehalten hatten, ihn auszulachen, nicht zeigen, wie es war, wenn man ausgelacht wurde? Er konnte ihnen etwas wirklich Gemeines antun, zum Beispiel dafür sorgen, daß sie alle Durchfall bekamen. Er mußte nur noch rauskriegen, wie er das anstellte.

»*Guten Abend, Billy*«, sagte eine Stimme ganz in der Nähe. Es war eine krächzende, ältere Stimme als die, welche Billy in Erinnerung hatte, aber er wußte, wem sie gehören mußte.

Billy erwiderte ehrerbietig: »Tag.«

»*Ich sehe, du hast bereits angefangen, mein Fest zu feiern. Das freut mich.*«

Billy sah eine schwarze Schlange mit Ringen wie ein Wurm aus der vom Licht erhellten Augenhöhle der Kürbislaterne kriechen, die jetzt nicht nur eine Kürbislaterne, sondern zugleich ein Schädel war. Schleimiger Brei hing vom zahnlosen Mund bis zum Kinn des Schädels und wackelte, als der Schädel sprach und das Kinn sich ruckweise bewegte. Das letzte Stück der Schlange wand sich aus der Augenhöhle und fiel mit einem dumpfen Laut auf den Boden.

»Ich bin ganz und gar erfreut. Du hast große Macht ausgeübt, ohne dir selbst Schaden zuzuziehen. Das ist an sich schon ungewöhnlich und lobenswert. Aber noch lobenswerter ist die Art und Weise, wie du diese Macht vergrößert hast. Jetzt sag mir – und schnell, denn dies ist ein arbeitsreicher Abend für Saman, den Gott des Todes . . .«

»Sagtest du nicht, du bist . . .«

Die Schlange, die langsam über den Boden gekrochen war, hob den Kopf und zischte laut, gerade so wie ein Klassenordner in einer Klasse zischen würde, um die Schüler zur Stille zu ermahnen.

»Ich habe viele Namen wie du. Manchmal bist du William, manchmal Billy, manchmal Bill. Und so ist es mit mir. Heute, an All Hallows Eve, bin ich Saman, der Gott des Todes, und ich will, daß du mir jetzt sofort sagst, warum du mich zu dir gerufen hast.«

»Habe ich das?« fragte Billy, aber die Frage war mehr an ihn selbst gerichtet als an den Schädel, der jetzt nicht mehr nur Schädel war, sondern teilweise wieder eine Kürbislaterne.

Saman erwiderte nichts, sondern wartete würdevoll auf Billys Antwort. Während Saman wartete, setzte sich eine Motte auf den lächelnden Mund der Kürbislaterne und spähte in das lodernde Innere.

»Okay«, sagte Billy, »vielleicht kannst du mir helfen, einen Weg zu finden, wie ich es den Kindern in meiner Klasse zeigen kann. Besonders Lyman Sinclair und seinen Freunden.«

Samans Schädel grinste. *»Aber ja, ich weiß genau das Richtige. Es ist etwas, das dein Vater erwähnte, erinnerst du dich? Er sagte ›Wußtest du nicht, daß Süßes die Zähne verdirbt?‹ Das waren genau seine Worte.«*

Billy nickte. Er wußte, was Saman im Sinn hatte, und das war schlimmer als Durchfall. »Wie kann ich es machen?«

Die Motte kroch in den Mund der Kürbislaterne, und einen Augenblick später war ein scharfes Klatschen zu hören und ein Aufflackern von Licht zu sehen.

»Sieh, wo mein vertrauter Fäulnisbringer einen Platz zum Schlafen gefunden hat.«

Billy hielt Ausschau und konnte so gerade noch am Fuß der Schranktür das Stethoskop sehen, das auf den Boden gefallen war. Verschlungen mit dem Gummirohr, lag die schwarze wurmartige Schlange da. Die Schlange hatte sich um das Rohr gewickelt, und es sah aus wie ein einziger Strang, wie das Verlängerungskabel, das im untersten Fach des Schranks in der Vorratskammer aufbewahrt wurde.

»Geh zu ihm und nimm ihn in die Hände«, befahl Saman.

Langsam, als wäre er tatsächlich eine Katze, die sich an ein unvorsichtiges Opfer anschleicht, erhob sich Billy vom Bett und ging zur Schranktür. Er bückte sich und streckte langsam die Hand zu der reglosen Schlange aus.

»Nimm ihn in beide Hände, Billy«, befahl Saman. *»Mit festem Griff. Denkst du, der junge Dr. Frankenstein würde zögern, irgendeine Art sterblichen Fleisches zu berühren?«*

Furchtlos nahm Billy die Schlange in beide Hände. Sie war weich und feucht und kalt. Obwohl sich die schwarze Schlange in seinen Händen wand und den Kopf hob, um träge zu zischen, sträubte sie sich nicht.

Billy wandte sich mit der Schlange in den Händen zu seinem Gott um.

Und da stand er in ganzer Gestalt, ein nackter Mann, aber irgendwie farblos, bleich wie manchmal die Farbe im Fernsehen auf Schwarzweiß wechselt. Er wirkte wie ein toter Körper, aber er lebte. Er war Saman, der Gott des Todes, und Merkur, der Gott der Magie und Wissenschaft.

Der Gott lächelte auf seinen Anbeter hinab und sprach: *»Tapfer gemacht, junger Frankenstein, tapfer gemacht. Weißt du, was du sonst noch machen mußt?«*

Billy wußte es, aber um einfach sicherzugehen, bat er: »Sag es mir.«

»Bring meinen Vertrauten auf den Speicher. Gib ihm die Zauberkraft des Merkurstabs und füttere ihn mit den Süßigkeiten, die du verfluchen willst. Der Fluch ist deine Sache: ich kann ihn nicht sagen. Vertraue dem Fäulnisbringer und dir. Sei stark und sei vorsichtig. Machtzuwachs bringt auch ein größeres Risiko. Und, Billy . . .«

»Ja?«

Der Gott war verschwunden. Nur die leuchtende Kürbislaterne war da und grinste zahnlos. – *»Happy Halloween.«*

21

Die Kinder, die Geschenke sammelten, kamen in unregelmäßigen Abständen. Alle fünf oder zehn Minuten tauchte eine kleine Gruppe auf, in allen möglichen Kostümen, von oberflächlichen (ein Teenager hatte sich nur mit einer Tüte mit Augenschlitzen und mit der Kreideaufschrift ›Buuuh!‹ auf der Stirn verkleidet) bis zu feinsinnig ausgearbeiteten Darstellungen (drei gleich gekleidete Ballerinen mit Ballettröckchen und Spitzenschuhen). Henry neigte dazu, die selbstgemachten Geister und Hexen mit einer zusätzlichen Ration Lakritz und Bonbons zu begünstigen und bei den Dr. Spocks und Batman, die sich die Kostüme aus dem Kaufhaus zusammengestellt hatten, zu knausern, aber selbst für die Begünstigten gab es keine Schokoriegel. Die Schokoriegel waren vom Küchentisch verschwunden, bevor Henry auch nur einen einzigen für sich einstecken konnte, was seither eine Quelle echten Bedauerns für ihn war, denn es waren seine Lieblingssüßigkeiten, und er hatte seit langem keine mehr gegessen. Gewöhnlich verspeiste er nicht viel Süßes, aber mit einer ganzen Großpackung für fast drei Dollar im Haus . . .

Er dachte daran, Billy zu rufen, aber solange Madge mit ihrer hysterischen Mutter beschäftigt war, hatte es keinen Sinn, Billy vor den Füßen herumlaufen zu haben. Es war merkwürdig, daß Billy nicht schon kostümiert war und bei Madge quengelte, damit sie ihn zur Schule fuhr, und Henry fragte sich, ob es bei Billy einen neuen Stimmungsumschwung gegeben hatte und der Junge überhaupt nicht zu der Feier gehen wollte. Wenn er das stetige Kommen und Gehen der Kinder sah, die Süßigkeiten sammelten, würde es ihn nur ärgern, daß er nicht das gleiche tun konnte.

Madge kam erst um Viertel vor sieben aus Oma O.s Zimmer, und dann erklärte sie, daß sie Billy nicht zu der Feier fahren konnte. Ihr sei übel.

Henry protestierte, denn er nahm an, sie wollte ihn auf diese Weise bestrafen, weil er Oma O. verärgert hatte. Doch dann nahm er den Geruch von Erbrochenem in ihrem Atem wahr, schaute sie genauer an und erkannte, daß sie ihm nichts vormachte. »Mein Gott, dir geht es wirklich schlecht. Was ist los?«

»Ich weiß es nicht, ich mußte mich übergeben, und es hörte und hörte nicht auf. Ich dachte an eine Nahrungsmittelvergiftung, aber Oma O. sagt, sie hat nicht die geringsten Magenbeschwerden. Ein kleiner Segen, daß sie sich wegen meiner Übelkeit ein wenig beruhigt hat, obwohl sie immer noch damit droht, dich bis morgen Mittag aus dem Haus zu werfen. Du hast dich dumm verhalten, Henry.«

»Ich konnte nichts dafür. Das ist einfach wie ein Brechreiz. Wenn ein Lachreiz beginnt, kann man ihn nicht stoppen. Aber das ist nicht wichtig. Du siehst schrecklich aus: wenn das Essen in Ordnung war, woran kann es dann liegen . . .?«

»Vermutlich liegt es an dem ganzen Streß, und dann war die letzte Szene in Mutters Zimmer der Auslöser. Es waren regelrechte Krämpfe. Ich kann mich nicht erinnern, jemals so gebrochen zu haben. Aber jetzt fühle ich mich besser. Mein Magen muß völlig leer sein. Es war entsetzlich.«

»Hey, es tut mir leid.« Henry zog sie an sich, um ihr einen Kuß zu geben, und dann rümpfte er die Nase in gespieltem Abscheu. »Puh! Du solltest dir die Zähne putzen.«

»Mein Tröster«, sagte Madge sarkastisch, aber mit einem dankbaren Lächeln.

»Kannst du mit den Kindern fertig werden, wenn ich Billy zu Fuß zu der Feier bringe?«

»Klar, ich stelle einfach zwei Eimer mit Süßigkeiten links und rechts neben die Tür. Aber du brauchst ihn nicht zur Schule zu bringen. Als er heimkam, sagte er, daß er nicht zur Feier gehen will.«

»Ich weiß, aber es ist Halloween. Und Halloween ist wie ... ich weiß nicht, eine Art nationaler Seid-freundlich-zu-den-Kindern-Tag, richtig? Wenn er an fünf Tagen in der Woche zu seiner verdammten Schule und wieder zurückgehen kann, werde ich das wohl an einem Abend im Jahr auch können.«

»Du bist ein nobler, aufopferungsvoller Mann, Henry Michaels, und wenn ich mir die Zähne geputzt habe, werde ich dich als Vater des Jahres auszeichnen.«

»Tu das jetzt«, sagte er und rieb seine Nase an ihrer Wange. »Ich denke, ich kann Kotze ertragen. Sofern es deine ist.«

»Sei nicht ekelhaft«, sagte sie und drehte den Kopf zur Seite.

Bevor Henry seinen ehelichen Flirt fortsetzen konnte, klingelte es. »Gerettet von der Türklingel«, sagte er, nahm das Tablett mit den zweierlei Sorten Süßigkeiten und ging zur Tür.

Er wurde von einer gigantischen leuchtenden Kürbislaterne begrüßt, die wie eine Maske von einem Kind in schmutzigem braunem Sackleinen hochgehalten wurde. »Ich bitte um eine Gabe«, erklärte eine Mädchenstimme hinter dem Mammutkürbis.

»Madge, komm und sieh dir das an«, sagte Henry, echt beeindruckt. Dann wandte er sich an das Mädchen mit der Kürbislaterne. »Du bist zweifellos der diesjährige Gewinner des Preises für das originellste Kostüm. Wie um alles in der Welt hast du diesen Kürbis von Haus zu Haus geschleppt? Der muß ja zwanzig Pfund wiegen.«

»Überraschung, Überraschung!« rief ein Erwachsener aus dem Schatten jenseits des Lichts der Veranda.

Die Kürbislaterne wurde in Brusthöhe gesenkt, und das vertraute Gesicht von Judith Winckelmeyer war zu sehen. »Happy Halloween, Mr. Michaels«, sagte sie mit dünner, aber wohlklingender Stimme, die zu ihrer Erscheinung und dem elfenartigen Gesicht mit den dunkelbraunen Augen paßte. Nichts an Judiths Aussehen (und soweit Henry wußte, an ihrem Charakter) schien von den Genen ihres Vaters, des plumpen, dicken und wohlhabenden Ben Winckelmeyer zu stammen. »Und Ihnen, Mrs. Michaels, ebenfalls Happy Halloween.«

»Judy. Sondra. Das ist *wirklich* eine Überraschung«, sagte Henry. »Kommt herein.«

»Bitte«, sagte Madge mit falscher Herzlichkeit. »Tut das.«

Sondra trat ins Licht der Veranda. Sie trug einen knielangen Mantel aus orangefarbenem Wildleder und hielt eine große Schichttorte, die mit Zuckerguß im genau gleichen Orangeton überzogen war. Mit schwarzem Zuckerguß war eine Kürbislaterne auf die Schichttorte gemalt.

Sondra zeigte ihr Lächeln, das sagte: *Laß uns alles Vergangene vergessen und einfach versuchen, nett zu sein.* »Ist Billy da?« fragte sie und verharrte am Fuß der Verandatreppe. »Oder ist er schon fort zu seiner Schulfeier?«

»Er ist irgendwo oben und zieht sein Kostüm an.« Henry schaute seine Exfrau mit dem gleichen respektvollen und rein theoretischen Verlangen an, das er für die Torte in ihren Händen empfand. Als Sondra mit *ihm* verheiratet gewesen war, hatte sie nie so sexy ausgesehen. Es war alles Verpackung, Zuckerguß wie auf der Torte. Alles die Wirkung von Ben Winckelmeyers Geld.

»Ich habe eine Torte mitgebracht«, sagte Sondra mit dem gleichen versöhnlichen Lächeln.

»Das sehe ich.« Madge betrachtete die Schichttorte mit einem Verlangen, das alles andere als theoretisch war. Ihr leerer Magen knurrte sein Verlangen förmlich heraus, und ihr Mund gierte nach einem Stück Torte. »Sie sieht prima aus.«

Sondra stieg vorsichtig die Stufen zur Veranda hinauf. Henry bemerkte, daß seine Exfrau Boots aus dem gleichen Wildleder wie der Mantel trug. Beides mußte sehr teuer gewesen sein. Sondra überreichte Madge die Torte und folgte ihrer Stieftochter durch die Tür, die Henry ihr aufhielt.

Madge und Henry traten dann hinter ihnen ein. Auf dem Kaminsims wurde Platz für die Kürbislaterne geschaffen, und Illustrierte und Aschenbecher wurden vom Couchtisch geräumt, damit die Torte darauf Platz hatte und gebührend bewundert werden konnte.

»Judith hat alles selbst gemacht«, sagte Sondra und zog den Mantel aus, um eine schwarze Seidenbluse mit Perlenbesatz zu enthüllen, die noch mehr als der Wildledermantel und die

Boots gekostet haben mußte, wenn die Perlen echt waren. »Es ist lustig, Torten zu machen«, sagte Judith. Sie setzte sich mit übereinandergeschlagenen Beinen auf den Teppich neben den Couchtisch. »Ich fange gerade erst an, das zu lernen, aber es macht mir Spaß, es ist wie Chemie. Und es ist auch schön anzuschauen.«

»Wenn sie nur lernen würde, daß das Ergebnis zum Essen bestimmt ist«, sagte Sondra mit einem nervösen Lachen.

»Mutter ist immer hinter mir her, damit ich mehr esse. Wenn ich *alles* essen würde, was du mir an einem einzigen Tag aufschwatzen willst, Mutter, wäre ich bald so fett wie Winky.«

»Wer ist Winky?« fragte Madge. »Und wie fett ist er?«

»Winky war der Spitzname für Ben, als er ein kleiner Junge war«, erklärte Sondra. »Und seit Judith das von ihrer Tante erfahren hat, besteht sie darauf, ihren Vater Winky zu nennen. Er haßt das.«

»Er haßt es nicht, Mutter, er findet es nur albern. Aber dafür ist ein Spitzname doch da, daß man sich albern fühlt, nicht wahr? Wenn er aufhört, mich Judy zu nennen, höre ich auf, ihn Winky zu nennen, das habe ich ihm schon tausendmal gesagt.«

Henry lächelte, denn er hatte im letzten Satz aus Judys Mund eine Formulierung wiedererkannt, die er immer wieder von Sondra gehört hatte. »Henry, wir haben darüber schon tausendmal geredet« oder »Henry, ich habe dir das tausendmal gesagt«. Ohne daß beide es wußten, hatte Sondra Einfluß auf Ben Winckelmeyers Tochter – obwohl das Mädchen eine skeptische Distanz zu ihrer Stiefmutter hielt.

Madge bemerkte Henrys Lächeln und ließ ihn durch ein leichtes Stirnrunzeln wissen, daß es keine guten Manieren waren, der arglosen Judith diese enthüllenden Einzelheiten aus dem Familienleben der Winckelmeyers zu entlocken. Madge wandte sich dem Mädchen mit einem höflichen, heiteren Lächeln zu (von der Art, das sie Kindern schenkte, die auf ihre Station im Krankenhaus kamen) und stellte die Frage, die man problemlos jedem Kind stellen kann: »Wie alt bist du jetzt, Judith?«

»Elf Jahre und acht Monate, und wie alt sind Sie?«

»Judith, bitte!« schalt Sondra. »Kannst du nicht artig sein?«

»Es ist nichts Unartiges an ihrer Frage«, sagte Madge, die zehn Jahre älter als Sondra war, was ihr aber nicht das geringste ausmachte. Für Madge war die Frage nicht, wie alt man war, sondern wie gut man sich im Vergleich zu anderen im gleichen Alter gehalten hatte. Trotz des Rauchens und Schnapstrinkens fühlte Madge sich in guter Verfassung, verglichen mit Henrys Exfrau. »Ich bin neununddreißig«, log sie. Sie würde erst im Januar neununddreißig Jahre alt werden.

»Da hast du aber ein prima Hexenkostüm an«, sagte Henry, und das war ebenfalls eine Lüge oder zumindest eine Unaufrichtigkeit. Wenn das Kompliment Sondra gegolten hätte, wäre es wahr genug gewesen, aber Judith ähnelte in dem Aufzug mehr einer obdachlosen Pennerin als einer Hexe. »Es ist gespenstisch.«

Judith kicherte.

»Sie ist keine Hexe, Henry«, sagte Sondra. »Sie ist St. Klara.«

Henry blickte verwirrt drein. »St. Klara, Minnesota?«

»Sankt Klara, die Heilige«, erklärte Sondra und verzog mißbilligend das Gesicht.

»St. Klara war die Schwester von St. Franz«, sagte Judith. »Sie gründete vor fast fünfhundert Jahren den Orden der Armen Klaras.«

»Ist das nicht ungewöhnlich«, sagte Madge. Da das anscheinend mehr nach Kritik als nach einer einfachen Bemerkung klang, fügte sie hinzu: »Ich meine, ist das nicht ungewöhnlich, sich an Halloween als Heilige zu verkleiden?«

»Wenn ich bis Mitternacht aufbleibe, ist Allerheiligen.«

»Ich hoffe, du hast nicht vor, als St. Klara zur Messe zu gehen«, sagte Sondra leichthin. »Das würde deinem Vater mißfallen.«

»Natürlich gehe ich nicht so zur Messe, Mutter, sei nicht albern.« Diesmal wechselte Judith das Thema. »Wo ist William?«

Henry sprang von der Couch auf. »Gute Frage. Ich gehe nach oben und hole ihn. Billy zieht sein Kostüm an. Warte, bis du es siehst, es ist ein tolles Ding.«

Henry überließ es den drei Ladys, das Wortgefecht weiterzuführen. Er ging zu Billys Zimmer, doch noch bevor er die Tür öffnete, wußte er, daß Billy nicht da war.

Ein schwaches unheimliches Gefühl stieg in Henry auf, als er sich in dem Zimmer umsah. Es war wie das Gedicht, das alle Mädchen der Alexander Ramsey High School auswendig lernten und aufsagten, ›Little Boy Blue‹ von Eugene Field. Er konnte sich nicht mehr an das Gedicht selbst erinnern, nur an das Stöhnen der Jungen in der Klasse, wenn die alte Schnulze aufgesagt wurde. Da waren Billys Spielzeuge und seine Bücher. Dort in der Ecke waren die beiden Formationen Kegel, jetzt zu Dreiecken aus zehn Kegeln formiert. Und an der Schranktür hing immer noch sein Arztkostüm.

Aber wo war die Kürbislaterne?

»Billy«, rief Henry laut. »Billy, wo steckst du?«

Keine Antwort.

Irgendwie hatte Henry auch keine Antwort erwartet. Er ging über den Flur und sah, daß die Tür von Neds Zimmer einen Spalt offenstand; das schwache Glühen der Nachtlampe neben seinem Bett war auch auf dem dunklen Gang noch zu sehen. *Natürlich ist Billy dort,* dachte Henry. *Er hat die Kürbislaterne mitgenommen, um sie Ned zu zeigen.*

Aber Neds Zimmer war ebenfalls verlassen – so kam es jedenfalls Henry vor. Er weigerte sich standhaft, Neds komatösen Körper als den eines Jungen zu sehen, dessen Geist lebendig war. Henry kehrte auf den Gang zurück, ohne einen Blick auf den Körper auf dem Bett zu werfen.

»*Billy!*« rief er abermals laut. »Billy, deine Mutter ist hier!«

Diesmal gab es eine gedämpfte Antwort, und ein leises Klappern folgte. Aber woher? Die Türen der anderen Zimmer standen offen, und es war dunkel darin. Nur die Tür zum Speicher war geschlossen, und dorthin würde Billy bestimmt nicht gehen.

Henry öffnete dennoch die Tür zum Speicher. Er sah das schwache Flackern von Kerzenlicht auf den Dachsparren, und als er die Treppe hinaufstieg, ertönte Billys Stimme deutlich aus der Dunkelheit: »Ich sagte, ich komme sofort!«

»Was machst du da oben?« fragte Henry.

»Ich hab' die Laterne hier raufgebracht, um zu sehen, wie sie in richtiger Dunkelheit wirkt, das ist alles.«

Henry stieg die letzten Treppenstufen hinauf, und dann sah

er, daß Billy am fernen Ende des Speichers vor der Kürbislaterne kniete und hastig etwas in seinem KISS-Ranzen verstaute, das verstreut auf dem Boden gelegen hatte.

»Deine Mutter ist unten bei Judith. Wenn du dich beeilst, können Sie dich mit dem Auto mitnehmen und zu der Feier bringen. Madge fühlt sich schlecht, und ich wollte dich zu Fuß dorthin bringen, aber wenn sie mit einem Wagen hier sind . . .« Henry verstummte. Er war jetzt nahe genug bei Billy, um zu sehen, was er in seinen Ranzen gestopft hatte: die fehlenden Schokoriegel.

»Okay«, sagte Billy. »Ich beeile mich. Ich bin fertig und ziehe sofort mein Kostüm an. Er schloß den Ranzen und schnallte ihn auf den Rücken. Dann nahm er die Kürbislaterne mit beiden Händen und erhob sich. Die Kerzenflamme flackerte, als Billy sich umwandte, und die Kürbislaterne wirkte für einen Augenblick wie ein empfindungsfähiges, lebendes Ding.

»Hier oben sieht es gruseliger aus, nicht wahr, Dad?«

»Ja«, stimmte Henry zu. »Jetzt gib mir die Laterne. Ich will nicht, daß du auf der Treppe stolperst und das ganze Haus in Brand steckst. Zieh dein Kostüm an. Pronto.«

Billy überreichte seinem Vater die Kürbislaterne und ging widerstrebend zur Treppe. Auf halbem Weg wandte er sich um. »Kommst du nicht auch runter?«

»Nach einem Weilchen.«

Als Henry allein war, stellte er die Kürbislaterne auf den Boden und tastete in der Dunkelheit nach dem Lichtschalter, und als er ihn fand und das Licht einschalten wollte, stellte er fest, daß die Glühbirne durchgebrannt war. Er benutzte den Kürbis als Leuchte und untersuchte das Gebiet des Speichers, wo er Billy gefunden hatte. Er kam sich ein bißchen albern vor, Detektiv zu spielen und keine Ahnung zu haben, wonach er überhaupt suchte. Zugleich fühlte er sich sonderbar unbehaglich. Gewiß hatte er sich nur von der gehobenen Stimmung des Jungen an Halloween anstecken lassen. Kinder lieben das Schaurige und Blutrünstige weil . . . nun, weil sie Menschen sind. Und Erwachsene haben ein ähnliches Verlangen. Henry wollte gerade aufhören, den Boden abzusuchen, als er erschrak, denn er sah eine schlängelnde Bewegung, die irgendein alter, tief verwurzelter Instinkt als ›Schlange!‹ auslegte. Aber das war absurd: was er am Rand des Lichtscheins der Kürbislaterne sah, dort wo die Bodendielen durch eine Schicht Isolierwolle abgelöst wurden, war nicht in Bewegung und ganz bestimmt keine Schlange. Es war (er hockte sich hin, stellte die Kürbislaterne ab und hob das Ding auf) das beschädigte Stethoskop, das Madge für Billys Kostüm mit nach Hause gebracht hatte.

Und daneben lag die Erklärung für Billys Anwesenheit hier oben: die leere Verpackung eines Schokoriegels. Natürlich. Er war auf den Speicher gegangen, um sich seinen Anteil an den besten Süßigkeiten zu sichern. Wenn man heimlich Süßigkeiten verzehrt, schmecken sie immer köstlicher, als wenn man sie mit Billigung der Eltern ißt.

Eine gute Theorie, doch in Wirklichkeit war es gar keine leere Verpackung, wie Henry jetzt feststellte. Henry geriet kurz in Versuchung, sich selbst den Schokoriegel auf der Zunge zergehen zu lassen. Er mochte diese Sorte, aber die harte Nußfüllung war höllisch für seine Zähne. Er hatte eine Lücke zwischen den unteren linken Backenzähnen, und wenn sich darin etwas festsetzte, war es selbst durch intensives Zähneputzen kaum zu entfernen.

Er klopfte sich im Geiste auf den Rücken, weil er der Versuchung widerstanden hatte, steckte den Schokoriegel in die Tasche, nahm die Kürbislaterne mit ihrem zahnlosen Grinsen und verließ den Speicher. Er ging in das vom Lampenschein erhellte Wohnzimmer zu dem gesellschaftlichen Sparring, wo er einen *seiner* weichen Lieblingsschokoriegel essen konnte, wenn seine Exfrau Billy zur Schulfeier brachte.

22

»Hat sie den präparierten Drink getrunken?« fragte Henry, als Madge mit dem Tablett und dem Geschirr zurückkehrte, mit dem sie ihrer Mutter den abendlichen Imbiß gebracht hatte.

»Bis auf den letzten Tropfen. Sie verschlang das Stück Torte, trank den Kakao mit dem Schuß Cognac und der Medizin und nickte sofort ein. So wirkt Amytal bei älteren Leuten. Der Fotoapparat ist übrigens kaputt.«

Sie stellte das Geschirr in die Spüle und legte das Tablett auf seinen Stammplatz auf dem Küchenschrank. Dann setzte sie sich an den Küchentisch zu Henry und nahm eine Zigarette aus der Packung, die er ihr hinhielt.

»Wie steht es jetzt mit deinem Magen?« fragte Henry.

»Kein Problem. Judiths Torte war ein bißchen süßer, als ich sie mag . . .«

»Ich hatte das Gefühl, in Marshmallow-Sirup zu ertrinken«, bemerkte Henry.

»Das hielt dich nicht davon ab, ein zweites Stück zu essen, während ich bei Mutter war.« Sie zündete die Zigarette an und schnippte das Streichholz aus. »Diese Judith ist ein Ekel, findest du nicht auch?«

Henry grinste. »Es ist schwierig, sie bekleidet mit diesem Jutesack einzuschätzen, aber ich fand sie ganz niedlich. In einem Jahr oder so wird sie eine richtige kleine Lolita sein.«

»Du hast immer nur dasselbe im Kopf«, sagte Madge lächelnd.

»Heute abend habe ich das.«

»Immer mit der Ruhe. Es werden noch eine Weile Kinder klingeln. Wenn ich Billy abgeholt habe und zurück bin, wird Zeit genug für S-E-X sein.«

»Bist du sicher, daß du dich fit zum Fahren fühlst? Ein Spaziergang würde mir nichts ausmachen. Das würde mir guttun.«

»Ich fühle mich prima. Was auch immer es war, ich bin es los. Und jetzt möchte ich einen Drink. Wie steht es mit dir?«

»Klar. Sag mir, welches Gift du willst.«

»Zum Mixen haben wir nur Orangensaft.«

»Ich mache das.«

Henry erhob sich am Tisch und begann Wodka-Orange zu mixen. Während er Eiswürfel hineingab, sagte er: »Billy war ganz aus dem Häuschen wegen dieser Schokoriegel, nicht wahr? Das ist er für gewöhnlich nicht. Da bringen sie diesen Fünfdollarkürbis und eine ganze Torte mit, und er will ihnen nicht mal einen einzigen Schokoriegel abgeben.«

»Das liegt an den Ferien. In den Ferien spielen Kinder verrückt. Außerdem sagte Sondra, daß Judith keine Süßigkeiten ißt. Sie ist äußerst pingelig in puncto Essen. Vor zwei Jahren aß sie *nichts* außer Erdnußbutter und Bananenbrötchen. Jetzt hat sie den Spleen mit der gesunden Nahrung. Zum Abendessen ißt sie Gemüse und Salat und rührt kein Fleisch an. Ich habe Sondra gesagt, wenn sie nicht aufpaßt, wird Judith ein Fall von Magersucht.«

Henry gab Madge ein Glas Wodka-Orange. »Möchtest du ins Wohnzimmer gehen? Vielleicht läuft was Schönes im Fernsehen.«

»Klar.« Sie drückte die Zigarettenkippe im Aschenbecher aus und trank einen langen Schluck Wodka-Orange.

Es klingelte.

»Verdammt!« Henry nahm das Tablett mit den Süßigkeiten und ging zur Haustür.

Es war Billys Freund Ralph Johnson, und am Fuß der Veranda stand sein Vater, ein Mann in Henrys Alter, aber bereits dickbäuchig von seinem ruhigen Job in irgendeiner Bank in der Innenstadt. Ralph war als Indianer kostümiert, hatte sich mit Lippenstift Streifen auf die Wangen gemalt, um anzuzeigen, daß er auf dem Kriegspfad war, und trug einen selbstgemachten Kopfschmuck aus gefärbten Hühnerfedern. »Ich bitte um eine Gabe!« rief er und hielt seine Plastiktüte hoch.

»Kee-wah-wah-yu-a-nah«, sagte Henry.

Ralph Johnson blickte ihn verständnislos an und fragte: »Was?«

»Kee-wah-wah-yu-a-nah«, wiederholte Henry. »Das heißt auf indianisch ›Von welchem Stamm bist du, junger Krieger?‹«

Ralph überlegte. Mit dieser Frage hatte er sich offenbar noch nicht beschäftigt. Sein Vater half ihm aus der Verlegenheit. »Er ist ein Apache, denke ich.« Er sprach sonderbar nuschelnd. Henry schaute genauer hin, und der Mann lächelte und entblößte ein schauerliches Gebiß aus langen, spitzen, dunkel verfärbten Zähnen.

Henry zuckte zusammen. Der Anblick von Johnsons scheußlichen Zähnen war wie eine Bedrohung der Gesundheit seiner eigenen Zähne. Erst als Johnson in Gelächter ausbrach und die falschen Beißer aus dem Mund nahm, erkannte Henry, daß Johnson ihn reingelegt hatte.

»Allmächtiger«, sagte er mit einem matten Lächeln. »Ich dachte wirklich für einen Moment . . .«

»Ja, die meisten Leute lassen sich täuschen«, sagte Johnson.

»Nun, hier sind einige Gaben für diesen jungen Apachen.« Henry schob Popcorn, Lakritz und Bonbons vom Tablett in den Einkaufsbeutel des Jungen. »Und hier ist auch etwas für den alten Säbelzahn.« Er griff in die Tasche und zog den Schokoriegel hervor, den er vom Boden des Speichers aufgehoben hatte. Er warf den Schokoriegel Johnson zu, der ihn geschickt auffing. »Denken Sie daran, sich nach dem Verzehr die Zähne zu putzen, oder Sie werden es bereuen.«

»Richtig, Zahnhygiene ist sehr wichtig.« Johnson steckte die falschen Zähne wieder in den Mund und bedachte Henry zum Abschied mit einem Grinsen. Selbst wenn man wußte, daß es sich um ein künstliches Gebiß handelte, war der Anblick beunruhigend.

»Madge, du hättest den Vater von Ralph Johnson sehen sollen«, sagte Henry, als er in die Küche zurückkehrte. »Er trug – o nein!«

Madge kniete neben der Spüle und erbrach sich krampfhaft in die Abwaschschüssel aus gelbem Plastik. Der Brechreiz hatte sie offensichtlich überrascht, denn das meiste Erbrochene – noch als Tortenmasse zu erkennen – war auf den Boden gespritzt.

Henry kniete sich neben Madge. Sie versuchte sich aus seiner tröstenden Umarmung zu winden. In ihren Augen waren Tränen.

»Madge, was zum Teufel ist los?«

Sie wischte sich mit dem Handrücken über den Mund und räusperte sich. Sie wollte antworten, obwohl sie nur sagen konnte, daß sie es nicht wußte, doch von neuem stieg Brechreiz in ihr auf.

Sie mußte sich immer wieder mal übergeben, fast eine halbe Stunde hielt das an, und als die Krämpfe aufhörten, war nicht daran zu denken, daß sie mit dem Auto fuhr. Henry wollte sie ins Krankenhaus bringen, aber sie weigerte sich.

»Morgen bin ich sowieso im Krankenhaus. Und jetzt will ich nur schlafen.«

Es hatte keinen Sinn, mit Madge zu streiten, wenn sie krank war, denn sie konnte sich darauf berufen, daß sie als Krankenschwester am besten wußte, was getan werden mußte. So bemühte sich Henry nicht, sie umzustimmen. Statt dessen wischte er das Erbrochene auf und sorgte dafür, daß genügend Eimer und Schüsseln neben Madges Bett standen. Dann war es an der Zeit, zur Muttergottesschule zu gehen.

Einen Block vom Haus entfernt mußte er umkehren und seinen Regenmantel und einen Schirm holen. Als er ein zweites Mal in den Regen hinaustrat, der zu einem regelrechten Wolkenbruch geworden war, betete er halb im Scherz und halb im Ernst: *Sag mir, Gott, womit habe ich dies verdient?*

23

Während des ganzen Films *Frankenstein* dachte Billy an die Schokoriegel, die er in seinem Klassenzimmer in die große Schüssel gelegt hatte, in die alle von Schwester Catherines Viertkläßlern ihre verschiedenen Beiträge gelegt hatten und aus der sie vor der Heimkehr ihren Anteil entnehmen würden. In vorangegangenen Jahren hatte man die Verteilung der Halloween-Süßigkeiten für alle Schüler in der Turnhalle vorgenommen, aber wegen einiger Zwischenfälle, bei denen ältere Kinder die jüngeren benachteiligt hatten, fanden jetzt nur die Spiele, die Vorführung des Horrorfilms und die Preisverleihung für die Kostüme in der Turnhalle statt; die Süßigkeiten würden wie Schwester Fidelis angekündigt hatte, in den jeweiligen Klassenzimmern verteilt werden.

Was Billys Vergeltung viel fairer machte, denn nur diejenigen Kinder, die ihn ausgelacht und dann keinen Grund genannt hatten, würden faule Zähne bekommen.

Fairer, ja, aber war nicht etwas grundsätzlich Unfaires an der ganzen Idee? Hatte er sich nicht immer geärgert, wenn die ganze Klasse für etwas bestraft wurde, obwohl nur einer oder ein paar etwas angestellt hatten? War das, was er tat, nicht schlimmer? Unterdessen war die Geschichte auf der Leinwand (Billy kannte die Handlung vom Fernsehen her) zu dem Punkt gelangt, an dem Boris Karloff das kleine Mädchen kennengelernt hatte, daß er bald in den Fluß werfen würde, ein Verbrechen, das er nicht nur beging, weil er böse war, sondern einfach, weil er so unglaublich blöde war. Er hatte diesen dummen, verständnislosen Gesichtsausdruck, der unheimlicher war, als wenn er absichtlich bösartig und bedrohlich wie ein Vampir ausgesehen hätte. Einige der kleinen Mädchen in den vorderen Reihen kreischten bereits vorab.

Billy stand von seinem Klappstuhl auf und bahnte sich einen Weg zum Mittelgang, wobei er gegen Knie stieß und auf Füße trat. Schwerfällig hob Karloff das kleine Mädchen an, und Entsetzensschreie und Beifallsrufe ertönten, als er es ins Wasser warf.

Schwester Symphorosa stand am Ausgang Wache. Zuerst tat sie, als bemerke sie Billy nicht, und schaute weiterhin mit finsterer, tadelnder Miene auf die Leinwand. Er zupfte etwas drängender am Ärmel ihrer grauen wollenen Strickjacke.

Sie heftete ihren finsteren, tadelnden Blick auf Billy. »Ja?«

»Schwester, verzeihen Sie, ich muß auf die Toilette.«

»Kannst du nicht warten, bis der Film vorüber ist?«

»Aber der dauert noch lange. Da passiert noch allerhand. Er tötet eine Frau, die heiratet, und man jagt ihn, und dann gibt es einen längeren Kampf. Und ich muß wirklich austreten — *dringend.*«

Das Wort ›dringend‹ und seine gequälte Miene gaben den Ausschlag. Schwester Symphorosa gab ihm ein Kärtchen, das als Passierschein galt, und ließ ihn durch den Ausgang gehen.

Links war die nächste Jungentoilette, aber es gab noch eine, nahe bei seinem Klassenzimmer, das rechts jenseits der Haupttreppe, den Korridor entlang und wieder rechts lag. Der Grundriß der Schule war ein Viereck, aus dem ein kleineres Viereck herausgenommen war, so daß man nicht auf geradem Weg von Ecke A (der Turnhalle) zur Ecke D (seinem Klassenzimmer) zurückkehren konnte. Überall wo die Wände des Korridors nicht von metallenen Spinden verdeckt wurden, waren sie mit Halloween-Dekorationen geschmückt, in so vielen Arten, wie es Klassenzimmer längs des Korridors gab. Schwester Terences Drittkläßler hatten ein drei Meter langes und ein Meter hohes Bild gemalt, das verschiedene Räume in einem Geisterhaus mit einer Vielzahl von Hexen und Monstern zeigte, die jedoch (nach Billys Ansicht) wenig überzeugend wirkten. Miss Beanes Zweitkläßler hatten wie gewohnt eine viel wirkungsvollere Dekoration, ein riesiges Schachbrett mit Laternen aus orangefarbenem Papier, die auf die schwarzen Felder geklebt waren, während auf den weißen Quadraten schwarze Schädel klebten. Jeder, der Miss Beane in der zweiten Klasse als Lehrerin gehabt hatte, stimmte zu, daß ihr Unterricht die unterhaltsamste Lektion an der ganzen Schule war, wenn man auch immer die Dinge genau auf ihre Art und Weise machen mußte.

Billy ging langsamer, als er sich dem Haupttreppenschacht näherte, denn hier war eine Begegnung mit einer Aufsichtsperson – wenn es denn eine gab – am wahrscheinlichsten. Er hatte sich bereits eine Ausrede überlegt, weshalb er zu der weiter entfernten Toilette ging (er würde behaupten, daß die drei Kabinen in der anderen Toilette besetzt waren), aber am besten war es, wenn er zu seinem Ziel gelangte, ohne überhaupt bemerkt zu werden. Es dauerte vielleicht lange, bis er alle seine Schokoriegel aus der Schüssel ausgesondert hatte, länger als jemand auf der Toilette verbrachte.

Er hörte eine Stimme, dann eine zweite, eine Männerstimme, die sagte ›Hm-hm‹ und ›Soso‹ und Schwester Fidelis' helle, klare Stimme. Sie standen bei der doppelflügeligen Tür des Haupteingangs, eine halbe Treppe tiefer. Nur Schwester Fidelis war für Billy deutlich zu sehen, denn der Mann stand halb jenseits der Tür, als wolle er nicht im Schulgebäude rauchen. Dennoch war der Geruch vom Qualm seiner Zigarette wie eine Schändung der üblichen Gerüche der Schule nach Politur und Kreidestaub, als würde in einer Kirche ein Radiosender mit Rock 'n' Roll eingeschaltet.

Billy holte tief Luft, hielt seinen Passierschein zum Vorzeigen bereit und ging durch die Halle, wobei er hoffte, daß die Direktorin zu sehr in die Unterhaltung vertieft war, um ihn zu bemerken. Und tatsächlich war es nicht Schwester Fidelis, die rief: »Billy, hey! Billy, komm her!«

Es war sein Vater.

Billy ging die halbe Treppe hinunter zu Henry und fühlte sich erleichtert in dem Wissen, daß er nicht länger verantwortlich für das war, was passieren würde. Er war gestoppt, und die Sache war ihm aus der Hand genommen worden. »Hallo, Dad. Hallo, Schwester.« Er hielt den Passierschein hoch, und Schwester Fidelis nickte, ohne einen Blick darauf zu werfen.

»Wie läuft die Halloween-Feier?« fragte Henry. »Und was machst du hier in der Halle?«

»Sie zeigen *Frankenstein*, aber ich muß zur Toilette.«

Henry lächelte. »Es war nicht allzu gruselig für dich, nicht wahr?« Er schnippte seine Zigarettenkippe nach draußen in den Regen und die Dunkelheit und kam zur Sache. »Nun, dann erledige schnell dein Geschäft in der Toilette. Ich werde dich etwas eher heimbringen als geplant. Deine Mutter ist wieder krank, und so kann sie dich heute abend nicht mit dem Auto abholen.«

»Ich bedaure, das zu hören«, sagte Schwester Fidelis höflich. »Ich hoffe, es ist nichts Ernstes.«

»Eine Art Grippe, sagt sie.«

Schwester Fidelis seufzte. »Ja, das häuft sich in dieser Jahreszeit. Jedenfalls, Billy, mußt du nicht ohne deinen Anteil von Halloween-Gaben nach Hause gehen. Wenn du dir die Hände gewaschen hast, kannst du mit deinem Vater ins Klassenzimmer gehen und dir etwas von den Süßigkeiten aus der Schüssel nehmen. Es tut mir leid, daß du nicht das Ende des Films sehen kannst, aber dein Vater sagte mir, du bist bereits ein Fachmann in Sachen Frankenstein.«

Billy nickte. »Ich habe diesen Film schon gesehen, und einen anderen, der im Grunde das gleiche in Farbe war, und im vorigen Jahr habe ich *Frankenstein junior* gesehen. Das war mein Lieblingsfilm. Er ist lustiger als dieser. Aber auch gruseliger.«

Schwester Fidelis reichte Henry die Hand. »Es war nett, mit Ihnen zu plaudern, und ich werde für eine schnelle Genesung Ihrer Gattin beten – und ebenso für Ihre unglückliche Schwiegermutter. Daß so etwas Merkwürdiges geschieht! Nun, die Pflicht ruft, ich muß jetzt wirklich eine Runde über die Korridore machen. All diese Süßigkeiten könnten selbst die Heiligen in Versuchung führen. Gute Nacht und alles Gute zu Halloween.« Auf der Treppe wandte sie sich noch einmal um und sagte zu Billy: »Und ich erwarte, dich morgen um acht Uhr beim Hochamt zu sehen, William. Allerheiligen ist ein heiliger Tag, an dem man in die Kirche gehen muß.«

»Ich weiß, Schwester.«

Henry bestand darauf, Billy zur Toilette zu begleiten, aber er ging nicht mit ihm hinein. Billy betrat eine Kabine, wartete eine angemessene Zeit, betätigte die Spülung und kehrte zu seinem Vater zurück. Dann ließ es sich nicht ändern: Billy führte seinen Vater zum Klassenzimmer.

Und dort standen auf der Tafel mit großen Kreidebuchstaben ein schmutziges Wort und die Initialen der Muttergottesschule – MGS.

Und da war die große Schüssel, in der die Süßigkeiten hätten sein sollen, doch wie durch ein Wunder war sie leer bis auf ein paar wurmstichige Äpfel.

Billy fühlte sich enorm erleichtert und in Hochstimmung. Noch bevor ihm richtig klar wurde, was geschehen war, wußte er, daß er keine Sorgen, Schuldgefühle oder Angst zu haben brauchte. Er war gerettet.

»Waren darin die Süßigkeiten?« fragte Henry und tippte auf die Schüssel, daß die Falläpfel darin herumkollerten.

Billy nickte. »Sie war fast bis obenhin gefüllt.«

»Welch ein gemeiner Streich. Wer zum Teufel würde so etwas tun?«

»Vermutlich die Jungs von der Weyerhauser Schule.«

Henry hatte das selbst vermutet, jedoch nicht zu Billy sagen wollen. Er nickte ernst, aber unverbindlich. »Wir sollten Schwester Fidelis informieren. Aber zuerst –« er ging zu der Schultafel und nahm einen Putzlappen, »– wischen wir das weg.«

»Vielleicht solltest du es stehenlassen«, sagte Billy. »Es könnte ein Beweis sein.«

»Wenn man jemals eine Aussage vor Gericht braucht, was auf der Tafel stand, können wir beide als Zeugen aussagen, okay? Unterdessen . . .« Er wischte das Geschriebene weg, aber selbst dann war noch SCHEISS MGS lesbar, wenn man genau hinschaute.

»Schreib etwas anderes auf die Tafel wie ›Happy Halloween‹, und keinem wird auffallen, was darunter stand«, schlug Billy vor.

»Gute Idee«, sagte Henry.

Als das erledigt war, gingen sie zu Schwester Fidelis und erzählten ihr von ihrer Entdeckung. Schwester Fidelis' Hauptsorge war, daß es auch Vandalismus gegeben hatte, und als sie erfuhr, daß dies nicht der Fall war, sagte sie: »Das ist ein Segen. Natürlich ist das eine schreckliche Sache, aber wenn es nur um den Diebstahl der Süßigkeiten geht, kann das leicht genug in Ordnung gebracht werden.«

»Wie sind die Ihrer Meinung nach in das Klassenzimmer hineingekommen?« fragte Henry.

»Eine Schule ist keine Festung, Mr. Michaels. Jeder, der über den Zaun um den Schulhof klettern kann, ist auch in der Lage, durch ein Fenster in das Klassenzimmer einzusteigen. Aus diesem Grund versuchen wir, die Fenster fest zu verschließen, aber manchmal . . .« Sie hob die Hände in einer Geste der Resignation. »Mir ist klar, daß Sie nach Hause möchten, Mr. Michaels, aber ich wüßte es zu schätzen, wenn Sie mich für kurze Zeit hier an der Tür vertreten, sagen wir fünf Minuten, während ich die Schüssel in Billys Klassenzimmer aus den Schüsseln der anderen Klassen auffülle. Die Kinder brauchen nicht zu erfahren, was passiert ist, wenn ich das jetzt erledige.«

»Selbstverständlich, Schwester. Das mache ich gern.«

»Billy, du kommst mit und hilfst mir.«

Billy folgte Schwester Fidelis in sein Klassenzimmer, und dann trug Billy die allmählich schwerer werdende Schüssel von Klassenzimmer zu Klassenzimmer, und Schwester Fidelis zweigte hier kleinere Portionen und dort, wo die Schüsseln üppiger gefüllt waren, größere Portionen ab. Die Erst- und Zweitkläßler waren am besten versorgt. Als sie das Klassenzimmer der siebten Klasse erreichten, waren mehr Süßigkeiten in der Schüssel, die Billy trug, als in der Schüssel der Klasse, und Schwester Fidelis entschied, daß sie genug gesammelt hatten. Sie brachten die gefüllte Schüssel in sein Klassenzimmer, und

Billy hätte vergessen, sich überhaupt Süßigkeiten zu nehmen, wenn Schwester Fidelis ihn nicht dazu aufgefordert hätte. »Nur zu, sei nicht zu schüchtern – nimm dir mehr. Aber tust du mir einen Gefallen, William?«

»Schwester?«

»Erwähne nicht bei den anderen Kindern, was du und dein Vater entdeckt habt. Wenn dich natürlich jemand direkt darüber *befragt*, mußt du die Wahrheit sagen. Lügen ist immer eine Sünde. Aber wenn keiner fragt . . .«

Billy nickte. »Ja, Schwester. Ich werde es geheimhalten.«

»Gut.« Sie belohnte ihn mit einer Handvoll Bonbons aus der Schüssel.

Als sie sich der Halle näherten, hörten sie einen heftigen Wortwechsel zwischen Billys Vater und einigen Leuten, die in die Schule eingelassen werden wollten. Henry erklärte ziemlich ärgerlich, daß sie warten mußten, bis Schwester Fidelis zurück war und sie als Schüler identifizieren konnte, und sie bestanden darauf, sofort eingelassen zu werden.

Schwester Fidelis ging schneller, und Billy mußte fast laufen, um mit ihr Schritt zu halten. Als Billy und Schwester Fidelis auf der Treppe waren, die zum Eingang hinabführte, und die Jungen sehen konnten, die versucht hatten, sich an Henry vorbeizuschieben, machten die Jungen plötzlich kehrt und zogen sich zurück.

Schwester Fidelis eilte hinaus, hinter ihnen her und fragte, was sie wollten. Sie erhielt nicht sofort eine Antwort.

Billy drückte sein Gesicht gegen die unterste Glasscheibe von einer der Türen, um zu sehen, was los war. Dort draußen waren vier ältere Jungen, vermutlich aus der siebten oder achten Klasse, und alle vier trugen Richard-Nixon-Masken aus Gummi. Man konnte nicht sagen, ob die Jungen Schwarze oder Weiße waren. Das war auch nicht an ihren Händen zu sehen, denn sie alle trugen Handschuhe. Aber sie hatten gesprochen, wie farbige Jungen redeten, als sie sich mit Henry gestritten hatten. ›Hey, Mann, das kannst du nicht machen!‹ und ›Wer sagt dir, daß wir nicht hier rein können?‹«

»Nehmt diese Masken ab und laßt mich sehen, wer ihr seid«, verlangte Schwester Fidelis.

»Ich bin Richard Nixon«, sagte einer der Jungen in höhnischem Tonfall, und die anderen drei lachten und wiederholten seine Behauptung. »Ja, das bin ich, Richard Nixon.« Sie hielten die Hände hoch und machten das Siegeszeichen.

»Ja«, sagte der erste Junge. »Ich bin Richard Nixon und kein Gauner.«

Diesmal klang ihr Gelächter weniger gezwungen.

»Nun, Richard Nixon, ich befürchte, du wirst woanders Halloween feiern müssen. Die Feier hier ist nur für Schüler der MGS. Es tut mir leid, aber so lautet die Vorschrift.«

Nachdem sie ihren Trotz gezeigt hatten, zogen sich die vier Richard Nixons zurück und überquerten die Straße. Auf dem anderen Bürgersteig machten sie kehrt und riefen die gleiche schmutzige Botschaft, die auf der Tafel in Billys Klassenzimmer gestanden hatte. Dann rannten sie in die Dunkelheit davon.

»Wissen Sie, Schwester«, sagte Henry, als Schwester Fidelis zurückkehrte, »ich wette, daß dies die Jungen waren, die aus Billys Klassenzimmer die Süßigkeiten stahlen.«

»Eine Rückkehr an den Tatort? Das wäre dreist von ihnen, aber ich nehme an, wir werden es nie herausfinden. Danke für Ihren Dienst über die Pflicht hinaus.«

»Ich würde sagen, es war genau das, was meine Pflicht verlangte, Schwester, und es freut mich, daß ich etwas helfen konnte. Werden Sie jetzt allein zurechtkommen?«

»Es waren nur Kinder, die verrückt spielten. Wir haben schließlich Halloween.« Sie lachte leichthin. »Wir haben es hier noch nicht mit aufsässigen und rowdyhaften Schülern zu tun. Und ich habe Sie bereits zu lange von Ihrer armen Frau ferngehalten. Noch einmal vielen Dank, und gute Nacht.«

Henry trat aus der Tür, öffnete seinen Regenschirm und wartete, bis Billy sich zu ihm unter den Regenschirm drängte. Sie machten sich gemessenen Schrittes auf den Heimweg. Unterwegs aßen sie Süßigkeiten aus Billys Ranzen. Henry erzählte Geschichten über den Ursprung von Halloween, und Billy sagte ihm, was er über dieses Thema in der *Junior Universe* Enzyklopädie gelesen hatte. Sie waren sich einig: Die alten Druiden mußten interessante Leute gewesen sein.

24

Henry konnte nicht schlafen. Er hatte eine Stunde lang im Bett gelegen und Madges unregelmäßigem Schnarchen gelauscht und war noch hellwach. *Ich werde etwas lesen und den Kühlschrank plündern,* dachte er. In Pyjama und Morgenmantel vergewisserte er sich, daß Billy gut schlief, und ging die Treppe hinunter. Im Haus hatte sich Kälte ausgebreitet, die Kälte einer Kirche oder eines anderen Gebäudes, dessen Heizung nicht regelmäßig in Betrieb war. Er spürte die Kälte bei jedem Schritt und bekam an den Beinen eine Gänsehaut. Schon November. Heizkosten! In diesem alten viktorianischen Haus verheizte man das Heizöl fast so schnell, wie man es in den Tank füllen konnte. Das zusammen mit den Steuern und Gebühren war fast soviel an Kosten, wie eine Durchschnittsfamilie an Miete zahlte. Vielleicht sollte er endlich in die Tat umsetzen, was er stets angedroht hatte, und einen Ofen, mit dem man Holz verbrennen konnte, im Wohnzimmer aufstellen. Der Schornstein und Rauchfang waren anscheinend in ordentlichem Zustand. Aber würde es ohne eine ständige Versorgung mit Brennholz tatsächlich eine Ersparnis sein? Wie so oft führte Henrys Tagtraum von einer heroischen Unternehmung zu der Erkenntnis, was er als sofortige Belohnung wünschte. Ein Feuer im Kamin! Es war gerade genug Holz neben dem Kamin gestapelt, um ein behagliches Feuer in Gang zu bringen.

Bevor er sich einen Imbiß zubereitete, bildete er eine kleine Pyramide aus Holz unter den drei dünnsten Scheiten des Stapels und zündete sie an. Als er mit einem Wodka-Orange und einem Toast mit Käse und Ketchup zurückkehrte, hatten die Scheite Feuer gefangen, und die Flammen hatten ihre eigene Halloween-Feier, bei der sie auf und ab tanzten und das Holz knackte.

Da ist etwas Uranfängliches, eine fast schon religiöse Kraft im Feuer. Henry brauchte nur zehn Minuten oder eine Viertelstunde ein Feuer zu betrachten, und sein Geist war in einer anderen Dimension. Es war schwer zu glauben, daß die Flammen nur Verbrennungserscheinungen bei Gasen oder Dämpfen waren. Hatte nicht einer im Alten Testament Gott in einem brennenden Baum gesehen? Und da war noch etwas, irgend etwas, das er erst vor kurzem gehört hatte, was war es noch mal? Ah, ja, die Sache, die Billy ihm über die Druiden erzählt hatte (der Junge hatte ein phänomenales Gedächtnis). Die Druiden hatten an Halloween besondere Freudenfeuer gemacht und Steine hineingelegt, ein Stein für jedes Familienmitglied.

Henry war im allgemeinen nicht abergläubisch. Es machte ihm nichts aus, unter Leitern zu gehen oder etwas an einem Freitag, dem dreizehnten, zu unternehmen. Er behandelte schwarze Katzen genauso wie weiße, und er hatte keine Münzen oder Schlüsselringe oder so was als Talisman. Aber manchmal geschahen Dinge, die schwer zu erklären waren. Zum Beispiel hatte er sich auf die Bitte eines Freundes hin an einen Astrologen gewandt. Der Freund hatte wissen wollen, ob er sich eine 650er Honda kaufen sollte, die er in einer Werbung gesehen hatte, und die Antwort des Astrologen an Henry hatte gelautet: »Sie werden viele Pferde als Geschenk erhalten.« Das mußte gewiß mehr als purer Zufall sein. Henry hatte einen ähnlichen Respekt vor den Botschaften in Glücksplätzchen, aber nur wenn ihm eine innere Stimme sagte, daß dieses besondere Glücksplätzchen beachtet werden sollte.

Und dieses Gefühl hatte er jetzt. Er richtete sich nicht sofort danach, denn er begann gerade die Wärme des Feuers zu genießen, aber er konnte den Gedanken an die Druiden und die Steine, die sie in die Halloween-Feuer legten, einfach nicht loswerden. Aber selbst als er mit einem zweiten Wodka-Orange aus der Küche zurückkehrte, dachte er nicht ernsthaft daran, mit einer Taschenlampe hinauszugehen und vier passende Steine zu suchen. Fünf, mit Ned.

Dann fiel ihm ein, daß dank Ned ein guter Vorrat an Steinen im ganzen Haus war. Ned war ein Sammler von ›interessanten‹ Stücken und Steinen gewesen und hatte stets Unkraut mit schönen Blüten oder einen sonderbar aussehenden Stein mit nach Hause gebracht. Die Blumen kamen in ein Wasserglas, starben in ein paar Tagen ab und wurden weggeworfen, aber die Steine wurden in den Töpfen der verschiedenen Hauspflanzen aufgehoben wie viele, nie ausgebrütete Eier. Nach Neds Unfall waren diese Steinnester zu vielen kleinen häuslichen Schreinen geworden, die an den Ned der früheren glücklicheren Zeit erinnerten.

Henry ging ins Eßzimmer, schaltete das Licht an und begann Steine aus den Töpfen der Zimmerpflanzen zu sammeln: drei größere Steine für die Erwachsenen und kleinere als Symbole für Ned und Billy. Der größte Stein, glatt und leicht rötlich, würde Oma O. repräsentieren, als Symbol ihrer Kahlheit. Der schwarze Stein (Basalt? Henry wußte es nicht genau?) würde für Madge stehen, und der gesprenkelte, der wie ein Stück Glimmer aussah, würde sein Stein sein. Neds Stein war kreideweiß und vielleicht ein Stück Marmor.

Er legte alle fünf Steine in den Kamin und schob sie mit dem Schüreisen in die Mitte unter die brennenden Scheite. Dann legte er zwei weitere Scheite schräg über das Feuer, womit er den Blick auf die Steine verdeckte. Die neuen Scheite begannen zu zischen und zu knacken, und Henry mußte bald den Sessel weiter vom Kamin fortschieben, weil es ihm am Feuer zu heiß wurde. Er nippte an seinem Wodka-Orange, beobachtete die Flammen, genoß die Wärme des Feuers und spürte, wie die Spannung aus seinen Muskeln wich . . .

Welch ein Tag. Aber er war vorüber. Henry brauchte nicht einmal einen dritten Drink, um Schlaf zu finden. Er stellte einfach das leere Glas auf dem Boden ab, zog die Beine an, damit sie vom Morgenmantel bedeckt waren, und döste ein.

Er erwachte um fünf Uhr durch das gedämpfte Läuten der Standuhr in Mrs. Obstschmeckers Schlafzimmer. Nach einem Augenblick der Verwirrung wußte er, warum er frierend in einem Sessel im Wohnzimmer aufwachte. Alles fiel ihm wieder ein, und er schaute zum Kamin, in dem die Scheite – bis auf einen verkohlten Aststrunk – zu einem Haufen Asche verbrannt waren.

Wie dumm, dachte er, während er in der Asche wühlte und nach den Steinen tastete. Als erstes fand er den Stein von Oma O., dann den von Ned. Keiner der beiden Steine war vom Feuer in Mitleidenschaft gezogen. Madges Stein war hinten in den Kamin gerollt, vielleicht weil ein Scheit verrutscht war, aber er war ebenfalls intakt. Sein eigener Stein war jedoch genau in der Mitte gespalten. Henry wog die beiden Hälften in den Händen und wünschte, er hätte das Experiment nie gemacht. Man brauchte kein Druidenpriester zu sein, um zu wissen, daß dies ein schlechtes Omen sein mußte. *Genug von diesem Unsinn*, dachte er. *Ich werde Frühstück machen*. Aber zu diesem Zeitpunkt war es zu spät zum Aufhören. Er mußte den fünften Stein finden und sich vergewissern, daß er nicht ähnlich beschädigt war. Er tastete weiter in der Asche herum, aber er fand nur Aststückchen und Knorren, die nicht von den Flammen verschlungen worden waren. Henry suchte systematischer weiter. Er breitete eine Zeitung neben dem Kamin aus und ließ die Asche durch seine Hand rieseln, eine Handvoll nach der anderen. Billys Stein war anscheinend verschwunden, und das war einfach unmöglich.

Als Madge eine Stunde später die Treppe herunterkam, um das Frühstück zu machen, hockte Henry immer noch auf Händen und Knien am Kamin und siebte zum zweiten Mal Asche durch das größte der Küchensiebe.

»Henry«, sagte sie schläfrig, »was ist los?«

»Nichts«, erwiderte er. »Nichts ist los. Ich habe gestern abend ein Feuer gemacht, und ich entferne gerade die Asche. Geh wieder ins Bett.«

»Aber ich muß mich für die Arbeit fertigmachen. Was treibst du da? Du bist schmutzig.«

»Ich suche nach Billy«, sagte er unter Tränen. »Ich suche nach meinem Sohn Billy.«

»Hast du die ganze Nacht hier unten gesessen und *getrunken*?« fragte Madge.

Henry schüttelte den Kopf und wischte sich mit dem rußgeschwärzten Ärmel seines Pyjamas Tränen fort. Aber er konnte nichts sagen, fand keine erklärenden Worte.

Madge seufzte. »Nun, ich kann es dir wirklich nicht verdenken nach allem, was wir gestern durchgemacht haben. Mach dich sauber, und ich koche Kaffee. Gott, welch ein Tollhaus!« Sie ging in die Küche.

Henry gab sich geschlagen. Er trottete ins Badezimmer,

wusch Hände und Gesicht und begann sich zu rasieren. Und während der ganzen Rasur rannen Tränen über seine Wangen und vermischten sich mit dem Rasierschaum. Etwas Schreckliches würde geschehen, und er konnte nichts tun, um es zu verhindern. Er wußte es ganz sicher.

25

»Dein Urgroßvater Olaf Hagerup«, sagte Billys Mutter heiter, nachdem Billy den Sicherheitsgurt angelegt hatte, »das heißt der Vater meiner Mutter, muß der eigensinnigste, halsstarrigste Mann gewesen sein, den es je gegeben hat. Einmal ging die ganze Familie zu einem Zirkus, der in Brainard gastierte, ein ganz kleiner Zirkus natürlich, kein so großer wie der, den wir heute sehen werden.« Sie startete, und der V-8-Motor des fabrikneuen Electra sprang sofort an. »Aber er war groß genug, um die grundlegenden Zirkustiere wie Löwen und Tiger und, ich nehme an, einen Elefanten zu haben.« Sie setzte zurück, und es knirschte, als der Wagen in einen Schneehaufen fuhr, den die Schneepflüge an den Rand der Calumet Avenue geschoben hatten. Dann lenkte sie den Wagen auf die Straße, und die Hinterräder drehten kurz im Schnee durch. »Olaf saß während der ganzen Vorstellung da, und als wir wieder zu Hause waren, bestand er darauf, daß die Tiere, die er gesehen hatte, nur Menschen mit Kostümen gewesen waren! In der Welt meines Großvaters war einfach kein Platz für Löwen und Tiger. Ist das nicht erstaunlich? Er konnte sie mit eigenen Augen sehen, aber er weigerte sich, zuzugeben, daß sie real waren.«

Billy nickte. Halb galt seine Aufmerksamkeit der Geschichte, halb der Fahrweise seiner Mutter. Er machte sich Sorgen. Sein Vater machte stets Bemerkungen, welch eine schlechte Autofahrerin Sondra war, und nach zwei Tagen Tauwetter, gefolgt von einem mittelstarken Schneesturm, waren die Straßen äußerst tückisch. Henry hatte sie überreden wollen, mit einem Bus in die Innenstadt zu fahren, aber Sondra hatte gelacht und gesagt, ihm hingen die Trauben zu hoch, was hieß, daß er den Bus bevorzugte, weil *er* nicht mit dem Auto fahren konnte. Henry korrigierte sie nicht, aber in Wirklichkeit konnte er wieder fahren. Er hatte seinen Führerschein kurz nach Neujahr wiederbekommen, und er und Madge hatten das gefeiert, indem sie den weiten Weg nach Mankato und zurück gefahren waren, um an einer Beerdigung eines Cousins von Henry teilzunehmen, den er nicht mehr gesehen hatte, seit Henry fünfzehn und der Cousin zwölf gewesen war.

»Ich gäbe was dafür, wenn ich wüßte, woran du jetzt denkst«, sagte Sondra und blickte Billy kurz von der Seite an. Im gleichen Augenblick schlingerte das Heck des Electra beim Abbiegen von der Calumet Avenue auf die Johnson Avenue an der Ecke des Brosner Parks.

Billy hielt den Atem an, bis der Wagen wieder in der Spur war. Dann sagte er: »Ich dachte daran, daß Vater den Führerschein wiederbekommen hat und du davon nichts weißt.«

»Hat er? Das ist schön. Das sollte euch das Leben sehr erleichtern. Ich kann mir gar nicht vorstellen, wie man ohne Auto zurechtkommt. Jedenfalls in Willowville. Aber es überrascht mich nicht, daß Henry kein Wort darüber verloren hat. Er ist in letzter Zeit so . . . verschlossen. Ich hoffe, er fühlt sich gut.«

»Es geht ihm prima. Allen geht es prima.«

Sondra verzog skeptisch das Gesicht, und Billy atmete tief durch und machte sich auf ein Verhör gefaßt. Jedesmal wenn seine Mutter es schaffte, ihn für sich zu bekommen, stellte sie ihm haufenweise Fragen. Es war fast, als hätte sie vorher eine Liste angefertigt wie vor einem Einkauf.

»Wie geht es der armen alten Mrs. Obstschmecker?« fragte Sondra.

»Prima.«

»Und ihr Haar? Ist es nachgewachsen?«

»Nein, noch nicht.«

»Nun, wie lange ist das schon her? Fast vier Monate. Als ich die letzten Male im Haus war, sah ich sie nicht. Deshalb frage ich, wie es ihr geht.«

»Sie kommt nur noch selten aus ihrem Zimmer. Ich nehme an, sie geniert sich, weil sie eine Glatze hat.«

»Kommt sie zu den Mahlzeiten? Sieht sie mit euch Fernsehen?«

»Sie hat einen eigenen Fernseher in ihrem Zimmer, und Madge bringt ihr die Mahlzeiten auf einem Tablett.«

Sondra verarbeitete diese Information bis zur Snelling Street, wo sie an einer Verkehrsampel stoppen mußte.

»Madge hat auch einige Probleme, wie ich hörte.«

»Sie ist wieder in Ordnung. Sie hat festgestellt, daß es ihr schlecht wird, wenn sie Alkohol trinkt. Es ist irgendeine Art Allergie. Ich soll davon nichts wissen, also sag bitte nicht, daß ich es erzählt habe.«

»Meine Lippen sind versiegelt.«

Billy sagte sich, daß sie ihn jetzt über Henrys Wochenendjob als Barkeeper befragen würde. Statt dessen sagte sie: »Deine Schule war in den Nachrichten.«

»Wirklich? Im Fernsehen?«

»Nein. Nur ein kleiner Artikel in der Zeitung. Ben hat mich gestern darauf hingewiesen. Da gibt es anscheinend ›dramatische Zahnerkrankungen‹ bei deiner Schule und auch bei einer staatlichen Schule in der Nähe.«

»Oh, das waren nur zwei Jungens von der MGS, denen das passierte. Die anderen Jungs sind alle auf der Weyerhauser. Sie schickten uns mit rosafarbenen Scheinen heim, und wir mußten vom Zahnarzt ausfüllen lassen, daß er unsere Zähne untersucht hat. Meine waren alle in Ordnung bis auf ein kleines Loch in einem Milchzahn, den ich ohnehin verliere.«

»Du kennst keines der betroffenen Kinder, oder?«

»Eines ist in unserer Klasse«, bestätigte Billy und lächelte bei dem Gedanken daran, wie doof Lyman Sinclair aussah, seit die Schokoriegel ihre Aufgabe erfüllt hatten. Entweder hatte Lyman es geschafft, einige Schokoriegel aus der Schüssel zu stibitzen, bevor sie zum Film in die Turnhalle gegangen waren, oder er war ein Freund von den Jungen der Weyerhauser Schule und hatte etwas von ihren gestohlenen Dingen abbekommen.

»Ein Freund von dir?« fragte Sondra.

»Nein, er ist ein Schwarzer. All die Jungen, bei denen das passierte, sind Schwarze. Es liegt vermutlich daran, daß sie sich die Zähne nicht richtig putzen. Man muß die Zahnbürste kreisförmig bewegen. So.« Billy imitierte die Bewegungen des idealen Zähneputzens, wie er sie in dem langweiligen Film über Zahnhygiene gesehen hatte, der allen Schülern der MGS an dem Tag gezeigt worden war, an dem sie die rosafarbenen Zettel erhalten hatten.

Sondra lächelte. Die Pantomime des Zähneputzens war irgendwie beruhigend. Aber sie fühlte sich zu einer weiteren Klarstellung verpflichtet: »Die Tatsache, daß der Junge ein Schwarzer ist, heißt nicht, daß er nicht dein Freund sein kann. Ich hatte auf der High-School einen Schwarzen als Freund, und damals gab es viel weniger Farbige in der Gegend.«

»Ja, aber Lyman Sinclair ist wirklich ein Mistkerl. Er ist älter als die meisten der Jungs und größer, und Schwester Catherine hat ihm vor der ganzen Klasse gesagt, daß er vermutlich in der Besserungsanstalt landet, wenn er so weitermacht.«

»Trotzdem ist es schrecklich für jeden in jedem Alter, alle Zähne auf einmal zu verlieren«, sagte Sondra und packte das Lenkrad fester.

»Das ist klar«, stimmte Billy zu. Aber er konnte sich nicht verkneifen, hinzuzufügen: »Er sieht drollig aus und kann auch nicht so sprechen wie vorher. Da muß etwas nicht in Ordnung mit den falschen Zähnen gewesen sein, die er hatte. Und dann prügelte er sich herum wie immer, und sein falsches Gebiß ging kaputt.«

Sondra schüttelte den Kopf. »Der arme Junge.«

Billy grinste. »Und dann, in der vergangenen Woche, schrieb *jemand* diese Matheaufgabe an die Tafel: ›Lyman Sinclair hatte zweiunddreißig Zähne. An Halloween aß er fünf Schokoriegel, und alle Zähne verfaulten und fielen aus. Wenn die gute Zahnfee fünfundzwanzig Cents für jeden Zahn zahlt, den Lyman unter sein Kopfkissen legen kann, wieviel Geld muß sie Lyman geben?‹«

Sondra lächelte. »Und du weißt natürlich nicht, wer der Jemand war, der das auf die Tafel schrieb, oder?«

Billy schüttelte den Kopf, ganz Unschuld. »Es muß jemand gewesen sein, der während der Mittagspause in die Klasse zurückkehrte. Aber man fand nie heraus, wer es war. Schwester Catherine war ziemlich sauer.«

»Nun, wer auch immer es war, ich erwarte, daß es ihm jetzt leid tut. Dieser Junge muß schrecklich gelitten haben und . . .«

»Paß auf, da . . .« warnte Billy.

Zu spät. Der Fahrer eines Mercury Comet, den sie gerade überholen wollte, scherte aus, um einen langsam fahrenden Lieferwagen zu überholen. Als der Comet auf Sondras Fahrspur ausscherte, schrammte der linke hintere Kotflügel über die Seite des Electra, der sich auf der glatten Fahrbahn drehte.

Sondra schloß die Augen und packte im Reflex das Lenkrad fester, nicht mit dem Gedanken daran, die Drehung unter Kontrolle zu bringen, sondern in der Hoffnung, es würde sie schützen.

Billy tat, was man ihm im Falle eines Unfalls gesagt hatte: Er neigte sich so weit vor, wie es der Sicherheitsgurt erlaubte, duckte sich und schützte den Kopf mit den Armen. Der Wagen schlitterte in die Schneewehe auf der anderen Straßenseite und kam entgegengesetzt der ursprünglichen Fahrtrichtung zum Stehen. Billy nahm erst die Arme vom Kopf und blickte auf, als der Wagen völlig stand.

»O Gott, Billy – alles in Ordnung?«

Billy nickte. »Alles okay. Und bei dir?«

Sondra begann zu weinen. Dann umarmte sie ihn, soweit es beide Sicherheitsgurte zuließen. Ein städtischer Bus stoppte neben dem Electra. Der Fahrer stieg aus, klopfte ans Fenster und fragte Sondra, ob alles in Ordnung mit ihr sei. »Ja!« rief sie unter Tränen. »Alles prima! Danke!« Der Fahrer stieg wieder in seinen Bus und fuhr weiter. Von dem Mercury, der sie gestreift hatte, war nichts mehr zu sehen.

»Es ist ein Wunder«, sagte Sondra. »Ein Wunder, daß wir beide überlebt haben. Dieser Idiot scherte aus, ohne in den Spiegel zu schauen. Und jetzt ist er weg, und der Himmel weiß, welchen Schaden er an meinem Wagen angerichtet hat.«

Sie versuchte anzufahren, aber der Wagen hing in der Schneewehe fest. Die hinteren Reifen hatten keine Haftung und drehten nutzlos durch. Sondra seufzte. »Ich muß einen Abschleppwagen bestellen, Billy. Du kannst mitkommen oder im Wagen bleiben, ganz wie du willst.«

»Ich bleibe hier. Wenn ein Polizist kommt, kann ich ihm

sagen, was passiert ist. Es war wirklich nicht deine Schuld, ich habe es genau gesehen.«

»Danke, Liebling.« Sie gab ihm einen Kuß und machte sich auf die Suche nach einem Telefon.

Während der zehn Minuten, die sie fort war, waren Billys Gedanken wie ein Tennismatch aus panischen Entscheidungen, eine Sache zu tun und dann das Gegenteil zu machen. Unmittelbar nach dem Unfall hatte er ruhig reagiert, aber jetzt, allein im Wagen, hatte er das Gefühl, der Unfall geschehe immer noch, der Wagen drehe sich außer Kontrolle mitten auf der Straße und könne nur gestoppt werden, wenn er seiner Mutter alles erzähle. Warum Oma O. eine Glatze bekommen hatte. Warum Madge nichts Alkoholisches mehr trinken konnte, ohne sich zu übergeben. Warum all diese Jungs – und Ralph Johnsons Vater ebenfalls – ihre Zähne verloren hatten.

Aber da war Ned, der in endlosem Koma in seinem Zimmer lag, und wenn er, Billy, die anderen Dinge erklärte, würde er diese Sache ebenfalls erklären müssen. Und das konnte er nicht tun, niemals.

Und er wollte nicht den Merkurstab aufgeben, besonders jetzt nicht, da er so stark geladen war. Seit Halloween war es, als fasse man einen stromführenden Draht an. Wenn er doch nur den richtigen Weg finden könnte, all diese Kraft zu nutzen, um seinen Eltern und auch Madge zu helfen, allen Leuten, die er wirklich liebte, und ihnen zu helfen, ohne daß es ins Auge ging, wie es bei Madge fehlgeschlagen war. Denn Madge war überhaupt nicht glücklicher, seit sie keine Alkoholikerin mehr war. Manchmal war sie schwermütig und trübsinnig, wie sie es vorher nie gewesen war. Sie wurde immer verschrobener und stritt sich anscheinend jeden Abend mit Henry über irgend etwas. Wenn er das nächste Mal etwas Gutes für jemanden tat, mußte er sicher sein, daß es klappte, daß sozusagen der Schuß nicht nach hinten losging.

Sondra kehrte mit einer Tüte zum Wagen zurück, aus der sie zwei Plastikbecher nahm, einen mit Milchkaffee, einen mit Kakao. Dazu gab es einen mit Zuckerguß überzogenen Popcornriegel namens Scrunchies, der wie der berühmte Konkurrent Cracker Jacks versprach: »Ein Gratisgeschenk in jeder Packung!«

Als Billy die Hälfte des Popcornriegels gegessen hatte und das Gratisgeschenk entdeckte, erkannte er, daß nichts von dem Geschehen dieses Tages ein Unfall gewesen war, weil alles dazu geführt hatte. Sein Problem war gelöst, und es war so leicht, als lese man die richtige Antwort hinten in der besonderen Ausgabe des Rechenbuchs, in dem die Auflösungen für das Lehrpersonal standen.

Das Grastisgeschenk befand sich in einem Minikuvert aus durchsichtigem Papier. Es war ein glänzender Penny, der auf ein Stückchen Pappe geklebt war. Über dem Penny stand ›Offizieller Lucky-Loafer-Penny‹. Darunter war ein kleiner Vers:

Hiermit wirst Du kein *reicher* Mann
Aber so *gesund*, wie man nur sein kann!

»Danke, Ma!« sagte Billy, neigte sich zu seiner Mutter und gab ihr einen Kuß. »Du hast genau die richtige Packung erwischt. Dies ist ein Superpreis.«

Sondra fand, daß er übertrieb, aber sie war gerührt, weil sie dachte, er wollte sie nach dem Unfall aufmuntern. Wahrscheinlich würden sie die Hälfte der Zirkusaufführung versäumen, doch Billy bemühte sich, sie aufzuheitern. Es brach ihr fast das Herz, daß sie ihn nur ein paar Stunden an Wochenenden und in den Ferien haben konnte. Er war so ein süßes Kind. Wie gern hätte sie ihn mehr für sich! Eigentlich wollte sie ihn ganz für sich haben.

26

Als Billy den dritten Penny ›geladen‹ hatte, war er überzeugt, daß er alle Kraft des Merkurstabs verbraucht hatte. In gewisser Weise erfreute ihn das. Obwohl das bedeutete, daß er eine Weile warten mußte, bis er für Sondra vollbringen konnte, was er schon für Henry und Madge vollbracht hatte, sagte er sich, daß die Wohltat, die er gewähren würde, gewaltig sein würde, denn bevor er den Merkurstab bei den drei Pennys benutzt hatte, war er prallvoll mit Energie geladen gewesen, und jetzt war er leer.

Der erste Penny ging an Henry. »Hey, Daddy«, sagte Billy, als Henry am Ende der Abendnachrichten von der Couch aufstand. »Diese Münzen sind dir aus der Tasche gefallen.« Er tat, als hebe er vier Münzen neben der Couch auf und drückte sie ihm in die Hand – zuerst den glänzend neuen Penny, der als Preis bei dem Popcornriegel gewesen war, und dann – damit es überzeugender wirkte – zwei Dimes und einen Quarter. Henry lächelte, bedankte sich und steckte die Münzen ein. Er wunderte sich ein wenig über Billys Ehrlichkeit. Er war überzeugt, daß er in Billys Alter nach der Philosophie gehandelt hätte: Wer etwas findet, darf es auch behalten.

Der zweite Penny ging an Madge. Billy wartete bis zum Samstag, ihrem Putztag, und als sie in der Küche den Linoleumboden aufwusch, ging er auf die Toilette und legte den Penny auf den Boden. Madge wischte stets nach der Küche in der Toilette auf. Und so war es auch diesmal. Als der Boden in der Toilette trocken genug war und Billy ihn betreten durfte, war der Penny verschwunden. Er wußte, daß Madge ihn genommen hatte, denn sie predigte stets: »Wenn du einen Penny siehst, heb ihn auf, und du hast an diesem Tag Glück.«

Es war ein größeres Problem, Oma O. den dritten Penny unterzujubeln. Weil er nicht sicher sein konnte, daß dieser Penny die gleiche *volle* Ladung Gesundheit hatte wie die ersten beiden, hatte er ihn nicht seiner Mutter geben wollen. Dazu würde später Zeit sein, wenn der Merkurstab wieder aufgeladen war, damit es richtig klappte. Aber er nahm an, daß Oma O. in ihrem Alter nicht den gleichen langfristigen Bedarf an gesundheitlicher Kraft haben würde: Er hatte gehört, daß sein Vater und Madge über die Lebenserwartung der alten Frau diskutiert hatten und Madge gesagt hatte, mit Glück könne sie noch fünf Jahre älter werden. Wenn Billy keine Zweifel an der vollen Wirksamkeit des dritten Pennys gehabt hätte, wäre ihm vielleicht überhaupt nicht in den Sinn gekommen, etwas Gutes für Oma O. zu tun. Wenn ein Hund oder eine Katze im Haus gewesen wäre, hätte er höchstwahrscheinlich diesem hypothetischen Haustier zugute kommen lassen, was immer an Kraft der dritte Penny hatte. Aber es gab kein Haustier, und er fühlte sich ein wenig schuldig an Oma O.s Haarverlust, und außerdem war er einfach neugierig, was ›so gesund, wie man nur sein kann‹ in Oma O.s Fall bedeuten würde. Würde sich ihr Gedächtnis verbessern? Würde sie weniger wunderlich werden? Würde sie sich besser und leichter bewegen können? Er betrachtete es als interessantes wissenschaftliches Experiment.

Aber das Problem war, daß Oma O. fast nicht mehr aus dem Haus ging und praktisch gar kein Geld ausgab. Wie sollte er ihr den Penny andrehen? Wenn sie einen Penny auf dem Boden sah, würde sie sich gewiß nicht bücken, um die Münze aufzuheben. Und er konnte nicht sagen: »Hey, Oma, ist das nicht dein Penny?« Sie würde einfach bestreiten, daß es ihr Penny war, und ihn mit einem ihrer mißtrauischen Blicke bedenken. Schließlich fand er jedoch eine Möglichkeit. Er steckte den dritten Penny in das Miniaturkuvert, in dem der Original Glückspenny gewesen war, und eines Nachmittags, als er von der Schule heimkam und sowohl Madge als auch sein Vater nicht zu Hause waren, klopfte er an die Tür von Oma O.s Zimmer.

Erst nach einem zweiten Klopfen sagte Oma O.: »Ja, was ist?« Billy erklärte, daß er sie etwas fragen wollte. Unterdessen war sie an die Tür gekommen, öffnete jedoch nicht. »Was willst du fragen?«

»Ich kann erst fragen, wenn ich dir zeige, was ich dich fragen möchte«, sagte Billy.

Widerstrebend entriegelte Oma O. die Tür und öffnete sie. Oma O. trug eine Perücke, die mehr oder weniger wie ihr früheres Haar aussah, aber sie glaubte immer noch nicht, daß sie jemanden damit täuschen konnte. Wenn Leute sie anschauten, hatte sie das Gefühl, sie könnten mit Röntgenaugen durch die Perücke sehen und lachten heimlich über ihren Kahlkopf. »Nun, was willst du wissen?« fragte sie und blieb auf der Türschwelle stehen, um Billy am Betreten des Zimmers zu hindern, als wäre er ein Vertreter oder Zeuge Jehova.

Er überreichte ihr das Kuvert mit dem Penny auf dem Stückchen Karton. »Was hat es damit auf sich?«

Sie hielt es vor ihre Nase und schielte darauf. »Die Schrift ist zu klein«, sagte sie. »Ich kann das nicht lesen.« Sie wollte es ihm zurückgeben, doch er steckte die Hände in die Taschen.

»Da steht drauf, daß es ein offizieller Lucky-Loafer-Penny ist«, erklärte er. »Aber was bedeutet das?«

Ein Lächeln kurzer Freude spielte um Mrs. Obstschmeckers Lippen. Selten wurde ihre große Erfahrung als Quelle von Weisheit oder Information angezapft. »Lucky Loafers waren Schuhe, die vorwiegend von jungen Leuten getragen wurden. Bevor alle in Turnschuhen herumliefen. Und jeder Loafer hatte eine Art Schlitz. Und der war gerade groß genug, daß ein Penny hineinpaßte.«

Sie rieb mit einer Fingerspitze über den Penny.

»Hast *du* Loafers getragen?«

»Himmel, nein. Aber Madge hatte welche, ich erinnere mich jetzt. Penny Loafers, so hießen sie. Ist das nicht merkwürdig, ich erinnere mich an ihre Penny Loafers und die weißen Söckchen, die sie dazu trug, als wäre es gestern gewesen! Braune Penny Loafers. Aber sie hatten Nickels in den Schlitzen, keine Pennys. Vielleicht hatte die Inflation da schon begonnen, und es ist immer am schwersten, sich zu erinnern, was ein besonderer Artikel in einem besonderen Jahr kostete. Damals konnte man Süßigkeiten für nur einen Penny kaufen. Aber das ist vorbei.«

Sie gab Billy den Lucky-Loafer-Penny zurück, und er nahm ihn jetzt zufrieden entgegen. Es kostete ihn Mühe, ihr nicht zu erzählen, welche Wohltat er ihr soeben erwiesen hatte, oder es auch nur anzudeuten. Oma O. hatte einen Riecher für Geheimnisse. Aber er konnte sich nicht verkneifen, laut den kleinen Vers vorzulesen, der unter dem Penny stand. »Hör, was hier außerdem steht:

Hiermit wirst du kein reicher Mann,
Aber so *gesund*, wie man nur sein kann!

»Glaubst du, daß das wirklich stimmt, Oma? Kann ein Penny tatsächlich mehr Glück bringen als jeder andere Penny?«

»Nein, nein, das ist sehr unwahrscheinlich.« Sie lächelte wieder. »Aber ich erinnere mich, daß dein Großvater, das heißt mein armer verstorbener Mann Mr. Obstschmecker, einen Silberdollar hatte, von dem er sich nie trennte. Kaum zu glauben, daß er schon sechs Jahre tot ist. Es kommt mir vor, als wäre es erst gestern gewesen. Dieser Silberdollar wurde mit ihm begraben.«

Gute Gesundheit ist im Unterschied zu einer Glatze nicht sofort erkennbar, und so konnte Billy nicht mit Sicherheit wissen, ob die drei Pennys die gewünschte Wirkung hatten. Einige Wochen vergingen, und keiner im Haus holte sich eine Erkältung oder Grippe, aber wer konnte sagen, daß es *sein* Werk war?

27

Sein Drachen war so hoch gestiegen, daß Billy jetzt fast die Schnur ausging. Man konnte kaum die Farbe erkennen, aber das lag auch daran, daß der Drachen hellblau war, ein Blau, als wenn man ein wenig Milch in das Blau des Himmels gerührt hätte. Die Schnur fühlte sich wie lebendig an, sie zerrte an einem wie ein Vogel an einer langen, langen Leine, bat darum, in noch unglaublichere Höhen abgespult zu werden, oder machte plötzlich einen Sturzflug und wurde schlaff, so daß man sie schnell einholen mußte, bis sie sich plötzlich wieder mit einem Ruck straffte.

Da Christi Himmelfahrt war, hatten die Schüler der Muttergottesschule frei, aber die Schüler der staatlichen Schule mußten zum Unterricht gehen, und so hatte Billy den Brosner Park praktisch für sich allein. Sein Drachen war der einzige am Himmel. Der Junge fühlte sich wie der Mittelpunkt von ganz St. Paul, das einzige Bindeglied zwischen Himmel und Stadt, Himmel und Erde. Er fragte sich, wie viele Blocks entfernt vom Park sein Drachen zu sehen war, wie viele Leute, in diesem Augenblick zu ihm schauten und staunten.

Während Billy zu seinem Drachen emporschaute, kam einer seiner Klassenkameraden unbemerkt den Pfad herauf aus Richtung Coughlin Avenue.

»Hallo, Schlaumeier«, schleuderte Lyman Sinclair Billy zum Gruß entgegen, als er in sein Gesichtsfeld trat. Er sprach es aus wie ›Haooh Slaumeie‹. Sein zahnloses Lächeln in Verbindung mit seiner dunklen Sonnenbrille wirkte alles andere als freundlich. Seit er sein erstes falsches Gebiß beschädigt hatte, war Lyman dazu übergegangen, seine neuen Zahnprothesen in die Tasche zu stecken, wenn er nicht im Hause war.

»Hallo, Lyman.« Billy bemühte sich, nicht ängstlich zu klingen. Er warf einen Blick über die Schulter, um zu sehen, ob Lyman allein auf den Hügel gekommen war. Das war er. Keine andere Person war zu sehen und ebensowenig ein vorbeifahrender Wagen.

»Lässe 'n Draan seigen?«

Billy verstand kein Wort. Es war ihm nur klar, daß es eine Frage war. Selbst in der Schule, wenn Lyman die falschen Beißer trug und sich bemühte deutlich zu sprechen, weil Schwester Catherine darauf bestand, war für gewöhnlich schwer zu verstehen, was Lyman sagte. Die Worte verschmolzen alle zu einem Nuscheln.

»Ich lasse einen Drachen steigen«, sagte Billy und wiederholte damit unbewußt fast die gleichen Worte, die Lyman genuschelt hatte. Es war eine dumme Äußerung, denn es war ja offenkundig, was er tat, aber wenn man mit Lyman redete, war es wie ein Gespräch mit jemandem, der sich in einer anderen Sprache artikulierte. Man hatte das Gefühl, die Dinge so einfach wie möglich sagen zu müssen.

»Gib ma er.« Lyman streckte die Hand aus. Diesmal war es leicht, ihn zu verstehen.

Er wollte Billys Drachen haben.

Billy erlebte einen Augenblick echter Zweifel. Wollte Lyman den Drachen für sich haben? Oder wollte er nur das Gefühl haben, wie er an ihm zerrte und ihn dann zurückgeben? Dann wurde ihm klar, daß eigentlich nicht zählte, was Lyman wollte: er, Billy, wollte nicht, daß Lyman seinen Drachen hielt. Basta! Er schüttelte den Kopf und trat ein paar kurze Schritte zurück, fort vom Ziehen des Windes. Es wurde ihm klar, daß er genauso von dem Drachen gefangen war wie der Drache von ihm. Er konnte nicht vor Lyman davonlaufen, ohne ihm den

Drachen zu überlassen. Und Billy war nicht der Typ, der jemandem etwas überließ.

»Nu fü eine Minude«, sagte Lyman in ruhigem Tonfall, neigte jedoch sein Gesicht mit der Sonnenbrille in einem Winkel vor, der auf ein drohendes *sonst* schließen ließ.

»Nein«, sagte Billy ruhig, und konzentrierte sich darauf, die Schnur aufzurollen und den Drachen einzuholen. »Ich muß heimgehen.«

»Die Hauaufaben maen, wie?« nuschelte Lyman. »Rechen, wiwiel ne Fee fü meine Sähne salen mus?« Er sprach so deutlich, wie er nur konnte, und mit einem solchen Haß, daß Billy unwillkürlich aufblickte. Er sah Lymans zahnloses Lächeln und dann das beklemmend langsame Öffnen eines Taschenmessers. Lyman schnitt die Schnur des Drachen ab, packte sie und wich schnell, den Drachen unter seiner Kontrolle, von Billy fort. Er hielt die Messerklinge an die Schnur des Drachens wie an die Kehle einer Geisel. »Du was das, nie wah? Du has den Sheiss auf die Tawel gesieben?«

Billy schüttelte den Kopf.

Lymans Lippen verzogen sich zu etwas, das wohl ein Zähnefletschen gewesen wäre, wenn er sein künstliches Gebiß getragen hätte. »Du was es. Is weiß, das du's was.« Er packte die Schnur des Drachens fester und höher und schnitt ein Stück Schnur ab, doch dann, gerade als Billy seine Niederlage eingestehen und fortlaufen wollte, bot Lyman die straff gespannte Schnur mit dem Drachen daran Billy an, anstatt sich an der Beute seines Siegs zu erfreuen.

Hoch oben am Himmel und weit im Nordwesten neigte sich der Drachen zur Seite und begann zu sinken. Billy nahm die Schnur in seine linke Hand, ließ die nutzlose Spule fallen und begann mit der rechten Hand die Schnur um seine linke Hand aufzurollen, so schnell er konnte. Die Schnur erschlaffte schneller, als er sie aufwickeln konnte, aber dann spannte sie sich unter einem Windstoß und schnitt schmerzvoll in seine Hand wie eine Aderpresse. Billy schrie vor Schmerz auf, und Lyman lachte hämisch.

Lyman schnappte sich die Spule mit der verbliebenen Schnur vom Boden, wo Billy sie fallen gelassen hatte. Er zerbrach sie über dem Knie in zwei Hälften und warf die Teile so weit fort, wie er konnte. »Wiersehn, Slaumeie«, sagte er und rannte den Hügel hinab in die Richtung, aus der er gekommen war.

Billy hatte keine Wahl. Wenn er den Drachen retten wollte, mußte er weiterhin die Schnur um seine Hand wickeln. Es war ein ständiger Kampf gegen den Wind, der den Drachen in der Höhe halten wollte. Mit jedem Windstoß zog sich die dicker werdende Schnurrolle fester zusammen. In der Hoffnung, den Druck auf seine linke Hand abzuschwächen, zog er die Schnur mit der rechten Hand zurück, um das Stück zur linken Hand schlaff zu halten, und bald blutete seine Rechte aus einem Dutzend Schnitten. Schließlich war der Schmerz in beiden Händen zu stark, und Billy entschied sich, den Kampf aufzugeben und den Drachen fliegen zu lassen.

Aber die Schnur hatte sich in einem unentwirrbaren Knäuel um seine linke Hand verknotet, und er konnte sie nicht lösen. Er versuchte, die Schnur zu zerreißen, doch das war ohne eine scharfe Klinge nicht möglich.

Der Wind wurde stärker. Billy fühlte sich, wie sich ein Fisch fühlen mußte, der am Haken hängt und in den Tod gezogen wird. Wenn doch nur der Drachen abstürzen würde! Aber er flog perfekt. Billy stellte seinen rechten Fuß auf die Schnur, um das letzte Stück schlaffer zu machen, und versuchte von neuem mit beiden Händen die Schnur zu zerreißen, doch sie war zu stark. Es war eine Schnur, die in einem Artikel über Drachen in der Schulbücherei als bester Kompromiß zwischen Reißfestigkeit und Leichtigkeit empfohlen worden war. Billy hatte fast vier Dollar dafür ausgegeben, dreimal soviel wie der Drachen gekostet hatte.

Eine Windbö überraschte ihn und riß ihm die Schnur unter dem Schuh fort. Sie schnitt in die Seite seiner Hand wie ein Käsemesser in ein Stück Cheddar. Blut floß über seinen Handrücken und tropfte von den Fingerspitzen. Durch das Blut wurde die Drachenschnur glitschig, und als er versuchte, sie festzuhalten, schien seine ganze Hand in Flammen zu stehen. Aber er schaffte es mit Hilfe seines Ellbogens und einem vorübergehenden Umspringen des Windes, die Schnur schlaff zu halten.

Wie ein Tier mit dem Fuß in einer Falle versuchte Billy jetzt, sich den Weg in die Freiheit frei zu beißen. Er hob die linke Hand und konnte an dem schlaffen Stück Schnur zwischen seinen Händen nagen. Der erste Biß hatte keine Wirkung. Er biß härter zu, und gerade als die Schnur wie Zahnseide zwischen seinem neu gewachsenen Schneidezahn und dem Milchzahn daneben war, strafte sich die Schnur in einer Windbö, wurde ihm aus der blutenden rechten Hand gerissen und riß ihm beide Schneidezähne mit einem einzigen harten Ruck heraus. Die Schnur teilte sich, durchtrennt von dem Zahn, den sie heraus gezogen hatte, und der Drachen stieg in einem letzten, kurzen Flug empor, bevor er schließlich abstürzte.

Billy fiel auf die Knie. Er war zu erschüttert, um zu schreien. Blut schoß aus seinem Gaumen und dem rechten Mundwinkel, in den sich die Schnur tief eingeschnitten hatte, aber aller Schmerz konzentrierte sich auf seine rechte Hand. Die linke Hand mit ihrer Aderpresse aus Schnur war taub, und als er die Hand zum Mund heben wollte, um das Blut aufzuhalten, das auf sein Hemd und die Hose spritzte, hatte er das Gefühl, als hätte sich der ganze linke Arm in ein Stück Holz verwandelt, das am Handgelenk oder Ellenbogen aus den Angeln gehoben worden war.

Auf dem ganzen Heimweg, den zehn Blocks über die Calumet Avenue, auf deren Bürgersteig er Blutstropfen hinterließ, waren Billys Gedanken nicht mit seinem Schmerz beschäftigt, sondern mit Lyman Sinclair, mit seinem Haß auf ihn, mit dem Entsetzen bei seinem zahnlosen Lächeln. Er wußte nicht, daß sein Mund blutete, daß seine Hände schmerzten und er nach Hause gelangen mußte. Er blickte immer wieder über die Schulter, als würde er verfolgt und befürchtete, der Verfolger könnte ihn einholen. Einmal wollte ihn eine ältere Frau aufhalten, die die Hecke ihres Vorgartens schnitt, doch er rannte weg und ignorierte ihre Rufe ›Kleiner Junge!‹ und ›Junger Mann!‹

Er traf zu Hause ein, als Henry gerade mit dem Dodge, auf dessen Rücksitz Plastiktaschen und Kartons mit den Dingen seines wöchentlichen Einkaufs in den Supermärkten Country Club, Rice und Wheelock lagen, auf den Zufahrtsweg einbog. Als Henry den blutbefleckten Billy über den Bürgersteig zum

Haus wanken sah, bremste er scharf. Der alte Dodge kam wippend zum Stehen. Henry sprang heraus und rannte zu Billy, der stehenblieb, als er seinen Vater sah, und einfach darauf wartete, in die Arme genommen zu werden.

Henry hatte das Gefühl, jede Menge Alarmsirenen schrillen zu hören. Er hob Billy auf seine Arme, lief mit ihm zur Straße und hielt Ausschau nach jemandem, der den Jungen gejagt hatte, und er zitterte vor Zorn. Enttäuscht, weil er kein Ventil für seinen Zorn fand, versuchte er Billy zu trösten und zugleich herauszufinden, was passiert war. Er ließ ihn den Mund öffnen und sah, daß zwei Zähne fehlten. »Wer hat das getan?« fragte er. Aber Billy schüttelte nur den Kopf und weigerte sich zu sprechen. Er weinte jetzt. Dann entdeckte Henry, daß eine Hand in einem Gewirr einer Schnur steckte. Die Finger waren rot und geschwollen und blutig. Henry erinnerte sich jetzt, daß Billy mit seinem neuen hellblauen Drachen in den Park gegangen war. »Ist das die Schnur von deinem Drachen, Billy?« fragte er und bemühte sich um einen ruhigen Tonfall.

Billy nickte.

Henry hielt Billy fester auf seinen Armen und trug ihn zum Wagen. Dann besann er sich anders, machte kehrt und ging zur Haustür. »Ich bringe dich sofort zum Krankenhaus, Billy, aber zuvor möchte ich die Schnur von deiner Hand schneiden. Okay?«

Billy nickte.

Sei ruhig, sagte sich Henry. *Madge macht so etwas jeden Tag.* Aber es war schwierig, die Ruhe zu bewahren, als er zuerst keine Schere außer der alten stumpfen im Küchenschrank finden konnte. Schließlich nahm er das schärfste Schälmesser, und als er die letzten Schlingen der Schnur durchtrennte, fügte er der Hand des Jungen zwei Schnitte zu. Als er sich entschuldigte, sagte Billy, er habe überhaupt kein Gefühl in der Hand. Doch dann fiel das letzte Stück Schnur, die Blutzirkulation kam in Gang, und Billy begann vor Schmerz zu brüllen.

»Was in aller Welt . . .«, sagte Mrs. Obstschmecker, die auf der Schwelle zur Küche auftauchte.

»Billy hatte einen Unfall«, sagte Henry und hob den Jungen vom Küchenstuhl. »Ich kann das jetzt nicht erklären, und ich weiß auch noch gar nicht, wie es passierte. Es hat anscheinend einen Kampf gegeben. Ich bringe ihn zur Notaufnahme des Ramsay Northwestern. Ruf bitte Madge an, ja? Gott sei Dank hat sie mir heute den Wagen überlassen.«

»Aber was soll ich Madge *sagen*?« jammerte Mrs. Obstschmecker. Aber sie jammerte zu spät, denn Henry war bereits aus dem Haus.

Sie rief Madge im Krankenhaus an und erzählte ihr das wenige, was sie wußte – daß Billy in schrecklicher Verfassung war und Henry in einer noch schrecklicheren und beide blutüberstömt waren und ein ganzes Geschirrtuch mit Blut getränkt war.

»Aber warum?« fragte Madge und hielt ihre Stimme professionell ruhig. »Was ist passiert? War es eine Art Unfall?«

»Nein, Henry sagte, es war ein Kampf. Und da liegt diese Kordel voller Blut auf dem Küchenboden. Ich wünsche, ich wüßte, was los war! Aber er sagte, du sollst zur Notaufnahme gehen, dorthin bringt er Billy.«

In der nächsten halben Stunde wartete Mrs. Obstschmecker darauf, daß entweder Henry oder Madge anrief, um ihr mitzuteilen, was los war. Derweil beschäftigte sie sich damit, das Blut aufzuwischen, mit dem der Küchenboden gesprenkelt war. In letzter Zeit hatte sich Mrs. Obstschmecker darauf beschränkt, nur ihre eigenen beiden Zimmer sauber zu machen, aber es war weniger aufregend, das Blut aufzuwischen als am Telefon zu hocken und es anzustarren. Sie hatte eine halbe Rolle Papiertücher benutzt und sich noch nicht mit den Blutflecken auf den Teppichen im Wohn- und Eßzimmer beschäftigt, als statt des Telefons die Türschelle klingelte. Mrs. Obstschmecker empfing keine Besucher mehr. Wenn jemand an der Tür klingelte, ging Mrs. Obstschmecker auf ihr Zimmer und ließ jemand anders die Tür öffnen, sofern jemand zu Hause war. Und wenn keiner da war, wartete sie einfach, bis der Besucher wegging. Aber heute war offenbar kein normaler Tag, und so ging sie zur Haustür, die Henry weit offengelassen hatte und vor der zwei uniformierte Polizisten standen.

»Mrs. Madge Michaels?« fragte der größere der Polizisten.

»Das ist meine Tochter«, antwortete Mrs. Obstschmecker.

»Ist sie da? Können wir mit ihr reden?«

»Sie ist auf der Arbeit. Aber ich bin ihre Mutter. Stimmt etwas nicht?«

Die Polizisten tauschten einen Blick, der klarmachte, daß ganz bestimmt etwas nicht stimmte.

»Ist der Junge *schlimm* verletzt?« fragte sie. Sie konnte nicht glauben, daß Billy immer noch solch ein Theater machen konnte, wenn er ernsthaft verletzt war.

»Er ist bereits im Krankenhaus und ...« begann der große Polizist, doch sein Kollege fiel ihm ins Wort. »Dem Jungen geht's gut. Er hat ein paar Schnitte und Schrammen und anscheinend ein paar Zähne verloren, aber das ist nichts Schwerwiegendes. Gut, daß er angeschnallt war.«

»Ein Unfall?«

Ja, ein Unfall. Es war an der Kreuzung Snelling und McGill passiert, vor einem Lincoln/Mercury Autohandel. Henry war zu schnell gefahren. Ein Fahrradfahrer bog hinter einem geparkten Transporter in die Snelling Street ein. Henry machte eine Vollbremsung und riß das Lenkrad herum. Der rechte Vorderreifen platzte, und der alte Dodge krachte gegen den Pfeiler mit dem sich drehenden Firmenschild des Autohändlers. Bei der Wucht des Aufpralls brach der Pfeiler in zwei Hälften, und Henry, der sich nicht angeschnallt hatte, wurde kopfüber gegen und durch die Windschutzscheibe geschleudert. Er war sofort bewußtlos und wurde kurz nach seiner Einlieferung in die Notaufnahme des Krankenhauses für tot erklärt. Was laut Mrs. Obstschmecker, wenn sie in späteren Jahren über diese Ereignisse sprechen würde, bedeutete, daß er eines schmerzlosen Todes gestorben war. »Und das ist ein Segen, nicht wahr?« würde sie immer hinzufügen. »Das ist ein Segen.«

DRITTES BUCH

28

Er war in diesem Zwischenstadium, fühlte sich wärmer und angenehmer als im warmen Wasser einer Badewanne und war wach, ohne ganz sein Bewußtsein unter Kontrolle zu haben, als er sah, daß ein Kuvert unter der Tür seines Schlafzimmers durchgeschoben wurde, ein hellrosa Viereck, das auftauchte und dann entweder verschwand oder nicht mehr zu sehen war, weil er wieder eingedöst war. Dann tauchte es zum zweiten Mal auf (oder er erwachte), und diesmal blieb es. Es ist von Judith, dachte er. Nur Judith benutzte pinkfarbene Briefumschläge. Das Federbett fühlte sich plötzlich zu warm an, und zugleich verstärkte sich das schräg einfallende Sonnenlicht, das die Stäubchen im Zimmer wie ein Scheinwerfer anstrahlte, als ob er eine Sonnenbrille abgenommen hätte. *Ich muß aufstehen*, sagte er sich. Die Botschaft breitete sich langsam in dem Teil seines Gehirns aus, der solche Entscheidungen in Muskelbewegungen umsetzte, dann schob er sachte mit Zehen und Knien das Federbett zur Seite und setzte sich allmählich und dosiert der morgendlichen Frühlingssonne aus.

Erst als er sich aufsetzte, dämmerte ihm, welcher Tag heute war. Sein Geburtstag. Er war dreizehn Jahre alt, ein Teenager. Er fragte sich, welche Geburtstagsgeschenke er bekommen würde, aber die Frage interessierte ihn nicht stark genug, um das Ankleiden zu beschleunigen. Er bezweifelte, daß man ihm etwas schenken würde, nach dem er sich wirklich sehnte. Seine Mutter würde ihm eine Menge Sportkleidung mit Designeraufschrift überreichen und vielleicht einen Tennisschläger, weil er Andeutungen gemacht hatte, wieviel Spaß ihm Tennis machte. Und fast mit Sicherheit würde sie ihm Platten und Videos schenken (Weihnachten hatte er ein eigenes Hi-Fi-›Unterhaltungszentrum‹ als Geschenk bekommen, mit Kassettenrecorder, Plattenspieler und einem kleinen Fernseher). Was Winky ihm schenken würde, konnte er sich nicht vorstellen, aber er bezweifelte, daß es irgend etwas sein würde, das er sich wünschte. Vielleicht einfach Geld, und das würde okay sein. Er hatte Geld schätzen gelernt.

Und Judith? Im vergangenen Jahr hatte sie ihm eine Novene geschenkt. Und wenn der pinkfarbene Briefumschlag unter der Tür ein Hinweis war, dann würde es dieses Jahr das gleiche sein. Er konnte es ihr nicht verübeln, sie glaubte wirklich an all dieses Zeug und verbrachte vermutlich ein paar Stunden am Tag auf den Knien, aber das entzückte ihn auch nicht gerade. Es lag nicht einmal daran, daß Gebete nichts kosten. Er wußte, daß sie sich aus Prinzip weigerte, ein Taschengeld von ihrem Vater anzunehmen, und deshalb kein Geld für Geschenke hatte. Aber gewiß wußte sie inzwischen, daß *er* nicht an Novenen glaubte. Es war, als verspreche jemand, eine Stunde pro Tag damit zu verbringen, mit sich selbst zu reden und es einem anderen zu widmen. Vielen Dank.

Wie sich herausstellte, mußte Judith einige ähnliche Gedanken gehabt haben, denn ihr Brief, der zwar tatsächlich ein Geburtstagsgeschenk war, enthielt einen völlig anderen Vorschlag. Acht Seiten mit Blumenzeichnungen verziertes, parfümiertes Briefpapier waren beidseitig mit Judiths bestens lesbarer Handschrift beschrieben. (Vor vier Jahren hatte er ihr dieses Briefpapier zu Weihnachten geschenkt, und sie hatte es nicht einfach weggeworfen, sondern für Briefe an ihn reserviert. Sie hatte nie behauptet, daß sie das aus Höflichkeit tat, und als er selbst den Grund für die wundervolle Langlebigkeit des Briefpapiers herausgefunden hatte, war er alt genug, um ihren Sinn für poetische Gerechtigkeit zu schätzen. Und jedesmal wenn er einen Brief von ihr bekam und diesen Duft schnüffelte, wirkte die Lektion ein bißchen tiefer: Mache nie einem anderen ein Geschenk, das du nicht gern selbst bekommen würdest.)

Der Text des Briefs lautete:

Lieber William,
hier ist mein Geburtstagsgeschenk. Gefällt es Dir? Weißt Du, was es ist? Es wurde Dir bereits vor fast dreizehn Jahren geschenkt – aber irgendwie im Laufe der Zeit ging es verloren, und jetzt möchte ich es Dir wiedergeben – Deinen eigenen Namen, Deinen richtigen Namen, William.

Du bist so lange ›Billy‹ gewesen, daß Dir vielleicht meine Idee überhaupt nicht gefällt, und wenn das so ist, werde ich Deine Wahl akzeptieren. Oder Dir gefällt vielleicht ›Bill‹ anstelle von ›William‹ – aber irgendwie sehe ich Dich nicht als Bill, weil der einzige Bill, den ich kenne, Bill Burdon ist, der vor zwei Jahren der Chefredakteur des Chronicle war, als ich auf der St. Toms High School anfing und einen Kurs beim Chronicle hatte. Ich fand Bill niemals sympathisch, obwohl er auf seine Weise nett war – auf die Weise des Schotten. Jedenfalls ist William ein Name, der mit vielen positiven Vorstellungen verknüpft ist, angefangen im Jahre 1066 mit William dem Eroberer bis zu William Shakespeare. Auch mit William von Ockhams, der Ockham Rasierapparat erfand (das ist nicht gesponnen von mir, ich habe in der Britannica Enzyklopädie nachgeschaut). Aber es gab nicht viele bedeutende Heilige, es sei denn, man bezeichnet William Cuffitella (dessen Feiertag der 4. April ist) als bedeutend. Ich bezweifle das irgendwie. Ich konnte über William Cuffitella nur herausfinden, daß er ein sizilianischer Einsiedler war, der auf seinen Knien starb. ›Seine sterbliche Hülle wurde in kniender Haltung gefunden, und alle, die sie berührten, waren von ihren Leiden geheilt.‹ Und da sagst Du, Du willst Arzt werden!!!

Es kommt mir komisch vor, daß ich Dir so leicht schreiben kann, aber immer Schwierigkeiten habe, mit Dir zu sprechen, wenn wir zusammen sind. Eigentlich ist es überhaupt nicht komisch, sondern eine alte Wahrheit über ältere Schwestern und jüngere Brüder – und noch mehr über jüngere Stiefbrüder. Ich weiß, daß Du meinst, ich habe keinen Sinn für Humor – und vielleicht hast Du recht, weil Mrs. Arnold nämlich das gleiche sagt. Aber ich finde viele Dinge lustig, wenn ich auch nicht laut darüber lache, und ich weiß den

Geist zu schätzen, den Du in unseren ›Familienkreis‹ gebracht hast. Du hast uns alle zu viel glücklicheren Leuten gemacht.

Es ist jetzt zwei Uhr morgens, und ich habe immer noch nicht das Wesentliche gesagt, das ich sagen wollte, als ich zu schreiben begann, daß ich Dich liebe. Und nicht wie irgendeine pflichtgetreue Stiefschwester und nicht weil mein Beichtvater sagte, das ist etwas, das ich dir sagen sollte. Der Grund, weshalb ich mich entschlossen habe, es Dir zu sagen, ist ein bißchen peinlich. Ich sah Mary Taylor Moore in Normale Leute und wollte sie das zu ihrem Sohn sagen lassen, und dann fragte ich mich, ob ich irgendwie anders als sie bin. Ich sehe Dich jeden Tag, kenne Deine Launen, von denen einige ziemlich mies sind (einige von meinen auch) und wir streiten viel – aber ich achte Dich, und das bedeutet mein Geburtstagsgeschenk, wenn es eine Bedeutung hat.

Du kennst Jason Schechner vom Mathekurs und vom Computer Club. Als Jason und ich im ersten Jahr auf der High School waren, schrieb er einen Aufsatz für Englisch über sein bar mitzvah, was eine besondere Art Geburtstagsfeier für einen jüdischen Jungen ist, der dreizehn wird. Bei einer bar mitzvah muß man aufstehen und eine Rede halten, die stets beginnen muß: ›Heute bin ich ein Mann‹. Du wirst also dreizehn, und ich schrieb in mein Tagebuch ›Morgen ist Billy ein Mann‹, und es klang falsch. Aber als ich das änderte, im Geiste, meine ich, in ›Morgen ist William ein Mann‹, wirkte es natürlich und wahr.

(Übrigens hat mir Jasons Schwester gesagt, daß sie Dich ›süß‹ findet, und da sie mich nicht schwören ließ, es geheimzuhalten oder so, nehme ich an, ich sollte es erwähnen. Vielleicht will sie das sogar!!)

Natürlich sind wir in vielerlei Hinsicht noch Kinder. Wir müssen hier in Willowville im Elternhaus wohnen, wir müssen die St. Tom's oder irgendeine andere High School besuchen, wir können nicht wählen oder heiraten und so weiter. Aber auf die Art, die am meisten zählt, sind wir Erwachsene, nicht nur weil dreizehn eine magische Zahl ist, sondern weil wir von dem Moment an, in dem wir uns sagen, daß wir verantwortlich für unsere Worte und Taten und unseren Um-

gang miteinander sind, zu Erwachsenen werden! Wenn ich also jemals vergesse, was ich in diesem Brief geschrieben habe, und Dich behandele wie einen ›kleinen Bruder‹ und nicht wie einen Ebenbürtigen, dann stopp mich einfach. Bitte.

Heute bist Du ein Mann, William! Mein Glückwunsch und alles Gute zum Geburtstag!!

Judith

Grundsätzlich schreckte er davor zurück: Judith ebenbürtig zu werden, bedeutete, ebenso ernst, ebenso moralisierend, ebenso pharisäerhaft und frömmlerisch zu sein. Da würde er lieber für immer der kleine Bruder bleiben. Aber das mit seinem Namen war etwas anderes. William – der Klang gefiel ihm. Und sie hatte recht, daß Billy nach einem keinen Jungen klang. Die einzigen erwachsenen Billys, die ihm einfielen, waren Baseballspieler oder Billy the *Kid*.

William Michaels.

Er ging ins Badezimmer und konfrontierte sein neues Ich mit dem Spiegel über dem Waschbecken. »Hallo«, sagte er mit der Stimme, um die er sich bemühte, wenn er sich am Telefon meldete und für erwachsen gehalten werden wollte. »Ich bin William Michaels.«

Die Gestalt im Spiegel dachte einen Augenblick lang darüber nach, nahm die Spange mit dem Zahnersatz und zeigte grinsend die Zahnlücke. »Scheiße«, flüsterte der Junge im Spiegel.

William setzte die Zahnspange wieder ein und blickte finster – nicht auf den Jungen im Spiegel, sondern auf den neuen Pickel, der über Nacht auf seiner Stirn entstanden war, ein paar Zoll südwestlich seines Scheitels.

Es klopfte an der Badezimmertür, und er rief: »Ich bin im Badezimmer.«

»In Ordnung, es eilt nicht. Aber dein Vater meint, du sollst wissen, daß in ein paar Minuten der Mount St. Helens in den Fernsehnachrichten gezeigt wird. Er dachte, du möchtest den Ausbruch sehen.«

»Danke, Mutter. Ich werde den Fernseher hier anschalten.«

»Und – William?«

Es war das erste Mal, daß seine Mutter ihn jemals William genannt hatte. Judiths Vorstoß wirkte sich bereits aus.

»Ja?«

»Herzlichen Glückwunsch zum Geburtstag.«

29

Warum, fragte sich Ben Winkelmeyer nicht zum ersten Mal in seinem Leben, sind die Schalen von Pistazien rot gefärbt? Seine Finger und der Daumen der rechten Hand waren immer noch verfärbt, seit er am Vorabend eine Schale Pistazien geknackt und verzehrt hatte. Das Plastikgehäuse des Weckers auf seinem Nachttisch gab ebenso Zeugnis davon. Und zweifellos die Seiten der Illustrierten, die er durchgeblättert hatte, und ebenso seine Kontoauszüge. Es mußte daran liegen, daß bei einem gewissen geistigen Niveau Leute tatsächlich *gern* rote Fingerspitzen hatten. Frauen malten sich schließlich ihre Fingernägel rot an.

Es war eine dieser schlaflosen Nächte, in denen seine Gedanken einen Monolog von einer Meile pro Minute führten, seit er um genau Viertel nach drei Uhr (die Ziffern des Big-Ben-Weckers waren beleuchtet) durch das schwache, zeitweilig aussetzende Knarren geweckt worden war, das jemand verursacht hatte, der die Treppe hinuntergegangen war. Das Schlafzimmer seiner Frau und Judiths Schlafzimmer befanden sich wie seines im Erdgeschoß. Nur Billy wohnte oben, und er schlief im allgemeinen tief und fest. Jedenfalls war er nicht der Typ, der auf Zehenspitzen ging. Die Schritte führten an seiner Schlafzimmertür vorbei und verklangen. Dann war das leise Klappen einer Tür zu hören. Ben Winckelmeyer überlegte. Es waren keine verschwommenen Gedanken, die zum Schlaf zurückführten, sondern lebhafte, klare, geschäftlich orientierte Gedanken, die bald dazu führten, daß er zu einem Kugelschreiber und Papier griff. Und zu einer Zigarette, weil er bereits aus dem Bett war.

Er hatte die letzten Zigaretten der Packung im Schlafzimmer geraucht, während er die TV-Spätnachrichten angeschaut hatte, aber er wußte, daß eine Schachtel Zigaretten in seinem Büro lag. So schlich er auf Zehenspitzen die Treppe *hinauf*, eine knarrende Stufe nach der anderen, und an Billys Schlafzimmer vorbei, wo er im schwachen Licht einer unten an der Wand angebrachten Notlampe bemerkte, daß ein Kuvert unter der Tür festgeklemmt war. Das löste das Geheimnis des nächtlichen Herumtreibers, denn Judith pflegte immer wieder ihre Seele in Briefen zu entblößen, die sie spät in der Nacht unter die Tür schob. Ihre letzte Kommunikation dieser Art mit ihm war ein fünfseitiger wohldurchdachter und energisch geschriebener Appell an ihn gewesen, mit dem Rauchen aufzuhören, oder wenn er das nicht schaffte, den Job bei ATA, der American Tobacco Alliance, aufzugeben. Sie hatte klargemacht, daß sie über diese Sache nicht mit ihm zu diskutieren wünschte. Es gab keinen Anlaß zum Diskutieren. Für die Zigarettenindustrie zu arbeiten war eine Sünde. Basta! Ben hatte ihr Beharren darauf, nicht darüber zu diskutieren, respektiert und weiter geraucht, und MIMA – das Minneapolis Institute of Motivational Analysis, ein Institut für Motivforschung – wurde weiterhin von der ATA finanziert. Seither lebte Judith unter einer Art selbst auferlegtem Hausarrest, verweigerte Taschengeld und schnitt Grimassen wie eine Märtyrerin, wann immer er oder Sondra sich eine Zigarette anzündeten. Sie hatte jedoch nicht vorgeschlagen, auszuziehen und mit Rhoda in Florida zu wohnen, obwohl Rhoda, die kaum von den Unterhaltszahlungen leben konnte und auf Kindergeld scharf war, stets versuchte, ihre Tochter dorthin zu locken.

Natürlich war Ben neugierig, was Judith denn Billy Wichtiges zu sagen hatte, und weil er keine Skrupel hatte, die Privatsphäre anderer zu verletzen, zog er den Brief unter der Tür hervor und nahm ihn mit in sein Büro, um ihn zu lesen. Glücklicherweise bemerkte er vor dem Öffnen des Briefes die verräterischen Spuren der rot gefärbten Pistazienschalen an seinen Fingern. Er wusch sich die Hände, bis er den Brief anfassen konnte, ohne rote Abdrücke zu hinterlassen (obwohl die Fingerspitzen immer noch verfärbt waren).

Er war angenehm überrascht sowohl über den Stil als auch den Inhalt des jüngsten Briefs seiner Tochter. Zugegeben, es war herrisch von ihr, sich die Entscheidung anzumaßen, welchen Namen ihr Stiefbruder benutzen sollte, aber diktatorisches Gehabe war nicht zwangsläufig schlecht, wenn es Wirkung erzielte. Dann begrüßte man es als Führungsqualität. Er legte den Brief wieder unter Billys Tür und nahm sich vor, seinen Stiefsohn William anzurufen. Ebenfalls notierte er im Geiste, daß er dem Jungen irgendein Geburtstagsgeschenk über das übliche Kuvert mit Bargeld hinaus besorgen wollte. Judiths Worte, daß er ›den Familienkreis‹ glücklicher gemacht hatte, trafen zweifellos zu. Wenn Billy – das heißt William – nur noch seine Gabe des Verbesserns dazu nutzen würde, Judith von ihrer Magersucht zu heilen . . .

Essen. Das war die Richtung, die von den Tabakkonzernen eingeschlagen werden mußte. Deshalb war er hier raufgegangen, um eine Notiz zu schreiben. Die Hauptsucht. Sie mochten das Rauchen ächten, aber Essen? Außerdem gab es eine irrationale Komponente beim Einkauf von Nahrungsmitteln, die dieses Geschäft zu einem geeigneten Ziel der Übernahme für die Tabakindustrie machte. Mit all den Billionen Profit, die sich sammelten, und keiner Möglichkeit, auf diesem Markt zu expandieren . . .

Dann kam die ernüchternde Erkenntnis, daß dies der Größenwahn von halb vier morgens war. Genausogut konnte er an Präsident Carter schreiben, wie er die Geiselkrise meistern sollte. Denk in kleineren Dimensionen: Dies war die richtige ökonomische Nische für MIMA. Motivforschung und Analysen, keine Investitionsstrategie. Zum Beispiel die Frage, warum die Schale von Pistazien rot gefärbt wurde. Diejenigen Pistazien, die in ihrer natürlichen Farbe belassen wurden, schmeckten anscheinend genauso. Doch man kauft immer die roten. Warum? Die Leute mußten es *lieben*, rote Finger zu bekommen.

Konnte es das gleiche bei Rauchern sein?

Soweit Ben wußte, gab es nichts in der Literatur über die unterschwelligen Motive im Zusammenhang mit Tabakflecken. Man ging anscheinend davon aus, daß dies ein peinlicher Aspekt des Rauchens war, den man besser unerforscht ließ.

Aber was war, wenn Raucher gern nikotingelbe Finger hatten? Die ATA würde mit an Sicherheit grenzender Wahrscheinlichkeit Gelder für zumindest ein Pilotprojekt zur Erforschung bewilligen. Die Tabakindustrie gierte förmlich danach, jede Art von produktorientierter Forschung zu sponsern, die nicht im Zusammenhang mit Krankheit und/oder Sterblichkeitsrate von Rauchern stand. Die Idee war für mindestens zweihunderttausend Dollar gut. Dan Turnage würde von der ATA-Zentrale in Baltimore an diesem Nachmittag herfliegen. Er konnte ihm den Vorschlag unterbreiten. Zugegeben, Turnage war nur ein Aushängeschild, aber es würde ihn erfreuen, wenn er wie ein wichtiger leitender Angestellter behandelt wurde.

Ben setzte sich an seinen Mahagonischreibtisch und begann seinen Vorschlag niederzuschreiben. Er war fertig, und eine Packung Pall Mall war leer, als die Kinder zur Schule gegangen waren.

30

Laut Billys Stiefvater, der ein fanatisches Interesse an allem hatte, was mit dem Watergate-Skandal zusammenhing, entsprach das Mittagessen, das William zusammengestellt hatte, genau der Lieblingsspeise von Richard Nixon: Hüttenkäse, bedeckt mit Ketchup. William fügte noch Croûtons und eine Scheibe Toast hinzu. Es war kein Feinschmeckermenü, aber es war schnell hinuntergeschlungen. William wischte die Kunststoffplatte des Tischs mit einer Papierserviette trocken und blätterte seine Deutschkladde auf. Auf der St. Tom's High School gab es kein offizielles Studierzimmer, nur diese Ecke in der Cafeteria oder die Bibliothek, weil man sich sagte, daß jede zusätzliche Stunde des Tages für irgendein leichtes Wahlfach wie Kunst oder Arbeit im Büro des *Chronicle* draufging. Aber in der Dreiviertelstunde, die er für das Mittagessen hatte, konnte William im allgemeinen darauf zählen, daß er seine Deutschaufgaben in der Cafeteria erledigte und dann in die

Deutschklasse gehen konnte, wenn der Motor der fremden Sprache in seinem Kopf noch funktionierte.

Die heutige Aufgabe bestand darin, in einem Aufsatz von einer Seite eine seiner frühesten Erinnerungen zu beschreiben. William war im allgemeinen ziemlich gut in Deutsch. Wenn es darum ging, die richtigen Verben und Pronomen in die Lücken eines Textes einzusetzen, war er so schnell wie bei der Erledigung der Hausarbeit in Algebra. Er beherrschte all die irrationalen Regeln für das Geschlecht der Substantive. Ein Traum war männlich, Creme war weiblich, Kinder waren sächlich. Aber Aufsätze waren etwas anderes. Dwayne Nielson, der Deutschlehrer, stellte gern Fragen nach Begriffen wie ›neugierig‹, ›Naseweis‹, ›schnüffeln‹. Die anderen sieben Studenten nahmen es Nielson anscheinend nicht übel, daß er unter dem Deckmantel einer Grammatikübung den Dritten Grad anwandte. Aber William verübelte es ihm – so sehr, daß er in den ersten Wochen fast auf Französisch umgesattelt hätte (aber Judith studierte Französisch, und einer der besten Gründe für das Erlernen einer Fremdsprache ist es, in der Lage zu sein, Dinge zu sagen, die Leute, mit denen man zusammenlebt, nicht verstehen können). Irgendwann um das Erntedankfest herum war ihm dann klargeworden, daß er mit dem Problem leicht fertig werden konnte, indem er einfach log. Er konnte sich noch immer an die von Nielson auf deutsch gestellte Frage erinnern, die die Runde gemacht hatte, bis er selbst an der Reihe gewesen war: *»Wilhelm, hast du einen Bruder? Wie alt ist er? Erzähl uns von ihm.«*

Was sollte er darauf antworten? Ja, ich habe einen Bruder. Er heißt Ned und ist siebzehn. Jeden Tag der letzten sechs Jahre oder so lag er wie eine Leiche in einem dunklen Schlafzimmer und starrte ins Leere. Manchmal hat er in seinen Bartstoppeln Babynahrung, die zu kleinen grünen Klümpchen getrocknet ist, und er muß Windeln tragen, weil er nichts bei sich behalten kann.

Es war für William unmöglich, diese Information mit Nielson zu ›teilen‹, mit den Klassenkameraden und binnen vierundzwanzig Stunden mit jedem sonst auf der St. Tom's High School. (Es war eine kleine High-School mit weniger als dreihundert Schülern in allen vier Stufen). Also log er. Es war leicht: Er stand nicht unter Eid, und keiner hatte einen Grund, seine Antwort anzuzweifeln. »Nein«, sagte er in stockendem, aber grammatisch richtigem Deutsch, »ich habe keinen Bruder, aber ich habe eine Schwester, Judith, die fünfzehn ist. Sie ist sehr aktiv im Kampf gegen ...« Und dann mußte er Nielson nach dem deutschen Wort für ›Abortion‹ fragen, was Nielson in Verlegenheit brachte, weil er die Vokabel nicht wußte und im Wörterbuch nachschauen mußte, bis er ›Abtreibung‹ gefunden hatte. Von diesem Tag an hatte William gewußt, daß er mit Nielson fertig werden konnte, wenn er ihn einfach in die Defensive trieb.

Aber heute hatte Nielson ein Thema gewählt, daß mitten in den Kern von Williams Problem traf. Denn es lag nicht nur daran, daß William Hemmungen hatte, über Einzelheiten seines Privatlebens zu sprechen. Zu einem großen Maße erinnerte er sich einfach nicht daran. Immer wenn er zum Schauplatz seiner Kinderzeit zurückkehrte, bei einem Besuch in Oma O.s großem, alten Haus an der Calumet Avenue oder wenn er an der Muttergottesschule vorbeifuhr, war es, als schaue er Bilder im Fotoalbum irgendeines Fremden an. Seine Kindheit war ausgelöscht wie eine Datei, die aus dem Speicher eines Computers verschwunden war. Ein paar Kleinigkeiten überlebten: die Handlung von Filmen, die er gesehen hatte, und fast jedes Wort einer zerkratzten Schallplatte mit Märchen, die von einem verstorbenen Komiker namens Poppy Mueller erzählt wurden. Aber alle wichtigen Dinge waren verschwunden. Wie sein Stiefbruder gewesen war, bevor er durch die Krankheit zu einer ›Pflanze‹ geworden war. Wie Sondra und sein richtiger Vater, Henry Michaels, vor ihrer Scheidung miteinander ausgekommen waren, als sie zusammen in der Kuhn Avenue gelebt hatten. Die Jahre auf der Muttergottesschule waren ebenfalls vergessen. Es war schwer zu sagen, wie viele andere Dateien auf die gleiche Weise gelöscht waren, ohne daß er es wußte. Denn wenn man nicht weiß, was geschehen ist, wie kann man sich dann bewußt sein, daß man es vergessen hat?

Manchmal, wenn ihm diese Lücken in der Erinnerung bewußt geworden waren, hatte er sich gefragt, ob sie wirklich so ungewöhnlich waren. Er war stets neugierig und wollte wissen, was andere Kinder seines Alters über ihre Kindheit in Erinnerung hatten, und sie erinnerten sich anscheinend hauptsächlich an Zeiten, an denen sie etwas falsch gemacht hatten und erwischt und bestraft worden waren. Oder sie erinnerten sich an Prügeleien oder an Orte, in denen sie mit der Familie in den Ferien gewesen waren. William nahm an, daß viele dieser Erinnerungen daher rührten, daß Leute anderen die *Geschichte* eines Ereignisses erzählten: Es war die *Geschichte,* an die sie sich erinnerten, nicht das Geschehen selbst. Aber er hatte keinen, von dem er die Geschichten seiner Kindheit hören konnte, denn sein Vater war tot, seine Mutter hatte ihn in den Jahren nach der Scheidung nicht oft zu Gesicht bekommen, und wenn er Madge und Oma O. in ihrem gruseligen alten Haus besuchte, waren sie nicht geneigt, in Erinnerungen zu schwelgen – jedenfalls nicht über seine Kindheit. Oma O. war voller Informationen über ihre Jugendzeit in den zwanziger Jahren in Anoka, und Madge erzählte Erinnerungen aus ihrer Zeit als Krankenschwester, aber bei persönlicheren Dingen war sie verschwiegen wie ein Kriegsgefangener in einem Kriegsfilm. So sagte sich William, daß in funktioneller Hinsicht nichts falsch war, was man nicht einfach durch Mangel an Übung erklären konnte.

Dennoch versuchte er das Ausmaß seines Erinnerungsverlustes für sich zu behalten, weil er befürchtete, daß er sonst wieder den Psychiater im Foshay Tower aufsuchen mußte, zu dem er gleich nach dem Unfall geschickt worden war. Er hatte Sitzungen in der Praxis von Dr. Helbron noch mehr gehaßt als die Besuche beim Kieferorthopäden, der ihm den Zahnersatz angepaßt hatte. Jetzt brauchte er jedoch nicht mehr zu Dr. Helbron zu gehen, und so bestand wenig Gefahr, daß sein Geheimnis entdeckt wurde, denn keiner sonst, den er kannte, war neugierig auf seine Vergangenheit – keiner außer Herr Professor Nielson. Und Nielsons Aufmerksamkeit galt für gewöhnlich denjenigen Schülern, die sie herausforderten, den Strebern, die sich dauernd meldeten, und den Arschkriechern.

Also mußte man vermeiden, interessant zu sein. Man mußte normal wirken. Aufgeweckt, aber normal. Und normal war, daß man die Schuluniform trug, die wie die Uniform der meisten Erwachsenen keine bestimmte Kleidung, sondern ein Stil war. Teuer, aber nicht schrill und supermodern. Normal wie in dem Kinofilm, den jeder besuchte und der hier in Minneapolis gedreht worden war: *Normale Leute.* Es war nicht unbedingt so leicht (abgesehen davon, die richtige Kleidung zu haben), echte Normalität zu erreichen. Man war vielleicht zu dick oder hatte die Art Akne, bei deren Anblick Leute zusammenzuckten, oder man hatte vielleicht bemerkenswert sonderbare Ideen, über die man nicht den Mund halten konnte, wie zum Beispiel Judith mit ihren verschiedenen Kreuzzügen. Aber William war sich ziemlich sicher, daß *er* sich immer noch als normal qualifizierte, und er wollte diesen Status mit allen Mitteln behalten.

Wie würde also eine *normale* Erinnerung beschaffen sein? Was würde ein normaler Dreizehnjähriger von seiner normalen Kindheit in Erinnerung haben?

William schaute auf den Papierteller mit den Flecken von Ketchup und Hüttenkäse, und da war die Antwort: Essen. Er konnte sich an alle Speisen in seiner Kinderzeit erinnern, Mahlzeiten, die seine Mutter nie gemacht und nach denen er sich gesehnt hatte, wenn er die Zutaten im Supermarkt gesehen hatte. Dosenfleisch. Dosenfleisch aus gewürztem und klein geschnittenem Schinken. Dazu weiche Scheiben Weißbrot, welche die Butter aufsogen, in der das Dosenfleisch gebraten worden war. Butter war dasselbe Wort in Deutsch und Englisch. Und von weiblichem Geschlecht: *die Butter.* Tiefkühlpizza und die Wahl zwischen Scheibchen von Würstchen und kleinen roten Peperonischeiben. Pizza mußte auf deutsch *Pizza* heißen, aber was war das Geschlecht? Er wählte das weibliche Geschlecht, weil er sich sagte, daß Nielson das Geschlecht von Pizzas ebensowenig wußte wie er. Was noch? Erdbeereis, das war eine Erinnerung, die auf die Kuhn Avenue und den Eiswagen zurückging, der im Sommer vorbeikam. Im Nu füllte William eine Seite mit Erinnerungen an das Essen. Er schrieb schnell und mixte Deutsch und Englisch wie Hüttenkäse und Ketchup. Dann machte er sich daran, die deutschen Wörter für die Vokabeln zu suchen, die er in Englisch notiert hatte, und als die Klingel den nächsten Unterricht ankündigte, hatte er alles erledigt. Als er in der Klasse den Aufsatz laut vorlas, kam keiner der Klassenkameraden auf den Gedanken, daß William nicht ganz normale Erinnerungen an eine nicht ganz normale Kindheit vortrug.

31

Von den zwölf Mitgliedern des Computer Klubs auf der St. Tom's High School, hatten vier Apples, zwei besaßen Ataris, und einer nannte einen Commodore PET sein eigen; die anderen hatten Videospielgeräte, mit Ausnahme von William, der noch keinen Computer besaß. Er war dem Klub beigetreten, um BASIC zu lernen und sich mit den Videospielen an dem Altair zu vergnügen, den der Präsident des Klubs, Jason Schechner, gestiftet hatte. Die Besitzer der Videospiel-Geräte wurden nicht als ernsthafte Mitglieder betrachtet und waren nur zugelassen worden, um die Statuten zu erfüllen, die besagten, daß jede Schülerorganisation, die Einrichtungen der Schule benutzte, mindestens zehn Mitglieder haben mußte. Die Videospieler kamen fast nie zu den Treffen, und wenn sie daran teilnahmen, versuchten sie die anderen in ihr niemals endendes Horrorspiel ›Dungeon & Dragons‹ hineinzuziehen.

William wäre vermutlich nicht in Raum 202 gegangen, in dem sich der Klub an diesem Nachmittag treffen wollte, weil er wußte, daß Larry Binns heute nicht zur Schule gekommen war und folglich nicht wie geplant die Version von ›Space Invaders‹ vorführen konnte, die er in seinen Apple programmiert hatte. Außerdem waren vier weitere Klubmitglieder mit dem Debattierklub zum letzten Treffen dieses Jahres der Bishop Cretin High School gegangen. Aber dann hatte ihm in der Mathematikstunde Jasons Schwester Lisa einen Zettel übergeben, auf dem ihr Bruder William ermahnte, auf keinen Fall das Treffen um fünfzehn Uhr zu versäumen. Es war kein Grund angegeben, aber William verstand das als Befehl, und er war es gewohnt, sich Jasons Autorität zu fügen. Jason war sechzehn Jahre alt und nutzte das beschleunigte Studienprogramm, um sein Diplom der St. Tom's High-School in nur drei Jahren zu bekommen, was er geschafft hatte, ohne seinen Ruf als einen der führenden Spinner und Freigeister zu schädigen. Er benutzte seinen Apple-Computer, um eine Art ›Musikbox mitsamt Gitarre‹ zu entwickeln, wodurch der ›Spieler‹ vortäuschen konnte, virtuos zu spielen. Bis jetzt war es noch keine marktfähige Entwicklung, aber sie war vielversprechend. Daß sich Jason mit all seiner Popularität und seinen Talenten herabließ, Williams Freund zu sein, wurde von Jasons anderen Freunden, die alle in der obersten Klasse oder bereits auf dem College waren, als eine gesellschaftliche Anomalie betrachtet, aber es überraschte William nicht. Jason war ein kluger Kopf, und William war ein kluger Kopf, und kluge Köpfe haben oftmals die gleiche Wellenlänge.

Und so, Jasons Botschaft gehorchend, war William nach dem letzten Klingeln des Tages nicht zu Bus 4 gegangen, der Willowville, New Hope und die anderen nördlichen Vororte anfuhr. Statt dessen hatte er sich gleich zu Raum 202 begeben. Wie die meisten Zimmer im zweiten Stock der St. Tom's High-School, die erst noch in die verfügbare Nutzfläche des ursprünglichen Seminars der Episkopalkirche wachsen mußte, diente Raum 202 als Speicher. Zusätzlich zu alten, eisernen Aktenschränken und gestapelten Stühlen, gab es eine Reihe verwaister Ausstellungsstücke von wissenschaftlichen Messen vergangener Zeiten, Dinge, die jetzt nach Ausschlachten ihrer wiederverwendbaren Teile ein wenig rätselhaft aussahen und in den meisten Fällen die erklärenden Tafeln verloren hatten.

Auf der mittleren der Reihe von Schultafeln vorne im Raum hatte jemand eine Nachricht hinterlassen.

HAPPY BIRTHDAY

In kleiner Schrift stand darunter: ›Ich werde ein paar Minuten zu spät kommen. Bitte warte, Jason.‹ Aus irgendeinem Grund fühlte sich William wegen Jasons Glückwunsch zum Geburtstag unbehaglich. Er nahm den Schwamm, der auf der Leiste am Fuß der Tafel lag und begann die Kreidebuchstaben wegzuwischen. Sosehr er auch mit dem trockenen Schwamm wischte, die Worte blieben noch lesbar. Das Gefühl des Unbehagens verstärkte sich zu einer Art Panik, was albern war, denn es gab keinen triftigen Grund, die Wörter überhaupt wegzuwischen. Es war, als wären die Buchstaben, die er löschen mußte, nicht die tatsächlichen, die er gespenstisch hinter dem Schleier des verschmierten Kreidestaubs sehen konnte. Es war, als wäre eine andere Botschaft dahinter entzifferbar, die er mit zusammengekniffenen Augen lesen konnte:

HAPPY HALLOWEEN

Einen Augenblick lang hatte er das Gefühl, wieder im Klassenzimmer der Viertkläßler der Muttergottesschule zu sein, am Abend der Halloween-Feier, am Abend, an dem die Süßigkeiten aus der großen Schüssel gestohlen worden waren. Er erinnerte sich, was die Diebe auf die Tafel geschrieben hatten, und daß es noch lesbar gewesen war, nachdem sein Vater versucht hatte, es völlig wegzuwischen. Da hatte er vorgeschlagen, etwas anderes drüberzuschreiben – das, was er jetzt sehen konnte, bis er es wegblinzelte und wieder sah: die Wörter, die Jason geschrieben und die er soeben weggewischt hatte – Happy Birthday.

Aber die Erinnerung blieb, und er fühlte sich wie ein Angler, der den ganzen Tag mit der Angel dagesessen hat, ohne ein Ziehen darin zu spüren, und jetzt erlebt, daß schließlich doch noch ein Fisch anbeißt. All die Zeit hatte er in der Cafeteria versucht, Erinnerungen an früher auszugraben, hatte nach einer einzigen klaren Einzelheit aus den Jahren gesucht, in denen er auf der Muttergottesschule gewesen war, und jetzt *sah* er das alte Klassenzimmer eingeblendet in Raum 202, als wären die ockerfarben angestrichenen Wände nur ein Schleier, durch den er die frühere Szenerie betrachten konnte: die leeren Pulte, die feuchten Mäntel in der Garderobe, von seinen Klassenkameraden zurückgelassen, bevor sie in die Turnhalle gegangen waren, um *Frankenstein* anzuschauen. Er erinnerte sich, daß er während des Films aufgestanden war und die Nonne an der Tür um die Erlaubnis gebeten hatte, zur Toilette zu gehen, aber das war eine Lüge gewesen: In Wirklichkeit hatte er ins Klassenzimmer zurückgehen wollen. Aber *warum*? Und warum war der Anblick der großen Schüssel, die leer bis auf ein paar wurmstichige Äpfel gewesen war, im nachhinein eine *glückliche* Erinnerung? Die Bedeutung dieser Erinnerungen blieb quälend unerreichbar, so als hätte er die Fernbedienung des Fernsehers bedient und eine einzige lebhafte Szene eines alten Films erwischt, ohne Ton und ohne zu wissen, wie die Geschichte begann oder wie sie weiterging.

»Hey, herzlichen Glückwunsch zum Geburtstag«, ertönte eine Stimme hinter ihm.

Er wandte sich um und sah seinen Freund. »Hallo, Jason.«

Jason trug nicht wie die meisten Schüler der St. Tom's High School Designer-Sportkleidung, sondern verblichene Jeans, leichte Turnschuhe und ein schwarzes Sweatshirt, dessen Aufschrift zeigte, daß er ein Fan von Led Zeppelin war. Dennoch wirkte die Kleidung irgendwie genormt. Der sonnengebräunte, durch Schwimmen trainierte Junge war offensichtlich ein Zögling wohlhabender Vorstädter und nicht ein Kind dieser romantischen, gefährlichen Innenstadt, die Jason zwei- oder dreimal pro Monat besuchte, um zu Rockkonzerten zu gehen oder mit einem gefälschten Ausweis Alkoholisches zu trinken. »Freut mich, daß du meinen Zettel erhalten hast. Und es freut mich, dich zu *sehen*. Zwei Gründe: Grund eins, ich wollte dir das geben.« Er überreichte William ein kleines Päckchen, das ungefähr die Größe einer Zigarettenschachtel hatte. Es war mit einer weißen Papierserviette verpackt und mit zwei dünnen Gummiringen zusammengehalten, wie Jason sie benutzte (wenn er nicht in der Schule war), um sein Haar zu einem Pferdeschwanz zusammenzubinden. »Nun? Machst du es nicht auf? Erst dann kannst du mir richtig danken.«

»Was ist der zweite Grund?« fragte William mißtrauisch. »Es gibt doch keine Art Überraschungsparty, oder? Ich sagte meiner Mutter, daß ich so was nicht will. Und das war mir ernst.«

»Der zweite Grund hat nichts mit deiner Mutter zu tun. Es mag eine Überraschung sein, *wenn* du dich von mir überraschen läßt, aber es ist keine, gegen die du etwas hättest. Okay? Und nun schau dir dein Geschenk an und bedank dich dafür.«

William öffnete das in die Serviette gehüllte Geburtstagsgeschenk. Es war eine Packung Camel. Eine offene Schachtel und nur halb gefüllt.

»Zigaretten? Ich bin so plötzlich dreizehn Jahre alt, daß ich mit *Zigarettenrauchen* anfangen muß? Jason, welches Jahr haben wir – 1950?«

Jason lächelte wissend. »Keine Zigaretten, Junge. Joints aus Jamaika, handgedreht von meiner Wenigkeit. Weißt du, es stimmt, was die Polizei über die Gefahr von Drogen überall in unseren Schulen sagt. Und hier wirst du mit der Gefahr konfrontiert.«

»Ich bin schon mit der Gefahr konfrontiert gewesen, danke. Es hat mich nur schläfrig gemacht.«

»Es kann sein, daß du zu diesem Zeitpunkt Schlaf brauchtest, aber du hast ihn unterdrückt. Dieser Stoff weckt all deine Sehnsüchte, die du am meisten unterdrückst, all die verborgenen Gefühle. Das ist eine wissenschaftlich bewiesene Tatsache.« Jason grinste, und die Härchen seines beginnenden Schnurrbarts zuckten wie die Schnurrhaare eines Hasen. Auf der St. Tom's High School durfte sich jeder Gesichtshaare wachsen lassen, aber nur wenige Schüler nutzten diese Freiheit – oder waren dazu in der Lage. Jasons Schnurrbart, noch im Anfangsstadium befindlich, war einer von nur sieben in der gesamten Schülerschaft. »Was meinst du, sollen wir etwas Dynamit in den alten Minenschacht werfen?«

William war mit sich selbst nicht einig. Einerseits war er theoretisch gegen Drogen oder stand ihnen zumindest mißtrauisch gegenüber. Andererseits war er neugierig. Seine erste Drogenerfahrung lag zwei Jahre zurück. Damals hatte seine Baseballmannschaft ein Spiel verloren, und anschließend hatte er nur ein paarmal an einem Joint gepafft. Das Ergebnis war nicht Schläfrigkeit gewesen (das war eine Notlüge), sondern ein Hustenanfall. Seither hatte er die Kunst gelernt, Tabakrauch zu inhalieren, ohne Krämpfe zu bekommen. *Warum nicht?* dachte er, und sofort fiel ihm ein guter Grund ein.

»Nun, ich möchte schon, aber ich meine, das sollten wir nicht hier tun, findest du nicht auch?«

»Ich weihe dich in ein Geheimnis ein. Wenn du keine Symptome einer akuten Psychose zeigst, wird hier in Orangeville niemand Theater machen, nur weil du dir heimlich einen Joint reinziehst. Die Hausmeister tun es, die Sportler tun es, und sogar J. D. McCudahy tut es.«

J. D. McCudahy war der Direktor der St. Tom's High School.

»Das glaube ich dir nicht«, sagte William.

»Glaub, was du willst.« Jason bediente sich aus der Camel-Packung, nahm ein rotes Feuerzeug aus der Jeanstasche und zündete den Joint an. »Einige Leute sagen –« begann er und hielt den Rauch in der Lunge. Dann atmete er aus und fuhr in normalem Tonfall fort, »– daß Pot das Gehirn betäubt und das Denkvermögen schwächt, aber *ich* meine, daß es durch Pot gestärkt wird.« Er reichte William den Joint mit einstudierter Lässigkeit, eine Szene in dem Film, bei dem Jason Regie führte. Jason setzte seinen Gedankengang fort: »Wenn du ein ungebildeter Primitivling bist, der gerade noch ein Tom-und-Jerry-Comic begreifen kann, dann wird Pot deine Blödheit verstärken, und schließlich steigst du von Marihuana auf eine Droge um, die dein Bewußtsein völlig auslöschen wird. »Aber –«, er nahm William den Joint ab, inhalierte und gab ihn zurück, »– wenn du bereits geistig auf der Höhe bist, gibt dir Pot einfach etwas mehr Pep.«

William war wieder von der Schultafel fasziniert, wo zu seiner Erleichterung keine Wörter mehr lesbar waren, weder ›Happy Birthday‹ noch ›Happy Halloween‹.

»Hattest du jemals Halluzinationen?« fragt er, teils um Jason am Reden zu halten, teils aus echter Neugier.

»Von Pot? Ist das dein Ernst?« Jason blinzelte William gutmütig durch den dünnen Rauchschleier an.

»Drogen können das bewirken, nicht wahr? Und auch ohne Drogen kann man Halluzinationen haben. Vor ein paar Minuten, bevor wir rauchten, hatte ich hier in diesem Raum eine kleine Halluzination. Ich schaute auf die Tafel, wo ich weggewischt hatte, was du geschrieben hattest, und ich konnte schwören, daß die Wörter immer noch lesbar waren. Aber statt ›Happy Birthday‹ sah ich ›Happy Halloween‹. Jetzt, mit dem Pot sehe ich nichts auf der Tafel.«

»Ah, auf *dieser* Ebene«, sagte Jason mit der gleichen Selbstsicherheit und Autorität, die Dr. Helbron bei allen Fragen an den Tag gelegt hatte, die seine berufliche Spezialität, die Psyche, anbetrafen. »Auf dieser Ebene haben wir alle Halluzinationen. Marihuana regt die Lichterscheinung im Auge an, was auch auf das Flimmern von Farben zutrifft, wenn du auf etwas Helles geschaut hast und dann die Augen schließt.«

William hatte sozusagen auf den richtigen Knopf gedrückt, und Jason erklärte weiter alles, was er über die Zusammensetzung und das Wirken des Gehirns wußte, was wiederum zu Jasons Steckenpferd führte, zu dem Problem, wie man Wunder erklären konnte. Jason war nach einer glücklichen Kindheit als reformierter Jude ein fanatischer Atheist geworden, der sich nicht mit Fragen des Glaubens beschäftigte. Für Jason konnten Wunder, wenn sie nicht völliger Schwindel waren, auch das Ergebnis einer Lichterscheinung im Auge, koordiniert durch irgendwelche telepathischen Mittel, sein, so daß eine einzige Halluzination von einer Gruppe von Leuten gleichzeitig wahrgenommen werden konnte.

»Ich sage dir, welches Buch du lesen mußt«, sagte Jason, nachdem seine Theorie Anerkennung gefunden hatte und der Joint aufgeraucht war. »Nein, besser leihe ich's dir. Aldous Huxley. *Die Pforten der Wahrnehmung*. Jemals davon gehört?«

»Ich habe *Schöne neue Welt* gelesen.«

»Ja, das ist auch gut. Huxley hat lange vor der eigentlichen Erforschung den Zusammenhang zwischen dem Wirken des Gehirns und dem sogenannten veränderten Sein spitzgekriegt. Empfindest du irgend etwas außer Schläfrigkeit?«

»Du meinst, eine Veränderung? Ich glaube das nicht. Ich bin nur nervös, weil jemand hier reinkommen und das melden könnte.«

»Dann laß mich den Beweis loswerden.« Jason ging zu einer der aufgegebenen wissenschaftlichen Ausstellungssstücke, einer großen Glaskugel, die mit dünnen Papierstreifen in verschiedenen Farben gefüllt war. Er warf den Überrest des Joints durch eine kleine Öffnung oben in der Kugel. »Reine Wissenschaft findet oftmals unerwartet Anwendung in unserem Alltagsleben.«

»Was war der zweite Grund, Jason? Komm schon, spann mich nicht auf die Folter.«

»Schau aus dem Fenster.«

William ging zum Fenster und sah hinaus. Der helle Himmel wurde durch den Kondensstreifen eines Flugzeugs, das westwärts zum Flughafen flog, in zwei Hälften geteilt. Hohe, ältere Hecken aus weißem Spanischem Flieder begrenzten den Horizont und das Schulgelände. Ein Eichhörnchen huschte an einem Baumstamm hinauf und spähte hinter dem untersten Zweig hervor. William hatte das Gefühl, eine Art Einvernehmen mit dem Eichhörnchen zu haben, eine Freundschaft, die auf einer gemeinsamen grundlosen Furcht basierte. »Was soll ich mir ansehen?«

»Erkennst du keinen der Wagen auf dem Parkplatz?«

Es waren nicht mehr viele Wagen auf dem Parkplatz, und Williams Blick fiel sofort auf einen grauen Honda Civic, der durch seine Häßlichkeit trotz der großen Entfernung auffiel. Es war der Wagen seiner Stiefmutter. Madge fuhr mit dem Wagen nie durch die Waschanlage. Was der Regen nicht allmählich abwusch, blieb auf dem Lack. »Was macht *die* denn hier?«

»Es ist dein Geburtstag, nicht wahr? Was denkst du also?«

»Aber warum solltest *du* . . . ich meine, du kennst sie nicht. Oder?«

»Kann ich was dafür, wenn ältere Frauen mich unwiderstehlich finden?«

»Im Ernst!«

»Es ist ein traditioneller Schachzug an einem Geburtstag. Sie erhielt meine Telefonnummer von Judith, und sie bat mich, dich nach dem Unterricht lange genug festzuhalten, damit sie dich abholen und etwas zum Geburtstag Passendes mit dir unternehmen kann. Ich kann dir mehr verraten, ohne die Überraschung zu verderben. Steck die jetzt in deinen Ranzen, wo sie nicht zerdrückt werden –«, er tippte auf die Zigarettenschachtel mit den Joints, »– und löse deine Geburtstagschips ein.«

32

Als William nahe genug bei dem schmutzbedeckten Honda war und Madge nicht zu schreien brauchte, winkte sie und sagte: »Herzlichen Glückwunsch zum Geburtstag, Billy!«

»Ich bin jetzt William«, verkündete er, wie er es schon den ganzen Tag über getan hatte.

»Tatsächlich? Seit wann?«

»Seit heute morgen.«

Sie breitete die Arme aus, und er ließ sich umarmen und stellte sich auf die Zehenspitzen, um ihren Kuß auf die Wagen zu erwidern. Madge lächelte. »Jedesmal, wenn ich dich sehe, kommst du mir etwas größer vor . . . William. Aber du solltest dich nicht so beeilen, erwachsen zu werden. Das geht zu schnell.«

Sie freute sich anscheinend wirklich, ihn zu sehen, was nicht immer der Fall war.

Wenn sie ihn besuchte, war sie sehr oft wie in einer anderen Welt gefangen und nahm nicht wahr, was er sagte. Sie befragte ihn über die Schule und nickte und ging zu ›Hm-hm‹, ›Soso‹, ›Ist das nicht interessant?‹ über.

Heute war es William, der in einer anderen Welt war. Während der ganzen Fahrt nach St. Paul, auf der er Madge erzählte, wie seine Freunde und Lehrer auf die Verkündigung seiner neuen Identität reagiert hatten, und während Madge ihm erzählte, wie sie während der ganzen Zeit auf der Schwesternschule und Jahre danach zwischen steifer ›Margaret‹ und forscher ›Madge‹ geschwankt hatte, blickte er sie immer wieder an und fragte sich unbehaglich, warum sie . . . verändert wirkte. Es war eine Veränderung, die er nicht mit Worten beschreiben konnte. Zum Beispiel lag es nicht daran, daß sie viel dicker war als in der Zeit, in der er mit ihr zusammengelebt hatte. Diese Veränderung hatte sich allmählich vollzogen, und William konnte sich nicht mehr klar vorstellen, wie Madge zuvor ausgesehen hatte (man hatte sie nie als dünn bezeichnen können). Es lag auch nicht daran, daß sie nicht mehr die schwarze Kleidung trug wie sonst, wenn sie die Tracht der Krankenschwester ablegte. Sie arbeitete jetzt in einem Pflegeheim und kleidete sich ganz normal. Ihr Haar war wie immer zu einem Dutt gebunden, und sie benutzte wie üblich nur sehr wenig Make-up. Der allgemeine Eindruck war, daß es ihr gleichgültig war, wie sie aussah, solange sie grundsätzlich Billigung fand – aber war sie jemals anders gewesen?

Vielleicht hatte nicht Madge sich verändert, sondern er. Er hatte sich an den Anblick der eleganteren, teureren Kleidung seiner Mutter gewöhnt. Ohne zu wissen, war er die Art Snob geworden, die Ben und Sondra für Judith waren. Die Art, die sich jedem überlegen fühlt, der die falsche – sprich billige – Kleidung trägt.

Oder vielleicht war der ›Unterschied‹ einfach nur eine Nebenwirkung des Marihuanas, das er geraucht hatte. Denn eigentlich wirkte jetzt alles anders auf ihn als sonst: Der Straßenverkehr war zu schnell, die Lastwagen waren zu laut, die Sonne stach zu hell zwischen Wolken hervor. Er musterte seine Fingernägel, und Selbstmitleid wallte in ihm auf, weil seine rosigen Hände wie zwei Tiere aussahen, denen bei lebendigem Leib die Haut abgezogen worden war.

Als sie schließlich vor Obstschmeckers Haus eintrafen, bot es den sonderbarsten Anblick. Es fehlte nur noch ein Schild ›Vor Geistern wird gewarnt!‹ über der Tür, um es offiziell zum Spukhaus zu erklären. Die Farbe war abgeblättert, der Rasen wucherte so früh im Frühling bereits voller Unkraut, ein herabgebrochener Zweig der Ulme auf dem Hof haftete an der Kante des östlichen Schlafzimmerfensters, und die untere Hälfte des Fensters war mit einer verwitterten Sperrholzplatte bedeckt. Rechts und links und auf der anderen Straßenseite standen neue Häuser mit Eigentumswohnungen. Die Häuser waren aus hellroten Ziegelsteinen erbaut und hatten falsche Mansardendächer. Das große Schild ZU VERKAUFEN an der Ecke verkündete, daß die Häuser mit den Eigentumswohnungen an der Calumet Avenue von der Golden Gopher Development Corp., einer Tochtergesellschaft von N. N. E., gebaut worden waren. Jede Baueinheit hatte eine eigene Tiefgarage und ein Rasenstück, das noch nicht bewachsen war, und jede Rasenfläche hatte ein eigenes Ahornbäumchen. Selbst wenn das Obstschmecker-Haus in Schuß gebracht worden wäre, hätte es zwischen diesen modernen Häusern fehl am Platze gewirkt.

»Schrecklich, diese Häuser, nicht wahr?« sagte Madge und parkte den Wagen vor der Garage. »Würdest du glauben, daß jedes davon mehr kostet, als man Mutter vor fünf Jahren für das Haus anbot? Die Decken sind niedrig, und bei der Hälfte der Häuser gibt es schon Mängel an den Installationen. Diese Baulöwen sind allesamt Gauner.«

Dieser gehässige Angriff schien sie merklich aufzuheitern, oder sie freute sich einfach, weil sie zu Hause war. William folgte ihr hinters Haus (Madge erklärte, daß die vordere Tür ›aus Sicherheitsgründen‹ stets abgeschlossen war) und dann durch die Hintertür.

Das Holzgeländer der Treppe war abgebrochen und verfaulte in dem Laubhaufen, der einst ein Blumenbeet gewesen war.

»Mutter!« rief Madge in der Küche. »Wir sind da.«

In der Küche roch es nach Frischluft-Spray. Kein Wald, kein Holzplatz hatte je so nach Kiefern geduftet. Dennoch waren beide Fenster geöffnet, und eine Brise blätterte die Seiten eines Kochbuchs um, das auf dem Tisch inmitten einer Ansammlung kürzlich benutzter Schüsseln und Pfannen lag.

Madge überprüfte den Herd und vergewisserte sich, daß die Platten ausgeschaltet waren. Dann rief sie wieder nach Oma O. »Mutter! William ist hier.«

Als Antwort knallte eine Tür zu.

Madge seufzte. »Ich hoffe, sie hat keine ihrer Launen. Nun, sie kann machen, was sie will. Komm ins Eßzimmer, dort sind deine Sachen. Ich wollte es von deinem Freund in deinem alten Zimmer aufbauen lassen, damit du es auf Anhieb ausprobieren kannst, aber er erklärte mir, daß dann das ganze Zeug neu angeschlossen werden muß, und diese Mühe war es nicht wert.«

Nach dieser Einleitung sah William sein Geburtstagsgeschenk. Es war, wie er gehofft hatte (aber er hatte erhofft, es von seinem Stiefvater zu bekommen, nicht von Madge) einen Apple-Computer. Aber nicht nur ein Apple, sondern einer mit allem Drum und Dran, mit der neuesten Technik, und das I-Tüpfelchen dieser elektronischen Geburtstagskuchen war ein Silentype-Thermodrucker, der erste, den der Händler des Computergeschäfts im Einkaufszentrum Robbinsdale in der Stadt verkauft hatte (wie Jason gesagt hatte, als er ein paar Andeutungen gemacht hatte, ohne das Geheimnis zu verraten).

»Es ist *wunderbar,* Madge«, sagte William, nachdem er sich alles angeschaut hatte. »Wirklich. Aber ich kann das unmöglich annehmen. Ich weiß nicht, was es dich alles gekostet hat, aber es muß so um die dreitausend Dollar herum sein. Mindestens. Dafür hättest du dir einen neuen Gebrauchtwagen kaufen können. Und ich weiß, daß meine Mutter mir verbietet, den Computer zu behalten, wenn ich ihn nach Hause bringe.«

»Das ist süß von dir, Billy – verzeih mir, *William* – aber ich habe keinen Penny von meinem eigenen Geld dafür ausgegeben. Es stammt alles von deinem Treuhandvermögen. Wenn du ihn nicht haben willst, kann ich ihn natürlich dem Geschäft zurückgeben. Aber deine Schwester und der nette jüdische Junge, mit dem sie mich in Verbindung setzte, dachten beide, daß dies genau das ist, was du dir wünschst. Und daß du vermutlich lernst, ihn gut genug zu nutzen, um den Gegenwert in Geld daraus herauszubekommen.«

»Ich höre zum ersten Mal, daß ich ein Treuhandvermögen habe.«

»Weil man es dir nicht gesagt hat. Gleich nach dem Unfall war es hart genug für mich, mit Dingen wie der Beerdigung fertig zu werden, und in jedem Fall war es nicht nötig, es dich sofort wissen zu lassen, bevor du daran denkst, aufs College zu gehen. Vielleicht war es falsch von mir, und ich hätte es dir eher sagen sollen. Oder vielleicht hätte ich noch ein Jahr oder zwei Jahre länger warten sollen. Aber deine Mutter sagte mir, daß du vielleicht vorzeitig aufs College gehst. So solltest du wissen, was finanziell möglich ist. Im Grunde hast du genug Geld für jedes Studium, einschließlich eines Medizinstudiums, wenn das dein Ziel ist.«

»Aber mein Vater hat kein Geld gespart. Wie . . .?«

»*How«,* erwiderte Madge und hob die rechte Hand auf indianische Art.

Es war wie ein Kopfsprung in einen See der Erinnerung. Madge und sein Vater hatten bei ihm den gleichen einfachen Trick Hunderte Male angewandt. Wenn er nach dem Wie – ›how‹ – gefragt hatte, war die Antwort *How* gewesen, und das Lustige an der Verdrehung der Begriffe hatte ihn immer zum Lachen gebracht. Wie jetzt.

Madge lächelte. Und als er mit dem Lachen aufhörte, sagte sie: »Wir hatten einige lustige Zeiten zusammen, nicht wahr?«

Er nickte.

Das Telefon klingelte, und Madge eilte in die Küche, um den Anruf entgegenzunehmen. Als sie das Eßzimmer verlassen hatte, machte William die einst vertraute, jedoch so sehr veränderte Szenerie zu schaffen – die Muffigkeit, die Unordnung, die Vernachlässigung. Die Fußbodendielen im Alkoven mit den Hängepflanzen hatten sich vom Wasser verzogen, das aus den Töpfen der Pflanzen getropft war. Neben dem Schaukelstuhl war ein Aschenbecher mit Zigarettenkippen umgestoßen und nie aufgehoben worden. Es sah aus, als hätten hier Stadtstreicher gehaust.

Madge kehrte ins Eßzimmer zurück und sagte: »Das war das St. Malachys Pflegeheim, und ich bin so sauer. Ich habe mir seit Wochen im voraus für heute frei genommen. Man sollte denken, daß man *einen* Nachmittag frei bekommt, aber nein, es ist unmöglich, eine Vertretung zu finden. Meine Kollegin Lucy meldet sich nicht an ihrem Telefon, es haben nur zwei Schwesternschülerinnen Dienst, und es wird eine staatlich geprüfte Krankenschwester gebraucht. Also ich. Es tut mir leid.«

William zuckte die Achseln. »Das geht schon okay. Denk daran, daß ich vorhabe, den gleichen Beruf zu lernen. So solle ich mich an diese Dinge gewöhnen. Aber ich möchte noch etwas über dieses geheimnisvolle Treuhandvermögen wissen, bevor du weggehst. Mein Vater war kein Millionär, als er starb.«

»Es gibt kein Geheimnis. Er war versichert. Es war unser Hochzeitsgeschenk von meinem Vater, eine voll bezahlte Lebensversicherung über hunderttausend Dollar. Henry war damals wütend. Ich erinnere mich, daß er sagte, er hätte lieber ein Kaffeeservice als die verdammte Versicherung, und man konnte seine Ansicht verstehen. *Er* würde nie in diesen Genuß kommen. Die Police war so abgefaßt, daß er sie nicht einmal als Sicherheit für einen Kredit benutzen konnte – wenn du weißt, wie diese Dinge funktionieren.

William nickte. Er wußte es nicht, aber es interessierte ihn auch nicht. »Weiß meine Mutter von dem Treuhandvermögen?«

Madge lächelte. »Sie weiß, daß es existiert, aber sie kennt die Summe nicht. Gleich nach dem Unfall war deine Mutter ein wenig ... ich nehme an, ›feindselig‹ ist das richtige Wort. Sie dachte anscheinend, ich würde um das Sorgerecht für dich kämpfen. Ich meine, ich hab' dich lieb, und es brach mir das Herz, als du so schnell nach Henrys Tod hier ausziehen mußtest. Aber sie ist deine Mutter, ich bin das nicht. Als wir über dich sprachen, sagte ich ihr, daß es ein Treuhandvermögen gibt und ich die Erbschaft verwalte, es dir jedoch erst sagen will, wenn du näher vor dem Studium bist, und sie war einverstanden. Aber ich nannte ihr nie die Summe, und sie fragte niemals danach. Sie dachte vielleicht, weil sie unsere Verhältnisse kennt, daß die Versicherungssumme höchstens ein paar tausend Dollar beträgt, und wollte mich nicht durch eine Frage in Verlegenheit bringen. Und ich dachte, daß *deinen* langfristigen Interessen vielleicht besser gedient ist, wenn Mr. Winckelmeyer nicht weiß, daß du soviel Geld bekommen wirst. Weißt du, manchmal will ein Stiefvater Geld aus einem Treuhandvermögen nicht für Dinge wie Studienfinanzierung oder sogar Kleidung verwenden. Und Ben Winckelmeyer kam mir nie besonders großzügig vor. Vielleicht irre ich mich, aber ich rate dir, die Sache mit dem Treuhandvermögen für dich zu behalten. Laß ihn denken, der Computer käme von mir.«

William lächelte zustimmend. Er machte stets gern bei einer Verschwörung mit. Und angesichts eines solchen Geschenks von Madge würde sich sein Stiefvater wie ein Geizhals fühlen.

»Ich muß jetzt weg«, sagte Madge. »Und weil ich dich und diesen großen grauen Apple nicht nach Willowville fahren kann, möchte ich dir Geld für ein Taxi geben.«

»Nein, nein, ich werde Mutter anrufen. Sie sagt immer, es

macht ihr nichts aus, mich abzuholen, wenn ich dich mal besuche. Sie freut sich über jeden Vorwand, mit dem sie aus dem Haus heraus kann. Aber da ist noch eine Sache . . .« William zögerte mit instinktiver Vorsicht, weil er nicht unverblümt fragen wollte, auf welche Summe sich das Treuhandvermögen genau belief.

Madge mißverstand seine Zurückhaltung. »Oh, ich bekomme meinen Anteil, wenn du das meinst. Das Geld wurde halbe-halbe geteilt. Ich steckte meine Hälfte in ein ähnliches Treuhandvermögen für Ned, damit er im Falle meines Todes vor seinem Tod nicht in Pflege kommt, wie sie in dem staatlichen Krankenhaus gewährt wird, in dem ich gearbeitet habe. Das war immer meine größte Sorge, und das Versicherungsgeld hat sie mehr oder weniger gegenstandslos gemacht. Was auch immer geschieht, ich weiß, daß Ned anständig betreut wird.«

Eine Glocke ertönte. Es war weder die Türklingel noch das Telefon, sondern ein echtes, von Hand geschwungenes Glöckchen, das ein dünnes, unregelmäßiges Klingeln von sich gab, ähnlich der Klingel eines Meßdieners bei einem Hochamt, wenn die Hostie erhoben wird. Das Bimmeln kam anscheinend von oben, was in William ein unbehagliches Gefühl hervorrief, denn er hatte angenommen, daß Oma O. in ihr eigenes Zimmer gegangen war. Folglich konnte es nur Ned sein, der dort oben bimmelte, und das war natürlich unmöglich. »Verdammt«, sagte Madge und gelangte zu der einzigen logischen Erklärung. »Mutter muß nach oben gegangen sein. Das ist das Glöckchen, mit dem sie klingelt, wenn sie will, daß ich Ned sein Abendessen oder sonstwas bringe. Und wenn das Geschirr in der Küche ein Hinweis ist, dann hat sie eine Art Geburtstagsfeier vorbereitet. Wenn ich jetzt dort raufgehe, werde ich vor einer Viertelstunde nicht wegkommen. Mutter kocht nicht mehr oft, aber wenn sie etwas kocht . . .«

»Hey, das geht schon okay«, sagte William. »Ich werde raufgehen und sagen, daß du schon weg bist. Wenn du das möchtest.«

»Würdest du das tun? Das wüßte ich zu schätzen.«

»Die gibt keine Ruhe mit der Bimmelei, oder?«

»Es ist komisch, ich habe mich schon so daran gewöhnt, daß

ich es gar nicht mehr merke. Mutter meint, daß Ned der Klang gefällt. Sie sitzt manchmal fünf oder gar zehn Minuten dort bei ihm, hält ihm das Glöckchen vors Gesicht und klingelt. Wie jetzt. Zuerst ging es mir auf die Nerven. Aber jetzt ist es, als hörte ich Wasser in die Badewanne laufen. Als wäre es etwas Natürliches. Bist du sicher, daß du kein Geld für eine Taxifahrt willst?«

»Vergeude nicht dein Geld. Meine Mutter wird mich abholen. Schließlich habe ich Geburtstag und ein Recht, gefahren zu werden. Das erinnert mich daran, daß ich dir nicht genug für den Apple und den Drucker danken kann. Es ist das beste Geburtstagsgeschenk, das ich jemals bekommen habe.«

»Dank deines Vaters. Das Treuhandvermögen kam von ihm.« Sie nahm ihre Handtasche, und sie lächelten einander an, gaben sich jedoch keinen Kuß. Keiner von beiden hielt viel von Umarmungen und Küssen. Aber als sie fort war und die Hintertür hinter ihr zufiel, empfand William Bedauern, nicht nur wegen der Tatsache, daß seine Gefühle für Madge tiefer waren als die für seine leibliche Mutter, sondern ein weiteres Bedauern aus dem Wissen heraus, daß seine Gefühle nicht tief *genug* waren. Es war, als wäre er innerlich genau wie sein Bruder Ned, aber in Neds Fall war es der Körper, der bewegungsunfähig und hilflos war, während es bei William seine Gefühle oder die Seele waren.

Und immer noch bimmelte dieses verdammte Glöckchen, als wäre es der Klang der Trauer, die er empfand, dieses helle, unablässige Klingeln seiner eigenen Leere. So wenig er sich auch wünschte, nach oben zu gehen und eine ›Geburtstagsfeier‹ mit Oma O. und Ned zu veranstalten, war das anscheinend immer noch besser als hier unten zu bleiben und sich das Bimmeln anzuhören. Wie konnte sie das selbst ertragen? Vielleicht war ihr Gehör nicht so gut.

»Ich komme!« rief er nach oben. »Hör mit dem Bimmeln auf, *ich komme*!«

Als er die erste Treppenstufe betrat, hörte das Klingeln auf. Er fühlte sich verlegen, weil er gedacht hatte, Oma O. konnte nicht hören, was er gesagt hatte.

»Nun«, sagte eine Stimme, die nicht die von Oma O., son-

dern die eines Mannes war, tief, jedoch zugleich irgendwie weit entfernt wie das Glöckchen. *»Ich warte, Billy, komm.«*

»Billy?«

Das war jetzt die wahre Stimme von Oma Obstschmecker. Die andere Stimme, die männliche, konnte nicht real gewesen sein. Die mußte er sich eingebildet haben wie die Wörter auf der Schultafel in Raum 202.

»Billy!« Ihre Stimme war jetzt lauter und klang ärgerlich. »Billy, ich weiß, daß du da oben bist, ich bin nicht taub. Und dein Ranzen hier auf dem Tisch ist nicht zu übersehen. Billy!«

Vorübergehend vor einem Besuch in Neds Zimmer gerettet, eilte William zurück ins Eßzimmer. Oma O. musterte ihn, als könne sie sich nicht entscheiden, ob sie ärgerlich sein sollte oder nicht.

»Guten Tag, Großmutter«, sagte er mit einem aufgesetzten Lächeln. »Ich dachte, du wärst oben.«

»Warum fuhr Madge weg?« fragte die alte Frau schroff. »Ich hörte das Klingeln, und da nahm ich natürlich an, daß es Madge war. Sie hat die fixe Idee, daß Ned das Bimmeln mag. Aber dann hörte ich den Wagen wegfahren, und es bimmelte immer noch, und so wußte ich, daß sie dich hiergelassen haben muß.«

Sie schnitt eine Grimasse und berührte ihre Perücke, um sich zu vergewissern, daß sie richtig saß. »Herzlichen Glückwunsch zum Geburtstag«, fügte sie hinzu. Irgendwie sagte sie sogar das klagend. »Wie alt bist du jetzt?«

»Dreizehn.«

»Ich werde bei meinem nächsten Geburtstag dreiundsiebzig.«

Er wußte nichts mit dieser Information anzufangen außer der Berechnung: »Das sind sechzig Jahre Unterschied zwischen uns.«

Sie nickte ernst, als wäre sie unabhängig von ihm zu genau dem gleichen wehmütigen Schluß gelangt. »Ich habe deinen Lieblingskuchen gebacken.«

»Hefekuchen?«

Sie nickte. »Hefekuchen mit Korinthen, Ingwer, Zimt und Muskat.«

»Hey, den habe ich lange nicht mehr gegessen.«

»Er ist in der Vorratskammer, unter einer Haube, um die Fliegen abzuhalten. Ich befürchte, er ist ein bißchen angebrannt.«

»Nun, wir brauchen den angebrannten Teil ja nicht zu essen.«

Der Hefekuchen war halb verbrannt. Er war schwarz, und der harte krustige Teig konnte nicht mal mit einem Messer vom Boden der Backform gelöst werden. Sie aßen den genießbaren Teil, indem sie mit Gabeln Stückchen aus der weichen Mitte gruben. William stellte überrascht fest, wie sehr ihm der Kuchen mundete. Sogar die dunkelbraunen Stücke schmeckten gut. Sie speisten, ohne ein Wort zu wechseln. Oma O. war alt genug, um kein Interesse an Dingen vortäuschen zu müssen, die ihr gleichgültig waren wie zum Beispiel die Frage, wie William in der Schule zurechtkam oder was der Inhalt der Kartons im Eßzimmer war.

Als der letzte eßbare Krümel Hefekuchen vom verbrannten Boden gekratzt war, der an der Kuchenform klebte, sagte Oma O.: »Wenn du möchtest, rufe *ich* jetzt deine Mutter an, damit sie dich abholt, und du kannst nach oben gehen und Ned etwas länger besuchen. Vielleicht hat Madge recht, und er freut sich über Gesellschaft. Vielleicht ist das Bimmeln dieses Glöckchens für ihn wie ein Lied aus dem Radio. Das denkt Madge. Wir werden es vermutlich niemals erfahren, oder? Es macht dir nichts aus, noch eine Weile für ihn zu klingeln, oder?«

»Aber *ich* habe nicht geklingelt. Ich bin gerade auf dem Weg nach oben gewesen, als du mich gerufen hast.«

»In mancher Hinsicht, Billy Michaels, hast du dich seit deinem sechsten Lebensjahr nicht verändert. Dieser Eigensinn! Ich habe nie ein so eigensinniges Kind gekannt. Nun, es hat keinen Sinn, sich mit sturen Leuten zu streiten. Das treibt nur den Blutdruck hoch. Obwohl meiner jetzt nicht so schlecht ist, wie er mal war. Ich nehme an, ich esse gesünder. Obwohl ich mich gar nicht darum bemühe. Ich esse einfach, was ich mag. Der Hefekuchen war gut, nicht wahr?«

William pflichtete ihr mit einem ernsten Nicken bei. »Danke dafür, Großmutter.«

»Es war auch Mr. Obstschmeckers Lieblingskuchen«, vertraute sie ihm an. »Er konnte einen ganzen Kuchen auf einmal verdrücken. So machte ich immer zwei, einen für ihn und einen für die Familie. Auf deutsch heißt der Kuchen anders, aber ich kann mich nicht an die Bezeichnung erinnern. Ich weiß jetzt gar nichts mehr auf deutsch außer *Gesundheit*!«

»Ich lerne Deutsch auf der Schule, hat Madge dir das erzählt? Die St. Tom's ist die einzige High School in Minneapolis und in der Nähe von St. Paul, wo man Deutsch lernen kann.«

Ich würde mit dir raufgehen«, sagte sie und ignorierte seinen Versuch, die Aufmerksamkeit auf sich zu lenken, »aber im Augenblick muß ich in der Küche saubermachen. Madge erleidet einen Anfall, wenn sie heimkommt, und die Spüle steht voller Töpfe und Pfannen.«

William erhob sich widerstrebend. »Ich gehe jetzt zu Ned.« Oma O. nickte zustimmend. Als er das Eßzimmer durchquerte, sah er seinen Ranzen auf dem Karton liegen, der den Silentype-Drucker enthielt. Er erinnerte sich an die Camel-Schachtel im Ranzen und an die Tatsache, daß Oma O. gern herumschnüffelte, und so nahm er den Ranzen mit nach oben. Bei jedem Schritt die Treppe hinauf erwartete er fast, daß das Glöckchen wieder bimmelte, aber die einzigen Geräusche, die er hörte, waren seine Schritte und das Knarren der Treppenstufen.

33

Da war ein Mädchen in New Jersey oder irgendwo in dieser Gegend, ein Mädchen namens Karen Ann Quinlan, das seit Jahren im Koma lag und als gehirntot betrachtet wurde. Sie wurde nur durch die Maschinerie am Leben erhalten, an die sie in einem Krankenhaus angeschlossen war, und ihre Eltern hatten mit dem Krankenhaus kämpfen müssen, daß die Maschinen nicht abgeschaltet wurden. Theoretisch konnte die Apparatemedizin einen dahinvegetierenden Körper wie den von Karen Ann Quinlan jahrzehntelang am Leben erhalten. So ›lebendig‹ wie den Körper von Ned Hill. Aber was für ein Leben würde das sein? Ned war nicht gehirntot. Er öffnete die Augen und schloß sie; er konnte atmen und Wasser und weiche Nahrung schlucken; er urinierte und hatte Stuhlgang, obwohl er beides nicht unter Kontrolle hatte. Und sein Haar wuchs. Madge hatte eine solche Aversion dagegen, Ned zu rasieren und ihm die Haare zu schneiden, daß er wie ein Gammler aussah. Er wurde auch fett, weil Madge ihn die mit dem Mixer pürierten Speisen essen ließ, solange er weiter schluckte – und er schluckte so lange, wie man ihn fütterte. Zu diesem Zeitpunkt sah er nicht dicker aus als Madge oder Oma O. Die drei hätten dieselbe Kleidung tragen können, und vielleicht taten sie das auch. Das weiße Nylonhemd, das sie Ned heute übergezogen hatte, stammte zweifellos aus dem Pflegeheim, in dem Madge arbeitete, dem St. Malachy's Hospiz. Man überließ ihr alle alten Schwesternkleider kostenlos, deren Flecken sich bei der Wäsche nicht entfernen ließen. Dieses weiße Hemd war mit einem großen braunen Kaffeefleck über die ganze Brust verziert.

In zwanzig Jahren würde es vielleicht einen solchen Fall nicht mehr geben. Wenn die Entscheidung bei William gelegen hätte, dann hätte er nicht gezögert: Er hätte Ned von seinem Leiden erlöst und alle gesunden Organe Leuten gespendet, die Transplantate brauchten. Gewiß hätte Ned, wenn er auf schwache Weise bei Bewußtsein gewesen wäre (was Madge glauben wollte), dasselbe für sich gewünscht. Man stelle sich vor, dort zu liegen, Tag für Tag, und Fliegen lassen sich auf dem Gesicht nieder und kriechen um die Augen (wie jetzt bei Ned), es sei denn, jemand ist da, um sie zu verscheuchen (was nicht der Mühe wert war, denn sie kehrten sofort zurück). Sie hatten Ned zum letzten Mal im Sommer auf die Veranda geschleppt, aber er war so groß und schwer geworden, daß Madge ihn nicht allein tragen konnte, und jetzt war sein Dasein auf dieses Zimmer, dieses Bett und *diesen* Körper beschränkt. Und es stank – Zimmer, Bett *und* Körper. Niemand konnte mit Neds sanitären Bedürfnissen jemals Schritt halten. Seine Ausscheidungsstoffe gab er nicht in mehr oder weniger regelmäßigen Abständen von sich und nicht in ordentlichen Haufen; sie sickerten einfach aus ihm heraus wie das Wasser aus defekten Heizkörpern in der Schule. Bei den Heizkörpern konnte man wenigstens Schüsseln unter die Lecks stellen.

Und es war nicht nur Ned, der litt (vorausgesetzt, er empfand überhaupt etwas). Die Lage war schlimmer für die Leute, die den Dahinvegetierenden versorgen mußten, als für den Dahinvegetierenden selbst. Sowohl für Madge als auch ihre Mutter war Ned eine Qual. Ihr Leben drehte sich um seine Bedürfnisse. Die Idee mit dem Glöckchen war nur die letzte ihrer Schnapsideen. Madge verschwendete weiterhin jeden Abend ein paar Stunden mit ›Muskeltraining‹, was bedeutete, daß sie Neds schlaffe Glieder als eine Art menschlichen Ruderapparat benutzte. William konnte keinen Sinn darin sehen. Wer brauchte eine dahinvegetierende Version von Arnold Schwarzenegger? Aber das konnte man Madge natürlich nicht sagen. Ned war der Gott geworden, den sie anbetete, und das Kreuz, an das sie genagelt war, und wenn man das in Frage stellte, konnte man ihr auch gleich sagen, daß der Schmerz ihres Martyriums vergeudete Mühe war, daß die sinnbildliche Pflanze irgendwie verwelkte und abstarb, aber nach über sechs Jahren lebenden Tods wirkte Ned so vital – und so krank – wie die verdammten Zimmerpflanzen, die aus ihren Töpfen und Kübeln im ganzen Haus sprießten.

»Solch grausame Gedanken, Billy«, sagte die Stimme, die er zuvor am Fuß der Treppe gehört hatte. Die Stimme des Mannes, der nicht da war.

Das Wissen, daß die Stimme nicht real war, machte es nicht minder interessant. Ganz im Gegenteil. Das Sonderbare war nicht, daß er Stimmen hörte, sondern daß seine Reaktion hauptsächlich Neugier und nicht Furcht war. Zum Teil weil die Stimme freundlich klang. Zum Teil vielleicht wegen des Marihuanas, das er geraucht hatte. ›Pot‹ mußte man es nennen, wenn man auf dem laufenden sein wollte.

»Furcht kann man auf verschiedene Weise empfinden. Aber es stimmt, du hast keinen Grund, mich zu fürchten. Ich bin dein Freund.

»Hast du einen Namen?« fragte William laut.

Selbstverständlich. Erinnerst du dich nicht daran?«

William schüttelte den Kopf.

»Dann laß mich deinem Gedächtnis auf die Sprünge helfen.«

Eine Hand, viel größer als seine eigene, packte seine Schulter.

Der Daumen preßte gegen sein Genick, und die Finger gruben sich in seine Brustmuskulatur. Er wurde starr in diesem Griff und war nicht einmal in der Lage, den Kopf zu senken, um die Hand zu sehen, die ihn festhielt – *wenn* er sie sehen konnte. Wo der Daumen und jede Fingerspitze gegen sein Haupt preßte, spürte er ein starkes, aber undefinierbares Gefühl – eine Art Prickeln. Das Gefühl breitete sich in seinem Körper aus wie das Muster, das auf einem zuvor stillen Teich entsteht, über dessen Wasseroberfläche ein Insekt oder viele Insekten gleiten. Er befürchtete, ohnmächtig zu werden, und konzentrierte sich darauf, das vor ihm Liegende klar und fest anzusehen und die pulsierende Helligkeit zu ignorieren, die anscheinend sein Blickfeld beherrschen wollte – und was vor ihm lag, war Ned. Sein Kopf war auf das Kissen zurückgesunken, und sein Mund klaffte leicht auf, aber irgendwie blickten seine Augen scharf und schienen wahrzunehmen, was geschah. Selbst den Ausdruck seines Gesichts mit dem aufklaffenden Mund konnte man als Ehrfurcht auslegen, statt als Schwachsinn. Was konnte Ned sehen, das er, William, nicht wahrnahm? Er drehte sich gegen den Griff der Hand, und die Wellen von Energie, die von den Fingern ausströmten, wurden plötzlich wie zu einem straffen Kabel gebündelt, und an diesem Kabel entlang – vielmehr *durch* es, wie Wind, der in einen Windkanal geleitet wird und sich durch diese Zusammenziehung verstärkt – flutete die unbarmherzige, alles erkundende Energie des Gottes. Wie ein Tornado über das Erdreich der Prärie fegt und die Felsen enthüllt, die unter dem Geröll der Jahrhunderte weiterbestanden hatten, zersplitterte der Gott mit einem einzigen Druck seiner nicht menschlichen Hand die Ablagerungen, unter der Williams Erinnerungen vergraben lagen. Er fühlte sich überwältigt und emporgehoben zugleich. Die Gestalt, die vor ihm sichtbar war, Ned, im Grab aus seinem eigenen Grab aus seinem eigenen kranken Fleisch, bezeugte mit gleicher Beredtsamkeit die Schuld, die William vor so langer Zeit sowohl ihm als auch der höheren Macht gegenüber auf sich geladen hatte.

Instinktiv wand sich William im Griff der Hand, wie eine Forelle im Widerhaken, jetzt nicht, um dem Gott zu entkommen, sondern einfach aus dem Verlangen heraus, den Blick von

Ned und seiner eigenen Schuld zu nehmen und den Gott und seine Kraft zu betrachten. Die Hand ließ ihn los (obwohl er das Gefühl hatte, immer noch wie ein Fisch an der Angel zu hängen), und William wandte sich um und sah wieder den Gott Merkur.

»Selbst jetzt zweifelst du an mir«, bemerkte der Gott und hob den Merkurstab in seiner Rechten schwungvoll an, wie der Dirigent eines Orchesters den Taktstock hebt, um Stille zu signalisieren. *»Du würdest mich eher für ein Trugbild halten, das durch das Rauchen des Joints hervorgerufen wurde, als meine Macht anzuerkennen und mich zu verehren, wie es mir gebührt.«*

»Ich verehre dich«, erklärte William ernst. »Jeder, der dich so sieht, würde das tun müssen. Aber es stimmt, ich bezweifle, daß du hier bist, in diesem Zimmer, körperlich genau wie ich. Und ich denke, daß das Pot vielleicht etwas damit zu tun hat, obwohl ich nicht weiß, wie. Sehe ich das falsch?«

»Nein, aber du hast das schnellere Begriffsvermögen der Kindheit verloren, das mir erlaubte, direkt zu dir zu sprechen, wie wir jetzt miteinander reden, es jedoch nicht wieder tun werden. In Zukunft werden wir diese Treffen haben, wenn du träumst. Oder wenn – wie jetzt – dein Bewußtsein verändert ist und du sozusagen nicht bei vollem Verstand bist. Aber ich muß dich warnen: Die Polizei hat völlig recht, Drogen sind gefährlich. Und je fein abgestimmter der Geist – je romantischer, wenn du das vorziehst – desto größer ist die Gefahr.«

»Kann ich den Merkurstab wiederhaben?« fragte William begierig.

»Er ist dort, wo du ihn zurückgelassen hast.« Der Gott trat einen Schritt zurück, um William zu erlauben, ihm aus dem Zimmer und die Treppe hinauf auf den Speicher zu folgen. Keine Schritte außer seinen eigenen folgten William die Treppe hinauf, und er dachte an die Worte des Gottes: ›Sogar jetzt zweifelst du an mir.‹ Er erinnerte sich daran, daß er dieselben Stufen an Halloween emporgestiegen war und mit der Kürbislaterne ausgeleuchtet hatte. Merkur hatte sich damals Gott Saman genannt, und die Schlange auf seinem Merkurstab hatte gelebt. Er erinnerte sich an die kalte, feuchte Schlange, die sich in seinen Händen gewunden hatte wie ein Stück Leber.

Vor seinem geistigen Auge sah er seinen Vater blutend im Autowrack.

»Aber das war nicht deine Schuld«, sagte Merkur, und seine Stimme schien jetzt aus weiter Ferne zu kommen. *»Du hattest seine Gesundheit mit der vollen Kraft des Merkurstabs gesichert, wie du es für die Frauen getan hattest, die immer noch in diesem Haus wohnen und sich so guter Gesundheit erfreuen. Aber gute Gesundheit ist keine Sicherheit gegen Unfälle. Wenn du Schuldgefühle haben mußt, fühle dich schuldig wegen der kahlköpfigen Hexe dort unten. Fühle dich schuldig wegen denjenigen, die ihre Zähne verloren, weil sie die von dir verfluchten Schokoriegel gegessen haben, aber bedenke, wer sie waren und daß du dich nicht über ihr Schicksal gefreut hast. Fühle dich schuldig für das Dahinvegetieren deines Bruders. Aber bei deinem Vater? An seinem Tod bist du schuldlos. Gewiß weißt du das.«*

William ging durch den Speicher zu der Stelle, wo er vor langer Zeit den Merkurstab unter der dünnen Schicht Isolierwolle versteckt hatte. Und da war der Merkurstab immer noch, wie es der Gott versprochen hatte. William hielt den Stock mit dem aufgespießten Spatzenkadaver daran wieder in der Hand und konnte die Kraft spüren, obwohl sie fast verschwunden war.

Meine Kraft, dachte er und hatte einen Augenblick das Gefühl, sein Körper sei der des Gottes, eine Ausstrahlung, die durch die Wörter seines Fluchs oder Segens ausgelöst werden konnte.

Der Gott korrigierte Williams Gedanken nicht. Er hatte sein Ziel erreicht und war verschwunden.

34

Als Sondra den Hörer des Telefons aufgelegt und den fast fünfzehnminütigen Monolog von Mrs. Obstschmecker beendet hatte, klingelte es wieder. Sie hörte die Mixmaschine in der Küche und wußte, daß Judith nicht ans Telefon gehen würde, weil sie mit Backen beschäftigt war.

Sondra nahm das schnurlose Telefon. Es gab einen schrillen Piepton von sich, und bevor sie auch nur ›Hallo‹ sagen konnte, dröhnte Bens Stimme durch das ganze Zimmer: »Verdammt, ich dachte, wir hätten das Ding einstellen lassen!«

Sie seufzte. »Der Mann kam und sagte, es funktioniere prima. Wie kann ich es einstellen, damit es nicht durch das ganze Wohnzimmer schrillt?«

»Schon gut, Süße. Ich bringe einen Gast zum Abendessen mit. Ich hoffe, daß ist okay.«

»Ben! Es ist Billys Geburtstag!«

»Ich dachte, wir nennen ihn jetzt William.«

»Wer ist der Gast?« fragte Sondra und ging schnell in Gedanken die schlimmsten Möglichkeiten durch.

»Dan Turnage. Erinnerst du dich an ihn? Von der ATA.«

Sondra, die sich oftmals gegen die Geschäftspartner ihres Mannes wehrte, indem sie deren Namen vergaß oder sich absichtlich nicht merkte, brauchte bei Dan Turnage keine weitere Gedächtnishilfe. Turnage war das größte Arschloch von allen. Sie hatte ihn auf den ersten Blick verabscheut, und als sie ihn näher kennengelernt hatte, war ihr erster Eindruck nur bestätigt worden. Vor Jahren war Turnage als Sportler bekannt gewesen (zwölf Jahre als zweiter Malhüter bei den Twins und zwei weitere Jahre als Trainer dieser Baseballmannschaft), und jetzt war er einer der stellvertretenden Vorsitzenden der American Tobacco Alliance, die die meisten von Bens Forschungsarbeiten finanzierte. Turnage war das Aushängeschild der ATA, die Person, die im Fernsehen dementieren und leugnen mußte, sobald eine neue schreckliche Erkenntnis über die Gefahren des Rauchens gewonnen wurde. Turnage konnte jeder Kamera ins Auge blicken und sagen, daß Rauchen keinerlei Gefahr für die Gesundheit bedeute, was *ihn* anbetraf, denn er habe seit dem sechzehnten Lebensjahr jeden Tag zwei Schachteln Zigaretten geraucht und mache immer noch zwanzig Liegestütze an jedem Morgen. Dann zeigte er sein schmallippiges Lächeln, zündete sich eine Zigarette an und blies die Rauchwolken dem Fernsehmoderator direkt ins Gesicht. Seinen infamsten Auftritt im Scheinwerferlicht hatte er vor einem Jahr in der Sendung ›Sixty Minutes‹ gefeiert, als Morley Safer eine äußerst verdammende

Enthüllung über ATA und die neue Marktstrategie in den südlichen Staaten gebracht hatte, die vorsah, Kautabak an Kinder zu verkaufen. Bei diesem Anlaß hatte Turnage seine Äußerungen unterstrichen, indem er braunen Tabaksaft in einen großen Spucknapf gespuckt und einmal den Spucknapf verfehlt und statt dessen Morley Safers Schuh getroffen hatte. »Tut mir leid«, hatte er gedehnt gesagt. »Ich bin wohl aus der Übung.« Niemand war es jemals gelungen, ihn aus seiner dreisten Gelassenheit zu reißen. Ben nannte ihn hinter seinem Rücken ›unseren Tabakladen-Indianer‹. Turnage galt als ATAs wichtigste Kraft für Öffentlichkeitsarbeit, und er war die einzige Person, bei der Sondra es haßte, höflich sein zu müssen.

»Nein, Ben«, sagte sie. »Der nicht. Nicht heute abend. Erklär ihm, daß William Geburtstag hat.«

»Das habe ich ihm gesagt. Und er hat ein Geschenk für ihn. Einen Baseball-Fanghandschuh.«

»Er hat William bereits einen Fanghandschuh geschenkt, wenn du dich erinnerst. Er reist vermutlich mit einem Koffer voll mit diesen verdammten Dingern herum. Das sind wahrscheinlich Werbeartikel, die er kostenlos bekommt. Und William macht sich überhaupt nichts aus Baseball.«

»Nun, er kann so tun als ob? Es ist an der Zeit, daß der Junge das Heucheln lernt.«

»Ben, hast du getrunken?«

»Nichts über das hinaus, was die Pflicht erfordert. Turnage ist in guter Stimmung, und ich möchte, daß es so bleibt, Schätzchen. Es geht ums Geschäft, um Geld, mit dem wir die Rechnungen bezahlen können. Du hast nie was dagegen, Geld auszugeben, also mach es mir nicht noch schwerer, es zu verdienen. Ich kann den Bastard ebensowenig ausstehen wie du, aber ich habe soeben einen Vorschlag für ein neues Projekt gemacht, und es gefällt ihm anscheinend, aber er ist kein schneller Denker. Er muß bearbeitet und eingewickelt werden. Ein gutes Abendessen, Wein und Kerzenschein, ein bißchen schmeichelnde Aufmerksamkeit, das deichseln wir schon.«

»Du meinst, ich soll lächeln, wenn er versucht, mich zu betatschen?«

»So schlimm ist er überhaupt nicht.«

»Er hat auch schrecklichen Mundgeruch.«

»Stimmt«, sagte Ben. »Aber wir setzen ihn ans entgegengesetzte Ende des Tisches. Okay?«

»Bleibt mir eine Wahl?«

»Ich sehe, daß er zur Bar zurückkommt. Wir werden zwischen sechs und sieben Uhr zu Hause sein. Bis dann.«

Ein Klicken zeigte an, daß er auflegte. Sondra ließ den Telefonhörer auf den Boden fallen und hoffte, er würde zerbrechen. Der Apparat überschlug sich einmal und blieb summend auf der Seite liegen.

»Um deine Frage zu beantworten«, sagte Judith, die auf der Türschwelle aufgetaucht war, »nein, du hast keine Wahl.«

»Judith, du weißt, daß es sich nicht gehört, ein Gespräch zu belauschen.«

»Ich habe dich nicht belauscht, sondern deine *Übertragung* wie aus dem Radio in der Küche gehört. Ich habe noch nicht herausgefunden, wann das Telefon funktioniert wie eine öffentliche Lautsprecheranlage und wann nicht. Wenn es eine Betriebsanleitung gibt . . .«

»Ich nehme an, die ist mit dem Weinachtspapier weggeworfen worden. Tut mir leid, daß ich dich angeschnauzt habe. Es ist nicht deine Schuld, sondern meine. Ich hätte mich durchsetzen sollen.«

»Er hätte ja doch seinen Willen durchgesetzt.«

»Was du nicht sagst. Ich hoffe, der Kuchen ist in Ordnung.«

»Der Kuchen ist prima. Ich habe ihn soeben in den Backofen getan. Und das Abendessen wird auch in Ordnung sein.« Judith schaute ihre Stiefmutter herausfordernd an, wartete auf einen Widerruf ihrer Absichtserklärung, als Köchin für Williams gesamtes Geburtstagsessen zu fungieren.

Erst jetzt dämmerte es Sondra, daß sie keine Ahnung hatte, was Judith zum Abendessen kochen wollte. Sie hatte sich über das Angebot ihrer Stieftochter gefreut, diese Aufgabe zu übernehmen. Für Ben zu kochen war harte Arbeit. Er liebte Gerichte, die schwierig zu machen waren, und er merkte stets, wenn sich Sondra das Kochen erleichterte, indem sie Fertiggerichte und fertige Zutaten benutzte, selbst wenn diese aus Byerlys Feinkostgeschäft stammten. Sondra rebellierte nicht gerade gegen seine Ansprüche, aber sie hatte nie gelernt, Freude am Kochen zu finden. Die Kunst des Kochens war ein Geheimnis für sie. Und Judith war ein noch größeres Geheimnis, denn warum bereitete jemand so leidenschaftlich gern Essen zu, wenn er das Essen selbst haßte? Judith sagte, sie koche, um ihre Magersucht zu überwinden, und sie bemühte sich anscheinend, die Gerichte zu essen, die sie selbst zubereitete. Aber Sondra hatte sie einmal in der Küche beobachtet, wie sie Kuchenteig ausgerollt hatte, von dem sie niemals einen Bissen aß, denn die süßen Teile waren für eine Wohltätigkeitsveranstaltung der Kirche bestimmt, und dennoch hatte das Mädchen mit echter Freude und Begeisterung Teig gerollt, Gemüse geputzt, Zwiebeln gehackt, Eier geschlagen und all das andere langweilige Brimborium erledigt, das der Fluch von Sondras Leben war. Nein, Sondra hatte nicht vor, das Kommando über die Küche zurückzuerobern, schon gar nicht vor Dan Turnages Besuch.

»Ah, das Abendessen«, sagte sie. »Da fällt mir was ein. Ich hoffe, wir haben *genug* im Haus für unseren Gast. Wie ich mich erinnere, hat Mr. Turnage großen Appetit.«

»Es ist mehr als genug da«, sagte Judith.

»Und – äh – was hast du geplant?«

»Ich habe dir das Rezept für den Kuchen gezeigt. Es ist ein Apfelkuchen mit Haselnußüberzug aus dem *Cuisinart*-Kochbuch. Und der Rest ist eine Kombination von Williams Lieblingsgerichten aus seiner Kinderzeit.«

»Und was sind das für Lieblingsgerichte?«

»*Du* bist seine Mutter«, antwortete Judith blasiert. »Ich hätte nicht gedacht, daß du mir eine solche Frage stellst. Jedenfalls ist die ganze Idee, etwas zu kochen, das für alle eine Überraschung ist. Kann ich jetzt wieder in die Küche gehen? Du wirst mindestens eine Stunde brauchen, um William zu holen und herzubringen, und so bleibt dir nicht viel Spielraum, um hier zu sein und unseren Gast zu begrüßen.«

»Welch ein Talent für eine Personalchefin du hast, Judith. Ja, ich nehme an, ich sollte losfahren. Soll ich irgendwas in letzter Minute besorgen?«

»Nein, ich habe alles, was ich brauche. Aber ich wollte dich um eines bitten. Ich hörte, wie Winky dich erinnerte, daß ihr beide William mit seinem richtigen Namen anreden solltet, statt wie bisher mit Billy. War das ursprünglich deine Idee oder seine?«

Sondra zögerte. »Es war Bens Idee. Und da wir von richtigen Namen sprechen, Judith, du weißt, daß Ben es nicht mag, Winky genannt zu werden.«

»Und sagte *Ben*, was ihn zu *seiner* Idee inspirierte?«

Sondra wich dem Blick ihrer Stieftochter aus. Sie wußte sehr gut, worauf Judith hinauswollte. Ben hatte den Brief gelesen, den Judith mitten in der Nacht unter die Tür von Williams Zimmer geschoben hatte. Es würde wenig für Judith ändern, daß ihr Vater den Inhalt billigte und beim Frühstück über den Charakter seiner Tochter geschwärmt hatte. Für Judith würde es ganz einfach ein Verstoß gegen das Briefgeheimnis sein, ein für sie schweres Vergehen. »Nein«, improvisierte Sondra langsam, »oder wenn er es mir gesagt hat, habe ich's vergessen.«

»Hat er gesagt, daß William mit ihm gesprochen hat?«

Sondra schluckte den Köder dankbar. »Ja, das war es. Es war Williams Idee.«

»Das ist merkwürdig, denn ich war die ganze Zeit im Zimmer, als William zum Frühstück runterkam. Ich war dabei, bis wir mit dem Schulbus wegfuhren, und ich erinnere mich nicht, daß William irgend etwas über das Thema gesagt hat. Wir alle schauten uns die Fernsehberichte über den Mount St. Helens an.«

»Dann muß William früher etwas zu ihm gesagt haben, und Ben hat sich heute daran erinnert. Vielleicht weil es sein dreizehnter Geburtstag ist.«

»Oh. Und welchen Zusammenhang hat das mit seinem Geburtstag?«

»Diese Fragen wirst du Ben stellen müssen, meine Liebe. Und jetzt muß ich wirklich losfahren, wenn ich rechtzeitig zurück sein will, um den alten Stinkatem in unserem glücklichen Heim willkommen zu heißen.«

Judith nickte und verzog die Lippen zu einem skeptischen Lächeln, ganz das Abbild eines Staatsanwalts, der einen wenig kooperativen (aber unschuldigen) Zeugen entläßt und sich auf das Verhör des Angeklagten vorbereitet.

35

Judith, mit einer fleckenlosen Schürze, die sich straff um ihre Wespentaille spannte, tauchte auf der Türschwelle zum Eßzimmer auf und kündigte an, daß das Abendessen serviert war.

»Großartig!« sagte Dan Turnage und drückte seine fünfte Zigarette (Sondra hatte mitgezählt) in dem großen blauweißen Reklameaschenbecher auf dem Couchtisch aus. Turnage hatte bereits den größten Teil der Packung Knabbergebäck vernascht, und obwohl er sich oftmals die Finger abgeleckt hatte, waren sie gelborange vom Farbstoff der ›Partymischung‹. Seit seiner Ankunft vor einer Dreiviertelstunde hatte er außerdem drei große Bourbons getrunken. Und wer wußte schon, wieviel er zur Happy Hour in der Bar des Hyatt Hotels gepichelt hatte. Sondra war zu dem Schluß gelangt, daß er das genaue Abbild eines betrunkenen Matrosen war, und was macht man mit einem betrunkenen Matrosen? Man füttert ihn, wenn man kann.

Sie erhoben sich von der Sitzgruppe und folgten Judith ins Eßzimmer, wo in der Mitte des Rosenholztisches eine vierzehn Zoll große Anchovis- und Peperoni-Pizza kunstgerecht in zehn gleiche Stücke geschnitten war.

»Sie nehmen dort Platz, Mr. Turnage«, sagte Judith und wies ans Fußende des Tisches. »Und William, du setzt dich hier neben mich.« Mit ihrer Sitzordnung plazierte sie Turnage und ihren Vater einander gegenüber an den Enden des Tisches, der durch die Ausziehplatte verlängert worden war. Judith und William saßen nebeneinander, Sondra gegenüber. William neben Turnage, Judith neben ihrem Vater. »Theoretisch gibt es zwei Stücke für jeden«, sagte Judith, »aber in der Praxis haben wir mehr, weil ich keine Anchovis mag und deshalb auf die Pizza verzichten werde. Aber es ist nur der erste Gang, um Platz zu sparen.« Sie eröffnete das Essen, indem sie sich eine Karottenscheibe von der Gemüseplatte neben der Pizza nahm.

Als Turnage sich ein Stück Pizza genommen und die daran haftenden Fäden von geschmolzenem Käse gebändigt hatte, die ihm auf die Tischdecke gefallen waren, setzte er seine Analyse über die Aussichten der Baseballmannschaft Twins in der kommenden Spielzeit fort. Es war ein Thema, zu dem sonst niemand irgendeinen Beitrag leisten konnte, doch Ben gelang es von Zeit zu Zeit, Suggestivfragen zu ersinnen, die Turnages Spekulationen neu belebten. »Sie meinen also, daß unsere Jungs sich gegen die Royals halten?« fragte Ben.

»Gute Frage!« antwortete Turnage, der die Unterbrechung seines lavaartigen Redeflusses dazu genutzt hatte, die Hälfte seiner Pizza hinunterzuschlingen. Dann setzte er seine Spekulationen fort, verglich den Wurfstil verschiedener Werfer der Royals und schätzte, wie die besten Fänger der Twins mit ihnen fertig würden. Sondra begann die Situation unerwartet zu genießen, denn beide Kinder hatten ihre Taktik übernommen, den Mann endlos plappern zu lassen, anstatt offene Feindseligkeit zu demonstrieren. Als sich Ben darüber klarwurde, daß Turnage gar nicht auffiel, daß er die Unterhaltung ganz allein bestritt, bereitete es anscheinend sogar Ben ein geheimes Vergnügen, Turnage an der Nase herumzuführen. Die Taktlosigkeit und Großsprecherei des Mannes waren wirklich erstaunlich. Aber schließlich gelangte er zu einer Art Schluß und sagte voraus, daß die Royals die amerikanische Ligameisterschaft gewinnen, dann jedoch den Cup verlieren würden, vielleicht gegen Philadelphia.

»Wollen Sie darauf wetten?« fragte William im Tonfall einer ernsthaften Wettervorhersage, weder freundlich noch feindlich.

»Aber sicher.« Turnage lächelte herablassend. »Der Cup ist noch sehr fern. Aber ich mache mit. Wen favorisierst du denn?«

»Niemanden. Ich wette nur, daß Philadelphia Kansas City im Cup *nicht* besiegt. Ich wette alles, was in diesem Umschlag ist.« William zog die zusammengefaltete Geburtstagskarte mit Bens Geschenk aus der Gesäßtasche und legte die Karte auf die befleckte Tischdecke.

»William«, protestierte Sondra zum Schein, »das ist dein Geburtstagsgeschenk.«

»Es ist sein Geld«, sagte Ben, »und er kann es ausgeben, wie er will. Aber es ist kaum eine faire Wette für Dan hier.«

»Warum nicht?« fragte Judith. »Mr. Turnage ist anscheinend

sehr überzeugt von seinen Voraussagen, und er konnte so viele gute Gründe dafür anführen. Aber vielleicht hält er nichts von Glücksspielen. Wir Katholiken spielen so oft, daß wir niemals daran denken, daß in vielen anderen Religionen Glücksspiele als Laster gelten.«

Turnage kicherte genauso gequält und freudlos, wie er es bei seinem Auftritt in der Fernsehsendung ›Sixty Minutes‹ getan hatte. »Ich gehöre keiner dieser Religionen an, Judy.« Er wandte sich an William. »Die Wette gilt, Sohn. Wieviel ist in der Karte?«

William lächelte. Ich weiß es nicht. Ich habe es nicht gezählt.«

Das war natürlich eine Lüge, aber solch eine schöne, zweischneidige Lüge, daß Sondra nichts daran auszusetzen fand. Es machte seine Wette nur bombastischer, und zugleich war es ein Vorwurf an die Adresse von Ben, der sich nicht die Mühe gemacht hatte, ein richtiges Geburtstagsgeschenk zu besorgen. Solch eine Lebensart, und William war erst dreizehn; Sondra empfand echten Stolz.

Turnage, dessen Finger fettig von der Pizza waren, zählte das Geld, das in der zusammengefalteten Geburtstagskarte lag. »Zweihundertfünfzig Dollar. Willst du so viel wetten?«

»Klar.«

Nachdem die Wette mit einem Handschlag besiegelt worden war, erhob sich Judith von ihrem Stuhl und sagte: »Sie werden mich entschuldigen müssen, während ich den nächsten Gang hole. Es wird nur zwei oder drei Minuten dauern.«

William schob seinen Stuhl zurück. »Ich helfe dir«, sagte er entschieden. Judith und Sondra schauten ihn sonderbar an, erhoben jedoch keinen Einwand.

Als die drei Erwachsenen allein waren, bat Turnage um einen Aschenbecher. Sondra ging zuvorkommend ins Wohnzimmer und kehrte mit dem großen blauweißen Aschenbecher vom Couchtisch zurück. Ben hatte unterdessen eine Flasche Almaden geöffnet. Sondra hatte noch nie erlebt, daß Ben seinen Lieblingswein irgendeinem Besucher serviert hatte. Turnage zündete sich eine Zigarette an. Ben füllte drei Gläser, hob sein Glas und prostete Turnage zu. »Auf Ihr Wohl!«

Turnage kippte die Hälfte seines Weins und bemerkte: »Ein ziemlich heller Junge, dieser William.«

»Sie hätten sich nicht von ihm zu dieser Wette anstacheln lassen sollen«, sagte Ben.

»Es war Judith, die anstachelte«, bemerkte Sondra. »Sie ist schlau genug, um zu wissen, wie die Chancen für William stehen. Ich bin überzeugt, daß Judith Sie absichtlich an der Nase herumgeführt hat.«

»Ich gebe zu, daß ich das Teamwork der beiden ein wenig bewundere«, sagte Turnage. »Aber was soll's, wenn ich gewinne, wird es das wert sein. Und wenn ich verliere, setze ich das als Geschäftskosten ab. Ich gebe es einfach als ›Abendessen‹ an, und da wir vom Abendessen sprechen, es gefällt mir, wie Sie die beiden als Köche geschult haben. Man sieht nicht jeden Tag, daß jemand so eifrig in die Küche läuft.«

»Das sehen *wir* auch nicht jeden Tag«, erwiderte Sondra. »Aber Judith bestand darauf, das gesamte Essen für Williams Geburtstag zu machen, und wir versuchen, sie bei allem zu unterstützen, das sie ermuntert, sich für Essen zu interessieren.«

»Sie hat Anorexie«, fügte Ben erklärend hinzu. Er schenkte Sondra und sich Wein ein und stellte dann die Flasche so hin, daß Turnage mühelos an sie herankommen konnte.

»Was ist Anorexie? Eine Krankheit?«

»Nicht im üblichen Sinn«, sagte Sondra. »Es ist ein psychisches Stadium, das sie durchmacht. Es bedeutet, daß sie keinen Appetit hat.«

»Oh, auch an Anorexie Leidende haben Appetit«, widersprach Ben. »Aber sie werden besessen von ihrer eigenen Willenskraft. Es fängt an mit Diät, und in extremsten Fällen kann es damit enden, daß sich jemand zu Tode hungert. Es sind fast immer Frauen, die daran erkranken, für gewöhnlich Mädchen im Teenageralter. Wir sind Experten auf diesem Gebiet geworden, nicht wahr, Schatz.«

»Ja, leider.«

Turnage griff nach der Weinflasche. »Wenn ich nicht essen wollte, ließen mich meine Eltern vor einem vollen Teller sitzen, bis ich alles gegessen hatte. Haben Sie das jemals versucht?«

Sondra schüttelte den Kopf. »Wenn Judith zum Essen gezwungen wird, übergibt sie sich anschließend. Heftig. Sie führt es nicht absichtlich herbei, sie steckt sich nicht einen Finger in den Hals. Ich habe es gesehen, es ist völlig unwillkürlich. Aber das ist kein Thema, über das wir jetzt sprechen sollten. Sie wird uns hören, und sie wird nur noch nervöser, wenn sie an ihr Problem erinnert wird.«

Turnage drückte die Zigarettenkippe aus und grinste. »Bei Bobby Snyder, dem jetzigen Fänger von den White Sox, war es das gleiche. Er war früher ein prima Schläger, aber in den Jahren dreiundsiebzig und vierundsiebzig hatte er eine Krise. Und wenn jemand mit ihm darüber sprach, spielte er nur noch schlechter, und er mußte sich hinter dem Schlagmal übergeben. Da war nichts zu gewinnen.«

»So ist es«, pflichtete Ben ihm bei.

Sondra lächelte und wechselte das Thema. »Und wie geht es . . .«, sie versuchte, sich zu erinnern: Clara? Charlotte? Sie war sich nicht sicher, ». . . Mrs. Turnage? Konnte sie nicht mitkommen?«

Turnage blickte finster drein. »Wenn Sie meine Mutter meinen, der geht es prima. Wenn Sie Cindy meinen, wir sind geschieden.« Er nahm eine Zigarette, zog sein Feuerzeug aus der Tasche und versuchte es anzuzünden. Es klappte nicht.

»Ich bedaure, das zu hören«, sagte Sondra.

»Die Scheidung war vor zwei Jahren«, sagte Ben und ließ Sondra mit einem Blick wissen, daß er ihre Schliche durchschaute. Sie hatten bereits über Turnages Scheidung gesprochen und waren sich einig gewesen, daß es eines dieser Ereignisse wie die Amtsanklage gegen Nixon war, die einem den Glauben daran wiedergaben, daß auf lange Sicht Gerechtigkeit auf der Welt einkehren könnte. »Dan ist jetzt vermutlich über den schlimmsten Schock hinweg.«

»O nein, jedesmal wenn ich einen Scheck für den Unterhalt ausschreiben muß, ist der Schmerz so schlimm wie eh und je.« Turnage lachte über seinen Scherz mit einem wohlüberlegten Maß an falscher Begeisterung. Dann starrte er auf seine Zigarette und versuchte von neuem, dem Feuerzeug eine Flamme zu entlocken.

Sondra rauchte zwar auch, haßte jedoch Leute, die am Essenstisch rauchten. Sie fand, daß es alle Raucher in Verruf brachte. Dennoch wollte sie als Gastgeberin das große silberne Feuerzeug aus der Diele holen, als Judith aus der Küche zu ihrem Platz am Tisch zurückkehrte. Sie hatte die Schürze abgelegt und wirkte auf Sondras stiefmütterliche Augen mehr als sonst wie das Opfer in einem Konzentrationslager.

Judith setzte sich hin, legte die Fingerspitzen auf die Tischkante wie für eine Séance und sagte: »William besteht darauf, das Essen zu servieren, weil es *sein* Geburtstag ist. Ich versuchte ihm das auszureden, aber es ist ja wirklich sein Geburtstag, und so mußte ich schließlich nachgeben.«

»Und was gibt es zu essen?« fragte Turnage hoffnungsvoll.

»Heißes Dosenfleisch mit Bratkartoffeln, aber es ist auch eine Art mexikanisches Gericht.«

»Dosenfleisch?« fragte Sondra alarmiert, als wäre erwähnt worden, daß ein entfernter Verwandter im Gefängnis saß. »Warum Dosenfleisch?«

»Nun, ich wollte Tacos machen, weil ich weiß, daß William sie mag, aber im Bus auf der Heimfahrt von der Schule hörte ich durch meine Freundin Betty von dem Aufsatz, den William für den Deutschunterricht geschrieben hat. Betty ist in derselben Klasse.«

»Deutsch?« Turnage legte die nicht angezündete Zigarette in den Aschenbecher. »Weshalb will er Deutsch lernen? Wir haben diesen Krieg vor vierzig Jahren gewonnen.« Mit einem kurzen wiehernden Gelächter deutete er an, daß die Bemerkung als Scherz gedacht war.

»Eigentlich vor fünfunddreißig Jahren«, sagte William, der mit Schutzhandschuhen eine große Schüssel hereintrug, die den starken Geruch von verbranntem Senf ausströmte. »Und ich habe wirklich keinen guten Grund, Deutsch zu lernen, es sei denn, daß mir der Klang der Sprache gefällt und man eine Fremdsprache nehmen muß, um auf die besten medizinischen Fakultäten zu gehen. Mom, ich kann dir nichts servieren, wenn deine Serviette auf dem Teller liegt.«

»Gäste werden zuerst bedient, William«, sagte Sondra.

»Stimmt.« William ging zu Turnage und servierte eine große Portion Bratkartoffeln in ockergelber Soße und mit würfelförmigen Stücken von Dosenfleisch, mit Maiskörnern und Stückchen von grünem und rotem Gemüse. Besonders appetitlich wirkte dieses Arrangement auf den ersten Blick nicht.

Als William allen am Tisch das heiße Gericht serviert hatte, beantwortete Judith Sondras Frage *Warum Dosenenfleisch?* zu Ende. »Jedenfalls erzählte mir Betty, daß William in seinem Aufsatz über die frühesten Dinge schrieb, an die er sich erinnert, und eines davon war Dosenfleisch, das aus gewürztem und kleingeschnittenem Schinken bestand. In seinem Aufsatz erwähnte William nur Brötchen mit diesem Dosenfleisch, aber das wirkte nicht fein genug für ein Geburtstagsessen. Wir haben für gewöhnlich keinerlei Dosenfleisch. Ich nehme an, Vater hält das für unter unserer Würde. Ebenso wie Instantpudding zum Nachtisch.«

»Judith, du mußt nicht auf Komplimente aussein«, sagte Ben ironisch. »Dosenfleisch kann prima schmecken, wenn es richtig zubereitet ist. Man könnte sogar wünschen, daß du etwas großzügiger damit gewesen wärst. Die Bratkartoffeln könnten einen etwas größeren Kontrast haben.«

»Ich habe den Inhalt einer ganzen Dose benutzt«, protestierte Judith. »Plus eine ganze Dose Mexicali-Maiskörner.«

»Die Soße ist köstlich«, sagte William.

»Sehr scharf«, stimmte Sondra zu.

»Danke«, sagte Judith, ohne von dem einzelnen Würfelchen Dosenfleisch aufzublicken, das sie auf ihre Gabel gespießt hatte. Sie nahm offensichtlich ihren ganzen Mut zusammen, um das Häppchen zu essen. Sie hob die Gabel an den Mund, den sie gerade genug öffnete, um das Fleischstückchen aufzunehmen. Die leere Gabel wurde auf den Teller zurückgelegt. Judith kaute und kaute, als hätte sie es mit einem zähen Steak zu tun. Schließlich schluckte sie. Sondra hätte fast Beifall geklatscht. Erst dann wurde ihr klar, daß ihr Mann und Turnage diese Szene genauso fasziniert beobachtet hatten.

»Es ist schmackhaft«, sagte Judith strahlend, »wenn ich das selbst sagen darf. Aber vielleicht ist zuviel Senf in der Soße. Beim nächsten Mal werde ich weniger Senf verwenden.«

Ben lachte, und dann begann er mit dem Mund voller Bratkartoffeln diskret ein Lachen zu ersticken. Als ihm das gelungen war, gab er jedoch keine Erklärung, was sein Gelächter hervorgerufen hatte.

Alle fünf begannen zu essen, langsam und unerschütterlich, wie unter Zwang, als wünschten sie Beutel zum Mitnehmen von Essensresten für den Hund, in die sie heimlich das Essen von ihren Tellern kratzen konnten. Sondra dachte über ein neutrales Thema zur Unterhaltung nach. Aber nicht Baseball, dieses Thema waren sie leid.

Es war Turnage, der sie aus dem peinlichen Schweigen rettete, indem er sich an William wandte und sagte: »Erzähl uns von deinem Apple-Computer. Was kannst du damit machen, was ich nicht mit meinem kleinen alten Taschenrechner schaffe? Erledigt er dein Deutsch für dich?«

William bedachte Turnage mit einem mitleidigen Blick von der Art, wie ihn Sondra für gut gemeinte, aber dumme Fragen erhielt. Dann begann William zu erklären. Bald langweilte er die anderen mit dem Thema nicht weniger als Turnage zuvor mit dem Baseball. Ben blickte ärgerlich drein, aber es hätte nicht gut gewirkt, wenn er Williams Begeisterung über sein Geburtstagsgeschenk von Madge Michaels abgewürgt hätte, ein Geschenk, im Vergleich zu dem seine zweihundertfünfzig Dollar ziemlich armselig wirkten. So aßen sie weiter, während William das neue Zeitalter feierte, das für die ›Computer-Gebildeten‹ anbrach.

Da war etwas zweifellos Eigentümliches an Judiths heißem Gericht. Es lag nicht nur an der Soße, die schmeckte, als wäre der halbe Inhalt des Gewürzregals dafür draufgegangen. Es waren auch kleine Papierfetzen unter den weichen Kartoffelscheiben. Sondra hatte bis jetzt zwei gefunden. Ein Papierstückchen war vielleicht zufällig hineingeraten, aber zwei wiesen auf etwas anderes hin, was Sondra jedoch nicht genau wissen wollte. Die Papierfetzen waren kaum als solche zu erkennen, und sie hatte sie ohne eine Bemerkung gegessen, aber sie befürchtete, daß Ben vielleicht nicht so milde reagierte, wenn er welche bemerkte. Wenn eine Erklärung von Judith verlangt wurde, würde das sicherlich zu einem Familienkrach führen.

Schließlich war es Judith, die Williams Monolog stoppte, indem sie ihren Vater fragte, ob er einen Nachschlag haben wollte. Das war nicht der Fall, aber Turnage wollte einen (der arme Mann mußte halb verhungert gewesen sein), und während er bedient wurde, schnitt Judith das Thema an, das sie bisher alle höflich vermieden hatten: Tabak.

»Sehen wir Sie bald wieder im Fernsehen, Mr. Turnage?«

»Ich hoffe nicht, es sei denn bei meinem Einzug in die Ruhmeshalle.«

»Es gefiel Ihnen nicht, in ›Sixty Minutes‹ aufzutreten?«

»Niemandem gefällt es, wenn er öffentlich angegriffen wird, Judith«, bemerkte ihr Vater. »Oder privat angegriffen wird, was das anbetrifft. So laß uns bitte heute abend unseren üblichen Waffenstillstand einhalten, ja?«

Judith lächelte Turnage an und erklärte: »Wir dürfen beim Essen nicht über irgend etwas reden, das mit Tabak zu tun hat. Oder zu sonst einer Zeit. Vater findet das zu aufregend.«

»Aufregend? Ich *liebe* es, über Tabak zu reden. Schließlich verdiene ich damit meinen Lebensunterhalt.« Turnage lächelte sie boshaft von der Seite an, wie er das bei Morley Safer in der Fernsehsendung getan hatte. Es war solch ein ausdrucksvolles Lächeln gewesen, daß man es für den Vorspann der Sendung ausgewählt hatte, als Vorausschau auf die einzelnen Themen der Sendung. »Sagen Sie mir, Mr. Turnage«, hatte Morley Safer gefragt, »wenn Sie einen Sohn oder eine Tochter im Teenageralter hätten, würden Sie wünschen, daß sie das Rauchen anfangen, obwohl Sie die bewiesenen Konsequenzen kennen?«

Turnage hatte geantwortet: »Die einzigen bewiesenen Konsequenzen, die ich kenne, sind die Tatsache, daß Raucher in einem Flugzeug wie Bürger zweiter Klasse behandelt werden.«

»Ich bezog mich auf die Warnung, die gesetzlich auf jeder Zigarettenpackung vorgeschrieben ist«, hatte Safer gesagt, »die Warnung, daß Rauchen die Gesundheit gefährdet.«

»Nun«, hatte Turnage mit diesem höhnischen, boshaften Lächeln erwidert, »ich glaube nicht alles, was ich lese.«

»Weißt du, Vater, ich wußte, daß Mr. Turnage nichts gegen eine *Diskussion* einwenden würde. Und ich wollte ihm nur eine Frage stellen, der er in der Sendung auswich. *Würden* Sie Ihre eigenen Kinder zum Rauchen ermuntern?«

Turnage schaute sie ärgerlich an. »Ich habe keine Kinder, also kann ich das nicht sagen.«

»Nun, wie wäre es dann mit mir. Ich bin sechzehn. Sie sagten in der Sendung, in diesem Alter haben Sie mit dem Rauchen angefangen. Denken Sie, *ich* sollte mit dem Rauchen anfangen?«

»Das ist eine Entscheidung, die jeder selbst treffen muß.«

»Aber würden Sie es zum Beispiel für richtig halten, wenn Sie mir eine Zigarette aus der Packung anbieten, die Sie in Ihrer Hemdtasche haben? Was ist das für eine Sorte? Marlboro, nehme ich an.«

»Judith, ich muß schon sagen!« tadelte Sondra. »Mr. Turnage ißt.«

»Hör zu, Mädchen, du kannst die ganze Packung haben, wenn du willst. Ich nehme auf Reisen immer eine ganze Stange Zigaretten mit, ich habe also genug dabei. Hier.« Er zog die Schachtel Marlboro aus der Hemdtasche und warf sie ihr zu. »Fang!«

Judiths Reflexe waren schnell, aber unsicher. Sie ließ die Gabel aus ihrer rechten Hand fallen und schnappte nach der Zigarettenschachtel. Die Schachtel prallte von ihren Fingerspitzen ab und landete im Rest von Williams Essen. Ihr Wasserglas war umgestoßen worden, und Wasser ergoß sich über die Tischdecke, und ihre Gabel hatte den Goldrand des Tellers angeschlagen.

»Judith«, sagte Ben, »geh auf dein Zimmer.«

Sie starrte ihren Vater entgeistert an. »Warum? Was habe ich falsch gemacht?«

»Es hat nichts zu sagen, geh nur auf dein Zimmer.«

Sondra schaute zu Turnage und hoffte, er würde den Anstand haben, die Schuld für den Zwischenfall auf sich zu nehmen, der schließlich sein Werk gewesen war. Aber er wirkte völlig reuelos. Er hatte seine Schachtel Zigaretten von Williams Teller genommen und wischte jetzt die Soße davon ab.

»Das ist ja grotesk«, sagte Judith und schob ihren Stuhl zurück. »So was Abgedrehtes!«

Turnage nahm eine Zigarette aus der Schachtel, schloß den Deckel, besann sich anders, öffnete ihn wieder und bot Sondra eine Zigarette an.

»Das kann doch nicht Ihr Ernst sein«, sagte sie.

»Ich nehme eine«, sagte William.

»Das tust du nicht!« fuhr Sondra ihn an.

»Er ist jetzt ein Teenager«, sagte Ben. »Er kann rauchen, wenn er das will. *Du* hast mit dreizehn geraucht.«

»In meiner Jugend kannte man das nicht anders«, protestierte Sondra.

Unterdessen hatte Turnage Sondras Verbot ignoriert und William die Zigarettenschachtel hingehalten.

William nahm sich eine Zigarette und wartete auf Feuer.

Wie zuvor funktionierte Turnages Feuerzeug nicht. Turnage versuchte vergebens, es anzuschnippen, bis William sagte: »Ich nehme an, das Gas ist alle. Ich hole welches.«

Als William mit dem Feuerzeug fort war, um es mit Gas zu füllen, erhob sich Sondra am Tisch. »Wenn die Gentlemen mich entschuldigen, werde ich mit Judith reden.«

»Da ist noch der Geburtstagskuchen«, erinnerte Ben.

»Laß ihn dir schmecken«, erwiderte sie kurz angebunden. Kurz bevor sie das Eßzimmer verließ, dachte sie an eine letzte boshafte Bemerkung – zum Beispiel Turnage nach dem Namen des Anwalts seiner Frau zu fragen. Doch sie verkniff sich das. Sie hatte schon einmal einen Streit über das Thema Scheidung riskiert, und dies würde gewiß der falsche Zeitpunkt sein, um vor Turnage als Schiedsrichter alte Wunden aufzureißen. Schlafende Hunde soll man nicht wecken.

Auf dem Weg zu Judiths Zimmer hörte sie Schritte auf der Treppe. Sie nahm an, daß es Judith war, und bog dorthin ab.

Aber es war William auf dem Weg zu seinem Zimmer.

»Du hast Feuerzeuggas in deinem Zimmer, William? Wann hast du mit dem Rauchen angefangen?«

»Nein, Mom, nichts desgleichen. Ich wollte einfach nur von dem Widerling Turnage fortkommen. Genau wie du, richtig?«

»Wenn du ihn für einen Widerling hältst, warum hast du ihn um eine Zigarette gebeten?«

»Ich wollte nur sehen, wie weit er gehen würde. Ich dachte mir, einen Hustenanfall oder so was vorzutäuschen, wenn er mir Feuer gibt, und dann die Zigarette in *sein* Essen zu werfen. Es hat mich wirklich geärgert, wie er Judith mitgespielt hat.«

»Mich auch, aber bitte, William, tu nichts, was zu einem Streit führen könnte, wenn du wieder runtergehst. Ein Streit mit einer solchen Person führt zu nichts.«

»Ja, Mutter, da hast du recht. Solche Typen sollten erschossen werden.«

Sie lachte. »Komm her. Ich gebe dir einen Gutenachtkuß.«

Er kam die Treppe herunter, und Sondra schloß ihn in die Arme, küßte ihn auf die Stirn und gratulierte ihm zum Geburtstag, und sogar das wurde zu einem Spaß, den sie teilten, diesmal jedoch ohne Worte. Sie lächelten sich an und nickten, und es verstand sich von selbst, daß es kein wirklich glücklicher Geburtstag war, aber Leute mit guten Manieren und Sinn für Humor verstehen es so zu tun, als ob. Sie suchte nach irgendeiner letzten Bemerkung, die nicht ganz zynisch klingen würde, nach einer Erwachsenenweisheit, aber es fiel ihr nur ein, daß Geburtstage immer weniger Bedeutung hatten, wenn man älter wurde. Aber sie war sich nicht sicher, ob das stimmte, und sie sagte sich, daß der Kuß reichen mußte.

36

Von dem Augenblick an, in dem Turnages Marlboro-Schachtel auf Williams Teller gelandet war und er den Mann angeschaut und die Schadenfreude über Judiths Mißgeschick gesehen hatte, war William klargewesen, daß Turnage sein Opfer werden würde. Er wußte nicht, wie er es machen würde, weil der Mann mit perfekter Gesundheit gesegnet war, nachdem er das Essen gegessen hatte, das von Judith zubereitet worden war. Obwohl es eine Theorie war, die er nie erprobt hatte, war William überzeugt, daß jeder, bei dem der Merkurstab Gutes bewirkt hatte, später nicht mehr durch dessen Kraft geschädigt werden konnte. Gewiß war das Gegenteil der Fall; Ned war der lebende, sabbernde Beweis.

Wird dein Essen mit diesem Löffel serviert, ist dir perfekte Gesundheit garantiert. So einfach waren die segnenden Worte gewesen. Es war anscheinend in jedem anderen Fall wichtig, zuerst eine Allzweck-Zauberformel zum Schutz seines Familienkreises zu sprechen. Es war wie die Impfung von Kindern gegen Kinderlähmung und Masern im frühestmöglichen Alter. So hatte William den Schöpflöffel im Obstschmecker-Haus in einer Schublade des Küchenschranks gefunden und den kleinen Reim formuliert, bevor Sondra ihn abgeholt hatte. Daß Turnage durch Zufall einen Teil des Segens abbekommen hatte, war reines Pech gewesen.

William konnte immer noch nicht ganz glauben, daß er solch eine Macht besaß. Doch die Beweise waren nicht zu widerlegen: Neds Lähmung, Oma O.s Kahlköpfigkeit, die Heilung der Ulmen, die Jungen, die ihre Zähne verloren hatten; sogar die weiterhin gute Gesundheit von Madge und Oma O. All dies bestätigte die Kraft des Merkurstabs. Aber welche *Art* Kraft war es? Woher kam sie? Als kleiner Junge hatte er seine Träume oder Visionen von ›Merkur‹ für bare Münze genommen, sie geglaubt, wie nur ein Kind glauben kann. Und vielleicht hatte der Merkurstab aufgrund dieses starken Glaubens gewirkt. Aber war die Macht in dem Merkurstab oder in ihm, William? Vielleicht war der Merkurstab wie Dumbos Zauberfeder. Vielleicht konnte er ohne sie fliegen. Es würde nicht so schwer sein, diese Theorie zu testen. Angenommen, der Merkurstab war irgendwie ein notwendiges Zubehör zu seiner Macht, welch eine Macht war es! Zum ersten Mal in der Geschichte würde es möglich sein, die Kraft psychischer Heilung *wissenschaftlich* zu erforschen. (Und notgedrungen auch die Gegenkraft). Es war eine schreckliche Verantwortung.

Und vielleicht brachte es eine Menge Spaß. Es wäre unehrlich, das zu leugnen, obwohl das die Gefahr in der gegenwärtigen Situation war. In gewisser Hinsicht war es Glück, daß die Macht in den vergangenen fünf Jahren nicht genutzt worden war, denn keinem so jungen Kind, wie intelligent es auch war, konnte die Nutzung solcher Macht anvertraut werden.

Und jetzt? Mit dreizehn Jahren?

William schaute auf Turnages leeres Feuerzeug und lächelte. Er wußte, was er tun würde, und er war überzeugt, daß es ausgleichende Gerechtigkeit war.

37

Als sie allein waren, erlaubte sich Ben Winckelmeyer ein kleines höhnisches Grinsen auf Turnages Kosten. Es gab eine Grenze, wieviel Mitgefühl man im Namen der guten Manieren zeigen muß, und diese Grenze war eindeutig überschritten.

»Wenn Sie wirklich nach einer Zigarette gieren«, sagte er zu Turnage, »da ist ein Feuerzeug in der Diele im Regal an der Wand links von der Haustür. Das Standfeuerzeug dient eigentlich der Dekoration, aber es funktioniert vermutlich.«

»Es tut mir leid, wenn ich die kleine Lady gekränkt habe, aber ich kann es nicht ausstehen, wegen des Rauchens von jemandem niedergemacht zu werden. Das ist aus naheliegenden Gründen mein wunder Punkt.«

»Oh, ich denke, die ›kleine Lady‹ war froh, einen Vorwand zu haben, um von hier wegzukommen.«

Turnage zögerte, dann stand er auf und machte sich auf die Suche nach dem Feuerzeug. Er kehrte paffend zurück und kniff ein Auge vor dem Rauch halb zu. Bogart persönlich hätte eine Zigarette nicht so wichtigtuerisch rauchen können.

Obwohl ihm klar war, daß er ihn besser in Frieden ließ, konnte sich Ben nicht verkneifen, noch etwas zu sticheln, und er zielte auf Turnages wunden Punkt. »Sagen Sie, Dan, wie fühlen Sie sich bei der Behauptung, daß wir Suchtmittel verkaufen? Vom ethischen Standpunkt. Offenbar ist das etwas, das wir nicht mit Außenstehenden diskutieren können. Aber nur zwischen Ihnen und mir, haben Sie jemals Bedenken gehabt?«

Turnage stieß Rauch durch die Nase aus. »Bedenken?« Der Tonfall, in dem er das Wort aussprach, drückte seine ethische Position aus: Bedenken waren etwas, mit denen sich echte Männer nicht abgaben.

»Haben Sie sich zum Beispiel Sorgen wegen *Ihres* Rauchens gemacht?« setzte Ben nach.

»Machen Sie sich Sorgen wegen der Gefahren des Autofahrens? Oder wegen Ihres Gewichts?«

Ben nickte. »Zweifellos. Aber Autos sind ein notwendiges Übel, mit dem man hier in den Vororten leben muß. Ich tue, was ich kann, um das Risiko möglichst gering zu halten – meide die Schnellstraße, schnalle mich immer an und so weiter. Billys Vater kam bei einem Unfall ums Leben, weil er sich nicht angeschnallt hatte. Es kann jedem passieren. Was mein Gewicht anbetrifft –«, er legte eine Pause ein und schenkte sich Wein ein »– meine Korpulenz kann durchaus mein Untergang sein. Mein Arzt sagt immer, ich muß fünfzig Pfund abnehmen. Vielleicht sind es inzwischen schon über sechzig. Sehr oft halte ich Diät, doch dann werde ich rückfällig.«

»Welchen Unterschied gibt es da zum Rauchen?«

»Habe ich gesagt, daß es einen gibt? Aber tatsächlich *ist* das etwas anderes. Essen ist eine Notwendigkeit. Rauchen ist ein unnötiger Mißbrauch der Blutgefäße um eines sehr zweifelhaften Vergnügens willen.«

Turnage sog trotzig an seiner Zigarette, inhalierte tief den Rauch und erklärte: »Ich finde, es ist ein ziemlich reales Vergnügen.«

»Nur weil Sie süchtig sind. Für Nichtraucher wie Judith oder William ist schon eine einzige Zigarette Gift.«

»Mensch, Wickelmeyer, ich kann nicht glauben, daß ich diesen Scheiß höre – ausgerechnet von Ihnen. Süchtig! Gift! Sie klingen wie ein verdammter Fernsehkommentator. Was ist los mit Ihnen? Sie rauchen, Ihre Frau raucht, und Sie verdienen Ihren Lebensunterhalt mit Forschung für die ATA. Sie haben mehr getan als jeder sonst, um den verdammen Bericht des Gesundheitsministeriums zu widerlegen.«

»Meine Forschungen haben nie *widerlegt*, daß es eine Verbindung zwischen Rauchen und den verschiedenen Krankheiten gibt, zu denen es zweifellos beiträgt. Meine Forschungen haben nur zu einer Art Rauchschleier – das soll kein Wortspiel sein – zum Schutz der Tabakindustrie geführt. Ich habe mir nie eingebildet, daß jemand von der ATA jemals etwas anderes denkt. Jedenfalls auf der Führungsebene.«

Turnage nahm das, wie beabsichtigt, als persönliche Beleidigung, hatte jedoch keine schlagfertige Antwort parat. Wenn er sich in diesem Punkt stritt, würde das nur Bens Anspielung bestärken, daß es ihm am Zynismus eines Mannes der Führungsebene fehlte; und sich in diesem Punkt geschlagen zu geben würde gleichbedeutend mit dem Eingeständnis sein, daß alle verleugnenden Äußerungen, die er als ATA-Sprecher von sich gegeben hatte, Teil eines landesweiten Täuschungsmanövers waren. Genausogut hätte er offen zu Morley Safer sagen können, gewiß, Rauchen verursacht Herzkrankheiten, Lungenkrebs, Emphyseme, Geburtsschäden, aber was soll's, es ist eine Billion-Dollar-Industrie, und niemand lebt ewig. Das war seine private Meinung, aber die war nicht für die Öffentlichkeit bestimmt.

Ben prach es für ihn aus. »Es ist eine Industrie, Dan. Warnung vor dem Hund, nicht? Und den letzten beißen die Hunde.«

Turnage versuchte, sich auf eine moralisch hohe Ebene zu begeben. »Und das ist alles, was Sie über Ihre Forschung sagen können – daß sie ein Rauchschleier ist?«

»Nein, die Forschung war manchmal sehr interessant. Die Untersuchung der Auswirkungen des Nikotins auf Tätowierungen zum Beispiel. Faszinierende Ergebnisse, und sehr anregend für weitere Forschung. Die jedoch aller Wahrscheinlichkeit nicht von der ATA finanziert wird. Ihre Motive für die Finanzierung eines Projektes waren nie uneigennützig. Ich beklage mich nicht, wohlgemerkt. Die ATA war in vielerlei Hinsicht ein idealer Sponsor. Sie war großzügig. Sie mischte sich nicht in die Durchführung der Experimente ein und machte kein Theater, wenn sie im Sande verliefen oder gar zu schlechten Nachrichten führten.«

Turnage blickte finster drein. »Ja. Nun, ich bezweifle, daß jeder in der Zentrale in Baltimore nichts mit dem Geld anzufangen weiß, außer Ihnen einen weiteren fetten Scheck auszustellen.«

Ben erkannte, daß er zu weit gegangen war. Turnage war nicht in der Direktion der ATA und würde es vermutlich nie sein, aber er hatte Beziehungen zu all den hohen Tieren. Er sollte ihn nicht provozieren, nur um seinen Spaß zu haben.

»Oh, das ist mir klar«, sagte er beschwichtigend. »Es ist ein Jammer, daß es so viele Kürzungen für die direkte Öffentlichkeitsarbeit im Etat gibt. Ich weiß, daß die MIMA-Forschung wegen der Lage mehr Gelder erhält.«

»Nun, das läßt sich nicht ändern«, sagte Turnage. Er drückte die Zigarettenkippe im Aschenbecher aus. »Wie dem auch sei. Ich sollte zum Hotel zurückkehren. Tut mir leid, wenn ich die Geburtstagsfeier gestört habe.«

William wertete das als Stichwort und tauchte mit dem Geburtstagskuchen auf, dessen dreizehn Kerzen bereits halbniedergebrannt waren. Ben versuchte abzuschätzen, wieviel der Junge von der Unterhaltung mit Turnage mitbekommen haben mußte.

»Sie wollen doch nicht ohne ein Stück Geburtstagskuchen gehen, Mr. Turnage, oder?« fragte William.

»Ich bedaure, aber ich muß ... äh ... sehr früh abfliegen.« Er schaute hilfesuchend zu Ben. Und der Mann war tatsächlich hilflos. Ohne eigenen Wagen, in einem der abgelegenen Vororte der Stadt, war er sozusagen der Gnade und Ungnade seines Gastgebers ausgeliefert. Es dauerte vielleicht eine halbe Stunde, bis ein Taxi beim Haus eintraf. Aber zu erwarten, daß Ben jetzt gleich Chauffeur für ihn spielte ... Selbst Turnage mußte einsehen, daß das zuviel verlangt sein würde.

Ben war freundlich. Er nahm die Schlüssel des BMW aus der Tasche und legte sie auf den Tisch. »Hier sind die Wagenschlüssel. Ich hoffe, es macht Ihnen nichts aus, daß ich Sie nicht zurückfahre. Hinterlegen Sie einfach die Schlüssel am Empfang des Hyatt, und ich lasse sie morgen früh von Mrs. O'Meara abholen.«

Turnage nahm die Schlüssel mit einer Mischung aus Verwunderung und Dankbarkeit. Er war, so Bens Vermutung, der Typ, der eine eifersüchtige monogamische Beziehung mit seinem Wagen hatte. »Danke. Ich weiß das wirklich zu schätzen.«

William blies die Kerzen auf dem Kuchen ohne Zeremonie aus und stellte ihn auf den Tisch. »Vergessen Sie das nicht.« Er nahm das Feuerzeug aus der Tasche. »Das Gas war nicht da, wo ich annahm. Es war in der Küche. Deshalb dauerte es so lange. Tut mir leid. Aber jetzt funktioniert es. Sehen Sie.«

Er betätigte das Feuerzeug und gab es angezündet Turnage, der auf das Stimulans der Flamme reagierte, indem er automatisch seine Schachtel Marlboro öffnete, eine Zigarette herauszog und anzündete. Ben und sein Stiefsohn tauschten einen

Blick, der einem Vollstreckungsbefehl glich. Turnage ist ein Arschloch, sagte ihr Blick, und man sollte ihn so schnell wie möglich loswerden.

Dennoch dauerte es weitere fünf Minuten, bis sich Turnage, mit Anweisungen, wie er zurück zur Interstate 94 finden und welche Ausfahrt er nehmen konnte, aus dem Staub machte, und Ben sich bei William für eine verdorbene Geburtstagsfeier entschuldigen konnte.

»Eigentlich verlief es doch noch ganz amüsant«, meine William versöhnlich. »Als Turnage Judith die Schachtel Zigaretten zuwarf und sie in meinen Bratkartoffeln landete, war das wie aus einem lustigen Film.« Er hielt den Tortenheber über den Geburtstagskuchen. »Klein, mittel oder groß?«

»Mittel. Aber sollten wir nicht Entwarnung für Judith und Sondra geben, damit sie sich zu uns gesellen können?«

»Mutter ist schlafen gegangen, nehme ich an. Und Judith wollte ich ein wenig später selbst ein Stück Kuchen raufbringen.«

William ließ zwei Stücke Kuchen auf die beiden Dessertteller mit Rosenmuster plumpsen, die für gewöhnlich die Anrichte in der fernen Ecke der namen- und nutzlosen Fläche zwischen Küche und Eßzimmer schmückte. Das Haus war voll solcher unnötigen Flächen, die keinem anderen Zweck dienten als der Ausstellung von teurem Plunder, wie er beim ›Glücksrad‹ als Preis dienen mochte. ›Der Schirm im chinesischen Stil‹ stand in der Diele, die (elektrisch betriebene) Standuhr auf dem oberen Treppenabsatz; Sondra hatte zahllose weiße Elefanten gekauft, weil sie angenommen hatte, es seien Kunstobjekte, aber es war Ben, der den glänzenden Nippes der Wohlstandsgesellschaft schätzte. Kunst hatte nichts damit zu tun. Sondra hatte einen angeborenen Instinkt, die Höhe des Einkommens und der gesellschaftlichen Position der Winckelmeyers durch alles klarzumachen, was sie kaufte, und das liebte er an ihr. Er liebte sie ebenfalls aus anderen Gründen, und er liebte sein Heim und auch seine Kinder (obwohl mit einigen Vorbehalten), und er erreichte das Stadium eines köstlichen Rauschs, wenn seine Liebe über die unmittelbare Sphäre von Wohlstand hinausging und die ganze Welt umfaßte. »Dies ist ein wirklich köstlicher

Kuchen«, sagte er und trennte mit der Gabel einen Happen vom Stück ab.

»Hm«, stimmte William mit vollem Mund zu. Dann fügte er hinzu: »Du mußt telepathische Fähigkeiten haben.«

»Wieso?«

»Du hast ihn noch nicht probiert.«

Ben schaute auf sein Stück Kuchen und auf den Bissen auf seiner Gabel. »Du hast recht.« Er aß den Bissen mit sichtlichem Genuß. »Und ich habe auch recht. Schmeckt wirklich köstlich.«

»Darf ich dir eine Frage stellen?«

»Wenn es um meine Arbeit geht, nein. Ich fühle mich ziemlich groggy.«

»Ich wollte dich nicht *angreifen.* Ich war nur neugierig. Darfst du nie außerhalb des Büros darüber reden? Ist es wie Arbeit für die Regierung, wo alles geheim ist?«

»Diese Seite gibt es natürlich. Hauptsächlich ist es Gewohnheit. Judith erklärte sich vor etwa fünf Jahren als Feindin der Tabakindustrie. Das war ein Jahr vor ihrem Kampf gegen Abtreibung, und zwei Jahre bevor sie Vegetarierin wurde.«

»Seit wann ist sie Vegetarierin?«

»Sie ist es nicht mehr. Durch die Magersucht ist das vermutlich unnötig geworden.«

»Du meinst, es ist nur Eigensinn? Du meinst, sie *weigert* sich einfach, zu essen?«

»Nein, überhaupt nicht. Anorexie ist eine Krankheit, das bezweifle ich überhaupt nicht. Sie ist fast sicher psychogen bedingt. Aber das heißt nicht, zu bestreiten, daß es eine echte Krankheit ist. Ich neige zu der Meinung, daß alle Krankheiten psychogen bedingt sind. Du weißt, was ich mit ›psychogen‹ meine?«

»Ist es das gleiche wie ›psychosomatisch‹?«

»Nicht genau. Psychosomatik bezieht sich einfach auf die gegenseitige Abhängigkeit von Körper und Geist. Es ist die Wissenschaft von der Bedeutung seelischer Vorgänge für Entstehung und Verlauf körperlicher Krankheiten. Psychogenese ist spezifischer: Eine psychogene Krankheit hat ihren *Ursprung* in einer Art gefühlsmäßigem oder geistigem Konflikt. Der Verstand ist der Auslöser einer seelisch bedingten Krankheit, aber das Endergebnis kann so physiologisch sein wie ein Geschwür.«

William dachte bei zwei weiteren Bissen Kuchen darüber nach. Dann fragte er: »Du meinst also, es ist alles geistig bedingt? Und Zigaretten haben nichts mit Lungenkrebs zu tun?«

»Das habe ich nicht gesagt. Zigaretten haben mit Sicherheit eine Wirkung, aber ebenso sicher ist, daß es keine eins zu eins Ursache-und-Wirkung-Beziehung ist. Wenn das der Fall wäre, dann wäre Nikotin schlicht und einfach ein Gift wie Strychnin. Aber das ist es nicht. Einige Leute, wie zum Beispiel Turnage, können jahrelang mit relativ wenig üblen Folgen rauchen. Andere hingegen . . .« Er zuckte die Achseln. »Es ist wie eine Lotterie. Oder das sagen sich jedenfalls Raucher gern.«

»Und wenn es keine Lotterie ist? Wenn es eine sehr langsame Art von Russischem Roulette ist? So bezeichnete es unser Turnlehrer.«

»Das ist ein guter Vergleich, aber er bleibt die Antwort auf die Frage schuldig, warum Leute Russisches Roulette spielen, warum sie auf Berge klettern und Autorennen fahren, warum sie ihr Leben auf Hunderte dumme und unnötige Arten und Weisen aufs Spiel setzen und das als Unterhaltung und Belustigung bezeichnen.«

»Der Flirt mit dem Tod«, sagte William und kostete die Worte aus, als wären sie ein Stückchen des Kuchens. »Warum tun sie das?«

»Jeder Bereich der Psychologie, jede Religion hat eine eigene Theorie, und in jeder Theorie steckt vermutlich ein Körnchen Wahrheit. Freud nennt es Todestrieb und behauptet, es ist ein wesentlicher Teil des Unterbewußtseins. Das Dumme bei dieser Theorie ist, daß sie nicht bewiesen werden kann. Das Unterbewußtsein ist der Teil des Geistes, dessen wir uns nicht bewußt sein *können*. Wir erhaschen einen flüchtigen Blick darauf in unseren Träumen, und da kommen wir vermutlich am nächsten heran. Aber Träume sind vielleicht nur Schaum auf der Oberfläche des Unterbewußtseins. Und dessen Tiefen? Wer kann das sagen?«

»Aber es klingt, als habest du eine Theorie.«

»Hm.« Ben nahm sein Weinglas und hob es in Augenhöhe, so

daß die bernsteinfarbene Hemisphäre des Almaden darin das Licht zu einem einzigen hellen Knoten bündelte. Der Junge hatte nie versucht, ihn so auszuhorchen, und während er sich ungewohnt väterlich und von der Weisheit des Älteren erfüllt fühlte, war auch ein Gefühl des Unbehagens in ihm. Vorsicht war eine tief verwurzelte Gewohnheit für ihn geworden. Sondra hatte keine Geduld für ein Gespräch, das nach Philosophieren roch. Und Judith hatte ihre eigene, voll ausgeprägte Weltanschauung, in der er den Unterdrücker ihrer Tugend darstellte. Sie war überzeugt, jeden väterlichen Gedanken zu kennen, ohne daß er ein Wort zu sagen brauchte. Er hatte angenommen, daß der Junge mit seiner ruhigeren und weniger dogmatischen Art Judiths Meinung über ihn teilte. Aber vielleicht hatte er sich geirrt. Der Junge war intelligent, und Ben schätzte das, aber er war und blieb ein Junge, der am Samstagmorgen Zeichentrickfilme im Fernsehen anschaute. Ein Geburtstag besaß nicht solch einen Märchenzauber, daß aus einem zwölfjährigen Kind über Nacht ein dreizehnjähriger junger Mann wurde. Und doch . . . William wirkte heute abend anders. Vielleicht lag es nicht am Zauber seines Geburtstags, sondern an seinem neuen Namen. Oder vielleicht (die wahrscheinlichste Hypothese) lag es an dem Wein und all dem Bourbon vorher. »Es tut mir leid«, sagte er und stellte das Weinglas ab. »Ich habe spintisiert und den Faden verloren.«

»Schon okay. Wir können ein anderes Mal darüber reden, wenn dir das lieber ist.«

Es war ihm lieber, und er wußte zu schätzen, daß er sich aus der Schlinge ziehen konnte. Doch Williams Freundlichkeit war ein Stich für ihn. Ein Betrunkener mag es nicht, wenn man ihn für zu betrunken hält, um eine Unterhaltung weiterzuführen.

»Kurz gesagt, William, ich denke, daß es mehr Dinge unter dem Himmel gibt, und was das anbetrifft, auch im Unterbewußtsein, als sich jede Philosophie erträumen kann. Wenn wir jede Nervenbahn des Gehirns und jeden Bestandteil des Zellkerns erfaßt und graphisch dargestellt hätten, selbst dann . . .«

»Selbst dann?« fragte William.

»Selbst dann würden wir nicht alles wissen.«

Es wirkte wie ein Rückzieher – und es war auch einer. Ben

fühlte sich absurderweise wie ein kleines Nagetier, das von einem großen Raubtier in sein Versteck gejagt wird.

»Du hast wahrscheinlich recht«, sagte William, und dann erhob er sich mit der Gleichgültigkeit einer Katze, die es nicht wirklich nötig hat, die Maus zu verspeisen, die sie verfolgt, und fügte hinzu: »Ich bring' jetzt Judith ein Stück Kuchen, bevor sie sich schlafen legt. Dann bis morgen früh.«

Ben nickte. Er wußte, daß er gekniffen hatte. Aber warum war er so unerklärlich erleichtert? Was hatte er nicht sagen wollen, nicht einmal denken wollen? Er blickte auf die Flasche Wein. Es war noch ein Glasvoll darin. Er wartete, bis er hörte, daß William an die Tür von Judiths Schlafzimmer klopfte. Dann schenkte er den Rest Wein ein. Er füllte das Glas, bis nur die Oberflächenspannung verhinderte, daß die Flüssigkeit über den Rand des Kristallglases lief.

38

Auf der Toilette wartete Judith darauf, daß ihr Magen gegen das Essen revoltierte, das sie zu sich genommen hatte. Nach einem Streit am Essenstisch, leerte sich ihr Magen stets beim Anblick des pinkfarbenen Toilettenbeckens. Es war so automatisch wie das Ablaufen eines aufgezogenen Spielzeugs. Aber heute geschah es nicht. Ihr Magen weigerte sich, wie ein Hund eifersüchtig sein Lieblingshundefutter bewacht, den Inhalt der Toilette zu übergeben; er verdaute tatsächlich das Zeug. Judith wollte aus Prinzip (sie hatte es ihrer Therapeutin versprochen) das Erbrechen nicht künstlich herbeiführen, und so betupfte sie sich am Waschbecken das Gesicht und den Hals mit kaltem Wasser, kehrte ins Schlafzimmer zurück und empfand eine sonderbare, verschwommene Übelkeit, die ihren ganzen Körper erfüllte. Es war nicht die vertraute Übelkeit, die dem Erbrechen und der Erleichterung voranging. Es war ein Gefühl, als hätte sie einen Sonnenbrand, der durch ihre Haut tief in Muskeln und Gewebe gedrungen war. Und noch merkwürdiger als diese

Übelkeit war die Tatsache, daß sie sich immer noch hungrig fühlte. Obwohl sie doppelt soviel wie sonst zu Abend gegessen hatte, hätte sie an den Tisch zurückkehren und noch zweimal die gleiche Portion verschlingen können.

Der Hunger war jedoch etwas, mit dem sie fertig werden konnte. Es gereicht einer an Magersucht leidenden Person zur Ehre, gegen den Hunger zu kämpfen, wie es einem Heiligen zur Ehre gereicht, einer Versuchung zu widerstehen. Man richtete seine Gedanken einfach auf etwas anderes. Und dort auf ihrem Schreibtisch war die perfekte Zuflucht – ihr armes verwundetes Tagebuch, und darauf lag – wie die Waffe, die ein Selbstmörder noch im Tod umklammert hält – die Schere, die sie benutzt hatte, um die acht mageren Seiten mit Eintragungen herauszuschneiden.

Sie setzte sich hin und schrieb:

Liebes Tagebuch,
welch eine dumme, das Gegenteil bewirkende Tat – und Zorn ist keine Entschuldigung. Ich schnitt alle Tagebuchseiten vom ersten Januar bis jetzt heraus – und servierte sie zum Abendessen! Es war nicht leicht, das Papier in einen kochbaren Zustand zu bringen, aber nachdem ich es lange Zeit in Milch eingeweicht und durch den Cuisinart-Mixer gejagt habe, diente es ganz gut als Basis für eine helle Soße. Sie schmeckte nicht mehr genau wie Milch, aber ich würzte mit viel Gewürzen und bezweifle, daß jemand etwas bemerkt hat. Vielleicht sollte ich das Rezept bei einem Kochbuchverlag einreichen! Schmortopf mit Dosenfleisch in Tagebuchsoße!

Warum habe ich etwas so Blödes getan? Weil ich heute morgen herausfand, daß mein Vater den Brief gelesen hat, den ich schrieb und unter die Tür von Williams Zimmer schob. Ich war zuerst so wütend, daß ich fast in Sondras Zimmer gegangen wäre und einige ihrer albernen weißen Elefanten zerschmettert hätte. Aber ich brachte mich unter Kontrolle, ging hierhin und sah dich auf dem Schreibtisch, liebes Tagebuch – und ich dachte: ich werde dafür sorgen, daß sie wenigstens nichts hiervon lesen. Und sofort wußte ich, was ich tun würde. Ich würde sie meine Worte essen lassen. So machte ich meinen Tagebuch-Eintopf, aber im letzten Moment brachte ich es nicht über mich, mit meiner großen Überraschung herauszuplatzen und ihnen zu sagen, was sie aßen. Teils weil mein Vater diesen schrecklichen Mr. Turnage von der Tobacco Alliance mit nach Hause gebracht hatte, der so blau war, daß er niemals kapiert hätte, warum ich das getan habe – man stelle sich vor, ihn als Vater zu haben! – und teils weil es Williams Geburtstag war und er so nett war, daß ich die Dinge nicht noch mehr verderben wollte, als sie bereits durch Turnages Anwesenheit beim Essen verdorben waren. William bestand tatsächlich darauf, den Tagebuch-Eintopf zu servieren – und in diesem Moment wurde mir klar, daß meine Tat gemein und boshaft und nichts sonst war. Aber führte das bei mir zu mehr Rücksichtnahme? Nein, ich provozierte Turnage absichtlich, bis er etwas Unmögliches tat – wofür natürlich ich auf mein Zimmer geschickt wurde. Sondra kam gleich danach zu mir und war sehr nett. Sie entschuldigte sich für Winky. Sie sagte, es wäre ihm sicherlich klar, daß der Blödmann viel mehr Schuld an der Sache hatte als ich, er jedoch ›aus geschäftlichen Gründen‹ alles vermeiden mußte, was Turnage verärgern konnte. Als ob das eine Entschuldigung wäre! Andererseits ist es auch nicht überraschend. Alles, was er tut, geschieht aus ›geschäftlichen Gründen‹. Ich hasse ihn. Ich weiß, es ist falsch von mir, aber so ist es, ich kann nichts dafür – und wenn er jemals dieses Tagebuch liest, das ich nicht einschließen oder verstecken werde, sondern hier liegenlasse, wo er meine Intimsphäre verletzen kann, wann immer es ihm beliebt – dann wird er diese Tatsache schlucken müssen. Ich habe ihn gehaßt, seit ich mich erinnern kann, jemals überhaupt irgendwelche Gefühle für ihn gehabt zu haben.

An diesem Punkt hielt sie im Schreiben inne und empfand ein Gefühl zwischen Schock und Zufriedenheit über das Schreckliche, was sie geschrieben hatte. So war es immer mit dem Tagebuch. Sie schrieb ins Blaue hinein, bis solch ein Gedanke sich förmlich aus der Feder wand wie eine kleine Tintenschlange, etwas völlig Unmögliches und vielleicht Unwahres. Genau wie ihre Mutter, wenn sie wütend wurde, ›Ich hasse dich!‹ oder ›Du bist ein Ekel!‹ oder einfach irgendeine Obszönität sagte. Es mußte vererbt sein, denn sie hatte mit Rhoda so wenig Zeit zusammen verbracht, und während des größten Teils dieser Zeit war sie ein Kleinkind gewesen.

Es klopfte an der Tür. Nein, es war eigentlich kein Klopfen, mehr ein gedämpfter Tritt. »Herein«, sagte Judith, und William antwortete: »Ich kann nicht, ich habe die Hände voll.« Sie öffnete, und da stand er mit zwei Stücken Kuchen auf den handbemalten Porzellantellern.

»Ich weiß nicht, ob du noch Appetit nach dem Krach beim Essen hast, aber ich habe ein schlechtes Gewissen, wenn ich nicht etwas davon mit der Person teile, der ich den Kuchen zu verdanken habe. Ich kann dir schon sagen, daß er köstlich ist.«

Judith lachte laut wie über einen Witz, und dann fühlte sie sich verpflichtet, eine Erklärung abzugeben. »Es ist komisch, aber weißt du . . . ich habe wirklich Hunger! Ich könnte *beide* Stückchen essen. Komm, setz dich. Sind deine Wünsche erfüllt worden?«

»Ich glaube, es sind nur sehr alte Leute, deren Wünsche am Geburtstag nicht erfüllt werden. Es ist wirklich nicht schwer, dreizehn Kerzen auszublasen. Jedenfalls ist *er* fort.« William stellte die Teller auf den Schreibtisch.

»Der Turnage-Blödmann? Ich weiß, ich hörte ihn wegfahren.« Befangen schob sie das Tagebuch und die Schere beiseite. Dann holte sie den zweiten Wiener Stuhl von seinem Platz beim Fenster.

»Ben hat ihn nicht gefahren. Turnage mußte selbst fahren. Deshalb konnte ich dir dein Stück Kuchen nicht eher bringen. Ben und ich hatten ein längeres Gespräch, nur wir beide.«

»Erstaunlich. Er hat dir tatsächlich fünf Minuten seiner Zeit gewidmet! Das muß an deinem Geburtstag liegen.« Sie bemerkte die Boshaftigkeit gleich, als die Worte heraus waren. »Entschuldige, ich sollte nicht so sarkastisch sein. Ich weiß, daß Vater kein totales Scheusal ist. Worüber habt ihr geredet? Nein, das ist nicht die richtige Frage. Es war *euer* Gespräch. Wenn ich dich darüber ausfrage, ist es fast so schlimm wie heimlich lauschen oder private Korrespondenz lesen. Laß mich den Kuchen essen. Ich bin wirklich hungrig.«

Zu ihrer Überraschung schmeckte der Kuchen herrlich, und ihr Scherz, daß sie zwei Stücke hätte essen können, war keine Übertreibung. Während sie kauten und schmatzten, schaute William sie immer wieder an, als erwartete er, daß sie etwas sagte. Aber in ihrem Kopf herrschte völlige Leere. Manchmal lächelte er, als *hätte* sie etwas gesagt, und er pflichte ihr stumm bei. Seine Lippen wirkten roter als Lippen, die nicht mit Lippenstift geschminkt waren. Sie mußte an die zwei falschen Zähne und die Spange denken, von denen sie an Ort und Stelle gehalten wurden, und sie fragte sich, wie er verhinderte, daß sich Essen an der Spange festsetzte. Sie dachte: *Was mache ich, wenn er mich fragt, was ich gerade in diesem Augenblick denke?* Wenn sie ehrlich war, mußte sie sagen, ich denke an das, was in deinem Mund ist.

»Eigentlich«, sagte William, »sprachen Ben und ich über das gleiche Thema, in das du Turnage verwickeln wolltest. Aber auf abstrakterer Ebene. Er ist der Meinung, daß alles psychologisch bedingt ist, wenn Leute krank werden. Nicht *alles*, das sagte er nicht. Aber es beginnt so. Psychosen, das war seine Bezeichnung. Aber wir haben das Thema nicht vertieft. Wir streiften es nur. Ich nehme an, er hatte Hemmungen, darüber zu reden.«

»Welch eine bequeme Theorie von ihm«, spottete Judith.

»Aber er war bereit, zuzugeben, daß es einen Zusammenhang zwischen Rauchen und Krankheiten gibt. Er griff Turnage mit diesem Thema an, und zwar ziemlich hart. Ich konnte sie von der Küche aus hören, während ich die Kerzen auf dem Kuchen anzündete.«

»Du sollst nicht heimlich lauschen«, sagte Judith streng.

»Hör zu, wenn der Architekt dieser ›Ranch‹ Türen zwischen den Räumen vorgesehen hätte, könnte man das Lauschen verhindern. Jedenfalls will ich darauf hinaus, daß dein Vater nicht ganz so scheinheilig ist, wie du anscheinend meinst.«

»Was ist er denn?« fragte sie scharf. »Nur ein halber Scheinheiliger? Ein Drittel? Es bleibt die Tatsache, daß er für eine Industrie arbeitet, die Geld verdient, indem sie Leute dazu bringt, sich selbst zu vergiften. Genausogut könnte er für die Mafia arbeiten. Ich sehe da keinen großen Unterschied.«

»Ich weiß es nicht, vielleicht würde er sich besser kleiden, wenn er bei der Mafia wäre.«

»Das ist nicht zum Lachen, William.«

»Ich lache ja nicht. Weißt du eigentlich, was das für eine Forschung ist, die er macht? Hast du jemals eine der Studien *gelesen*, die von der MIMA veröffentlicht werden? Zum Beispiel die Studie über die Auswirkungen des Rauchens auf Tätowierungen, hast du die gelesen?«

»Ich habe ihn oft genug darüber reden gehört, und ich halte es für seine statistische Lieblingsspinnerei. Aber ich kann nicht sagen, daß ich viel davon behalten habe, abgesehen davon, daß es irgendwie nichts mit dem Rauchen zu tun hat.«

Das war eine Lüge, denn sie erinnerte sich in Wirklichkeit nur zu deutlich an die akute Übelkeit, die vor vier Jahren in ihr aufgestiegen war, als der Bericht veröffentlicht worden war und sie (damals zwölf Jahre alt) die ledergebundene Kopie gelesen hatte, die einen Ehrenplatz mitten auf dem Couchtisch gehabt hatte. Der Band war voller Bilder schrecklicher Tätowierungen gewesen, allesamt Tätowierungen von Sträflingen, die auf die Hinrichtung oder lebenslängliche Haft warteten. Die Studie hatte gezeigt, daß Gefangene, die mit den häßlicheren Dingen tätowiert waren – mit Totenschädeln und Teufeln und dergleichen – wahrscheinlich in einem jüngeren Alter Krebs oder tödliche Herzanfälle bekamen als Häftlinge, deren Tätowierungen Motive wie Tiere oder Frauen zeigten. Aber beide Gruppen erwiesen sich als bedeutend gesünder als diejenigen, die überhaupt nicht tätowiert waren. Judith konnte einfach keinen Sinn in dieser ›Forschung‹ sehen. Sie hielt so etwas für unmoralisch wie Laborversuche an Hunden und Affen, abgesehen davon, daß in diesem Fall Menschen in den Käfigen waren und keine Tiere.

»Der springende Punkt ist«, sagte William, »daß die Differenzen von einer Gruppe zur anderen psychologische Unterschiede sein müssen. Es sei denn, man glaubt an Zauberei. Ich glaube nicht, daß diese Forschung von praktischem Nutzen ist. Ich meine, es würde vermutlich nicht verhindern, daß andere

Leute Krebs kriegen, wenn sie mit Löwen oder Adlern tätowiert sind.«

»Welch ein Gedanke!« Judith verzog das Gesicht zu einer Maske des Abscheus.

»Aber das ist so, weil die Entscheidung nicht tief aus ihnen heraus kommen würde. Aus dem Unterbewußtsein. Aus den Zellen.«

»Ja, ja, sie waren ja *in* ihren Zellen«, bemerkte Judith.

»Du weißt, was ich meine.«

»Und ich weiß, wie leicht es ist, statistische Lügen aufzustellen. Hundert andere Fakten hätten zu dem gleichen Resultat führen können. Und was beweist das schon? Und warum ist die ATA so erpicht darauf, daß Winky diese statistischen Spinnereien ausgräbt?«

»Okay, vergiß es. Ich wollte keinen Streit anfangen.«

Ihr wurde klar, daß es ihre Schuld war, wenn ein Streit entstanden war, und sie blickte beschämt auf die Krümel auf ihrem Teller. Während des Gesprächs hatte sie das ganze Stück Kuchen gegessen, ohne sich dessen bewußt zu sein. »Es tut mir leid. Es war meine Schuld. Ich verstehe, was du meinst. Ich müßte schon schwer von Begriff sein, wenn ich das nicht kapierte. Es ist einfach alles so . . . eklig. Es ist das gleiche mit den Tierversuchen. Da zwingen sie Hamster und Kaninchen zu rauchen, bis ihre kleinen Körper von Krebs befallen sind.«

»Eine Menge medizinischer Experimente muß eklig sein. Weil Krankheit eklig ist.«

»Warum erforscht man dann nicht die Gesundheit anstelle der Krankheit?«

»Klar, warum eigentlich nicht?«

Machte er sich lustig über sie? Sie konnte sich die gleiche Antwort von ihrem Vater vorstellen, aber William sagte es nicht sarkastisch, wie Winky es gesagt hätte.

»Ich meine das ernst«, bekräftigte er, als hätte er ihren Gedanken erraten. »Es *sollte* vieles erforscht werden, was die medizinische Wissenschaft für gewöhnlich ignoriert. Akupunktur zum Beispiel. Oder Gesundbeten. Oder Wunden, die über Nacht heilen. Das ärztliche Establishment ignoriert dieses ganze Gebiet, weil es nicht in sein Schema paßt.«

Judith war erstaunt über die Worte ihres Stiefbruders. Sie wußte, daß er Arzt werden wollte, aber sie hatte das nicht als ernsthafte Absicht gewertet. Sie hatte geglaubt, er wolle Arzt werden wie ein jüngeres Kind sich vielleicht wünscht, Tiefseefischer oder Feuerwehrmann oder Cowboy zu werden.

»Aber du ...« begann sie und verstummte.

Er lächelte, und von neuem wurde sie sich fast beunruhigend seiner Lippen und Zähne bewußt. »Was wolltest du sagen?«

Sie mußte den Blick von ihm nehmen, um ihre Verwirrung zu überwinden.

»Du ... glaubst nicht an Gott. Oder?«

»Wie kommst du denn darauf? Weil ich nicht mehr in die Kirche gehe?«

»Ich nehme an, deshalb.«

»Daß ich nicht alles glaube, was uns die Nonnen der Muttergottesschule lehrten, heißt nicht, daß ich nicht an Gott glaube. Du brauchtest nie eine katholische Schule zu besuchen, und deshalb ist es viel leichter für dich, Katholikin zu sein.«

Er legte eine Pause ein, als erwartete er einen Widerspruch. Zu einem anderen Zeitpunkt hätte sie vielleicht widersprochen, denn sie ärgerte sich über seine Annahme, daß ihr Glaube seinem Skeptizismus unterlegen war. Aber sie wollte sich nicht vom Thema ablenken lassen. Über Religion konnten sie ein anderes Mal diskutieren. Tatsächlich konnten sie jetzt über absolut alles diskutieren, erkannte sie mit plötzlicher Freude. Sie waren nicht mehr darauf beschränkt, die Rolle der älteren Schwester und des jüngeren Bruders zu spielen. Sie konnten ebenbürtig sein!

»Laß mich *dir* eine Frage stellen«, sagte er. »Aber du mußt mir versprechen, dich nicht zu ärgern. Es ist etwas, über das wir nie gesprochen haben, und wenn du jetzt nicht darüber reden willst, ist das okay.«

Sie lächelte, denn sie war überzeugt, zu wissen, was er fragen würde. »Ich verspreche, mich nicht zu ärgern. Oder zumindest bis zehn zu zählen.«

»Ich fragte mich, was deiner Meinung nach hinter deiner Anorexie steckt.«

»Ich wußte, daß du das fragen wirst. Und es macht mir

nichts aus, darüber zu diskutieren – mit dir; mit Vater oder Sondra mag ich nicht darüber reden. Sie sind nicht echt an meiner Meinung interessiert. Sie wollen mich einfach nur dazu bringen, daß ich mein Gemüse esse. Erinnerst *du* dich daran, daß du Gemüse essen mußtest, als du klein warst? Meine Mutter – meine richtige Mutter, Rhoda, die uns jedes Jahr zu Weihnachten Pampelmusen aus Texas schickte – war regelrecht sadistisch, was Gemüse anging. Ich mußte bis lange nach meiner Schlafenszeit am Tisch vor einem Teller kalt gewordener Erbsen sitzen. Ich haßte Erbsen. Was überhaupt nichts Ungewöhnliches ist. Dr. Helbron sagt, er hat noch kein einziges Kind gekannt, daß nicht irgendein Trauma wegen Gemüse hatte, und Kinder hassen Erbsen mehr als alles andere. Sagt Dr. Helbron.«

»Du denkst also, das ist der Grund für die Anorexie?«

»Wenn das der Fall wäre, dann würden wir alle damit aufwachsen. Nein, Dr. Helbrons Theorie und das, was man in den meisten Büchern liest, besagt folgendes: Anorexie ist wie eine Diät, die außer Kontrolle geraten ist. Man fängt an wie jemand, der nur ein paar Pfund oder ein paar Fettpölsterchen abspecken will, aber während es für die meisten Leute sehr schwer ist, Diät zu halten, wird es für uns . . . schön ist nicht das richtige Wort. Aber es ist ein gutes Gefühl wie zum Beispiel beim Volleyball, wenn man es wirklich gut spielt. Dieses Gefühl, den Ball unter Kontrolle zu haben. In diesem Fall habe ich meinen Körper unter Kontrolle. Ich lasse ihn machen, was ich will, und keine Autoritätsperson sagt mir, daß ich meine kalten Erbsen essen muß.«

»Das klingt, als ob es dir gefällt«, bemerkte William. Es war das, was Dr. Helbron ihr ebenfalls immer sagte, aber von William klang es irgendwie weniger tadelnd.

»Ich nehme an, daß es in gewissem Maße jedem gefällt, der Anorexie hat, denn sonst hätte er keine. Mir ist klar, daß es ungesund ist. Aber es ist keine bewußte Wahl mehr. Das Essen, der körperliche Akt des Essens, widert mich an. Ich kann mich krank machen, indem ich an eine englische Hefeteigsemmel mit Butter und Marmelade denke, dabei liebte ich früher mal diese Hefeteigsemmeln. Mein Verstand sagt mir jedoch, daß ich besser dran wäre, wenn ich sie essen würde.«

»Du hattest anscheinend keinerlei Problem mit dem Geburtstagskuchen. Oder mit dem Abendessen.«

»Du hast recht, was den Geburtstagskuchen anbetrifft. Zu dem Abendessen mußte ich mich zwingen, und für gewöhnlich übergebe ich mich anschließend.«

»Aber heute abend hast du nicht erbrochen, oder?« fragte William so besorgt, daß Judith sich fast ärgerte – als ob alles in Ordnung war, wenn sie sich zu jeder anderen Zeit erbrach, nur nicht an seinem Geburtstag.

»Nein. Ich dachte, ich würde kotzen. Aber das tat ich nicht.«

»Nach dem, was du gesagt hast, ist deine Anorexie anscheinend ein perfektes Beispiel dessen, was Ben als psychogene Krankheit bezeichnet hat.«

»Danke, Doktor Michaels, für die brillante Diagnose.« Judith wartete darauf, daß er mit eigenem Sarkasmus antwortete, und als er einfach dasaß wie Dr. Helbron in seiner aufreizendsten Gleichgültigkeit, fuhr sie fort: »Was du sagst, stimmt offenbar. Aber das heißt nicht, daß es nur etwas in meinem Kopf ist, das heilt, wenn ich eine ›gesunde Einstellung‹ annehme. So klappt das nicht.«

»Das habe ich auch nie behauptet. Aber wenn du mit mir einer Meinung bist, daß Anorexie seelisch bedingt ist, warum kann es dann nicht auf die gleiche Weise geheilt werden?«

»Man könnte annehmen, daß eine Heilung zu dem führt, was das Wort sagt. Das einzige Problem ist nur, daß es keine Mittel für die Heilung von Anorexie gibt, jedenfalls kenne ich keine.«

»Hast du *mich* vorhin gefragt, ob ich an Gott glaube? Hast du das?«

»Natürlich habe ich das.«

»Hast du jemals *gebetet*, geheilt zu werden?«

»Mit dem Beten ist das nicht so, William«, wandte sie ein. »Es ist nicht, als würde man in die Spielwarenabteilung von Dayton's zu dem Weihnachtsmann gehen und ihm eine Liste der Dinge geben, die man sich zu Weihnachten wünscht. Es ist ein Gespräch, wie wir es jetzt haben, nur daß wir mit Gott reden.«

»Wenn du etwas von mir brauchtest, das ich dir geben kann, würdest du mich darum bitten, nicht wahr? Meinst du nicht, daß Gott deine Anorexie heilen kann? *Hast* du jemals gebetet, geheilt zu werden?«

»Nein. Und ich habe auch nicht gebetet, um Millionärin zu werden.«

»Als ich vorhin ganz allgemein über ein Gebiet gesprochen habe, das die medizinische Wissenschaft aus Angst noch nicht erforscht hat, das Gebiet seelischer Heilung, warst du anscheinend meiner Meinung. Aber wenn es um deinen eigenen Fall geht, reagierst du ganz anders.«

Sie fühlte sich in seiner Logik gefangen. Es war nur eine Variante dessen, was Dr. Helborn ihr immer auf seine blasierte Weise sagte, daß sie nur gesund werde, wenn sie unbedingt gesund werden *wollte.* Aber Dr. Helbron hatte zwar Pfeife gepafft und selbstgefällig geredet, jedoch nie die schlechten Manieren gehabt, Gott mit hineinzuziehen. Selbst ihr Beichtvater war bei diesem Thema nur besorgt gewesen wegen ihrer Anorexie, weil sie zu Sünden des Ungehorsams führte. Beichtvater Balch hatte nie vorgeschlagen, daß sie beten sollte, um geheilt zu werden. Weil er – es dämmerte ihr – nie auf den Gedanken gekommen war, daß Gott etwas damit zu tun hatte; er hatte nie geglaubt, daß die Anorexie eine Heimsuchung war wie eine körperliche Behinderung oder ein plötzliches Erblinden. Der Beichtvater hatte wie jeder sonst gedacht, daß sie einfach eigensinnig und selbstzerstörerisch war.

»Das klingt wie Voodoozauber«, sagte sie.

»Wenn Voodozauber heilt, warum soll man ihn dann nicht nutzen?«

»Also gut, ich werde *beten*. Heilige Mutter Gottes, heile mich von meiner Anorexie. So, denkst du, mir wird es jetzt besser gehen?«

»Vielleicht. Es klang allerdings nicht sehr inbrünstig. Du hast dich nicht mal hingekniet.« Sie mußte lachen.

William nahm ihr das Lachen nicht übel. Nach seinem Lächeln zu schließen, teilte er anscheinend sogar den Scherz auf seine Kosten. Doch er gab auch keine Ruhe. »Wenn du es positiver formulierst, würde es vielleicht besser funktionieren. Warum bittest du nicht gleich um einen gesunden Appetit, statt um Heilung?«

»Einen *gesunden* Appetit?«

»Bei dir klang es wie ein Widerspruch in sich.«

Abermals, und geschickter als Dr. Helborn es je geschafft hatte, war sie von ihm in die Enge getrieben. Appetit: das Wort und die damit verbundene Vorstellung verursachten ihr Übelkeit, ja sogar Ekel. Sie konnte das Bedürfnis an Nahrung akzeptieren wie eine Art Treibstoff, der die Maschinerie des Körpers in Gang hielt. Aber Appetit war etwas anderes. Leute *kapitulierten* vor ihrem Appetit. Und sie wollte vor nichts und niemandem kapitulieren.

»Ich verstehe dein Argument«, räumte sie ein, aber zu mehr war sie nicht bereit. Sie ließ sich nicht auf die Knie fallen. Sie änderte nicht die Worte ihres Gebets, das (wie ihr jetzt klarwurde) überhaupt kein richtiges Gebet, sondern wie das Aufsagen einer Formel ohne die Kraft des Glaubens oder Gefühls gewesen war.

»Du willst allein sein, nicht wahr?«

»Du kannst Gedanken lesen, William.«

»Okay, aber bevor ich gehe, möchte ich nur noch eines tun. Okay?«

»Was?« fragte sie vorsichtig.

»Schließ einfach die Augen.«

»Warum?«

»Schließ sie nur.«

Sie schloß die Augen, und dann spürte sie Williams Hände auf ihren Schultern. Sie spürte, wie die Daumen auf die Nackenmuskeln drückten, während sich die Finger in die Haut oberhalb ihres Schlüsselbeins gruben. Zuerst dachte sie, er wollte sie massieren, doch der Druck, den er ausübte, war zwar fest, veränderte sich aber nicht. Dann zog er die Hände zurück und sagte ihr, daß sie die Augen öffnen konnte.

»Was hatte das zu bedeuten?« fragte sie.

»Ich habe dich geheilt.«

Sie spürte, wie ihr das Blut ins Gesicht stieg und sie zugleich von einer Woge von Gefühl, von allen möglichen Gefühlen, erfaßt wurde, die so stark waren, daß sie ihr buchstäblich den Atem nahmen. Sie empfand die Scham der Verspottung und den Schmerz des Verrats; sie fühlte sich wie geschändet, aber noch schlimmer, sie empfand eine schrecklich starke Dankbarkeit, weil sie, wenn auch nur so kurz, berührt worden war.

»Verlaß mein Zimmer«, flüsterte sie.

»Es wird wirken«, sagte er ohne ein Lächeln, ohne auch nur die leiseste gestische Andeutung darauf, daß er sich über sie lustig machte. »Hab Geduld, und es wird dir besser gehen. Bald.«

Als er fort war, und sie seine Schritte auf der Treppe zu seinem eigenen Zimmer hörte, betete sie. Nicht auf den Knien, sondern von Herzen. Sie betete, daß es nicht geschehen würde. Sie betete, daß sie so bleiben würde, wie sie war.

39

In dieser Nacht hatte er einen Traum. Er träumte, er befinde sich in einem großen dunklen Raum mit hoher Decke, die links und rechts schräg abfiel und fast bis in Bodenhöhe reichte. Die dicken Balken, die das Dach stützten, waren wie die Stützpfeiler der Muttergotteskirche, und wie auf diesen Pfeilern standen Worte in goldener Schrift, doch sie waren in alter deutsche Schrift, und er konnte sie nicht entziffern. Sie glänzten unregelmäßig hoch oben, als reflektierten sie das Licht einer fernen flackernden Kerze. Er ging über einen dicken, grauen Teppich auf ein kleines Fenster am anderen Ende des Raums zu. Bei jedem seiner Schritte gab der Teppich wie sehr feiner Schnee nach oder wie graue Haare, die abgeschnitten auf dem Boden in einem Friseurgeschäft lagen. Es war merkwürdig, aber in dem Traum wirkte es nicht so, sondern völlig normal.

Er wußte nicht, wohin er ging. Es war ihm nur klar, daß er nicht dorthin gehen wollte. Aber er mußte es tun, es war so unvermeidbar wie die Busfahrt zur Schule. Er empfand *Angst*.

Das Fenster am Ende des Raums war der Bildschirm eines Computers, der anzeigte, daß er auf einen Befehl wartete.

Er wußte nicht, was er eingeben sollte und drückte auf die RETURN-Taste. Eine Serie von Vierecken taumelte über den

Bildschirm wie in einem Kaleidoskop. Langsam vereinigten sie sich zu einer Art Gesicht, doch es war ein Gesicht, das auf so einfache Flecke aus Dunkel und Helligkeit reduziert war, das man es genauer als Totenschädel bezeichnen konnte. Der Mund klaffte auf, und der Totenschädel sprach: »Billy.«

Es war nicht die volltönende Filmstarstimme des Gottes, sondern sie klang vertrauter und schrecklicher. Billy wollte den Computer ausschalten und das schädelartige Gesicht vom Bildschirm verschwinden lassen, doch das konnte er nicht, und Punkt für Punkt nahm das Gesicht eine stärkere Rasterung an und wurde unverkennbar zu dem Gesicht seines Vaters, wie er ihn zuletzt gesehen hatte, als Blut aus seinen Augenhöhlen und dem Mund geflossen war, Fleisch durch die zerschmetterte Windschutzscheibe aufgerissen worden und Blut aus der Wunde an seiner Kehle gesprudelt war, während er um seinen letzten Atemzug gerungen hatte.

»Billy«, sagte das gespenstische Bild flehend, »bist du das? Wenn du mich hören kannst, sprich mit mir. Bist du jetzt ebenfalls tot? Spüre ich dich deshalb hier bei mir? Du *bist* es. Aber wo bist du? Lebst du? Sprich!«

Er konnte nicht sprechen, doch seine Finger berührten die Tastatur des Computers und gaben den Namen des Standardbegrüßungsprogramms ein: HALLO.

»Billy, kannst du meine Fragen verstehen? Weißt du, *wo* du bist? Kannst du mir sagen, welches *Jahr* es ist?«

Er tippte: 1980.

Der Geist seufzte rasselnd, hob die Hände und drückte seine Augenlider über die blutigen Höhlen. »Dann ist es nicht zu spät. Du kannst immer noch diesen elenden Stab zerstören, bevor er weiteren Schaden anrichtet. Versprichst du mir das?«

Er erkannte in genau diesem Moment im Traum, daß er einen Alptraum hatte, doch die Erkenntnis war kein Ausgang, durch den er aus der Traumwelt hätte flüchten können. Es war eher wie einer dieser Augenblicke, wenn man mitten in einer Stadt voller Leute und Autos ist, sich plötzlich der enormen Größe der Welt ringsum bewußt wird und erkennt, daß das winzige Bewußtsein nur ein kurzes Aufflackern in einem Kraftwerk von unermeßlicher Größe ist.

DIES IST EIN TRAUM, tippte er und hoffte verzweifelt, erlöst zu werden.

»Ah«, sagte Henry Michaels, »natürlich. Sag mir, wie geht es Madge, ist sie wohlauf?«

JA, tippte er und fügte sich der Autorität des Traums, und dadurch gewann er für seinen Vater eine Art Erlösung von seiner scheinbaren Qual. Denn jetzt hatte es den Anschein, als wäre Henry kein Bild auf dem Bildschirm mehr, sondern stände vor seinem Sohn, nicht mehr blutbedeckt, sondern unversehrt, in seiner Alltagskleidung. Er streckte die Hand aus, wie um Williams Gesicht zu berühren, doch dann besann er sich anders, schnitt eine Grimasse und trat einen Schritt zurück.

»Ich existiere jetzt nicht körperlich«, sagte er im Tonfall eines geduldigen Lehrers. »Kein Fleisch. Meine Sinne sind nicht wie deine, obwohl ich dich jetzt sehen kann. Jetzt – und wie du sein wirst, wie du werden kannst. Du mußt dieses Ding zerstören. Wie nennst du es noch?«

MERKURSTAB.

»Was er bei deinem Bruder angerichtet hat, ist nur ein Atom des Übels, das er bringen kann. Ich *sehe* das Unheil über dir wie eine Rauchwolke. Du darfst seine Kraft nicht wachsen lassen. Verbrenn ihn! Heute nacht noch! Bring ihn hinaus zum Grill und verbrenn ihn.«

William schüttelte den Kopf.

Sein Vater packte ihn am Handgelenk, und seine harten Finger bildeten einen Armreif aus panischem Entsetzen, an dem Williams denkender, träumender Verstand nicht beteiligt war. Es war, als sei sein Körper in einem einzigen Angriff von all seinen biologischen Feinden durchdrungen, von jedem Virus und jeder Bakterie, die eindringen und Gewebe, Muskeln und Nerven beschädigen können, von jedem schrecklichen Parasit, der vom Fleisch eines menschlichen Wirts ernährt worden war. Er schrie, doch der Schrei brachte weder Erleichterung von dem Traum noch von der Umklammerung seines Vaters.

»Es tut mir leid, daß ich dies tun muß«, sagte Henry. »Aber du mußt begreifen, was du tust. Ich würde dir den Schmerz ersparen, wenn ich das könnte. Aber damit du siehst, was ich dir zeigen muß, ist dieser Schmerz nötig. Das kann ich nicht ändern, denn ich habe diesen Prozeß so wenig unter Kontrolle wie du.«

»Aber ich *habe* alles unter Kontrolle!« beteuerte William laut und versuchte sich aus der Umklammerung loszureißen. »Und der Merkurstab kann mit seiner Kraft soviel Gutes bewirken wie Schlechtes. Ich kann damit *heilen*. Ich kann Krankheiten heilen, die von der Medizin nie geheilt werden konnten. Und ich kann daraus *lernen* und dieses Wissen weitergeben. Glaube mir, ich werde vorsichtig sein.«

Der Ring des Schmerzes um sein Handgelenk löste sich in Zuckungen auf, und der Schmerz stieg seinen Arm hinauf und bildete Metastasen zu Tausenden Vektoren des Todes, bösartige Nadeln, die durch Lungen und Herz stachen und zitternd steckenblieben. Es war ein Gefühl, als wären alle Möglichkeiten des Schmerzes eines Menschenlebens zusammengefaßt und dann gleich einem lang anhaltenden hohen Ton zu einem endlosen Heulen der Verdammung gedehnt worden.

Als er jedoch hinabblickte, stellte er fest, daß dieses Heulen ihn hoch über Willowville gehoben hatte, das zu einem Lageplan von Dächern und Baumwipfeln und Asphaltstraßen geworden war. Eines der Nachbarhäuser brannte, und der Rauch stieg in einer Wolke auf und zog südwestwärts über die Stadt. Der Horizont neigte sich, und er, William, flog angetrieben durch die Kraft der Hand um sein Handgelenk, in die gleiche Richtung. Der Verkehr unten raste mit unglaublicher Geschwindigkeit über die langen Doppelkurven der Schnellstraßen, ein Uhrwerk, das durch Trickfotografie beschleunigt wurde. Die Schmerzen waren jetzt vermischt mit einem Hochgefühl, als wären sie die Saat seiner neuen Kraft gewesen, Samen, die in seiner Brust Wurzeln schlugen und aus seinem Rücken als Schwingen hervorbrachen, unsichtbar, aber äußerst empfindlich.

Henry wies zu den gewundenen Straßen und flachen Zelten und Gebäuden des Messegeländes vor ihnen. Ein Block dem Erdboden gleichgemachter Häuser bildete einen Ring um das Messegelände, und dieser Ring der Zerstörung war abgegrenzt durch hohe Stacheldrahtzäune und wurde bewacht von Posten mit Gasmasken und Schutzanzügen. Längs des äußeren Zauns standen in regelmäßigen Abständen Beobachtungstürme, die mit weiteren bewaffneten Posten besetzt waren.

In dem inneren Kreis wanderten Männer, Frauen und Kinder apathisch herum oder saßen auf Bänken und Bordsteinen, lasen, redeten, spielten Karten. Sie alle (außer ein paar Arbeitern in Zivilkleidung) trugen die gelbgrauen Pyjamas und Nachthemden von Krankenhauspatienten.

In dem Oval der Pferderennbahn, deren drei hohe Tribünenschornsteine den Blick auf die Zuschauer auf den Tribünenplätzen verdeckten, war ein großes Krematorium errichtet. Am Eingang parkten Tieflader, auf denen die Leichen der Seuchenopfer gestapelt waren, die aus den Quarantänebezirken gesammelt worden waren. Die gestapelten Leichen waren mit weißem Pulver besprüht, so daß sie wirkten wie eine gewaltige Zusammenstellung von Gipsskulpturen.

»Gift«, erklärte Henry. »Sonst wäre die Quarantäne völlig unwirksam. Ungeziefer könnte die Seuche durch die ganze Stadt tragen.«

William erklärte, daß er im Deutschunterricht das Wort *Gift* gelernt hatte.

»Das Entsetzliche dort unten bedeutet dir nichts? Du denkst nur an dich und deine ›Karriere‹?«

»Dies ist nur ein Traum.«

»Ja – aber ein Traum, der wahr werden wird, wenn du jetzt nicht aufhörst. Zerstöre den Merkurstab.«

»Es tut mir leid, Vater, das kann ich nicht.«

»Du willst es nicht.«

»Du hast nie verstanden, was es ist, ehrgeizig zu sein. Das ist der wahre Unterschied zwischen uns. Du weißt nicht, wie es ist, zu wissen, daß man im gleichen Maßstab wie die Welt erschaffen ist. Daß man Teil der Geschichte sein kann.«

Henry schüttelte traurig den Kopf, aber es war wieder nur ein Kopf auf einem Computerbildschirm. »Denk an meine Worte«, flüsterte er fast nachträglich. William nickte. Er fühlte sich schuldig, aber es stimmte, was er gesagt hatte. Sein Vater hatte nie etwas Großes werden wollen. »Gewiß, Vater.«

»Wenn du wieder Verbindung mit mir aufnehmen willst, du kennst meinen Dateinamen.«

Der Bildschirm war leer, aber William schlief drei weitere Stunden unruhig, und als er erwachte, hatte er alles von dem Traum vergessen – außer, daß sein Vater darin vorgekommen war, daß sie zusammen über die Stadt geflogen waren und er ihm am Ende des Traums den Namen der Datei genannt hatte, die ihm erlaubte, ihn über den Computer wiederzusehen, wenn er ihn brauchte. Aber er konnte sich nicht mehr an diesen Namen erinnern.

VIERTES BUCH

40

Mit Glück konnte Jimmy Deeters vielleicht immer noch davonkommen. Obwohl er neunzehn war, sah er viel jünger aus. Es gab Läden in der Stadt, deren Besitzer sich weigerten, ihm eine verdammte Schachtel Zigaretten zu verkaufen, weil sie ihn für zu jung hielten, und alkoholische Getränke in einer Bar außerhalb seines Wohnviertels waren für ihn ebenfalls unerreichbar. Aber heute konnte es sich laut Wiener, dem einfältigen Verteidiger in seinem Fall, als ein Plus erweisen, daß er nicht wie neunzehn aussah.

Der Einfaltspinsel glaubte, daß der Staatsanwalt am Freitag Mist gebaut hatte, als er die alte Dame mit dem bandagierten Fuß als Geschworene zugelassen hatte. Sie war eine Großmutter mit fünf Enkeln, und vielleicht würde sie gegen eine Verurteilung sein, weil sie in Jimmy immer noch ein Kind sah, das nicht für zwei bis fünf Jahre ins Gefängnis geschickt werden sollte, worauf er sich gefaßt machen mußte – weniger wegen des Raubs als wegen der tätlichen Bedrohung eines Polizeibeamten und wegen Widerstandes gegen die Staatsgewalt. So trug er heute, als er ins Gericht kam, nicht die Kleidung, die er am Freitag angehabt hatte, als die Jury ausgewählt worden war, sondern ein Sport-T-Shirt, das seinem jüngeren Bruder gehörte, und eine Hose wie von einem Pennäler. Aber die alte Lady war ebenfalls in einer anderen Aufmachung gekommen. Sie trug keinen Fußverband mehr und hatte ein sackartiges herabhängendes schwarzes Kleid an, als ginge sie zu einer Beerdigung. Was Jimmy für kein gutes Zeichen hielt, denn wessen Beerdigung könnte es sein wenn nicht seine?

Das Mitleid der alten Lady war so gut wie alles, auf das er Hoffnung setzen konnte, denn es war unmöglich zu leugnen, daß er verbrochen hatte, was man ihm anlastete. Das Mistweib, dem er die Handtasche entrissen hatte, war ein Lockvogel der Polizei gewesen, und die Beamtin hatte zwei Kollegen als Zeugen dabei gehabt. Man hatte ihm eine Falle gestellt, aber es war alles legal abgelaufen, wie der Ankläger jeder Person erklärt hatte, die für die Jury geprüft worden war, und alle, auch die Oma, hatten gesagt, daß sie nichts Anrüchiges am Einsatz von Lockvögeln fanden. So konnte Jimmy wirklich nur auf Mitleid für seine Jugend hoffen. Er hätte einer inoffiziellen Absprache zugestimmt, nach der ein Angeklagter durch Schuldbekenntnis dem Gericht Prozeßzeit erspart und dafür eine milde Strafe zugesichert bekommt, aber das wollten sie nicht wegen seiner Vorstrafen. Sie wollten ihn festnageln und für zwei bis fünf Jahre nach Stillwater in den Knast schicken.

Seine Vorstrafen würden ihm das Genick brechen, trotz der Großmutter mit fünf Enkeln, aber Wiener behauptete, man würde nicht all diesen Scheiß zur Sprache bringen, wenn er auf eine Aussage zu seiner Verteidigung verzichtete. Aber nach allem was er von all den Jungs gehört hatte, ging das meistens in die Hose.

Wie sich dann herausstellte, lasen sie seine gesamten Vorstrafen den Geschworenen vor, und Wiener machte es nur noch schlimmer, indem er jedesmal ›Einspruch!‹ rief, und jedesmal standen die beiden Anwälte auf und flüsterten mit dem Richter, und der Richter sagte in diesem wirklich gelangweilten Tonfall ›Einspruch abgelehnt‹, und der andere Anwalt lächelte zu den Geschworenen und las von dem Blatt Papier von der Größe einer Zeitungsseite den Scheiß ab: zweiter Februar 1976 Brandstiftung; vierzehnter August 1976 versuchter Einbruch; zwanzigster November versuchte Vergewaltigung. Et cetera, et cetera. Was Jimmy mehr haßte als den Gesichtsausdruck des Arschlochs, wenn er von der Liste vorlas, war die Tatsache, daß fast alles ›versucht‹ war. Als ob er nie fähig gewesen wäre, etwas richtig durchzuziehen. Was nicht stimmte, denn dies waren nur die krummen Dinger, bei denen er geschnappt worden war. Aber was konnte er sagen? ›Einspruch, Euer Ehren, aber ich bin besser, als das klingt!‹?

An einem gewissen Punkt bekam Jimmy Depressionen und

vergaß, was ihm Wiener gesagt hatte – er sollte immer versuchen, unschuldig zu wirken. Was bedeutete, daß er nicht auf das Gesagte reagieren, sondern auf den Tisch vor ihm blicken sollte, als wäre er in der Schule. Das war kein leichter Trick, wenn jeder im Saal ihn anstarrte, als wäre er ein verdammter Werwolf. Keiner von *denen* verbarg seine Gefühle, die er für ihn hegte. Sie alle wollten ihn fertigmachen, sogar die Oma. Man sah es an ihren zusammengepreßten Lippen und daran, daß sie ihn nicht mehr anschaute. Zur Hölle mit dem unschuldigen Aussehen! Zur Hölle mit den Geschworenen! Zur Hölle mit allen!

Als Lady Lockvogel ihre Zeugenaussage machte, drehte sich Jimmy auf seinem Plastikstuhl um und schaute zu den Leuten hinten im Gerichtssaal. Wiener stieß ihn verstohlen an, und er sagte ihm, daß er ihn am Arsch lecken konnte. Dies war vielleicht sein letzter Akt in Freiheit für zwei bis fünf Jahre. Da waren nicht viele vertraute Gesichter. Seine Mutter hatte sich freigenommen, und die einzige andere bekannte Person war Mrs. Titty, seine alte Bewährungshelferin, die aus purer Freude gekommen sein mußte, weil er endlich eingelocht wurde. Und genau das würde geschehen, daran gab es keinen Zweifel. Dies war kein Familiengericht, dies war ein Schwurgericht. Das bedeutete Stillwater, und wofür? Für eine verdammte Handtasche, die nur verdammtes Konfetti enthalten hatte.

›Gerichtssaal‹ nannten sie das! Er hatte Gerichtssäle im Fernsehen gesehen und wußte, daß dies hier damit nicht zu vergleichen war. Dies war ein Wartesaal, in dem alle auf Plastikstühlen sitzen mußten, jeder außer dem verdammten Richter. Und der Richter war kein Richter, sondern ein Typ, der frisch vom College kommen mußte, noch so jung, daß man ihn nur als Caddy auf einen Golfplatz gelassen hätte. Zwei bis fünf Jahre, weil er eine Waffe getragen hatte! Er hatte nicht versucht, sie zu benutzen, hatte nicht mal danach gegriffen, als er sich vom ersten Kollegen des Lockvogels losgerissen hatte. Klar hatte er ein Eisen dabeigehabt, was dachten sie sich denn? Das irgendein Weibsstück sagt: »Oh, klar, Süßer, hier ist meine Handtasche, bitte bedien dich.« Er hatte die verdammte Kanone nie *benutzt* und es nie vorgehabt, aber sie würden ihm das trotzdem anhängen. Es sei denn, jemand von den Geschworenen stimmte mit Wiener darin überein, daß es berechtigte Zweifel gab.

Die es nicht gab.

Jetzt war der Kollege des Lockvogels an der Reihe, seine Geschichte zu erzählen. Es war ein alter Onkel Tom, der überhaupt nicht wie ein Polizist aussah. Er hätte der Zwillingsbruder der Großmutter sein können. Jimmy wünschte, er hätte seine Pistole benutzt, auch wenn das dreißig Jahre bis lebenslänglich gekostet hätte, dann hätte er sich nicht anhören müssen, wie der Bastard dem Staatsanwalt seine Antworten gab. Ja, er konnte auf den Täter zeigen. Ja, der Täter war hier im Gerichtssaal. Ja, das war die Waffe, die er dem Täter abgenommen hatte.

Aber das absolut Schlimmste, das die ganze Sache förmlich zu einem Alptraum machte, war dieser gottverdammte kleine *Schüler*. Während alles auf zwei bis fünf Jahre Knast hinauslief, saß der Kerl in der hinteren Reihe der Plastikstühle und machte *Notizen*, als wäre er in einem verdammten Klassenzimmer. Ein Schuljunge in einem blöden Polohemd. Jedesmal wenn Jimmy sich umwandte und zu ihm blickte, schaute der Bengel weg, aber wenn er wieder hinsah, starrte er ihn wieder an und hatte die Lippen aufeinandergepreßt wie die alte Lady von der Jury. Allmächtiger, gab es kein *Gesetz*, um Kinder aus Gerichtssälen fernzuhalten?

Der Richter kündigte eine Unterbrechung der Verhandlung an, was bedeutete, daß die Geschworenen ein kostenloses Mittagessen bekamen. Für Jimmy bedeutete es, daß er auf die Toilette gehen konnte, die sich am Ende der Halle rechts befand. Links waren die Aufzüge und die Treppen und der Polizist, der Wache schob. Wiener, der bis jetzt viel gelabert hatte, wußte plötzlich nichts mehr zu sagen. Er saß am Tisch und wich Jimmys Fragen aus, indem er ein Kreuzworträtsel in der Zeitung löste.

Jimmy ging hinaus in die Halle. Der Wachmann stand vor den Aufzügen wie immer. Er sah aus, als wünschte er, Jimmy würde einen Fluchtversuch unternehmen und ihm damit die Möglichkeit verschaffen, ihn umzulegen. Am anderen Ende stand der Junge, der mit dem Notizbuch in der hinteren Reihe im Gerichtssaal gesessen hatte, vor der Männertoilette und hielt die Tür auf, als könne er sich nicht entscheiden, ob er hinein oder hinaus gehen sollte. Als er Jimmy sah, ließ er die Tür los und machte sich auf den Weg zu den Aufzügen. Der Junge schaute zu Boden, als könnte er sich eine Krankheit fangen, wenn er Jimmy ansah. Jimmy ging in die Mitte der Halle, so daß der Junge um ihn herumgehen mußte, und der Junge hielt den Blick auf den Boden gerichtet und bemerkte Jimmy erst, als er nur noch zwei Schritte entfernt war. Der Junge blieb stehen, sagte ›Verzeihung‹, und als Jimmy reglos verharrte, ging er um ihn herum und verschwand im Gerichtssaal.

Jimmy spielte mit dem Gedanken, ihm zu folgen. Aber wenn er das tat, was dann? Wiener hielt sich im Gerichtssaal auf. Zum Teufel mit allen. Jimmy wollte einfach allein sein. Und das konnte er nur, wenn er zur Männertoilette ging, während der Wachmann ihn mit Falkenaugen beobachtete. Jimmy sagte sich, daß er eine letzte kleine Rache am Hennepin County nehmen würde, indem er auf den Boden pinkeln würde. Aber als er in der Toilette war, vergaß er diese Absicht, denn auf dem Fliesenboden, genau vor der ersten Tür der Toilettenkabinen, lag eine kleine, rote Geldbörse. Er lachte fast laut, denn er *wußte*, daß sie dem Jungen aus der Tasche gefallen sein mußte, als er aus der Toilette gekommen war. Wer sonst außer einem solchen Pimpf bewahrte sein Geld in einer Börse auf? Jimmy hoffte jedenfalls, daß Geld darin war.

Und so war es. Ein Fünfdollarschein und etwas Münzgeld. Er hatte nicht mehr erwartet, nicht in so einer kleinen Geldbörse.

Er steckte das Geld ein und warf die Geldbörse in den Abfallkorb. Dann ging er mit einem seltsamen Gefühl in die Toilettenkabine, schloß die Tür ab und setzte sich auf die Toilette, ohne sich die Mühe zu machen, die Hose auszuziehen.

Als der Wachmann ein paar Minuten später losgeschickt wurde, um den Angeklagten zur Fortsetzung seines Prozesses zurück in den Gerichtssaal zu holen, wurde Jimmy in der Toilettenkabine gefunden. Tot. Sofort wurde der Amtsarzt aus einem zwei Blocks entfernten Büro geholt, und er erklärte, daß die Todesursache offenbar Erstickung war. Weil anscheinend eine Überdosis Drogen nicht auszuschließen war, wurde binnen Stunden eine Autopsie durchgeführt, aber es gab keine Spuren von irgendwelchen Drogen in Jimmy Deeters Körper. Der Erstickungstod mußte von selbst eingetreten sein. Mrs. Deeters wurde in den Abendnachrichten interviewt und prangerte den Tod ihres Sohnes als einen klaren Fall von polizeilicher Brutalität an. Es folgte eine Ermittlung, doch sie ergab keinerlei Hinweis auf ein Fremdverschulden. Es gab keine Spuren eines Kampfes, und die Tür der Toilettenkabine war von innen abgeschlossen gewesen. Sogar Mrs. Deeters mußte die Tatsache akzeptieren, daß der Tod ihres Sohnes ein Akt Gottes und sehr wahrscheinlich eine Strafe für seine Sünden war.

41

Der Ambulanzwagen hielt um 13 Uhr 45 vor dem Haupteingang, wenn die Turmuhr des Gerichtsgebäudes richtig ging. William war vor dem Brunnen auf dem Platz gegenüber der Straße unruhig auf und ab gegangen. Das Sanitätspersonal rollte eine Bahre ins Gerichtsgebäude. William war von Deeters' Tod überzeugt, aber er wollte sehen, daß sie die Leiche aus dem Gebäude brachten. Wenn sie bei der Abfahrt nicht die Sirene einschalteten, würde das bedeuten, daß Deeters gleich dort auf der Toilette gestorben war, nachdem er die Geldbörse geöffnet hatte.

William hatte nicht erwartet, daß es so schnell passierte, und er war erschüttert, nicht so sehr wegen seiner Tat, sondern weil sie nicht nach Plan verlaufen war. Nach dem, was er in dem medizinischen Buch gelesen hatte, war er davon ausgegangen, daß Deeters weiterhin regelmäßig atmen und am Abend einschlafen würde – vermutlich in einer Gefängniszelle. William hatte damit gerechnet, anwesend zu sein, wenn das Urteil gesprochen wurde und Deeters zum letzten Mal finster in die Runde starrte. Wenn Deeters offiziell schuldig gesprochen worden wäre, hätte Williams inoffizielles Todesurteil weniger als ein

Akt von Selbstjustiz gewirkt. Aber jetzt, nach Deeters' Tod, störten diese Skrupel nicht Williams Gewissen. Deeters war ein gräßlicher Kerl gewesen, und er wäre es bestimmt bis an sein Lebensende geblieben. Ein paar Jahre im Gefängnis hätten daran nichts geändert. Brandstiftung, Einbruch, Vergewaltigung – alles vor seinem achtzehnten Lebensjahr. Dann noch Raub. Und der Ausdruck seiner Augen während des Schwurgerichtsverfahrens ließ darauf schließen, daß er gern noch Mord auf die Liste seiner Missetaten hinzugefügt hätte. Die Welt war zweifellos besser und Minneapolis war sicherer ohne James Deeters.

Aber er hätte nicht dort im Gericht sterben sollen, mit William in der Nähe. Das war ein großer Fehler in Williams Einschätzung gewesen, und deshalb hatte ihm das Herz bis zum Hals geklopft, und er konnte jetzt, anderthalb Stunden später immer noch nicht klar denken. Was war, wenn ihn der Wachmann gesehen hatte, als er aus der Toilette gekommen war, bevor Deeters sie betreten hatte? Was war, wenn sich jemand erinnerte, daß er im Gerichtssaal gewesen war, und ihn einfach als Zeugen suchte? Aber ein Zeuge wovon? Seine Panik war unbegründet. Er sorgte sich wegen nichts. Dennoch war es ein Fehler gewesen, im Gerichtssaal anwesend zu sein, auch wenn er die Ausrede parat hatte (die halb stimmte), daß er die Gerichtsverhandlung besuchte, weil er sich davon eine Anregung für einen Aufsatz in Staatsbürgerkunde erhoffte. Wie sich herausstellte, hatte anscheinend niemand von seiner Anwesenheit im Gerichtssaal Notiz genommen außer dem Angeklagten, der ihn ein paarmal finster angestarrt hatte.

William hatte sich gesagt, daß er die Gerichtsverhandlung verfolgen sollte, weil er keinem mehr etwas antun wollte – nicht einmal einem Schuldigen –, der im Grunde ein guter Mensch war. Wie zum Beispiel der arme Kerl bei dem ersten Prozeß, den er am Dienstag besucht hatte. Da hatte der Angeklagte betrunken seiner Frau ein Messer in die Schulter gestoßen und dann zwei Polizisten mit einer Pistole bedroht. Keine harmlose Sache, aber der Mann bereute anscheinend die Tat und war nicht der Typ, der seinen Lebensunterhalt vom Ausrauben unschuldiger Leute bestritt, wie Deeters es getan hatte. Deeters hatte verdient, was er bekommen hatte.

Aber warum war es so schnell gegangen? Nach dem, was er in dem Lehrbuch gelesen hatte, war Apnoe – Atemstillstand, -lähmung – (das extremste Beispiel für Undines Fluch) stets verbunden mit Schlaf. Die gewöhnlichste Art von Apnoe, die in dem Lehrbuch überwiegend behandelt wurde, war Schnarchen. Und nach der Erklärung von Undines Fluch war es nur logisch, anzunehmen, daß er ebenfalls mit Schlafen verbunden war. William hatte sorgfältig gelesen und sich Undines Fluch gemerkt: *Undines Fluch*, hauptsächlich eine durch unbekannte Ursache hervorgerufene Unempfindlichkeit des Atemzentrums, die den Reflex so beeinträchtigt, daß das Atmen willkürlich wird und nicht mehr automatisch geschieht.‹ Oder in den einfacheren Worten des *Green Magician* Comicbuchs, aus dem er zuerst von der Existenz von Undines Fluch erfahren hatte: ›Die Opfer von Undines Fluch erkennen nie die Gefahr, in der sie schweben, bis es zu spät ist! Diese seltene Störung führt zu einem Kurzschluß in dem Teil des Gehirns, der dafür sorgt, daß man atmet, ohne daran denken zu müssen. Mit Undines Fluch kann man nur atmen, *solange man daran denkt!* Und wenn man schließlich einschläft, sind die *Lichter aus* – für immer! Die Atmung stoppt – und man stirbt den Erstickungstod!‹

Als William das vor fast einem Jahr in der Kolumne ›Merkwürdiger als Fiktion‹ des Comicbuchs gelesen hatte, war er überzeugt gewesen, daß es eine Erfindung war. Aber er hatte die Comiczeichnung einer Leiche gesehen, sie sich mit blau angelaufenem Gesicht an die Kehle packte. Und dann, am Dienstag, als der Telefonanruf von Rhoda Winckelmeyer aus Florida gekommen war und William erkannt hatte, daß er schnell handeln mußte, um Judith zu helfen, hatte er sich das Bild in Erinnerung gerufen und war mit dem Gefühl, daß Undines Fluch vielleicht doch eine echte Krankheit war, ins Arbeitszimmer seines Vaters gegangen, in dem dieser seine medizinischen Bücher aufbewahrte. Ben behauptete, über eine bessere medizinische Literatur zu verfügen als die meisten Ärzte, und er hatte ein Dutzend Ärztezeitschriften abonniert und später binden lassen. Wenn Undines Fluch mehr war als ein Phantasieprodukt aus einem Comicbuch, mußte sich hier etwas finden lassen. Aber eine Bibliothek ohne Bibliothekar kann so nutzlos sein wie ein Computer ohne Software. Das Auffinden einer einzigen seltenen Krankheit in all diesen Bänden war wie das Suchen einer Nadel im Heuhaufen gewesen, und William hatte die Suche fast aufgegeben, als er im Inhaltsverzeichnis der dicken *Einführung in die Neurophysiologie* auf den gesuchten Begriff stieß: ›Undines Fluch: siehe Apnoe.‹ Bei ›Apnoe‹ wurde er auf Seite vierhundertsieben verwiesen, wo er in einer langen Abhandlung über Atemstörungen die kurze Beschreibung von Undines Fluch gefunden hatte, die bewies, daß es die Krankheit gab.

Aber in dem Buch hatte nicht gestanden, daß jemand mit Undines Fluch nur mit dem Atmen aufhörte, wenn er schlafen ging. Sogar in dem Comicbuch hatte es geheißen, daß man nur weiter atmete, so lange man daran *dachte*. Deeters mußte nicht erkannt haben, was ihm geschah. Es war schwer zu glauben, daß jemand ersticken konnte, ohne zuvor um Atem zu ringen. Das wäre ein Reflex wie beim Ertrinken. Aber eine Person mit Undines Fluch hatte diesen Reflex nicht mehr. Deeters mußte fast sofort auf der Toilette gestorben sein, als er die Geldbörse geöffnet hatte, die William mit dem Merkurstab verflucht hatte:

Nimm das Geld aus dieser Börse heraus
Und dein Leben ist durch Undines Fluch aus.

Er war von Luft umgeben ›ertrunken‹, ohne es zu merken.

Um fünfzehn Uhr, als gerade die Glocke des Turms die Stunde schlug, wurde die Bahre aus dem Gerichtsgebäude gerollt. Der Körper auf der Bahre war mit einem Tuch bedeckt, und der Ambulanzwagen fuhr ohne eingeschaltete Sirene davon. Deeters war tot.

William hätte gedacht, daß man sich als Mörder anders fühlt, als es jetzt mit ihm der Fall war. Er hätte damit gerechnet, gegen Schuldgefühle oder Gewissensbisse oder das Verlangen, ein Geständnis abzulegen, ankämpfen zu müssen. Er empfand jedoch nur Erleichterung, weil es vorüber war, als hätte er eine tagelange, scheinbar endlose Busfahrt hinter sich. Er gähnte ausgiebig und atmete tief durch, und dabei kam ihm in den

Sinn, welch ein sonderbarer und wundervoller Mechanismus der menschliche Körper ist. Das Herz pumpt das Blut, die Lunge arbeitet wie eine mikroskopisch kleine Tankstelle und versorgt die roten Blutkörperchen mit Sauerstoff, und der Großrechner des Gehirns gibt Kommandos an alle Teile des Systems. Gab es etwas sonst auf der Welt, das so wunderbar, so ewig, so kompliziert und interessant war? Er streckte die Arme hoch über den Kopf, ballte die Hände zu Fäusten und atmete abermals tief durch, bog den Kopf zurück, um seine Nackenmuskeln zu spüren, und ließ die Arme langsam sinken, bis die Ellenbogen an seinen Seiten lagen und er die Beugung der Schultern und des Rückens wahrnehmen konnte.

Aus dem Nichts kam ein starkes Verlangen zu rennen. Nicht, um vor etwas fortzulaufen, sondern aus reiner Freude, zu leben. Oder noch besser: zu schwimmen! Um die Muskeln in einem einzigen glatten, ständigen Zusammenspiel zu spüren. Um von kaltem Wasser umspült zu werden, das seine Körpermaße umgrenzte. Plötzlich kam ihm die Statue, an der er vorhin vorbeigegangen war, ein nackter, bärtiger Mann, der auf einem Alligator saß (auf einem Schild stand ›Mississippi – Vater der Gewässer‹) gar nicht mehr lächerlich vor, sondern ergab einen logischen Sinn, obwohl er die Logik nicht hätte erklären können. Da war etwas an der Weisheit und Glätte des Marmors und der Ruhe und Kraft und Größe der Gestalt auf dem Podest, das den Körper in sich selbst zu einem Gott erklärte. Die Griechen hatten das verstanden und aus diesem Grund all ihre Tempel mit Statuen nackter Körper ausgestattet.

Er mußte dorthin zurück. Es war keine Sache des eigenen Entschlusses. Er mußte die Statue einfach wieder anschauen, bei ihr sein und ihre Kraft spüren. Als er sich vorbei an den Säulen des Eingangs auf den Weg zu der Statue in der Halle des Gerichtsgebäudes machte, wurde ihm klar, daß er genau das tat, was kein Mörder tun sollte, aber wie unter einem Zwang macht: Er kehrt zurück zum Tatort des Verbrechens.

Da war er: ›Mississippi – Vater der Gewässer‹. Und es war nur eine weitere Marmorstatue eines nackten Mannes, und sie wirkte sogar noch lächerlicher, als er sie beim ersten Anblick gefunden hatte. Als er sie berührte, ging keine Kraft von dem

Stein aus, aber von der anderen Seite der Halle rief ein Aufseher im Tonfall eines Mannes, der routinemäßig Verbote ausspricht: »Hey, Junge, scher dich fort von der Statue!«

42

Als Sondra den Wagen vor dem Haus vorfahren hörte, zündete sie eine der Zigarettenkippen an, die im Aschenbecher lagen, und paffte Rauch im Wohnzimmer herum, als wäre der Qualm Frischluftspray. Sie war vermutlich die einzige Person auf der Welt, die so tat, als ob sie Raucherin wäre, anstatt vorzugeben, mit dem Rauchen aufgehört zu haben. Es erstaunte sie immer noch, wie einfach es gewesen war, das Rauchen aufzugeben, als sie erst die Motivation dazu gehabt hatte. All die Jahre hatte es sie gequält, daß sie es nicht schaffte, sich das Rauchen abzugewöhnen, und jetzt war es auf einmal kinderleicht, weil sie schwanger war. Sie hatte kein Verlangen mehr nach dem Rauchen, als hätte sie überhaupt nie geraucht. Der Geschmack von Zigaretten stieß sie ab. Sie zündete Zigaretten an und ließ sie in Aschenbechern verqualmen, weil Ben nicht wissen sollte, daß sie mit dem Rauchen aufgehört hatte. Er sollte es erst erfahren, wenn sie bereit war, ihm von der Schwangerschaft zu erzählen. Sie hatte immer gesagt, daß dies die einzige Sache war, die sie überzeugen würde, das Rauchen aufzugeben, und wenn er bemerkte, daß sie nicht mehr rauchte, erriet er vielleicht den Grund.

Es war falscher Alarm. Mit dem Wagen, der auf dem Zufahrtsweg gehalten hatte, war nicht Ben gekommen, sondern ein Paar von Judiths Mitkämpfern gegen die Abtreibung waren vorbeigekommen, um zu fragen, ob sie mit zum Einkaufszentrum von Willowville fahren wollte, um Flugblätter zu verteilen. Sondra erklärte, daß Judith ihren Besuch in Florida um eine Woche verlängert hatte, verschwieg jedoch, daß Judith im Krankenhaus war. Als der Wagen davonfuhr, war es, als ob der Aufkleber auf der hinteren Stoßstange – ABTREIBUNG IST

MORD – eigens zum Besten für Sondra geschickt worden war, als ein Zeichen von oben.

Persönlich teilte Sondra nicht das vorbehaltlose Entsetzen ihrer Stieftochter über Abtreibung. Sie hatte abgetrieben, als Ben sie zum ersten Mal geschwängert hatte, und obwohl sie zu diesem Zeitpunkt Ben in dem Glauben gelassen hatte, sie tue es um seinetwillen und trotz ihrer edleren Gefühle, war die Aussicht auf Schwangerschaft und Windelnwechseln für sie ebensowenig reizvoll wie für ihn gewesen. Aber das war 1970 gewesen, als sie begierig darauf gewesen war, die Zeit wettzumachen, die sie verloren hatte, weil sie Henry gleich nach der High-School geheiratet hatte. Inzwischen war es das Jahr 1980, und die Zeit hatte die rauheren Kanten der Erinnerung geglättet. Jetzt erinnerte sie sich nicht mehr an die morgendliche Übelkeit oder die schlaflosen Nächte, wenn das Baby Koliken gehabt hatte, sondern an das Geheimnis und die Freude, ein anderes menschliches Wesen zu gebären, ein kleines milchverrücktes Säugetier, das sich langsam zu einem richtigen Menschen entwickelte. Es war die Mühe wert. Mehr als das, sie *sehnte* sich danach, wieder Mutter zu sein, sehnte sich nach dem Gefühl, daß ihr Bauch sich mit einem Baby füllte; sie wollte ein Kind stillen, es im Haus herumkrabbeln, Essen auf die Möbel schmieren, die Wände bemalen und das Haus auf drastische Weise in ein Heim verwandeln sehen. Es war ihr gleichgültig, ob es ein Junge oder Mädchen werden würde, sie wünschte sich einfach ein Baby, und wenn sie eines bekam, dann sollte es *jetzt* sein. Sie war noch nicht zu alt, erst vierunddreißig Jahre, doch mit jedem Jahr, das sie verstreichen ließ, erhöhte sich das Risiko möglicher Komplikationen.

Diese Gefühle teilte Ben nicht. Ben hatte keine schönen Erinnerungen an die Vaterschaft, und Sondra war überzeugt, daß er eine Abtreibung wünschen würde. Es würde vermutlich Kämpfe geben, und fast sicher würde es das Ende der kürzlichen Wiederbelebung ihres Sexlebens bedeuten. Ben war nie ein großer Liebhaber gewesen, gewiß kein Kunstturner, wie Henry einer gewesen war, aber in den vergangenen paar Monaten seit Wiederaufnahme des Trainings hatte sich Ben tatsächlich vom Anfänger zum fortgeschrittenen Anfänger gesteigert.

Er hatte sogar Geschmack an Cunnilingus entwickelt, und wenn er auch noch ein bißchen zaghaft an die Sache heranging, war es im Vergleich zu früheren Tagen eine echte sexuelle Revolution. Zuerst hatte sie geargwöhnt, daß er Drogen genommen hatte (all das Gerede heutzutage über Kokain in Vorstädten), und dann hatte sie gedacht, der alte Hund hatte seine neuen Tricks vielleicht von einer Geliebten gelernt, aber die einfachste Erklärung war, daß er eine Midlife-crisis durchlief. Er war fünfundvierzig, und die Artikel, die sie gelesen hatte, sagten, daß dies das Alter war, in dem die meisten Männer eine Krise durchwanderten, nach der sie neues Interesse an Sex entwickelten. Was auch immer die Ursache war, sie genoß die Auswirkungen und wollte sie nicht vorzeitig dämpfen.

Es war ein schöner Tag, ungewöhnlich milde für den Hochsommer, und Sondra entschloß sich, einen Spaziergang zu machen. Seit den ersten Tagen ihrer Schwangerschaft war sie von körperlicher Energie erfüllt gewesen. Bevor Judith nach Florida gereist war, um ihre Mutter zu besuchen und William seinen Sommerkurs begonnen hatte, war sie fast jeden Tag mit ihnen zum Schwimmen gefahren, und als dieser Vorwand für körperliche Bewegung weggefallen war, hatte sie mit Joggen angefangen. Als jedoch die Untersuchungen ergaben, daß sie schwanger war, hatte ihr der Arzt geraten, damit aufzuhören. Statt dessen absolvierte sie jeden Morgen, wenn keiner sonst im Haus war, eine Stunde lang all die Dehn- und Atemübungen, die in dem Ratgeber für werdende Mütter empfohlen wurden, den sie versteckt zwischen den Liebesromanen im Bücherregal in ihrem Schlafzimmer aufbewahrte. Sie stapelte die Taschenbücher Rücken an Rücken. (Ben konnte sich nicht über die Titel lustig machen, wenn er sie nicht sehen konnte.) Sie hatte William auf natürliche Weise gebären wollen, aber sie war zu träge und faul gewesen, um die Übungen zu machen, und als es soweit gewesen war, hatte sie Bammel gehabt und sich betäuben lassen. Sie hatte sich immer Vorwürfe deswegen gemacht. Es war wie bei hellem Tageslicht über den Grand Canyon zu fliegen und zu schlafen. Sie war entschlossen, es diesmal richtig zu machen.

Willowville war kein Paradies für Spaziergänger. Nur vor

wenigen Häusern gab es glatte Betonbürgersteige. Statt dessen gab es Kies- oder Splittwege, und es war kaum etwas Bemerkenswertes zu sehen. Leute arbeiteten im Garten an den Blumenbeeten in den Hinterhöfen, sofern sie überhaupt Gartenarbeit erledigten, und die Rasen mit den immergrünen Sträuchern und Bäumen vor dem Haus sahen aus wie serienmäßig angelegt. Sie ging die Pillsbury Road entlang, bog nach Westen in den Willowville Drive ein und folgte ihm bis zum Sheehy House, einem parkähnlichen Anwesen mit einem ganzen Morgen Rasen und den höchsten Bäumen des Viertels, sieben riesigen Weiden, die das weiße Haus wie ein schimmernder dunkelgrüner Schleier umgaben. Sondra beneidete die Sheehys um ihre Trauerweiden, aber nicht um ihr Haus, das nur von außen geräumig wirkte; drinnen war es altmodisch und hatte kleine Zimmer. Aber es half natürlich, für die vielen Kinder (die Sheehys hatten drei) genügend Zimmer zu haben. Wenn das Baby da war, würde Judith nach oben in das Zimmer neben William ziehen müssen, damit das Baby ihr Zimmer bekam, und dann fiele das Gästezimmer weg. Ben würde protestieren, aber wann hatten sie schon Gäste?

Sondra war versucht, den Weg über das Grundstück der Sheehys abzukürzen, um zu ihrem eigenen Hof zu gelangen, aber sie widerstand der Versuchung und kehrte auf dem Weg zurück, auf dem sie gekommen war. Sie wurde belohnt mit dem Fund eines Frisbee, das unter einem der niedrigen Wacholdersträucher lag, die an den Kiesweg vor dem Haus Nr. 1232 grenzten. Die Wurfscheibe aus Plastik enthielt den Aufdruck der Firma, für die Mr. Sheehy arbeitete, TECHNO-CONTROLS, und darunter stand in kleineren Buchstaben ›Wir entwickeln Maschinen mit Seele‹. Offenbar war es ein Werbegeschenk, und ebenso offenkundig gehörte es dem Sohn der Sheehys, der ein paar Jahre jünger als William war. Eigentlich hätte sie das Frisbee zum Haus der Sheehys bringen und irgendwo gut sichtbar auf dem Rasen ablegen sollen, doch als sie die leichte Scheibe in der Hand wog und sich vorstellte, wie gut sie fliegen würde, entschloß sich Sondra, ein paarmal damit auf ihrem Hof zu werfen und sie erst dann zurückzugeben. Sie kehrte mit der Wurfscheibe in der Hand heim, als William gerade sein Fahrrad in der Garage abstellte. »William!« rief sie, und als er erschreckt aufblickte, warf sie das Frisbee in einem Bogen zu ihm, und im letzten Augenblick des Flugs landete es in der Hand, die er gehoben hatte, um die Scheibe zu fangen.

»Hey, nett«, sagte er. »Techno-Controls? Woher hast du das?«

»Ich fand die Scheibe unter einigen Sträuchern. Ich glaube, sie gehört dem Sheehy-Jungen. Willst du eine Weile damit auf dem Hof spielen?«

William bereitete es anscheinend ebensoviel Spaß wie ihr, das Ding hin und her zu werfen. Als sie Sicherheit gewonnen hatten, warfen sie das Frisbee immer weiter über den Rasen, jedoch nicht über die unsichtbare Grenze ihres Hofes. Es war wunderbar, all die verschiedenen Flugbahnen auszuprobieren. Sondra hatte keine Ahnung, welche Drehung des Handgelenks oder Fingerbewegung zu welcher Flugbahn nötig war. Sie tat alles unbewußt, aber mit staunenswerter Präzision. Man konnte fast denken, die Plastikscheibe hätte einen eigenen Willen und eigene Intelligenz, eine Art Vogel, ein lebender Diskus, der über die niedrigsten Zweige des Ahorns glitt, zum Hof segelte und dann abdrehte, um sich mit einem leisen Zischen im gemähten Gras niederzulassen wie ein Wasservogel auf einem See. Bis heute hatte sie Frisbee nur mit Henry gespielt, und das war Jahre her, an Tagen, als sie William, noch im Kinderwagen, zum Brosner Park gefahren hatten. Jetzt war William fast so groß, wie sein Vater gewesen war, und er begann dessen gutes Aussehen anzunehmen. Er würde schon bald mit einem Mädchen gehen. Vielleicht sogar schon, wenn er im nächsten Jahr auf die Uni ging; er hoffte, im Herbst '81 auf die Uni zu gehen, nach nur einem weiteren Jahr auf der St. Tom's High School; deshalb hatte er den Sommerkurs belegt.

Woher hatte er einen solchen Ehrgeiz – mit vierzehn Jahren? In dieser Hinsicht war er mehr wie Ben als wie Henry, aber sogar Ben hatte allen Respekt vor Williams Zielstrebigkeit und Ehrgeiz. William hatte absichtlich den fadesten Kurs belegt, den die St. Tom's High School anbot, Staatsbürgerkunde, weil er diesen Stoff hinter sich bringen wollte. Und die Lehrerin, Lilah Gerhart, war offenbar ein wahres Ekel. Judith hatte sie im vergangenen Jahr gehabt, und sie war wenigstens einmal pro

Woche wütend mit einem neuen Beispiel von Tyrannei heimgekehrt, das Miss Gerhart geliefert hatte. Aber William hatte bis jetzt noch kein Wort gegen sie gesagt. Er prägte sich einfach all die langweiligen Fakten und Zahlen über kommunale und staatliche Dinge ein (und was gab es Langweiligeres als Staatsbürgerkunde?), schrieb seine Aufsätze und Arbeiten und benahm sich ganz allgemein wie ein Häftling, der wegen guter Führung eine vorzeitige Entlassung erhofft. Sie wünschte, sie könnte ihm klarmachen, daß er nicht so *verbissen* zu sein brauchte. Die High-School – sogar eine wie die St. Tom's – konnte Spaß machen, wenn man ihn sich nicht durch Büffeln verdarb. Das strebsame Lernen konnte später kommen, aber unterdessen sollte der Junge wirklich lernen, ein Frisbee besser zu werfen. Ein dreizehnjähriger Junge, der schlechter Frisbee warf als seine Mutter, sollte nicht freiwillig einen Kurs in Staatsbürgerkunde belegen.

Wie um diese Meinung zu bestätigen, ging Williams nächster Wurf völlig schief, und die Wurfscheibe landete auf dem Dach der Garage. Selbst wenn man sich auf einen Gartenstuhl stellte und versuchte, sie mit einer Harke herunterzuholen, half das nichts.

»Tut mir leid«, sagte William. (Ihr kam jedoch in den Sinn, daß sein Wurf überhaupt nicht verunglückt, sondern perfekt gezielt war. Vielleicht war es ihm langweilig geworden, Frisbee zu spielen, und er hatte es nicht sagen wollen.) »Soll ich die Leiter holen?«

»Nein, laß das. Es hat Spaß gemacht, aber jetzt bin ich müde. Der Arzt sagt, ich soll mich nicht überanstrengen, weil ich . . .« Sie verstummte gerade noch rechtzeitig. William war kein Dummkopf.

»Der Arzt?« Er betrachtete sie mit halb zusammengekniffenen Augen.

Der Keim des Gedankens war bereits da. Sie konnte genausogut offen und ehrlich sein. Es ließ sich ohnehin nicht viel länger geheimhalten.

Sie nickte. »Ich bekomme ein Kind.«

William grinste, rannte zu ihr, umarmte sie und schwenkte sie in einer kleinen improvisierten Polka. »Mom, das ist wunderbar! Wann ist es soweit?«

»Irgendwann zwischen Erntedankfest und Weihnachten.«

»Das ist phantastisch! Fühlst du es schon in dir? Einen Klumpen oder so was?«

Sie lächelte. »Nein, noch nicht. Ich werde dich wissen lassen, wenn ich etwas spüre.«

»Hast du es schon Judith gesagt? Die wird aus dem Häuschen sein. Sie sagte mir schon oft, sie hofft, du würdest ein Baby bekommen, damit sie weiß, wie es ist, eine Schwester zu haben. Sie sagte, sie weiß alles, was sie über Brüder wissen muß, durch mich.«

»Bis jetzt habe ich es nur dir gesagt, William. Und das hatte ich nicht vor, es ist mir einfach so herausgerutscht. Ich nehme an, ich werde es heute abend Ben sagen müssen.«

William furchte die Stirn, und für Sondra war klar, was er dachte, als wäre es auf seine Stirn geschrieben. Er verstand, was sie befürchtete, und ihm war klar, aus welchem Grund sie noch nicht mit Ben gesprochen hatte.

Sie küßte seine gerunzelte Stirn. »Mach dir keine Sorgen. Es wird schon alles gutgehen. Ben wird vielleicht ein bißchen ärgerlich sein. Dies ist kein Ereignis, das wir geplant haben, aber es ist – wie heißt es so schön – ein *segensreiches* Ereignis. Jedes Baby ist ein Wunder. Aber eine Frau akzeptiert vielleicht leichter die Vorstellung von einem Wunder. Für einen Mann ist es vielleicht, wie wenn der Engel zu Joseph kam, um ihm zu sagen, was Sache war. Es ist immer noch ein Wunder, aber es dauert eine Weile, bis der Mann sich mit der Vorstellung anfreundet.« Das klang gut. Sie hoffte, daß es stimmte.

43

Als Ben schließlich die Lokalnachrichten im TV-Kanal Elf angeschaut hatte und um zweiundzwanzig Uhr dreißig ins Schlafzimmer kam, lag Sondra auf dem Bett und hörte Musik über ihren Walkman. Ihre Augen waren geschlossen, und sie wippte im Rhythmus der Musik mit den pedikürten Zehen. Ben verharrte lächelnd auf der Türschwelle und versuchte am Rhythmus der Zehen zu erraten, was sie hörte. Es war niemals klassische Musik, daraus machte sie sich nichts, aber es war auch keine Rockmusik; ihre Zehen bewegten sich zu langsam. Vermutlich war es das Zamfir-Band. Sie liebte den Klang von Panflöten, wenn ihr nach Sex war. Und er ebenfalls, was das anbetraf. Das Problem war nur, daß ihm überhaupt nicht nach Sex zumute war, nicht nach dem Tag, der hinter ihm lag. Mit ein bißchen Ermunterung konnte er allerdings in die Stimmung kommen. In der letzten Zeit war er in einem Stadium ständiger Brunst gewesen. Etwas war mit seinem Testosteron-Spiegel geschehen. Und das Gefühl beruhte auf Gegenseitigkeit. Sondra war wie eine läufige Hündin. Lag es auch bei ihr an den Hormonen? War die Erklärung so einfach?

Sie öffnete die Augen, schaltete den Walkman aus und lächelte. »Ich dachte gerade an dich.«

»Und ich dachte gerade an dich.«

»Du wirktest aufgeregt, als du heimkamst. Ist etwas im Büro passiert?«

»Einiges. Ein Unglück kommt selten allein. Ich kam endlich zu dem behandelnden Arzt im Krankenhaus St. Augustine durch, und es war, als redete ich gegen eine Mauer an. Laut Arzt muß Judith noch mindestens zwei Wochen im Krankenhaus bleiben. Als ich fragte, welche Behandlung sie bekommt, redete er um den heißen Brei herum, und als ich ihn fragte, in welcher finanziellen Beziehung er zu dem Krankenhaus steht, gab es plötzlich einen Notfall, zu dem er angeblich gerufen wurde. Dann erhielt ich einen Anruf von Rhoda, die wissen wollte, ob ich mich erinnere, welcher Tag heute ist.«

»Welcher Tag ist es?«

»Unser Hochzeitstag.«

»Aber ihr seid doch geschieden.«

»Sie feiert ihn offenbar immer noch. Es ist schließlich die Quelle der Unterhaltszahlungen. Sie war voller Schadenfreude.«

»Wegen des Hochzeitstags?«

»Weil sie Judith unter dem Daumen hat. Ich werde vermutlich dort hinfliegen und einen Anwalt beauftragen müssen, um sie aus der Blaukreuzler-Schlangengrube herauszuholen.«

»Ich hoffe, es ist nicht so schlimm. Ich meine, alle Ärzte sind ein bißchen geldgierig, sonst wären sie keine Ärzte, aber das heißt nicht, daß das Krankenhaus eine Schlangengrube ist.«

»Das ist noch nicht alles. Nach dem Anruf von Rhoda kam ich endlich zur ATA durch. Sie weigern sich, die Forschung über Hautflecken zu finanzieren, über die ich im vergangenen Frühjahr einen Bericht ablieferte. Kearns war nicht bei der Konferenz, als sie die Entscheidung fällten, und als ich fragte, warum die ATA das Projekt nicht finanzieren will, erhielt ich von keinem eine offene Antwort. So rief ich bei ihm zu Hause an, und weißt du, was ich feststellte? Er ist zu einer Überprüfung seiner Gesundheit in der Mayo-Klinik. Eine Überprüfung! Keiner fliegt über das halbe Land zu einer ›Überprüfung‹. Jeder, der zur Mayo-Klinik geht, hat einen verdammt triftigen Grund.«

»Nun, es tut mir leid, daß dein Projekt nicht durchgekommen ist, aber du sagtest selbst, daß es wahrscheinlich keine großen Chancen hat. Du wirst andere Ideen haben, wie es immer der Fall war. Aber ich bedaure mehr, das über Mr. Kearns zu hören. Bei den paar Malen, an denen ich ihn sah, hielt ich ihn immer für die netteste Person bei der ATA. Für den einzigen mit Menschlichkeit. Was ist deiner Ansicht nach mit ihm los?«

»Ich nehme an, er hat Krebs.«

»O nein, ich hoffe, das stimmt nicht. Warum nimmst du sofort das Schlimmste an?«

»Weil jeder, mit dem ich bei der ATA sprach, so verdammt ausweichend war, als ich nach ihm fragte. Alle klangen besorgt, und was glaubst du, ist die Hauptsorge bei der ATA? Die Mitglieder des Vorstands gehen alle auf die Sechzig zu, sind alle starke Raucher und kennen die möglichen Konsequenzen.«

»Daß sie Lungenkrebs bekommen, meinst du?«

»Keine Grippe, Schatz.«

»Nun, es würde gewiß ironisch sein, aber ich hoffe, daß du dich bei Mr. Kearns irrst. In seinem Alter kann er alles Mögliche bekommen. Sind das *alle* Nachrichten?«

»Reichen die nicht?«

»Wenn es alle sind, habe ich einige gute Neuigkeiten für dich.« Sie setzte sich auf dem Bett auf und lehnte den Kopf gegen das Kopfbrett. »Ich habe mit dem Rauchen aufgehört.«

»Tatsächlich? Seit wann?«

»Es ist jetzt über einen Monat her. Ich habe es dir nicht eher gesagt, weil ich sicher sein wollte, daß ich wirklich darauf verzichten kann.«

»Seit über einem Monat? Schatz, das ist phantastisch! Meinen Glückwunsch. Sag mir dein Geheimnis.«

Sie lächelte auf sonderbare Weise, senkte den Blick auf die Hände, die auf ihrem Bauch ruhten und verschränkt waren, wie um ein kleines unsichtbares Tier zu wiegen. Und als sie nach langem Schweigen sprach, schienen ihre Worte diesem kleinen Tier zu gelten und nicht Ben. »Ich bin schwanger.«

Er schloß die Augen und sank gegen den Türpfosten, ein Eingeständnis der Niederlage, bevor der Kampf auch nur angefangen hatte. Am Klang ihrer Stimme erkannte er, daß Sondra nicht zugänglich für Argumente oder Bestechung sein würde. Sie wollte das Baby zur Welt bringen. Die Schwangerschaft hatte irgendeine biochemische Reaktion in ihrem endokrinen System ausgelöst, in irgendeiner Drüse, die vielleicht nicht größer als eine Erbse war, und das Ergebnis war ein Wille, der den Bedürfnissen des Fötus in ihr verfallen war, ein so inbrünstiger und fanatischer Glaube wie der eines schiitischen Moslems.

»Herzlichen Glückwunsch«, sagte er trocken.

»Ich wußte, daß deine erste Reaktion Bestürzung sein würde. So war es auch bei mir. Man muß sich erst mit der Vorstellung anfreunden.«

Er stimmte mit einem schwachen Lächeln zu und sagte sich, daß man das gleiche zu einem Fisch sagen konnte, der den Haken eines Köders im Maul hat. Vielleicht wäre er schneller mit der Sache fertig geworden, wenn es einen Kampf gegeben hätte, wenn er ihr vorgeworfen hätte, daß sie unvorsichtig gewesen war oder ihn getäuscht hatte (denn sie hätte die Pille nehmen sollen), wenn es Beschimpfungen und Tränen und schließlich den Balsam einer versöhnlichen Umarmung gegeben hätte.

»Es war keine Absicht. Ich hatte dir nicht gesagt, daß ich die

Pille abgesetzt hatte, weil das geklungen hätte, als würde ich mich über unser Sexleben beklagen. Und als wir es dann plötzlich wieder taten, nahm ich wieder die Pille, aber da war es zu spät. Es muß gleich an diesem ersten Morgen passiert sein, an dem Morgen nach Williams Geburtstag, erinnerst du dich?«

Er nickte. »Ich erinnere mich.«

»Ich will keine Abtreibung. Diesmal nicht. Ich will dieses Kind, und es gibt keinen Grund, warum wir kein weiteres Kind haben können. Geld ist sicherlich kein Problem. Im Vergleich zu den meisten Leuten sind wir reich.«

»Sondra, ich habe nichts von Abtreibung gesagt. Du streitest mit dir selbst.«

»Aber du hast an Abtreibung *gedacht*.«

»Nein, ich erinnerte mich an Judith, als sie ein Kleinkind war. Sie war ein Schreihals. In den ersten fünf, sechs Monaten schrie sie förmlich nonstop. Dann dämpfte sie das zu einem Plärren, und dieses Plärren währte bis zum vierten Jahr.«

Sondra lachte, denn genau diese Erinnerung hatte sie an Judiths Zeit als Baby und Kleinkind.

»Nun, vielleicht kommt dieses Kind auf William«, sagte sie weich. »William war ein süßes Baby, die Art, um die einen andere Frauen beneiden. Mit acht Monaten hatte er bereits zwei Zähne und kletterte die Treppe hinauf. Und die Intelligenz in seinen Augen! Es war wie eine Lampe, die nie ausging. Er war erst zwei, als ich Henry verließ. Zwei Jahre und fünf Monate, und er fing soeben an, Sätze zu formulieren.«

»Du brauchst mich nicht daran zu erinnern, Sondra.«

»Ich war eine Fremde für ihn während der Jahre, in denen Kinder am süßesten sind. Wenn eine Mutter den größten Unterschied in der Persönlichkeit bewirken kann, wie ein Kind werden wird. Madge Obstschmecker war mehr Williams Mutter als ich. Und das Ergebnis ist, daß er sie auf eine tiefere Weise liebt als mich. Vielleicht nicht tiefer, aber anders. Ich kann ihm das nicht verdenken, er kann wahrscheinlich nichts dafür. Aber ich will ein Kind haben, das *völlig* meines ist. Es ist wie dieses Wort, das sie in der Kirche benutzen, ein Gefäß. Es ist eine Art Leere in mir, die gefüllt werden muß. Männer empfinden nicht so. Oder?«

Ben zuckte die Achseln. Er wollte nicht in eine Diskussion über die Freuden und Wunder der Zeugung hineingezogen werden. »Ich fühle mich oft genug leer, das ist nicht geschlechtsspezifisch. Aber ich kann nicht die gleiche Hoffnung hegen, diese Leere mit einem Embryo zu füllen. Das ist gewiß das Vorrecht einer Frau.«

Es änderte nichts, daß Ben einer Auseinandersetzung aus dem Weg ging. Sondra hatte vorausgesehen, welche Einwände er vorbringen würde, und sie war entschlossen, zu kontern, ob er die Einwände laut aussprach oder nicht. »Es ist nicht so, als führten wir ein Leben, in dem ein weiteres Kind eine echte Unannehmlichkeit für einen von uns darstellen würde. Ich bin die ganze Zeit zu Hause und habe kein Verlangen nach einer ›Karriere‹. Wir gehen nicht viel aus. Judith hat im nächsten Jahr die High-School hinter sich und wird aufs College gehen, und so wird es vielleicht auch bei William sein, wenn er für das beschleunigte Studium angenommen wird.«

»Noch mehr Leere, die gefüllt werden muß?«

»Nein, William wird vermutlich mehr zu Hause sein, wenn er auf dem College ist. Aber sie werden beide erwachsen sein, bevor es uns klarwerden wird. Unsere Bedeutung für sie wird schwinden. Es ist wie . . . ein vorzeitiger Ruhestand.«

»Sondra, du diskutierst mit dir selbst.«

»Oh, du bist sehr verständnisvoll und gütig, und ich weiß das zu schätzen. Aber ich möchte, daß du das Baby *wünschst*, daß du ein gutes Gefühl dabei hast.«

»Wenn es soweit ist, daß ich es sehen und fühlen und mit ihm reden kann, werde ich vielleicht ein Vater sein, der das Kind abgöttisch liebt. Ich bin auch nur ein Mensch.«

Sondra lächelte. Die Hülle selbstzufriedener Mutterschaft hüllte sie bereits sicher wie ein Kokon ein. Alles von der Schöpfung wirkte behaglich und warm, und inmitten dieser Behaglichkeit und Wärme war sie, und im Zentrum von ihr war die Saat des Lebens in ihrem Leib, die Sonne, die all diesen Glanz erzeugte.

»Und was ist falsch daran, daß du auch nur ein Mensch bist?« fragte sie und rutschte über das Bett, bot sich ihm an. »Ich habe es noch nie bemerkt, aber ich finde, es macht dich süß.«

Er ergab sich der reinen biologischen Macht der Ereignisse. Er hatte stets den Lachs bewundert, der Wasserfall um Wasserfall hinaufspringt, verrückt darauf zu laichen. Warum sollte er anders sein?

»Ich hoffe, es wird ein Mädchen«, sagte er, denn er wußte, daß sie auf diese Worte wartete, »und daß es genau wie du ist.«

44

Icksy, die Hexe, saß inmitten der nebligen Lichtung, auf die William im Traum gekommen war, eine große schwarze Frau in einem roten Baumwollkleid. Er erkannte sie nicht sofort, hielt sie für die Mutter von Jimmy Deeters, die er vor einer Weile in den Abendnachrichten gesehen hatte, als sie die Polizei der Ermordung ihres Sohnes beschuldigt hatte. (»Und die Frau hat vielleicht recht, weißt du«, hatte Ben in seinem Kanzler-John-Tonfall bemerkt. »Nicht, daß jemand außer seiner Mutter den kleinen Bastard vermissen wird. Das war ein übler Junge.« Woraufhin William ein vorsichtiges *Hm-hm* gemurmelt hatte, weil er sich nicht in eine Diskussion hatte verwickeln lassen wollen. Er war erleichtert gewesen, als dem kurzen Bericht über Jimmy Deeters' geheimnisvollen Tod die neuesten Nachrichten über die Geiseln im Iran gefolgt waren.) Icksy saß dort, wiegte sich kummervoll auf und ab und rief den Namen ihres Sohnes manchmal lamentierend und manchmal schrill und anklagend. Der Name, den sie rief, war nicht ›Jimmy‹, sondern ›Reinhardt‹, und deshalb wußte William, daß sie Icksy und nicht Mrs. Deeters war. Daran erkannte er es und an der Farbe ihres Kleides, das gleiche Knallrot des Kegels, der vor langer Zeit über Dundor triumphierte und dafür sorgte, daß der Sohn Reinhardt die Krone des enthaupteten Königs und die Herrschaft über das Königreich Wyomia übernahm. Warum war sie dann so bekümmert?

Als hätte er die Frage laut gestellt, sah Icksy auf und heftete den Blick auf ihn. In ihren schwarzen Augen glänzten Tränen, und ihr Blick war feindselig. »Warum ich traurig bin! Du wagst das zu fragen – du, sein Mörder?«

»Ich? Niemals!« protestierte William.

Ihr Lachen klang wie das Krächzen ihres Raben Karn. »O nein, du nicht!« spottete sie. »Und der Zug? Der Zug, der Tage nach Weihnachten zerstört wurde – das hast du wohl auch nie getan, nehme ich an. Nein, das hat kein unschuldiges Kind wie Billy Michaels getan. Und du hattest auch nicht deine Hand im Spiel, als Dundor angeklagt und enthauptet wurde, dessen bin ich sicher. Und daß sein Volk versklavt und gezwungen wurde, falsche Götter zu verehren, hatte auch nichts mit *dir* zu tun!«

»Sie waren *deine* Feinde«, wandte William ein. »Ich tat es für dich, damit dein Sohn König wurde.«

»Eines Tages, William Michaels«, prophezeite sie finster, »eines Tages wird dein Volk diesen König ehren und den Tag seiner Geburt als Feiertag erklären. Und der Name seines Mörders wird verflucht sein, und eine Nation wird trauern und kann nicht getröstet werden. Eines Tages wird deine eigene Mutter ein Kind zur Welt bringen, und dieses Kind wird keinen Namen haben. Und eines Tages, William Michaels, merk dir meine Worte, eines Tages, wird über *dich* und deine Verbrechen gerichtet und deine Schuld bekannt gemacht werden. Und der Name deines Richters ist . . .«

»Genug!« Das war die Stimme von Merkur.

William wandte sich um und sah den Gott. Merkurs rechte Hand war gegen Icksy erhoben und hielt den Merkurstab mit den gewundenen Schlangen, die ihre stumme Bekräftigung des Befehls des Gottes zischten.

»Ich werde *reden*! Ich werde den Namen des Bösen veröffentlichen und mich über die Anklage freuen!«

»Ich sage, du wirst schweigen. Denn du bist nichts als ein Stück lackiertes Holz, ein Kegel, ein Kinderspielzeug.«

Der Gott trat einen Schritt vor, und es stimmte. Auf dem Felsblock, wo sie gesessen hatte, war jetzt nur der rote Kegel, den William in den Spielen der Scheinwelt seiner Kindheit benutzt hatte. Merkur hob den Kegel auf und warf ihn William zu, der ihn auffing und in die Tasche steckte.

»Es freut mich, dich zu sehen«, sagte William. »Ich möchte dich einiges fragen.«

Merkur wirkte belustigt. *»Findest du, daß Neugier einer der Reize der Jugend ist? Im Gegenteil, William, was die Jungen nicht wissen und sich nicht vorstellen können, betört die Älteren. Aber stell deine Fragen – drei sind wie üblich bewilligt –, und dann gehen wir in mein Sprechzimmer zu einigen praktischen Lektionen.«*

»Ich wollte fragen, warum du mich zu gewissen Zeiten besuchst und zu anderen nicht, aber wenn ich nur drei Fragen habe . . .«

»Du verstehst es zu feilschen. Nun gut: diese Antwort zählt nicht zu den dreien. Ich besuche dich wie ein Gärtner den Garten, den er angelegt hat, um deinen Wuchs zu beobachten und zu fördern. Manchmal komme ich und stelle fest, daß du nicht zugänglich bist. In der vergangenen Woche schaute ich zum Beispiel vorbei und stellte fest, daß dein Geist vor mir verschlossen war. ›Was ist denn das?‹ fragte ich mich. ›Ist er so schnell zum Ungläubigen geworden und glaubt nicht mehr an mich? Hat er all die Erinnerungen verbannen können, die ich wiederhergestellt habe?. Kann er den Merkurstab in der Hand halten, dessen Kraft spüren und die Quelle dieser Kraft leugnen?‹«

William war beschämt. Er hatte gehofft, daß der Gott vielleicht nichts von seiner Glaubenskrise bemerkt hatte. Er fühlte sich zu einer Erklärung verpflichtet, obwohl der Gott ihn anscheinend in vielerlei Hinsicht besser verstand als er sich selbst.

»Es war nicht wirklich Ungläubigkeit. Ich hatte nur *Zweifel*.«

»Ein feiner Unterschied.«

»Welchen Beweis habe ich? Einen Stock mit einem toten Vogel dran. Wenn ich das Ding aus dem Karton mit Comics nahm, in dem ich es versteckt hatte, wirkte es zu albern und kindisch, und ich konnte nicht glauben, daß es all die Dinge bewirken konnte, an die ich mich anscheinend erinnerte. Es war, als glaubte ich die Geschichten in diesen Comics. Ich konnte mich erinnern, daß das Ding mit irgendeiner Art unsichtbarer Energie vibrierte, aber das tat es nicht mehr.

Natürlich gab es da Ned und Oma O.s Glatze und das übrige, aber all diese Dinge konnten auf natürliche Weise passiert sein.«

Merkur schaute William verächtlich an. *»Die Götter des Olymp haben sich nie mit offenkundigen Wundern abgegeben. Wenn wir Sterbliche besuchen, nehmen wir vertraute Formen an. Die Pfeile, mit denen Apollo die Kinder der Niobe tötete, nahmen für das menschliche Begriffsvermögen die Form einer Seuche an. Dies ist langweilig. Stell deine Fragen.«*

»Okay. *Warum* war keine Kraft in dem Merkurstab? Warum hatte der Fluch, mit dem ich Turnages Feuerzeug belegte, keinerlei Wirkung?«

»Das sind zwei verschiedene Fragen. Die Antwort auf die erste Frage: Du hast den Merkurstab einfach ausgelaugt, indem du eine zu große Forderung gestellt hast. Uneingeschränkt gute Gesundheit für fünf Leute – hast du eine Vorstellung, was das im Vergleich zu einer ebenbürtigen und gegensätzlichen Reaktion an Kraft kostet? Offenbar nicht. Es erfordert mehr als den Tod eines Jimmy Deeters, um diese Arztrechnung zu bezahlen. Dein Konto ist sehr überzogen. Inzwischen sind Sollzinsen aufgelaufen, wie bei einem Kredit, den man jemandem schuldet. Es besteht sogar die Möglichkeit, daß der Kredit ganz gekündigt wird, wenn die Schuld nicht binnen einer angemessenen Frist beglichen wird.«

»Du meinst . . .« begann William, und dann wurde ihm klar, daß dies als dritte Frage betrachtet werden würde, und er verstummte, denn es war ganz klar, was Merkur meinte. Wenn William nicht weiteren Schaden mit dem Merkurstab anrichtete, würde er nichts Gutes *und* nichts Böses mehr bewirken.

»Ja? Was wolltest du fragen?«

»Ich habe verstanden, was du meinst.«

»Was deine zweite Frage anbetrifft: Viele Dinge können verantwortlich dafür sein, daß der Fluch, mit dem du das Feuerzeug belegt hast, noch keine Wirkung gezeigt hat. Krebs kann wie die Blumenzwiebeln sein, die von Gärtnern im Herbst eingepflanzt werden. Sie liegen viele Monate schlafend da, bis die ersten Blätter aus dem aufgetauten Boden sprießen. Oder vielleicht hat Turnage das Feuerzeug nicht benutzt, seit es verflucht

wurde. Es könnte noch in der Tasche des Anzugs stecken, den er an diesem Abend trug, und der Anzug hängt seither vielleicht hinten in seinem Kleiderschrank. Oder der Feuerstein des Feuerzeugs ist abgefallen und wurde noch nicht ersetzt.«

William fühlte sich betrogen. Er hatte selbst an diese Möglichkeit gedacht.

»Deine dritte Frage?«

»Meine Mutter ist schwanger.«

»Das weiß ich.«

»Ich möchte, daß das Baby gesund ist.«

»Natürlich.«

»Kann ich das tun, wenn es . . . in ihr ist?«

»Ja, wenn die Kraft des Merkurstabs voll wiederhergestellt ist. Und in den angeborenen Grenzen.«

»Was meinst du damit?«

»Streng genommen ist das eine andere Frage. Aber was ich meine, ist klar genug. Ich meine, das primäre Ereignis, das die Struktur eines menschlichen Embryos entscheidet und bestimmt, kann der Merkurstab nicht ändern oder korrigieren. Diese Macht hat er nicht. In diesem Punkt müssen sogar die Götter Fatalisten sein. Es kommt, wie es kommt.«

»Willst du damit sagen, daß bereits etwas schiefgegangen ist?«

»Ich erkläre nur die Grenzen der Macht des Merkurstabs. Die Chromosomen setzen sich zusammen, wie es das Schicksal bestimmt. Wäre es anders, würden Menschen schon seit langem Götter geworden sein, weil jeder, der solche Macht besitzt, dafür sorgen würde, daß seine Nachkommenschaft und deren Nachkommen alle genetische Vorbilder werden. Selbst der große Jupiter hatte einen behinderten Sohn. Nun komm mit, die Glocke läutet, und es gibt etwas, das du sehen mußt, um zu glauben.« Merkur lächelte wissend, als hätte er etwas Cleveres gesagt, dessen Bedeutung nur er schätzen konnte. Dann schob er den Felsblock zur Seite, auf dem Icksy gesessen hatte, um eine roh behauene Treppe zu zeigen, die in die Erde hineinführte. *»Hier hinunter«*, befahl er William, *»und sei vorsichtig, diese Stufen können glitschig sein.«*

Als sie die Treppen hinabgingen, warf der leuchtende Körper

des Gottes schwaches Licht auf die Steinwände. William lauschte, um die Glocke zu hören, von der Merkur gesprochen hatte, aber er nahm nur gedämpftes Trommeln wahr, das von tief unten zu kommen schien. Dann wurde ihm klar, daß es das Pochen seines Herzens war.

»Ecco!« sagte Merkur, als die Treppe zu einer gewölbten Kammer führte. Echos des lateinischen Worts jagten durch die Finsternis wie Fledermäuse. Und dort direkt vor ihm, auf einem Podest aus poliertem weißem Stein war das Objekt, das William sich auf Merkurs Befehl hin anschauen sollte: die Leiche eines gut proportionierten jungen Mannes, dessen zahnloser Mund weit aufklaffte, dessen Gaumen blutete und dessen Augenhöhlen mit Bällen von Baumwollwatte ausgestopft waren. Auf einem Wagen aus rostfreiem Stahl neben dem Podest stand ein Tablett mit chirurgischen Instrumenten. Nach einem einzigen Blick auf den nackten Körper auf der Steinplatte, die er jetzt als Operationstisch erkannte, mußte William wegblicken.

»Na komm schon!« tadelte Merkur. *»Ärzte müssen aus härterem Holz geschnitzt sein. Angst vor deiner ersten Leiche? Unter diesen Umständen wirst du beim Medizinstudium nicht weit kommen.«* Er hob die Hand der Leiche an und ließ sie auf die Steinplatte zurückfallen. *»Siehst du, ganz harmlos. Du solltest jedoch zur Vorsicht Handschuhe tragen. Da ist ein Paar auf dem Wagen.«*

Widerstrebend zog William die Arzthandschuhe an. Sie waren aus durchsichtigem Kunststoff, und William hatte beim Überstreifen einige Mühe.

»Warum fangen wir nicht mit der Erkundung der Bauchhöhle an? Ein richtiger Schnitt sollte genügen. Fang hier an.« Er tippte mit dem Finger auf eine Stelle unterhalb der untersten Rippe der Leiche.

William hielt das Skalpell an die angezeigte Stelle, konnte es jedoch nicht über sich bringen, auch nur den geringsten Druck auf das tote Fleisch auszuüben. Merkur klopfte ihm auf den Handrücken, und das Fleisch teilte sich. Es floß kein Blut. Das Gewebe unter der Haut war blaßrosa-grau.

»Mach bis ungefähr hier weiter«, sagte Merkur. Er berührte die Leiche kurz über dem Penis, wo die Schamhaare abrasiert

waren bis auf ein paar Stoppeln, die in der Zeit gesprossen waren, seit die Leiche zum Sezieren vorbereitet worden war.

William führte den Schnitt weiter und versuchte, ein intelligentes, leidenschaftsloses Interesse an der Prozedur zu entwickeln. Merkur half, indem er ihn auf verschiedene Punkte aufmerksam machte, die beim Öffnen der Bauchhöhle sichtbar wurden.

»Beachte die Adhäsion über dem abwärts führenden Teil des Dickdarms und die Erweiterung des Darms. Da ist anscheinend Gas in dem querverlaufenden Stück des Dickdarms und in der Krümmung.«

Als der Schnitt länger wurde, schienen sich Haut und Gewebe aus eigenem Willen zu teilen, wie ein zu vollgepackter Handkoffer, der aufgesprungen war. Die Eingeweide lösten sich aus der Bauchhöhle und quollen auf die Steinplatte.

William legte das Skalpell auf den Wagen. »Es tut mir leid, ich kann nicht weitermachen.«

»Unsinn, du machst das prima. Nur noch ein paar Zoll, und der Schnitt ist fertig.«

William zwang sich, wieder auf die Leiche zu schauen, und er sah, daß der Penis erigiert war und eine dicke, weißliche Flüssigkeit in unregelmäßigen Abständen aus der Harnröhre spritzte. Der erste Schock des Entsetzens ging schnell in starke, morbide Faszination über. Als der Erguß weiterging, nahm er Farbe und Konsistenz von Hüttenkäse an.

»Jesus«, flüsterte William. »Was ist das?«

Merkur lachte. *»Dies, mein Junge, ist eine Frage, die du selbst beantworten mußt.«*

45

»William? William, bist du dort drin?«

William schreckte aus dem Schlaf. Das Zimmer war dunkel, das Telefon klingelte, und seine Mutter klopfte an die Tür.

»William, würdest du *bitte* den Telefonhörer abnehmen. Das Telefon hat lange genug geklingelt.«

»Verstanden«, rief William und nahm den Hörer ab.

»Danke«, sagte Sondra. »Und weist du deinen Freund, wer immer das ist, darauf hin, daß es ein Uhr nachts ist?«

»Ich habe ein R-Gespräch«, sagte eine Telefonistin mit fremdem Akzent. »Für William Michaels von Winky Meyer.« Sie sprach den Namen in mißbilligendem Tonfall aus. »Übernehmen Sie die Gebühren?«

»Oh.« Der Telefonhörer war mit einer Art Schleim bedeckt. William wechselte den Hörer in die linke Hand und wischte sich die rechte Hand an der Bettdecke ab. Dabei wurde ihm klar, daß der Schleim nicht am Telefonhörer, sondern an seiner Hand gewesen war, bevor er den Hörer abgenommen hatte. »Nur eine Sekunde.« Er wischte sich mit der Ecke des Bettlakens beide Hände und dann den Hörer ab, aber er war immer noch klebrig, als er ihn wieder aufnahm.

»Sind Sie noch dran, Mr. Michaels?« fragte die Telefonistin.

»Jawohl. Ich übernehme die Gebühren.«

»Sprechen Sie, Miss Meyer.«

»William?« Es war Judith. Warum hatte er gedacht, es sei Ben? Weil die Telefonistin Winky Meyer gesagt hatte. William war noch schlaftrunken, und er spürte, wie der Traum verblaßte und wußte, daß ihm darin Dinge gesagt worden waren, die er sich merken mußte. Und es war nicht nur an seiner Hand: seine Pyjamahose war ebenfalls feucht und klebrig. Es dämmerte ihm, daß er einen feuchten Traum gehabt hatte, den ersten in seinem Leben.

Das Zeug am Telefonhörer und in seiner Pyjamahose war *Sperma*, das erste richtige Sperma, das er jemals produziert hatte, obwohl er seit über einem Jahr ziemlich regelmäßig masturbiert hatte. Aber der Traum war gar nicht so gewesen, wie feuchte Träume sein sollten, er hatte sich überhaupt nicht um Sex gedreht.

Und jetzt war Judith am Telefon.

»Judith?«

»Tut mir leid, wenn ich dich geweckt habe. Es ist hier eine Stunde früher, und ich dachte, du bist vielleicht noch auf.«

»Ist was passiert? Wo bist du?«

»Ich bin in der Greyhound-Station in Miami. Aber sag Vater

nichts, jedenfalls nicht vor einer halben Stunde. Dann werde ich im Bus sein. Ich fahre heim.«

»Aber Ben telefonierte heute mit deinem Arzt. Der sagte, du mußt noch zwei Wochen im Krankenhaus bleiben.«

»Ich hab' das Krankenhaus nach dem Mittagessen verlassen. Meine Mutter kommt immer am Nachmittag, und ich konnte keinen weiteren ihrer Besuche ertragen. Sie jammert ständig über ihre Gesundheit. *Ich* bin im Krankenhaus, obwohl es in Wirklichkeit mehr eine Klapsmühle ist, aber *sie* klagt ständig über ihre Gesundheit und daß sie kein Geld für Thermalbäder hat. So war sie schon immer, aber jetzt ist es noch schlimmer. Es war so blöde, hier runter zu kommen.«

»Aber Judith!«

»Ärgere dich nicht, und mach dir keine Sorgen um mich. Mir geht es wirklich ganz gut. Eigentlich ging es mir nie besser. Das ist einer der Gründe, weshalb ich dich anrufen mußte. Ich konnte nicht aus dem Krankenhaus anrufen, da gab es nie eine Privatsphäre. Und das Essen! Der reinste Fraß. Genau das, was jeder über Essen im Krankenhaus sagt. Es war so ungesund. Und ich kam fast um vor Hunger, aber wenn die Mahlzeiten kamen, warf ich nur einen Blick auf die kleinen Stücke Fleisch in kalter klebriger Soße und heulte. Aus Hunger! Und das Essen bei meiner Mutter war auf seine Weise fast so schlimm. Mikrowellenfraß mit der gleichen schrecklichen Soße, diesmal nur glühend heiß. Und ständig Eiscreme! Rhoda kann ein ganzes Pfund Eiscreme essen, während sie eine Show im Fernsehen anschaut. Und Frühstück? Frühstück besteht bei ihr aus gezuckerten Cornflakes *und* Croissants. Nach einer Woche bei ihr hätte *jeder* Bulimie. Ich meine, im Vergleich zu diesem Essen ist ein Burger King wie ein Gesundbrunnen. Ich glaube, ich bin unbewußt deshalb hierhin gereist. Weil ich wußte, daß ich krank werde. Aber ich bin *nicht* mehr krank, nicht richtig. Ich hatte mir das Erbrechen *eingeredet*. Erinnerst du dich an den Abend, an dem du sagtest, du heilst mich? Das hast du tatsächlich getan! Aber ich weigerte mich, diese Tatsache zu akzeptieren.« Sie legte eine Pause ein, um Luft zu holen und fügte hinzu: »Ich muß hysterisch klingen.«

»Du klingst ziemlich aufgeregt«, stimmte William zu.

»Weißt du, was es war?«

»Was?«

»Das Problem, die Anorexie. Es war einfach das, was in all den Büchern über Anorexie steht. Sex. Ich weigerte mich, die Vorstellung zu akzeptieren, daß ich eine Frau wurde, daß ich Brüste bekomme und Freunde und all das andere. Ich wollte keinen Frauenkörper haben. Und ich *hungerte,* um keinen zu bekommen.«

»Judith, du hast doch nicht getrunken, oder?«

Judith lachte. »Klingt es, als wäre ich betrunken? Vielleicht bin ich berauscht, aber nicht vom Alkohol. Ich bin berauscht von Filmen. Heute habe ich nichts anderes getan. Als ich das Krankenhaus verließ, nahm ich den Bus in die Innenstadt, aber ich hatte noch keine Ahnung, was ich tun würde. So ging ich ins Kino und schaute mir *Romeo und Julia* an. O William, es war so wundervoll. Nicht nur wundervoll, sondern – ich kann es nicht beschreiben. Nach einer Viertelstunde im Kino begann ich zu weinen und hörte praktisch nicht mit dem Heulen auf, bis der Film zu Ende war. Und dann blieb ich, um ihn mir ein zweites Mal anzusehen, und es war das gleiche, ich konnte nicht mit dem Heulen aufhören. Da wurde mir klar, daß ich nicht im Einklang mit meinen tiefsten Gefühlen bin. Jedenfalls war es zu diesem Zeitpunkt neunzehn Uhr, und ich kam fast um vor Hunger, und so ging ich ins Restaurant neben dem Kino. Es war ein kubanisches, aber überhaupt nicht von niedrigem Niveau, obwohl meine Mutter Panik bekommt, wenn sie irgendwo ein Wort Spanisch sieht. Ich weiß nicht, warum sie hier lebt. Jedenfalls waren die Leute im Restaurant alle sehr gut gekleidet, und ich bestellte das erste, was ich auf der Speisekarte an der Wand sah, was *arroz con pollo* war und sich als ein halbes Hähnchen mit einem Haufen Bohnen und Reis entpuppte, und während ich das hinunterschlang, erinnerte ich mich an Szenen des Films, und ich begann wieder zu heulen, und die Tränen flossen in Bohnen und Reis und zugleich genoß ich die Mahlzeit so sehr wie keine, die ich jemals aß. Ich bin überzeugt, daß der Kellner mich für verrückt hielt. *Du* hältst mich vermutlich für verrückt.«

»Nein. Aber es klingt, als ob es ein großartiger Film war.«

»Oh, William, das ist er! Wenn ich daheim bin, möchte ich, daß du diesen Film mit mir anschaust, sofern er noch irgendwo gezeigt wird. Ich verstand nie all das Theater, das um Shakespeare gemacht wird. Als ich *Julius Caesar* lesen mußte und sogar als man uns den Film zeigte, war es, als müßte man sich in einem Museum all diese beschädigten alten Statuen ansehen. Ich weiß nicht, vielleicht werde ich erwachsen. Vielleicht sollte ich mir die Statuen von neuem anschauen.«

Einen Augenblick lang spielte William mit dem Gedanken, die Flut von Judiths Monolog einzudämmen, indem er ihr von der Statue ›Mississippi – Vater der Gewässer‹ erzählte, die er im Gerichtssaal gesehen hatte und die einen ähnlichen, wenngleich nur kurz währenden Eindruck auf ihn gemacht hatte. Doch letztlich war er durchaus interessiert an Judiths Geplapper. »Und was geschah dann?« fragte er.

»*Dann* sah ich mir einen anderen Film an, obwohl ich zuerst daran dachte, das Krankenhaus anzurufen und zu sagen, daß mich meine Mutter zum Abendessen ausgeführt hat und ich bei ihr im Haus übernachte – in dem Krankenhaus ist man wirklich sehr lax, weil für das Zimmer bezahlt wird, ob man drin ist oder nicht. Und dann wollte ich meine Mutter anrufen, aber sie war wie üblich nicht zu Hause, sie ist immer in irgendeiner Bar und trinkt. So hinterließ ich eine Nachricht auf dem Anrufbeantworter, daß ich Kopfschmerzen hätte und sie bitte nicht bis zum Morgen anrufen möchte. Und dann schaute ich mir *Grease* an. Hast du *Grease* gesehen?«

»Ist das ein anderer Film?« Er wußte es, aber es war leichter, Suggestivfragen zu stellen, als ihre Geschichte zu verderben, indem er erklärte, daß er die letzte Viertelstunde von *Grease* in einem Doppelprogramm gesehen hatte, jedoch nicht geblieben war, um auch noch den Anfang zu sehen.

»William, in welchem Jahrhundert lebst du? Ich dachte, jeder auf der St. Tom's außer mir hat *Grease* gesehen. Es ist ein Musical mit John Travolta und Olivia Newton-John. Die sind beide so wunderbar! Aber dann fing ich wieder an zu heulen! Es war, als wäre es der gleiche Film, in dem jeder andere Kostüme trug. Sie sangen diese schönen Lieder, Rock-'n'-Roll-Songs, die normalerweise keine große Wirkung auf mich haben, aber heute abend verstand ich sie zum ersten Mal in meinem Leben!«

Zu diesem Zeitpunkt war William völlig aus seinem Traum herausgerissen, aber es war, als wäre er in Judiths Traum eingetreten. Was sie sagte, war so versponnen, daß es ihm schwerfiel, sie ernst zu nehmen. »Ich dachte, Rock 'n' Roll ist leicht zu verstehen.«

»Natürlich ist es das. Für jeden auf der Welt außer mir und Olivia Newton-John. Gott, *identifizierte* ich mich damit!«

»Judith, ich bin überzeugt, daß *Grease* ein nicht gebührend gewürdigtes Meisterwerk ist, und wenn es in einem Doppelprogramm mit *Romeo und Julia* gezeigt wird, können wir uns die Filme gemeinsam ansehen und unsere Meinungen austauschen. Aber ich verstehe immer noch nicht, warum du in einem Greyhound-Busbahnhof gelandet bist.«

»Ich hatte nicht genug Bargeld für ein Flugticket, es sei denn für einen Stand-by-Flug, und ich sagte mir, wenn meine Mutter herausgefunden hat, daß ich nicht im Krankenhaus bin, läßt sie vielleicht bei den Flughäfen nachfragen, aber nicht beim Busbahnhof. Wer würde schon einen Bus von Florida nach Minneapolis nehmen?«

»Keiner. Und vielleicht solltest auch du das nicht tun.«

»Oh, ich denke, ich hätte diesen ganzen Teil gleich zu Beginn erzählen sollen. Die Sache ist die: meine Mutter und dieser Arzt, mit dem sie meiner Ansicht nach irgendwann eine Affäre hatte, halten mich hier wie eine Art Geisel. Ist das nicht schrecklich? Wie die armen Gefangenen im Iran. Als ich hier eintraf, war ich entschlossen, nicht von meiner Anorexie loszulassen. Als du mich an jenem Abend berührtest und sagtest, ich sei geheilt, regte ich mich sehr auf. Und ich war ärgerlich. Aber allmählich dachte ich anders übers Essen. Ich *wollte* essen. Alles mögliche, was ich zuvor nicht angerührt hätte. Hamburger! Eines Tages ging ich zu Burger King und aß einen Whopper! Und er schmeckte mir! Und ich mußte mich danach nicht übergeben. Aber ich wollte mich nicht geschlagen geben. Als meine Mutter anrief und fragte, ob ich zu Besuch komme, hielt ich das für einen perfekten Vorwand. Ich meine, ich *hasse* die Eßgewohnheiten meiner Mutter, die ein klassisches Anorexie-

Syndrom sind. Aber ich sagte mir, daß ich so hungrig werden würde, um trotzdem alles zu essen, was sie auf den Tisch bringt, wodurch ich mich ernsthaft krank fühle, aber selbst da hätte ich nicht nach jeder Mahlzeit gebrochen, wenn ich mir nicht den Finger in den Hals gesteckt hätte. Was das nächste Stadium für die meisten an Anorexie Erkrankten ist: Bulimie. So brachte sie mich zu diesem unheimlichen Arzt, der ein Freund von ihr ist, und er sperrte mich in seiner schrecklichen Klinik ein. Und ich steckte in der Klemme. Entweder gab ich zu, daß alles mit mir in Ordnung war, was ich aus Sturheit immer noch nicht tun wollte, oder ich blieb in der Klinik und mußte das gräßliche Essen ertragen. Und die ganze Zeit freute sich meine Mutter diebisch, weil sie dachte, sie kann mich als Geisel in Florida halten und wer weiß wieviel Geld als Unterstützung bekommen.«

»So bist du einfach aus dem Krankenhaus abgehauen?«

»Endlich. Heute. Ja.«

»Gut für dich.«

»Ich weiß nicht, wie du das geschafft hast, William. Aber ich bin dir so dankbar.«

»Hey, hör auf, *du* hast das geschafft.«

»Es wäre albern von uns, darüber zu streiten. Wie geht es mit dem Sommerkurs?«

»Furchtbar. Du hattest recht mit deiner Meinung über die alte Lilah Gerhart. Das ist eine Wahnsinnige. Aber ich denke, Staatsbürgerkunde wäre sogar gräßlich, wenn Joan Rivers die Lehrerin wäre. Die Verfassung von Minnesota ist schon an sich langweilig. Der Deutschunterricht ist ebenfalls langweilig, aber nur, weil ich neue Vokabeln pauken muß.«

»Du wirst zum größten Workaholic der Welt werden.«

»Oh, es ist nicht alles harte Arbeit. Heute hatten Mutter und ich ein aufreibendes Training mit einem Frisbee, das sie unter irgendwelchen Sträuchern gefunden hatte. Und danach erklärte ich mich als zu müde, um weiterzumachen, indem ich das Frisbee aufs Dach der Garage warf, und Mutter sagte mir, daß sie ein Baby bekommt. Irgendwann vor Weihnachten.«

»Wie wundervoll! Sag ihr, wie sehr ich mich für sie freue –

aber sag ihr es erst morgen. William, gerade wird der Bus nach Nashville angekündigt, und ich muß gehen.«

»Nashville?«

»Dort steige ich um. Ich dachte gerade: Es gibt keinen Grund, ihnen überhaupt zu sagen, daß ich mit einem Bus fahre. Sag nur, ich habe angerufen, um dir von den Filmen zu erzählen. Okay?«

»Ja, aber wenn Rhoda anruft und sagt, daß du verschollen bist, werden sie sich Sorgen machen.«

»Ich werde sie von Nashville aus anrufen. William, ich muß gehen. Ich liebe dich.«

»Ich liebe dich auch.«

Judith hängte ein.

Es war also wahr, alles davon. Nicht, daß es irgendeinen Zweifel gegeben hätte, nachdem das mit Jimmy Deeters passiert war. Das einzige, was überhaupt Zweifel in ihm geweckt hatte, war der Eindruck, daß Judiths Anorexie seit seinem Geburtstag scheinbar schlimmer geworden und sie dann ins Krankenhaus gebracht worden war. Das und die Tatsache, daß der Merkurstab scheinbar unwirksam geblieben war. Aber in seinem Traum hatte Merkur das erklärt. Was hatte er gesagt? Während des Telefonats mit Judith war der Traum ganz verschwommen geworden. William konnte sich an den letzten Teil erinnern. Er hatte die Leiche aufgeschnitten, die auf einer Art Podest oder Altar gelegen hatte, und aus dem Penis der Leiche war das Sperma gespritzt, und dann war er verlegen gewesen, als er aufgewacht war und festgestellt hatte, daß dieser Punkt des Traums überhaupt kein Traum gewesen war.

Er erhob sich vom Bett und ging ins Badezimmer, um sich zu waschen, aber er tat das im Dunkeln, damit er kein Bruchstück des Traums zerstörte, das ihm noch in Erinnerung war. Ein Kegel: Merkur hatte ihm einen Kegel zugeworfen, und er hatte ihn aufgefangen und in die Tasche gesteckt.

Dann kam alles wieder, die drei Fragen, die er gestellt und die Antworten, die Merkur gegeben hatte. Sein Konto war überzogen, und Überziehungszinsen waren aufgelaufen. Er mußte einen anderen Jimmy Deeters finden, oder der Merkurstab würde seine Kraft verlieren. Und es mußte schnell geschehen, wenn er seinem ungeborenen Brüderchen (aus irgendeinem Grund war er sicher, daß es ein Junge werden würde) Gesundheit zum Geburtstag schenken wollte. Bei dem Gedanken an die Suche nach neuen Opfern fühlte er sich unbehaglich. Als er Jimmy Deeters' Mutter in den Abendnachrichten gesehen hatte, waren in ihm Schuldgefühle aufgestiegen. Und vielleicht war die Todesstrafe zu drastisch für Jimmys Verbrechen: Blindheit hätte so wirksam wie der Tod eine Verbrecherlaufbahn verhindert. In Zukunft würde er seine Gerechtigkeit mit etwas mehr Gnade mildern. Außerdem sollte er seine Macht nicht bei Fremden anwenden. Vielleicht hatte Jimmy Deeters doch eine gute Seite gehabt, die vor Gericht nicht aufgedeckt worden war. Vielleicht hatte er musikalisches Talent gehabt. Vielleicht wäre er in einem Jahr oder so zur Army gegangen und hätte seine Aggressionen für einen konstruktiven Zweck genutzt. William schwor sich, von jetzt an seine Macht verantwortungsbewußter einzusetzen.

Als er zu diesem lobenswerten Schluß gelangt war, hatte er sich abgetrocknet und einen frischen Pyjama angezogen. Dann legte er sich ins Bett und tauchte mühelos in den Teich eines tiefen, traumlosen Schlafs.

46

Lilah Gerhart bildete sich nichts auf ihr Äußeres ein, aber sie wußte, daß ihr gutes Aussehen ein Plus war, und versuchte sich entsprechend zu kleiden. Heranwachsende Kinder konnten gnadenlos gegenüber Lehrpersonal sein, das sie für schlechtgekleidet hielten. Heute hatte sie ihr bestes Sommerkleid angezogen, obwohl sie keinen Unterricht geben mußte. Das Baumwollkleid war mit großen roten Blumen bedruckt, die auf einem weißen Feld blühten. Die geschminkten Lippen waren genauso rot wie die Blumen, und die barettartige Mütze, die in keckem Winkel auf ihrem schwarzen Haar thronte, hatte den gleichen Farbton. Miss Gerharts Gesichtszüge waren schon an sich dramatisch – stark ausgeprägte Wangenknochen, festes Kinn und Römernase –, und sie verstärkte dieses Drama noch unbewußt mit Make-up und einer Frisur, die Aufmerksamkeit verlangte. Das Unterrichten war eine Form des Theaters, und im Theater ist kein Platz für Zurückhaltung und falsche Bescheidenheit.

Der Sommerkurs war seit über einer Woche vorüber, aber Miss Gerhart hatte sich bereit erklärt, Mr. Paley, dem neuen Direktor, bei der Vorbereitung des Lehrplans für das neue Jahr zu helfen. Sie hatte ebenfalls eingewilligt – widerstrebend –, mit dem unausstehlichen William Michaels über die Noten zu sprechen, die er in Staatsbürgerkunde erhalten hatte. Der Stiefvater des Jungen hatte es gewagt, sich mit seiner Beschwerde gleich an Mr. Paley zu wenden, aber der Direktor hatte entschieden erklärt, daß es eine Sache zwischen Lehrerin und Schüler war, nicht zwischen Direktor und Eltern. Und so war ein Termin vereinbart worden. Natürlich ging es nicht um die Note an sich, sondern um den unsinnigen Ehrgeiz des Jungen, mit dem beispiellosen Alter von vierzehn Jahren die Abschlußprüfung der St. Tom's zu bestehen. Die Noten A und C in Staatsbürgerkunde schlossen nicht automatisch die Möglichkeit aus, daß er in das beschleunigte Studienprogramm aufgenommen wurde, aber zusammen mit Miss Gerharts Beurteilung (sie war das dienstälteste Mitglied der Kommission, die über eine vorzeitige Zulassung zum Studium entschied) konnte der Junge mit zwei weiteren Jahren auf der High-School rechnen. Mit mindestens zwei Jahren.

Um fünf vor zehn schloß Miss Gerhart (sie war selbst stets pünktlich und erwartete das auch von anderen) das Büro des Direktors auf (Mr. Paley war noch nicht eingetroffen; er hielt offenbar nichts von der Höflichkeit der Könige) und ging zum Beratungszimmer. William Michaels wartete bereits vor der Tür.

»Guten Morgen, William«, sagte sie fröhlich. »Hast du den Rest der Ferien genossen, nachdem der Sommerkurs vorüber ist?«

»Nicht so sehr, Miss Gerhart. Nicht, nachdem ich meine Note von Ihnen bekam.«

»Ja, ich verstehe, daß du nicht daran gewöhnt bist, etwas Schlechteres als die Note A zu bekommen. Aber ich kann dir versichern, daß einige deiner Klassenkameraden dich um dein C plus beneiden würden. Dick Larsen zum Beispiel. Ich befürchte, die Hockeymannschaft wird sich dieses Jahr einen neuen Torwart suchen müssen. Aber ich gebe mir nicht die Schuld dafür oder für deine C plus, was das betrifft. Die Noten eines Schülers beruhen auf seinen Leistungen.«

»Meine Leistungen waren zum Schluß gut genug.«

»Und deshalb ist deine Note so gut, wie sie ist. Aber ich traue einem intelligenten Jungen wie dir auch zu, daß er einen Test eigener Wahl gut besteht. Ich persönlich finde, daß solche Tests wenig in einem humanistischen Fach wie Staatsbürgerkunde zu suchen haben. Zum Glück für dich sieht das Kultusministerium die Sache anders.«

»Sie meinen, Sie hätten mich durchrasseln lassen, wenn Sie das könnten?«

»Was du als ›durchrasseln‹ bezeichnest, kann auch als Gelegenheit zur Entwicklung betrachtet werden, und ja, ich hätte dir gern diese Gelegenheit gegeben. Eine der wesentlichen Aufgaben der höheren Schulbildung, und besonders im Fach Staatsbürgerkunde, besteht darin, die jungen Menschen der Nation darauf vorzubereiten, daß sie interessierte, verantwortungsbewußte Staatsbürger werden. Angesichts deiner Hausarbeit habe ich das Gefühl, diese Aufgabe nicht erfüllt zu haben, obwohl *du* den Kurs bestanden hast. Ich werde keine andere Gelegenheit haben, um mein Scheitern zu korrigieren, und ich bedaure das, denn ich denke, wenn ich dich wieder für ein ganzes Schuljahr in meiner Klasse hätte, wäre es vielleicht zu schaffen gewesen. Staatsbürgerkunde sollte wirklich nicht auf zwei Monate hartes Pauken zusammengedrängt werden, aber auch hier hat das Kultusministerium eine andere Ansicht. Wie dem auch sei, ich bin nicht die einzige Lehrerin hier auf der St. Tom's. Vielleicht wird Mr. Raab oder Miss Milman gelingen, was ich nicht schaffte. Ich hoffe es.«

»Und das ist der Grund, weshalb Sie schrieben, daß ich nicht zum vorzeitigen Studium zugelassen werden sollte – damit Raab und Milman bei mir eine Chance haben können?«

»Eine Chance bei dir? Das ist eine ziemlich egozentrische Art, es zu formulieren, nicht wahr? Auf jeden Fall ist mein Vermerk für den Ausschuß eine vertrauliche Sache. Doch der Kern ist leicht zusammengefaßt: Ich bin der Ansicht, daß du weder sozial *noch* intellektuell reif genug bist, um den Anforderungen einer Universität gewachsen zu sein.«

»Was ist mit meinen Mathematiknoten? Die sind intellektuell ziemlich reif, würde ich sagen. Sie sind besser als die Durchschnittsnote, die für das Studium auf der Harvard University verlangt werden.«

»Du meine Güte, du hast anscheinend viele Forschungen über dieses Thema angestellt!« Sie strich die Hälfte des Haars zurück, die nicht von dem barettartigen Hütchen an Ort und Stelle gehalten wurde, eine Geste, die für gewöhnlich ihre definitiveren Erklärungen ankündigte. »Offenkundig bist du begabt in Mathematik. Aber es gibt gleich hier auf der St. Tom's High School Förderprogramme für unsere Mathematik-Wunderkinder. Du bist nicht das einzige, weißt du. Wie dem auch sei, William, ich stimmte einem Treffen nicht zu, um mit dir über meine *vertrauliche* Empfehlung für den Ausschuß zu diskutieren. Ich ging davon aus, daß du eine genauere Erklärung deiner Note in Staatsbürgerkunde haben möchtest.«

William starrte sie wütend an. Er hatte seine Feindseligkeit kaum unter Kontrolle, und Miss Gerhart mußte sich bemühen, ihn nicht zu reizen oder Belustigung zu zeigen, weil er sich vergebens bemühte, ihren Ton unerbittlicher Objektivität zu übernehmen. Sie hatte schließlich jahrelang Übung darin. Für jemanden, der so jung und so niedergeschmettert war, hatte er sich wirklich ziemlich gut in der Gewalt.

»Ich möchte wissen, warum ich für meine Hausarbeit nur ›ausreichend‹ bekommen habe.« Er nahm die besagte Hausarbeit aus dem Ranzen und legte sie vor Miss Gerhart auf den Schreibtisch.

Miss Gerhart legte die Spitzen ihrer Zeigefinger an ihre Schläfen und neigte sich vor, um die Hausarbeit mit einem Ausdruck höflicher Neugier und mit einer Spur Abscheu anzuschauen, als wäre sie gebeten worden, eine Sammlung von Insekten zu untersuchen.

»Ich sehe, daß ich Anmerkungen neben die Note geschrieben habe. Was findest du daran unklar?«

»Zum einen steht die Anmerkung vorne im Widerspruch zu den kürzeren Bemerkungen am Schluß der Arbeit. Vorne sagen Sie, ich weigere mich, einen moralischen Standpunkt einzunehmen, aber auf Seite sieben, wo ich von einer Auslese schreibe, sagen Sie ›widerwärtig‹, und auf der letzten Seite schreiben Sie ›Dies ist einfach reiner Zynismus‹. Das klingt für *mich* so, als habe ich einen moralischen Standpunkt eingenommen, mit dem Sie zufällig nicht übereinstimmen.«

Die Lehrerin erkannte, daß sie vorsichtig sein mußte. Der wahre Grund für die Note ›ausreichend‹ war die an Sicherheit grenzende Wahrscheinlichkeit, daß alles bis auf die letzten beiden Seiten wörtlich aus einem Nachschlagewerk abgeschrieben war. Sie hatte zu viele solcher Plagiate im Laufe der Jahre gelesen, um sich in diesem Punkt zu irren, und das Thema, das William für seine Hausarbeit gewählt hatte, ›Die Bevölkerungsexplosion‹, war förmlich auf diesen Betrug angelegt, weil viele Autoren von Kindernachschlagewerken bei strittigen Themen unverbindlicher und allgemeiner schrieben als für gewöhnlich. Sie hatte eine Stunde lang in der Bücherei nach seiner Quelle gesucht, aber er war so gerissen gewesen, aus einem Buch abzuschreiben, das es nicht in der Schulbibliothek gab, und das bedeutete, daß sie nur den Verdacht, aber keinen Beweis hatte. Hätte sie ihm die Mogelei beweisen können, wäre der Junge nicht mit der Note ›ausreichend‹ davongekommen. Weil aber ein Beweis fehlte, mußte sie sich damit zufriedengeben, eine schwache Note zu erteilen. Ihre Gründe waren angreifbar, aber sie war ausgesprochen erleichtert gewesen, als Mr. Paley den Vorschlag von Williams Stiefvater, die Arbeit zu lesen und selbst zu beurteilen, abgelehnt hatte.

»Wenn es da einen Widerspruch gibt, William, so ist er in deiner Hausarbeit. Die ersten Seiten, auf denen du das Problem erklärst, sind zu stark vereinfachend und überhaupt nicht auf dem Niveau, das ein ›außergewöhnlicher‹ Schüler wie du anstreben sollte. Lang und breit erklärst du den Unterschied zwischen einer arithmetischen und geometrischen Weiterentwicklung, aber wenn es zu den tatsächlichen gesellschaftlichen

Problemen kommt, wirst du sehr verschwommen. Was waren übrigens deine hauptsächlichen Quellen für die Hausarbeit? Es gibt keine Fußnoten und keine Bibliographie.«

»Ich benutzte hauptsächlich die *Encyclopaedia Britannica*. Aber ich habe nicht einfach abgeschrieben. Ich habe es mit eigenen Worten formuliert.«

»So, hast du das?« Sie lächelte wissend, als wolle sie ihn einladen, ihre Belustigung über seine Lüge zu teilen, aber diese Nuß war nicht leicht zu knacken. »Nun, du wirst dich erinnern, daß ich in der Klasse sagte, was ich von der Hausarbeit erwarte. Ich betonte, daß die *ethischen* Gesichtspunkte bei den gewählten Themen behandelt werden müssen. Und fast bei der ganzen Hausarbeit hast du anscheinend all deine Intelligenz benutzt, um genau das Gegenteil zu tun. Aber dann, als du von ›Auslese‹ schreibst und vorschlägst, Länder der Dritten Welt, die nicht sofort null Bevölkerungswachstum erreichen, medizinische Hilfe zu *entziehen*, liest sich das, als hätte ein anderer Verfasser weitergeschrieben. Und darauf reagierte ich zum ersten Mal mit der Anmerkung ›widerwärtig‹. Das bedeutet jedoch nicht, daß du in der Arbeit einen moralischen Standpunkt einnimmst. Allenfalls ist es unmoralisch, und es stellt überhaupt keinen ›Standpunkt‹ dar, weil deine Schlüsse aus deiner ersten Erklärung des Problems nicht logisch folgen.«

»Aber das tun sie«, behauptete William. »Ich sage nur, was Malthus schon vor zweihundert Jahren gesagt hat. Wenn sie nicht verhungern, dann sterben sie an Epidemien, oder sie töten sich gegenseitig im Kampf um die schrumpfenden Bodenschätze. All das geschieht bereits. Hätte Malthus auch die Note ›Ausreichend‹ bekommen?«

»Wenn Malthus *diese* Hausarbeit –«, sie nickte zu dem Aufsatz hin, »– geschrieben hätte, dann hätte er ebenfalls ›Ausreichend‹ bekommen. Du hast einfach nicht fleißig genug gearbeitet, William, und das weißt du. Als du mit deinem ersten Thema, dem Bericht über die Arbeitsweise des Kreisgerichts, nicht zurechtkamst und nur noch zwei Wochen Zeit bis zur Ablieferung deiner Hausarbeit hattest, bist du einfach auf ein anderes Thema umgestiegen und hast dir gesagt, du kannst die Ausführungen eines anderen durch deinen Computer geben, ein paar Passagen billigen Zynismus hinzufügen, und ich werde das nicht merken. Aber ich bin nicht so dumm, William. Ich lehre seit langer Zeit, und ich weiß, wann ein heranwachsender Machiavelli versucht, mich hinters Licht zu führen.« Sie lächelte triumphierend, lehnte sich auf dem Drehstuhl zurück und wartete auf eine der beiden Möglichkeiten: seine Kapitulation oder seinen Rückzug.

»Ich kann mir nicht vorstellen, daß es einen anderen Lehrer auf dieser Schule gibt, der für diese Hausarbeit die Note ›ausreichend‹ geben würde.«

»Danke, William. Ich betrachte das als Kompliment. Aber ich denke, daß es auch noch ein paar andere gibt, die ein faules Ei erkennen können, wenn es ihnen unter die Nase gehalten wird. Ich nehme an, du wirst in den nächsten zwei oder drei Jahren ausreichend Gelegenheit haben, selbst herauszufinden, ob es so ist oder nicht.«

»Sie haben mich wirklich auf dem Kieker, nicht war, Miss Gerhart?«

»Ich denke, unsere Diskussion ist vorüber, William. Ich brauche nicht hier herumzusitzen und mir kindische Redereien anzuhören. Du kannst jetzt gehen.«

Als er auf halbem Weg zur Tür war, sagte Miss Gerhart: »Vergißt du nichts?«

Er blieb stehen und wandte sich um. »Ich? Was?«

»Das hier.« Sie nahm die Hausarbeit zwischen Daumen und Zeigefinger und hielt sie auf Armlänge von sich, als wäre es die Quelle einer ansteckenden Krankheit. »Du schätzt dies anscheinend mehr als ich. Du solltest es als Unterlage für die Zukunft aufbewahren.«

William nahm die Hausarbeit und zögerte einen Moment, als erwartete er, daß sie noch mehr sagte. Als sie schwieg, verließ er das Büro.

Sie hatte ein merkwürdiges, kribbelndes Gefühl in der Hand, wie das Kribbeln von einem eingeschlafenen Glied. Sie bewegte die Finger, bis das Gefühl verschwand. »Schweinepisse!« stieß sie so heftig hervor, daß ein dünner Strahl Spucke auf den Schreibtisch fiel. Sie verzog angewidert die Lippen und schaute sich nach der Handtasche um, in der sie stets eine Packung

Kleenex hatte, aber die Handtasche lag im Büro des Direktors.

Sie erhob sich, zupfte am Saum ihres Kleids, um irgendwelche Falten zu glätten, und streckte der gerahmten Fotografie von John Dewey, dem großen Erziehungswissenschaftler, die Zunge heraus. Dann ging sie zum Büro des Direktors, in dem Mr. Paley soeben mit dem Ritual des Bleistiftspitzens angefangen hatte, mit dem er sein Tagewerk zu beginnen pflegte.

»Guten Morgen, Miss Gerhart. Ich sehe, Sie haben wie gewöhnlich einen Vorsprung vor mir.«

»Guten Morgen, Mr. Paley. Friß Scheiße und krepier.«

Mr. Paley legte die Bleistifte neben den Bleistiftanspitzer und betrachtete Miss Gerhart alarmiert. Sie konnte nicht gesagt haben, was er zu hören geglaubt hatte, es war einfach nicht ihre Art. Er versuchte sich vorzustellen, was sie gesagt hatte, das mit solch einer Obszönität verwechselt werden konnte.

Sie setzte sich an den Schreibtisch, auf dem sie bereits ein Sortiment von Kärtchen ausgebreitet hatte, jedes für ein besonderes Klassenzimmer und die Unterrichtszeit. Sie hatte ihr System erklärt, aber Mr. Paley hatte zu diesem Zeitpunkt der Erklärung wenig Aufmerksamkeit geschenkt. Als sie dort saß und die Kärtchen betrachtete, zog sie plötzlich die dünnen roten Lippen von den Zähnen, und die Muskeln um ihre Nase und Augen zuckten. Die Wirkung war unheimlich, wie das Zähnefletschen und Knurren eines Hundes, abgesehen davon, daß es lautlos war.

Sie bemerkte, daß er sie anschaute, und blickte mit einem sonnigen Lächeln auf. »Ja, Mr. Paley? Haben Sie eine Frage?«

»Ich fragte mich, ob Sie sich . . . ganz in Ordnung fühlen.«

Sie seufzte. »Ehrlich gesagt, ich hatte soeben eine ziemlich unangenehme Begegnung mit William Michaels, von dem ich Ihnen gestern erzählte. Dieser Scheißer! Oder sollte ich sagen Pisser? Jedenfalls wurde er ziemlich ungehobelt.«

Mr. Paley wußte nicht, was er von Miss Gerharts Verhalten halten sollte. Er war vom stellvertretenden Direktor und ebenfalls von seinem Vorgänger gewarnt worden, daß er mit einem gewissen Maß von Verschrobenheit und Überspanntheit bei Miss Gerhart rechnen mußte, aber dies ging gewiß über die Grenzen des Exzentrischen hinaus.

»Meine Kollegin Miss Milman pflegt zu sagen: ›Die Hölle ist nichts im Vergleich zu einem Schüler, der an die Note ›sehr gut‹ gewöhnt ist und zum ersten Mal ›befriedigend‹ bekommt. Das ist so treffend, nicht wahr?« Mr. Paley nickte.

Dann neigte sich Lilah Gerhart vor, umklammerte die Seiten des Schreibtischs und begann zu bellen. Es war ein hohes kläffendes Bellen wie das eines Terriers. Sie bellte noch ein wenig weiter, nachdem Mr. Paley aus dem Büro gehastet war, und erst dann wurde ihr klar, was sie getan hatte. Sie hatte den Direktor *angebellt*. Er mußte gedacht haben, sie hätte den Verstand verloren!

Aber sie wußte, daß das nicht der Fall war. Ihr Verstand war so klar wie immer. Sie hatte vor vier Jahren einen Nervenzusammenbruch gehabt, aber das war ein Fall strapazierter Nerven gewesen und nach ein paar Wochen weniger Streß war alles in Ordnung gewesen. Dies war nicht das gleiche.

Sie hatte stets ein außergewöhnlich gutes Gedächtnis gehabt und sich jede Telefonnummer gemerkt, die sie ein paarmal angerufen hatte, und so konnte sie die Telefonnummer ihres alten Psychotherapeuten anrufen, ohne das Verzeichnis in ihrer Handtasche zu Rate zu ziehen.

Nach dreimaligem Klingeln meldete sich eine Sprechstundenhilfe. »Praxis Dr. Helbron. Kann ich Ihnen helfen?«

Miss Gerhart holte tief Luft und sagte: »Hier ist Miss Scheiß-Pißfotze. Ich habe anscheinend eine Art . . . Sprachproblem. Und ich möchte . . .«

Aber die Sprechstundenhilfe, die es noch nie mit einer Patientin zu tun gehabt hatte, die am Tourette-Syndrom litt, hatte bereits empört den Hörer aufgelegt.

47

Als am Mittwoch nach dem Tag der Arbeit (der erste Montag im September) die Schule wieder begann, zählte Miss Gerhart nicht mehr zum Lehrpersonal. Ihre letzte Tat als Mitglied des Lehrerkollegiums hatte in der Überarbeitung des Vermerks bestanden, den sie für Williams Schulakte geschrieben hatte. In der neuen Fassung hatte sie sich viel nachdrücklicher gegen seine Zulassung zum vorzeitigem Studium ausgesprochen. Die Sprache in ihrem Bericht war so zügellos, daß die verbliebenen Mitglieder des Ausschusses, der über eine vorzeitige Zulassung zum Studium entschied, sich fragen mußten, ob das nicht ein weiteres Symptom ihrer Verwirrung war. Eines der Mitglieder, Mr. Thorsen, der William in Mathematik unterrichtet und erlebt hatte, daß er den Stoff von vier Jahren ohne Anstrengung in einem Jahr bewältigt hatte, war so aufgebracht über den Ton in Miss Gerharts Bericht, daß er Williams Fürsprecher wurde. Er verschaffte sich eine neu ausgedruckte Kopie der Hausarbeit (William bekannte, daß er das Original mit Miss Gerharts Anmerkungen benutzt hatte, um ein Feuer zum Grillen im Hof anzuzünden), und er bestand darauf, daß Mr. Paley die Arbeit las.

Mr. Paley war vorsichtig in solchen Dingen, langsam in Bewegung zu setzen, und wenn er in Bewegung gesetzt wurde, dann bewegte er sich nicht weit. Er war der festen Überzeugung, daß ein Schuldirektor sich nicht über die Entscheidung eines Lehrers hinwegsetzen sollte, besonders nicht bei Noten. Zweifellos mißbrauchten einige Lehrer ihre Macht, aber solange ihre Aktionen nicht Empörung hervorriefen, war es besser, sie nicht anzugreifen. Die Alternative waren seiner Ansicht nach Anarchie und eine Rückkehr in die sechziger Jahre. Es gab jedoch Gründe, warum dieser Fall als Ausnahme betrachtet werden konnte. Miss Gerhart lehrte nicht mehr an der St. Tom's High School und würde sich nicht in ihrer Autorität beschränkt sehen, während Mr. Thorsens Fürsprache berücksichtigt werden sollte, bevor sie noch schärfer wurde. Er hatte andere Männer mit Thorsens milder Art und Weise gekannt, die wegen solcher Dinge einen Vogel bekommen hatten und zu Fanatikern geworden waren. Der Junge war offenbar intelligent genug, und wenn auch der Verlust von nur einem einzigen Schüler schmerzlich war (Die St. Tom's High School hatte ein sehr knappes Budget), war eine diskrete Werbung möglich, die einflüsterte, daß die St. Tom's ein Nährboden für junge, überdurchschnittlich begabte Schüler war. Mr. Paley ließ sich überreden: die strittige Note in Staatsbürgerkunde wurde stillschweigend in ein ›gut‹ geändert, und William wurde zum vorzeitigen Studium zugelassen.

William hätte nicht glücklicher sein können. Der Unterricht war im letzten halben Schuljahr viel interessanter als im ersten. Er war nicht überfordert, aber er hatte auch nicht das Gefühl, im Nichtschwimmerbecken zu planschen. Amerikanische Geschichte mit Miss Gerharts Busenfreund Mr. Raab war das einzige Fach, gegen das er eine echte Abneigung hatte, aber selbst das war nicht so schlimm wie die Staatsbürgerkunde, denn er konnte sich bedeckt halten und verhindern, daß er einer von Raabs bevorzugten Sparringspartnern und die Zielscheibe seines Sarkasmus gegen die ›Sowohl-als-auch-Liberalen‹ wurde. Das war Judiths Schicksal geworden, aber sie genoß anscheinend wirklich die kleinen sokratischen Dialoge, die Raab einfädelte, und zu Raabs Ehre mußte man sagen, daß ihre Noten nicht unter ihren Diensten als Sündenbock litten. Nach den ersten sechs Wochen hatte Judith die Note sehr gut, während William durch seine sorgfältig gewahrte Neutralität nur gut hatte.

Daheim war alles schön und heiter, als übten sie den Auftritt der glücklichen vierköpfigen Durchschnittsfamilie in einer Werbung für absolut alles. Sondra hatte ein kleines Vermögen für Umstandskleidung ausgegeben und schwebte durch das Haus wie in einer mittelalterlichen Modeschau, während Judith zugenommen hatte und fast über Nacht erblüht war, um eine hypothetische Kandidatin für St. Tom's Heimkehr-Königin zu sein, hypothetisch, weil die High-School keine Footballmannschaft hatte, deren Heimkehr mit einem Tanz gefeiert werden konnte. Sie sah phantastisch aus, und über das hinreißende Aussehen hinaus strahlte sie gute Laune und (wie sie selbst sagte) Lebensfreude aus. »Ich fühle mich einfach wie Cinderella«, vertraute sie William eines Abends nach einer schnellen, aber nicht kampfbetonten Partie Tischtennis an. »Der einzige Unterschied ist, daß die Uhr nie zwölf schlägt.«

Sogar Ben wurde von den Fluten des Frühlings mitgerissen, so daß er ebenfalls mit dem Rauchen aufhörte. Da es ihm an Sondras Selbstbeherrschung und ihrem Sinn für das, was sich für eine werdende Mutter schickte, mangelte, wurde Bens Kampf gegen die Glimmstengel auf der Hauptbühne des Familientheaters aufgeführt, mit vielem Stöhnen und Jammern und von folgenschwerem In-Ungnade-Fallen, wenn ein Brandy am späten Abend die Willenskraft besiegte und ihn veranlaßte, in Panik aus dem Haus zu laufen und einen Zigarettenautomaten zu suchen. Ausflüge, von denen er reumütig und zerknirscht zurückkehrte. Allmählich wurden die Krisen jedoch seltener, und die Wehklagen gingen in Nörgeleien und Selbstverachtung über. Ben begann sogar den Heimtrainer in Sondras Schlafzimmer zu benutzen und sich an Übungen zu beteiligen, die in dem Buch über natürliche Geburt empfohlen wurden. Judith erwies sich jedoch als eine bessere Übungspartnerin, weil Ben kein Talent zum Entspannen hatte.

Bei alldem empfand William die geheime Freude, zu wissen, daß er ihr Wohltäter war. Wenn er seine Mutter im Wohnzimmer mit übereinandergeschlagenen Beinen sitzen und sich im Rhythmus zum ›Lied des Zauberdrachen‹ auf und ab wiegen sah, war es, als singe *er* das Lied, das sie verzaubert hatte. Und wenn er Judith in einem schwarzen Trikot, geschmückt mit einer roten Tischdecke, im Haus zu *Sacre du printemps*, das in voller Lautstärke aus allen Lautsprechern klang, tanzen hörte, war es, als hätte er die Musik dirigiert und mit dem Taktstock alle ihre Drehungen und Tanzschritte vorbestimmt.

Als Judith William auf der Türschwelle sah, hielt sie nicht in ihren Drehungen inne (die Musik war leiser geworden), sondern forderte ihn mit einer Geste auf, sich zu ihr auf den Boden zu gesellen, wo sie sich abwechselnd auf den Knien und auf dem Po drehte. Er lehnte ab mit der Begründung, daß er Hausaufgaben machen mußte, aber in Wirklichkeit, weil es ihm peinlich gewesen wäre, sich so zum Narren zu machen, wenn es auch lustig aussah. Er war nie in der Lage gewesen, sich so gehenzulassen, auch nicht bei Rockmusik. »Ich bin *gehemmt*!« rief er gegen die Musik an, und Judith nickte nur und widmete ihm keine Aufmerksamkeit mehr. Sie drehte sich, und ihr schweißnasses Haar flog wie die Mähne eines Pferdes. Dann neigte sie sich langsam zurück und fuchtelte konvulsivisch mit den Armen, wenn es ein Schmettern von Blechinstrumenten oder Beckenschlägen gab. William konnte einfach nicht vorhersagen, wann die Explosionen kamen, aber Judith traf fast jedesmal den richtigen Zeitpunkt und ließ sich selten täuschen. William war beeindruckt. *Sacre du printemps* war zwar eines seiner Lieblingsstücke, aber er machte fast immer *ding*, wenn Strawinsky *dong*! machte und umgekehrt. Judiths Leistung war um so bemerkenswerter, weil sie nur zwei oder drei Tanzschritte gekannt hatte, bevor sie im Herbst einen Kursus in Ausdruckstanz belegte.

Die Wandlung vom Judith seit ihrer Rückkehr aus Florida war fast unheimlich. Sie wirkte wie ein neuer Mensch. Nicht nur ihr Gesicht und ihre Figur waren fülliger geworden, sondern auch der Geist in diesem neuen Körper hatte sich verändert. Sie bewegte sich anders. Es war immer noch etwas Abruptes und Vogelartiges an ihren Bewegungen, aber der Vogel, an den man vielleicht dachte, war jetzt mehr ein Schwan als ein Storch. Sie benutzte nun Make-up und war erfinderisch mit ihren Frisuren. Es war vorbei mit den Peter-Pan-Blusen, den schlaff herabhängenden Strickjacken und den Faltenröcken mit Schottenmuster. Statt dessen trug sie Kleidung, die jeden Tag ein anderes Bild der Judith Winckelmeyer zu zeigen schien. Sondras Kommoden und Kleiderschränke waren gefüllt mit den Impulsivkäufen von Jahren, Kleidungsstücke, die ein oder zweimal getragen worden waren (oder nie) und dann im Status von Mottenkugeln zurückgetreten waren: Blusen und Pullover in allen Farben, die von der Mode diktiert worden waren; pfundweise Armreifen, Schmucknadeln, Perlen, Jeans von allen namhaften Herstellern, Mini- und Maxiröcke. Sondra neigte dazu, von der Stange zu kaufen, und viele dieser alten Einkäufe, von Mottenkugeln befreit, paßten der neuen Judith besser, als sie jemals der alten Sondra gepaßt hatten. Ohne einen Cent vom Geld ihres Vaters ausgeben zu müssen, hatte Judith eine Garderobe, die es mit jeder auf der St. Tom's High School aufnehmen konnte, und sie hatte dazu Zuflucht genommen wie ein Schwan zum Wasser.

Unterdessen hatte irgendwann Mitte September der Merkurstab seine frühere Kraft wiedererlangt. Jedesmal wenn William ihn aus dem Versteck in einem Karton mit Comicheften geholt hatte, war das Prickeln, das er bei der Berührung spürte, merklich stärker. Obwohl er diese Zunahme der Kraft nicht messen konnte, wußte er, daß die Kraft größer war als sein Einfluß und daß der Merkurstab irgendwo wirkte, ohne daß er, William, davon wußte. Turnage hatte mit jedem Anzünden seines Cartier-Feuerzeugs die Saat des Krebses in die Lunge irgendeines Rauchers ausgesät, und diese Saat wuchs. Die Wirkung dieser bevorstehenden Ernte auf den Merkurstab war nicht augenscheinlich geworden, weil erst die Schulden für die ›Gesundheitsversicherung‹ für Turnage und Williams Familie voll hatten abbezahlt werden müssen (wie Merkur erklärt hatte). Jetzt waren Soll und Haben ausgeglichen, und bald, während weitere Sämlinge zu Krebsgeschwüren reiften, würde es möglich sein, Williams ungeborenen Bruder oder seine ungeborene Schwester in den verzauberten Kreis aufzunehmen, den der Merkurstab um den Haushalt der Winckelmeyers gelegt hatte.

Alles in allem war William froh darüber, daß die Zentrale der American Tobacco Alliance so weit entfernt war und seine Opfer, so sehr sie ihr Schicksal vielleicht auch verdienten, ihm nicht persönlich bekannt waren. Wie auch immer ihr Leiden war, sie hatten es sich selbst zuzuschreiben. Die Warnung stand auf jeder Schachtel Zigaretten, die sie kauften: RAUCHEN GEFÄHRDET IHRE GESUNDHEIT. Sie wußten, daß Rauchen Lungenkrebs, Herzkrankheiten, Emphyseme und vielleicht Komplikationen bei Schwangerschaften hervorrufen konnte. Sie hatten sich nicht nur über diese Warnung hinweggesetzt, sondern (diejenigen, die bei der ATA arbeiteten) hatten die Gefahr sogar geleugnet. William hatte die Bestrafung nur beschleunigt. Er empfand kein Schuldgefühl und war auch nicht neugierig; es interessierte ihn nur, welche Auswirkungen all dies auf Turnage selbst hatte. War er sich schon der Schatten bewußt, die sich um ihn versammelten? Wie lange konnte er seine Bluff-Fassade vor den Fernsehkameras aufrechterhalten, die Wahrheit niederstarren und Tabaksaft auf seine Ankläger spucken?

Die Frage wurde an dem Abend beantwortet, an dem William Judiths Tanz zu *Sacre du printemps* gesehen hatte. Ben rief aus dem Büro an, erklärte, daß er spät heimkommen würde, und verlangte, daß sich alle unbedingt ein Fernsehprogramm ›Die Stunde der *guten* Nachrichten‹ anschauen und auf Videokassette aufnehmen sollten. Die Sendung lief ab halb acht in einem Kabelkanal. Ben sagte nicht, warum, kündigte nur an, daß sie mit Sicherheit staunen würden.

›Die Stunde der *guten* Nachrichten‹ wurde von der Son of Man Foundation von Wilmington, Delaware, gesponsert und widmete sich laut Moderatorin (und Mitpräsidentin der Stiftung) Bess McKinley ›all den Nachrichten, die Sie nie von NBC sehen werden‹. In der ersten Viertelstunde des Programms bestanden diese Nachrichten aus sonderbaren Omen auf den baldigen Weltuntergang (ein Tornado – oder *fast* ein Tornado im Kent County in Delaware, wo es nie zuvor einen Tornado gegeben hatte, und sonderbare rote Flecken, die über Nacht auf der Leinwand eines Autokinos außerhalb von Macon, Georgia, erschienen waren, das Pornofilme gezeigt hatte) und aus Berichten von der wundersamen Heilung, die durch den Glauben an Jesus durch die heilende Geistlichkeit seines Dieners und Bess' Ehemanns Hal McKinley bewirkt wurde. Dann gab es einen rührenden Bericht über eine Gruppe Pfadfinderinnen in Wilmington, die über tausend gelbe Bänder an die Bäume in ihrem Wohnviertel gebunden hatte, um die Sorge der Nation um die Geiseln im Iran zu demonstrieren; es folgte eine persönliche Erklärung von Bess aus dem Stegreif über ihren Mangel an Vertrauen in die Führungsqualitäten von Präsident Carter. Judith fragte Sondra: »Bist du sicher, daß dies das Programm ist, daß wir für Vater aufnehmen sollten?«

»Das ist es, ich hab' es mir genau aufgeschrieben.« Sondra wirkte genauso verwundert. »Es muß einen Grund dafür geben. Hab nur Geduld.«

Nach einem kurzen, jedoch eindringlichen Appell, für die Son of Man Foundation zu spenden, strich Bess McKinley über ihre toupierte Hochfrisur und lächelte in die Kamera. »Der heutige Gast in der ›Stunde der *guten* Nachrichten‹ ist ein Mann, der keinen Sportfans unter den Zuschauern vorgestellt zu werden braucht. Es ist kein geringerer als Dan Turnage, der lange Zeit zweiter Malhüter bei den Minnesota Twins war. Willkommen in der ›Stunde der *guten* Nachrichten‹, Dan.«

Die Kamera schwenkte nach rechts, um Dan Turnage zu zeigen, der irgend etwas sagte, was man nicht verstand, weil sein Mikro am Revers nicht funktionierte. Bess neigte sich vor und half ihm behutsam, das Mikrofon zurechtzurücken. Turnage wirkte viel weniger selbstsicher und frech bei Bess McKinley, als er während seines berüchtigten Auftritts in ›Sixty Minutes‹ gewesen war, aus dem ein paar Bilder eingeblendet worden waren, um zu zeigen, was er gemacht hatte, seit er mit dem Baseball aufgehört hatte und als Sprecher der ATA fungierte. Als der Ausschnitt vorüber war, lächelte Bess die Sportskanone an und fragte: »Nun, Dan, denken Sie jetzt noch genauso über das Rauchen?«

Die Kamera holte Turnages Gesicht heran, bis es den ganzen Bildschirm ausfüllte. »Gott möge mir vergeben, Bess. Gott möge mir all meine Lügen vergeben.«

»Wollen Sie damit sagen, Dan, daß es wirklich einen Zusammenhang zwischen Rauchen und Krebs gibt? Und daß Sie es zum Zeitpunkt Ihres Auftritts in ›Sixty Minutes‹ wußten:

»Gibt es jemanden, der das nicht im Grunde seines Herzens weiß, Bess? Ich leugnete es nur, weil ich ein dickes Gehalt dafür von der Tabakindustrie erhielt. Ich dachte, *jeder* Raucher weiß, was er tut, und ich sagte mir, es täuscht in Wirklichkeit keinen, wenn ich sage ›Hey, Jungs, Rauchen ist okay‹. Nun, vielleicht habe ich sie nicht getäuscht, aber ich habe etwas ebenso Schlimmes getan. Es zeigte ihnen, wie sie ihr Herz verhärten, wie sie sich über die Strafe Gottes hinwegsetzen. Ich sehe das jetzt, weil ich wiedergeboren bin, aber damals sah ich das nicht. Die Sünde machte mich blind.«

»Lobet den Herrn. Das ist wirklich eine Kehrtwendung, Dan.«

»Das ist es gewiß, Bess, und ich werde Ihnen erzählen, wie es dazu kam. Es war nicht der Bericht des Gesundheitsministers, und es waren nicht die sogenannten wissenschaftlichen Experimente mit Mäusen und Ratten. Es war die Hand Gottes. Er nahm mir meine Freunde, einen nach dem anderen, die Männer, mit denen ich arbeitete, Golf spielte und in teuren Restaurants aß. Ganz plötzlich erkrankten sie an Lungenkrebs, Bess, einer nach dem anderen.«

»Können Sie uns sagen, wer einige dieser Männer waren, Dan?«

»Ich kann Ihnen drei nennen, die in den vergangenen zwei Monaten starben. Der erste war Sid Kearns, einer der drei Spitzenleute der ATA. Er rauchte wie ein Schlot. Dann traf es meine Sekretärin, Rita Baker, die ebenfalls stark rauchte und die Mutter dreier Kinder war. Schließlich, am vergangenen Montag, starb der Präsident der ATA, Maurice Myers. In der Todesanzeige heißt es nur ›er starb eines natürlichen Todes‹. Die ATA will nicht, daß etwas davon in die Zeitungen kommt, und die Namen, die ich nannte, sind nur die Spitze des Eisbergs. Man tut alles, um zu vertuschen, und bis jetzt mit Erfolg. Ich weiß zufällig die ganze Geschichte, weil ich die Beteiligten kannte und kenne.«

Bess nickte und blickte in die Kamera. »Ich nehme an, ich hätte gleich zu Beginn sagen sollen, daß Dan nicht mehr für die Tabakindustrie arbeitet. Er hat die American Tobacco Alliance vor drei Wochen verlassen, und ich freue mich, Ihnen sagen zu können, daß er von jetzt an seine Fähigkeiten in den Dienst der Son of Man Foundation stellt. Und das ist einer der Gründe, weshalb ›Die Stunde der *guten* Nachrichten‹ in der Lage war, diese wichtigen Nachrichten vor irgendeinem der überregionalen Sender zu bringen.«

»Und der andere Grund«, warf Dan mit etwas von seiner früheren Lebhaftigkeit ein, »ist die Tatsache, daß keiner der anderen Sender dieses Thema anzurühren wagt. Und warum ist das so? Weil *diese* Leute Raucher sind und sich weigern, das Zeichen zu sehen, daß der Herr uns gibt. Sie sind so, wie ich war, bevor es mir wie Schuppen von den Augen fiel. ›Oh, es ist ein Zufall‹, sagten sie. Oder sie sagten: ›Nun, es waren alte Männer, an irgend etwas mußten sie ohnehin sterben.‹ Oder: ›Sie kennen also drei Leute, die an Lungenkrebs starben, na und? Es sterben jeden Tag Tausende mehr an den Auswirkungen des Rauchens. Nur bei der ATA wird das als etwas Neues betrachtet.‹ Und sie lachten über mich, Bess. Sie lachten hinter meinem Rücken über mich. Als wäre ich immer noch einfach ein PR-Mann, der versuchte, für einen Auftraggeber Publicity zu machen. Ich sage Ihnen, Bess, ich weiß jetzt, wie es für Jonas gewesen sein muß, als der Herr zu ihm kam und sagte: ›Jonas, du mußt jetzt zu diesen Sündern in Sodom und Gomorrha gehen und verlangen, daß sie mit ihrer Gottlosigkeit und ihrer Unzucht aufhören.‹ Jonas wußte, daß er einfach ausgelacht werden würde, wenn er tat, was der Herr ihm sagte, aber er machte es trotzdem. Das ist genau meine Situation.«

»Eigentlich, Dan«, sagte Bess mit mildem Tadel, »schickte der Herr Jonas nach Ninive: ›Mache dich auf, geh nach Ninive, der großen Stadt, und predige wider sie, denn ihre Bosheit ist vor mich heraufgestiegen.‹ Jonas, Kapitel eins, Vers zwei.«

»Verzeihung, Bess, es ist einige Zeit her, seit ich die Heilige Schrift gelesen habe. Aber Sie wissen, was ich meine.«

»Ich hörte, daß Sie selbst Raucher waren, Dan.«

»Das war ich, aber ich bin keiner mehr, Bess. Und ich werde nie wieder rauchen. Es ist nicht leicht, mit dem Rauchen aufzuhören, sogar nicht mit Gottes Hilfe. Ich wache immer noch morgens auf und greife nach der Zigarettenpackung, aber dann denke ich an Sid und Rita und Maurice und andere gute Freunde, die jetzt krank sind – einige liegen bereits im Krankenhaus –, ich weiß, daß es mir genauso ergehen würde, wenn der Herr nicht gnädig zu mir wäre.«

»Ja«, stimmte Bess zu, »der Herr ist unsere Zuflucht und unsere Kraft, und er *wird* diejenigen Sünder verschonen, die mit einem reuevollen und bußfertigen Herzen zu ihm kommen. Es ist mehr Freude im Himmel über einen Sünder, der bereut, als über die Gerechten, die keine Reue brauchen. Das ist die gute Nachricht, die wir Ihnen heute in ›Die Stunde der *guten* Nachrichten‹ bringen. Danke für Ihr Kommen, Dan, und ich hoffe, Sie werden bald wieder bei uns sein, um uns mehr über diese bemerkenswerten Entwicklungen zu erzählen. Und Ihnen, liebe Zuschauer, danke ich für Ihre Gebete und Spenden.«

Eine Hymne schwoll im Hintergrund an, und Bess' Gesicht verblaßte auf dem Bildschirm und wurde von einem Globus ersetzt, der sich langsam drehte, während ein Band um den Äquator den Namen der Show zeigte und darunter die Adresse, an die Spenden geschickt werden konnten, damit die Son of Man Foundation ihr Werk fortsetzen konnte.

Das nächste Programm – ›Seit der Zeit Noahs‹ – eine Bildungsserie über die Schöpfungslehre – lief bereits, als Sondra daran dachte, den Videorecorder abzuschalten. Sie neigte sich zu dem Gerät vor und verzog das Gesicht vor Anstrengung. Ihre Schwangerschaft war fortgeschritten, und selbst in ihrer Umstandskleidung wirkte sie gewaltig und plump.

Es herrschte lange Schweigen. Alle schauten weiterhin auf den jetzt leeren Bildschirm des Fernsehers, wie um sich nicht gegenseitig ansehen zu müssen. Schließlich sprach Judith aus, was sie alle gedacht hatten: »Er mag wiedergeboren sein, aber *ich* sehe keinerlei Unterschied zu dem früheren Turnage.«

Sondra hob die Augenbrauen in ironischer Zustimmung, fühlte sich jedoch verpflichtet zu sagen: »Wir dürfen nicht richten.«

»Es ist aber ein sonderbarer Zufall, findet ihr nicht?« sagte Judith.

William und Sondra mußten ihr beipflichten.

48

Am einundzwanzigsten Oktober gewannen die Philadelphia Phillies den Cup vier zu eins gegen die Kansas City Royals. Ein paar Minuten nach dem Sieg, als William in seinem Zimmer am Computer saß und für den Chemieunterricht am nächsten Tag arbeitete, erhielt er ein Ferngespräch aus Philadelphia. Dan Turnage erinnerte ihn daran, daß er ihm jetzt zweihundertfünfzig Dollar schuldete. William hatte das Geld, das Ben ihm zum Geburtstag geschenkt hatte, längst ausgegeben und besaß keine zehn Dollar, geschweige denn zweihundertfünfzig. Er fand es gemein von Turnage, daß er so schnell die Begleichung der Wettschuld forderte. Seit der Baseball-Cup begonnen und die Möglichkeit bestanden hatte, daß Turnages riskante Voraussage sich bewahrheiten würde, hatte William gehofft, daß ihre Wette stillschweigend vergessen werden würde, allein schon wegen der Tatsache, daß jede geschäftliche Verbindung zwischen Turnage und Ben abgerissen war, weil Turnage jetzt in Diensten der

Son of Man Foundation stand. Statt dessen freute sich Turnage, der aus dem Stadion anrief, hämisch darüber, daß er eine Wette gewonnen hatte, die damals im April scheinbar aussichtslos gewesen war. William ärgerte sich zunehmend, als Turnage seine eigene Zusammenfassung der wichtigsten Szenen des Spiels gab, aber er versprach, Turnage einen Scheck zu schikken, sobald er das konnte, und Turnage diktierte ihm seine neue Adresse, die des Büros der Son of Man Foundation in Wilmington, Delaware.

»Wir sahen Sie neulich im Fernsehen«, bemerkte William, bevor Turnage den Hörer auflegen konnte.

»Hm-hm.«

»Sie haben bestimmt Ihre Meinung über das Zigarettenrauchen geändert.«

»Ja, das habe ich.«

Turnage war anscheinend nicht geneigt, über seine neuen Ansichten zu diskutieren, aber William fuhr unbeirrt fort: »Wie viele andere Leute bei der ATA außer den drei Personen, die Sie nannten, sind eigentlich an Lungenkrebs erkrankt?«

»Ein paar.«

»Ist das geheim? Gibt es einen Grund, weshalb Sie mir die genaue Zahl nicht sagen können?«

Es folgte eine lange Pause, und als Turnage antwortete, war sein Tonfall anders: »Okay, ich weiß nicht, warum ich dir das sage – ich schulde dir keinen Gefallen und ebensowenig deinem Vater –, aber die Lage in Baltimore ist ziemlich verzweifelt. Die ATA geht förmlich ein. Sie treibt den Papierkram voran, damit sie offiziell den Betrieb einen Tag oder zwei nach der Wahl einstellen kann, wenn es am wenigsten Aufmerksamkeit von den Medien gibt. Ich bezweifle, daß dein Vater viel mit dieser kleinen Vorausinformation anfangen kann, aber jetzt weiß er es. Noch weitere schlaue Fragen?«

»Sie haben meine Frage nicht richtig beantwortet.«

»Ich habe sie beantwortet, du hast nur nicht zugehört. Schick mir den Scheck, und zwar pronto, verstanden? Und beim nächsten Mal überleg es dir gründlich, bevor du mit einem Profi wettest.« Turnage legte den Hörer auf.

Ben war noch nicht zu Hause, und William überbrachte ihm

ungern die Nachricht von Dan Turnage. Die ATA finanzierte die meisten Forschungsprojekte der MIMA, und wenn die ATA unterging, riß sie höchstwahrscheinlich die MIMA mit. Im nachhinein wirkte diese Logik so zwangsläufig, daß sich William fragte, warum er nicht die Konsequenzen des Fluchs vorausgesehen hatte, mit dem er Turnages Feuerzeug bedacht hatte. Es waren nicht so viele Dominosteine im Spiel gewesen.

Er entschied sich, die schlechte Nachricht seiner Mutter zu sagen, die sie an Ben weitergeben würde. Und er entschloß sich, den Merkurstab aus seinem Versteck zu holen und ihn für eine letzte Wohltat zu benutzen – und dann nie wieder. Er würde seinem ungeborenen Bruder zum Geburtstag lebenslange Gesundheit schenken und darauf vertrauen, daß das Chaos, das er in den führenden Reihen der ATA angerichtet hatte, ausreichte, um die Kosten eines so großzügigen Geschenks abzudecken. Er hatte vor langer Zeit einen Reim ausgearbeitet, der anscheinend in seiner Gründlichkeit und kategorischen Einfachheit garantieren mußte, daß nichts daraus entstehen konnte, was unbeabsichtigt war, und als er jetzt den Merkurstab fest umklammerte, sprach er die Worte dieses Reims:

Dem Kind, das in meiner Mutter ist
Ob es meine Schwester oder mein Bruder ist
Gibt diese Hand ein langes Leben in Gesundheit
Unbedroht durch das Skalpell oder Krankheit

Die Idee, einfach durch die eigene Hand die Kraft des Merkurstabs zu leiten, war ihm gekommen, als er die Sendung ›Die Stunde der *guten* Nachrichten‹ angeschaut und eine Bildmontage von Heilungen durch Hal McKinley gesehen hatte. Bei jeder Aufnahme war die Kamera auf McKinleys rechte Hand gerichtet gewesen, die auf der Stirn oder arthritischen Händen oder gelähmten Beinen der Person gelegen hatte, die geheilt werden sollte. Es war anscheinend eine wirksame Technik.

William fand seine Mutter in ihrem Zimmer. Sie saß im Bett und aß geröstete Erdnüsse gleich aus dem Glas. Ein Taschenbuch, ein Liebesroman, ruhte aufgeschlagen unsicher auf dem Basketball ihres Bauchs. William erzählte ihr von Turnages

Anruf, von seiner Forderung der Wettschuld und seinen Enthüllungen über die ATA.

Sondra seufzte. »Das ist eine schlechte Nachricht, aber ich bezweifle, daß Ben überrascht sein wird. Es war eine Frage der Zeit. Die ATA konnte nicht viel länger mit dem Geschäft weitermachen wie bisher. Sie hatte Glück, daß Turnages Geschichte nicht noch mehr Aufsehen gemacht hat als – oh!« Sie atmete scharf ein, und das Taschenbuch rutschte von ihrem Bauch auf die Bettdecke.

»Ah!« Sie atmete mit einem langen Seufzer aus.

William schaute sie alarmiert an. »Es fängt doch nicht an, oder?«

»Nein, dies ist nur eine Übung. Braxton Hicks Kontraktionen, heißt es in dem Buch. Oh! Oh, fühl, wie *hart* es jetzt ist.« Sie nahm seine Hand und legte sie auf ihren Bauch. Dann schloß sie die Augen und neigte den Kopf zurück. William schloß ebenfalls die Augen und sagte stumm von neuem die Worte seines brüderlichen Segens. Langsam wurde das Fleisch unter seiner Hand weicher, als wäre es ein Ballon, aus dem etwas Luft entwich. Sondra seufzte tief auf.

Es war getan.

»Ist das nicht seltsam?« sagte Sondra. »Und jetzt kann ich fühlen, daß seine kleinen Füßchen gegen meinen Brustkorb treten. Es gefällt ihm nicht, wenn ich auf dem Rücken bin, weil es dann auf meiner Wirbelsäule ruht.«

William wurde von einer sonderbaren Scheu erfüllt, fast von einem Schamgefühl. »Ich muß meine Hausaufgaben fertigmachen«, sagte er.

»Hier, nimm diese Erdnüsse.« Sie gab ihm das Glas. »Ich habe bereits zu viele gegessen.«

Als William in seinem Zimmer war, wählte er die alte Telefonnummer von St. Paul. Er ließ das Telefon über zwanzigmal klingeln, weil er hoffte, daß Oma O. sich vielleicht aufraffte und ans Telefon ging, wenn Madge auf der Arbeit war, aber Oma O. meldete sich nicht. Er hatte gehofft, das Geld, das er Turnage zahlen mußte, von dem Treuhandvermögen zu bekommen. Dann wollte er bei einem Besuch den Merkurstab auf den Speicher zurückbringen und ihn unter der Isolierwolle verstecken. Er konnte sich nicht dazu durchringen, ihn für weitere unwiderrufliche Dinge zu benutzen, aber auf dem Speicher des Obstschmecker-Hauses würde die Versuchung nicht so groß sein, spontan Rache zu nehmen. Er wollte den Merkurstab außer Sicht und aus dem Sinn haben, wie er es bis zu seinem dreizehnten Geburtstag gewesen war. Warum wollte er das? Das war eine Frage, der er ziemlich gut ausweichen konnte. Wenn er einen Grund hätte nennen müssen, hätte er behauptet, es sei das Werk seines Gewissens. In Wirklichkeit begann er sich zu fürchten.

49

Es gibt eine andere Dunkelheit als die der Nacht, eine innere Finsternis, die das Gegenstück zu dem sogenannten inneren Licht ist, und diese Dunkelheit (und das Licht ebenso) ist nur für die Seelen sichtbar, die im Jenseits sind und manchmal, kurz, für diejenigen, mit denen diese Seelen Verbindung aufnehmen können. Henry konnte jetzt solch eine Dunkelheit sehen, die wie die Brandung eines gewaltigen schwarzen Ozeans über die Dächer von Willowville wogte und die Lichter der Häuser, der Straßenlampen und fahrenden Autos verschlang und auslöschte. Bergsteiger können einen ähnlichen Anblick bezeugen, wenn sie hinab in ein Tal blicken, während es sich mit Dunstschleiern füllt. Es war schön, aber nur wie das Winden einer sehr großen und tödlichen Schlange vielleicht schön ist, wenn man es in einem Dokumentarfilm oder durch das dicke Glas eines Terrariums betrachtet.

Henry genoß keinen so sicheren Aussichtspunkt bezüglich der Dunkelheit, die über den Rasen flutete und in die Häuser unter ihm sickerte. In diesem Nebel, für Augen von Lebenden unsichtbar, war er blind; die Nebelschwaden, unsichtbar für sterbliche Sinne, konnten das unverfängliche Fleisch eines Geistes ersticken und infizieren. Selbst aus dieser großen Entfernung war er von Abscheu erfüllt, doch er mußte um Billys willen dieses Miasma betreten und versuchen, zu verhindern, was die Dunkelheit allein durch ihre Anwesenheit als vorherbestimmtes und unvermeidliches Schicksal ankündigte.

Aus dieser Dunkelheit zerrte Fleisch an ihm. Die lange Kette chromosonaler Ursächlichkeit, welche die Lebenden, die Toten und die noch Ungeborenen verbindet, forderte seinen Abstieg auf die Erde spinnenartig durch seine zitternden Fasern. Dieser dünne Faden war alles, was ihn immer noch mit den Brutalitäten, Begierden und Greueln des körperlichen Lebens verband, und er wollte sich ihm nicht anvertrauen. Da war eine Beschädigung des Fadens, und nur sein früher Tod hatte verhindert, daß er sie in seiner Lebenszeit bemerkt hatte. Aber der Faden konnte immer noch reißen; dann wäre er nicht mehr in der Lage, seinen Weg hinab in die schwarze Brandung des sterblichen Lebens zu tragen, und er würde in die Dunkelheit fallen und sich zu einem Strom unkörperlicher Energie auflösen. Oder, noch schlimmer, der Faden würde sich im fernen Ende losreißen und das verdorbene chromosonale Erbe würde sich durch ein anderes Leben spulen, das noch unseliger war als Billys Leben oder sein eigenes oder jenes der anderen, die den Faden gesponnen hatten. Wenn das geschehen sollte, wenn der Abstammungsverlauf immerwährend fortgesetzt wurde, würden die Konsequenzen als eine Infektion und krampfartige Schmerzen auf der ganzen Länge des Fadens zu spüren sein – bis zur dritten und vierten Generation, wie die prophetischen Worte des Zweiten Buch Moses sagen. Und so war es nicht nur Sorge um seinen Sohn, die Henry zu dem Versuch veranlaßte, zu verhüten, was jetzt klar vorauszusehen war; es war vielmehr Furcht vor dem, was er selbst erleiden würde, wenn der Faden zu noch größerer Länge gesponnen wurde.

50

»Weißt du, meine erste richtige Erinnerung an dich war die Begegnung an Halloween«, sagte Judith und hockte sich auf das Kuhfell, das als Brücke am Kamin über dem weißen Teppich lag. »Das war vor Jahren, als Sondra und ich das Haus an der Calumet Avenue besuchten. Erinnerst du dich?«

»Verschwommen. Ich erinnere mich, daß du eine Kürbislaterne mitbrachtest, die größer war als die Laterne, die mein Vater bereits gemacht hatte.«

»Du warst als Doktor kostümiert.«

»Stimmt, ich war Frankenstein junior.«

»Aber ich kann mich nicht entsinnen, wie ich kostümiert war.«

»Als Hexe, nehme ich an.«

Sie schüttelte den Kopf, und die falsche Diamantspange in ihrem Haar glitzerte im Halbdunkel. »Das kann ich mir nicht denken.«

William stocherte in der Glut im Kamin, und das kurze Aufflackern der Flammen zauberte einen herrlichen lohfarbenen Schimmer auf Judiths nackte Arme und Schultern. Sie trug immer noch die wallende safrangelbe Tunika, die sie beim Kostümball der Schule getragen hatte, aber sie hatte gleich nach der Heimkehr die Sandalen ausgezogen. Die Schuhe und die halbmondförmige Haarspange stammten von Sondras endlosem Vorrat an Plunder, und die Tunika hatte Judith selbst genäht. Sie war die griechische Göttin Artemis.

Sie hatte gewollt, daß William als ihr Bruder Apollo zum Kostümball ging, hatte ihm sogar angeboten, das Kostüm für ihn zu machen, aber er hatte sich gegen den Vorschlag gesträubt. Statt dessen hatte er einen alten grünen Trainingsanzug ausgegraben, sich Gesicht und Hände mit grüner Farbe beschmiert, eine grüne Badekappe für 89 Cent aufgesetzt und erklärt, er sei ein Marsmensch. Es war das einfachste und billigste Kostüm bei dem Ball, und es hatte den weiteren ungeplanten Vorteil, daß keiner mit ihm tanzen wollte, weil bei der geringsten Berührung die grüne Schminke übertragen wurde. Judith hatte ebenfalls wenig getanzt, aber das hatte daran gelegen, daß die Riemen ihrer Sandalen von ihren dünnen Waden rutschten, bis sie so straff gespannt waren, daß es schmerzte. Bei der ersten Mitfahrgelegenheit hatten sie den Ball verlassen.

»Ich erinnere mich jetzt: Ich war St. Klara. Die Schwester des heiligen Franz.« Judith lachte in der nervösen Art von jemandem, der ein altes und unvorteilhaftes Familienfoto betrachtet.

»Stimmt. Du hattest eine Art Jutesack an. Eine ziemliche Veränderung zu heute abend.«

»Von einer Heiligen zu einer Göttin? Das ist eine logische Weiterentwicklung. Und außerdem waren Klara und Artemis beide Jungfrauen.«

William stocherte wieder im Feuer herum, um die Unterhaltung in eine andere Richtung als Sex zu bringen. Sex war als Thema spaßig, wenn man nur mit gleichaltrigen Jungen darüber sprach, wo die Regeln klar waren, mit welchen Lügen man davonkommen konnte und wie weit man mit gewissen Spekulationen gehen konnte. Aber was konnte man mit der eigenen drei Jahre älteren Schwester über Sex reden? Man konnte sie wegen ihrer Freunde oder ihrer Eitelkeit necken, und das war's auch schon. Aber Judith hatte keine Freude, und obwohl sie zu einer Schönheit erblühte, war sie nicht eitel deswegen. Glücklich auf Art und Weise einer Cinderella, aber das war nicht das gleiche wie eitel.

»Da wir von Jungfrauen sprechen«, sagte Judith, »hast du gehört, was über Elizabeth Naughton gesagt wird?«

Als William den Kopf schüttelte, neigte sie sich näher zu ihm und senkte ihre Stimme. »Sie war schwanger.«

»Und jetzt ist sie es nicht mehr?«

»Es heißt, sie hatte eine Abtreibung. Im August!«

»Ist das ein schlechter Monat für Abtreibungen oder was?«

Sie lächelte, korrigierte das jedoch sofort durch eine finstere Miene. »Man scherzt nicht über Abtreibungen.«

»Wie sollen wir denn richtig darauf reagieren? Sollen wir nach dem Englischunterricht zu ihr gehen und ihr sagen, daß sie des Mordes schuldig ist und ein großes M für Mörderin auf all ihren Klamotten tragen muß?«

»William, Abtreibung ist ein schweres Verbrechen.«

»Liz ist nicht katholisch, oder?«

»Das ändert nichts.«

»Nicht für dich. Für sie ändert es vermutlich was. Im Ernst, Judith, viele Frauen hatten Abtreibungen, und wenn du mit ihnen auf der Welt lebst, kannst du nicht herumlaufen und überall einen Protest aufziehen, wo du eine Sünde witterst.«

»Nun, wie würdest du dich fühlen, wenn ich dir sagte, sie hat Mr. Paley ermordet?«

»Ich möchte gern wissen, warum. War er der Vater? Willst du das andeuten?«

»William! Ich habe Mr. Paley aufs Geratewohl als Beispiel gewählt. Sei doch mal ernst.«

»Du sagst immer ›sei ernst‹, wenn ich einen Wortstreit gewinne. Und es ist immer das gleiche strittige Thema. Wenn *du* abgetrieben und deswegen Schuldgefühle hättest, könnte ich verstehen, weshalb du so besessen von dem Thema bist.«

»Ich bestreite nicht, daß es Besessenheit ist und meine eigenen Gefühle darin verstrickt sind. Als ich in diesem Sommer meine Mutter besuchte, fand ich heraus, daß sie eine Abtreibung hinter sich hatte, bevor sie mich bekam. Sie sagte mir das bei ihrem letzten Besuch im Krankenhaus, und sie fügte hinzu, daß sie mich ebenfalls abgetrieben hätte, wenn Vater damit einverstanden gewesen wäre.«

»Ich nehme an, wenn du die Dinge von einem Entweder-Oder-Standpunkt betrachtest, kann man uns alle als gescheiterte Abtreibungen betrachten.«

Judith unterdrückte den Impuls zu lachen so stark, daß eine Art gedämpftes Niesen daraus wurde. »Du versuchst nur, mich zu provozieren. Warum mußt du immer die Rolle eines frechen jüngeren Bruders spielen?«

»Habe *ich* das Thema Abtreibung zur Sprache gebracht? Außerdem würde ich nicht alles glauben, was deine Mutter über Ben sagt. Sie hegt offenbar Groll gegen ihn, und es würde mich nicht wundern, wenn sie die ganze Sache erfunden hätte, weil sie weiß, wie du darauf reagierst. Und das Ganze ist ohnehin Schnee von gestern. Ben ist heutzutage gewiß nicht der Förderung von Abtreibung schuldig, oder? Übrigens, ist es nicht ein bißchen spät für sie immer noch auf der Party? Mutter ist nicht in der Verfassung für eine nächtelange Party.«

»Manchmal gibt es gegen Ende der Schwangerschaft eine Zeitspanne, in der die Frau mit Energie geladen ist und sich allem gewachsen fühlt. So steht es jedenfalls in dem Buch. Eine Geburt ist solch ein Wunder, nicht wahr? Je mehr ich darüber nachdenke, desto erstaunlicher finde ich es. Zwei kleine Zellen verbinden sich, und das Ergebnis ist alles, was wir denken, was wir tun.«

Ganz gleich, was sie sagte, irgendwie reizte es ihn, ihr zu widersprechen. Er wußte, daß er diesen Impuls stoppen sollte, aber es war wie das Kauen von Fingernägeln oder das Kratzen, wenn es juckt. »Wenn du von *uns* redest, dann müssen es vier Zellen gewesen sein. Aber ein Wunder? Warum bewirken Ei- und Samenzellen etwas Wundersameres als Krebszellen? Oder ein Haarbalg? Jede Zelle tut einfach, wozu sie programmiert ist. Sie ist wie ein Roboter mit einem Minicomputer, der ihm sagt ›Jetzt tust du das und nun dies.‹«

»Oh, William, du bist so ein Romantiker! Ich bekomme eine Gänsehaut, wenn ich dich so reden höre.«

»Ich sage nicht, daß es keine Wunder unten auf der Ebene der einzelnen Zelle gibt. Ich sage nur, daß es schwierig ist, den Unterschied zwischen einem Wunder und nichts Besonderem zu erkennen. Wir wissen einfach nicht, wie die Dinge dort unten ablaufen.«

»Wir könnten es herausfinden«, sagte Judith in einem Tonfall gespielter Schlüpfrigkeit, der ihr aber nicht ganz gelang. Als William überrascht aufblickte, errötete sie und drehte den Kopf zur Seite.

Es war das Leichteste, so zu tun, als hätte sie es nicht gesagt oder zumindest nicht so gemeint, wie es den Anschein hatte. William errichtete eine improvisierte Barrikade von philosophischen Sentenzen, wartete mit einer netten Idee auf, die er in einem Buch aus der Schulbücherei entdeckt hatte. Der Titel des Buches lautete *Sechs vor dem Frühstück*, cine Sammlung, die die Paradoxa bei den verschiedenen Wundern, von denen im Alten und Neuen Testament berichtet wird, aus wissenschaftlicher Sicht aufzeigt. Zum Beispiel, welche Menge Wasser nötig gewesen wäre, um eine globale Flut hervorzurufen, oder daß die Sonne nicht am Himmel stillgestanden haben konnte, ohne daß die Erde ihre Drehung stoppte, und was nach dem Trägheitsgesetz die Folgen davon gewesen wären. Dieses besondere Paradoxon hatte mit der jungfräulichen Geburt und der Art von Christus' genetischer Veranlagung zu tun. War er haploid, hatte er nur Chromosomen von seiner Mutter? Oder hatte er auch einen Chromosomensatz von Gottvater, und wenn das der Fall war, konnte es nicht möglich sein, zumindest theoretisch, eine genetische Karte von Gottes Chromosomen anzufertigen? Zugegeben, es gibt eine Menge Gene in der Veranlagung jeden Individuums, Millionen, vielleicht Billionen, aber immer noch eine begrenzte Zahl. Und wenn erst das Zusammenfügen der Gene eine exakte Wissenschaft wurde, würde es dann möglich sein, in der Theorie, nachzuvollziehen, was Gott getan hatte, und einen anderen Jesus im Labor zu erschaffen?

Judith hörte geduldig Williams ganzen Bericht an, und als er fertig war, lautete ihr einziger Kommentar: »Das ist wieder ganz Frankenstein junior.«

Bevor er darauf pochen konnte, daß es ein ernstes theologisches Problem war, klingelte das Telefon. Das schnurlose Telefon lag nicht auf der Gabel, und so ging William in die Küche und benutzte den Hörer des Telefons an der Wand. Ben rief von der Wohltätigkeitsveranstaltung zur Beschaffung von Geldern für Reagan an, um zu sagen, daß er und Sondra im Radisson-Hotel übernachten würden, weil er laut Sondra zuviel getrunken hatte, um heimzufahren, und weil sie zu müde war. »Und außerdem macht es uns noch Spaß. Was habt ihr Kinder gemacht? Sind irgendwelche Geister zur Tür gekommen und haben um Süßigkeiten gebettelt?«

»Bis jetzt nicht. Wir haben einfach vor dem Kamin gesessen und geplaudert. Möchtest du mit Judith reden?«

»Nein, ich wünsche euch Happy Halloween.« Ben hängte ein.

Als William zum Kamin zurückkehrte, lag Judiths safrangelbe Tunika auf dem Teppich, aber Judith hatte das Wohnzimmer verlassen.«

»Judith?«

»Du brauchst nicht zu schreien, ich kann dich ziemlich klar hören. Ich hörte alles, was Vater am Telefon sagte.« Ihre Stimme klang aus den Lautsprechern, die in den Konsolen unter einigen der Telefone im Haus installiert waren. Sie hatte den schnurlosen Hörer und benutzte ihn als Sprechanlage. In der Dunkelheit konnte man ihre Stimme leicht für die eines Geistes halten. William erinnerte sich an die Zeiten im Obstschmecker-Haus, als Ned alle Lampen ausgeschaltet, sich versteckt und in dem Tonfall gesprochen hatte, den er anschlug, wenn er jemandem einen Schrecken einjagen wollte.

»Habe ich dir je gesagt, was ich tat, als ich in Nashville war?« fragte Judith.

Das hatte sie nicht, und man mußte sich einfach fragen, was sie getrieben hatte. Ihre Busreise von Florida nach Minnesota hatte fast einen Tag länger gedauert, als sie hätte dauern sollen. Judith hatte die Reise in so epischer Länge beschrieben, daß keiner nach weiteren Einzelheiten gefragt hatte, aber William war die Diskrepanz nicht entgangen. »Nein«, sagte er auf dem Weg zum Kamin, »das hast du nie gesagt.«

»Der Bus traf spät in der Nacht in Nashville ein, und ich konnte es einfach nicht ertragen, eine weitere Nacht im Sitzen zu schlafen. So ging ich in ein Hotel. Und da bestellte ich in der Bar einen Grashüpfer. Ich war überzeugt, man würde ihn mir nicht servieren, aber das tat man. Hast du je einen Grashüpfer getrunken?«

»Ist das ein Mixgetränk?«

»Es ist einfach köstlich. Möchtest du, daß ich dir einen mache? Ich weiß, wie das geht, und es steht eine Flasche Pfefferminzlikör in der Hausbar.«

»Klar, warum nicht.«

Behutsam legte er ein Holzscheit auf den Kaminblock und häufte die Glut darunter zu einem Haufen, der hoch genug war, um das weiße Fleisch des Scheits knusprig zu machen. Während er sich um das Feuer kümmerte, drangen aus dem Telefon-›Sender‹ gedämpftes Klappern und Poltern und dann ein schwaches Gurgeln, was das Geräusch des Mixers sein mußte. Eine grüne Flamme breitete sich unter dem Holzscheit aus und schien im Rhythmus mit dem Geräusch des Mixers zu tanzen.

Judith tauchte in einem bunten Kimono und mit einem Tablett und zwei Gläsern auf. Sie stießen mit den Gläsern an und tranken, und William stimmte zu, daß ein Grashüpfer besser war als ein Eiscremesoda.

»So hast du also die Nacht in Nashville verbracht, mit dem Trinken von Grashüpfern?«

»Nicht die ganze Nacht. Aber ich fühlte mich rebellisch, als ich da in meinem Miami-T-Shirt saß und darauf wartete, daß

John Travolta zu mir kam und mich zum Tanz aufforderte. Das einzige Problem war, daß es keine Bar war, wo Leute jemals tanzten, und daß weder John Travolta da war noch sonst ein Mann unter Fünfzig. Aber ich wollte auch gar nicht tanzen. Ich wollte geküßt werden. Seit ich diese beiden Filme sah, konnte ich nur noch an die Tatsache denken, daß ich fast alt genug war, um zur Wahl zu gehen, aber nie geküßt worden war. Bist du das?«

»Geküßt worden? Nicht wie in den Filmen.«

»Es war immer eine abstoßende Vorstellung für mich, die Zunge in den Mund eines anderen zu schieben. Ich konnte nicht verstehen, welchem Zweck das dient, außer den anderen vom Reden abzuhalten. Aber dann, als ich diese Filme sah, an dem Tag, an dem ich vom Busbahnhof aus telefonierte, erkannte ich, daß mehr daran sein muß. Weißt du, manchmal verbringen Leute *Stunden* damit, sich gegenseitig zu küssen. Sie tun nichts anderes als küssen.«

Es dämmerte William, daß das kein leeres Gerede von Judith war. Sie wollte auf irgend etwas hinaus. »Judith«, protestierte er, »wenn du denkst, daß du und ich . . .«

»Warum nicht?« drängte sie. »Es wäre kein Inzest, um Himmels willen.«

»Warum wäre es keiner?«

Judith kicherte auf überlegene Art und Weise. »Weil wir, rein biologisch gesehen, völlig verschiedene Eltern haben. Angenommen, Vater hätte nie Sondra kennengelernt, und *wir* hätten uns statt dessen kennengelernt und geheiratet, und dann wären sie sich über den Weg gelaufen und hätten sich verliebt. Wäre es dann Inzest bei ihnen, wenn sie heirateten? Natürlich nicht.«

»Das klingt, als hättest du dir das schon seit langem durch den Kopf gehen lassen.«

»Ich habe keinen Sex vorgeschlagen. Aber warum sollten wir uns nicht küssen? Bist du nicht neugierig darauf, wie es ist?«

»Um ganz ehrlich zu sein, ich finde die ganze Sache peinlich.«

»Peinlicher als sich mit grüner Farbe zu beschmieren, beim Tanz eine grüne Badekappe zu tragen und zu sagen, daß du ein Marsmensch bist?«

»Vielleicht nicht peinlicher, doch so ähnlich. Aber okay,

warum nicht? Ich bin bereit, es zu versuchen. Aber wenn es nicht wirklich angenehm ist, dann brauchen wir es nicht weiter zu versuchen, einverstanden?«

»Einverstanden.«

»Sollten wir uns setzen oder hinlegen oder was?«

»So wie wir sind, ist es prima, aber du solltest mir besser vorher dein Glas geben. Es gibt noch Grashüpfer im Mixer, wenn du später welchen willst.«

Sie stellte die beiden Gläser auf den Boden neben dem Kamin ab. Das neue Brennholz brannte gut, und die Rinde knackte. Judith legte eine Hand auf Williams Brust und die andere um seinen Nacken, aber sie konnte sich nicht dazu durchringen, den Mund seinem zu nähern. Sie verharrten eine Weile in dieser Haltung, reglos wie zwei Schaufensterpuppen, lächelten steif wie für einen Fotografen und vermieden es, sich in die Augen zu schauen. Es war, als hätten sie Tanzhaltung angenommen und warteten auf die Musik.

»Ich glaube, es wäre leichter, wenn wir die Augen schließen würden«, sagte William.

Sie nickte zustimmend, schloß die Augen und wartete darauf, daß er die letzten paar Zentimeter Initiative ergriff. Er brachte die Lippen näher an ihren Mund, berührte ihn jedoch noch nicht. Seine Nase und die Oberlippe kitzelten unter ihrem warmen Atem. Etwas in seiner Brust begann mitzuschwingen, als wäre ihr Ausatmen die leichtesten und sanftesten Holzhämmerchen, mit denen ein Musiker die Holzstäbe eines Xylophons berührt, und ihr Kuß war der Klang, der durch diese Berührung hervorgerufen wurde: unwillkürlich, klar und leise.

51

Im Tod konnte sich Henry nicht ganz der Umarmung all seiner morbiden Faszinationen entziehen. Verbrennung, Zersetzung, das plötzliche Zerreißen oder Spalten allen komplexen Gewebes – dies waren Anblicke, die ihn anlockten wie eine Flamme die Motte. Vor dem brennenden Holzscheit im Kamin bedeutete das Bild Identität. Er war selbst dieser Scheit, diese glühenden Gase, die unbekümmerte, ekstatische Befreiung von Jahren langsamen Vorrat anlegen von Zelle auf Zelle. Gleichzeitig – ohne zu spüren, daß der brennende Holzscheit und das Erwachen der beiden Kinder zu sexueller Reife verschiedene Prozesse waren – hatte er an diesem ersten Kuß teil und führte in gewisser Weise Regie dabei und an dem, was sich daraus ergab. Als William Judiths Brüste umfaßte und drückte, geschah es mit einer Sicherheit von Erfahrung und Ehrfurcht für das Fleisch, das ein unabsichtliches Geschenk seines Vaters war, und das gab seiner Berührung einen Charme, eine Zärtlichkeit und Autorität, die sie sonst nicht gehabt hätte. William wußte dies nicht, und Henry, der so nahe zur Flamme der Sterblichkeit gekommen war, konnte sich nicht vor der letzten Freude der Opferung zurückhalten, und so diente sein Besuch an dieser Halloweennacht nicht dazu, William vor dem zu warnen, was er tun würde, sondern half, die Tat zu beschleunigen. Das Holzscheit war in nur ein paar Stunden zu Ruß und Asche geworden; es dauerte vier Tage, bis der parallele Prozeß beendet war. Doch für Henry, außerhalb der arithmetischen Zeitbestimmungen, die das sterbliche Leben beherrschen, schienen die beiden Ereignisse im selben Moment zu beginnen und zu enden. Er hatte mehr Glück als die Motte, weil ihm erlaubt war, für kurze Zeit seinen letzten Glanz zu erkennen. Er konnte miterleben, wie die ersten Fäden schnell entrollt wurden, aus denen die Fasern seines Enkels gestrickt wurden. Er sah sie sich verdoppeln und wiederum verdoppeln, und dann, mit einem Gefühl von Kummer und zugleich schrecklicher Vergnügtheit –, als ob er erst jetzt nach so vielen Jahren Erfahrung mit dem Tod endlich den Witz verstanden hatte, über den alle Totenschädel grinsen – wandte er sich ab und ließ sich hinab in die Finsternis ziehen, aus der nicht einmal die Toten auferstehen können. Henrys Seele existierte nicht mehr.

52

Sondra wußte binnen Sekunden nach der Entbindung, daß etwas nicht in Ordnung war. Sie war bei Bewußtsein geblieben, hatte mit dem Arzt kooperiert, geatmet wie sie es im Laufe der Monate geübt hatte, und war auf den Schmerzen geritten wie ein Rodeoreiter auf einem Stier oder ein Surfer auf einer Brandungswelle. Als es vorüber war, empfand sie diesen Augenblick als höchste Erleichterung, köstlicher als jedes Vergnügen, bei dem unsere Nerven die Tatsache des Schmerzes zu entschuldigen suchen, und dann wartete sie darauf, daß ihr die mütterlichen Rechte gewährt wurden. Aber anstatt ihr das Kind zu *zeigen,* hatten die beiden Ärzte und die Krankenschwester anscheinend eine Art Barrikade aus ihren weißbekittelten Körpern gebildet, um zu verhindern, daß sie es sah. Es lebte, sie konnte es schreien hören. Warum durfte sie es nicht sehen? Sie wollte die Frage laut stellen, aber schon gab ihr der zweite Arzt – der Anästhesist – die Narkose, die sie während der Geburt nicht gebraucht hatte. Sie wollte protestieren, denn es kam ihr so unfair vor, und dann, mit diesem sonderbaren Mangel an Übergang zwischen Einschlafen und Erwachen, wie es in einem Krankenhaus oder in einer Zahnarztpraxis geschehen kann, war sie in einem kleinen, hellen Raum, und Ben schlief auf einem Stuhl am Fußende des Bettes. Etwas Schreckliches war geschehen, aber sie wünschte nicht mehr zu wissen, was es sein mochte. Sie ließ Ben weiterschlafen, und als er zu erwachen begann, stellte sie sich schlafend. Das Kind war nicht tot, sie hatte seine ersten Schreie gehört, folglich mußte etwas mit ihm nicht in Ordnung sein, etwas Sichtbares. Es mußte eine Mißbildung haben.

Drei Tage blieb sie in dem kleinen, hellen Raum und war dankbar für die inoffizielle Quarantäne und für die medikamentöse Behandlung, die ihr erlaubte, zu verdrängen, welche schreckliche Wahrheit auch immer ihr verkündet werden würde, wenn sie ausreichend munter war. Vielleicht würde das Kind unterdessen sterben, und es würde ihr erspart bleiben, jemals zu wissen, was die Ärzte und Ben wußten, und zu sehen, was sie gesehen hatten und was es ihnen unmöglich gemacht hatte, ihre ungestellten Fragen zu beantworten. Am Morgen des vierten Tages, als sie ohne auch nur eine Spur von Beruhigungsmittel an ihrem geistigen Horizont erwachte und die Krankenschwester ihr keine Medikamente vor dem Frühstück brachte, wußte Sondra, daß man sich entschieden hatte, es nicht länger hinauszuschieben.

Es war der Arzt, nicht Ben, der die traurige Pflicht erfüllte. Der Arzt begann mit einer kleinen wissenschaftlichen Lektion über das Thema Vererbungslehre, die ihr anscheinend versichern sollte, daß es *nicht ihre Schuld* und auch nicht Bens Schuld war, sondern einfach ein sehr unglückliches ›Rollen der Würfel‹. Ein rezessives Gen konnte über Hunderte Jahre oder mehr weitergegeben werden, ohne daß es jemand gemerkt hätte, und je seltener das Gen, desto unwahrscheinlicher, daß ein Mann, der es in sich hatte, ein Kind mit einer Frau haben würde, die es ebenfalls in sich hatte. Die Chancen in ihrem Fall hatten in der Größenordnung von eins zu fünfundzwanzig Millionen bestanden. Deshalb war es unmöglich, solch eine Eventualität vorauszusagen oder zu verhindern.

Die Lektion ging weiter, als komme vielleicht noch etwas Schlimmeres. Dann erkannte Sondra, daß ihr der Arzt die einzige Hoffnung anbot, die es noch anzubieten gab, doch sie wurde mit Bedauern darüber ausgedrückt, daß das Kind wahrscheinlich nicht lange leben würde, nicht einmal mit der besten Behandlung, die das Krankenhaus geben konnte, und daß es vermutlich vor Neujahr tot sein würde. Sie fragte, ob sie es in diesem Fall sehen mußte. Ja, sagte der Arzt, er hatte darüber mit ihrem Mann gesprochen, und sie hielten es für das beste. Die Krankenhausrechnungen in diesem Fall konnten schnell zu einer gewaltigen Summe anwachsen. Selbst mit ihrer Krankenversicherung war die Intensivpflege, die solch ein Kind brauchte, ruinös teuer, und da auf lange Sicht wenig von einer solchen Behandlung erhofft werden konnte ...

Sondra verstand: Das Kind würde wahrscheinlicher zu Hause sterben als im Krankenhaus, wenn sie es dort ließen. Sie stimmte zu, es zu sehen, und eine Krankenschwester brachte es. Sie fuhr es in einem Kinderbettchen, als könnte sie es nicht über sich bringen, näheren körperlichen Kontakt dazu zu haben. Die Ecke des Lakens, das eine Art Haube über dem Gesicht bildete, wurde zurückgeschlagen, und es waren Gesichtszüge zu sehen, die so stark mißgebildet waren, so entsetzlich, daß Sondra einen Aufschrei des Abscheus nicht unterdrücken konnte, obwohl sie sich nach den Warnungen des Arztes auf den Anblick gefaßt gemacht hatte. Der Schrei klang, als müßte sofort und unumstößlich in den Akten vermerkt werden, daß sie kein Recht auf Mutterschaft oder Menschlichkeit anerkannte.

Jeder Gesichtszug war auf die eine oder andere Weise schief oder verzerrt: die schielenden Augen waren breite Schlitzaugen, die Nase ein knöcherner, schnabelartiger Zinken, die Ohren waren mißgebildet und an den falschen Stellen, aber das Schlimmste von allem war der hasenschartige Mund mit der weißen, schwammigen Geschwulst, wo Lippen sein sollten – der Mund, der sich im selben Augenblick ihres Aufschreis des Abscheus und der Ablehnung zu einem Schrei scheinbarer Zuneigung öffnete, oder um zu verlangen, daß es an ihrer Brust saugen konnte; sie wäre lieber gestorben, als das zuzulassen.

»Bringen Sie es weg«, sagte sie im Flüsterton zu der Krankenschwester, und dann wandte sie sich an den Arzt: »Lassen Sie mich allein.« Das Schreien des Dings in dem Kinderbettchen schien noch lange nachzuhallen, als es aus dem Zimmer gefahren worden war, und von diesem Augenblick an verstummte es nie ganz, sondern ging wie ein schrecklicher Werbesong, der einen sogar in den Träumen verfolgt, Stunde um Stunde, Tag um Tag weiter. Wenn es die Flasche bekam, zog es sich von dem Schnuller zurück, der vorübergehend den mißgebildeten Mund geknebelt hatte, schrie mit erneuter Energie und drosch mit den verkrümmten Händen nach der Flasche, als protestiere es, weil es gezwungen wurde, die Milch zu trinken, die keine Muttermilch war, weil es gezwungen wurde, zu leben und Schmerzen zu haben.

Denn das mußte der Grund für das Schreien sein – es mußte ständige Schmerzen haben. Nicht nur sein Gesicht und seine Glieder waren mißgebildet. Unter der roten, teigigen Haut des Körpers war ein Nest von Anomalien – das Herz hatte einen angeborenen Fehler, die Nieren und andere Organe wiesen krankhafte Veränderungen auf. Die Ärzte bekannten ihr Erstaunen darüber, daß es nach einer Woche zu Hause noch lebte. Und Sondra, die den Horror nur hatte ertragen können, weil die Ärzte das unausgesprochene Versprechen gegeben hatten, es würde nicht viel länger leben, begann an diesem Versprechen zu zweifeln. Ganz gleich, wie lange es schrie und wie viele Stunden es nicht mehr die Flasche bekommen hatte, Sondra konnte es nicht mehr über sich bringen, in ihr Schlafzimmer zu gehen, wo es untergebracht worden war (und das weder Judith noch William betreten durften). Eine Pflegerin mußte eingestellt werden, Mrs. Ruddle, eine ältere, zwergenhafte, entsetzlich heitere, praktisch ausgebildete, jedoch nicht staatlich geprüfte Krankenschwester, die anscheinend eine wirkliche Zuneigung zu dem Kind entwickelte. Bald hatte Sondra einen Horror vor Mrs. Ruddle, der dem vor dem Ding im Kinderbettchen gleichkam, aber Mrs. Ruddle konnte sie nicht so leicht ausweichen. Es mußten Mahlzeiten für sie zubereitet werden. Ihre Fragen mußten beantwortet werden, und es war nötig, von Zeit zu Zeit Interesse an der Verfassung und dem Verhalten von Mrs. Ruddles Schützling zu heucheln.

Am schlimmsten waren die Nächte zu ertragen. Dann war Mrs. Ruddle nicht da, und Sondra mußte allein in ihrem Schlafzimmer liegen und das unregelmäßige, rasselnde Atmen des Dings im Kinderbettchen hören. Sie hatte keine Konzentration zum Lesen, sie konnte nicht schlafen, und so sah sie Filme im Fernsehen an und hörte den Ton über Kopfhörer, damit das Ding nicht aufwachte und brüllte. Das tat es natürlich trotzdem, mindestens zweimal pro Nacht, und dann mußte Sondra zu dem Kinderbettchen gehen und das Ding hin und her wiegen, bis das Plärren aufhörte. Sie nahm es nicht aus dem Kokon der Bettdecken, und sie brachte es auch nicht über sich, es auf den Armen zu halten, und wenn die Windel naß war, dann blieb sie naß, bis Mrs. Ruddle um sieben Uhr eintraf.

Sondra schlief tagsüber, wenn die Kinder in der Schule waren und Ben im Büro war. Wenn sie heimkamen, bemühte sich Sondra, so zu tun, als sei nichts Besonderes los. Sie kochte ihre Lieblingsessen, und während des Abendessens stellte sie eine vorbeugende Frage nach der anderen über *ihr* Leben, *ihre* Probleme, und weil entweder Ben die Kinder angeleitet hatte, wie sie mit ihr umgehen sollten, oder aus ihrem eigenen Taktgefühl heraus respektierten sowohl William als auch Judith die ungeschriebene Grundregel all dieser Unterhaltungen beim Abendessen, nie etwas über das Ding im Kinderbettchen zu reden oder über etwas im Zusammenhang mit seiner Anwesenheit im Haus oder über die bedauerliche Mrs. Ruddle.

Weihnachten nahte und ging mit einem minimalen Aufwand an Festlichkeit vorüber; ein künstlicher Weihnachtsbaum, der von William und Judith an Heiligabend aufgestellt und an Neujahr auseinandergenommen und verpackt wurde; ein bescheidener Austausch von Geschenken, der sich unabsichtlich zu einer Komödie entwickelte, als sich herausstellte, daß fast jeder jedem einen Pullover schenkte (es gab natürlich keine Geschenke für das Ding im Kinderbettchen); und zum Abendessen trotz aller Tradition Roastbeef. Der einzige größere Vorstoß gegen die Etikette geschah am Weihnachtsmorgen, als nur Judith sich ankleidete, um zur Messe zu gehen, und dann ihre Familie bedrängte, mir ihr zu gehen. Schließlich mußte Sondra ihrer Stieftochter mehr ärgerlich als verwirrt erklären, was zu offenkundig hätte sein sollen, um einer Betonung zu bedürfen: daß sie nicht in einer vollen Kirche sitzen und dem Priester zuhören wollte, der über das Wunder und die Glorie der ›Geburt‹ sprach. Diese Vorstellung war wie ein obszöner Witz. Judith ging allein zur Messe.

Bei alldem erwies ihr Ben die Ehre, sich nicht einzumischen und keine ›Ratschläge‹ zu geben. Welcher Rat konnte gegeben werden? Offensichtlich brach sie unter der seelischen Belastung zusammen; sie waren beide nervlich am Ende. Aber was konnte getan werden, außer darauf zu warten, daß das Ding starb, wie es die Ärzte versichert hatten? In gewisser Weise half die Tatsache, daß es so völlig unmenschlich aussah: es war unmöglich, Liebe für es zu empfinden, und so würde der Mutter der Schmerz der Trauer erspart bleiben. Doch vielleicht würde sie anders empfinden, wenn es endlich starb und eingeäschert wurde. Dann waren aber Schuldgefühle wahrscheinlicher als Trauer. Sondra hatte bereits ein Schuldgefühl wie einen anderen

Fötus in sich, nicht tief im Bauch, sondern höher, nahe bei der Lunge. Es umklammerte ihren Brustkorb, als versuchte es auszubrechen, durch eine *sichtbare* Aktion zum Ausdruck zu kommen. Sie begann Geschichten über Büßer zu verstehen, die sich die Haare ausrissen oder sich mit Dornen gegeißelt hatten.

Sie flüchtete sich in lange Spaziergänge über die eisglatten Straßen von Willowville. Hier draußen waren die Bürgersteige selten geräumt, abgesehen von den Wegen von der Haustür bis zur Zufahrtsstraße. In der Straße selbst mußte man neben den Hügeln entlanggehen, die von den Schneepflügen in die Gosse geschoben wurden. Der Verkehr war tagsüber schwach, und es war selten nötig, zur Seite zu treten, um einem passierenden Auto Platz zu machen. Der Wind war herrlich, kalt und brutal, ein Dieb, der entschlossen war, ihr den Pelzmantel vom Körper zu reißen. Er zwang Tränen in ihre Augen, Tränen, die sie sich sonst nicht zu vergießen erlaubte. Er betäubte ihre Füße und drang durch das dünne Leder ihrer Handschuhe, so daß anderthalb oder zwei Stunden später bei ihrer Heimkehr nach Hause die Hände steif und rot waren. Dann ging sie in die Küche, hielt die Hände unter heißes Wasser und rang um Atem bei dem großartigen Schmerz. Aber sie holte sich nie eine Erkältung oder Grippe, und ebensowenig erkrankte das kleine Monster, obwohl sie des Nachts das Kinderbettchen direkt in den Durchzug ans halb geöffnete Schlafzimmerfenster stellte.

Sie wurden in der medizinischen Literatur wirklich als Monster bezeichnet, obwohl es griechisch bezeichnet wurde – *terata* war das Wort –, um die Tatsache zu mildern. Ein ganzer Zweig der Medizin widmete sich dem Studium von Monstern, der Teratologie, der Lehre von den Mißbildungen, und Ben hatte ein dickes Lehrbuch über das Thema mit nach Hause gebracht. Darin war eine Abbildung von einem anderen Monster im Säuglingsalter wie ihres, doch das abgebildete war keine Stunde nach der Geburt gestorben. In dem Buch stand, daß kein Baby, das am Bradley-Chambers-Syndrom litt, jemals länger als zehn Wochen gelebt hatte. Das war eine beruhigende Information, obwohl Sondra wünschte, Ben hätte nur diese eine Seite kopiert und ihr nicht das Buch gezeigt. Die Abbildungen waren erschütternd, doch sie mußte sie einfach anschauen.

Und darüber nachdenken. Sobald es ihr gut genug ging, würde sie eine operative Entfernung der Gebärmutter verlangen. Sie wollte nicht das Risiko eingehen, jemals wieder schwanger zu werden. Bei einer neuen Schwangerschaft standen die Aussichten eins zu vier, daß ein Kind von ihr und Ben ebenfalls mit dem Bradley-Chambers-Syndrom zur Welt kam. So ging das mit rezessiven Genen. Sie hatte viel über Vererbbarkeit und Erbkrankheiten gelernt, seit sie aus dem Krankenhaus entlassen worden war.

Als die neunte Woche in die zehnte überging und das Ding im Kinderbettchen sich anschickte, einen neuen Rekord mit dem Bradley-Chambers-Syndrom anzustellen, klingelte am frühen Nachmittag ein Besucher an der Haustür und riß Sondra aus der tröstenden Leere eines tiefen, traumlosen Schlafs. Zuerst hielt sie in ihrer Verwirrung das Klingeln für den Alarm des Rauchmelders in der Küche. Dann tauchte Mrs. Ruddle auf. Sie hielt etwas Gestricktes in der Hand, das genauso widerlich pinkfarben war wie ihr Pullover, und es sah aus, als wäre sie dabei, sich selbst ins Dasein zu stricken. »Mrs. Winckelmeyer?« fragte die kleine Frau mit ihrer piepsigen Stimme. »Sind Sie wach? Soll ich zur Tür gehen?«

»Nein, nein, Mrs. Ruddle!« sagte Sondra, alarmiert von dem Gedanken, daß der zwergenhaften Frau Besuch begegnete. Mrs. Ruddle war wie das Ding, das sie pflegte, eine Quelle der Scham für Sondra, eine Leiche im Schrank, und mußte so geheim wie möglich gehalten werden. »Bitte, gehen Sie nur ... ins Schlafzimmer zurück.«

Mrs. Ruddle verzog ihre dick mit Lippenstift geschminkten Lippen zu einem Lächeln der Einwilligung und verschwand.

Sondra brachte vor dem Spiegel in der Diele ihr im Schlaf zerzaustes Haar in Ordnung. Dann öffnete sie die Haustür und sah hinter der mit Rauhreif bedeckten Scheibe der Verandatür die Silhouette eines schwarzgekleideten Mannes. »Mrs. Winckelmeyer?« fragte er im besänftigenden Tonfall eines professionellen Kondolenzbesuchers. Ein Bestattungsunternehmer? dachte sie mit einem kurzen, vernunftlosen Hochgefühl. Dann sah sie verschwommen hinter dem Rauhreif den Kragen eines katholischen Geistlichen.

»Ja?« erwiderte sie durch die noch geschlossene Tür. »Was wollen Sie?«

Er tippte an seinen Hut. »Ich bin Pfarrer Youngermann«, sagte er, »von der Muttergottes-Gemeinde in St. Paul. Ich möchte mit Ihnen sprechen, wenn ich darf.«

Youngermann, dachte sie, als sie zuschaute, während er in der Diele seinen Mantel auszog. Wie sonderbar, daß er diesen Namen hat. Als erstes hatte sie gedacht, daß er viel zu jung für einen Priester sei. Er konnte gut jünger sein als sie. Das brachte sie durcheinander.

Ohne auf eine Einladung zu warten, ging der junge Priester ins Wohnzimmer. Er schaute sich um wie ein Gast, der auf einer Party eintrifft und hofft, nicht zu früh gekommen zu sein. »Ich nehme an, Mr. Winckelmeyer ist zu dieser Stunde noch nicht zu Hause.«

»Stimmt. Er ist noch auf der Arbeit.«

»Mir ist klar, daß die Muttergottes-Gemeinde nicht mehr Ihre Gemeinde ist und ich eigentlich nicht unbefugt Pfarrer Durlings Gebiet hier in Willowville betreten sollte.«

Sondra zuckte die Achseln. »Das ist nicht meine Sache. Ich habe eigentlich keine Gemeinde – seit meiner Scheidung.«

Pfarrer Youngermann nickte ernst. »Aber ich hörte, daß Sie Ihren Sohn William kirchlich erzogen haben. Und daß Ihre Stieftochter ebenfalls eine praktizierende Katholikin ist. Sogar eine begeisterte Katholikin, wie man mir sagte.«

»Worauf wollen Sie hinaus, Father?« Father: Das Wort tat ihr in den Ohren weh. Er war nicht ihr Vater, und es ärgerte sie, daß sie ihn als solchen anreden mußte.

»Ich hörte durch meine Arbeit im Krankenhaus, daß Sie noch ein Kind haben.«

Sie sah ihn ruhig an, bestätigte seine Worte nicht und stellte sie auch nicht in Abrede. Sie wartete einfach darauf, daß er weitersprach.

»Und da gibt es anscheinend keine Eintragung von der Taufe dieses Kindes. Auf der Geburtsurkunde steht nur ›Kind männlichen Geschlechts‹. *Ist* er getauft worden?«

»Wer hat Sie hergeschickt?«

»Niemand, Mrs. Winckelmeyer. Ich kam aus eigener Initiative. Wie ich schon sagte, dies ist keine Sache der Gemeinde. Ich bin hier aus persönlicher Sorge.«

»Ich bin gerührt.«

»Mir ist natürlich klar, daß es ein Schock und seelischer Schmerz für Sie gewesen sein muß – und immer noch sein muß. Selbst wenn es keine Komplikationen gibt, kann eine Geburt . . .«

»Ersparen Sie mir die Mitleidsmasche und kommen Sie zur Sache.«

Er verzog das Gesicht. »Sehr gut. Die Sache ist einfach. Ich möchte Ihr Kind taufen, wenn es nicht bereits getauft worden ist.«

»Bedaure, das kommt nicht in Frage.«

»Und *ich* bedaure, Mrs. Winckelmeyer, aber als Vertreter der Muttergotteskirche muß ich darauf bestehen, daß die Taufe des Kindes arrangiert wird, und es kann wirklich nicht hinausgeschoben werden. Pfarrer Durling hat versucht, Sie telefonisch zu erreichen, und ich habe das versucht. Aber es schaltete sich nur ein Anrufbeantworter ein. Ich respektiere Ihren Wunsch nach Ruhe und Zurückgezogenheit in dieser Zeit, aber wie ich hörte, ist das Kind in täglicher Gefahr, zu sterben, ohne das Sakrament der Taufe erhalten zu haben. Ihre Pflicht als Mutter und Katholikin . . .«

Sondra hatte den Priester anhören wollen, bevor sie ihn loswurde, und ein Streit war das letzte, was sie wollte, aber sein Angebot, sie über die Pflicht einer Mutter zu belehren, war eines zuviel. Sie hob die Hand wie ein Verkehrspolizist und signalisierte ihm zu stoppen. »Ich mache Ihnen einen Vorschlag«, sagte sie. »Wenn Sie dieses Ding da drinnen taufen wollen, dann *adoptieren* Sie es.«

Der Geistliche stieß ein ungläubiges Schnauben aus. »Ich bedaure, Mrs. Winckelmeyer, aber offenkundig, als Priester, ist das keine Möglichkeit, die ich auch nur in Erwägung ziehen könnte. Das ist auch nicht zur Sache gehörig. Es geht um die Rettung der unsterblichen Seele Ihres Kindes.«

»Ich bin mir sicher, daß ich erst vor kurzem in einer Zeitschrift gelesen habe, daß ein Priester einen kleinen Jungen adoptiert hat. Wie dem auch sei, es ist mein Vorschlag, machen Sie, was Sie wollen.«

»Es tut mir leid, Mrs. Winckelmeyer, aber ich verstehe nicht Ihre Abneigung gegen eine Taufe des Kindes. Die Leiden, die es hier unten durchgemacht hat, können zu seiner himmlischen Herrlichkeit beitragen, aber wenn ihm durch den Mangel des Sakraments der Taufe jede Hoffnung auf das Heil versagt wird . . .«

»Wissen Sie, bis heute war mir nie klar, was für eine verrückte Idee das ist. Ein bißchen Wasser auf die Stirn, ein paar Worte und man kommt in den Himmel. Und ohne das Wasser und die Worte? Was passiert da? Höllenfeuer? Millionen Babys müssen sterben, ohne getauft zu werden. Alle, die abgetrieben werden. Kommen sie alle in die Hölle? Ist das Gottes Vorstellung von Fairneß?«

»Es steht uns nicht zu, den Willen Gottes in Frage zu stellen, Mrs. Winckelmeyer. Wir müssen die Lehre der Kirche in Glauben akzeptieren. Ohne Glaube haben wir nichts.«

»Tatsächlich? Ohne Glaube – ohne *meinen* Glauben – sind Sie Ihren Job los, das ist mir klar. Wie dem auch sei, ich möchte keine blöden Argumente hören. Gott hatte nichts zu tun mit diesem . . . ich weigere mich sogar, es als Kind zu bezeichnen. Es ist keines, es ist ein Monster. Es hätte nie geboren werden sollen, und es *kann* nicht mehr sehr lange leben, und ich will es nicht taufen lassen. Ich will noch nicht mal, daß es einen *Namen* bekommt. Es ist für mich wie ein Tumor, den ich entfernen ließ. Ein Tumor, der schreit und in Windeln scheißt. Ich warte einfach, das ist alles.«

»Sie warten?«

»Ich warte darauf, daß es stirbt. Und daß Sie gehen.«

Der Priester holte tief Luft. »Kann ich das Kind wenigstens sehen.«

»Ich habe Sie aufgefordert zu gehen.«

»Father Youngermann?« Es war die piepsige Stimme von Mrs. Ruddle. Sie stand in der Diele bei der Treppe. »Ich habe das Baby hier.« Sie streckte ihm das Bündel hin, das sie auf den Armen wiegte.

Der Priester durchquerte das Wohnzimmer und ging zu Mrs. Ruddle. Sondra erhob nicht sofort einen Einwand. Sie war neugierig auf seine Reaktion, wenn er das Gesicht des Dings sah.

Die Reaktion war nicht übermäßig stark, nur ein Zusammenpressen der Lippen und ein Zusammenkneifen der Lider. Dann griff er in die rechte Tasche seines Jacketts, zog einen farbigen Stoffstreifen hervor, den er küßte und schlagartig um seinen Hals legte. Aus der anderen Tasche holte er ein silbernes Fläschchen hervor. Es war klar, daß er die Taufe vollziehen wollte, obwohl Sondra ihr Einverständnis verweigert hatte.

Sondra spielte mit dem Gedanken, Mrs. Ruddle das Bündel mit aller Gewalt zu entreißen, doch ihre Abneigung gegen körperlichen Kontakt mit dem Ding auf den Armen der Schwester war noch größer als ihr Zorn. So lief sie ohne zu überlegen in die Küche und öffnete den Schrank unter der Spüle. Dort stand unter einem Leck – Ben versprach immer, es zu reparieren, tat es jedoch nie – ein Plastikeimer, der die Spülwassertropfen auffing. Der Eimer war dreiviertel voll mit abgestandenem Spülwasser. Sie riß den Eimer unter der U-förmigen Kurve des Rohrs hervor, wobei sie nur ein wenig verschüttete, und eilte zurück ins Wohnzimmer, wo Mrs. Ruddle den mißgebildeten Kopf des Dings über den großen, blauweißen Aschenbecher auf dem Couchtisch hielt. Der Priester schüttete bereits Wasser aus dem silbernen Fläschchen und begann die Worte des Sakraments zu sprechen: »Ich taufe dich im Namen des Vaters ...«

Sondra schüttete das schmutzige Wasser aus dem Eimer, und es klatschte im Bogen durch das Wohnzimmer und durchnäßte den Priester, Mrs. Ruddle und das noch ungetaufte und noch namenlose Kind, das jetzt mit seinem üblichen Plärren begann.

Der Priester stand eine Weile wie versteinert da und starrte Sondra in sprachlosem Zorn an, so entgeistert über das Sakrileg gegen seine Person, daß er ganz vergaß, das Brimborium der Taufe fortzusetzen. Mrs. Ruddle, mit weniger großem Selbstvertrauen ausgestattet, zog sich mit dem Kind auf den Armen zurück in die Sicherheit des Schlafzimmers.

»Ich habe *Sie* getauft«, sagte Sondra mit Befriedigung, stellte den leeren Eimer auf den Boden und trat ihn wie ein Fußball in Richtung Priester. Dann fühlte sie sich erleuchtet und fügte hinzu: »Im Namen der Mutter!«

»Ich könnte Sie anklagen. Wegen schwerer tätlicher Beleidigung!«

Wassertropfen rollten über den schwarzen Stoff seines Jacketts, und ein Stückchen nasser Abfall klebte wie ein Poststempel auf dem weißen Kragen unter seinem Kinn.

»Ich habe Sie aufgefordert zu gehen, und als Sie nicht gingen, habe ich mein Eigentum verteidigt – und mein Kind. Und wenn Sie nicht auf der Stelle verschwinden, werde *ich* die Polizei rufen.«

Er dachte einen Moment darüber nach, dann schlug er einen anderen Ton an: »Gott vergebe Ihnen, Mrs. Winckelmeyer. Gott vergebe Ihnen.« Er zog sich in die Diele zurück und wollte seinen Mantel anziehen, doch nach einem Blick auf das Seidenfutter und sein nasses Jackett entschied er sich, den Mantel nur über den Arm zu legen. Auf der Türschwelle zögerte er, als hätte er etwas vergessen, und Sondra hatte eine letzte Befriedigung, indem sie ihm die Tür vor der Nase zuknallte.

Erst als sein Wagen, ein schwarzer Audi 5000, außer Sicht war, bemerkte Sondra, was er vergessen hatte. Während er mit dem Mantel beschäftigt gewesen war, hatte er das silberne Fläschchen mit Weihwasser neben das dekorative Standfeuerzeug auf der Kommode gelegt, und dort war es liegengeblieben. Sie nahm es und schnüffelte an dem Inhalt, doch das Weihwasser hatte keinen charakteristischen Geruch. Der Schraubverschluß, durch die Tülle mit einer Kette dünner Glieder verbunden, klirrte leise gegen die Seiten des silbernen Fläschchens. Sie schaute auf ihr Gesicht, das sich verzerrt auf dem Fläschchen spiegelte. Ihre Stirn war vorgewölbt. Ihre Augen waren verzogen. Sie zeigte die Zähne in einem Lächeln wie bei einem Schönheitswettbewerb und drehte das Fläschchen, um die Wirkung zu übertreiben, daß es aussah, als blecke sie Fänge. Jetzt sah sie wie die wahre Mutter ihres Monsterkindes aus. Jetzt . . .

Aber sie brauchte nicht über das nachzudenken, was sie jetzt tun würde. Sie konnte es einfach tun, wie sie das Wasser auf den Priester geschüttet hatte. Sie spürte immer noch in ihren Armen und tief in den Muskeln ihres Rückens die Befriedigung über diese Tat, ein belebendes Prickeln, als hätte sie soeben ein gutes Bad genommen.

Sie schraubte das Fläschchen zu und steckte es in die Gesäßtasche ihrer Jeans. Dann brachte sie den Plastikeimer in die

Küche zu seinem Platz unter dem Spülbecken. Gegen die Flecken, die das Spülwasser auf dem weißen Teppich hinterlassen hatte, war im Augenblick nichts zu machen, aber eine Reinigung war ohnehin längst fällig. Sie ging zum Schlafzimmer und klopfte an die Tür.

Drinnen begann das Baby zu schreien, und Mrs. Ruddle sagte mit zitternder Stimme: »Ja?«

»Mrs. Ruddle. Ich muß wissen, ob *Sie* arrangiert haben, daß dieser Priester herkam.«

Mrs. Ruddle antwortete nicht sofort. Das Baby stellte das Plärren ein, als spürte es, daß sein Schicksal auf dem Spiel stand. Sondra empfand allmählich ein sonderbares Mitleid mit ihm. Nicht Liebe im üblichen Sinn und gewiß keine ›mütterliche‹ Liebe. Mehr ein Gefühl, das man für eine Figur in einem Film empfinden mag – in einem ausländischen Film in einer anderen Sprache, gedreht in Schwarzweiß.

»Mrs. Ruddle?«

Mrs. Ruddle öffnete die Tür. Sie hatte ihren gesteppten Anorak angezogen und eine Wintermütze mit pelzbesetzten Ohrenschützern aufgesetzt. Sie trug ihre Handtasche und einen Einkaufsbeutel aus Plastik, der voller Taschenbücher, Strickzeug, Rätselhefte und anderer Utensilien war, wie sie jemand braucht, der dafür bezahlt wird, daß er allein herumsitzt und sich langweilt.

»Ich bedauere es nicht«, sagte sie und schaute trotzig zu Sondra auf. »Ich tat, was mir mein Gewissen sagte. Ich würde kein Tier so behandeln, wie Sie dieses arme Kind behandeln. Sie lassen es nicht mal die Würde eines eigenen Namens haben. Selbst ein Hund hat einen Namen!«

»Ich habe nicht vor, mich mit Ihnen zu streiten, Mrs. Ruddle.«

Mrs. Ruddle schob sich an Sondra vorbei und ging in die Diele hinab. Sondra bedauerte sehr, daß sie der Frau nicht danken konnte, weil sie mit ihrer Entlassung gerechnet hatte und keinen Einwand erhob oder Widerstand leistete. Sie hatte erwartet, eine Szene machen zu müssen. Statt dessen verließ Mrs. Ruddle wortlos das Haus. Es war zu schade, daß sie ihr zum Abschied kein freundliches Wort sagen konnte, keinen

Beweis ihrer Wertschätzung, aber wenn sie jetzt einen verständnisvollen oder beschwichtigenden Ton anschlug, verzögerte das Mrs. Ruddles Abgang oder verhinderte ihn gar.

Die Haustür knallte zu.

Sondra ging zum Kinderbettchen. Das Kind – sie hatte begonnen, es als Kind zu betrachten, und das war anscheinend ein bedrohliches Anzeichen darauf, weich zu werden, und sie konnte nicht länger hinausschieben, was getan werden mußte – dieses Kind starrte sie mit hervorquellenden Augen an und preßte die mißgebildete Faust gegen den lippenlosen Mund. Es war still, als wüßte es, daß es in Gefahr war.

Sie überlegte, was sie benutzen sollte. Ein Kissen vom Bett würde zu groß sein. Der Wollschal! Der Wollschal, den Mrs. Ruddle mit pinkfarbener Wolle gestrickt hatte und der jetzt über dem Stuhl am Kopfende des Bettchens hing. Sie nahm den satinbesetzten Saum des Schals in die Hand und zog ihn vom Stuhl. Er konnte nicht mehr als ein Pfund wiegen. Hatte es jemals eine unwahrscheinlichere Mordwaffe gegeben?

Es konnte wirklich nichts anderes getan werden. Das Ding zeigte keinerlei Anzeichen auf eine Erkrankung. Es lebte vielleicht jahrelang, litt an ständigen Schmerzen und machte das Leben aller anderen zu einem Alptraum. Man sah ja, was es bei Madge Michaels angerichtet hatte, daß sie mit ihrem ans Bett gefesselten, dahinvegetierenden Sohn belastet war, und Ned war kein Monster. Aber dieses, wenn es denn am Leben blieb ...

Sie legte den Schal über das Kopfende des Bettchens und zog aus ihrer Gesäßtasche das Fläschchen mit dem Weihwasser. Nachdem sie sich jetzt entschlossen hatte, das Kind zu töten, war sie bereit einzuräumen, daß es gesetzlich und theologisch menschlich war. Sie würde es selbst taufen, und wenn es einen Himmel gab, zu dem nur die Getauften Zugang hatten, dann würde es mit der Eintrittskarte in der Hand eintreffen. Sie sprenkelte das Weihwasser über seinen Kopf und sagte die einfache Formel auf, deren Vervollständigung sie dem Priester nicht erlaubt hatte: »Ich taufe dich im Namen des Vaters und des Sohnes und des Heiligen Geistes.« Dann nahm sie den pinkfarbenen Schal, faltete ihn vierfach, preßte ihn auf das Gesicht des Kindes und hielt es dort, bis das schwache Fuchteln der Arme und Zucken der Beine aufhörte und es nicht mehr atmete.

Wie leicht war es gewesen nach all den Wochen der Qual. Als sei der Tod ein vom Sonnenschein erhellter Raum, den man durch eine Tür mit dem Schild DRAUSSEN BLEIBEN betrat. Man brauchte nur das Schild zu ignorieren und einzutreten. Sie spürte, wie zögernd Selbstvertrauen in ihr aufstieg – wie damals, als sie nach zwei Monaten Fahrschule zum ersten Mal allein einen Wagen gefahren hatte. Sie hoffte, daß Selbstmord nicht schwieriger als Mord sein würde. Das Röhrchen mit Schlaftabletten, das noch fast voll war, fand sie hinten in der Schublade des Nachttischs. Sie nahm fünf Schlaftabletten auf einmal und spülte sie mit Weihwasser hinunter. Dann erinnerte sie sich an die Warnung des Doktors, nie Alkohol und Tuinal gleichzeitig zu nehmen, weil die Kombination sofortige und fatale Folgen hatte. Sie wollte das Schlafzimmer nicht verlassen: die Leiche in dem Bettchen gab dem Zimmer etwas Beruhigendes, rief in ihr das Gefühl von Frieden und Endgültigkeit hervor, das sie nirgendwo sonst im Haus finden würde. Aber wenn sie den Schnaps nicht holte, würde sie vielleicht einschlafen – *nur* einschlafen. Sie mußte sofort etwas unternehmen.

Der Bestand der Hausbar war in den vergangenen Wochen stark dezimiert worden. Sie und Ben hatten stark getrunken, und keiner hatte sich die Mühe gemacht, die Bar aufzufüllen. Sie hatte die Wahl zwischen Sherry, Pfefferminzlikör, Wermut, Christian Brothers Brandy und Tequila. Der Brandy reizte anscheinend am wenigsten zum Brechen, und die Tatsache, daß er ein Geschenk von einem ihrer eigenen armen Verwandten war, von einem Onkel, der die Twin Cities zur Beerdigung eines Familienmitglieds besucht hatte, gab dem Brandy einen Beigeschmack von ausgleichender Gerechtigkeit. Sie schenkte Brandy in einen Schwenker ein, fügte den Rest Weihwasser hinzu, um den schlimmsten stechenden Geschmack zu mildern, und spülte damit zehn weitere Schlaftabletten hinunter. Dann füllte sie den Cognacschwenker von neuem und überlegte, ob sie ins Schlafzimmer zurückkehren oder im Wohnzimmer bleiben sollte, das sie mit den wuchtigen Möbeln, die an die Einrichtung eines Wartesaals erinnerten, mit seinen kalten Farben und seiner Anonymität für den zum Sterben passendsten Raum des Hauses hielt. Welch ein Kommentar zu ihrem Leben! Sie sank auf die Sitzgruppe und starrte auf die Stuckdecke. Sie spürte, daß die erste Woge der Benommenheit ihre Gedanken trübte. Es war ein überraschend angenehmes Gefühl.

Sie hatte sich immer gefragt, wie das Sterben sein würde. Jeder muß sterben. Man hofft, es wird nicht zu schmerzvoll sein oder zu lange dauern. Sie hatte gedacht, ein plötzlicher tödlicher Unfall wäre vielleicht das beste. Die Art wie Henry gestorben war. Sie hatte ihn fast beneidet, weil er es so leicht gehabt hatte. Krebs mußte das Schlimmste sein. Krebs, der einen von innen auffrißt. Schrecklich.

Sie trank noch einen Schluck Brandy und spürte, wie irgendeine feine Waage der Verdauung von Wohlbefinden zu Übelkeit umschlug. Sie durfte sich nicht übergeben. Wenn sie den Selbstmord verpfuschte, würde sie mit an Sicherheit grenzender Wahrscheinlichkeit wegen der Ermordung des Babys im Gefängnis enden. Die Leute sagten, mit Selbstmord betrüge man den Tod, aber sie war immer eine Betrügerin gewesen, und es machte ihr nichts aus. Sie hatte Henry betrogen, und es hatte ihr überhaupt nichts ausgemacht. Wenn sie Ben nicht betrogen hatte, dann lag es nur daran, daß sie nicht in Versuchung geraten war. Ihr Leben war bequem gewesen, und sie war träge geworden. Ein Tag praktisch wie der andere. Ohne Probleme, ohne Beschwerden. Aber charakterlos wie dieses Wohnzimmer.

Sie entschloß sich schließlich doch, lieber im Schlafzimmer zu sterben, und stellte den Cognacschwenker behutsam auf den Couchtisch neben den blauweißen Aschenbecher. Es bedurfte all ihrer Konzentration, um auf die Füße zu kommen, und das Gehen war fast unmöglich. Ihr Körper wollte von den Hüften an vorwärtskippen. Der weiße Teppich erstreckte sich vor ihr wie der Sand einer weiten Wüste. Das Licht war viel zu hell geworden. Sie hatte das quälende Gefühl, irgend etwas Wichtiges nicht erledigt zu haben, und als sie zu der Tür des Schlafzimmers gelangte, fiel ihr ein, daß sie am Ende der Taufe nicht ›Amen‹ gesagt hatte. Würde es ohne das ›Amen‹ klappen? War es zu spät, es jetzt hinzuzufügen? Ihre Hand war auf dem Türgriff, aber sie schaffte es nicht, ihn zu drehen und die Tür zu öffnen. Sie knickte in der Hüfte ein, und diesmal stürzte sie vornüber. Als sie auf dem Boden lag, versuchte sie das ›Amen‹ der Taufe zu flüstern, aber Lippen und Zunge gehorchten ihr jetzt nicht. Es machte wirklich nichts aus. Gott konnte nicht so dumm wie all dies sein. Sie schloß die Augen und überließ sich dankbar der Ruhe und dem Trost ihres Todes.

53

Ben bat Mrs. Ruddle, im Wagen zu warten, bis er mit Sondra sprechen und sich überzeugen konnte, daß sie sich beruhigt hatte. Mrs. Ruddle, sonst so schweigsam und verschlossen, war so aufgebracht, daß sie bereits zweimal von Pfarrer Youngermanns Besuch und seinem vergeblichen Versuch, ›das arme Kind‹ zu taufen, erzählt hatte. Sie entschuldigte sich überschwenglich, weil sie Kontakt mit dem Priester aufgenommen hatte, und im nächsten Moment war sie wütend auf Sondra, weil sie das Spülwasser auf den Priester geschüttet hatte. »Ich bin auch ganz naß geworden, aber das macht nichts. Ich kann es ihr nicht verübeln: Sie war so aufgeregt, daß sie nicht wußte, was sie tat. Aber so etwas einem Priester anzutun!«

Mrs. Ruddle hatte zwei erklärte Gründe für die Rückkehr zum Haus mit Ben: Sie wollte sich bei Sondra entschuldigen (und versuchen, den Job wiederzubekommen) und (wenn die Entschuldigung nicht die gewünschte Wirkung erzielte) verschiedene Dinge abholen, die sie in der Aufregung im Haus vergessen hatte – ein Regenschirm, Überschuhe, eine Packung Teebeutel und einen handgestrickten Schal, den sie beim Kinderbett zurückgelassen hatte. »Und ich weiß nicht, was ohne mich aus dem armen Kind werden wird!«

Ben hatte es geschafft, bei Mrs. Ruddles Nonstop-Monolog ruhig zu bleiben, obwohl es ihn genervt und fast so rasend gemacht hatte wie das Schreien des Babys in der Nacht. Sie war am frühen Nachmittag in seinem Büro aufgetaucht und hatte sich geweigert, Mrs. O'Mearas Erklärung zur Kenntnis zu nehmen, daß er in einer Konferenz war. Mrs. Ruddle hatte einfach gewartet, bis er gegen vier Uhr zugestimmt hatte, sie zu empfangen. Und dann hatte das lange Jammern begonnen. Mrs. Ruddles Lamentieren anzuhören war wie das Plärren des Babys zu ertragen. Kein Wunder, daß Sondra ausschließlich unter dem Streß, Tag für Tag das Baby *und* Mrs. Ruddle zu ertragen, zusammengebrochen war. Als sie in Willowville eintrafen, war Ben geneigt, Mrs. Ruddle für noch schlimmer als das Baby zu halten.

Obwohl die Sonne untergegangen war, brannte kein Licht im Haus. Nicht einmal das Flimmern eines Fernsehschirms war zu sehen. Aber das bedeutete nur (wie Ben annahm), daß Sondra ein Nickerchen machte und die Kinder nicht gleich nach der Schule heimgekehrt und noch außer Haus waren. »Sondra?« rief er, während er im Wohnzimmer Licht anschaltete. Ein fast leerer Cognacschwenker stand auf dem Couchtisch in einer Pfütze von verschüttetem Brandy. »Sondra?« wiederholte er mit erhobener Stimme. Er schaute in sein Arbeitszimmer, in dem sie manchmal ein Nickerchen auf der Ledercouch machte, aber da war sie ebensowenig wie in seinem Schlafzimmer.

Als er sie auf dem Boden vor der Tür ihres Schlafzimmers fand, nahm er zuerst an (weil er an den Cognacschwenker dachte), daß sie betrunken war. Mit einem mitleidigen und nachsichtigen Lächeln hob er sie auf, um sie zum Bett zu tragen. Erst als er das Schlafzimmer mit Sondra auf den Armen betrat, erkannte er an der völligen Schlaffheit ihres Halses und ihrer Arme, daß sie nicht betrunken war. Er legte sie auf den Boden, um Wiederbelebungsversuche durch Mund-zu-Mund-Beatmung zu machen, doch dann erkannte er an der Kälte ihrer Hände und ihres Gesichts, daß es zu spät war. Und dann, als er tief Atem holte, um ihn Sondra in die Lunge zu zwingen, begann das Ding im Kinderbett zu schreien. Zuerst war es nur ein schwaches Wimmern. Dann ertönte ein lauter Schrei, der jedoch stockend klang, als mangele es an Luft.

Noch bevor er auf das Kinderbett schaute und den gefalteten Schal sah, der immer noch das entsetzliche kleine Gesicht des Kindes bedeckte, verstand Ben, was geschehen war. Sondra hatte gedacht, sie hätte das Ding von seinem Leiden erlöst, und dann hatte sie Selbstmord begangen, weil sie die Schuld nicht hatte ertragen können. Aber es war *seine* Schuld. Er hatte seit Wochen gewußt, was er hätte tun müssen. Er hätte das Balg selbst ermorden sollen, dies nicht seiner Frau überlassen sollen. Kindestötung ist Männersache, und er hätte es mit sowenig Gewissensbissen getan wie Herodes. Nur die Furcht in Verdacht zu geraten und vor Gericht zu kommen, hatte ihn davon abgehalten. Und jetzt war Sondra tot, und der kleine Scheißer lebte noch und war bereit, den langen Schrei fortzusetzen.

Nein. Er würde nicht zulassen, daß Sondras Tod nur ein übler Scherz war. Er packte das schreiende Baby an der Kehle – und drückte zu. Das groteske Gesicht lief kirschrot an, und die Zunge hing aus dem mißgebildeten Mund. Ben schüttelte den Körper, bis er spürte, daß etwas brach. Dann widerstand er dem Drang, den Körper obendrein gegen die Wand zu schleudern, und er ließ ihn auf das Bettchen fallen. Er wünschte, das Kinderbett wäre eine bodenlose Grube, ein Grab. Erst als er die Hand an das Ding gelegt hatte, war ihm klargeworden, wie stark sein Haß darauf war. Sondras Selbstmord wirkte jetzt verständlicher. Sie mußte die gleiche Befriedigung bei dem Gedanken an den Tod des Dings gehabt haben. Keine Reue oder Schuldgefühle oder moralisch angemessener Reaktion. Statt dessen diese obszöne Hochstimmung. Dieser Stolz, als hätte er einen Feind im Einzelkampf besiegt! Welch ein Sündenpfuhl ist das menschliche Herz. Oder, wie eine Berühmtheit gesagt hatte, vielleicht Shakespeare in einem seiner Werke: »Welch ein Stück Scheiße ist der Mensch.«

Er legte den Schal wieder auf das Gesicht des Babys. Von neuem nahm er Sondras Leiche auf die Arme (sie hatte zuvor leicht gewirkt, und jetzt ging sie fast über seine Kraft hinaus) und trug sie aus dem Zimmer.

Obwohl Mrs. Ruddle im Wagen hatte warten sollen, war sie ins Haus gegangen. William und Judith waren bei ihr. Beim Anblick von Sondras lebloser Gestalt auf den Armen ihres Mannes wurde Mrs. Ruddle übertrieben diensteifrig als Krankenschwester. Sie befahl Ben, Sondra zur Untersuchung auf die Couch zu legen, und wies William an, beim Krankenhaus anzurufen.

»Ich bringe sie selbst ins Krankenhaus«, sagte Ben. »Das geht schneller, als auf den Krankenwagen zu warten. William, machst du mir die Tür auf?«

»Das Baby«, sagte Judith. »Wie geht es dem Baby?«

»Das Baby ist tot.«

»Nein«, sagte Mrs. Ruddle entschieden und mit der ruhigen Autorität einer Krankenschwester, »das kann nicht sein.«

»Verstehen Sie nicht?« Ben starrte Mrs. Ruddle wütend an und versuchte, seine eigene Autorität geltend zu machen. »Sondra hat das Baby getötet und dann Selbstmord begangen.«

»Nein, das Baby lebt noch. Ich hörte es vor ein paar Sekunden, kurz nachdem wir ins Haus gingen. Es schrie, und dann wurde es plötzlich still. Wir alle haben es gehört.« Sie wandte sich an William. »Nicht wahr?«

William schüttelte den Kopf. »Ich habe nichts gehört.«

»Sie müssen sich irren, Mrs. Ruddle. Sie können nichts gehört haben. Das Kind ist tot. Überzeugen Sie sich davon. Aber vielleicht gibt es noch Hoffnung für Sondra. Ich muß sie ins Krankenhaus bringen.« In Wirklichkeit wollte er unbedingt aus dem Haus und von Mrs. Ruddle fort.

William ging zur Haustür und öffnete sie.

Mrs. Ruddle packte Judith am Arm. »*Du* hast das Baby schreien gehört. Nicht wahr? Du hast es gehört!«

Judith blickte zu ihrem Vater und schaute weg. Sie brauchte keine weitere Erklärung. Es war ihr klar, was geschehen war.

Sie nickte. »Ja, ich hörte das Baby schreien.«

Mrs. Ruddle verzog die geschminkten Lippen in einer Grimasse des Triumphs und eilte zum Telefon. Sie wählte die Nummer 911, und als sich jemand meldete, verlangte sie die Polizei.

Ben ließ Sondras Leiche auf die Sitzgruppe sinken. Er sah Judith an. Judith schaute auf den Fleck auf dem Teppich. William schloß die Haustür.

Von diesem Punkt an entwickelte sich alles zwangsläufig: Die Vernehmung, die Anklage, der Prozeß. Und der Spruch der Geschworenen. Ben Winckelmeyer hatte seinen namenlosen Sohn im Säuglingsalter ermordet. Das stand fest. Es blieb nur die Frage, ob man ihm eine inoffizielle Absprache erlaubte, nach der ein Angeklagter durch Schuldbekenntnis dem Gericht

Prozeßzeit erspart und dafür eine milde Strafe zugesichert bekommt.

Verärgert über seine eigene Dummheit und voller Bewunderung für Sondras größeren Mut küßte Ben seine Frau und wartete auf die Polizei.

54

Die letzten beiden Wochenenden waren kühl gewesen, und es hatte den ganzen Tag genieselt, und jetzt, am ersten Tag der Osterferien, regnete es seit dem Morgen in Strömen. William sehnte sich aus dem Haus fort, in dem er sich wie ein Gefangener in seinem Zimmer fühlte, als wäre er Ned. Das Obstschmecker-Haus war nicht mehr das große Herrenhaus, wie es ihm vorgekommen war, als er klein gewesen war. Ihm fehlte das weitläufige, großzügig angelegte Haus der Winckelmeyers, das die ›Ranch‹ genannt wurde. Dieses Haus hier war wie ein Käfig für kleine Säugetiere im Como Zoo, eine Honigwabe mit verschiedenen Bauen, jeder mit seinem eigenen Geruch, was zu einem einzigen, unerträglichen Säugetiergestank verschmolz. Theoretisch kann man sich an jeden Geruch gewöhnen, wenn man lange genug damit gelebt hat, und man bemerkt ihn so wenig wie den eigenen Mundgeruch, aber William war jetzt schon zwei Monate wieder hier, und jedesmal, wenn er ins Haus ging, schauderte ihm vor den verschiedenen Gerüchen von Neds Eimer mit Windeln, Moder, Fäulnis, angebrannter Milch, vollen Aschenbechern, und das alles in Verbindung mit Oma O.s geliebtem Kiefernduft, den sie zweimal am Tag aus der Spraydose versprühte.

Für gewöhnlich konnte er sich auf die Schulaufgaben konzentrieren. Auch mit seinem Talent, den Inhalt von Lehrbüchern förmlich in seinen Blutkreislauf aufzunehmen und selbst bei der Unterstützung durch seinen Computer, gab es eine gewisse Menge Plackerei, die bewältigt werden mußte, um die Ansprüche seiner Physik- und Chemielehrer zu erfüllen. Für

Englisch mußten eine Unmenge Bücher gelesen werden: *Stolz und Vorurteil, Porträt des Künstlers als junger Mann 1984* und moralisierende, langatmige Romane, die man nach Ansicht der Englischlehrerin, Mrs. Simms, ›schätzen‹ mußte. Es erinnerte sehr an den Katechimusunterricht damals auf der Muttergottesschule, nur daß man jetzt selbst die richtigen Antworten ›mit eigenen Worten‹ geben mußte, anstatt sie einfach aufzusagen. Mit Geschichte war es ähnlich, nur daß Mr. Raab klugerweise den Zeitablauf verlangsamt hatte, so daß seine Schüler es nicht mit irgendwelchen lebenden Gegnern in der amerikanischen Geschichte zu tun hatten, woraufhin Eltern Theater machen konnten. Es war schon Mitte April, und sie waren erst beim Ersten Weltkrieg angelangt. Er mußte für Montag einen längeren Aufsatz über dieses Thema schreiben. Es reichte nicht, wenn man ›Blödheit‹ und ›Gier‹ schrieb und es dabei beließ. Mr. Raab verlangte Helden und Bösewichter und ethische Probleme mit drei Gründen zu ihren Gunsten und drei gegen sie, und das bedeutete eine freie Wiedergabe der offiziellen Version im Lehrbuch. Was er tun würde, wie er es beim Thema ›Die Größe Theodore Roosevelts und die Bedeutung der Eisenbahn in der Erschließung des Westens‹ gemacht hatte, mit dem beabsichtigten Resultat, daß er jetzt ›sehr gut‹ bei Raab stand, wenn auch vermutlich mehr als Zeichen des Mitgefühls als wegen seiner oberflächlichen, aber ausgemalten Aufsätzen. (Lilah Gerhart wäre nicht darauf hereingefallen, das mußte zu ihrer Ehre gesagt werden). Durch den Selbstmord seiner Mutter und Bens Verurteilung zu fünf Jahren Gefängnis, waren sowohl William als auch Judith auf der St. Tom's High School zu Ausgestoßenen geworden – nicht aus Gemeinheit von irgendeiner Seite, sondern weil keiner wußte, was er zu ihnen sagen sollte. Und dann, als obendrein klar wurde, daß Judith schwanger war und Gerüchte sprossen wie Unkraut, daß der Vater ihres Kindes ihr eigener Vater war (der schließlich schon schuldig gesprochen worden war, seinen Sohn im Säuglingsalter getötet zu haben), war es unmöglich für Judith gewesen, auf der St. Tom's High School zu bleiben. Wenn die Presse von der Schwangerschaft erfuhr, würde die Schule in Verruf kommen. Mr. Paley war jedoch zu sehr Diplomat, um eine Schülerin von der High-

School zu *verweisen*, die Aussichten hatte, die Abschiedsrede zu halten. Statt dessen erhielt sie ihr Abschlußzeugnis vorzeitig im März, woraufhin sie zu ihrer Mutter nach Florida flog, unerreichbar für Skandalreporter. Und so hatte Rhoda Winckelmeyer nach all diesen Jahren doch noch den langen Kampf um das Sorgerecht für ihre Tochter gewonnen.

William hatte nicht um eine vorzeitige Entlassung von der High-School gebeten und hätte sie auch nicht akzeptiert, weil das zur Folge gehabt hätte, daß er ohne Diplom das beschleunigte Studienprogramm verlassen hätte und in einer anderen Schule das letzte Schuljahr hätte wiederholen müssen, eine schlimme Vorstellung. Auf jeden Fall war es am leichtesten, zu vermeiden, von einer Lawine von Feindseligkeit begraben zu werden, indem man sich darauf konzentrierte, gute Noten zu bekommen. Er büffelte auf die Art und Weise wie Kinder in Japan lernen sollen, schloß alles sonst aus, als hinge sein Leben davon ab. Es war nicht so, daß er keinen echten Kummer hatte. Er fühlte sich schrecklich nach dem, was geschehen war, und befürchtete, daß noch Schlimmeres kommen würde. Aber was konnte er erreichen, wenn er von der Schule flog? Es half, etwas zu tun zu haben, einer Routine zu folgen, Mahlzeiten zu essen, Aufgaben zu erfüllen.

Das waren also seine guten Vorsätze, und für gewöhnlich konnte er auf seine Willenskraft vertrauen, um sie in die Tat umzusetzen. Manchmal wurde er jedoch nervös oder ärgerlich oder so deprimiert, daß er irgend etwas unternehmen mußte, anstatt herumzusitzen, zu lernen, mit dem Apple herumzuspielen oder vor dem Fernseher zu hocken. Zu diesen Zeiten mußte er das Gefühl haben, Einfluß auf die Welt auszuüben. Er mußte den Merkurstab benutzen und seine Macht spüren.

Aber nicht mehr bei Menschen, das hatte er sich fest vorgenommen. Er erinnerte sich an das anhaltende Wohlergehen der Ulme auf dem Hof und an die anderen Ulmen im Brosner Park, denen er das Leben gerettet hatte, und beschränkte die Benutzung seiner Macht strikt auf Bäume. Er band gelbe Fäden an die Bäume, die er verdammen wollte (oftmals neben ausgefranste gelbe Bänder, die von der Geiselkrise übriggeblieben waren) und rote Fäden an jeden Baum, der überleben sollte. Erst in den vergangenen beiden Wochen, als sich die ersten Knospen der Bäume geöffnet hatten oder nicht, war das Ergebnis seiner Dienste sichtbar geworden. Entlang der ganzen Reihe von neuerbauten Häusern mit Eigentumswohnungen, die Madge so verabscheute, waren die jungen Ahornbäumchen eingegangen, und die brüchigen Skelette waren so leblos wie die winzigen Rasenflächen ringsum. Aber bei den Pflanzen, die William am liebsten hätte eingehen sehen – die dichten Vorhänge aus Hängepflanzen verdunkelten so viele Zimmer im Obstschmecker-Haus –, nutzte die Kraft des Merkurstabs nichts, denn durch diese Kraft hatten die Pflanzen ursprünglich ihre außergewöhnliche Lebenskraft erhalten. Im Topf eingeengt, schlecht gegossen, zurückgeschnitten und verflucht – nichts konnte ihre Vitalität beeinträchtigen. Was der Merkurstab einmal bewirkt hatte, ob Gutes oder Schlechtes, konnte später nicht rückgängig gemacht werden.

Deshalb hatte er den Merkurstab nicht benutzt, um dem Fötus in Judiths Leib das Geschenk nie versagender guter Gesundheit zu machen, wie er es bei seinem Bruder getan hatte. Jedes Kind, das am Bradley-Chambers-Syndrom litt, ist der Lehre nach nicht lebensfähig, aber wer konnte schon sagen, wie lange es noch weitergelebt hätte – oder was vielleicht daraus geworden wäre –, wenn Ben es nicht ermordet hätte? Und weil William der Sohn seiner Mutter und Judith die Tochter ihres Vaters war, bestand die Möglichkeit (eine geringere Möglichkeit als bei ihren Eltern, aber eine nicht auszuschließende), daß ein Kind, das aus ihrer Vereinigung geboren wurde, ebenfalls das Bradley-Chambers-Syndrom haben konnte. Die Möglichkeit, daß beide Elternteile dieses rezessive Gen hatten, war eins zu vier, und die Möglichkeit, daß das rezessive Gen an ein sonst normales Kind weitergegeben wurde, war eins zu zwei. So gab es ein Eins-zu-sechzehn-Risiko – und es gab keinen Test, um festzustellen, ob er oder Judith das Gen in sich hatte. Der Beweis war das Kind.

Es war jedoch möglich, durch eine Fruchtwasserpunktion festzustellen, ob der Fötus das Bradley-Chambers-Syndrom hatte. Aber Judith weigerte sich. »Eine Fruchtwasserpunktion wäre für mich sinnlos«, hatte sie gesagt, als sie an dem Abend vor ihrem Flug nach Florida zum letzten Mal darüber diskutiert hatten. »Es würde nur die übrigen Monate der Schwangerschaft erschweren, wenn das Ergebnis positiv ist. Du denkst doch nicht, daß *ich* einer *Abtreibung* zustimme? Du hast doch all das gehört, was ich zu diesem Thema gesagt habe.«

»Du hast nie gesehen, wie dieses Ding aussah«, sagte Ben finster.

»Wie auch immer es *aussah*, es war ein menschliches Wesen. Außerdem stimmt das nicht. Ich habe es gesehen. Ich gab Mrs. Ruddle fünf Dollar, damit sie mich es sehen und auf den Arm nehmen ließ, als Sondra nicht da war. Ich fühlte mich schuldig, es hinter Sondras Rücken zu tun, aber ich hatte das Gefühl, daß ich es sehen mußte.«

»Du hast das Ding schreien gehört. Es hatte ständig Schmerzen, jede Minute seines Lebens. Wenn du ein Haustier hättest, das ständig Schmerzen hat, dann hättest du die Güte, es von seinem Leiden zu erlösen. Aber einem anderen Menschen gegenüber hast du nicht die Güte wie bei einem Haustier.«

»Ich erinnere mich, daß dies eines der Argumente war, die Vaters Anwalt vor der Verurteilung benutzte. Es überzeugte weder den Richter noch mich. Es enttäuscht mich wirklich, William, daß du da stehen und dich für die *Ermordung* deines eigenen Kindes einsetzen kannst. Ich hielt dich für anständiger.«

»Ich setze mich für eine Fruchtwasserpunktion ein, damit wir *wissen*, wo wir stehen.«

»Wo auch immer, ich bin es, die dort steht, nicht du. Und es gibt keinen triftigen *medizinischen* Grund, solch ein Risiko einzugehen. Es gibt ein Risiko bei einer Fruchtwasserpunktion, weiß du: eins zu hundertfünfzig, daß sie zu einer Fehlgeburt führt. Und kein Nutzen ist daraus zu ziehen.«

»Außer Wissen.«

»Wir werden es so oder so bald erfahren. Im Juli, sagt mein Arzt.«

Als sie diese Unterhaltung gehabt hatten, war eine Abtreibung noch theoretisch möglich gewesen. Jetzt war die Schwangerschaft knapp zwei Wochen über den sechsten Monat hinaus fortgeschritten, und diese Hoffnung gab es nicht mehr.

Und William hatte die Hoffnung gehegt; nicht, daß Judith jemals einverstanden gewesen wäre, er wußte genau, daß sie das nie sein würde, aber es bestand bei Bradley-Chambers-Fällen die Chance einer Fehlgeburt. Abgesehen von dieser schlimmsten Möglichkeit, wollte William nicht mit vierzehn Vater werden, auch nicht wenn das Baby so normal war wie eines der Waltons in der Fernsehserie. Und wenn er jemals Vater werden sollte, dann wollte er nicht Judith als Mutter seines Kindes. Rein formal mochte es keine Blutschande sein, aber die Leute würden es für Inzest halten. Wenn er Judith heiratete, würde das ein Leben lang peinlich sein, selbst wenn sie beide eine Heirat wollten, was nicht der Fall war.

Er konnte nicht verstehen, wie sie so blöde oder so unvorsichtig gewesen sein konnten. Sie waren nicht von überwältigender Leidenschaft getrieben worden: Es war mehr ein Projekt gewesen, das sie für einen wissenschaftlichen Kurs unternommen hatten, zumindest im Anfangsstadium. Judith hatte keine Verhütungsmaßnahmen getroffen, weil es gegen ihre Prinzipien war, aber sie hatte William tun lassen, was ihm selbst möglich war, um zu vermeiden, sie zu schwängern. Und abgesehen von dem einen Mal – die Nacht, in der Ben und Sondra außer Haus bei einer Wohltätigkeitsveranstaltung in einem Hotel in der Innenstadt gewesen waren – hatte William stets ein Kondom benutzt. Aber dieses eine Mal hatte offenbar gereicht.

Bis jetzt wußte Ben noch nichts von der Sache. Er war zu sehr mit seinen eigenen juristischen Problemen beschäftigt gewesen, um den Ereignissen um ihn herum viel Aufmerksamkeit zu schenken, und jetzt war er im Gefängnis, Judith war in Florida, und sie telefonierte nur mit ihm. Rhoda wußte natürlich, daß Judith schwanger war, aber Judith hatte William versprochen, ihrer Mutter nicht zu sagen, wer Romeo und Julia gespielt hatte. Wie auch immer: *Wenn* sich erweisen sollte, daß das Baby das Bradley-Chambers-Syndrom hatte, dann würde Judiths Schweigen unerheblich sein. Die Möglichkeit, daß jemand außer Ben oder William der Vater sein konnte, waren in der Größenordnung von fünfundzwanzig Millionen zu eins. Es war wie Fingerabdrücke am Tatort des Verbrechens zu hinterlassen!

Wenn William daran dachte, wie *unnötig* all diese Ängste

waren, wie leicht es gewesen wäre, einen einfachen Test zu machen und es mit Sicherheit zu wissen, hätte er die Wände raufgehen können. Mehrmals hatte er Judith in Florida angerufen, aber jedesmal wenn er über das Thema hatte sprechen wollen, hatte Judith gesagt, sie könnten nicht darüber reden, weil ihre Mutter vielleicht über den Nebenanschluß mithörte. Und jetzt meldete sich Judith überhaupt nicht mehr am Telefon. Wenn er anrief, erreichte er entweder den Anrufbeantworter oder Rhoda.

William war hilflos. Er konnte nichts tun. Nichts außer warten. Warten darauf, daß der Regen aufhörte. Warten auf den Schulabschluß. Warten auf die Geburt des Babys. Eins zu sechzehn waren keine schlechten Chancen. Beim russischen Roulette hat man nur eine Chance eins zu sechs, und viele Leute spielen russisches Roulette und gewinnen.

Mittags verzehrte er, gemeinsam mit Oma O., eine Dose Hühnereintopf mit Nudeln, dann zog er Gummistiefel und einen Plastikponcho an und ging hinaus, um den Elementen zu trotzen. Unter dem Poncho bildete ein Ranzen eine Wölbung, die wie ein Buckel wirkte. In dem Ranzen war der Merkurstab, eingewickelt in Zellophanpapier, damit nicht noch mehr von der Rinde abblätterte. Ohne den Stab zu berühren, spürte William die Kraft, die darin ruhte, ein ständiges Prickeln im Kreuz, als ob seine Nerven mit dem Merkurstab verbunden wären. Er sah sich fast als einen dieser batteriebetriebenen Roboter, die bei den Kindern Modelleisenbahnen als Lieblingsgeschenk zu Weihnachten abgelöst hatten. Eine Weile ging er mit roboterhaften Bewegungen über den nassen Bürgersteig, beugte nicht die Knie und drehte den Kopf in schnellen ruckartigen Bewegungen hin und her. Aber das wurde langweilig, bei diesem Wetter war keiner sonst draußen, der es sah, und irgendwie war er jetzt zu alt (nur ein paar Monate vor dem Studienbeginn) für diese Art Blödsinn.

Der Regen wurde stärker, und William entschied sich, eine Packung Kartoffelchips zu kaufen, dann die Niederlage einzugestehen und sich auf den Heimweg zu machen. Er ging in das kleine Lebensmittelgeschäft Ecke Coughlin und Austin und nahm eine Packung Old-Dutch-Kartoffelchips aus dem unteren

Regal mit den Knabbersachen. Erst als er an der Kasse war und in der Hosentasche nach einem Quarter kramte, wurde ihm klar, daß er vergessen hatte, die Brieftasche, Münzgeld und den Hausschlüssel aus der Hose, die er gestern getragen hatte, in die jetzige zu wechseln. Madge war im Dienst, und Oma O. war nach dem Mittagessen auf Neds Zimmer gegangen, um sich im Fernsehen ›Wie sich die Welt dreht‹ anzusehen. Wenn sie sich einmal in ihrem Schaukelstuhl niedergelassen hatte, würde sie vermutlich bei Ned bleiben, bis ›General Hospital‹ um fünfzehn Uhr zu Ende war, und William wußte aus Erfahrung, daß sie dann kein Klingeln, Klopfen und nicht mal das Telefonschrillen hörte, wenn sie oben vor dem Fernseher saß. Zweifellos war sie deshalb bereit, die Mühe auf sich zu nehmen, nach oben zu gehen.

William schaute zu dem alten Mann hinter der Ladentheke auf, der auf das Fünfundzwanzigcentstück wartete, und erklärte: »Tut mir leid, ich habe mein Geld zu Hause gelassen.«

»Schon okay«, sagte der alte Mann und lächelte lehrerhaft wie Mr. Whipple in der Reklame für das Toilettenpapier. »Du kannst dein Geld zu Hause und die Chips *hier* lassen.« Er neigte sich über die Ladentheke und nahm die Packung Kartoffelchips an sich.

William war verärgert. »Ich hab' hier schon jede Menge Zeug gekauft, bin fast jeden Tag Kunde, und da habe ich keinen Kredit für eine Tüte Kartoffelchips?«

»So ist das hier«, sagte der Lebensmittelhändler und nickte wissend. »Da hängt ein Schild über den Zigaretten. Ich lese es dir vor, wenn die Schrift für dich zu klein ist: WIR VERTRAUEN IN GOTT, ALLE ANDEREN ZAHLEN BAR. Er setzte wieder sein ekelhaftes, gekünsteltes Lächeln auf. »Bedaure.«

»Ja, klar, ich sehe Ihnen an, daß Sie das wirklich bedauern.«

William stolzierte aus dem Laden und blieb wütend in der schmalen Nische vor der Tür stehen. In der kurzen Zeit, in der er in dem Geschäft gewesen war, hatte der Regen an Heftigkeit zugenommen. Es goß so stark, daß er trotz des Ponchos durchnäßt sein würde, wenn er nur einen Block weit ging. Und er würde bald durchnäßt sein, wenn er hier vor der Tür stehenblieb. Eine große Markise aus Segeltuch war über dem Schaufenster des Ladens angebracht und hätte gut als Schirm dienen können, aber sie war aufgerollt. Whipple rollte sie vermutlich nur aus, wenn man ihm das bezahlte.

Bedaure! William hätte dem alten Arschloch zeigen können, was Bedauern ist – wenn er es sich nicht zum Prinzip gemacht hätte, den Merkurstab nicht mehr bei Leuten einzusetzen, ob zum Guten oder zum Schlechten. In den vergangenen Wochen, seit seinem Wiedereinzug in das Obstschmecker-Haus, hatte er Zweifel über fast alles gehabt, was der Merkurstab bewirkt hatte. Keine Reue. Jimmy Deeters, Miss Gerhart, die hohen Tiere der ATA, sie alle hatten bekommen, was sie verdient hatten. Aber vielleicht waren seine Strafen zu drastisch gewesen. Vielleicht war er wie ein Richter gewesen, der mit der Todesstrafe rasch bei der Hand ist. Es wäre vielleicht besser gewesen, wenn er bei einigen Leuten von ATA nachsichtiger gewesen wäre und sie nur mit Raucherhusten bedacht hätte – mit einem Emphysem –, anstatt mit Krebs. Ein vorübergehendes Problem, das nach einer Weile verschwunden war oder beseitigt werden konnte. Wie oft hatte er gewünscht, wenn er seinen kleinen Bruder in endlosem, unheilbarem Schmerz schreien gehört hatte, er könnte ihm die perfekte Gesundheit wegnehmen, die für ihn nur ein Fluch gewesen war. Gesundheit ist kein Segen, wenn man in einer Folterkammer lebt. Wenn er hätte wegnehmen können, was er geschenkt hatte, oder hätte zurückgeben können, was er fortgenommen hatte, wenn jeder Fluch oder Segen wie eine Tür sein konnte, durch die man hinein oder hinausgehen konnte und die durch die Macht des Merkurstabs verschlossen oder unverschlossen war ...

Jemand pochte hart auf die Scheibe in der Ladentür. William wandte sich um und sah, daß der Lebensmittelhändler ihn mit Gesten aufforderte, vor der Tür zu verschwinden. »Du hältst den Betrieb auf!« rief der alte Mann hinter der Scheibe.

In diesem Moment spürte William etwas im Rücken, das weder Elektrizität noch Wärme war. Es war, als reagierte der Merkurstab auf die Möglichkeit, als Schlüssel benutzt zu werden, als poche er gegen den Ranzen. William lächelte den alten Mann an und ging mit Entzücken in den Regen, glücklich, den Preis des Durchnäßtwerdens für die Idee (die ihm unter anderen Umständen vielleicht nicht gekommen wäre) eines Fluchs (oder Segens) zu zahlen, der funktionierte wie ein Schloß.

Er begann die Einzelheiten auszuarbeiten, während er durch den strömenden Regen ging, der jetzt kein Feind, sondern der äußere Ausdruck seiner geistigen Verfassung war. Als er an der nächsten Ecke war, hatte er alles fertig bis auf den Reim. Und dann bemerkte er ein Münztelefon, das den Mast mit einem Verkehrszeichen teilte, und hatte eine Eingebung. Er griff in die Mulde der Münzrückgabe, um zu sehen, ob jemand einen Quarter darin zurückgelassen hatte. Als er einen fand, war er nicht einmal überrascht darüber, daß die Welt so bereitwillig bei seinen Plänen mitspielte. Das Glühen, das immer noch von seinem Rücken ausströmte und jeden Muskel mit eigenem Bewußtsein zu erfüllen schien, garantierte anscheinend den Erfolg jeder Aktion, die er unternehmen würde. Er fühlte sich unfehlbar wie der Papst. Wenn er einen Basketball gehabt und ihn zum Korb am anderen Ende des Platzes geworfen hätte, hätte er in diesem Augenblick einen Treffer erzielt. Bei einem Pokerspiel hätte er die Karte gezogen, die er brauchte, um einen Royal Flush zu vervollständigen. Ein greller Blitz zuckte am Himmel, und es folgte ein langes, grollendes Donnern. Der Himmel selbst schien ihm zuzustimmen. Auf der anderen Straßenseite war eine Bushaltestelle mit einem Unterstand. Zwei Leute standen unter dem Schutzdach, und dann, als weiterer Akt der Vorsehung, rollte der Coughlin-Como-Bus heran, nahm die beiden Leute auf und fuhr sie fort. William überquerte die Straße und ging unter das schützende Dach der Bushaltestelle, wo er im Nu vier Linien fand, die er benutzen konnte. Rasch legte er den Ranzen ab, kniete sich hin, nahm den Merkurstab heraus und entfernte das schützende Zellophan. Er berührte den Merkurstab mit dem Quarter, den er in dem Münzfernsprecher gefunden hatte, und sprach laut den Reim seiner verbesserten, umkehrbaren Zauberformel:

Wieviel wird mein Quarter kaufen?
Er wird ein Gerstenkorn unter deinem Auge kaufen
Dort soll es schwellen die ganze Zeit,
Bis dich mein zweiter Quarter davon befreit.

Dann kehrte er zu dem Lebensmittelgeschäft zurück und kaufte einen Beutel Kartoffelchips.

FÜNFTES BUCH

55

Launce Hill saß auf seinem schwarzen Musterkoffer an der Standspur des Highway 32, etwa vierzig Kilometer südöstlich von Crookston und fast hundertsechzig Kilometer südlich der Grenze. Er wartete auf eine Mitfahrgelegenheit; er hatte kaum Hoffnung, daß ihn jemand mitnahm, aber das machte nichts. Später am Nachmittag würde der Verkehr stärker sein. Unterdessen zählte er sein Glück auf: Er schätzte, daß er außer Reichweite der Grenzpatrouillen war, und er hatte es geschafft, das Frühstück bei sich zu behalten, das er bei der Raststätte außerhalb von Crookston gegessen hatte – trockener Toast, Haferflocken und entrahmte Milch. Bei jedem Schluck Milch hatte er sich so wohlig gefühlt, als ziehe er nach einem heißen Bad einen kühlen seidenen Pyjama an. Jetzt hatte er das Gefühl, zu verbrennen. Nicht seine Haut, er hatte es sorgfältig vermieden, sich einen Sonnenbrand zu holen, sondern innen, als ob sein Fleisch langsam in der Mikrowelle gebraten wurde.

Ein Wagen tauchte am fernen Horizont auf. Launce stand auf und reckte den Daumen in der Geste des Anhalters. Der Wagen wurde nicht mal langsamer. Die fette Frau hinter dem Lenkrad runzelte die Stirn und schaute starr geradeaus, als nehme sie ihn gar nicht wahr. Wenn ihr Mann am Steuer gesessen hätte, dann hätte er dem Anhalter vermutlich obszöne Gesten gezeigt. Männer drücken leichter Haß und Aggression aus. Das liegt an ihrem frühen Training mit Spielzeugwaffen. Als der Wagen vorbei brauste, erschoß Launce die fette Frau mit dem .45er seines ausgestreckten Zeigefingers und setzte sich wieder auf seinen Musterkoffer. Selbst nach dieser so kleinen Anstrengung schnaufte er, und der Staub, der vom Wagen aufgewirbelt worden war, attackierte seine Augen wie ein Schwarm Mücken und löste ein langsames Sickern von giftigen Tränen aus.

Das Unkraut in Minnesota war schöner, höher und buschiger

als in Kanada, und die Tränen in seinen Augen wirkten wie Linsen, um weit entfernte Blumen scharf heranzuholen. Die Splitter des Todes in seiner Seele gaben ihnen ein Leuchten von unbeschreiblicher Schönheit. Alles wurde zu Poesie, wenn man wußte, daß man starb, sogar das Unkraut.

Aber – er mußte es sich in Erinnerung rufen – er starb nicht. Er hatte Aids überlebt, obwohl er seit sechs Jahren HIV-positiv war, und er würde ARVIDS überleben, auf das Aids nur ein Vorgeschmack gewesen war. Er hatte gewartet, bis sie mit einem Heilmittel herausgekommen waren, und da kam rätselhafte Seuche Nummer zwei. Aber Medical Defense Systems (MDS) hatte schon schlimmere Fälle geheilt. Er mußte nur dorthin gelangen. Noch ungefähr vierhundert Kilometer.

Ein mit Schlamm bespritzter gelber Kleinlastwagen mit einem nicht dazu passenden grauen linken Kotflügel näherte sich von Süden, wurde langsamer, als er Launce passierte, und wendete fünfzig Meter entfernt. Diesmal hielt der Fahrer an.

Launce nahm seinen Musterkoffer und näherte sich dem Wagen mit einem unguten Gefühl.

»Ich fahre nur bis zur Abfahrt nach Ada«, kündigte der Fahrer in herausforderndem Tonfall an. Er war ein untersetzter, rotgesichtiger alter Kerl mit einer Schirmmütze, die für ›Chipewa Angeln‹ warb.

»Oh, das ist okay.« Launce stellte den Koffer ab. Der Kerl hatte ein gemein wirkendes Gesicht, und es ergab keinen Sinn, daß er einem Anhalter zuliebe die Fahrtrichtung gewechselt hatte. Nur ein Highway-Polizist würde das tun. »Ich muß viel weiter.«

»Minneapolis?«

»Hm-hm.«

»Nun, da haben Sie eine bessere Chance, wenn jemand Sie nach der Route 200 nach Süden mitnimmt. Steigen Sie ein. Seien Sie nur vorsichtig mit der Kaffeekanne auf dem Sitz. Sie ist voller Würmer.«

Widerstrebend stieg Launce ein, stellte die rostige Kanne auf den Boden, legte den Musterkoffer auf seinen Schoß und verschränkte die Arme. Ohne eine Aufforderung erzählte er die erfundene Geschichte, die bereits bei drei Fahrern dazu gedient hatte, ihren Argwohn zu zerstreuen: das Familientreffen im Agassiz Wildschutzgebiet, der Unfall bei einer Angeltour, die leere Batterie – eine plausible, leicht possenhafte Mischung von Familienkrise und Autopanne, die zu seinem gegenwärtigen Dilemma geführt hatte.

Sein Zuhörer wirkte nicht amüsiert, warf von Zeit zu Zeit einen finsteren Blick zu Launce, zeigte jedoch nie ein Lächeln und gab keine Erwiderung, nicht einmal ›so so‹ oder ›hm‹. Als Handlungsreisender war Launce mit dem Typ vertraut. Ein Mann wie dieser, bei dem grobe Häßlichkeit mit anderen gesellschaftlichen Nachteilen kombiniert war, mußte eine Abneigung gegen Lächeln und oberflächliche Konversation haben. Der Mann war vermutlich nur beim Lynchen glücklich. Und obendrein das unberechenbare Element der Reaktion eines Andersartigen: Einige Spießer haben einen Riecher für Schwule wie ein Hühnerhund für Fasane, die aus einem Maisfeld aufgescheucht werden.

Als sie Route 200 erreichten, bog der Fahrer rechts ab und fuhr weiter.

»Hey«, rief Launce. »Hier steige ich aus.«

Der Fahrer sagte nichts, warf Launce nur einen weiteren Seitenblick zu und gab mehr Gas.

Ohne daß der Fahrer seine Absichten ankündigte, wußte Launce, daß er zu der örtlichen Gesundheitsbehörde gefahren wurde. Dort brauchte man nur einen Speicheltest zu machen, und Launce würde sofort zum nächsten Seuchenlager gebracht werden. Er seufzte.

Es gab keine wahre Alternative, und so schob er die Hand in die Jackettasche, entsicherte die Lady Winchester, eine schöne kleine Handfeuerwaffe, die Ende der Achtziger hergestellt wurde, damit sich das schöne Geschlecht verteidigen konnte, und hielt sie an die Schirmmütze. »Ich denke, du fährst *zu schnell*!« rief er dem alten Scheißer ins Ohr. »Ich wünsche, daß du *langsamer* fährst.«

Als der alte Scheißer statt dessen noch mehr Gas gab, drückte Launce ab, und die Kugel durchschlug den Schädel und flog durch das offene Fenster des Wagens. Die Hände lösten sich nicht sofort vom Lenkrad, und der Fuß blieb auf dem Gaspedal. Das dauerte so lange, daß Launce sich fragte, ob er mit einer Platzpatrone geschossen hatte, doch dann sank der Kopf des Mannes zur Seite, und Blut sickerte aus dem Kugelloch und tropfte auf den Latz seines Overalls.

Launce griff gerade noch rechtzeitig ins Lenkrad, um ein Schleudern des Wagens zu verhindern. Auf keinen Fall durfte er Blut aufs Jackett bekommen; er hatte keinen zweiten Anzug bei sich.

Als der Kleinlaster um eine Biegung fuhr, kamen ein Wasserturm, Bäume und Dächer von Ada in Sicht. Launce schaffte es, den Fuß der Leiche vom Gaspedal zu schieben und auf die Bremse zu treten. Der Kleinlaster rollte aus und hielt neben einem Schild, das ihn in Ada mit seinen siebenhundertvierundachtzig Einwohnern willkommen hieß.

Jetzt sind es nur noch siebenhundertdreiundachtzig, berichtigte der ewige Korrektor in seiner Seele.

Launce stieg aus, ging um den Wagen herum, löste den Sicherheitsgurt von der Leiche und schob sie auf den Beifahrersitz, wobei er nur die Stellen des Overalls anfaßte, die nicht blutig waren. Bei dieser Prozedur stieß er die Kanne mit Würmern um. Er hatte stets einen Horror vor Würmern gehabt, und dies waren fette Exemplare, und sie wimmelten alle hoffnungsvoll durcheinander, nachdem sie aus der alten Kaffeekanne heraus waren. Launce konnte mit ihnen mitfühlen – wer konnte das besser? – aber er konnte sich *nicht* durchringen, sie mit der Hand aufzuklauben und in den Straßengraben zu werfen. Er stellte die gestiefelten Füße der Leiche vorsichtig auf die Fußmatte, so daß keiner der Würmer verletzt wurde, setzte sich auf den Fahrersitz und schlug die Tür zu.

Der Motor lief noch, und die Straße war in beiden Richtungen leer. Zum ersten Mal in seinem Leben, seit er mit siebzehn den Führerschein gemacht hatte, wendete er perfekt im Rückwärtsgang. Die Leiche neigte sich nach rechts und nach links. Launce hielt am Straßenrand, legte der Leiche den Sicherheitsgurt um und schnallte sich selbst an. Dann fuhr er in mäßigem Tempo zurück zum Highway 32.

Zum ersten Mal in seinem Leben hatte er jemanden getötet, und er empfand ein Gefühl des Mündigwerdens, was zusammen mit einer unpassenden Erektion ein wenig peinlich war, weil er theoretisch den Machismo des Tötens mißbilligte. In der Zeit, in der er sich vom Militärdienst gedrückt hatte, war sein Motto gewesen, ›mach Liebe statt Krieg‹. Es kam ihm in den Sinn, daß die Leiche neben ihm vielleicht ein Vietnam-Veteran war (*gewesen* war, verbesserte der Korrektor in ihm). Der Mann hatte das richtige Alter und die gesellschaftliche Klasse gehabt, ein guter Bürger, der alle Vorschriften befolgt, auch die, verdächtige Fremde der Gesundheitsbehörde zu melden.

Es kam ihm ferner in den Sinn, daß er herausfinden sollte, wer sein Opfer war (gewesen war) und was er bei sich hatte (zum Beispiel Geld). Auf jeden Fall würde es eine Beleidigung sein, zu einem solchen Zeitpunkt keine Neugier zu zeigen. Er war noch nicht auf das unmenschliche Niveau irgendeines Massenmörders gesunken, der einfach um sich ballert und jeden tötet, der ihm über den Weg läuft. Wenn er jemanden tötete, dann sollte er wenigstens dessen Namen wissen.

Der Name lautete Ray Bonner, und er war wie Launce Löwe gewesen. Was paßte: Es ist nie klug für einen Löwen, gegen einen anderen Löwen zu arbeiten. Jetzt wußte er das.

Sechsundvierzig Dollar Bargeld. Zwei nutzlose Kreditkarten. Und eine Gas-O-Mat Kreditkarte, auf deren Rückseite er die Geheimnummer geschrieben hatte, obwohl man ermahnt wurde, das nicht zu tun.

In der blutdurchtränkten Tasche des Overall-Latzes war eine Sonnenbrille, und Launce setzte sie der Leiche auf. Aus derselben Tasche nahm er eine Schachtel Zigaretten. Er zündete zwei Zigaretten an (seine Finger begannen zu zittern), eine für sich und die andere für die Leiche, der er den Glimmstengel in den Mundwinkel schob. Er hielt es für eine angemessene Trauerfeier für jemanden wie Ray Bonner.

Nach der dummen Befriedigung durch die Zigarette (aber wenn man denkt, daß man stirbt, ist es schwer, nein zu sagen) entspannte sich Launce und summte sein eigenes Mantra, einen als wirkungskräftig geltenden religiösen Spruch der Inder. Er hatte 1975 im verlorenen Paradies von Toronto hundertfünfzig Dollar beim Beginn seines tranzendentalen Meditationskursus für dieses Mantra gezahlt: *Shamoo Urmee Zama!* Der Knabe, der den Kursus geleitet hatte, war ein perfekter Scharlatan gewesen, aber ebenfalls ein perfekter Schwuler, und Launce hatte nicht im geringsten bedauert, hundertfünfzig Dollar für drei Nonsenswörter auszugeben. Sie hatten tatsächlich immer ziemlich gut für ihn gewirkt: *Shamoo Urmee Zama!* Sein geistiger Führer hatte das zusammen mit ihm gesungen und die Finger in die Muskeln des Trapezbeins gegraben. *Shamoo Urmee Zama*: Es hatte immer gewirkt.

56

Am Sonntag vor dem Memorial Day, dem Heldengedenktag am 30. Mai, hatte es den ganzen Tag geregnet. Am Sonntag darauf sah es wieder nach Regen aus, und Madge hatte gesagt, sie habe Kopfschmerzen, und war verschwunden, als die Sonne aufgegangen war, und so mußte Mrs. Obstschmecker zwei Wochen nach dem Memorial Day immer noch Mister Obstschmeckers Grab auf dem Veteranenfriedhof besuchen oder an der Messe in der Muttergotteskirche teilnehmen. Zum ersten Mal in wie vielen Jahren? Sie nahm den Notizblock vom Halter neben dem Telefon an der Küchenwand und rechnete: 1999 – 1970 = 29. Neunundzwanzig Jahre lang hatte sie treu Mr. Obstschmeckers Grab besucht und ihm Lilien aus dem Hof mitgebracht, und nun gab es auf dem Beet im Hof keine Lilie mehr. Sie ärgerte sich. Der Mangel an Lilien bedeutete, daß sie Blumen bei einem Blumenhändler kaufen mußte, und der Preis selbst eines kleinen Buketts war heutzutage ungeheuerlich. Nicht daß Mrs. Obstschmecker in jüngster Zeit bei einem Blumenhändler gewesen wäre, aber Madge brachte immer diese riesigen Blumensträuße nach Hause und behauptete, sie hätte fünfzig oder sechzig Dollar dafür bezahlt. Für Blumen! Mrs. Obstschmecker argwöhnte, daß Madge die Blumensträuße aus der Klinik mitbrachte und es Blumen von dahinvegetierenden Patienten wie Ned waren, die sie nicht richtig zu schätzen wußten. Immerhin verschönerten die Pflanzen das Haus, warum also Theater machen? Das war Mrs. Obstschmeckers Philosophie.

Der Junge sollte um neun Uhr eintreffen, und es war jetzt erst halb acht. Madge schlief noch, aber Mrs. Obstschmecker erwachte stets, wenn es hell wurde, was in diesen Tagen um halb sieben der Fall war. Sie gab der Sommerzeit die Schuld an dem frühen Sonnenaufgang, obwohl Madge sagte, es sei genau anders herum. Vielleicht hatte Madge recht. Auf jeden Fall war halb sieben einfach zu früh zum Aufwachen, wenn man nicht zur Arbeit gehen oder jemandem Frühstück machen mußte. Das Morgengrauen war bereits in volle Helligkeit übergegangen, und die X-förmige Verriegelung hob sich scharf vor der Jalousie ab.

Jetzt tauchte eine neue Silhouette vor der Jalousie auf. Ein Eichhörnchen! Es hüpfte über das eiserne Gitter und verharrte an der Stelle, von der aus es am besten an das Vogelfutter herankommen konnte, in dem Napf, der vom untersten Zweig der Ulme herabhing ... »Sch!« rief Mrs. Obstschmecker. »Fort! Verschwinde!« Sie schlurfte mit den Pantoffeln an den Füßen zum Fenster, doch bevor sie die Jalousie hochdrehte und protestierend gegen die Fensterscheibe klopfen konnte, sprang das Eichhörnchen auf den Napf.

Und als die Jalousie oben war, hockte der garstige kleine Dieb auf dem hin und her schwingenden Plastiknapf, stopfte sich mit Vogelfutter voll und starrte Mrs. Obstschmecker mit seinen kleinen, schwarzen Augen voller Trotz an. Sie klopfte an die Fensterscheibe und wollte das Eichhörnchen verscheuchen, doch es blieb natürlich, wo es war, und schaufelte Vogelfutter aus dem Plastiknapf. Sie wünschte, sie könnte das Fenster öffnen und etwas nach dem Eichhörnchen werfen, aber auf ihr eigenes Drängen hin waren die Fenster an jeder Spalte fest abgedichtet worden, obwohl Madge das für Blödsinn hielt. Mrs. Obstschmecker fühlte sich jedoch sicherer, wenn das Fenster durch eiserne Xe gesichert war, auch wenn es dem Eichhörnchen als Leiter diente, um an den Napf mit dem Vogelfutter zu gelangen. Und der Napf konnte nirgendwo anders aufgehängt werden. Mrs. Obstschmecker und Madge waren alle Möglichkeiten durchgegangen und hatten eine andere Lösung gefunden. Und man konnte kein Gift unters Vogelfutter mischen, weil es die lieben kleinen Vögel ebenso töten würde wie das Eichhörnchen.

Lisa Michaels hatte vor einiger Zeit bemerkt, daß Mrs. Obstschmecker ihr Problem lösen konnte, indem sie das Vogelfutter als Eichhörnchenfutter betrachtete. Sind Eichhörnchen nicht genauso süß wie Vögel? hatte sie in diesem überlegenen Tonfall gefragt. Lisa war Jüdin. Wann immer sie mit ihren Zwillingen zu Besuch kam (was Gott sei Dank nicht oft vorkam), mußte sich Mrs. Obstschmecker daran erinnern, daß die Frau keine Verwandte war. Keine Obstschmecker, nicht einmal eine Hall, nur die Frau von Magdes Stiefsohn. Madge sagte, es sei unchristlich, darauf hinzuweisen, daß Lisa nicht zur Familie zählte, aber eine Tatsache ist eine Tatsache. Auch wenn William ein großes Tier geworden war, das einen Cadillac fuhr und in Zeitschriften abgebildet war, änderte das nichts daran, daß seine Frau eine geborene Schechner war.

Aber es war unnötig, bei dem Unangenehmen zu verweilen. Es war die Schuld dieses Eichhörnchens. Mrs. Obstschmecker wandte sich vom Fenster ab und schaltete den Fernseher an. ›Fill in the blanks‹ – ›Füll die Lücken‹ – lief, und eine Weile versuchte Mrs. Obstschmecker mit den Kandidaten zu konkurrieren, die Buchstaben ergänzen mußten, bis Wörter entstanden, aber sie rieten zu schnell, und die Lösung des ersten Rätsels ›Snug as a Rubber‹, RUBBEL DIR EINEN, sollte eine allgemeine Redensart in Zusammenhang mit einer Lotterie sein. Mrs. Obstschmecker hatte nie solch eine Redensart gehört, aber sie konnte sich denken, was sie bedeutete. Heutzutage vernahm man *überall* schmutziges Gerede – im Fernsehen, in den Zeitungen. Und der Junge, der kommen und sie zur Kirche bringen sollte, der sonst der höflichste war und behauptete, wiedergeboren zu sein, selbst er benutzte obszöne Wörter, als hätte er nie etwas anderes gelernt. Und das mit einer Nonne als Mutter! Nicht daß das heutzutage eine Spur geändert hätte, wenn lesbische Nonnen hier in Minneapolis/Saint Paul, den Twin Cities, beim Stadtrat demonstrierten und Knie-ins in der Kathedrale durchführten, damit sie lesbische Priester statt lesbische Nonnen sein konnten. Und all das wurde im Fernsehen diskutiert, als ginge es um das Wetter!

Sie schaltete den Fernseher aus. Und saß da und regte sich auf.

Oben rauschte die Toilettenspülung. Madge war auf. Aber das bedeutete nicht, daß sie bald nach unten kommen würde. Sie hatte eine Mikrowelle in ihrem Schlafzimmer und ihren eigenen Telefonanschluß, der mit dem Computer verbunden war, und der Computer war mit sonstwas verbunden, so daß Madge am Abend die Türen verschließen konnte, ohne das Schlafzimmer zu verlassen. Sie konnte sogar mit Mrs. Obstschmecker über den Fernsehbildschirm sprechen, denn dafür gab es jetzt irgendein technisches Gerät. Manchmal ließ Madge die Kamera in ihrem Zimmer an, und Mrs. Obstschmecker konnte sie auf dem Bildschirm sehen, während sie herumging und pudelnackt war. Die Computer-Revolution! Fortschritt!

Mrs. Obstschmecker drückte auf den Knopf der Haussprechanlage. »Madge«, rief sie in das kleine Mikrofon, »soll ich Frühstück für dich machen?«

»Nein, Mutter, trotzdem vielen Dank.«

»Die Melone, die du in der vergangenen Woche mitgebracht hast, sollte jetzt reif sein. Ich hatte sie auf dem Fensterbrett.«

Keine Antwort.

»Dieses Eichhörnchen war wieder am Vogelfutter.«

Nichts.

»Du kannst es dir immer noch anders überlegen und mit zur Messe und zum Friedhof kommen. Du hast wer weiß wie lange nicht mehr das Grab deines Vaters besucht.«

»Ich brachte dich im vergangenen Jahr dorthin, Mutter, wenn du dich erinnerst.«

»Was? Du weißt, daß du ins Mikrofon sprechen mußt, damit ich dich verstehen kann.«

»Ich sagte ›nein danke!‹«

»Du hast mich dorthin gebracht, aber du bist die ganze Zeit im Wagen geblieben.«

Schweigen.

»Ich finde es nicht richtig, das Grab deines Vaters am Memorial Day mit einem Fremden zu besuchen.«

»Judge ist kein Fremder. Er ist ein Mitglied unserer Familie.«

»Er ist das uneheliche Kind von jemandem, der kein Verwandter von irgendeinem Obstschmecker ist. Ich möchte wissen, wie er da ein Mitglied unserer Familie sein kann!«

»Mutter, du weißt genau, daß Judge von William und Lisa als ihr Sohn adoptiert wurde.

»Und *sie* sind ebenfalls keine Verwandtschaft.«

»Also wirklich, Mutter. Nach allem, was William für uns getan hat.«

»Und was haben wir alles für ihn getan? Du hast dich um ihn gekümmert, nachdem seine Mutter Selbstmord beging und dieser Winckelmeyer wegen der Ermordung seines eigenen Babys ins Gefängnis kam. Familie! Und die der Tochter ist genauso schlimm. Eine Nonne mit einem Sohn in der Besserungsanstalt, weil er Brandstiftungen begangen hat! Und diesen Kerl schickst du mit mir zum Grab meines Mannes, weil du zu beschäftigt bist, um dir fünf Minuten Zeit zum Andenken an deinen Vater zu nehmen. Nun, ich nehme an, das sagt mir, was *ich* erwarten kann, wenn ich begraben bin!«

Wiederum Schweigen, doch diesmal legte Mrs. Obstschmecker es als die Stille der Beschämung aus. Schließlich sagte Madge: »Es bleibt abzuwarten, wer wen begräbt. Du wirst mich vielleicht überleben, wenn du so weitermachst.«

»Das liegt an meiner gesunden Lebensweise«, erwiderte Mrs. Obstschmecker, die stolz darauf war, salzarme Kost zu essen und auf ihren Cholesterinspiegel zu achten.

»Ich muß jetzt Ned waschen und füttern. Mach dich ausgehfertig, bevor Judge kommt. Ich habe dir deine beste Perücke runtergebracht. Sie ist in deinem Kleiderschrank.«

Mrs. Obstschmecker haßte es, von ihrer Tochter zu hören, was sie zu tun hatte, aber sie tat es. Als sie geduscht, sich abgetrocknet, gepudert und ihr bestes Sommerkleid angezogen hatte, sich dann jedoch gesagt hatte, daß das weiße Kleid passender für einen Besuch auf dem Friedhof war, wurde es Zeit, sich Sorgen über eine mögliche Verspätung des Jungen zu machen.

Doch dann ertönte die Türklingel, und Mrs. Obstschmecker empfand jenes leichte Prickeln, das sie vor fünfundsechzig Jahren in Anoka empfunden hatte, als Mr. O. sie zum ersten Mal zu Hause mit einem Blumenstrauß besucht hatte. Dieser Junge brachte ebenfalls Blumen mit – Rosen, die Lisa Michaels von ihren eigenen Rosensträuchern geschnitten hatte, damit sie kein Geld beim Blumenhändler vergeuden mußte.

Es war schwierig, alles zu verstehen, was der Junge sagte, denn er vergaß ständig, laut und deutlich zu sprechen, und selbst wenn er das tat, war er mit seinem Florida-Akzent schwer zu verstehen. Aber er war ein Kavalier und Gentleman, was das Öffnen der Wagentür (er fuhr Williams himmelblauen Cadillac) und die Hilfe anbetraf, die er ihr beim Anlegen des Sicherheitsgurts gewährte. Als er am Steuer saß und kaum die Rückenlehne des Sitzes berührte, konnte sich Mrs. Obstschmecker fast vorstellen, daß er ihr Mann in den dreißiger Jahren gewesen war – das Haar kurzgeschnitten, jedoch ordentlich gescheitelt, der Schnurrbart à la Clark Gable, die *Größe*. Sogar der gestärkte weiße Kragen und die Fliege, denn beides war wieder in Mode.

»Du hättest meinen Mann gemocht«, sagte Mrs. Obstschmecker in einem Ausbruch von Großzügigkeit. »Er ähnelte dir sehr.«

»Dessen bin ich sicher«, antwortete der Junge. Er wandte nie den Kopf zur Seite, hielt den Blick stets auf die Straße gerichtet, ein verantwortungsbewußter Fahrer.

»Zwanzigster August neunzehnhundertsiebzig. Diesen Tag werde ich nie vergessen. Ein Schlag. Ohne Vorwarnung. Gerade bewässerte er noch den Rasen, und im nächsten Augenblick – tot! Madge – das ist Madge Michaels, meine Tochter, die du im Haus gesehen hast . . .«

»Ja, Ma'am, ich habe sie oft gesehen.«

»Madge war bei der Arbeit im Krankenhaus, und ich rief sie an, und man schickte sofort einen Krankenwagen. Aber es war nichts mehr zu machen.«

»Wir werden alle irgendwann vor das Jüngste Gericht zitiert«, sagte der Junge, »und für gewöhnlich eher, als wir denken. Das ist Gottes Art und Weise.«

Mrs. Obstschmecker versuchte, Trost aus dieser Bemerkung zu schöpfen. Der Tonfall des Jungen klang, als wären seine Worte tröstend gemeint, doch der Gedanke wirkte fast wie eine Drohung. Protestanten hatten ihre eigene Einstellung zu den

Dingen, und so mußte man höflich sein, wenn man über Religion sprach.

»Ich hoffe, es macht dir nichts aus, wenn ich frage«, begann sie mit übertriebenem Taktgefühl, »aber wie kommt es, daß du Protestant bist? Ich meine, schließlich war deine Mutter, Mrs. äh . . . Winckelmeyer . . .«

Der Junge stieß ein lautes Schnauben aus, genau auf die Art, wie Mrs. Obstschmecker schnaubte, wenn sie nicht laut über etwas lachen wollte.

»Sie ist Katholikin, nicht wahr?«

»Das ist schwer zu sagen, Ma'am. Sie sagt, sie ist eine, aber ich nehme an, der Papst im fernen Vatikan sagt, sie ist keine. Sie ist eine von den Schismatikern.«

Mrs. Obstschmecker mußte lächeln. Es konnte keinen Zweifel daran geben, daß der Papst *ihren* Glauben nicht in Frage stellte. Was sie auch immer auf Verlangen des Heiligen Vaters denken sollte, das dachte sie. Sie war gegen Geburtenkontrolle, Abtreibung, Pornographie, gegen die Heirat von Priestern und gegen den Wunsch von Frauen, Priesterinnen zu werden. Sie ging nicht jeden Sonntag zur Messe, aber in ihrem Alter konnte man das auch nicht erwarten.

»Und man schickte dich auf eine katholische Schule?« setzte Mrs. Obstschmecker nach.

Abermals schnaubte der Junge. »Fast alles, was ich tat, hatte einen katholischen Hintergrund. Ich wuchs in einer großen Kommune außerhalb von Miami auf. Wir bauten unser pestizidfreies katholisches Gemüse an und brauten jede Menge katholisches Bier. Es sind alles Trinker, diese Katholiken dort unten.«

»Wie kommt es dann, daß du die Kirche verlassen hast? Du mußt sehr jung gewesen sein.«

»Ich werde am vierten Juli achtzehn, und ich bin seit meinem fünfzehnten Lebensjahr Anhänger von Bruder Orson.« Er blickte Mrs. Obstschmecker von der Seite mit bedeutungsvollem Blick an. »Wir nennen uns nicht Pro-*test*-anten. Die Zeit des Protestes ist vorüber. Jetzt ist die Zeit des Richtens.«

Mrs. Obstschmecker wartete auf eine Antwort auf ihre Frage, erhielt jedoch keine. Der Junge wandte seine Aufmerksamkeit wieder der Straße zu, und zwei Blocks weiter bog er auf den Parkplatz der Muttergotteskirche ein, der einst der Schulhof gewesen war. Die Schule war vor Jahren aus Mangel an Geldern und Schülern geschlossen worden.

Der Junge half Mrs. Obstschmecker aus dem Wagen, schloß den Cadillac ab und bot ihr den Arm für den Weg um die Ecke zur Kirche. Alles wirkte so schön, wie es sein konnte, doch als sie zur Kirchentreppe gelangten, war der Zauber dahin. Eine Menge aus Schwarzen hatte sich vor dem Hauptportal versammelt, als warte sie darauf, Reis auf ein Hochzeitspaar zu werfen. Mrs. Obstschmecker konnte nicht über ihre Köpfe hinwegsehen, und sie fragte sich, warum sie alle einfach dort herumstanden.

Der Junge klopfte einem älteren Schwarzen auf die Schulter und fragte: »Gibt es irgendein Problem, in die Kirche zu gehen?«

»Demonstranten blockieren den Eingang. Einige davon haben sich an das Geländer gekettet.«

»Warum?«

»Es mißfällt ihnen, daß Pfarrer Sinclair die Imani Temple People in die Kirche läßt.«

»Und daß die Frauen sagen ›Mutter unser‹ anstatt ›Vater unser‹«, fügte eine schwarze Frau hinzu.

»Hmhm.« Judge wandte sich an Mrs. Obstschmecker. »Wollen Sie immer noch die Messe besuchen?«

»Findet eine statt?«

Der Junge gab die Frage an die Schwarze weiter. »Findet eine Messe statt?«

»Die hat schon angefangen. Wenn Sie in die Kirche reinkommen . . .«

»Das ist kein Problem.«

Der Junge bückte sich und hob den kleinen, wohlbeleibten Körper von Mrs. Obstschmecker auf die Arme wie ein Bräutigam seine Braut, um sie über die Schwelle ihres gemeinsamen neuen Heims zu tragen. Sie war äußerst verblüfft, aber nicht so sehr, daß sie vergaß, ihre Perücke mit beiden Händen festzuhalten. Der Junge stieg die Treppe hinauf, sagte ›Verzeihung, bitte‹ und ›Machen Sie bitte Platz‹. Die Menge auf der Treppe teilte sich, und es bildete sich eine Gasse, die den Blick auf die Reihe der Demonstranten freigab, die eingehakt auf der obersten Treppenstufe saßen. Sie hatten ein Bettlaken als Transparent vor sich ausgebreitet, auf dem stand: KEINE WEITEREN VOODOO-MESSEN. GOTT IST UNSER *VATER*!

Als Mrs. Obstschmecker die Demonstranten sah und die Demonstranten sie auf Judge Michaels Armen sahen, bemerkte sie, daß es alles Weiße waren, während die Leute, die von den Demonstranten am Betreten der Kirche gehindert wurden, Schwarze waren.

Judge stieg die beiden letzten Stufen hinauf, über die das Bettlaken-Transparent gebreitet war. »Bitte gehen Sie nicht in die Muttergotteskirche«, rief der älteste der Demonstranten, den Mrs. Obstschmecker am Bart und am Priesterkragen als Father Youngermann erkannte, den Pfarrer dieser Kirche. »Die Erzdiözese billigt *nicht* die neue Liturgie. Father Sinclair hat kein Recht, hier die Messe zu lesen. Bitte gehen Sie nicht . . .«

»Ich will dir was sagen«, unterbrach ihn Judge. »Ich trete dir in die Visage, wenn du nicht deinen Arsch hebst und Platz machst. Diese Lady hier möchte in die Kirche, und ich bringe sie hinein.«

»Jeder bleibt, wo er ist«, sagte Pfarrer Youngermann zu den anderen Demonstranten. ›Wir lassen uns nicht vertreiben.‹

Eine Frau am anderen Ende der Reihe begann »Wir werden siegen« zu singen, und die anderen fielen ein. Judge trat dem Priester in den Solarplexus. Pfarrer Youngermann krümmte sich, und die Männer neben ihm versuchten nicht, die Arme weiterhin bei ihm einzuhaken. Sie wichen sogar zur Seite, um Judge Platz zu machen.

»Keine Gewalt!« schrie die Frau, die mit dem Gesang begonnen hatte. »Es darf keine Gewalt geben.«

Auf der Schwelle des Portals stellte Judge Mrs. Obstschmecker auf die Füße. Die Schwarzen, die von den Demonstranten am Betreten der Kirche gehindert worden waren, kamen im Gänsemarsch in die Kirche, durch die Bresche, die von Judge geschaffen worden war.

»Wo sitzen Sie für gewöhnlich gern?« fragte Judge sachlich, als ob nichts Besonderes geschehen wäre. »Vorne beim Pfarrer oder hier bei der Tür?«

57

Pfarrer Lyman Sinclair schaute von der Kanzel der Muttergotteskirche und wartete darauf, daß der Geist des Propheten ihn auf Touren brachte, wie ein Auto mittels Starthilfekabel angelassen wird. Die Gemeinde war Pfarrer Lymans Marotten gewohnt und wußte, daß seine langen Pausen vor der Predigt keine Aufforderung waren, leiser zu sein, wie es bei Pfarrer Youngermann der Fall gewesen wäre. Fast das Gegenteil: Pfarrer Lyman ermunterte die Leute, zu flüstern und miteinander zu tuscheln. »Die Kommunikation ist die halbe Kommunion«, pflegte er zu sagen. »Und wer sagt, daß die Messe eine militärische Übung sein muß?«

Während Pfarrer Lyman auf die Eingebung wartete, wandten sich viele Gemeindemitglieder ihren Nachbarn zu und sprachen über das, was sie von der Demonstration draußen gesehen hatten, und wie der große weiße Junge mit der alten Dame in der dritten Bank vorne Pfarrer Youngermann in den Bauch getreten hatte.

Pfarrer Lyman wußte nichts von der Sache, aber er war sich der beiden Fremden bewußt. Nicht viele weiße Gemeindemitglieder besuchten die Zehn-Uhr-Messe in der Muttergotteskirche, seit die Imani Temple People eingeladen worden waren, ihren Gottesdienst von der Allerseelen-Gemeinde, aus der sie gewaltsam entfernt worden waren, nach hier zu verlegen, nachdem sie ihren langen juristischen Kampf mit der Erzdiözese verloren hatte. Seit fast fünf Jahren hatten die Führer der Afrikanisch-Amerikanischen Katholischen Kirche (der offizielle Name für Imani Temple) ihren eigenen Klerus ordiniert und eine eigene Liturgie entwickelt, zum Teil nach dem Muster ihrer befreundeten Ketzer und Abtrünnigen, der American Catholic Church. Der Hauptunterschied zwischen den beiden Bewegungen bestand darin, daß die Imani Temple – obwohl ihre Mitglieder exkommuniziert waren – das Recht beanspruchte, alle römisch-katholischen Stätten der Gottesverehrung zu nutzen, ein Recht, das ihnen nicht immer gewährt wurde. Im ganzen Großraum Minneapolis/St. Paul hatte nur die Muttergotteskirche ihr Portal für die Imani Temple People geöffnet, und hier nur wegen Pfarrer Sinclairs politischen Durchblicks. Mit Hilfe des Gemeinderats hatte er es geschafft, mit Pfarrer Youngermanns Praxis Schluß zu machen, während Youngermann bei einer seiner periodischen Entziehungskuren in seinem bevorzugten Joseph-Entgiftungszentrum in Phoenix, Arizona, gewesen war. Bei seiner Rückkehr hatte Pfarrer Youngermann die ernüchternde Feststellung gemacht, daß die Muttergotteskirche ihre Türen und die Zehn-Uhr-Messe am Sonntag für die Imani Temple People geöffnet hatte. Noch ernüchternder war seine Erkenntnis gewesen, daß die Türen nicht geschlossen werden konnten. Jetzt hatten Youngermann und eine kleine Gruppe streng päpstlicher Provinzler zivilen Ungehorsam als letzten Ausweg gewählt.

Aber Pfarrer Lyman wollte nicht über diese Dinge sprechen, nur weil sie die Gedanken der Gemeinde gerade beschäftigten. Eine gute Predigt sollte eine Lektion im Beten sein. Das war das ständige Thema von Monsignore McKibben gewesen, des Jesuiten, der am North American College in Rom Homiletik – Geschichte und Theorie der Predigt – gelehrt hatte.

Es war, als öffnete sich eine Tür vor Pfarrer Lyman und er sehe den Anfang seiner Predigt. Er begann: »Als ich in Rom war und studierte, um Priester zu werden, hatte ich einen Lehrer, einen irischen Jesuiten, der Missionar in Simbabwe und Taiwan – und ich kann mich nicht erinnern wo sonst – gewesen war, und dieser Mann hatte eine bevorzugte Redensart über Predigten. ›Eine gute Predigt‹ sagte er, ›ist wie eine Lektion über das Beten.‹ Nun haben die meisten von euch vermutlich von mir ein paar Predigten gehört, die sich nicht genau an dieses Rezept hielten. Einige meiner Predigten waren mehr politische Reden als Gebete. Was ist schließlich ein Gebet? Ein Gespräch mit Gott. Was nicht leicht ist. Es ist viel leichter mit anderen Leuten zu sprechen, weil sie etwas erwidern und man weiß, ob man eine Verbindung hergestellt hat. Bei Gott ist es mehr, als telefoniere man mit jemandem, der so konzentriert zuhört, daß er vergißt, auch nur ›Hm-hm‹ oder ›soso‹ zu sagen.«

»Hm-hm«, sagte jemand in einer der vorderen Bankreihen,

und obendrein rief Kristi Aldritch hinten in der Kirche, »›Soso‹, Lyman!«

Pfarrer Lyman fiel in das Gelächter ein.

Dann sprach er weiter: »Die Bibel sagt, daß es ein Gebet gibt, das alles ist, was jeder jemals braucht, und ihr wißt, wie es beginnt: *Vater unser . . .*«

»Oder Mutter unser – vergiß sie nicht!« Das war wieder Kristi, stets auf die Gleichstellung ihres Geschlechts bedacht, stets auf der Hut vor patriarchalischen Tricks.

»Nun, Kristi, du hast einen Punkt gemacht. Ich nehme an, keiner von uns wird wissen, welches Geschlecht Gott hat, bis wir im Himmel sind und es sehen. Aber nehmen wir an, daß Jesus einfach kein altmodischer Sexist war, der es nicht besser wußte, als anzunehmen, daß der Allmächtige, der Anfang und das Ende, über Fragen des Geschlechts hinaus dachte. Nehmen wir an, er meinte etwas mit dem Beginn des Gebets an unseren *Vater.* Väter und Mütter sind verschiedene Arten von Leuten.«

Es ertönten einige leise ›*Hm-hm*‹ und ›*Amen*‹.

»Zum einen sind Mütter einfach näher. Als Baby saugen wir Milch aus ihren Brüsten. Die Mutter umarmt uns. Sie liebt uns. Sie ist *da.* Väter . . . auf die kann man nicht auf die gleiche Weise zählen. Sie sind nicht immer da, wenn wir sie brauchen. Sie sind bei der Arbeit . . .«

»Oder im Knast!«

»Nur zu wahr, Kristi. Jedenfalls ist der Vater fort. Vielleicht weit fort. Wie es in dem Gebet heißt. *Der Du bist im Himmel.* Nebenbei bemerkt sagen die Protestanten *Vater unser im Himmel,* und angesichts des geschlechtlichen Problems ist das interessant, weil ›*der*‹ für männlich steht, aber ›*unser*‹ klingt, als wäre Gott etwas sonst außer einer Person. Jedenfalls, ob der oder unser, er ist im Himmel, weit fort von menschlichem Mist und Elend. Es ist alles blauer Himmel und Sonnenschein, und euer Gebet ist, als laßt ihr einen Drachen dort hinauf steigen . . .«

»Wieder Drachen, Lyman?« Das kam von Jerry Stiller, der mit den anderen Mitgliedern des Gemeinderats um den Abendmahlstisch saß. Es stimmte und war kein Zufall, daß in Pfarrer Lymans Predigten regelmäßig Drachen vorkamen. Sein erstes

Wissen um Sünde und Erlösung war in Form eines Drachen gekommen.

»Hm-hm, wieder Drachen. Und was auf dem Drachen geschrieben steht, ist nur die grundlegende Botschaft, die der Mensch Gott schicken muß. *Geheiligt werde Dein Name!*«

»Amen, Amen!«

»O nein, nicht so schnell. Wir haben noch viel vom Vaterunser vor uns, bis wir Amen sagen. *Dein Reich komme.* Nicht *kam,* es ist noch nicht hier. Aber es wird kommen. Es ist das erste, an das wir glauben müssen. Glaube und Hoffnung sind zusammengerollt in einem großen Versprechen. Es wird kommen, es kommt. Und ich glaube, es muß sehr nahe sein. Bedenkt nur, welches Jahr wir haben. Neunzehnhundertneunundneunzig. Noch ein paar Monate, und die Uhr der Geschichte wird noch ein paar Nullen überspringen, und dann wird die Trompete erschallen, und die Toten werden auferstehen und alles verändern.«

»Halleluja!«

»Halleluja, in der Tat. Aber diese Trompete schmettert nicht nur Glory Halleluja, sondern die Strafe Gottes, und wir können uns nirgendwo vor dem Klang dieser Trompete verstecken, keine Sicherheitszone schützt uns gegen die Seuche, die er hinabschicken wird, die Seuche, die bereits Leute aus unserer Umgebung niedermäht. Kein Schutz vor dem radioaktiven Niederschlag, nicht gegen die Strahlung, die Gott hat. Keine sterilen Labors, keine Millionärsvillen mit Luft, die aus Sauerstofftanks gepumpt wird.

So sollten wir alle unsere endgültige Form annehmen. Wir sollten es ernst meinen, wenn wir sagen *Dein Wille geschehe, wie im Himmel so auf Erden.* Denn darum wird es bei dem göttlichen Gericht gehen: Haben wir Seinen Willen erfüllt? Haben wir einander geliebt? Haben wir nicht nur nette Dinge über Liebe am Sonntag in der Kirche gesagt, sondern sind wir hinausgegangen und haben einige wirkliche Werke der Liebe getan? Denn Er weiß es, Gott weiß es, Er weiß es bestimmt.«

Er legte eine Pause ein, lächelte und fing den Blick von Jason Beale auf. Jason war der Chef der Sicherheitsabteilung bei A & P. »Was kommt als nächstes, Jason?«

»Tägliches Brot«, murmelte Jason, gab sich schüchtern, war aber erfreut, beweisen zu können, daß er der Predigt tatsächlich gefolgt war.

»Richtig. Und das ist der Teil des Gebets, den jeder versteht: gib uns. Die meisten Menschen denken, daß es darum in dem Gebet geht. Gib mir dies, gib mir das. Wenn du erst das Brot hast, brauchst du etwas Butter. Jedenfalls in der Rubrik ›tägliches Brot‹ geht es uns ziemlich gut, und ich wette, daß die meisten Leute, mit denen Jesus es zu tun hatte, nicht gerade hungerten. Nicht bei den Hochzeitsfeiern und Brotlaiben und Fischen. So bedeutet das tägliche Brot vielleicht etwas anderes. Vielleicht ist es wie das Brot Gottes in Johannes, Kapitel sechs, Vers dreiunddreißig: *Denn das Brot Gottes ist der, welcher aus dem Himmel herniederkommt und der Welt das Leben gibt.* Oder kurz gesagt: *Jesus sagte zu ihnen, ich bin das Brot des Lebens.* Das ist klar genug. Das Gebet bittet Gott, *hier* zu sein –«, Lyman klopfte auf seinen Bauch, »– jeden Tag, in uns, wo wir ihn fühlen können, wie einen mit Nahrung vollen Magen.«

Eine weitere Pause und dann: *»Und vergib uns unsere Schuld, wie auch wir vergeben unseren Schuldigern.«* Er ließ die Worte einwirken und wiederholte: *Vergib uns unsere Schuld.* Ich wünsche, ich wüßte, welche Bank das tun würde, und das erinnert mich daran, daß wir über Gelder für diese Kirche reden müssen. Die Decke dort oben sieht so schön aus mit diesen großen Sparren und dem bunten Glas zu beiden Seiten. Ich las in der *Star-Tribune,* daß diese Kirche für architektonisch besser als die Basilika in der Innenstadt gehalten wird. Aber baulich ist unser Dach ein Grenzfall, und das Innere der Kirche braucht mehr als einen Eimer Farbe. So ist das eine Schuld, die bezahlt werden muß und nicht vergeben werden kann.

»Und führe uns nicht in Versuchung. Ihr seht all die Wälder nördlich der Stadt mit den Schildern ZUTRITT VERBOTEN. Nun, ich bekenne, daß, ich manchmal in Versuchung geriet, eines dieser Waldstücke zu betreten, wie ich in Versuchung gerate, Schuld auf mich zu laden, was ich mit Vergeben zu verhindern versuche, wenn zum Beispiel um elf Uhr abends draußen vor meinem Schlafzimmerfenster ein Basketballspiel an-

fängt. Lärm in der Nacht ist zweifellos schlimm. Aber das Böse? Nein, das Böse ist etwas anderes. Eine Schuld kann euch in Schwierigkeiten bringen, sogar ins Gefängnis, Verbotenes zu betreten ist einfach die Suche nach Spaß. Ein Joint ist zum Beispiel eine Versuchung, verbotenes Gebiet zu betreten, wenn ich mal so sagen darf.« Lyman schüttelte den Kopf. »Das Böse fügt Leuten Schaden zu und weiß es vielleicht nicht einmal, wie ein Panzer, der über unschuldige Zuschauer in einer Menschenmenge walzt, oder ein Bankier, der Millionen Dollar in Zigarettenfirmen investiert. Oh, ihr beginnt nach dem Bösen zu suchen, und es zeigt sich auf der ganzen Landkarte. Ihr könnt nur hoffen, daß euch das Schicksal nicht in eine Situation bringt, in der das Böse eine Versuchung wird, die wie ein leicht zu erzielendes Tor wirkt, aber tödlich endet. *Führe uns nicht in Versuchung.*« Er legte wieder eine Pause ein. »*Sondern erlöse uns*... davon, das Böse *zu tun*, das uns vielleicht in Versuchung führt? Oder eine Erlösung von dem Bösen, das dort draußen ist wie der Rachen des Todes, oder diese verdammte Seuche, die jeden außer uns zwingt, daheimzuhocken, eingeschlossen in den Häusern, diese Seuche, die nicht nach Sündern herumschnüffelt wie vorher Aids, sondern jeden nach Lust und Laune niederstreckt wie ein psychopathischer Killer? Das Gebet gibt keine genauen Angaben, welche Art Böses es im Sinn hat, und ich finde, es ist auch gleichgültig. Das Böse, das euch in die Gewalt bekommt, wenn ihr euch sagt, daß nur eure eigene Haut es wert ist, gerettet zu werden, das ist das gleiche Böse, das euch direkt erledigt. Nun, ich kann mich in diesem Punkt durchaus irren. Eigentlich ist das vielleicht eine Ketzerei. Es ist, als ob man sagt, das Böse ist zu groß und zu schlimm, um euch davon freizumachen, wenn ihr erst ein Sünder seid. Und ich weiß oder ich hoffe, daß das nicht für meine eigenen besonderen Sünden zutrifft, von denen einige definitiv unter die Kategorie ›Zutritt verboten!‹ fällt. Diesen Teil des Gebets habe ich immer noch nicht genau unter die Lupe genommen, aber vielleicht sagte Jesus deshalb, daß dieses Gebet lebenslänglich fortdauert. Weil all die Probleme, über die wir mit Gott sprechen müssen und für die keiner eine leichte Lösung hat, darin eingebaut sind – Vater und Kinder, Kraft und Herrlichkeit, Himmel und Erde, Brot und die Staatsschuld, und das Wissen über Gut und Böse. Gott segne euch.«

Pfarrer Lyman lächelte, stieg von der Kanzel hinab und nickte Schwester Fidelis zu, die bereit war, sich an der Orgel mit ihrer eigenen Interpretation des Vaterunser zu beteiligen.

58

»Judge«, jammerte Mrs. Obstschmecker, »bist du sicher, daß dies eine gute Idee ist?«

Judge schenkte ihr nicht mehr Beachtung, als Madge es getan hätte. Er stand einfach dort am Rand der Menge, die durch das Kirchenportal strömte, und rührte sich nicht von der Stelle. »Es wird nur eine Minute dauern, Ma'am. Dann zischen wir sofort zu diesem Friedhof und bringen Ihrem Alten die Rosen. Überall wo ich in der Kirche war, wartete man nach dem Gottesdienst, und wenn es nur zum Händeschütteln war.«

Das war genau das, was Mrs. Obstschmecker befürchtete. Es hatte eine Zeit gegeben, vor Jahren, als man versucht hatte, die Leute dazu zu bewegen, den Nachbarn in der Kirchenbank zu *küssen*, ganz gleich wer es war oder welche Krankheit er vielleicht hatte. Friedenskuß nannte man das. Mrs. Obstschmecker war nur in die Kirche gegangen, wenn sie jemanden für links und rechts neben sich gehabt hatte, den sie gut gekannt hatte. Schließlich waren die Dinge in den achtziger Jahren wieder normal geworden, und man hatte bei diesem Punkt der Messe den Leuten nur zugenickt und sie anzulächeln brauchen.

Die Menge verringerte sich, bis schließlich nur noch Judge und Mrs. Obstschmecker und die Leute, die am Abendmahlstisch gesessen hatten, in der Kirche waren.

Judge schüttelte dem schwarzen Priester die Hand.

»Sie müssen der junge Mann sein, der so grob mit Pfarrer Youngermann umgegangen ist. Nach allem, was man mir erzählt hat, war das anscheinend unprovoziert und unnötig.«

»Ich ließ mich gehen und gebe das zu«, sagte Judge. »Und ich bitte um Verzeihung für meine heftige Aktion. Ich hätte nie meine Füße gegen jemanden eingesetzt, wenn ich die Arme frei gehabt hätte. Ich habe ein hitziges Temperament, aber ich weiß, daß das keine Entschuldigung ist.«

»Ich werde Ihre Entschuldigung Pfarrer Youngermann übermitteln. Man sagte mir, daß er nicht ernsthaft verletzt ist. Sind Sie ... auf Besuch hier? Ich kann mich nicht erinnern, Sie schon einmal in der Muttergotteskirche gesehen zu haben.«

»Ich bin aus Florida. Aber diese Lady hier besucht ihre Kirche schon sehr lange, glaube ich.«

»O ja, ihr Gesicht ist mir vertraut.« Der schwarze Priester streckte die Hand aus. »Mrs ...?«

Mrs. Obstschmecker gab ihm ihre Fingerspitzen für den vorsichtigen Versuch eines Handschlags (sie nannte jedoch nicht ihren Namen).

»Ich selbst bin kein Katholik«, sagte Judge.

»Keiner?« (Der schwarze Priester ließ Mrs. Obstschmeckers Fingerspitzen nicht los, obwohl sie mit einem leichten Rucken andeutete, daß sie die Hand zurückziehen wollte.)

»Ich wurde katholisch erzogen von meiner Mutter, die jetzt Nonne ist.«

»Tatsächlich?« (Sie versuchte von neuem, die Hand fortzuziehen, und der Priester reagierte darauf, indem er ihre Hand mit beiden Händen festhielt und in einem priesterlichen Lächeln die Zähne zeigte.)

»Ich bin ein Jünger von Bruder Orson. Gott sei gepriesen.«

»Ich preise Gott immer.« (Endlich ließ er ihre Hand los.) »Aber ich kann nicht sagen, daß ich Bruder Orson preise.«

»Vielleicht nicht, aber sie sagten von der Kanzel Dinge über das Vaterunser und das bald kommende Jüngste Gericht, die glatt von einer von Bruder Orsons gesprochenen Kassetten stammen könnten. Ich fragte mich, ob Sie seine Fernsehschau gesehen haben.«

»Nein, die habe ich nicht gesehen. Ich habe über ihn gelesen.«

»Dann haben Sie vermutlich Lügen gelesen. Das ist alles, was Sie in den Medien über ihn hören, weltliche, humanistische Lügen.«

»Judge!« Mrs. Obstschmecker zupfte ihn am Ärmel. »Wir sollten zum Friedhof fahren.«

»Dies ist meine Urgroßmutter, durch Adoption«, fuhr Judge unbeeindruckt fort. »Ich bringe sie zum Friedhof, auf dem ihr Mann begraben ist. Wenn Sie mitkommen möchten, werde ich Ihnen von den Verheißungen erzählen, die der Herr durch seinen Propheten gemacht hat. Wie Sie schon von der Kanzel aus sagten, wir leben in den Letzten Tagen. Das Jüngste Gericht naht. Alle Menschen werden nicht gerettet.«

»Wissen Sie was, ich nehme die Herausforderung an.«

»Father, bitte!« Mrs. Obstschmecker reagierte, als ob der Rauchmelder in der Küche Alarm geben würde. »Das ist nicht nötig!«

»Wie heißt es so schön? Man soll die Gelegenheit beim Schopf ergreifen. Ich hatte noch nie Gelegenheit, mit einem Jünger des berühmten Bruder Orson zu sprechen. Keines meiner Gemeindemitglieder –«, er wandte sich um und zwinkerte den Mitgliedern des Gemeinderats zu, die etwas abseits verweilten, »– neigen dazu, Ketzer in dieser Richtung zu werden. Wie ich hörte, hat Bruder Orson wenig Hoffnung auf die Erlösung der Menschenkinder.«

»Das stimmt. Aber es ist uns nicht verboten, dies den Heiden kundzutun.«

»Und Sie werden nach einer Weile wieder hierherzurückfahren?«

»Wenn diese Lady Zeit gehabt hat, ein Gebet am Grab zu sprechen.«

»Judge, ich muß schon sagen! Der Herr Pfarrer hat gewiß Wichtigeres zu tun.«

»Mein Name ist Lyman«, sagte der Priester und reichte Judge die Hand. »Lyman Sinclair. Es ist nicht nötig, mich mit Father anzureden.«

»Das hatte ich auch nicht vor. Ich habe keinen Vater außer Gott dem Allmächtigen.«

Dann mit einem sonderbaren Lächeln als nachträglicher Einfall: »Der Du bist im Himmel.«

Mrs. Obstschmecker war zu aufgeregt, um Judge zu tadeln, weil er sowenig zu schätzen wußte, daß William ihn adoptiert hatte. Es stimmte natürlich, daß der Junge keinen richtigen Vater hatte (es sei denn, es war Ben Winckelmeyer, der seine eigene Tochter geschwängert hatte; Mrs. Obstschmecker hatte Madge darüber am Telefon spekulieren gehört, als Madge gedacht hatte, ihre Mutter wäre nicht in der Leitung), aber von *ihm* war es gewiß undankbar, zu sagen, daß er keinen Vater hatte.

Judge führte sie zu dem Cadillac, und der Priester war angemessen beeindruckt, was Judge zu der Erklärung veranlaßte, wer sein Adoptivvater war, und das beeindruckte den Priester ebenfalls angemessen. Es erstaunte Mrs. Obstschmecker ständig, daß der Name William Michaels – *Doktor* Michaels – so vielen Leuten bekannt war, die ihn nie kennengelernt hatten. Doch in Wirklichkeit hatte der schwarze Priester ihn kennengelernt, denn auf der Fahrt zum Friedhof (Mrs. Obstschmecker hatte darauf bestanden, daß es für sie bequemer auf dem Rücksitz war), erklärte er, daß er zusammen mit William auf die Muttergottesschule gegangen war.

»Das ist ein Ding. Sie und Billy als Klassenkameraden, du meine Güte!« sagte Mrs. Obstschmecker.

Die Männer auf den Vordersitzen sprachen jedoch weiter miteinander, als hätte sie kein Wort gesagt. Der Priester war nur daran interessiert, von Judge etwas über Bruder Orson zu erfahren. Judge wollte jedoch etwas über die Verzückung und das Jüngste Gericht und über irgendein Buch mit sieben Siegeln und irgendwelchen Pferden erfahren, die damit in Verbindung standen. Alles eine Menge Unsinn, wie Mrs. Obstschmecker fand, und nach ein paar Minuten langweilte sich der Priester ebenfalls.

»Eigentlich, Judge – ist das wirklich Ihr Name, ›Judge‹ – Richter –?«

»Bis ich auf Chrast getauft wurde, war Judge mein Name. Gott sei gepriesen.«

»Sein richtiger Name ist John«, sagte Mrs. Obstschmecker und neigte sich vor, um dem Priester ins Ohr zu sprechen. »John Winckelmeyer.«

»Eigentlich, Judge, habe ich die Offenbarung selbst gelesen, und ich habe meine eigene Vorstellung, was sie bedeuten mag.

Ich bin mehr interessiert an Bruder Orson und Ihrer, äh, Beziehung zu ihm.«

»Ich stehe jeden Tag in Beziehung mit ihm. Gott sei gepriesen.«

»Im Fernsehen, meinen Sie?«

»Und in meinem Herzen.«

»Aber es ist Ihnen doch klar, daß die Bilder, die Sie im Fernsehen anschauen, wie ein Comicfilm sind. Und wenn Bruder Orson mit diesem Engel redet, der so viele Meinungen hat . . .«

»Der Engel Lazarus. Gott sei gepriesen.«

»Das ist kein richtiger Engel, sondern ein vom Computer entwickeltes Programm. Und wenn man ihm Fragen stellt . . .«

»Wenn ich dem Engel Lazarus eine Frage stelle, sagt mir der Engel Lazarus alles, was ich wissen muß. Als ich wie Paul im Gefängnis war, um meinen Glauben kundzutun, kam der Engel zu mir und sagte, ich würde aus der Gefangenschaft befreit werden. Und so war es, keine zwei Wochen später. Das war, als der Herr mich herschickte.«

Mrs. Obstschmecker seufzte und gab den Versuch auf, den Jungen davon abzuhalten, daß er sich schlimmer darstellte, als er das mußte. Er sprach von seiner Zeit im Gefängnis ohne die geringste Scham.

»Aber Sie fragten, ob ich weiß, daß ich im Fernsehen eine Art Comic sehe. Nun, jeder Dummkopf weiß das. Aber ist es mit dem Papst im fernen Rom anders? Hat er nicht seine Zisternenkapelle mit all den Götzenbildern, die wie Gott aussehen sollen?«

»Erstens«, sagte der Priester, und es klang, als beginne der Junge, ihm auf die Nerven zu gehen (was er schließlich immer tat; Mrs. Obstschmecker hatte erlebt, wie er William auf die Palme gebracht hatte), »ist es die *Sixtinische* Kapelle, nicht die Zisternenkapelle . . .«

»*Das* weiß ich. Das war ein Scherz von mir. Lassen Sie mich jetzt eine Frage stellen: Wenn Sie Ihren Papst im Fernsehen sehen, denken Sie da, daß diese kleinen Punkte, die auf dem Bildschirm flimmern, eine echte Person sind? Ist das nicht genauso ein *Bild* wie Bruder Orsons Bild? Der einzige Unterschied besteht darin, daß Bruder Orson sorgfältiger darin ist, *wie* sein Bild aufgenommen wird.«

»Kennen Sie die Geschichten, die in den Zeitungen standen? Wissen Sie von dem Prozeß, der gerade jetzt in Florida stattfindet? Es sind nicht die Medien, die sagen, daß der Mann eine Erfindung ist. Es sind Leute seiner eigenen Organisation, Leute, die seine leitenden Mitarbeiter waren. Der Chef des Fernsehstudios, in dem die Programme zusammengestellt wurden, sagte, und ich zitiere: ›Bruder Orson ist so wenig real wie die Mickey Mouse.‹«

»Nun, dann muß wohl die Mickey Mouse realer sein, als wir wissen.« Judge wandte den Kopf zur Seite, um den Priester anzulächeln. »Das war ein anderer Scherz. Gott, sei gepriesen.«

Der Junge hatte ein boshaftes Lächeln. Es erinnerte Mrs. Obstschmecker stets an den netten jungen Senator, der für Präsident Reagan zu arbeiten pflegte. Oliver North. Abgesehen davon hatte Judge kürzeres Haar und einen stämmigeren Körperbau.

»Die klare Antwort auf Ihre Frage«, sagte Judge in seinem ernstesten und ehrfurchtvollsten Tonfall, »ist Paulus' erster Brief an die Korinther: *Denn wir sehen jetzt durch einen Spiegel, undeutlich, dann aber von Angesicht zu Angesicht.* Genau das ist die klare Prophezeiung von Bruder Orson. Und was die Lügen in den Medien anbetrifft, so ist es nichts Neues, daß Bruder Orson Feinde hat. Und Feinde verbreiten Lügen.«

»Sie haben einen erstaunlichen Glauben«, sagte der Priester.

Der Junge lächelte. »Als ich mit Bruder Orson gesprochen habe, hat er zu mir gesagt, *Judge* – er spricht mich mit meinem Namen, mit Judge an – *du hast einen perfekten Glauben.* Und ich nehme an, wenn er das gesagt hat, muß es so sein.«

59

Valerie Bright war die perfekte Administratorin: barsch, uninteressiert, eine gütige Zuchtmeisterin gegenüber ihren Mitarbeitern, die sie entweder liebten oder verließen, und diskret unterwürfig gegenüber ihren Vorgesetzten; bei Ben Winckelmeyer auf täglicher Basis, bei Dr. Michaels, wann immer ihre Pflichten sie in seine Nähe brachten. Er widmete ihr nicht oft Beachtung. Sie verstand, daß er die Zurückgezogenheit nötig hatte. Kreative Menschen brauchen Einsamkeit, und es war eine von Ms. Brights Hauptpflichten, diese Einsamkeit für ihn zu schaffen (obwohl es keine Pflicht war, die in der offiziellen Stellenbeschreibung der Verwaltungsdirektorin aufgeführt war).

Ben hatte sie kurze Zeit nach seiner Entlassung aus dem Gefängnis bei einer christlichen Sendung im Frühstücksfernsehen in Eden Prairie kennengelernt. Schon damals hatte sie für ihn wie die Verkörperung des Geistes der achtziger Jahre gewirkt, eine dieser drallen, vergoldeten stellvertretenden Direktorinnen einer Regierungsbehörde, die in den Abendnachrichten durch dicke Brillengläser in die Kameras starrte und schamlos und unbeirrbar Schuld leugnete. Dies war während einer schwierigen Zeit für den Sponsor der Sendung gewesen, die Son of Man Foundation, und Ms. Bright hatte gezeigt, aus welchem Holz sie geschnitzt war, indem sie ihren unverminderten Glauben in die Präsidenten der Stiftung, Hal und Bess McKinley, verkündet hatte. Wenn der Herr ihnen ungewöhnliche Spenden geschenkt hatte, dann war das gewiß ein Zeichen seiner Huld und kein Grund für eine Hexenjagd in den Medien. Wenn weniger überzeugte Leute Zweifel ausdrückten und sogar die Anschuldigungen der Medien wiederholten, hielt sich Ms. Bright die Ohren zu und erklärte: »Ich will keine sogenannten Fakten mehr hören.« Dann nahm sie die Hände von den Ohren und lächelte herzlich. »Ich dachte, dies sollte eine *freundschaftliche* Versammlung sein.«

Sie war sehr niedergeschlagen gewesen, als die McKinleys bei ihrer Verurteilung ein gewisses Maß an Schuld hinsichtlich der verschwundenen Gelder zugegeben, jedoch darauf bestanden hatten, daß sie stets versucht hatten, der Stimme des Heiligen Geistes zu folgen. Der Richter hatte gesagt, er hätte das gleiche beim Zumessen der Strafe versucht, die acht bis zwölf Jahre Gefängnis war – oder die Hälfte, wenn einer der beiden Präsidenten bei der Suche nach den verschwundenen Geldern behilflich sein konnte.

Ms. Bright war wütend gewesen. »Ich wußte einfach, daß

dieser Mann sarkastisch war«, vertraute sie Ben bei ihrer ersten Verabredung an, zwei Monate nach der Sendung im Frühstücksfernsehen. »Bösartig und sarkastisch.«

»Versuchen Sie, nicht daran zu denken«, hatte Ben gesagt.

»Sie haben recht, ich weiß. Aber wenn ich mir diese beiden wundervollen Leute in einem schrecklichen Gefängnis vorstelle ...«

»Ein Gefängnis muß nicht schrecklich sein. Wenn ich nicht im Gefängnis gewesen wäre, hätte ich vielleicht nicht den Weg zu Jesus gefunden. Ein Gefängnis kann Sünder zu Gott zurückführen.«

Ms. Bright hatte seine Hand gedrückt. »Sie sind ein so tapferer Mann, Ben Winckelmeyer! Und Sie haben recht. Der Herr schickt uns nicht mehr Kummer, als wir bewältigen können. Er weiß, womit wir fertig werden können. Auf lange Sicht wird es vielleicht ein Segen sein.«

Einen Monat später war Ms. Bright arbeitslos gewesen, als ans Licht kam, daß der Eden Prairie Development Fund (EPDF), in dem sie als Chefsekretärin gearbeitet hatte, eine wichtige Rolle beim Verschwinden des Vermögens der Son of Man Foundation gespielt hatte. Ms. Bright hatte diesen Schicksalsschlag ohne Murren hingenommen. Ben glaubte ihr, als sie sagte, sie hätte nie den geringsten Verdacht gehabt, daß EPDF etwas anderes gewesen war als das, was es den Anschein gehabt hatte, nämlich eine Immobiliengesellschaft. Die Frau war ein Juwel, und Ben hatte ihr eine Stelle bei Medical Defense Systems (MDS) angeboten, mit einem Gehalt, das dem entsprach, das sie bei EPDF gehabt hatte.

Sie zeigte ihre Dankbarkeit über das Stellenangebot mit einer Umarmung und einem Kuß. »Aber nicht mehr als das, wohlgemerkt«, sagte sie und senkte die schützende Barriere ihrer Brille, um flirtend über den Rand hinwegzublicken. »Mehr bekommt *kein* Mann, bis ich einen Ehering trage!« Dies zu einem Mann, der auf die Sechzig zuging und fast zweimal so alt war wie sie. Und sie meinte es ernst: Wenn er ihr einen Antrag gemacht hätte, wäre sie einverstanden gewesen. Für Ms. Bright stellte die Ehe nur eine intensivere Form von Management dar.

In der Zentrale von Medical Defense Systems redete Ben sie

mit Ms. Bright an, eine Anrede, die sie der Miss vorzog. Ms., die Anrede für Frauen ohne Berücksichtigung des Familienstandes, symbolisierte ihre Bindung an den Feminismus, wenn auch einen fundamentalistischen Feminismus. Sie glaubte an das Recht der Frau auf gleiche Bezahlung und achtete genau auf jedes Anzeichen von sexueller Belästigung am Arbeitsplatz, einschließlich der Benutzung lockerer oder zweideutiger Sprache, was eine Reihe ehemaliger Angestellter von MDS zu spüren bekam.

Abgesehen von ihrer Kleidung, die ausnahmslos dezent, teuer und ladylike war, vermied Ms. Bright stereotyp feminines Verhalten. Wenn ihr ein Mann eine Tür aufhielt, erstarrte sie auf der Stelle und ging nicht hindurch. Sie war stolz darauf, nichts zu kochen, was nicht mit der Mikrowelle gekocht werden konnte. Die einzigen Zeitschriften, die sie las, waren *Fortune News and World Report*, das *Journal of Hospital Administration* und, bis das Blatt eingestellt wurde, *The Good News Gazette*, die monatliche Hauszeitschrift der McKinleys. Sie liebte Baseball und besuchte sonntags die Heimspiele der Twins.

Zu allen anderen Zeiten arbeitete sie, soweit Ben das feststellen konnte. Sie arbeitete nicht nur als Verwaltungsdirektorin für Medical Defense Systems, sondern bald auch in ähnlicher (wenn auch nicht anerkannter) Leistung für andere Geschäfte unter dem großen Schirm von MDS. Denn MDS war viel mehr als ein Forschungsinstitut im Krieg gegen ARVIDS; es war auch in gewissem Sinne eine Hotelkette, ein Gefängnissystem und eine Immobilien- und Baugesellschaft. Die Geschäfte dieser Tochtergesellschaften – die Minnehaha Hostels, die MedSec Gruppe und Northwestern Development Fund – stellten MDS finanziell in den Schatten, und Ms. Bright wandte bald beträchtlich mehr Aufmerksamkeit diesen Sprößlingen zu als dem Forschungsinstitut MDS selbst, das von der Natur her nicht effizient verwaltet werden konnte. Denn wenn das Geschäft ausschließlich Forschung ist und es keine Garantie gibt, daß die Forschung Resultate erzielt, und wenn dieses Geschäft festlegt, daß es keine Gewinne machen darf, was kann dann ein Verwalter machen? Es gab nur einen Lieferanten der zehntausend Mäuse, die MDS jedes Jahr für fünfundzwanzig Dollar pro Exemplar kaufte, und dieser Lieferant gab keinen Mengenrabatt. Wenn Dr. Michaels ein besonderes Experiment für angezeigt hielt, dann mußte MDS die Kosten tragen. Gelder waren anscheinend kein Problem. Im Anfangsstadium des nicht auf Gewinn ausgerichteten Instituts, dessen Personal nur aus dem guten Arzt und zwei Dutzend Technikern bestand, hatte MDS eine bedeutende Rolle in der Entwicklung des Impfstoffs gespielt, der die Aidsepidemie beendet hatte. Jetzt, mit ARVIDS und dessen viel größerer Verbreitung und verhältnismäßig größerem Schaden, hatte MDS praktisch unbeschränkte Vollmacht sowohl von der Regierung als auch von den großen Stiftungen. Was auch immer Dr. Michaels haben wollte, bekam er – von Fünfundzwanzig-Dollar-Mäusen bis zu Fünfundzwanzigtausend-Dollar-Verbrennungsöfen für die Entsorgung der infizierten Kadaver besagter Mäuse.

Für die gewinnorientierten Unternehmen, besonders für Northwestern Development, galt Dr. Michaels' Wort nicht so zwangsläufig als Gesetz. Es war bekannt, daß er im Vorstand aller drei Gesellschaften saß und Aktionär war, aber das waren ebenfalls viele prominente Leute aus der Welt der Medizin und der Regierung. Minnesota hoffte, ein Beispiel für den Rest des Landes zu geben, indem es ein System der Behandlung und Sicherheit betrieb, das fair sowohl den Opfern der Seuche gegenüber war als auch der Gemeinschaft im ganzen. Wenn die Investoren, die halfen, dieses System zu schaffen, auch einen Profit dabei erkannten, dann war das einer der Vorteile des freien Unternehmertums – und ging keinen sonst etwas an.

Aber selbst bei einem medizinischen Notstand dieses schrecklichen Ausmaßes gab es Leute, die diesem System Steine in den Weg legen wollten, und eine von Ms. Brights ungeschriebenen Aufgaben bestand darin, mit den Unruhestiftern fertig zu werden. In den meisten Fällen bedeutete das eine Einigung mit früheren Langzeitbewohnern eines der Minnehaha-Wohnheime, mit Leuten also, die ihre großzügige Spende an MDS zurückhaben wollten, weil sie sich als genesen und außer Reichweite der ARVIDS-Sense betrachteten. Weniger zahlreich, jedoch lästiger waren die verärgerten Erben derjenigen, denen

MDS nicht hatte helfen können (leider so an die sechsundvierzig Prozent), die mit einem Prozeß drohten, um eine Entschädigung zu erwirken. Kein solcher Prozeß hatte jemals Erfolg gehabt, aber es sah immer schlecht aus, und es gab gewisse vertrauliche Dokumente, die man nicht gern unter Strafandrohung vorlegen wollte, und so war es manchmal das Klügste, einen außergerichtlichen Vergleich zu schließen. Bei all diesen Dingen konnte man darauf zählen, daß Ms. Bright und ihr juristischer Stab die Belange der Gesellschaft mit einem Minimum an Aufsehen vertraten.

Es gab jedoch einige Dinge, die über Ms. Brights Handlungsspielraum hinausgingen, einige Probleme, bei denen die Jahre der Erfahrung bei der Arbeit für die McKinleys von wenig Nutzen waren. Der Senator von Minnesota, Lester Burton, war eines dieser Probleme. Höflichkeit half bei ihm nicht weiter; obwohl er aus einem der ärmsten Verwaltungsbezirke des Staats stammte und ziemlich nachlässig gekleidet war, konnte Senator Burton so höflich sein wie Ms. Bright und dennoch keinen Zoll nachgeben. Er hatte ebenfalls klargemacht, daß er sich nicht von seinem Standpunkt abbringen lassen werde, auch wenn ihm ein Sitz in dem Ausschuß angeboten wurde, der das Projekt verwaltete, dessen Verwirklichung er verhindern wollte.

»Er ist einfach fest entschlossen, das gesamte Projekt zu vereiteln«, beklagte sich Ms. Bright bei Ben während ihrer regelmäßigen Besprechung am Mittwochmorgen. »Ich habe ihm alle langfristigen Vorteile aufgezählt, die Onamia in sich birgt. Die Einrichtungen, die gebaut, die Arbeitsplätze, die geschaffen werden, die Vorteile der medizinischen Einrichtungen für diejenigen, die nicht umziehen wollen.«

»Ganz zu schweigen von dem Vorteil für Tausende von Menschen, die dort behandelt werden.«

»Ich bin jede Einzelheit mit ihm durchgegangen, habe ihm das schöne Modell der Architekten gezeigt, auf dem die winzigen Bäume der Begrünung zu sehen sind. Ich habe ihm die versicherungsstatistischen Hochrechnungen über einen fünf- und zehnjährigen Zeitraum gezeigt, und er las tatsächlich eine halbe Stunde lang den Text, während ich Däumchen drehte. Dann wollte er eine Fotokopie haben! Aber er war nicht bereit, eine einzige Konzession zu machen. Er bestand darauf, daß er die Sache bei der nächsten Sitzung der Legislative zur Sprache bringt, und vorher will er noch eine Pressekonferenz geben.«

»Mit welchem Zweck?«

»Um Northwestern aus Onamia herauszuhalten.«

»Wohnt er dort?«

»Er ist dort geboren worden, und er besitzt das Gebäude, in dem sich der Drugstore befindet.«

»Ich nehme an, wir haben ein annehmbares Angebot gemacht? In dieser Hinsicht können wir es uns erlauben, großzügig zu sein.«

»Unsere Leute haben ihm die zweifache Summe dessen angeboten, was das Gebäude *und* der Marktwert des Geschäftes wert sind, dazu feste Garantien, daß es weiterhin betrieben werden kann, und zwar als Apotheke. Das war seine erste Sorge. Er sagte, er will nicht, daß Onamia zu einer weiteren Geisterstadt wird. Das war, als er dachte, Northwestern wolle ein Einkaufszentrum außerhalb der Stadt bauen. Dann begann er nach den Eigentumsrechten zu forschen. Im Grunde hat er schon immer auf diese Art seinen Lebensunterhalt bestritten: ein Kleinstadt-Anwalt.«

»Mit einem Sitz in der Legislative«, bemerkte Ben.

»Das ändert anscheinend nicht viel. Ich bat Lucille Borg, die das größere Gebiet Mille Lacs Lake im Parlament vertritt, ihm doch zu erklären, wie förderlich das Projekt für Onamia und die ganze Region wäre. Sie erzählte ihm vermutlich mehr, als sie hätte sagen sollen. Denn nach dem Gespräch mit ihr interessierte er sich für MedSec, und jetzt hat er diese ganze *Theorie* über alles, was wir machen, und ich kann wirklich nicht mit dem Mann zu Rande kommen. Es tut mir leid.«

»Was muß Ihrer Ansicht nach getan werden?«

Ms. Bright atmete tief durch, und ihr Busen hob und senkte sich. »Er sagt, er will mit Dr. Michaels reden. Worüber, fragte ich ihn. Über seine Immobilienbeteiligungen, antwortete er. Ich sagte ihm, Dr. Michaels ist zu beschäftigt, aber er könnte mit *Ihnen* darüber sprechen, und er sagte ›Schade!‹ und ging. Ich sage Ihnen, wenn ich keine christliche Frau wäre, dann hätte ich ihm gern . . .« Sie machte eine Klaue mit ihren falschen Fingernägeln und stieß ein Knurren aus.

Ben nickte zustimmend. »Manchmal ist es schwer, unsere Feinde zu lieben.«

»Mir ist klar, daß Dr. Michaels es haßt, mit geschäftlichen Einzelheiten behelligt zu werden. Aber dies geht über Einzelheiten hinaus. Dies könnte das ganze Onamia-Projekt zunichte machen.«

»Das können wir nicht zulassen. Ich bin überzeugt, William wird den Mann empfangen und ihn besänftigen.«

»Ich halte ihn nur ungern von seiner wahren Arbeit ab.«

»Sagen Sie Stan, er soll einen Termin abmachen, so bald wie möglich.«

Ms. Bright berührte ihre Goldkette und nickte loyal. Sie wußte, daß das Problem Senator Burton gemeistert werden würde, wenn sich Dr. Michaels damit befaßte.

»Er hat etwas von einem Zauberer«, sagte sie oft.

60

William war zu diesem Zeitpunkt in seinem Büro, aber nicht bei der Arbcit, es sei denn, das Spiel kreativer Geister kann als Arbeit bezeichnet werden. Er spielte mit seiner Lieblings-Software, einem Flugsimulator, und war so high, daß die Grafik auf dem Bildschirm realer als real zu sein schien. Die weißen Wolken am blauen Himmel zerfaserten an den Rändern, aufgelöst von einem Westwind, und synchron dazu erklangen von einer CD Scarlatti-Sonaten. William senkte die Nase des imaginären Doppeldeckers, und sofort teilten sich die Wolken, und er flog im Spiralflug hinab zu dem dunklen Flugplatz, wobei er das Gefühl hatte, daß die Tragflächen des Flugzeugs seine eigenen waren. Eine perfekte Landung, die drei Punkte einbrachte. Im nächsten Augenblick fand er sich in einer Flughafenhalle wieder. Da war ein IBM-Nachrichtenkiosk, über dessen Bildschirm die Schlagzeilen des Morgens liefen (Die Software hatte eine

Schaltung zur MDS-Datenbank, zum Compu-Verve und einem Funkrufempfänger). Bewaffnete Sicherheitsposten in grünen Uniformen standen neben dem Hauptausgang, über dem es auf einer Fahne hieß WILLKOMMEN IN DEN GRÜNEN HÜGELN VON WYOMIA.

Er genoß das warme Gefühl glücklicher Erleichterung, wie man sie verspürt, wenn man sich in heißem Badewasser ausstreckt. Er war daheim in seinem eigenen Wunderland, seinem Tara, seinem anderen Universum, wo jeder, dem er begegnete, die Projektion und Wiedergabe seiner ureigensten Phantasie war.

Er ging zum Gepäckband, das sich langsam drehte, und holte seinen Handkoffer. Der Koffer war gefüllt mit allerlei Utensilien, die sich im Laufe der Jahre als nützlich erwiesen hatten, um die Gefahren und Probleme von Wyomia zu meistern: Messer, Skalpelle, Zangen, Pinzetten, Stricke, Leim, Lötlampen, Antibiotika und Placebos. Und unten im Koffer, eingehüllt in ein seidenes Taschentuch, lag sein wichtigstes Hilfsmittel, ein Merkurstab, dessen Kraft nicht auf das imaginäre Königreich beschränkt war, das in der Software verschlüsselt war, sondern wie eine wiederaufladbare Batterie einen kleinen Teil der ganzen Macht des Originals abgeben konnte, das William immer noch auf dem Speicher des Obstschmecker-Hauses aufbewahrte und nur in sein Büro bei Medical Defense Systems mitnahm, wenn die Energie im Software-Programm erneuert werden mußte.

Es war deshalb etwas beunruhigend, daß sich sein Gepäck verspätet hatte, aber es waren eine Vielzahl von Anweisungen in dem Programm, die eine Verzögerung ausglichen. Stan rief ihn vielleicht über den heißen Draht (aber dann würde sein Piepser sich melden). Oder es gab vielleicht eine Nachrichtenschlagzeile von so großer Dringlichkeit, daß UPS sie für die sofortige Aufmerksamkeit der Abonnenten markiert hatte. William ging zum Nachrichtenkiosk, um diese Möglichkeit zu überprüfen, und benutzte seine Maus, um PRINT und dann NATIONAL zu wählen. Dann TOP STORY. Seine Kamera holte einen Bildschirm des Nachrichtenkiosks heran, und auf dem Fenster vom Compu-Service erschien die Spitzennachricht des Tages: LAND LÄUTET AM MEMORIAL DAY DIE TOTENGLOCKE.

Es folgte eine schwarzumrandete Liste der Berühmtheiten, die an ARVIDS gestorben waren. Der Tod hatte in den vergangenen vierzehn Tagen einen bunten Querschnitt der Reichen und Berühmten ereilt: einen Romanschriftsteller, den Bürgermeister von Sacramento, den Vorstand der zweitgrößten Bank der Nation, einen Massenmörder, der in Arizona auf seine Hinrichtung gewartet hatte, einen Popsänger, eine Opernsängerin, die vierjährige Tochter eines TV-Komödienstars, den Rektor einer Eliteuniversität, einen katholischen Erzbischof und den Trainer einer Baseballmannschaft. Die Präsidentin hatte Kritik zurückgewiesen, die sich dagegen gewandt hatte, daß die Fahnen über dem Capitol und dem Weißen Haus auf halbmast flatterten, und den Vorschlag des Gesundheitsministers verteidigt, intensivere Stichprobentests in Grundschulen durchzuführen.

William schaltete auf die Nachrichten aus Minnesota um und dann auf die regionalen Nachrichten, wo die Top Story lautete, daß die gesetzgebende Körperschaft routinemäßig die Entscheidung des Gouverneurs genehmigt hatte, daß es in diesem Jahr wieder keine Ausstellung geben würde (das staatliche Messegelände war in eine Quarantäneeinrichtung umgewandelt worden). Die Verwaltungsbezirke wurden dringend aufgefordert, dem Beispiel des Staats zu folgen.

»Wir sind wieder da, wo wir angefangen haben«, sagte eine vertraute Stimme.

William wandte sich um, und da war der Gott in einem grauen Straßenanzug. Merkur schaute auf William herab und lächelte.

William kniete sich hin und küßte dem Gott die ausgestreckte Hand. Das Knien wurde nicht durch irgendein Kommando des Keyboards, Zauberstabs oder der Maus bewirkt. Bei diesem Treuebeweis hatte William die Schwelle zwischen Simulation und dem Reich des Gottes überquert. Er wußte, daß das archaische Lächeln des Gottes, das er sah, kein Bild war, das durch die Punkte auf dem Computerschirm entstand, sondern eine Erscheinung, die nur durch irgendeine visionäre Kraft sichtbar war. Er wußte, daß die Berührung der Hand des Gottes, die ihn veranlaßte, sich zu erheben, eine unfühlbare Berührung war und er nur scheinbar stand, in Wirklichkeit jedoch in einer Art Trance an seinem Schreibtisch saß. Aber er wußte das nur, wie wir manchmal beim Träumen wissen, daß wir träumen.

»Es war auf dem staatlichen Messegelände, nicht wahr, wo die Saat gesät wurde, aus der all diese interessanten Ereignisse entstanden?«

»Natürlich. Ich habe keine Geheimnisse vor dir zu verbergen.« Er wartete darauf, daß der Gott noch mehr sagte, doch Merkur lächelte nur. Statt eine Frage zu stellen (der Gott würde nach drei Fragen verschwinden), sagte William: »Es ist lange her, seit ich dich zum letzten Mal sah.«

»Aber du hast alles darangesetzt, den Kontakt herzustellen. In der letzten Zeit hast du ziemlich leichtsinnig Drogen konsumiert.«

»Stan hat gute Beziehungen. Und ich sorge dafür, daß es garantiert nicht zu Abhängigkeit führt und keine schädlichen Nebenwirkungen hat. Pure Euphorie und kein Kater, keine Beeinträchtigung des Verstandes und keine Schweißausbrüche.«

»Schwule sind nie gut für dich, William, aber ich bin nicht hergekommen, um dich über persönliche Hygiene zu belehren.«

Er mußte es einfach fragen: »Warum bist du dann hier?«

Um dich vor einer sehr nahe bevorstehenden Gefahr zu warnen.«

William biß sich auf die Unterlippe, um keine Frage zu vergeuden. Sicherlich würde das Thema auch so zur Sprache kommen.

Aber der Gott erklärte nicht, welche Gefahr drohte. Statt dessen fügte er hinzu:

Und um dich vor größeren Gefahren als den ersten zu warnen. Gefahren von Vater, Bruder und Sohn.«

»Mein Vater ist tot.«

»Dasselbe sagt man oft von den Göttern, aber wir üben immer noch einen gewissen Einfluß auf den Lauf der Dinge aus. Du siehst gut aus, das muß ich sagen. Der Streß deiner Arbeit hat keine ins Auge fallenden Furchen in deine Stirn gegraben. Selbst dein Gewissen scheint rein zu sein, soweit man dir das

ansehen kann. Ein sehr klarer Strom eines Gewissens. Wie die Griechen gesagt haben: Gesunder Körper, gesunder Geist. Dennoch muß ich dir raten, vorsichtig zu sein. In den nächsten paar Tagen wirst du in Versuchung kommen, die Kraft des Merkurstabs auf eine Art und Weise zu benutzen, die zu unvorhergesehenen und unglücklichen Konsequenzen führen wird. Unterlaß es deshalb.«

William wußte, daß er verhöhnt wurde. Sein Gewissen war kein klarer Strom.

»Weitere Fragen? Ich will dich nicht von deinem Zauberkönigreich zurückhalten. Wyomia erwartet dich.«

»Ich habe Träume«, sagte William widerstrebend.

»Und?«

»Wie werde ich sie los?«

Merkur lachte. *»Wie der Arzt zu Macbeth sagte, der Patient muß sich selbst helfen. Wirklich, William, das war zu leicht. Mach kein langes Gesicht! Hättest du es lieber, wenn ich dir sagte, gestehe deine Verbrechen gegen die Menschheit und nimm deine Strafe wie ein Mann hin? Das Rezept gegen jeden Alptraum ist die Veränderung des eigenen Standpunktes. Lerne zu genießen, was dich erschreckt.«*

»Das tue ich.«

»Nein, du bist einfach abgestumpft. Das ist ein Berufsrisiko. Im Laufe der Jahre müssen Ärzte kaltblütiger als Generäle werden. Es ist die Übung: Körper aufzuschneiden. Lernen, all die inneren Schalter für Freude und Schmerz zu bedienen, herumtasten in offenen Wunden, der Erste sein, der das Schlimmste weiß. Du erliegst der Faszination; etwas andere wäre unmenschlich. Aber du genießt nicht deine Macht. Nicht wie ich es tun würde. Nicht wie ein Gott.«

Bevor William eine Frage formulieren konnte, wurde sein Piepser laut.

»Die Pflicht ruft, William.« Der Gott streckte die Hand aus, um Williams Treuebekundung entgegenzunehmen.

Aber anstatt sich hinzuknien und die dargebotene Hand zu küssen, tippte William, teils aus Ärger über die Verhöhnung und teils aus Gewohnheit, auf dem Keyboard das Wort SAFE.

Das Bild auf dem Computerbildschirm schrumpfte zu einem einzigen leuchtenden Pünktchen und verschwand.

William meldete sich am Funkrufempfänger.

»Es geht um den Senator aus Onamia«, kündigte Stan an. »Ms. Bright sagt, du mußt ihn empfangen. Und er sagt, es muß jetzt gleich sein. Tut mir leid, Doc. Ich weiß, daß du Besseres zu tun hast.«

»Schick ihn rein, Stan, und ich werde tun, was ich kann.«

61

Lester Burton, der Senator aus Onamia, war fett wie der reife Marlon Brando, mit feisten Hängebacken, Halsfalten und Doppelkinn. Er schnaufte und pustete, sein hellbrauner Anzug wies Schweißflecke auf, das aufgeschwemmte Gesicht und die Wurstfinger waren gerötet vom Blut, das sein Herz mühsam von Kopf bis Fuß, über die Wampe bis zu den ödematösen Beinen pumpen mußte, während er mit plumpen Bewegungen auf einen Stuhl zusteuerte. Bevor der Mann auch nur ein Wort gesagt hatte, empfand William die Befriedigung, die sich einstellt, wenn man die Lösung eines Problems genau in dem Moment weiß, in dem es auftaucht. Auf Lester Burton wartete ein Schlaganfall. Sollte er hier und jetzt vom Schlag getroffen werden, würde sich niemand darüber wundern.

William wählte einen Tonfall förmlicher Verbindlichkeit. »Senator Burton, guten Tag, Sir. Sie haben sich ekliges Wetter für den Besuch bei MDS ausgesucht. Was kann ich für Sie tun?«

»Ich bin nicht hier, um über das Wetter zu diskutieren. Ich bin nicht hier, um über irgend etwas zu *diskutieren.* Ich bin hier, um Ihnen zu sagen, daß Sie das Mille Lacs County nicht in einen gottverdammten Quarantänebezirk verwandeln können. Sie können vielleicht den Rest der Legislative kaufen, aber mich können Sie nicht kaufen.«

»Ich glaube nicht, daß irgendein Angebot gemacht wurde, Senator.«

»Nicht?« Der Senator schürzte die Lippen, und seine Hängebacken zitterten, was man mit einiger Phantasie als ein Lächeln deuten konnte. »Fünfundzwanzigtausend dafür, daß sie meinen Namen auf die Liste der Politiker setzen können, die sie in der Tasche haben, ist das kein Angebot? Ist das keine Bestechung?«

»Vielleicht ist es nicht genug.« William sagte das in scherzendem Tonfall, aber falls Lester Burton das Geld im Sinn hatte ...

Er hatte es nicht im Sinn. »Ich hoffe, das war als Scherz gemeint, Dr. Michaels.«

»Natürlich, Senator. Und *ich* hoffe, Sie wollten nicht unterstellen, daß die anderen Mitglieder des Ausschusses bestechlich oder korrupt waren, als sie ihr Amt übernahmen. Bürgermeister Kuula, Abgeordnete Borg? Dr. Wempke?«

»Oh, die haben sich ihr Gehalt verdient, Doktor, keine Frage. Lucille Borg hat mich zwei-, dreimal pro Tag angerufen und versucht, mich umzubiegen, und laut Dr. Wempke sind Sie eine zweite verdammte Mutter Theresa. Was Bürgermeister Kuula anbetrifft, so hatte er seine Hand in dem einen oder anderen Honigtopf, seit er '73 einen Sitz im Schulausschuß erhielt, und beide Male kandidierte er gegen mich für den Sitz im Senat.«

»*Das* ist es also. Sie hegen Groll gegen Emil Kuula.«

»Hoffen Sie nicht, daß dies alles ist.«

»Senator, ich kann Ihren Kummer bei dem Gedanken verstehen, daß Ihre Heimatstadt zu einem Quarantänegebiet wird. Von keiner Gemeinde kann erwartet werden, daß sie solch ein Projekt begrüßt, ganz gleich welche ökonomischen Anreize es mit sich bringt. Zweifellos sind einige Ihrer Wähler unglücklich über die Wahl, entweder weiterhin in dem Notstandsgebiet zu wohnen oder in gleichwertige Heime sonstwo im Staat umzuziehen. Keine Unternehmung dieser Größe kann ohne Unannehmlichkeiten und persönliche Opfer durchgeführt werden. Wenn Autobahnen gebaut werden, ist es das gleiche.«

»Aber Ihnen tut es nicht weh, oder, Dr. Michaels?«

»Es ist die älteste Ironie des Arztberufs, daß Ärzte anscheinend vom Unglück anderer Leute profitieren.«

»Das kann man wohl sagen. Dieses Institut hier kann nicht billig gewesen sein. Ich wette, daß allein die beiden marmornen

Schlangen über dem Haupteingang eine Million gekostet haben. Ich wette, die sind zehn Meter hoch.«

»Wie es nun einmal so ist, Senator, war MDS als nicht gewinnorientierte Organisation, die aus öffentlichen Geldern finanziert wird, *verpflichtet*, ein Prozent der Baukosten für Kunstwerke auszugeben. Ich bin nicht verantwortlich für die Gesetze dieses Staates: *Sie* sind das. Und im übrigen sind diese ›Schlangen‹ Elemente eines Merkur- oder Äskulapstabs, ein altes Symbol des Arztberufs.«

»Schlangen sind für mich Schlangen, aber das spielt auch keine Rolle. Ihre sogenannte nicht gewinnorientierte Organisation ist das Problem. Für mich hat es den Anschein, Sie haben bereits eine ganze Menge Gewinn gemacht, Doktor, und wenn dieses Projekt für das Mille Lacs County durchgezogen wird, sitzen Sie auf einem medizinischen Ölfeld. So sieht das für mich aus.«

»Senator Burton, wenn Sie die Bücher von MDS prüfen wollen, steht es Ihnen frei, das zu tun. Als Direktor von MDS erhalte ich ein Gehalt von siebenhundertfünfzigtausend Dollar – aber keinen Anteil an dem Geld, das MDS durch Spenden oder Dienstleistungen einnimmt. Diese Gelder sind keine Gewinne – sie gehen wieder in die Forschung. Forschung verschlingt Unmengen an Geld, Senator, aber bis es ein Heilmittel gegen ARVIDS oder einen Impfstoff dagegen gibt, muß dieses Geld aufgetrieben werden. Und MDS treibt es auf.«

»Wenn es nur um MDS ginge, Doktor, würde ich nicht Ihre Zeit vergeuden, die ja soviel kostet. Aber da ist auch noch die MedSec-Gruppe, die das St.-Andrews-Seminar vor sechs Jahren kaufte, als es geschlossen wurde, und jetzt sieht es wie Teil des Plans aus, daß Sie vom Staat die Genehmigung verlangen, daß die MedSec-Gruppe das Seminar in ein Sicherheitsgefängnis für Gefangene mit ARVIDS umwandelt. Und das ist eine gewinnorientierte Operation.«

»Wenn sich der Staat weigert, eine eigene Einrichtung zu eröffnen, dann wird der Staat jemanden bezahlen müssen, der bereit ist, die Aufgabe für ihn zu übernehmen.«

»Mit anderen Worten, Sie.«

»Ich besitze Aktien von MedSec, das stimmt.«

»Und auch an den Minnehaha-Wohnheimen – richtig?«

William nickte. Senator Burton stellte eindeutig eine Bedrohung für das Onamia-Projekt dar. Er war dankbar, daß Ms. Bright darauf bestanden hatte, den Mann zu ihm zu schicken.

Burton fuhr fort: »Und damals, als die Minnehaha-Wohnheime noch die Mille-Lacs-Lake-Investment-Gruppe war, kauften Sie jede Menge Grundstücke rund um den See auf. Spottbillig.«

»So billig waren sie aber nicht.«

»Aber sie werden verdammt teurer sein, wenn erst das MDS-Projekt durchgezogen ist und jedes Häuschen und jedes Motelzimmer an ambulante Patienten vermietet werden, für hundert Dollar pro Tag und mehr. Und nicht nur im Sommer, sondern das ganze Jahr, wie ich in dem Prospekt las.«

»Minnehaha Hostels war nicht die einzige Investmentgesellschaft, die diese Möglichkeit vorausgesehen hat. Der Bauboom hält jetzt schon ein paar Jahre an.«

»Aber Minnehaha war die erste vor ein paar Jahren und ist immer noch die größte. Das heißt, wenn man nicht Northwestern Development Fund zählt, die Gesellschaft, die fast jeden Morgen Land im Mille Lacs County aufgekauft hat, der seit 1993 verkauft wurde. Sie können mir nicht sagen, daß dies alles ein großer Zufall ist.«

»In gewisser Hinsicht war es der größte mögliche Zufall. Northwestern Fund entstand als Antwort auf die Aussicht auf die weltumfassende Klimaveränderung, die wir jetzt haben. Die Präriegebiete im Westen der USA trocknen aus. Saskatchewan und Manitoba und die nördlichen Verwaltungsbezirke von Minnesota werden Iowa, Kansas und Nebraska des nächsten Jahrhunderts, und Mille Lacs Lake liegt am südlichen Rand dieses neuen Maisgürtels. Die Wassermenge ist so groß, daß sie vielleicht die Übergangszeit überlebt. Das machte es damals zu einer guten Investition, und deshalb wurde Northwestern Fund gegründet.«

»Ich habe die Broschüre gelesen.«

»Die Notwendigkeit, ein Forschungszentrum zu errichten, hat diese Investition nur früher reifen lassen als erwartet.«

»Wie angenehm für Sie.«

»Für jeden, der sein Geld investiert hat.«

»Und es würde Ihnen nichts ausmachen, zu sagen, wieviel Prozent Aktien von Northwestern, MedSec und Minnehaha Hostels Sie und Ihre Verwandten besitzen?«

»All meine Aktien werden von einer Treuhandgesellschaft verwaltet, der ich blind vertraue.«

»Blind vertraue, hm-hm. Nun, vielleicht haben einige Leute blindes Vertrauen, aber ich nicht, Michaels. Ich nehme an, ich habe meines verloren, als ich so um die Einundzwanzig oder Zweiundzwanzig war und jeden Abend nach dem Essen mit der Familie im Fernsehen Watergate sah und meinen Vater sagen hörte: ›Wenn der Präsident etwas sagt, sollten wir es glauben, finde ich. Wenn man nicht mehr dem Präsidenten glauben kann, wem dann?‹ Ich ging damals in die Politik, weil ich mir sagte, daß ich selbst die einzige Antwort auf diese Frage war. Ich traue keinen Politikern oder Predigern oder Großunternehmern oder nicht mal Quarterbacks von der Baseballmannschaft einer High School, die schwören, daß sie keine Drogen nehmen. Ich war es, der das Gesetz durchbrachte, das stichprobenartige Blutuntersuchungen bei jedem Sportereignis von High-School oder College in diesem Staat vorsieht. Jeder sagte, das sei ein Eingriff in die Privatsphäre, und es wurde bis zum obersten Gericht prozessiert. Und als die Stichproben schließlich begannen, was glauben Sie, wieviel Prozent Drogen genommen hatten? Dreißig Prozent!«

»Es muß eine berauschende Erfahrung für Sie gewesen sein, Senator. Und ich nehme an, jetzt hoffen Sie, wieder in die Schlagzeilen zu kommen, mit einem neuen Sensationsprozeß, den Sie ein paar Jahre lang durch die Gerichtsinstanzen führen können.«

»Wir werden *zusammen* in die Schlagzeilen kommen, Doktor.«

»Was genau werfen Sie mir vor? Daß ich zu klug investiert habe?«

»Das Mille Lacs County gehört den Leuten, die dort gelebt haben. Nicht irgendeiner Investmentgesellschaft, die alle Immobilien vom Markt aufkauft und sie dann ein paar Jahre lang brachliegen läßt, wodurch weniger Touristen als zuvor kommen, der Umsatz nachläßt und Geschäfte pleite gehen. Und nachdem Sie uns bereits fast in der Tasche haben, denken Sie, Sie können uns zu einer Mülldeponie für Menschen umwandeln und alle ARVIDS-Patienten aus dem ganzen Land zu uns karren, die man nicht in den eigenen Krankenhäusern haben will. Nun, vor zwanzig Jahren versuchte eine Gesellschaft, den Nordteil des Countys zu einer Giftmülldeponie zu machen, aber die Bewohner ließen das nicht zu, und die Leute werden auch dies nicht zulassen.«

Während der Hetzrede des Senators hatte William die Schublade seines Schreibtisches aufgezogen, um die Möglichkeiten abzuschätzen. Da lag ein kleiner Stapel Visitenkarten, auf die Williams private Telefonnummer gedruckt war, ein Nebenanschluß, der in Betrieb war, über den sich jedoch nie jemand meldete. Die Visitenkarten waren das zuverlässigste Medium, denn es waren zwei Sicherungen eingebaut; sie wirkten nur auf denjenigen, der die Karte als erster erhielt, und sie wirkten nur, wenn diese Person die darauf stehende Telefonnummer gewählt hatte. William brauchte nur die besonderen Beschwerden zu spezifizieren, die von der Karte übermittelt werden sollten.

Als Senator Burton seine Rede beendet hatte, lächelte er, als lausche er einem stummen Applaus.

William nahm einen goldenen Mark-Cross-Füllfederhalter aus der Hemdtasche, auf den eine Ladung vom Merkurstab übertragen worden war. Er berührte die oberste Visitenkarte des Stapels mit dem Füllfederhalter und sprach lautlos einen Fluch, den er schon oft benutzt hatte:

Siehst du den nächsten neuen Tag,
Trifft dich sofort ein schwerer Schlag;
Gelähmt vegetierst du dann wie halbtot,
Und jahrelang lebst du mit Tränen und Not.

Senator Burton räusperte sich und fragte: »Nun, Doktor?«

»Sie müssen mir Zeit zum Denken geben – und für eine Besprechung mit den Gesellschaftern.«

»Ich werde morgen eine Pressekonferenz geben.«

»Warum sind Sie dann zu mir gekommen? Einfach, um mir

persönlich zu drohen? Viele Leute außer mir haben in das Projekt investiert. Ich bin nicht befugt, für sie zu sprechen oder Entscheidungen für sie zu treffen. Das Projekt ist bereits sehr weit fortgeschritten, und ich bezweifle, daß es gestoppt werden kann, selbst wenn Medical Defense Systems daraus aussteigt.«

»Um so mehr Grund für mich, schnell zu handeln.«

»Würde eine Woche soviel ändern?«

»Ich weiß es nicht.«

»Lassen Sie mich das herausfinden.« William erhob sich und hielt ihm die Visitenkarte hin, die mit dem Fluch belegt war. »Hier ist meine Karte – meine private Telefonnummer steht darauf –, und lassen Sie mich unter dieser Nummer vorher wissen, wenn Sie irgendeine Erklärung vor der Presse abgeben wollen.«

Der fette Mann erhob sich schwerfällig und streckte die Hand nach der Visitenkarte aus, doch die Wurstfinger waren nicht schnell genug, und die Karte flatterte wie ein Schmetterling, der absichtlich ausweicht, auf den Perserteppich.

William und Senator Burton schauten auf die Karte, die auf dem Teppich lag, und beide wußten nicht, was sie tun sollten. Selbst wenn er der Aufgabe gewachsen gewesen wäre, widerstrebte es dem Senator, sich zu bücken und die Visitenkarte aufzuheben. Und William hatte sich in dem Moment, in dem die Karte wie aus eigenem Antrieb zu Boden geflattert war, an den Rat erinnert, den ihm der Gott erst vor Minuten gegeben hatte, den Rat, den Merkurstab nicht zu benutzen, wenn er in Versuchung geraten würde.

»Hier«, sagte William und nahm eine zweite Visitenkarte aus der Schreibtischschublade. »Das ist eine andere.«

Burton nahm sie und steckte sie in die Brusttasche seines Jacketts.

Als der Senator das Büro verlassen hatte, hob William die Visitenkarte auf, die auf den Teppich gefallen war. Einen Augenblick lang spielte er mit dem Gedanken, sie zu vernichten (ein Aschenbecher und ein Feuerzeug waren zur Hand), doch dann entschied er sich dagegen. Es war Wochen her, seit er zum letzten Mal das Obstschmecker-Haus besucht hatte, um die Ladung seines Füllfederhalters zu erneuern. Es war noch ungenutzte Energie in der Visitenkarte, und William war ein sparsamer Mann. Er steckte die Visitenkarte in die Hosentasche, zwängte sie hinter das Taschentuch für den Fall, daß er sie vielleicht brauchen würde.

62

Abgesehen von dem gepflegten Äußeren und der Fahne am Flaggenmast wirkte die Henry Michaels Memorial Clinic vom Bürgersteig aus nicht wie ein Institutsgebäude. Sie sah mehr wie das größte Haus am Luckner Boulevard aus. Aber was die Inneneinrichtung betraf, so war die Klinik ein Musterbeispiel der Gesundheitsfürsorge. Sie konnte sechzig Patienten aufnehmen, doch im Augenblick waren nur siebenunddreißig Betten belegt. Magde Michaels leitete den Betrieb mit einem Stab von zwölf Krankenschwestern und männlichen Assistenten und einer fünfköpfigen Wartungsgruppe, überwiegend Schwarze, die ihr mit militärischem Korpsgeist dienten.

In gewisser Hinsicht war die Henry Michaels Memorial Clinic viel leichter zu führen als ein Pflegeheim mit alten oder unheilbar kranken Patienten, da alle das gleiche unerklärliche Krankheitsbild wie Madges Sohn Ned hatten; es gab keine gesicherten Lehren über die Ursachen dieser Erkrankung, nicht einmal einen allgemein akzeptierten Namen: Im Werbematerial der Klinik wurde die Krankheit als das Colmar-Syndrom bezeichnet, nach ihrem berühmtesten Opfer, der Astrologin Gloria Colmar. Die siebenunddreißig Patienten, beiderlei Geschlechts und unterschiedlichen Alters, waren fast so leicht zu pflegen wie eine Reihe Kohlköpfe. Verbesserungen zeigten sich nur langsam und selten dramatisch: Mrs. Johnston in Bett zwölf spuckte regelmäßig das wieder aus, mit dem sie gefüttert wurde; Mr. Reiner in Bett sechs, der in der Klinik seit ihrer Eröffnung im Jahre 1994 war, entwickelte auf einmal die Fähigkeit, einem beweglichen Objekt mit dem Blick zu folgen, ein Anzeichen darauf, daß nicht nur eine Regeneration von Muskeln sondern auch von einer Art geistigem Leben stattgefunden hatte. (Alle Opfer des Colmar-Syndroms zeigten beim Alpha-Test, einer Intelligenzprüfung, eine stetige, wenn auch niedrige Ebene, als wären die Patienten Yogi im Trancezustand, und nicht halb komatöse, katheterisierte Dahinvegetierende.) Keiner der Patienten hatte bis jetzt den großen Durchbruch erreicht, der das Ziel der unablässigen Bemühungen des Personals war (und Madges unvernünftige Hoffnung): keiner hatte ausreichend Kontrolle über die Muskeln wiedererlangt, um mitzuteilen – durch Blinzeln mit einem Augenlid oder der Bewegung eines Fingers – daß noch Verstand hinter der teilnahmslosen Maske des Colmar-Syndroms war. Aber Madge war überzeugt, daß eines Tages, wenn genug Daten gesammelt waren, die ärztliche Wissenschaft die Krankheit heilen konnte und Ned gesund werden würde.

So waren neue Patienten immer willkommen, auch diejenigen, die als Wohlfahrtsfälle aufgenommen werden mußten, und der neueste, Robert Corning, war der willkommenste von allen, denn seine Krankengeschichte wies eine verblüffende Ähnlichkeit mit der Neds auf. Sie waren ungefähr im gleichen Alter (Ned war siebenunddreißig, Robert war neununddreißig), und sie hatten beide – atypisch – das Colmar-Syndrom schon als Kinder bekommen. Robert war vielleicht tatsächlich der erste Fall der Krankheit, und einige Symptome hatten sich schon 1969 manifestiert. In seinem Fall hatte es eine fortschreitende Degeneration seiner Fähigkeiten gegeben, vom ursprünglichen Zustand spastischer Imbezilität bis zu der allgemeinen Unfähigkeit anderer Opfer. Deshalb und weil er zu Hause von seinen Eltern gepflegt worden war, hatte lange Zeit niemand diagnostiziert, daß Robert Corning am Colmar-Syndrom litt. Erst nach dem Tod seines überlebenden Elternteils vor einem Monat, als Robert in ein staatliches Pflegeheim eingewiesen worden war, hatte man Roberts Verfassung richtig diagnostiziert. Die Klinik war sofort in Kenntnis gesetzt, eine Überweisung veranlaßt worden.

Und da lag er nun, in Bett achtunddreißig, der mitleiderregendste Patient in der Klinik, abgemagert zu einem Skelett, mit Muskeln, die dünn wie Bindfäden waren. Wie hatten seine

Eltern es dazu kommen lassen? Fast alle Patienten waren in irgendeiner Weise vernachlässigt worden, bevor sie in die Klinik gebracht worden waren – Vitaminmangel und wundgelegene Stellen waren üblich –, aber keiner bot einen solchen Anblick von Elend wie Robert Corning. Nach den Worten des Sozialarbeiters, der mit den Nachbarn gesprochen hatte, waren die Eltern in ihren letzten Jahren nur selten aus dem Haus gegangen und hatten in völliger Verarmung gelebt. Sie hatten sich an keine Wohlfahrtseinrichtung gewandt, weil sie befürchtet hatten, ihr ›Bubby‹ würde ihnen weggenommen werden. Sie hatten sich überwiegend mit Pulvermilch, Erdbeermarmelade, Sardinen und Erbsen aus der Dose ernährt, wie aus den Abfällen und Verpackungen in der Küche zu schließen war. Es war erstaunlich, daß Robert bei einer solchen Ernährung so lange überlebt hatte.

Wie um die jahrelange Vernachlässigung durch seine Eltern wiedergutzumachen, widmete sich Madge jetzt an jedem Arbeitstag mindestens eine Stunde lang Roberts besonderer Pflege. Manchmal fütterte sie ihn, bisweilen badete sie seine dünnen Glieder; meistens machte sie Bewegungsübungen mit ihm, bewegte die Muskeln, die er nicht bewegen konnte. Vor Jahren, als sie bei ihrem eigenen Sohn damit angefangen hatte, waren die endlosen Wiederholungen ein Fegefeuer der Langeweile gewesen: Fuß anheben, Knie beugen, nach rechts neigen, nach links beugen, das Bein strecken, den Spann beugen, die Zehen bewegen. Dann das Ganze mit dem anderen Bein. Aber jetzt, nachdem sie diese Rituale fast die Hälfte ihres Lebens durchgeführt hatte, waren sie zu einer Quelle von innerem Frieden geworden. Sie hatte einmal in einem Buch über Gandhi gelesen, daß er seinen Anhängern geraten hatte, jeden Tag einige Zeit ein primitives Spinnrad zu bedienen, wie er es getan hatte. Diese Körper waren Madges Spinnräder, und die Stunden, die sie mit Bewegungsübungen verbrachte, waren ihre Gebete.

Sie war mit Roberts unteren Gliedern fertig und begann mit der Feinarbeit an den unbenutzten Nackenmuskeln – neigte Roberts Kopf zurück, senkte ihn mit dem Kinn zum Schlüsselbein, drehte ihn nach links und rechts, senkte ihn –, als ihr

Stiefsohn und Arbeitgeber auf der Türschwelle des Krankenzimmers auftauchte.

Während der Arbeitszeit sprach sie ihn förmlich in ihrer Eigenschaft als Angestellte an. »Dr. Michaels, ich hatte Sie nicht erwartet.«

»Ich bin nicht als ›Dr. Michaels‹ hier. Ich war mit Ben auf dem Heimweg – Lisa hat ein Abendessen im Familienkreis geplant –, und ich sagte mir, schau mal hier vorbei, um dich in Versuchung zu führen, mitzukommen. Lisa und die Jungs werden bald fort zu einem Besuch bei ihrem Bruder sein, und ich weiß, daß sie sich freuen würden, wenn du kommst. Die Jungs ebenfalls.«

»Oh, du weißt, daß ich das Angebot gern annehmen würde. Aber da ist Mutter. Sie wird auf mich warten.«

»Sie braucht es nie zu erfahren«, lockte William. »Du kannst sagen, es habe einen Notfall gegeben und du mußtest länger hierbleiben.«

Madge schnaubte amüsiert. »Ich kann mir nicht vorstellen, welchen Notfall es hier geben könnte, es sei denn ein Feuer bricht aus.«

William schaute neugierig auf den ausgezehrten Körper von Robert Corning hinab. »Wer ist das? Ich erkenne ihn nicht wieder.«

Magde wußte, daß er die Frage nicht nur aus Höflichkeit stellte. William hatte ein wundervolles Gedächtnis, was Patienten anbetraf. Er kannte alle Patienten in der Klinik. Madge hatte gerade begonnen, ihn über Robert Cornings Krankengeschichte zu informieren, als ihre Sekretärin, Gail Robins, ins Zimmer kam und sagte, jemand verlange sie *sehr* dringend am Telefon. Madge entschuldigte sich und fügte hoffnungsvoll hinzu: »Wenn du einen Augenblick warten kannst, William, würde ich wirklich gern deine Einladung annehmen.«

»Ich werde hier sein«, versicherte er ihr.

In ihrem Büro nahm Madge den Telefonhörer und sagte: »Schwester Michaels.«

»Magde, bist du das?« Es war ihre Mutter: inzwischen sollte Gail wissen, daß alle Anrufe von Mrs. O. in die Kategorie ›Sie ist in einer Konferenz‹ gehörten.

»Ja, Mutter, ich bin es. Bist *du* das?«

Mrs. O. erkannte nicht, daß die Frage ein Scherz sein sollte. »Natürlich bin ich das. Erkennst du nicht meine Stimme? Ich rufe an, weil jemand an der Tür ist und nicht weggehen will. Er ist seit einer halben Stunde hier. Ich rief schon einmal an, aber diese Sekretärin sagte, du bist in einer Konferenz. Man könnte meinen, deine Arbeit dort besteht nur aus Konferenzen. Schließlich sagte ich ihr, daß es ein Notfall ist. Er will nicht weggehen. Er sagt, er ist dein Mann.«

Madge hatte eine stumme Spätzündung: nicht Henry, der war tot. Konnte es Lance sein? Nach all diesen Jahren?

»Madge?«

»Meinst du meinen ersten Mann, Mutter? Lance Hill. Ist er da?«

»Er steht auf der Veranda.«

»Warum läßt du ihn nicht herein?«

»Woher kann ich wissen, ob er derjenige ist, für den er sich ausgibt? Er sieht aus wie jeder ältere Mann auf der Straße.«

»Wir alle werden älter, Mutter.«

»Ich meine –«, Mrs. O. senkte die Stimme zu einem empörten Flüstern, »– er sieht ziemlich unsauber aus. Und er will seinen Wagen in der Garage parken, und es ist nicht mal ein richtiges Auto, sondern ein kleiner Lastwagen. Außerdem will er die Toilette benutzen.«

»Um so mehr Grund, ihn hereinzulassen.«

»Er könnte zu einer Tankstelle fahren.«

»Tankstellen haben keine öffentlichen Toiletten mehr, Mutter. Nicht mal Bars haben welche.«

»Nun, das ist nicht meine Schuld. Dann soll er einhalten.«

»Mutter, wenn du das schnurlose Telefon benutzt, dann möchte ich mit Lance sprechen. Schiebst du bitte das Telefon durch den Postschlitz?«

»Und wenn er es nimmt und damit abhaut?«

»Mutter, tu bitte, was ich dir sage!«

Es folgte eine längere Stille, und dann waren Geräusche zu hören, als das Telefon durch den Postschlitz geschoben wurde. Einen Augenblick später fühlte sich Madge in das Jahr 1965 zurückversetzt. »Madge?« Es gab keinen Zweifel daran, daß es

Lance war; seine Stimme übte noch die gleiche Macht über sie aus wie damals, als sie sich auf der High-School kennengelernt hatten und miteinander gegangen waren.

»Mein Gott, du bist es wirklich.«

»Das habe ich versucht, deiner Mutter klarzumachen, aber sie war schwerer zu überzeugen. Nach dem, was ich durch das Fenster sehen konnte, ist sie keinen Tag älter geworden, seit ich sie zum letzten Mal sah. Das war vor zweiunddreißig Jahren.«

»Vor zweiunddreißig Jahren«, staunte Madge. Ihre Augen wurden feucht, und die Erinnerung an ihr Liebesleid erfüllte sie. In gewisser Hinsicht waren ihre Gefühle in Einklang mit denen ihrer Mutter: sie wollte Lance nicht ins Haus lassen.

»Ich nehme an, ich hätte vorher anrufen sollen«, sagte Lance. »Aber ich wollte dich überraschen.«

»Das ist dir gelungen.«

»Meinst du, du kannst deine Mutter überreden, mich zur Toilette zu lassen? Ich möchte nicht wegen Erregung öffentlichen Ärgernisses festgenommen werden, nachdem ich so weit gekommen bin, vorbei an den Grenzpatrouillen und allem. Und ich *werde* jetzt jeden Augenblick öffentliches Ärgernis erregen, wenn ich nicht zu einer Toilette gehen kann.«

»Bist du nicht legal hier?«

»Ich bin nicht als Lance Hill hier. Ich bin Launce, mit einem U. Das steht jetzt auf all meinen Papieren, und ich nehme an, der Unterschied reicht, um mich beim Zoll durch den Computer zu mogeln. Du mußt zugeben, daß es erstklassig klingt: Launce.«

Magde lachte. Er hatte sich anscheinend kein bißchen verändert.

»Hast du immer noch einen Schnurrbart?« fragte sie.

»Ja, und nur weil ich daran kaue, scheiße ich mir noch nicht in die Hosen. *Bitte*, sag deiner Mutter, sie soll gnädig zu mir sein.«

»Okay. Aber, Lance . . .«

»Launce.«

»Es wird einige Zeit dauern, bis ich ›Launce‹ sagen kann, ohne zu lachen. Da ist nur eines. Würdest du warten, bis ich heimkomme, bevor du zu Ned hinaufgehst, um ihn dir anzuschauen? Es ist einfach so ... es kann aufregend sein, und ich wäre lieber dort.«

»Ich nehme an, wenn ich so lange gewartet habe, kann ich auch ein paar Stunden länger warten. Ich werde tun, was du sagst.«

»Danke. Schieb jetzt das Telefon durch den Schlitz zu Mutter, und ich werde ihr sagen, daß sie dich hereinlassen soll.«

Die Verbindung überlebte nicht die Rückgabe des Telefons durch den Postschlitz, und Madge mußte warten, bis ihre Mutter wieder anrief. Zeit genug, um einen klaren Kopf zu bekommen und die Nerven zu beruhigen. Es gab keinen Grund zu der Annahme, Lance sei ihretwegen zurückgekehrt oder sie könnten sich nach zehn gemeinsamen Minuten wieder mögen. Die Liebe war wie ein Stückchen Froschgewebe im Unterricht ihrer Ausbildung zur Krankenschwester: Der Frosch mochte wer weiß wie lange tot sein, aber das Gewebe zuckte noch, wenn man es anstieß.

»Magde«, jammerte ihre Mutter, als sie wieder mit ihr verbunden war. »Madge, er ist immer noch da.«

»Mutter, du kennst Lance. Warum machst du so ein Theater? Laß ihn um Himmels willen herein und die Toilette benutzen.«

»Ich traue ihm nicht.«

»Mutter, du traust keinem.«

»Ah, sehr gut!« Und nach kurzer Stille fügte Mrs. O. hinzu: »Es geht nicht. Ich bekomme die Tür nicht auf.«

»Das ist sonderbar, du hast nie Schwierigkeiten mit dem Sicherheitssystem, wenn jemand etwas liefert.«

»Es muß kaputt sein.«

»Was hast du gedrückt?«

»Genau das, was auf dem Zettel steht. Null-fünf-zwei-vier-neun-neun.«

»Mutter, ich habe es dir oft genug erklärt: Du mußt das *heutige* Datum eintippen. Die Nummer auf dem Zettel ist drei Wochen alt.«

»Dann sag mir, welche Nummer ich nehmen soll.«

»Null-sechs-eins-vier-neun-neun.«

»Warte, warte, eine Zahl nach der anderen.«

Binnen fünf Minuten hatte Madge es mit ihren Anweisungen

geschafft, und Mrs. O. konnte die Tür öffnen. Madge hatte ein Hochgefühl wie ein Fluglotse, dem es mit seinen Anweisungen gelungen war, einen Passagier einen Jumbojet landen zu lassen.

Lance nahm Mrs. O. nur ganz kurz das Telefon ab, um zu sagen: »Danke. Bis später.« Nur drei Worte, bevor er zur Toilette rannte, aber es war, als hätte Madge die Berührung seiner Hand in der Dunkelheit gespürt.

Wieder im Zimmer 38 mußte sie die Einladung zum Abendessen absagen. Sie benutzte die gesundheitliche Verfassung ihrer Mutter als Ausrede und sagte nichts von Launces plötzlichem Auftauchen. Sie wollte ihn wiedersehen, bevor sie die Neuigkeit ausposaunte.

William wirkte skeptisch, als er von Mrs. O.s angeblicher Unpäßlichkeit hörte. Er nahm vermutlich an, daß Madge von ihrer Mutter tyrannisiert wurde, eine berechtigte Annahme. Bevor er ging, wollte er alles wissen, was sie ihm über Robert Corning sagen konnte, und während sie die Geschichte erzählte, spielte er mit seinem Mark-Cross-Füllfederhalter und drehte ihn nervös auf und zu und wieder auf.

»Nach allem, was ich hörte, hatte er ein höllisches Leben«, sagte William und runzelte nachdenklich die Stirn. Dann lächelte er leicht und tippte mit dem goldenen Füller auf Robert Cornings nackte Schulter. »Doch nun ist er hier, und es wird ihm Gesundheit gegeben.«

Madge lächelte und wiederholte eine von Henrys bevorzugten stereotypen Bemerkungen: »Du bist ein Poet, William, und du weiß es nicht mal.«

Als William fort war, schaute Madge auf Robert Cornings reglosen Körper, empfand tiefe Traurigkeit und hatte das Gefühl, daß alles sinnlos und vergebens war. All diese Jahre, in denen sie Glieder bewegt und Fleisch massiert hatte, das sich nicht bewegen konnte. All diese Jahre ohne Liebe.

63

Die Tischzeit war im Haushalt der Michaels heilig. In der Theorie. Aber wie vieles sonst, das heutzutage heilig sein sollte, wurde die Heilighaltung dieses tagtäglichen Rituals den Frauen und Kindern überlassen. An zwei Abenden von dreien führte Lisa den Vorsitz über eine Zeremonie, an der nur Jason und Henry und deren Kindermädchen teilnahmen. Wie oft William nicht dabei war, hing von den Ansprüchen von MDS ab, die Vorrang vor Herd und Heim hatten. Aber daß Judge nicht am Abendessen teilnahm, war einfach auf seine und Lisas gegenseitige Aversion zurückzuführen. Lisa konnte anscheinend nur vermeiden, als böse Stiefmutter zu wirken, wenn sie den direkten Kontakt zu Judge auf ein Minimum beschränkte. Sollte der Junge all seine Zeit vor dem Computer hocken und seinen Comic-Propheten Bruder Orson verehren. Es war auf jeden Fall zu spät, Judges rauhe Kanten mit dem zivilisierenden Einfluß einer Konversation beim Abendessen zu glätten. Ebensogut hätte man versuchen können, Disteln zu zivilisieren.

Aber an diesem Abend kam William zum Abendessen, und er brachte Judges Großvater mit (die einzige Person auf der Welt, die den Jungen wirklich mochte, nahm Lisa an). Lisa war ins Zimmer ihres Stiefsohnes gegangen und hatte ein Machtwort gesprochen. Judge würde um halb acht an diesem Abend am Tisch sitzen und anständig gekleidet sein. Nicht, daß sich Judge jemals anders kleidete. Viele Streitereien mit Lisa hatte es über seine Einwände gegeben, daß *ihre* Kleidung unanständig war, was eine so drollige Umkehrung der üblichen Standpunkte zwischen den Generationen in der Vorstadt war, daß sich Lisa manchmal zu ihrer eigenen Belustigung mit dem Ziel kleidete, ihn zu provozieren. Es war nicht schwierig: Eine nackte Schulter reichte. Oder Jeans, die zu eng am Po saßen.

Heute abend würde es ein Familienessen nach allen Regeln der Kunst werden. William hatte übers Autotelefon mitgeteilt, daß er und Ben bereits unterwegs waren; Henry und Jason waren von ihrem Kindermädchen geschrubbt und herausgeputzt worden; und Judge hatte in der Festung seines Zimmers

Lisas Forderung erfüllt. In der Küche wirbelte Dorey herum, während das Wildbret briet, die Suppe köchelte und die Sellerieknolle sich mit Remoulade vollsaugte. Und hier, in dem Atrium, wie Lisa es bezeichnete, (wegen der protzigen, energiesparenden Deckenbeleuchtung) versuchte Lisa, einen Ausgleich zwischen Opulenz und Exzeß im Arrangement der vielen Rosen zu schaffen, die William am Morgen im Garten geschnitten hatte.

Solch eine Überfülle mochte den Überfluß der anderen Vergnügungen dieses Morgens repräsentieren, sie waren während des ganzen Wochenendes brünstig wie zwei Ziegen gewesen, oder sie mochte einfach Williams manchmal naiven Glauben an hemmungslosen Konsum widerspiegeln. Lisa hatte nichts gegen protzige Zurschaustellung, aber nur wenn ein ästhetisches Programm dahinterstand. William gab Geld aus wie ein Diktator der Dritten Welt, und er *stopfte* förmlich Rosen in alles, was Wasser enthielt. Es war Lisas Aufgabe als Frau der oberen Mittelklasse, ihren Gatten vor solch einer Selbstparodie zu schützen.

Als die Rosen zu ihrer besten Wirkung neu angeordnet waren, setzte sich Lisa vor den Fernseher und verschaffte sich mit der Fernbedienung einen schnellen Überblick über die Nachrichten. Sie vermied Totenlisten, Haushaltsdefizite und andere Dinge, die zur Kategorie ›deprimierend‹ zählten, und suchte interessante Berichte über lokale Verbrechen. Die Buster-Johnson-Kindesmißhandlung von vor fast einem Jahr war immer noch in den Nachrichten, und da war eine wundervolle Aufnahme von Johnsons Exfrau, die den Richter vor dem Gerichtsgebäude wütend anschrie. Es folgte ein Bericht über eine nicht identifizierte Leiche (der Kopf fehlte), die auf dem Parkplatz des House of Pancakes an der Lake Street gefunden worden war; man vermutete Mord. Das Ablegen verstümmelter und nicht identifizierbarer Leichen von Seuchenopfern am Straßenrand und in Hintergassen war so häufig geworden, daß die Leiche fast routinemäßig zum großen Krematorium auf dem Messegelände gefahren worden wäre, ohne auf ARVIDS untersucht zu werden. Lisa fand, daß sie Punkte gegen den Zeitgeist gemacht hatte, denn sie hatte bereits bei zweien ihrer

Freundinnen, beide Krimifans, darauf hingewiesen, daß es für einen Mörder in diesen Tagen das einfachste war, die Leiche loszuwerden, indem er ihr den Kopf abhackte, sie verbrannte oder einfror und sie dann den städtischen Gesundheitsbehörden überließ, damit sie sich darum kümmerten. Sie nahm den Bericht auf Video auf, damit sie ihren Weitblick dokumentieren konnte.

Während der Videorekorder lief, spritzte Lisa etwas Sodawasser in ein Glas und ließ die Senderwahl ihre eigenen Prioritäten in puncto Nachrichten setzen. Die Senderwahl schaltete auf 39, den Kanal mit Live-Nachrichten, und das erste Bild auf dem Bildschirm war eine Landkarte, die den Mille Lacs Lake zeigte. Vor dem See war eine Moderatorin mit einer leuchtend gelborangenen Bluse zu sehen. Die Moderatorin sprach mit dem Tonfall, der für dramatische Bereiche reserviert war. »Senator Burtons Anschuldigungen, sofern sie sich als berechtigt erweisen, können große Probleme für Twin Cities medizinischen Wundermacher Dr. William Michaels und seine renommierte Forschungsstiftung, Medical Defense Systems, bedeuten. MDS-Sprecherin Valerie Bright bestreitet, daß die Stiftung und ihre Führung irgendwelche Verfehlungen begangen haben. Aber bei Fragen nach dem Northwestern Development Fund war Ms. Bright weniger mitteilsam.« Es folgte ein Schnitt, und Valerie Bright wurde in Großaufnahme gezeigt. Sie zeigte ihr Nutra-Sweet-Lächeln und war dick bemalt wie ein de Kooning. »Nichts an Senator Burtons Äußerungen betrifft in irgendeiner Weise die Leitung von MDS. Offenbar sucht er nach einem Vorwand, um das Projekt des Staats aus dem Gebiet fernzuhalten, das er vertritt.«

»*Hat* Dr. Michaels eine finanzielle Beteiligung an den drei von Senator Burton angeführten Gesellschaften?« fragte ein nicht im Bild zu sehender Reporter, und noch bevor Ms. Bright Ausflüchte machen konnte, sah Lisa es kommen. Es war nicht nötig, zu fragen, wem die Stunde geschlagen hatte.

Lisa hatte ihren Bruder anläßlich seiner Beteiligung an dem Projekt vor übereiltem Handeln gewarnt. Aber angesichts der Aussicht auf gewaltigen Profit hatte Jason nicht widerstehen können und den entscheidenden Schritt gewagt. Er hatte noch andere Großinvestoren eingebracht, Banken und Rentenfonds, die alle unbedingt in die einzige wachsende Industrie auf einem zusammenbrechenden Markt investieren wollten: den Tod.

Sie sollte Jason sofort anrufen. Er war in Boston, und die Pressekonferenz eines Senators von Minnesota würde dort in den Medien vermutlich nicht die gleiche Aufmerksamkeit finden. Vielleicht konnte Jason zu diesem Zeitpunkt nichts tun, vielleicht würde er auch nichts unternehmen wollen. Es war schließlich kein Verbrechen, Geld zu verdienen. Während der Aidskrise hatten diejenigen ein Vermögen gemacht (einschließlich William), die erkannt hatten, worin investiert werden mußte, um das ganz große Geld zu verdienen. Das Mille-Lacs-Projekt hatte bereits eine solche Eigendynamik entwickelt, daß ein Skandal es vielleicht nicht zunichte machen konnte. Das war jedenfalls im Moment der Kurs, den er mit William einschlagen sollte.

Das Telefon klingelte. Konnte es Telepathie sein, und Jason rief sie an?

Nein, kein solches Glück. Es war Ihre Heiligkeit Judith Winckelmeyer. In Lisas Augen war Judges Mutter eine ähnlich herbe Schicksalsprüfung wie Judge. Beide taten, als sei alles, was sie einem vielleicht zu sagen hatten, nur eine Parenthese in ihren ständigen Marathon-Unterhaltungen mit Gott. Judiths Gott hatte etwas bessere Manieren als Judges Gott und erlaubte ihr manchmal, anderen Leuten scheinbar zuzuhören. Aber letztlich war mit keinem von beiden vernünftig zu reden.

»Judith, wie nett von dir, anzurufen. Wo bist du?«

»Im Busbahnhof.«

»In Minneapolis? Oder . . .?«

»Tampa. Ist Judge da? Ich möchte mit ihm reden.«

»Judge hat seinen eigenen Telefonanschluß. Hast du die Nummer?«

»Selbstverständlich. Aber sie ist ständig besetzt.«

»Er muß mit Bruder Orson telefonieren.«

»Immer noch? Nach all den Geschichten über ihn?«

»Er hört auf nichts, was jeder im Fernsehen sagt. Abgesehen von Bruder Orson natürlich. Sein Glaube in ihn ist vollkommen.«

Judith seufzte. »Er ist ganz wie William.«

Was scheinbar (Lisa dachte das) eine sonderbare Bemerkung war. »Wie William?«

Judith hatte keine Antwort parat, und Lisa setzte nicht nach. Sie fragte, was sie am meisten interessierte: »Kommst du her?«

»Ich wünsche, ich brauchte das nicht.«

Was bedeutete, daß Judith unter Befehlen ihres Gottes stand und nicht davon abzubringen war.

»Wann?« fragte Lisa. »Per Bus?« Selbstverständlich per Bus, denn Judith war aus Prinzip gegen Flugreisen – wegen der Schadstoffemissionen. Sie fragte nur, weil es ihr Spaß machte, Judith mit der Nase auf die albernen Konsequenzen ihrer hohen Gesinnung zu stoßen.

»Ja, mit dem Bus. Es dauert nicht soviel länger, und es ist sicherer. Sofern ich vor dem vierten dort bin. Ich mache mir Sorgen um Judge.«

Der vierte Juli, der Unabhängigkeitstag, war Judges Geburtstag. Er würde achtzehn werden.

»Wieso? Denkst du, er wird Selbstmord begehen? Neue Brandstiftungen? Ich denke, er ist daraus herausgewachsen, Judith. Jungen machen solche Stadien durch. Mord vielleicht. Aber das wird eine geringere Gefahr, wenn er hier ausgezogen ist. Für uns beide.«

»Hat er gesagt, daß er das vorhat?«

»Er hat mir nicht mit so vielen Worten gedroht. Aber es liegt in seiner Körpersprache.«

»Ich meine, daß er dort auszieht. Sagte er, daß er wegzieht?«

»Ich denke, das braucht nicht ausgesprochen zu werden. Judge ist hier nicht glücklich. Er betrachtet ganz Willowville als ein Gefängnis, und das ist es für ihn auch. Fast zwei Jahre lang durfte er sich keinen Kilometer weit von diesem Haus entfernen, wenn er nicht in der Schule war, und ich weiß aus eigener Erfahrung, daß man nichts innerhalb eines Kilometers von diesem Haus tun kann außer Rasen mähen. Der Junge dreht fast durch. Jedem ginge es so, aber bei ihm ist es noch ein bißchen schlimmer, weil keiner von uns seine Fixierung auf diesen lächerlichen Propheten teilt. Um ganz ehrlich zu sein, keiner von uns *mag* ihn. Abgesehen vielleicht von deinem Vater.«

»Das kannst du sagen und mich fragen, warum ich mir Sorgen mache?«

»Meinst du, dein Erscheinen hier wird eine leuchtende Kerze auf seinem Geburtstagskuchen sein? Ich hörte, daß du und Judge nicht mehr miteinander sprecht.«

»Aber er kann sich nicht weigern, mich zu sehen. Er ist noch minderjährig, und ich bin seine Mutter. Ich befürchte, daß es nach dem vierten Juli zu spät sein wird. Er wird von den Orsonianern geschluckt werden, und ich werde ihn nie wieder sehen.«

»Da wir von religiösen Organisationen reden, Judith, wie geht es im Kloster?«

»Es ist kein Kloster, Lisa. Es ist ein Orden.«

»Ich kann mir vorstellen, daß Judge die Anhänger von Bruder Orson genauso sieht, meinst du nicht? *Wenn* er sich dafür entscheidet. Er könnte genauso leicht zum Marine Corps gehen. Sein Gefühl für die nahende Apokalypse hat eine große Waffen-und-Munitions-Komponente. Du solltest ihn sehen, wenn er Messerwerfen übt.«

»O Gott.«

»O Gott, in der Tat. Aber komm und sieh es dir selbst an. Wie du schon sagtest, zwei Wochen lang ist er noch hier gefangen. Weißt du, wann dein Bus hier eintrifft? Soll ich dich mit unserem Wagen abholen lassen?«

Judith nannte die Einzelheiten ihrer Ankunft am Mittwochmorgen, und Lisa erklärte sich bereit, Judge vorzuwarnen. Judith mochte Lisa nicht, aber sie freute sich darauf, zuzusehen, wenn sich die beiden in den Haaren lagen. Das unerschütterliche Objekt gegen die unaufhaltsame Macht. Ein perfektes Match.

Es blieb immer noch Zeit, Jason anzurufen. Sie wählte die Nummer von Fein, Schechner & Joseph und wurde an Jasons Privatanschluß verwiesen, wo sich ein Anrufbeantworter meldete.

»Jason, wenn du dort bist«, rief Lisa gegen die vom Band ertönende Stimme ihres Bruders an, »geh bitte dran. Es ist wichtig.«

»Lisa«, meldete er sich, »ich weiß, warum du anrufst. Du hast gehört, was dieser Senator Burton gesagt hat, stimmt's?«

»Ich dachte, du würdest es nicht so schnell erfahren.«

»Meine Spione sind überall.«

»Ist es ernst?«

»Du meinst, ob es das Projekt zunichte macht? Das könnte es. Aber ich bezweifle das. Es sind zu viele Leute beteiligt, zuviel Geld ist bereits in der Pipeline. Aber es wird eine Art Skandal geben. Und es sieht aus, als ob William die Hauptlast tragen wird. Dieser Burton hat seine Hausaufgaben gemacht. Er hat einige Dinge ausgegraben, von denen unser eigener Stab nichts wußte. Einige von Williams frühesten Immobiliengeschäften in diesem Gebiet gehen auf das Jahr '86 zurück. Wie alt war er '86?«

»Ist das eine ernste Frage? Soll ich einen Taschenrechner holen?«

»Er war neunzehn, in seinem ersten Jahr auf der medizinischen Fakultät. Ein Waisenjunge. Woher hatte er fast eine halbe Million, um eine Bungalowsiedlung aufzukaufen?«

»Du weißt es vermutlich besser als ich. Er hat Geld von der Versicherung seines Vaters bekommen, hatte Glück auf dem Aktienmarkt und stieg aus, bevor der Börsenkrach kam. William besetzte Feld eins des amerikanischen Traums. Was denkst du, warum ich so schnell seinen Heiratsantrag angenommen habe?«

»Ich dachte immer, du hast ihn wegen seiner inneren Werte geheiratet.«

»Was mich beunruhigt, Jason, ist die Frage, welche Probleme es für William geben kann, wenn die Lage mies wird. Was kann er verlieren, wenn das Projekt nicht durchgezogen wird?«

»In diesem, hoffen wir, unwahrscheinlichen Fall steht alles auf dem Spiel. Außer MDS. Und wenn es einen echten Skandal gibt, könnte William sogar die Kontrolle über MDS verlieren.«

»Gefängnis?«

»Das ist möglich.«

»Aus welchen Gründen?«

»Ein Projekt von dieser Größenordnung erfordert Kooperation mit der Regierung. Kooperation kann man mit Geld kaufen. Aber ich würde wetten, daß William sich nicht direkt in diese Seite der Dinge verwickeln ließ. William ist klug, und er wird dafür gesorgt haben, daß ihm eine direkte Beteiligung nicht nachgewiesen werden kann.«

»Jason, sei so nett und ruf Mutter an. Erklär ihr die Lage und sag ihr, daß ich die Jungs zum vierten Juli vielleicht zu den Berkshires bringe. Vielleicht für den Rest des Sommers.«

»Denkst du an eine präventive Scheidung?«

»Ich weiß es nicht. Vielleicht verlasse ich ihn. Und wenn ich das tue, sollte ich keine Zeit vertändeln. Wie sagte Lady Macbeth, frei zitiert: ›Wenn es schon sein muß, dann laß es schnell gehen.‹«

»Du meinst, du willst das Finanzielle regeln, bevor er pleite geht?«

»Das wäre ziemlich vernünftig.«

»Er wird wissen, warum du das tust, Lisa. Es ist zu durchsichtig.«

»Ich habe ihm nie gesagt, wie er *sein* Geschäft machen soll. Die Ehe ist mein Geschäft.«

»Und was ist mit ›in guten und in schlechten Zeiten‹?«

»Jason! Auf welcher Seite stehst du?«

»Ich war nur neugierig. Okay, ich werde mit Mutter reden. Ich hoffe, daß es nicht dazu kommt. Ich mag William.«

»Und ich mag ihn auch. Sehr. Er ist klüger als jeder, den ich je gekannt habe, er ist eine gute Gesellschaft, und er ist wirklich ganz gut im Bett, wenn auch mehr athletisch als zärtlich. Wir haben das, was du vielleicht Aerobic-Sex nennen würdest. Und als Elternteil ist er fürsorglich und verantwortungsbewußt, und die Jungs sind zweifellos stolz auf ihn. Obwohl ich nicht sagen würde, daß sie ein *enges* Verhältnis zu ihm haben. William und ich haben sie nach dem englischen Modell aufgezogen, und ihr Kindermädchen ist vermutlich der wichtigste Erwachsene in ihrem Leben. Wenn *sie* nicht mehr da wäre, würden Jason und Henry sich einsam und verlassen fühlen. Aber Williams Abwesenheit würde nicht mehr bewirken als die Einstellung ihrer Lieblingsserie im Fernsehen. Ich übertreibe natürlich. Aber nicht viel.«

»Es klingt, als hättest du dir das schon lange Zeit durch den Kopf gehen lassen.«

»Ich nehme an, in gewisser Hinsicht beschäftigte ich mich

damit seit unserem Hochzeitstag. Oder eher seit der Verlobung. Keiner von uns beiden hat jemals behauptet, in einem Zustand romantischer Leidenschaft zu sein. Wir diskutierten über die praktische Aktiva- und Passiva-Seite dessen, was wir taten.«

»Aber es klingt nicht, als ob du vorhättest, diesmal eine ähnliche Diskussion zu führen.«

»Nein, ich gebe es zu, ich bin ein Feigling. Ich werde es erst mit ihm diskutieren, wenn es eine vollendete Tatsache ist und ich bei Mutter bin. Und ich sollte jetzt nicht länger mit dir darüber diskutieren. William kann jeden Augenblick nach Hause kommen. Grüß Abigail von mir, aber sag bei ihr kein Wort über die Sache. Vielleicht löst sich alles in Wohlgefallen auf.«

Aber noch während sie diese fromme Hoffnung aussprach, wußte sie, daß die Ehe vorüber war.

Es war gar nicht mal bestürzend. Sie war besorgter und aufgeregter während der Amtsanklage gegen den Präsidenten gewesen. Obwohl die natürlich ein paar Monate gedauert hatte und dies jetzt erst anfing.

Wenn es schon sein muß, dann soll es schnell geschehen . . .

Morgen. Sonst würde sie sich mit Judith Winckelmeyer streiten müssen, während sie die Koffer packte.

Morgen! Sie fühlte sich schwindlig wie ein Teenager. Eines hatte ihr keiner jemals über die Scheidung gesagt: daß sie soviel Spaß machen konnte.

64

Wenn man auf eine bestimmte Weise auf den Bildschirm schaute, konnte man wirklich keinen Unterschied zwischen Bruder Orson und einer echten Person sehen, die in die Fernsehkamera blickte. Manchmal wirkte Bruder Orson sogar noch echter. Aber man mußte eine persönliche Beziehung zu dem haben, was er sagte, zu der Bedeutung hinter seinen Worten. Dann waren seine Augen wie zwei Tunnel, die sich in unendlich weiter Ferne öffneten, direkt ins Licht des Himmels. Man sah in diese Augen und hatte bereits einen Teil des Weges dorthin zurückgelegt. Oder wenn er sagte: *Ich werde in Gleichnissen sprechen; ich werde Dinge über die Entstehung der Welt sagen, die geheimgehalten worden sind.* Dann konnte man allein an seinen Lippenbewegungen den Rand dieses Geheimnisses sehen. Es war wie ein Scherz, den er mit jedem teilte, der gerettet würde, wie eine verblüffende Pointe, die klarmachte, daß die Seuche ein reinigendes Feuer war und der Hohn der Ungläubigen ein kostbares Gewand zur Zierde der Gerechten.

Je mehr Leute sich über Judges Glauben lustig machten, desto stärker wurde sein Glaube. Sie konnten ihn von ihren Klapsdoktoren untersuchen und umprogrammieren lassen, sie konnten ihn mit Telefonanrufen von Leuten bestürmen, die behaupteten, in Bruder Orsons Operation verwickelt gewesen zu sein, von Leuten, die behaupteten, er existiere nicht, und sie konnten ihm eine elektronische Fessel um den Fußknöchel anlegen, um ihn wie einen Hund gefangenzuhalten. Aber all das konnte Judges Glauben nicht anknacksen. Schließlich hatte Judge seinen Eltern gedroht, den lokalen Telefondienst von Ma Bell anzurufen und die Telefongesellschaft zu informieren, daß dem Sohn des berühmten Doktor William Michaels die Religionsfreiheit versagt wurde. Da hatten sie einen Rückzieher gemacht, und ihm einen eigenen Telefonanschluß erlaubt, so daß er über die Nummer 009 direkt mit Bruder Orson sprechen konnte. Seine Stiefmutter hatte seine Drohung für einen Bluff gehalten und hätte es darauf ankommen lassen (es war kein Bluff, er hätte es getan), aber der berühmte Dr. William Michaels war zu besorgt um sein Image in den Medien gewesen.

Es ärgerte Judge ein wenig, daß William Michaels so gleichgültig gegenüber seiner Verbindung mit Bruder Orson war. Judge wußte, daß William Bruder Orson für eine Art Konsumentenbetrug hielt wie Sparkassenbücher und Kredite oder Scientology, aber er hatte Judge nie gemahnt, vorsichtig zu sein, und ihm nie verboten, Bruder Orson im Fernsehen zu sehen. Er war ein toleranter Elternteil, es war ihm völlig gleichgültig. Bruder Orson zog hart über Toleranz her. Er zitierte gern aus dem Brief an die Kolosser, drittes Kapitel, zwanzigster Vers:

Ihr Kinder, gehorcht euren Eltern in allem, denn dies ist wohl-

gefällig im Herrn. Aber dann sagte er fast im selben Atemzug: *Denkt ihr, daß ich gekommen sei, Frieden auf der Erde zu geben? Nein, sage ich euch, sondern vielmehr Entzweiung. Vater wider Sohn und Sohn wider Vater.*

Lukas' Zeilen spiegelten Judges eigene Erfahrung viel besser wider als Paulus' Zeilen im Brief an die Kolosser. Einmal bei einem Telefonat mit Bruder Orson über den 009-Anschluß, hatte Judge den Nerv gehabt, darauf hinzuweisen, daß es seiner Meinung nach einen Widerspruch zwischen den beiden Versen gab. Bruder Orson hatte den Kopf gesenkt und nachdenklich die Stirn gerunzelt, als wäre ihm die Frage bis jetzt nie in den Sinn gekommen. Dann hatte er aufgeblickt, genau in Judges Augen, und eines dieser Tunnel-zum-Himmel-Lächeln gezeigt und gesagt: *Du mußt dich fragen, Judge, wer deine wahren Eltern sind. Deine wahren Eltern sind deine Eltern in der Taufe des Evangeliums. Du hast einen Vater im Himmel und einen auf Erden und einen anderen im Wasser deiner Taufe.* Judge hätte gern mehr über seine wahren Eltern in der Taufe des Evangeliums gewußt, denn er hatte zum erstenmal von dieser Idee gehört. Aber Bruder Orson erklärte nicht immer den tiefen Sinn seiner Worte. Man mußte nehmen, was er sagte, und darüber nachdenken.

Eines war sofort klar: Paulus' ausdrücklicher Befehl, seinen Eltern in allem zu gehorchen, bezog sich auf Eltern in der Taufe des Evangeliums, nicht auf die beiden Erwachsenen, die zufällig Judges gesetzliche Eltern waren. Über sie hatte Christus in dem Gleichnis über den ungerechten Verwalter gesprochen. *Machet euch Freunde mit dem ungerechten Mammon,* sagte der Herr. Das bedeutete, daß es in Ordnung war, das Geld und die anderen Vorteile, die das Leben mit den Michaels bot, zu akzeptieren und höflich zu ihnen zu sein. Judge gab ihrem Mammon die Verehrung, die sie verlangten, ordentlicher Haarschnitt, blank geputzte Schuhe, ›danke‹ und ›Verzeihung‹, ausreichende Noten in allen Fächern, sogar wenn das bedeutete, den Lug und Trug von atheistischem Humanismus bei einer Prüfungsarbeit zu wiederholen. Er tat alles, was getan werden mußte, um mit dem System fertig zu werden.

Aber sie besaßen ihn nicht. Sie hatten vom Wein Babylons

getrunken. Sie waren Sünder, und Gott kannte ihre Laster, und ebenso waren sie Judge bekannt. Teils ahnte er sie nur, teils kannte er sie, weil er die Haupttelefonleitung im Haus angezapft hatte. Das meiste, was Judge mithörte, war nicht so interessant. William sprach am Telefon nur über Geschäftliches, manchmal über ärztliche Dinge und für gewöhnlich über Machenschaften im Zusammenhang mit seinen Immobilienprojekten rund um den Mille Lacs Lake. Wenn Judge erkannt hätte, daß diese Geschäfte das Potential in sich bargen, seinen Stiefvater in den finanziellen Ruin zu bringen, vielleicht sogar ins Gefängnis, dann hätte er diesen Dingen vielleicht mehr Aufmerksamkeit geschenkt. Er hatte sie einfach als Beweis betrachtet, daß es das übliche Geschäft mit dem Mammon war.

Viel lieber hörte er Lisas Telefonate mit, besonders, wenn sie sich darüber ausließ, daß sie ihn nicht ausstehen konnte, was eines ihrer Lieblingsthemen war. Wie soeben, als sie im Scherz gesagt hatte, er wolle sie ermorden. Diesen Gedanken hatte er tatsächlich gehabt. Er hatte sie nicht selbst töten wollen, doch er hatte sich vorgestellt, was ihr wahrscheinlich nach dem Jüngsten Gericht blühte. Bruder Orson hatte einige der Einzelheiten ziemlich plastisch geschildert. In vielerlei Hinsicht verstand Lisa ihn viel besser als seine richtige Mutter, die anscheinend der Ansicht war, daß Judge wie ein defekter Fernsehapparat war und sie nur den richtigen Knopf finden mußte, um ihn richtig einzustellen, bis er plötzlich genau wie sie war, ein abtrünniger, katholischer Weltverbesserer und Humanitätsapostel, der hirngeschädigte Rauschgiftsüchtige in Armenküchen mit miesem Essen fütterte. Bruder Orson hatte keine Verwendung für solche Leute. Am Jüngsten Tag würde Judith in denselben Feuern verbrennen, die Lisa und William verschlingen würden, und all ihre sogenannten guten Taten würden Gottes Zorn kein bißchen mildern. Die Kreuzzüge gegen Pelzmäntel, Abtreibung, das Töten von Nonnen in El Salvador, der Bau von Quarantänelagern – all das interessierte Jehova kein bißchen. Wo warst *du*, als ich Himmel und Erde erschuf? würde er sie fragen. Wer schloß das Meer mit Türen ab? Und dann würde er ihr ein Ding verpassen, daß sie in die Abfallgruben von Gehenna fiel, wo Moloch herrscht und die Feuer nicht gelöscht werden.

Bis dieser Tag kam, war Judge jedoch unter dem Daumen ihrer Ungerechtigkeit. So nahe vor dem achtzehnten Geburtstag und der Freiheit konnte Judge keinen Fluchtversuch riskieren. Wenn auch seine Kreditkarte gültig für die Reisekosten war, so würde die elektronische Fessel um seine Wade jedesmal Alarm auslösen, wenn er die unsichtbare Grenze überschritt, die von der Kommission für bedingte Haftentlassung errichtet worden war. Er würde den Alarm nicht hören, aber irgendwo in einem Sicherheitsbüro würde ein Punkt auf einem Bildschirm aufleuchten, zusammen mit seinem Namen und der Sozialversicherungsnummer, und automatisch würde ein bundesstaatlicher Bewährungshelfer Jagd auf ihn machen. Judge hatte das System zweimal auf die Probe gestellt. Beim ersten Mal war er bis zu Bruder Orsons Büro in der Innenstadt von Minneapolis gekommen, wo er zwanzig Minuten im Wartezimmer gesessen hatte, bis man ihn abgeholt und zu den Michaels zurückgebracht hatte. Beim zweiten Mal hatte er nordwärts aus der Stadt flüchten wollen und war sogar noch schneller geschnappt worden. Es war unmöglich, dem Besuch seiner Mutter und all den Predigten, die sie bestimmt halten würde, all dem psychologischen Geschwafel und dem katholischen Scheiß zu entkommen.

Es regte ihn auf.

Judge gab nicht gern zu, daß die Kräfte der Ungerechten, einschließlich die seiner Mutter, die Macht hatten, sein Blut so in Wallung zu bringen, so daß sich seine Muskeln anfühlten, als wären sie in einer Mikrowelle geröstet worden (nicht die Haut, die *Muskeln*), und er das Gefühl hatte, Greifzirkel preßten sich um seinen Schädel. Er wußte, daß es nur seine Gefühle waren, aber er spürte es, als wäre es körperlich. Damals in den schlechten alten Tagen, in der Besserungsanstalt für jugendliche Straffällige des Staats Florida in Starke, hatte er Pillen nehmen müssen, die dieses Gefühl gedämpft, aber gleichzeitig sein Denkvermögen getrübt hatten. Seither klagte er nie über das Gefühl, zu verbrennen, wenn es sich einstellte, damit er das Medikament nicht zu nehmen brauchte.

Statt dessen wählte er wie jetzt Bruder Orsons Nummer 009.

Und Bruder Orson würde erscheinen – da erschien er schon

– und er hob den Blick, bis er Judge in die Augen sah, und seine Lippen verzogen sich zu einem leichten Lächeln des Wiedererkennens.

Aber das ist ja mein alter Freund Judge. Guten Tag, Judge. Willkommen in den Armen Jesu.

»Guten Tag, Bruder Orson«, erwiderte Judge.

Er dachte nicht einmal daran, seinen Gruß auf dem Keyboard des Computers einzugeben, er war so kaputt. Aber das war Bruder Orson anscheinend gleichgültig, denn er furchte die Stirn, als spüre er Judges unausgesprochene Pein. Er neigte sich in seinem hochlehnigen Sessel vor, und ein Lichtstrahl fiel auf sein silbriggoldenes Haar, blendete einen Moment und schwächte sich ab zu einem Schimmer.

»Ich denke, ich weiß, was dir zu schaffen macht, Judge. Es sind die Lügen, die über uns in den Medien verbreitet werden – Lügen, Zweifel, Verdrehungen, denen wir nicht entkommen können. Die Ungläubigen sagen, daß es mich nicht gibt, daß ich nur ein vom Computer erzeugtes Bild bin. Wenn ich mit dir rede, ist es ihrer Ansicht nach einfach der Text eines Manuskripts, das von einem ganzen Stab bezahlter Autoren geschrieben wurde. Wenn ich auf deine Fragen antworte, kommen die Antworten nach Meinung dieser Ungläubigen aus einem Computer, der programmiert wurde, um auf alles passende Weisheiten von sich zu geben. Sie sagen, Bruder Orson ist einfach ein neuer Typ von Weihnachtsmann, eine Erfindung, ein Märchen, eine Menge Blödsinn. Und weißt du, was sie sonst noch sagen würden, wenn sie es wagten, Judge? Sie würden das gleiche über Jesus Christus und Gott den Allmächtigen sagen. Sie würden sagen, daß es keinen Teufel gibt, daß er nur ein Aberglaube aus dem Mittelalter ist, mach dir also keine Sorge, geh und laß es dir gutgehen. Es gibt keinen Teufel, keine Hölle, in der Sünder für ihre Sünden bezahlen. Es wurden uns keine zehn Gebote herabgereicht, und die Bibel ist nur ein Buch wie die Bücher, die du in der Schule lesen mußtest, zum Beispiel Huckleberry Finn *oder* The Catcher in the Rye. *Du mußtest diese beiden Bücher lesen, nicht wahr?«*

Judge nickte. Er erinnerte sich nicht, sich bei Bruder Orson jemals über die profane humanistische Gehirnwäsche beschwert zu haben, die ihm in der Schule zuteil geworden war, und er hatte gewiß nicht diese beiden Bücher im besonderen erwähnt. Bruder Orson hatte es gewußt, ohne es von ihm gehört zu haben; es war nichts Ungewöhnliches bei ihm.

»Nun, verfluche sie, das ist alles, was ich sagen kann. Verfluche sie. Denn es gibt die Hölle, und es sind Teufel darin, die darauf warten, Bekanntschaft mit diesen Ungläubigen zu machen. Einer dieser Teufel blickt auf einen Sünder, und dieser beginnt innerlich zu verbrennen, als wäre er eine Zigarette, die von dem Teufel angezündet wurde.«

»Bruder Orson«, sagte Judge, ohne sich darüber klarzuwerden, daß er ihn unterbrach. »*Ich* verbrenne innerlich. Deshalb habe ich dich angerufen.«

»Judge«, sagte Bruder Orson, *»glaubst du an mich?«*

Die Frage stand scheinbar nicht in Zusammenhang mit dem, was Judge soeben gesagt hatte, aber die Verbindung war in Bruder Orsons Augen zu sehen.

»Jawohl, Sir. Ganz und gar.«

»Ganz und gar«, wiederholte Bruder Orson, obwohl Judge die Wörter nicht auf dem Keyboard getippt hatte. *»Ich weiß das, Judge. Und jetzt werde ich ein Geheimnis enthüllen. Ich möchte, daß du hinten am Computer zur Einschalttaste greifst.«*

Judge lehnte sich vor und legte den Finger auf die Einschalttaste des Computers.

»Ja, Bruder Orson, ich habe es getan.«

»Dann schalte den Computer ab. Und ich werde immer noch bei dir sein.«

Ohne zu zögern, entschlossen wie ein Schwimmer, der von einem vertrauten Sprungbrett springt, schaltete Judge den Computer aus. Das Bild auf dem Bildschirm schien einen anderen Farbton anzunehmen, als wäre ein Schatten über Bruder Orsons Gesicht hinweggehuscht, aber als der Schatten vorübergezogen war, sah Judge Bruder Orsons Gesicht immer noch dort, hell und strahlend wie das eines Engels. Sogar seine Kleidung war wie die eines Engels, eine Art kurzes weißes Kleid, wie bei Marmorstatuen in Museen.

Sofort, binnen eines Augenzwinkerns, war das Gefühl des innerlichen Verbrennens aus Judges Körper verschwunden.

Sein Verstand war plötzlich kristallklar. Es war ihm nicht klargewesen, wie getrübt und gestört er zuvor gewesen war, wie man sich daran gewöhnt, eine schmutzige Brille zu tragen.

Bruder Orson lächelte, und diesmal erkannte Judge das Geheimnis, das Bruder Orsons Lippen anscheinend immer angedeutet hatten. Bruder Orson hatte die Gestalt der Unvergänglichkeit angenommen. Deshalb mußte er auf Fernsehbildschirmen erscheinen, als wäre er von einem Trickfilmzeichner gezeichnet worden. Er war keine körperliche Person mehr. Es war, wie Paulus geschrieben hatte: *Wir sind aber guten Mutes und möchten lieber ausheimisch von dem Leibe und einheimisch bei dem Herrn sein.*

Und Judge *war* einheimisch bei dem Herrn, hier in seinem Zimmer in der Vorstadt, dem Zimmer mit seinen Regalen und Schränken voller Plunder, Kleidung für seinen sterblichen Leib. Selbst die Wände um ihn waren durch der Sünde Sold errichtet, der der Tod ist. Aber wenn dieser vergängliche Leib unvergänglich gemacht werden soll, wie bei Bruder Orson, dann ist der Tod verschlungen in einen Sieg, und das alte Gesetz war besiegt und ein neues Gesetz verkündet. Das war die Prophezeiung von Paulus. Und jetzt hatte sich die Prophezeiung erfüllt.

Judge, der sich in jungen Jahren geweigert hatte, beim Klingeln der Glöckchen niederzuknien, wenn er mit seiner Mutter in der Kirche gewesen war, kniete sich jetzt auf den beigefarbenen Teppich.

Wortlos streckte Bruder Orson die Hand aus. Ehrerbietig küßte Judge sie.

Er spürte, daß sich sein Leib veränderte. Flammen stiegen aus dem Teppich und dem weißen Kunststoff des Schreibtisches, aber sie waren nicht heiß und schmerzten nicht. Das Zimmer wurde unerträglich hell, als wäre die Luft mit Gasen gefüllt, die in einer Neonlampe fluoreszierten.

Dann explodierte die Neonlampe.

65

Während der zweieinhalb Jahre, die Ben Winckelmeyer von seiner fünfjährigen Freiheitsstrafe abgesessen hatte, hatte er eine Faszination für das Buch Hiob entwickelt. Das war zum Teil darauf zurückzuführen, daß sein Lesestoff durch die Launen des Gefängnisdirektors oftmals auf die Bibel beschränkt gewesen war, aber mehr noch darauf, daß Ben wirklich Hiobs Empörung und Verwirrung teilte. Je öfter er die Story las, desto phantastischer kam sie ihm vor, besonders die Passage, in der Gott sich selbst beglückwünscht, nachdem er Hiob als Achtundneunzig-Pfund-Schwächling verspottete, nachdem er seine Lektion in Naturgeschichte über Geier, Strauße und Wale gegeben hatte und zu dem Krokodil kam. Gott hatte gesagt: »Sieh doch das Krokodil, das ich mit dir gemacht habe; es frißt Gras wie das Rind. Sieh doch, seine Kraft ist in seinen Lenden, und seine Stärke in den Muskeln seines Bauches!« Zwei Seiten lang in kleiner Schrift fährt Gott fort über die Sehnen des Krokodils, seine dicke Haut, seine schrecklichen Zähne, gegen die Waffen nutzlos sind, und wie selbst sein Schnauben bewundernswert ist. Gott rückt nicht gleich damit heraus und macht nicht den Vergleich, aber es war für Ben klar, daß Gott das Krokodil als Symbol für seine eigene schreckliche Macht vorschlug, dem der nicht krokodilartige Teil der Schöpfung unbedingten Gehorsam erweisen muß. Was Hiob tut und in Staub und Asche bereut, woraufhin eine ziemlich unmögliche Wiederherstellung des vorherigen Status erfolgt, wie um zu sagen, daß niemand jemals wirklich zu leiden hat, es ist nur eine Phase, die man durchmacht. Laß einfach den Kopf nicht hängen, zeige den Krokodilen angemessene Ehrerbietung, und alles wird gut sein.

Was konnte sich Gott oder der Verfasser des Buches Hiob dabei gedacht haben, als er ein so langes Loblied auf das Krokodil schrieb? Für Ben war es gleichbedeutend mit einem Befehl Stalins, in jeder Gefängniszelle in Rußland sein Porträt aufzuhängen. Was haben Krokodile mit Gerechtigkeit zu tun? Jesus! Es war nicht so, daß Ben eine andere Meinung als Gott hatte. Er stimmte ihm zu, daß Gerechtigkeit nichts einbrachte und daß man am wahrscheinlichsten für seine Verluste entschädigt wurde, indem man dem Krokodil den Arsch der ernannten Autorität küßt. Und so wie Hiob hatte Ben das gemacht, indem er den schlauen Rat seines alten Freundes Dan Turnage befolgt hatte und unter der Schirmherrschaft der rechtsstehenden evangelischen Vereinigung wiedergeboren wurde, für die Turnage Zuhälter gespielt hatte, seit die American Tobacco Alliance Pleite gemacht hatte. Ben wurde ein musterhafter Pharisäer und wurde vorzeitig aus der Haft entlassen, wie Turnage es vorausgesagt hatte.

Auch nach seiner Entlassung blieb Ben ein aktives Mitglied der Son of Man Foundation, denn er hatte die geheime Weisheit des Buchs Hiob entdeckt, daß es toll und profitabel war, für Krokodile zu arbeiten. Er stellte fest, daß er das Talent hatte, die Art Blödsinn zu erfinden, die Leute als ihren Glauben heucheln konnten, um das Gefühl zu haben, daß *sie* auf der Seite des Krokodils waren. Er wurde ein Deuter der Schöpfungsgeschichte und ein begeisterter Anhänger von Pat Robertson, und als privaten Scherz zwischen sich und dem Allmächtigen trug er Izod-Hemden.

Unterdessen hatte er wie Hiob seinen Besitz wiederbekommen und ihn verdoppelt. Der Markt war freundlich zu den meisten Investoren, aber für Bens Stiefsohn im Teenageralter war der Markt ein wahrer Glücksbringer. Während der Zeit, in der Ben im Gefängnis gewesen war, hatte der Junge ein kleines Vermögen mit Aktien gemacht. Sein erster und unerwarteter Spekulationsgewinn kam durch National Biodynamic Labs (NBL), ein privates, profitorientiertes Forschungskrankenhaus, das eine experimentelle Krebsbehandlung anbot, die die Benutzung monoklonierter Antikörper einschloß. Die Technologie war erst im Jahre 1975 aufgekommen, und das Verfahren war zeitraubend, unglaublich teuer und praktisch unerprobt. NBL verkörperte buchstäblich eine verzweifelte Hoffnung. Vorsichtige Kapitalanleger waren natürlich vor den Aktien zurückgeschreckt, bis die ersten Testergebnisse veröffentlicht wurden und eine beeindruckende Zahl von Fällen zeigte, bei denen die Krankheit vorübergehend abgeklungen war. Dann begann der Goldrausch, und William Michaels ursprüngliche Anlage von fünfundneunzigtausend Dollar (die Versicherungssumme, die er nach dem Tod seines Vaters erhalten hatte und nach freiem Ermessen hatte anlegen dürfen) war zu fast einer Million gewachsen.

Ben hatte staunend zugeschaut, als der Junge mit untrüglichem Instinkt von Aktie auf Aktie umgestiegen war und stets Aktien von Gesellschaften wie NBL in genau dem Moment gekauft hatte, in dem es mit ihnen steil nach oben ging. Nach Williams dritten großen Gewinn hatte Ben, gerade aus dem Gefängnis und mit der Unbekümmertheit eines Mannes, der bewußt die Freiheit genießt, sein Glück in Williams Hände gelegt. Es war, als hänge er sich am Roulettisch an einen Gewinner an, abgesehen davon, daß Williams Erfolge zu konstant waren, um sie auf Glück zurückzuführen. Wenn Williams Profite das Ergebnis von Zusammenlegungen von Aktien und Übernahmen waren, hätte man annehmen können, daß er die Datenbank irgendeines Insiders angezapft hatte, aber das konnte nicht der Fall sein. Williams Talent hatte nichts mit dem Aktienmarkt zu tun und alles mit Medizin. Er schien den Instinkt eines Wünschelrutengängers zu haben, schon bevor er selbst Forscher wurde, und schon an dem groben Umriß eines medizinischen Experiments zu erkennen, ob es Erfolg haben oder scheitern würde. Nach einer Weile nahm Ben Williams Gaben einfach als ein Gottesgeschenk hin und stellte sie ebensowenig in Frage wie das Leiden und den Tod, die sozusagen der fruchtbare Boden waren, aus dem diese Profite sprießten.

Nachdem sich Ben so viele Jahre in Diensten der American Tobacco Alliance abgerackert hatte, war es nicht schwer für ihn, seine Neugier hinsichtlich der Quelle seines Einkommens zu beschränken. Im Grunde nahm er an, daß alles Geld von Krokodilen kam.

»Erinnerst du dich an einen Karikaturisten namens Saul Steinberg?« fragte er William, der im Fond hinter dem Chauffeur saß und den Verkehr beobachtete, als lenke er den Wagen selbst.

»Da war ein Finanzier namens Saul Steinberg. Ich las vor zehn, zwölf Jahren einen Artikel über ihn in *Fortune.*«

»Es gab einen Karikaturisten gleichen Namens. Er war oft im *New Yorker.*«

»Ich erinnere mich an *The New Yorker.* Aber was ist mit ihm?«

»Er zeichnete Szenen mit Highways voller Wagen, die wie Krokodile aussahen. Ich kam nie hinter die Pointe. Erst jetzt wurde mir klar, was er meinte.«

»Und was ist die Pointe?«

»Seine Knochen sind Röhren von Erz, seine Gebeine Barren von Eisen. Gott hat ihm sein Schwert beschafft. Lege deine Hand an ihn – gedenke des Kampfes, tue es nicht wieder!« Das ist Jehovas Ansicht von Krokodilen, und es paßt perfekt auf Autos, wenn man den Highway als eine Art Fluß betrachtet. Die Art, wie jeder Autos als unvermeidliche Notwendigkeit *akzeptiert* und sie sogar bewundert. Das ist genau die Art wie Gott Hiob gebot, über Krokodile zu denken. Steinberg war wirklich brillant.«

»Ich dachte, du bist gegen Autos«, sagte William und forderte Ben mit einem Seitenblick auf, jenes Streitgespräch wiederaufzunehmen, das sie fast zwei Jahrzehnte lang geführt hatten: Die Macht der Technologie und ihre Folgen.

»Aber das ist es genau. Man *kann* nicht gegen Autos sein, ebensowenig wie gegen Krokodile. Hier sind wir, seit einem Jahrzehnt haben wir genaue Hinweise auf das Ozonloch, der Treibhauseffekt ist Realität geworden, und die Autos sind immer noch auf den Straßen und pumpen noch mehr Schadstoffe in die Atmosphäre. ›Aus seinen Nüstern fährt Rauch wie aus einem siedenden Topf und Kessel.‹«

»Das ist wieder das Krokodil aus dem Buch Hiob, nehme ich an.«

Ben nickte. »Wenn man darüber nachdenkt, war es der letzte überlebende Verwandte des Dinosauriers. So ist es in gewisser Hinsicht das Auto, das zuletzt lacht. Es ist weiterentwickelt worden zum absoluten molekularen Minimum, aber es hat nicht gegen die Säugetiere aufgegeben.«

Der Rolls-Royce fuhr aus keinem ersichtlichen Grund langsamer, und William fragte den Chauffeur über die Sprechanlage, was das Problem war. Der Chauffeur nahm an, daß es eine Straßensperre des öffentlichen Gesundheitsdienstes war. William flüsterte: »Scheiße.«

Ben schenkte sich ein zweites Glas Wein ein und hob mit einem fragenden Blick zu William die Flasche an. William nickte zustimmend.

Draußen, bei 35 Grad Celsius, staute sich der Verkehr zu völligem Stillstand. Ein blondes Mädchen im Teenageralter, das allein auf einer Honda saß, begann ihr Haar zu kämmen. Sie benutzte die Fensterscheibe des Rolls, durch die Ben schaute, als Spiegel. Sie wirkte wie eine Allegorie von Jugend, ihre natürliche, naive Annahme, daß die ganze Welt ihre eigenen Werte widerspiegelt. Es kam ihr nicht in den Sinn, daß da vielleicht jemand hinter ihrem Spiegel war und sie musterte. In Bens eigener Jugendzeit hatte das ganze Land so gewirkt. Er erinnerte sich noch an die Musik, jedoch nicht an den genauen Text von der wunderschönen Werbung aus den siebziger Jahren über den Wunsch, der ganzen Welt eine Coke zu geben. Und warum nicht? Es war eine realisierbare Hoffnung. Sollten sie Coke trinken!

»Was ist so lustig?« fragte William bedrückt, als Ben leise lachte.

»Ich dachte an Marie Antoinette.«

»Guillotinen belustigen dich?«

»Es wird keine Guillotine für uns geben. Wenn Senator Burton seinen Stunk vor zwei Jahren gemacht hätte, als das Projekt vorgeschlagen wurde, wären wir vielleicht in Schwierigkeiten. Jetzt sind einfach zu viele andere daran beteiligt. Wir haben volle bürokratische Trägheit erreicht, wir sind nicht mehr zu stoppen. Das ist der Vorteil, wenn man eine Institution geworden ist.«

Ben wurde es erspart, sich dazu zu äußern, denn am Fenster des Chauffeurs tauchte ein Beamter des öffentlichen Gesundheitsdienstes in einer weißbraunen Uniform auf. Er erklärte, daß die Gesundheitsbehörde eine Stichprobenkontrolle durchführte und daß sich die Passagiere jedes siebten Wagens einer Blutuntersuchung unterziehen mußten. Der Chauffeur versuchte zu erklären, daß solche Vorschriften nicht für Dr. Williams Michaels galten. Der Beamte jedoch blieb eisern.

William klopfte ans Fenster und wies den Fahrer an, sich in das Unvermeidliche zu schicken.

Der Beamte des öffentlichen Gesundheitsdienstes winkte den Wagen nach rechts, und der Rolls nahm seinen Platz am Ende der Schlange ein, gleich hinter der Honda mit dem blonden Mädchen. Der große, lange Kastenwagen, in dem die Blutproben entnommen wurden, stand ungefähr fünfzig Meter entfernt. Einer der Wagen in der Schlange war ein Schulbus voller Kinder.

»Das wird mindestens eine Stunde dauern«, bemerkte Ben.

William seufzte philosophisch. »Ich kann mich nicht beklagen. Ich war in dem Ausschuß, der die Richtlinien für solche Operationen aufstellte. Je mehr Löcher man im Netz zuläßt, desto weniger wirksam ist das Netz, das ist doch wohl klar.«

»Wir haben immerhin eine Klimaanlage. Wenn Judith bei uns wäre, würde sie uns bitten, sie wegen der Ozonschicht auszuschalten.«

»Es ist zu spät, um sich wegen der Ozonschicht zu sorgen.«

Ben setzte noch einen drauf: »Es ist zu spät, um sich wegen der Atmosphäre zu sorgen.«

»Oder um die Regenwälder«, fügte William hinzu.

»Oder um die Wale.«

»Ganz zu schweigen von ein paar hundert Arten im Wasser lebender pflanzlicher Organismen.«

»Hast du auch Berichte über das Sterben des Phytoplankton gelesen? Das ist das Schaurigste überhaupt, wenn es stimmt. Die Hälfte der bekannten Spezies von Algen in der Antarktis stirbt ab – die Hälfte!«

»Das ist eine sehr pessimistische Betrachtungsweise. Ein Optimist würde sagen, daß die Hälfte überlebt hat.«

Ben lachte und hob die Flasche an. »Dein Glas ist halbleer. Aber jetzt –«, er schenkte ein, »– ist es voll.«

Ben lehnte sich zurück und betrachtete das verdorrte Gras am Straßenrand, als wäre es symbolisch für ihr Gesprächsthema. Was gut möglich war: Der Maisgürtel war im Begriff, eine Ausdehnung des Ödlands zu werden. Die Bodenkrume trocknete in den trockenen Sommern aus und wurde von Stürmen weggeblasen, die langsam das Erdreich vom Felsboden wegtrugen. Der Weltuntergang nahte, wie sein verrückter Enkel stets sagte.

»Du mußt das von der heiteren Seite betrachten«, sagte William in gleichmütigem Tonfall.

»Richtig«, stimmte Ben zu. »Wo ist die heitere Seite?«

»In gewisser Hinsicht sind wir jetzt mittendrin, während wir in dieser Schlange waren. Was ist das wesentliche Problem? Es ist die Überbevölkerung. Es sind Menschen, Billionen Leute, die Kohle und Gas und Wälder verbrennen, zu viele Leute. Die einzige langfristige Lösung des gesamten Problems ist eine Reduzierung der Bevölkerung auf den Stand von ungefähr vor hundert Jahren, um die Hundert-Millionengrenze.«

»O Gott, noch ein Ökologe. Verschone mich.«

»Nein, nicht im politischen Sinn. Keine Gesellschaft wird jemals überzeugt werden können, die Bevölkerungszahl auf die Hälfte oder ein Viertel des derzeitigen Standes zu beschneiden. Aber ARVIDS ist möglicherweise der malthusische Stabilisator.«

»Es sei denn, ein Heilmittel wird gefunden – Dr. Michaels.«

»Das meinte ich mit möglicherweise.«

»Heißt das, daß du *für* die Seuche bist? Wenn ja, sprich bitte nie über das Thema vor einer Fernsehkamera. Wir können Senator Burton überleben, so etwas jedoch nicht.«

William zuckte die Achseln. »Jeder Arzt hat eine Art berechtigtes Interesse an Krankheiten, wie ein Dentist durch Zahnverfall reich wird.«

»Weiß du, es gibt einige Leute, einschließlich des Gurus meines Enkels, Bruder Orson, die denken, daß ARVIDS von genetischen Wissenschaftlern aus genau diesen Gründen maßgeschneidert wurde, daß die Regierung vor zehn Jahren ihr eigenes Programm zur Bevölkerungskontrolle eingeführt hat.«

»Das sind Leute, die das gleiche über Aids dachten«, sagte William. »Und mit Aids wäre das eigentlich eher denkbar gewesen, da die Leute, die solch eine Politik in Kraft setzen, sich nicht selbst in Gefahr bringen würden. ARVIDS hingegen beschränkt sich nicht auf begrenzte gesellschaftliche Klassen. ARVIDS ist so demokratisch wie der Schwarze Tod. Es bedarf schon einer fanatischen Führung, eine solche Epidemie loszulassen, die sie genauso töten kann wie jeden sonst. Nein, wenn ARVIDS von jemandem eingefädelt wurde, dann muß dieser Jemand einer gewesen sein, der die menschliche Rasse auf dem Kieker hat und zugrunde richten will. Jemand wie Gott, nehme ich an.«

»Was uns zum Anfang unseres Gesprächs zurückbringt, zum Buch des Hiob. Oder wie ich lernte, mir keine Sorgen mehr zu machen und statt dessen meine Liebe zu entdecken für . . .« Ben verstummte und wartete darauf, ob William den Ball zurückschlagen würde.

». . . das Krokodil.«

»Genau«, sagte Ben.

In diesem Augenblick fiel ein Schuß. Ben blickte auf und sah, wie das blonde Mädchen, das er zuvor auf der Honda gesehen hatte, vor den Rolls rannte. Ein zweiter Schuß krachte, und die Kugel zerschmetterte die Windschutzscheibe der Limousine und das Fenster auf der Beifahrerseite. Der Chauffeur begann zu stöhnen. Ben duckte sich hinter die Bar. Ein dritter und vierter Schuß peitschten, dann ein Knall, und der Wagen bebte. Ben spähte über den vorderen Sitz, um zu sehen, was passiert war. Der Beamte des öffentlichen Gesundheitsdienstes, der sie hatte ausscheren lassen, war auf die Haube des Rolls-Royce gesprungen und zielte auf das Mädchen, das davonrannte. Sein fünfter Schuß krachte. Das Mädchen brach im gelben Gras neben der Straße zusammen.

Der Chauffeur stöhnte weiterhin.

66

Sergeant Janet Beale schaute mit einem vertrauten Gefühl von Befriedigung und Furcht auf den Bewußtlosen. Befriedigung, weil sie ihn flachgelegt hatte. Furcht hatte sie jedesmal, wenn sie in Ausübung des Dienstes jemanden außer Gefecht setzen mußte, den man zu einer Untersuchung aufforderte, und eine Untersuchung konnte immer schiefgehen. Dieser Typ hatte behauptet, er sei Arzt, und er war mit einer teuren Limousine gefahren, vielleicht stimmte das. Wer außer einem Arzt würde sich besonders anstrengen und sich für jemanden engagieren, der bei einem Fluchtversuch bei einem Kontrollpunkt des Gesundheitsdienstes niedergeschossen wurde. Ärzte hatten einen Komplex, der sie in Schwierigkeiten brachte, wenn sie dann feststellten, *daß* sie in Schwierigkeiten waren, war es stets die gleiche Geschichte: »Ich bin Arzt, Sie können mich nicht festnehmen, ich befolgte meinen hippokratischen Eid.« Nun, über den konnten sie nach Sergeant Beales Meinung auf dem ganzen Weg von der Auswertung der Blutuntersuchung über die Festnahme bis zum Abtransport in eines der Lager nachdenken. Ärzte konnten so schnell wie jeder andere an ARVIDS erkranken, und *dieser* Arzt hatte Blut von dem Mädchen an den Händen, das erschossen worden war, so daß die Möglichkeit einer Ansteckung bestand. Dummbeutel!

Um die Dinge noch zu verschlimmern, war das Arschloch in Panik geraten, als es gesehen hatte, daß der Chauffeur und der andere Passagier aus seiner Limousine in einem Streifenwagen fortgebracht wurden. Er hatte Sergeant Beale angebrüllt und versucht, sie von der Tür der Baracke wegzuschieben, und als er den Befehl, das zu unterlassen, nicht befolgt hatte, war sie gezwungen gewesen, ihn in den Würgegriff zu nehmen und ihn flachzulegen.

Dies war nicht das erste Mal, daß Sergeant Beale eine mögliche Anklage riskiert hatte. Zum Glück hatte es keine Zeugen gegeben. Der Zwischenfall hatte in dem Arrestschuppen stattgefunden, während der Typ auf das Ergebnis der Blutuntersuchung gewartet hatte. Es mußte ihm klargewesen sein, daß er festgenommen wurde, denn er hatte jede Menge Blut von dem Mädchen abbekommen. Und das hatte ARVIDS gehabt! Der Typ war nur selbst an seiner üblen Lage schuld, und Sergeant Beale sah keinen Grund, weshalb sie sich darüber aufregen sollte.

Sie mußte jetzt einfach das Problem auf bürokratischem Wege so weit wie möglich von sich fortschieben. Sie fing mit der Identifizierung der Person an.

Sie durchsuchte die Taschen des Bewußtlosen und stellte

erfreut fest, daß William Michaels (das war der Name auf all seinen Kreditkarten) nicht nur auf Kredit lebte. Sie nahm fünf der sechs Hundertdollarscheine und steckte den sechsten Schein für Larry ein, der den Fleischtransporter fuhr. Dann warf sie die Brieftasche und Papiere in die Pyrolyse-Anlage, wo sie durch Hitze zersetzt wurden. Sie machte sich nicht die Mühe, die Armbanduhr zu nehmen, obwohl es eine teure war. Ebensowenig nahm sie einen Ring und einen wertvollen Füllfederhalter. Es machte mehr Mühe, solches Zeug zu verhökern, als es die Sache wert war. Wenn auch die Experten sagten, solche Dinge waren nicht ansteckend, hatten Hehler an Schmucksachen aus zweiter Hand so wenig Interesse wie an alter Unterwäsche.

Dann der Papierkram. Sie notierte einfach M. Williams statt W. Michaels – solch ein Fehler kann schließlich jedem mal unterlaufen. Sie drückte den umgekehrten Namen auf ein gelb-schwarzes Band und befestigte es an seinem Handgelenk. Den Mann würde Larry als ersten beim Como Hospital abliefern. Mit einem gelb-schwarzen Band ums Handgelenk und ohne Anweisung zum Gegenteil in dem Umschlag an der Bahre würde es nur ein natürlicher Fehler sein, ihn im Como statt im E-&-D-Lager zu lassen, wo es stets Humanitätsapostel (die sogenannten Ombudsleute) gab, die herumgingen und Unannehmlichkeiten machten. Im Como würde der Fall bearbeitet werden wie jeder andere. Ins Register trug Sergeant Beale jedoch ein, daß M. Williams zum E-&-D-Lager geschickt wurde, und sie benutzte Private Cullens Schlüssel und Kodenummer, um die Eintragung zu machen, denn Cullen hatte ihr beides bequemerweise zur Verfügung gelassen, als er nach der Tötung des Mädchens unter Schock gestanden hatte; es war die erste Erfahrung dieser Art im Dienst gewesen. Selbst wenn es Auswirkungen haben sollte, weil der Typ im Como abgeliefert wurde, dann würde man dem Fahrer die Schuld geben, nicht Cullen und schon gar nicht ihr.

Larry traf mit dem Fleischtransporter um achtzehn Uhr dreißig ein. Sergeant Beale half die Leiche des Mädchens in dem schwarzen Plastiksack in den Transporter zu laden, der einst der Wagen einer Fernspedition gewesen war. Dann schleppten sie ›M. Williams‹, der auf eine Bahre geschnallt war, in den Transporter und brachten die Bahre zwischen den anderen unter.

Sieben andere Bahren waren gefüllt, ein paar mit offenkundig symptomatischen Fällen.

»Viel zu tun heute?« fragte Sergeant Beale, als sie aus dem Transporter heraus waren und den schwarzen Plastikmundschutz ablegten, den sie tragen mußten, wenn sie mit Fleisch umgingen.

»Hm-hm. Mußte heute morgen eine Ladung von einer Schule abholen. Kinder sind immer eine Plage. Man kann nicht allen Beruhigungsmittel verpassen, und so muß man das Gebrüll ertragen.«

»Wenn du noch ein paar Spritzen übrig hast, wäre es gut, diesem Blödmann noch eine Dosis zu verpassen. Er machte uns die Hölle heiß, als wir ihn schnappten.«

»Werde ich machen.«

»Gute Fahrt.«

Als Larry fort war, schenkte sich Sergeant Beale Kaffee ein und drehte den Hals fünfmal im Uhrzeigersinn und dann zurück, damit sich die Verspannung löste. Dann wählte sie die Nummer, die auf der Visitenkarte stand, die sie dem Mann aus der Tasche genommen hatte, denn das Telefonbuch wurde als erstes überprüft, wenn es Nachforschungen gab.

Sie hatte Glück, nach dem vierten Klingeln schaltete sich ein Anrufbeantworter an. Eine Stimme bestätigte, daß sie die Nummer erreicht hatte, die sie gewählt hatte, und forderte sie auf, eine Nachricht zu hinterlassen. Als der Piepton ertönte, hielt sie den Telefonhörer an den Lautsprecher, aus dem die funktionelle Musik, die psychologisch gezielte Klangberieselung, ertönte. Der Anrufbeantworter des Arztes nahm eine Minute lang fröhliche Polkamusik auf.

Der Rest der Arbeit war Routine. Saubermachen, Ausziehen der Schutzkleidung unter der Uniform, abschließen. Sergeant Beale hielt sich im allgemeinen an die vorgeschriebene Prozedur, da sie dazu diente, sie vor einer Ansteckung zu schützen. Sie war jedoch keine so große Vorschriften-Fanatikerin, daß sie den Gewinn des Tages, die fünfhundert Dollar, in die Pyrolyse-anlage getan hätte. Keiner ihrer Kolleginnen und Kollegen, die sie gekannt hatte, waren im Einhalten der Vorschriften so peinlich genau gewesen.

Um neunzehn Uhr hatte sie Feierabend, und um zwanzig Uhr war sie mit einem Brathähnchen und den Beilagen aus einem Imbiß zu Hause. Sie tischte das Hähnchen, Pommes frites und Krautsalat auf und gesellte sich dann zu den Kindern, die vor dem Fernseher hockten. Sie ließ die Kinder ›Star Trek‹ bis zum Ende sehen, doch dann bestand sie darauf, auf den religiösen Kanal umzuschalten und dieses Programm anzuschauen. Sergeant Beale war nicht besonders religiös, aber sie glaubte, daß Religion etwas war, das Kinder brauchten wie die Muttermilch.

Nach ein paar Brandy als Schlaftrunk ging sie gegen elf Uhr zu Bett.

Als am nächsten Morgen die Kinder, alarmiert vom unablässigen Klingeln ihres Weckers, in ihr Schlafzimmer liefen, fanden sie ihre Mutter im zerwühlten Bett auf dem Rücken liegend vor. Sie starrte durch Tränen, die aus ihren Augenwinkeln liefen und auf die Zöpfe tropften, zur Zimmerdecke. Sie bewegte sich nicht und nahm anscheinend nichts von dem wahr, was die Kinder sagten. Später würde ihnen der Sozialarbeiter erklären, daß sie sich nicht bewegen konnte, weil sie mitten in der Nacht einen Schlaganfall erlitten hatte. Aber er versicherte ihnen, daß es kein ARVIDS war, und das war eine große Erleichterung, denn sie hatten immer befürchtet, daß ihre Mutter wegen ihres Jobs vielleicht von der Seuche heimgesucht wurde und sie alle zum Messegelände geschickt werden würden, um in Quarantäne zu leben und dann zu sterben.

67

Da saß ein Kind auf der Treppe von Medical Defense Systems, ein Junge, und er spielte mit einer batteriebetriebenen Schildkröte, ließ sie Nüsse auf den Bürgersteig spucken, ein wenig zurückweichen, wartete darauf, daß Eichhörnchen von den

Nüssen angelockt wurden, und wenn sie es versuchten, ließ er die Schildkröte mit Höchstgeschwindigkeit angreifen. Auf dem Bürgersteig war die Schildkröte fast so schnell wie die Eichhörnchen, doch im Gras kam sie nur langsam voran, so daß die Eichhörnchen schließlich alle Nüsse bekamen, die von der Schildkröte ausgespuckt wurden.

Der Junge trug unvorsichtigerweise ein T-Shirt, wie es vor einem Jahrzehnt modern gewesen war, doch die Haut, die unbedeckt der Sonne ausgesetzt war, hatte die cremige, geschützte Blässe eines Kindes des gegenwärtigen Fin de siècle.

Der Junge schaute zu William auf, und seine Augen waren so schwarz und sein Blick war so angespannt wie bei den Eichhörnchen, mit denen er sein Spiel trieb.

»Hallo, Dr. Michaels. Was machst du so früh hier?«

William wußte, daß er den Jungen von irgendwoher kannte, aber es fiel ihm nicht ein, woher.

Der Junge lächelte boshaft und biß sich auf die Zungenspitze. Seine Lippen waren unnatürlich rot wie das kirschrote Färbemittel Nummer zwei.

»Hast du meinen Namen vergessen?«

William mußte es zugeben.

»Das ist schon in Ordnung. Er wird dir schon einfallen.« Er betätigte den Auswerfer der Schildkröte, und diesmal spie sie keine Nuß aus, sondern ein zollanges braunes Stück Kot. Dann hob die Schildkröte langsam den Kopf, um Williams Reaktion zu sehen.

William lächelte auf die Art, mit der er auf ähnlich lustige Streiche seiner Söhne reagierte, scheinbar nachsichtig, doch in Wirklichkeit so wenig belustigt, als hätte er Videokassetten von ›Pee-wee's Playhouse‹ und den ›Muppet Babies‹ gesehen, die Jason und Henry immer wieder abspielten, bis William das Timing jeder Bauchlandung, jeder Explosion und jedes eingespielten Gelächters auswendig konnte. Kinder können schreckliche Langweiler sein, sogar die aufgewecktesten, selbst seine eigenen. Die einzige Lösung des Problems, wie für die meisten, bestand darin, es zu ignorieren. Sollten Kinder ihr eigenes Leben in Nannyland leben. Lisa war einverstanden.

Unterdessen weigerte sich *dieses* Problem, ignoriert zu werden. Die Schildkröte grinste William hartnäckig an, ihr lippenloser Mund sah wie ein kleines Gartenwerkzeug aus, wie ein Heckenschneider oder eine Baumschere. Ihr Hals glitt aus dem Rückenpanzer fast zu Schwanenhalslänge heraus, bis William erkannte, daß es überhaupt kein Schildkrötenhals, sondern eine große, schwarze, wurmartige Schlange war.

»Erinnerst du dich nicht an den Fäulnisbringer?«

»Ja, natürlich. Dann bist du . . .« William war verwirrt.

»Als die Weisen schließlich in Bethlehem eintrafen, was machten sie da?«

William ignorierte die Frage als rhetorisch und sagte verwundert: »Die anderen Male, an denen ich dich sah, warst du ein Erwachsener.«

»Götter haben jedes Alter, das sie haben wollen. Jesus, zum Beispiel. An Weihnachten ist er ein Baby. Ein paar Monate später ist er ein toter Erwachsener. Ich denke, es muß etwas bedeuten, aber um ehrlich zu sein, Dr. Michaels, ich bin nicht hergekommen, um über Hermeneutik zu sprechen, über die Kunst der Auslegung der Schriften, besonders der Bibel.« Er neigte den Kopf zur Seite und lächelte auf die gleiche boshafte Art wie zuvor, als er sich auf die Zungenspitze gebissen hatte.

»Das ist ein Wortspiel: Hermes, Hermeneutik, verstanden?«

William sagte nichts.

»Oh, du findest das nicht lustig. Ich *wollte dir etwas zeigen, aber jetzt bezweifle ich, daß ich das tun werde.«*

»Sie verehren das Christkind. Willst du darauf hinaus?«

Obwohl der Junge keine Antwort gab, erkannte William, daß er selbst Verehrung forderte. William zog die Hosenbeine hoch und kniete sich auf die unterste Treppenstufe des Eingangs zur Klinik.

Der Junge hielt die Funksteuerung hoch, doch jetzt war ein Merkurstab daraus geworden.

William legte die Hand auf den Merkurstab und betete laut: »Du, Merkur, bist mein Gott. Ich lege mein Schicksal in deine Hand. Ich verpfände dir meine Seele. Ich schwöre es auf deinen Stab.« Als er den Eid wiederholt hatte, den er vor so langer Zeit geleistet hatte, glitt der Fäulnisbringer von der Schulter des Kindes, schlang sich um seine blassen nackten Arme und um den Merkurstab und rieb über Williams Handrücken. Die kalte Schlange wand sich um Williams Handgelenk und verband ihn wie mit einer Handschelle mit dem Kind. Es hob den Kopf, um ihn wieder anzugrinsen und entblößte seine hypodermalen Zähne. Dann, mit der Präzision der Krankenschwester, die dieselbe Vene nur Minuten zuvor gefunden hatte, um ein Beruhigungsmittel zu spritzen (das zweite binnen zwei Stunden), biß der Fäulnisbringer in den weichsten Teil seines Unterarms und saugte in gleichmäßigen Zügen Blut aus der Vene.

»Nicht zu gierig, Fäulnisbringer. Wir wollen nicht, daß er einen Schock bekommt.« Mit der freien Hand streichelte der Junge über den pulsierenden Schlangenkörper. Seine Hand war jetzt größer als noch vor Sekunden, und Williams Hand war entsprechend kleiner. Es war nicht Blut, was der Fäulnisbringer aus seiner Vene sog, sondern die Form und Statur seines Körpers.

»Ja, es ist, wie ich sagte, Billy, die Götter sind weder jung noch alt, und wir erscheinen, wie Disney-Comics, Kindern allen Alters. Wenn wir mit einem Erwachsenen wie dir sprechen, ist es für gewöhnlich nötig, eine Veränderung des Bewußtseins zu bewirken, an das wir uns wenden. Wie Jesus in Matthäus, Kapitel achtzehn, Vers drei erwähnt: ›Wahrlich, ich sage euch, wenn ihr nicht umkehret und werdet wie die Kindlein, so werdet ihr nicht in das Reich der Himmel eingehen.‹ Und abermals steht es geschrieben – Hesekiel, Kapitel neun, Verse fünf und sechs – ›Gehet hinter ihm her durch die Stadt und schlaget; euer Auge schone nicht, und erbarmet euch nicht. Mordet bis zur Vertilgung Greise, Jünglinge und Jungfrauen und Kinder und Weiber! Aber nahet euch niemand, an welchem das Zeichen ist; und bei meinem Heiligtum sollt ihr anfangen.‹

Während er aus der Heiligen Schrift zitierte, nahm seine Stimme den vertrauten Tonfall von Bruder Orson an. Er nahm sowohl die Scheinheiligkeit als auch die Kampfeslust des Mannes an. Dann fiel die Maske, und Merkur sprach in seinem üblichen sanften, wohlklingenden Bariton. *»Was meinst du, Billy, sollen wir in das Reich der Himmel eingehen? Sollen wir ein paar Jungfrauen und kleine Kinder morden?«*

Der Gott (der die Gestalt eines Jugendlichen im frühen Teenageralter angenommen hatte) packte den Kopf des Fäulnisbringers und zog die Zähne aus Billys Unterarm, ohne daß die Schlange Widerstand leistete.

»Du wirst zu Marmor werden, weißt du.« Er rieb mit dem Zeigefinger über die Vene, aus der die Schlange Blut gesaugt hatte. *»Bald wirst du Stein von der Nasenspitze bis zur Hirnanhangdrüse sein, Stein durch und durch. Aber immer noch so menschlich wie ich.«*

»Sind Götter denn menschlich?«

»Du kannst mit eigenen Augen sehen, daß wir das sind. Oh, die Juden haben etwas dagegen, daß bekannt wird, wieviel die Schöpfer mit ihrer Schöpfung teilen (Tatsächlich geht der Skandal noch tiefer, denn wer machte die Schöpfung und wer wurde erschaffen? Die Jury beschäftigt sich immer noch damit.) Und die ersten Christen waren nicht besser. Wie beendet Johannes seinen ersten Brief? ›Kinder, hütet euch vor den Götzen! Amen.‹ Erst nahe dem Jahr Tausend begannen wieder Statuen mit einiger Regelmäßigkeit aufzutauchen.«

Billy schaute mit verwirrtem Respekt zu dem Gott auf. Was war das für eine Jury, von der er gesprochen hatte? Wie war Merkur so schnell groß geworden? Und wie war Billy so klein geworden, wieder ein Junge, nicht größer, als er mit fünf Jahren gewesen war?

Merkur betrachtete seine massiven Marmorhände mit einem selbstgefälligen Lächeln. *»Das? Eine einfache Sache der Transfusion, zusammen mit der dreimaligen Wiederholung der biblischen Phrase ›Kinder . . .‹ und das Werk war vollbracht. Aber komm, steig auf meine Schulter, und ich werde dich zum Olymp bringen. Wir haben nicht lange Zeit, bis die Wirkung deines Beruhigungsmittels nachläßt, und ich muß dir ein Omen zeigen.«*

Gehorsam ließ sich Billy von dem Gott auf die Schulter heben. Dann öffnete Merkur die Tür zum Medical Defense Systems, und sie traten ein.

Die Uhr in der Halle zeigte sechs Uhr vier an. Ein Mann mit einem blauen Overall ließ eine Poliermaschine über die Terrakottakacheln des Bodens gleiten. Er blickte nicht auf, als Merkur und Billy ihn passierten und in einen Aufzug gingen. Die

Aufzugtüren schlossen sich, und als sie sich wieder öffneten, waren sie im neunten Stock, in dem die Verwaltungsdirektorin Valerie Bright an einem der Terminals saß, durch ihre Brille mit den dicken Gläsern auf einen Monitor schaute und in schnellen entschlossenen Anschlägen tippte. Der frühe Sonnenschein, gefiltert durch die Jalousien, warf helle Streifen auf die dunkle Seide ihrer Kostümjacke.

Der Gott setzte Billy wie einen gigantischen Briefbeschwerer auf dem Schreibtisch neben Ms. Bright ab, die ärgerlich aufblickte und dann die Arbeit am Keyboard fortsetzte.

Billy fühlte sich gekränkt. Er mochte wie ein Fünfjähriger wirken und war unbekleidet, doch er war ihr Chef, und sie sollte ihn mit ein bißchen mehr Respekt behandeln. Er spielte mit dem Gedanken, auf ihr Keyboard zu pinkeln: *das* würde ihre Aufmerksamkeit erregen. Dann wurde ihm klar, daß der Gott einen weiteren seiner Tricks mit ihm machen mußte. Er drehte den Oberkörper (was harte Arbeit war, denn er war zu Stein geworden) und betrachtete Merkur mit einem spitzbübischen Lächeln.

»Das geschieht nicht wirklich, wie?«

»Ja und nein. Genauer gesagt, wenn du jetzt in deinem Büro wärst, würde es genauso aussehen, wie du es siehst. Der Hausmeister würde in der Halle sein und den Boden polieren. Diese Frau würde mit derselben Arbeit beschäftigt sein. Aber du bist nicht wirklich hier. Im Augenblick bist du woanders, unter Beruhigungsmitteln, und das hat einen engeren Kontakt zwischen uns bewirkt.«

Als Merkur eine Hand auf Billys Schulter legte, spürte er eine Übelkeit erregende Wärme in seinem Körper aufsteigen und sich verbreiten, die Überzeugung, daß ihm Schmerzen drohten, wie es ein Kind empfindet, wenn ein Arzt ihm versichert, daß es nicht weh tun wird, obwohl er einen operativen Eingriff vorbereitet.

Er suchte nach einer Verzögerungstaktik, einer Frage, die das Nahen des Messers abwehren würde.

»Was macht sie?« fragte er den Gott. »Warum ist sie so früh im Büro?«

»Warum fragst du sie nicht selbst?«

»Kann sie mich hören?«

»Ja und nein. Aber welche Frage du ihr auch stellst, sie muß wahrheitsgemäß antworten, denn sie steht unter meinem Zwang – genau wie du.«

Billy richtete den Blick auf Ms. Bright und fragte: »Was machen Sie?«

Sie nahm die Brille ab, schnitt eine Grimasse und drehte sich auf dem Bürostuhl, um den nackten marmornen Jungen auf dem Schreibtisch anzuschauen. »Ich überweise Gelder«, sagte sie ihm, »MDS-Gelder von zahllosen Schweizer Konten auf mein eigenes Konto. *Diesmal* verlasse ich nicht das sinkende Schiff, ohne zu kassieren.«

»Diesmal?«

»Ich habe sieben Jahre für die McKinleys gearbeitet, betrogen und manipuliert, und als die Son of Man Foundation unterging, war ich nicht einmal pensionsberechtigt. So habe ich, als ich hier anfing, dafür gesorgt, daß mir das nicht noch einmal passiert. Diesmal habe ich vorgesorgt. Ich nehme an, da Dr. Frankenstein im Quarantänelager ist, habe ich mindestens achtundvierzig Stunden, vorausgesetzt ich kann mir den alten Furzer Winckelmeyer vom Hals halten. Und *er* wartet noch auf seine Freilassung gegen Kaution, und es gab bis jetzt noch nicht mal einen Anruf von Frankenstein. Soweit so gut. Klopf auf Holz.« Ms. Bright hielt Ausschau nach etwas Holz, aber sie war nicht an ihrem eigenen Schreibtisch, und dort gab es nicht mal ein Türschild aus Nußbaumholz.

Billy war wütend. »Sie meinen, Sie stehlen Dr. Michaels' Geld? Mein Geld?«

»Es ist jetzt mein Geld, Kleiner. Scheiß auf Dr. Michaels.« Ms. Bright wandte sich wieder dem Monitor zu, der sie mit dem Büro des Brokers in Zürich verband.

Billy konnte nicht glauben, was er gehört hatte. Ms. Bright sollte eine wiedergeborene christliche Geschäftsfrau sein. Sie besuchte immer religiöse Veranstaltungen und klebte fröhlich christliches Gedankengut ans Schwarze Brett. Und hier veruntreute sie unverfroren Firmengelder. Er konnte sich nicht bewegen, nicht mal sprechen. Aber er konnte tun, was jede andere nackte fünfjährige Marmorstatue konnte. Er pißte auf Ms.

Brights eifrig tippende, wunderschön manikürten Hände, ein stetiger Strahl heißen gelben Urins, der in Dampf verschwand, wenn er die Tasten des Keyboards traf. Ms. Bright ließ sich nicht einmal dazu herab, aufzublicken. Sie war vom Zwang des Gottes freigegeben worden, und nichts von alldem war jemals in Wirklichkeit geschehen, sondern nur im Traum des betäubten Mannes auf der Bahre im großen Aufnahmeflügel des Como Hospitals, der Mann, der in die Hose eines Giorgio-Armani-Anzugs pißte und im Schlaf stöhnte.

68

Das erste, was er wahrnahm, war der Gestank. Dann fühlte er einen allgemeinen Schmerz in seinem ganzen Körper, einen innerlichen Schmerz und einen auf seiner ganzen Haut. Er wollte in den Schlaf zurückkehren, um nichts zu spüren, um niemand zu sein, aber jetzt nahm er nicht nur Gerüche und Schmerzen wahr, sondern auch Stimmen und Schritte, und dann erhellte sich die Leere vor ihm, als die Deckenbeleuchtung eingeschaltet wurde, und die Matratze bewegte sich unter ihm, weil sich jemand aufs Bett setzte. Er kämpfte noch gegen den Schock durch die Helligkeit, als Finger die Augenlider öffneten. Die grelle Helligkeit schien mitten durch sein Gehirn zu stechen und jedes andere Gefühl auszulöschen.

Dann ertönte die Stimme seiner Mutter: »In Ordnung, du kannst hereinkommen.«

Er wollte keinen klaren Blick bekommen, damit die verschwommenen Umrisse nicht bekannte Gestalt annahmen, doch der Prozeß war sowenig unter seiner Kontrolle wie das Öffnen der Augen, und dort unter dem Schein der Deckenbeleuchtung waren zwei Gesichter. Eines war das seiner Mutter, zu vertraut, um mehr von Belang zu sein als das Herumschwirren einer Fliege, aber das andere Gesicht, das des Mannes, war ihm nicht vertraut und irgendwie beunruhigend.

»Ned?« Als der Fremde keine Antwort erhielt, wandte er sich der Mutter zu und fragte: »Kann er uns hören?«

»Wer kann das sagen. Die Geräusche nimmt er vielleicht wahr, aber ob er unsere Worte verstehen kann . . . ich bezweifle es. Niemand kann das mit Bestimmtheit sagen.«

»Jesus!«

»Seine Iris vergrößert oder verkleinert sich entsprechend der Lichtstärke im Zimmer. All die Prozesse, die selbständig funktionieren: Atmung, Peristaltik. Sogar das gelegentliche Blinzeln der Augen. Aber sie sind wie Scheibenwischer, nicht wie etwas, das von seinem Verstand beherrscht wird.«

»Er sieht so jung aus. Aber er muß . . . sechsunddreißig sein?«

»Siebenunddreißig. Ungefähr als er zweiundzwanzig war, als ich aufhörte, ihn zu überfüttern, hörte das Altern scheinbar ganz auf. Ich versuchte, mich selbst auf den Arm zu nehmen, indem ich mir sagte, er sieht aus wie du, aber in Wirklichkeit fand ich, daß er keinem ähnelt. Wenn man niemals lächelt oder die Stirn runzelt, entwickelt das Gesicht keine eigenen Züge.«

»Das Geheimnis ewiger Jugend.« Der Fremde nahm seine Hand, drehte sie mit der Handfläche nach oben um, als lese er die Zukunft. »Macht er viele Probleme – füttern, säubern?«

»Es war problematisch, aber ich habe jetzt so etwas wie eine Wissenschaft daraus gemacht. Obwohl es anscheinend unmöglich ist, den Gestank loszuwerden. Der Gestank muß jetzt das ganze Haus durchdrungen haben, aber ich nehme ihn für gewöhnlich gar nicht wahr, und Mutter kann schon seit Jahren nichts mehr riechen. Und wir haben nicht viele Besucher. Nur William kommt dann und wann. Er kommt immer noch und verbringt den ganzen Abend mit Ned und Mutter.«

»Im Ernst, wie ist es, eine Berühmtheit in der Familie zu haben?«

»Ich kann William nicht als Berühmtheit sehen. Ich meine, er ist nicht anders als andere Ärzte in der gleichen Einkommensstufe. Die schwimmen alle im Geld und halten sich alle für den Mittelpunkt der Schöpfung, und William ist nicht anders. Aber ich finde es immer noch ein wenig sonderbar, seine Angestellte zu sein. Ich bin überzeugt, daß er die Memorial Clinic nur gegründet hat, um mir mein eigenes kleines Königreich zu geben. Er kann sehr großzügig sein.«

»Das höre ich mit Freude.«

»Um fair zu sein, ich nehme an, daß er auch wahres Mitleid mit Leuten hat, die am Colmar-Syndrom leiden. Er lebte all diese Jahre hier mit Ned im selben Haus. Das muß ihm nahegegangen sein.«

Der Summer ertönte, und seine Mutter ging zu dem Telefon an der Wand. Sie lauschte, nickte und antwortete. »Mutter ist verärgert«, sagte sie dann. »Ich muß runtergehen und sie beruhigen. Macht es dir etwas aus, eine Weile bei Ned zu bleiben?«

»Deine Mutter war nie glücklich darüber, mich zu sehen.«

»Sie ist es nicht gewohnt, daß Besucher im Haus sind. Besonders nicht welche, die übernachten.«

»Ist das eine Einladung?«

»Es sei denn, du hast bereits etwas anderes arrangiert.«

»Ich bin obdachlos.«

Der Summer ertönte von neuem.

»Die Pflicht ruft«, sagte seine Mutter, aber sie zögerte immer noch an der Tür. »Lance, es ist wirklich wundervoll, dich wiederzusehen.«

Als sie das Zimmer verließ, hielt der Fremde immer noch seine Hand. Jetzt begann er damit zu experimentieren. Er hob sie an, senkte sie, schüttelte sie am Gelenk, damit die Finger wackelten. All diese Bewegungen wurden begleitet von dem vertrauten Schmerz tief in den Knochen, den er jeden Tag bei den Bewegungsübungen empfand.

Der Mann legte die Hand unter sein Kinn und neigte seinen Kopf zurück, um ihm in die Augen zu schauen. Wo die Hand des Mannes gegen die Haut seines Gesichts drückte, spürte er eine Art Brennen. Das Brennen wurde stärker, bis er das Gefühl hatte, sein Kopf wäre in einen heißen Ofen gesteckt worden.

Und dann riß das Gewebe, wo es geschwächt war. Das Licht bohrte sich durch seine Augen und durchdrang die lange versiegelte Tränendrüse. Tränen begannen herauszukommen, jede Träne ein glückseliges Abklingen des Schmerzes und Brennens, jede Anstrengung ein weiterer kleiner Druck auf das Gewebe.

Das Gewebe war gewaltig. Jeder Fluch und jeder Segen, der

durch die Kraft des Merkurstabs geschaffen worden war, bildete eine Faser in ihrer immensen Architektur. Aber das Zentrum des Gewebes war hier in Ned Hills bewegungslosem und schmerzgepeinigtem Körper, der erste, der von Williams Fluch heimgesucht worden war. Hier war der Knoten, der den Zusammenhalt des ganzen Gefüges sicherte, und jetzt hatte sich der Knoten gelöst.

Das Gefüge löste sich auf.

69

Als William erwachte, konnte er sich für einen flüchtigen Augenblick an den Traum erinnern, jedoch nur in Bruchstücken: der Schlangenzahn, der in seinen Arm eindrang, die Poliermaschine, die über den Boden der Halle glitt und ein allgemeines Gefühl von Groll gegen Ms. Bright. Doch das Wesentliche des Traums entging ihm: Was der Gott gesagt hatte, welche Warnung oder welches Omen es beinhaltete.

Da war ein stechender Schmerz im Unterleib. Er konnte die Stelle jedoch nicht berühren, seine Hände waren an seine Seiten geschnallt. Die Füße ebenfalls. Er konnte den Kopf gerade anheben, um die Segeltuchriemen zu sehen, mit denen er festgebunden war. Aber er konnte nichts von dem größeren Raum jenseits der Pritsche sehen, denn die Vorhänge waren zugezogen, durch die fluoreszierende Helligkeit drang, so daß ein diffuses Zwielicht entstand, egal, ob es Nacht oder Tag war. Obwohl er so wenig sah, erkannte William an den Gerüchen, an Husten und Schnaufen und Stöhnen, wo er sein mußte: auf der Station eines öffentlichen Krankenhauses, wo diejenigen untersucht wurden, bei denen der Verdacht auf ARVIDS bestand. Die meisten von ihnen wurden nach der Untersuchung in die Lager geschickt.

Er versuchte zu rufen, doch er brachte nur ein heiseres Krächzen zustande. Selbst bei dieser Anstrengung schmerzte seine Kehle. Er wartete, wie es Gefangene müssen, und dachte die

Gedanken der Gefangenschaft: sinnloser Ärger, ohnmächtiger Zorn, Phantasien der Rache. Aber er betete nicht und versuchte nicht, einen Handel mit den Kräften zu machen, die ihn verraten und zu diesem Schicksal verdammt hatten. So hilflos er sich auch fühlte, er zweifelte nicht an seiner Macht. Jemand würde kommen, er, William, würde erklären, wer er war, er würde sich der Blutuntersuchung unterziehen (sein Blut war jede Woche untersucht worden wie bei jedem, der für MDS arbeitete; er hatte keine Sorge in dieser Hinsicht), und dann würde er entlassen werden. Es war nur ein Unfall gewesen, ein Ausrutscher auf Eis sozusagen.

Gerade war er noch über den Bürgersteig gegangen, und im nächsten Augenblick hatte er auf dem Rücken gelegen, kurzatmig und von Schmerzen gequält, durcheinander, aber organisch gesund.

Der Schmerz rechts unten im Unterleib setzte ihm am meisten zu. Daß seine Kehle schmerzte, war nicht verwunderlich. Er erinnerte sich, daß in der Baracke die Frau vom Kontrollpunkt des Gesundheitsdienstes ihr Knie auf seinen Rücken gedrückt, den Arm um seinen Hals gehabt und ihn auf die Knie gezwungen hatte. Dabei mußte sie seinen Kehlkopf verletzt haben. Aber warum der Schmerz im Unterleib? Sie mußte ihn getreten haben, als er bewußtlos am Boden gelegen hatte. Der Gedanke, die Vorstellung, daß sie ihn getreten hatte, löste einen so starken Zorn aus, daß er die Schmerzen vergaß. Er schwor sich, sie aufzuspüren und dafür zu sorgen, daß sie einen angemessenen Preis für ihre Tat bezahlte, etwas, wonach *ihr* der Unterleib weh tun würde. Blinddarmentzündung? Ja, das war genau dort, wo sie ihn getreten hatte. Sie würde eine Blinddarmentzündung bekommen.

»Blinddarmentzündung.« Es war die Stimme des Gottes, fern und gedämpft, als stünde er weit von der Pritsche fort, auf der William festgeschnallt lag. Eine Art Schimmer tauchte auf den Vorhängen auf, die die Station vor seiner Sicht verhüllte, wie ein nicht richtig eingestellter Fernseher, der blaßviolette Punkte zeigt, die keine zusammenhängende Form annahmen. *»Du hattest einst eine Blinddarmentzündung, doch du erinnerst dich nicht daran. Du dachtest, es wären nur Bauchschmerzen, und*

du warst so klug, sofort den Merkurstab zu benutzen. Das war das erste Mal, daß du ihn benutzt hast, nachdem der arme Ned seinen Unfall hatte.«

»Ich erinnere mich nicht.«

»Wer erinnert sich schon an jeden Husten, an jede Erkältung und jedes Bauchweh, das er jemals hatte?«

Der Argwohn bildete sich wie Schweißperlen, bevor sein Verstand die Worte formulierte. »Warum erzählst du mir das? Warum bist du überhaupt hier? Ich bin hellwach, ich stehe nicht unter Drogen.«

»Ich bin gekommen, um auf Wiedersehen zu sagen, solange noch Gelegenheit dazu ist. Ich habe dich gern gehabt, William, auf eigenartige Weise. Wir Götter haben auch unsere schwachen Stellen, wenn auch nicht im selben Sinn wie ihr Sterblichen.«

»Nein! Bitte! Wenn ich etwas Falsches getan habe . . .«

Das Gelächter des Gottes drang durch sein Fleisch wie ein eisiger Winterwind durch ein dünnes Baumwollhemd.

»Etwas Falsches! Meinst du, ich beschäftige mich mit richtig und falsch? Habe ich dich jemals zu solchen Überlegungen gedrängt? Gesundheit und Krankheit, Leben und Tod, das sind meine Antinomien. Und das waren deine Widersprüche. Du mußt nicht denken, weil ich dich verlasse, bist du in meiner Achtung gesunken. Das war nie der Fall. Wenn der Gott seine Ägis, seine Schirmherrschaft, zurückzieht, dann muß der Held allein zurechtkommen.

»Werde ich dann sterben?«

»Hast du je etwas anderes angenommen? Alle Sterblichen sterben, und William Michaels ist sterblich. Du kannst deinen eigenen Schluß daraus ziehen. Ich hoffe, William, daß du gut stirbst, nicht elendiglich, sondern tapfer und mit ein wenig Stil.«

»Dann laß mich nicht hier sterben!«

»Mein Wort darauf; du wirst nicht hier sterben.«

»Ich meine, nicht in Quarantäne, nicht als Gefangener.«

»Das war keine Wortklauberei von mir, ich wußte, was du meinst, und mein Versprechen gilt dafür. Du wirst dort sterben, wo du wünschst – zu Hause, im Bett.«

»Danke.« Er schaffte ein wehmütiges Lachen.

»Lebe wohl.«

Das Flimmern verschwand von dem Vorhang. Es war zu spät für William, sich zu verabschieden. Der Gott war fort.

70

Mrs. Obstschmecker war so durcheinander, daß sie nicht wußte, was sie tun sollte. Sie war überzeugt, daß Lance Hills Anwesenheit im Haus Ärger bedeutete, aber würde ihre Tochter auf sie hören? Nein, bestimmt nicht. Madge schwor sogar, er habe eine Art Wunder bei Ned bewirkt, habe ihn zum Weinen gebracht. Mrs. Obstschmecker konnte nichts Wundervolles darin sehen, besonders nicht, weil Ned seither ständig plärrte, falls er nicht gerade schlief. Seine Tränen waren gleichbedeutend mit Wasser, das aus einem undichten Wasserhahn tropfte. Die Wasserleitung des Jungen war ganz einfach defekt, aber Madge bestand darauf, daß es ein Anzeichen auf Neds baldige und völlige Genesung war. Jetzt gab es einen anderen Patienten in der Klinik, der im gleichen Alter wie Ned war und tatsächlich schon die Lippen bewegen und die Finger krümmen konnte, und das verstärkte Madges Überzeugung noch, daß Ned gesund werden würde. Sie konnte über nichts anderes mehr reden. Sie war die ganze Zeit über oben mit diesem Lance Hill, vom Augenblick ihrer Heimkehr am Abend bis zu ihrer Rückkehr zur Klinik am Morgen. Sie aß sogar oben zu Abend, und als sich Mrs. Obstschmecker beklagte, daß sie nur noch Mikrowellengerichte zu Abend essen mußte, lachte Madge nur und erklärte, daran sei sie selbst schuld, wenn sie zu stolz sei, sich an einen Tisch mit Lance zu setzen. Mrs. Obstschmecker konnte sie dort oben lachen und Möbel verschieben hören, und sie sagten kein Wort, wie lange der Mann noch bei ihnen bleiben wollte. Offiziell hatte er sein Zimmer im Kellergeschoß, in dem Raum, den Henry als Spielzimmer für die Kinder hergerichtet hatte, bevor Ned krank wurde, aber Lance Hill war fast nie dort unten. Er war die ganze Nacht oben mit Madge, sofern Mrs. Obstschmecker das feststellen konnte, und tagsüber trieb er sich im ganzen Haus herum, ging in der Küche ein und aus, die Treppe hinauf und hinunter, als ob das Haus ihm gehöre.

Es war kein Stolz, der Mrs. Obstschmecker veranlaßte, sich nicht zum Abendessen mit Lance Hill an einen Tisch zu setzen oder mehr Kontakt mit ihm zu haben, als unbedingt nötig war. Es war Sorge um ihre Gesundheit. Man konnte dem Mann ansehen, daß er krank war, und wenn das noch nicht reichte, konnte man hören, wie er sich auf der Toilette übergab, ganz zu schweigen vom Husten am Morgen, den er als Raucherhusten bezeichnete, obwohl er nie geraucht hatte. Wenigstens in diesem Punkt konnte man Gott danken. Mrs. Obstschmecker hatte Madge gegenüber die Befürchtung geäußert, daß er die Seuche hatte: Es seien die gleichen Symptome, vor denen im Fernsehen gewarnt wurde. Madge hatte nur erwidert, sie solle sich um ihre eigenen Angelegenheiten kümmern. Sie wollte nicht darüber diskutieren, und als Mrs. Obstschmecker in ihrer Verzweiflung gedroht hatte, beim Gesundheitsdienst anzurufen, hatte Madge gesagt: »Wenn du das tust, kommen wir alle in ein Quarantänelager.«

Und das stimmte vermutlich. Die Offiziellen des Gesundheitsdienstes leugneten stets, daß sie jeden, der mit einem ARVIDS-Kranken zusammenlebte, mit dem Kranken in eines der Lager steckten. Mrs. Obstschmecker glaubte im allgemeinen, was die Behörden sagten, doch in diesem Fall hatte sie Zweifel. Madge sagte, da wären zwei Häuser nur einen Block entfernt, die mit Brettern vernagelt und mit schwarzgelbem Klebestreifen versiegelt waren, was bedeutete, daß der Gesundheitsdienst dort gewesen war, und das waren nur zwei Fälle in *einer* Straße. Was geschah mit den anderen Leuten, die in einem der Häuser wohnten, mit denjenigen, die nicht krank waren, als das Haus vom Gesundheitsdienst versiegelt wurde? Im Fernsehen hieß es, sie bekämen Ersatzunterkünfte, und man zeigte Bilder, um es zu beweisen. Aber Mrs. Obstschmeckers Zweifel blieben.

So hatte sie ihre Drohung, Lance beim Gesundheitsamt zu melden, nicht wahrgemacht und würde es vielleicht auch nicht tun, wenn der Mann gleich hier im Haus an der Seuche sterben würde. Mrs. Obstschmecker wußte nicht, was sie mit der Leiche machen würde. Vielleicht würde sie im Keller vergraben oder in die Tiefkühltruhe gesteckt werden, wenn die noch funktionierte. So hatten es andere Leute gemacht, wie man immer hörte. Das war sicherer, als zu versuchen, eine Leiche auf einer verlassenen Straße abzulegen, denn viele Leute wurden dabei geschnappt. Was für eine Welt war es, in der man am Küchentisch saß, heiße Milch trank, Toastbrot mit Erdbeermarmelade aß und über solche Dinge nachdachte!

Ein Blick auf das fast leere Glas Erdbeermarmelade brachte Mrs. Obstschmecker auf eine clevere Idee. Damals vor Mister Obstschmeckers Tod, als sie noch öfter in der Küche beschäftigt gewesen war, hatte Mrs. Obstschmecker Marmelade und Apfelmus selbst gemacht und Tomaten und Gurken und dergleichen eingelegt, und das Eingemachte war in Regalen im Keller gelagert worden. Mit an Sicherheit grenzender Wahrscheinlichkeit waren von diesen Bemühungen nur noch die leeren Gläser übriggeblieben, aber Lance Hill würde das nicht wissen. Wenn er zufällig hinab in den Keller kam, während sie dort war (was nicht unwahrscheinlich war, obwohl er für gewöhnlich bis weit nach elf Uhr schlief), würde es nicht so wirken, als wäre sie dort hinuntergegangen, um in seinem Zimmer zu schnüffeln – wozu sie völlig berechtigt war in ihrem eigenen Haus, und was man gar nicht als Schnüffeln bezeichnen konnte. Nein, sie würde dort unten sein, um nach einem Glas Erdbeermarmelade zu sehen.

Die Glühbirne am oberen Treppenabsatz war durchgebrannt (Madge ersetzte nie Glühbirnen), und als Mrs. Obstschmecker bis zum Fuß der Treppe gelangt war, gab es nicht mal eine durchgebrannte Glühbirne in der Fassung an der Decke des Hauptkellerraums. Einen Augenblick lang spielte sie in ihrer Wut mit dem Gedanken, den ganzen Weg über die Treppe zurückzugehen, um die Taschenlampe zu holen, aber das Hinabsteigen hatte sie ein wenig außer Atem gebracht. Es war bemerkenswert genug, daß sie mit zweiundneunzig Jahren überhaupt Treppen steigen konnte.

In dem Raum, in dem Lance seine Sachen untergebracht

hatte, entdeckte Mrs. Obstschmecker erstaunt die Stehlampe aus Messing, die in Madges Schlafzimmer gestanden hatte, bevor Madge alles umgestaltet hatte. Mit einer funktionierenden Glühbirne! Und da war die Couch, die auf der Veranda gestanden hatte, bis die Federn unten herausgesprungen waren. Und Laken und zwei Wolldecken über der Armlehne. Noch gefaltet: offenbar schlief Lance oben, und vermutlich mit Madge in einem Bett.

Als Mrs. Obstschmecker diesen Verdacht bei ihrer Tochter andeutete, hatte Madge sofort gekontert und gefragt, ob sie und Lance nicht in den Augen der Heiligen Mutter Kirche immer noch verheiratet waren, eine Formulierung, die Madge nur benutzte, wenn sie sarkastisch sein wollte. Dennoch hatte Mrs. Obstschmecker keine Antwort gehabt. Obwohl Lance im Alter von Anfang Zwanzig die Staaten verlassen hatte und nun in reifem Alter war, obwohl er bei der Army desertiert war und eingestanden hatte, daß er homosexuell war und in den achtziger Jahren Aids gehabt hatte, stimmte es – Lance *war* Madges Ehemann und deshalb berechtigt, mit ihr jederzeit zu schlafen, wenn es ihm beliebte, was für Mrs. Obstschmecker stets eine schwer zu schluckende Pille gewesen war, wenn Mister Obstschmecker ihr gesagt hatte, das sei die Lehre der Kirche und ihr Beichtvater gesagt hatte, daß er recht hatte. »Das ist das Kreuz«, hatte ihr Pfarrer Windakiewiczowa gesagt, »das die Frau tragen muß.«

Lances kleiner Koffer war nicht abgeschlossen, aber es war nichts Interessantes darin, nur Hemden, Krawatten, Papiere und Unterwäsche, die lange nicht mehr ordentlich gewaschen worden war. Männerunterwäsche war ein Problem, das in der Fernsehwerbung nie angesprochen wurde. Sie hatte damals Mister Obstschmeckers Unterhosen vor dem Waschen eine Stunde lang eingeweicht, um die Flecken wegzubekommen, wo er sich nicht richtig abgewischt hatte. Ehefrauen hatten mehr Kreuze zu tragen, als Pfarrer Windakiewiczowa jemals ahnte.

Die Papiere sahen nicht so interessant aus. Alles offiziell wirkende Dokumente. Keine Briefe, keine Bilder, nur ein altes zerfleddertes Taschentuch mit dem Titel *Astrologie für Löwen.*

Aber dann machte Mrs. Obstschmecker in der Brusttasche

des Jacketts, das am Haken neben der Tür hing, eine Entdeckung, die sie für ihre Mühe des Ausflugs in den Keller belohnte. Eine Waffe. Keine sehr große, aber eine zweifellos echte Pistole, mit der geschossen werden konnte. Mrs. Obstschmecker hatte noch nie eine Feuerwaffe in der Hand gehabt. Es war ein sonderbares Gefühl. Sie wünschte fast, die Waffe gehörte ihr. Sie war fast versucht, sie an sich zu nehmen. Aber Lance würde natürlich wissen, wer sie gestohlen hatte. Sie steckte die Pistole zurück in die Jackentasche.

Und gerade noch rechtzeitig, denn im nächsten Augenblick hörte sie Schritte auf der Treppe, und sie schaffte es gerade noch, den Raum zu verlassen, bevor Lance auftauchte. Er trug den pfirsichfarbenen Morgenmantel, für den Madge bei Dayton's fünfundachtzig Dollar ausgegeben hatte.

»Gut, gut, Oma O.!« sagte er mit einem breiten Grinsen. »Hätte nicht gedacht, daß du die Treppe schaffst.«

»Warum sollte ich die nicht schaffen?«

»Das hast du gestern gesagt, als Madge wollte, daß du dir oben Ned ansiehst.«

»Ich kann Treppen schaffen, wenn ich mir Mühe gebe.«

»Das sehe ich ja.«

Sie wußte, was er dachte. Er dachte, sie war hinuntergegangen, um in seinem Quartier zu schnüffeln. So spielte sie ihren Trumpf aus: »Ich bin in den Keller gegangen, um ein Glas Erdbeermarmelade zu holen. Wir haben fast keine mehr.«

Sie ging in das entfernte, dunklere Ende des Kellers, was bedeutete, daß sie an der Tiefkühltruhe vorbei mußte. Als sie daran vorbeiging, hörte sie, daß die Truhe ansprang. Sie funktionierte also noch! Aber warum war sie an? Es war viel Platz im Gefrierfach des Kühlschranks in der Küche. Madge brauchte nichts hier hinunter zu bringen. Es sei denn, es waren Dinge, von denen ihre Mutter nichts wissen sollte. Eiscreme?

»Kann ich dir helfen, die Marmelade zu holen?« fragte Lance auf eine Art, als frage er in Wirklichkeit etwas anderes. Es dämmerte ihr, daß vielleicht Lance die Gefriertruhe eingeschaltet hatte, nicht Madge.

»Ja, das wüßte ich zu schätzen«, sagte Mrs. Obstschmecker. Sie führte ihn zu den Regalen, die Mr. Obstschmecker vor so langer Zeit gezimmert hatte (es mußte vor dem Krieg gewesen sein) und wies auf das oberste Bord, auf dem Reihen von staubbedeckten Einmach- und Marmeladengläsern standen. »Dort oben, denke ich.«

Lance holte die Trittleiter, die neben der defekten Waschmaschine stand, stellte sie vor das Regal und stieg hinauf. »Es ist so dunkel. Ich kann kaum etwas erkennen.«

»Deshalb ging ich ins Spielzimmer und schaltete dort das Licht ein«, sagte Mrs. Obstschmecker mit dem Gefühl, ihr Alibi vervollkommnet zu haben.

»Nun, ich sehe nur leere Gläser. Aber da ist das.« Er stieg die Leiter hinab und zeigte Mrs. Obstschmecker einen Brief.

»Was ist das?«

Lance blies Staub von dem Kuvert und schaute es genauer an. »Da steht ›Für Billy‹.«

»Ah ja.« Mrs. Obstschmecker nickte, als sei ihr soeben etwas eingefallen. »*Ich* legte den Brief vor langer Zeit dorthin. Darf ich mal sehen?«

Er überreichte ihr den Brief. »Ja, natürlich«, sagte sie. Sie erkannte die krakelige Handschrift sofort als die von Henry. »Das ist – meine Handschrift. Meine Güte, wie lange muß der Brief jetzt dort liegen!«

Lance schaute sie mißtrauisch an, sprach seine Zweifel jedoch nicht aus. »Was ist jetzt mit der Marmelade?«

»Die muß irgendwo in diesem Regal sein. Ich gehe jetzt besser nach oben.«

Sie schaffte die Treppenstufen schneller hinauf, als sie hinuntergegangen war, so begierig war sie darauf, in ihr Zimmer zu kommen und den Brief zu öffnen. Sie konnte sich nicht vorstellen, was Henry in einem Brief an Billy geschrieben hatte oder wie der Brief dort gelandet war, aber sie war überzeugt, daß der Inhalt interessant war.

In ihrem Zimmer betätigte sie die elektronische Türverriegelung. Dann nahm sie den Brief mit ins Badezimmer und wischte den Staub mit einem Kleenextuch ab. Sie versuchte, einen Fingernagel unter die Verschlußklappe des Kuverts zu schieben, doch der Leim hielt. »Verdammt!« Sie ärgerte sich, doch sie blieb geduldig. Sie hatte schon vor dem gleichen Problem gestanden, und wenn sie sich die Zeit ließ, den Umschlag unter Dampf zu öffnen, würde keiner dahinterkommen, wenn sie den Brief weitergeben mußte. So versteckte sie den Brief in der Kommode unter der Unterwäsche, bis der Zeitpunkt da war, an dem sie sicher sein konnte, die Küche für sich allein zu haben.

Mrs. Obstschmecker hatte gerade die Kommode geschlossen, als das Telefon klingelte. Sie hob den Telefonhörer ab, ohne über den Anrufbeantworter zu hören, wer der Anrufer war.

Wie üblich fragte jemand nach Madge.

»Meine Tochter ist leider nicht hier. Sie können sie vermutlich in der Klinik erreichen.«

»Spricht da Mrs. Obstschmecker?«

»Ja, die spricht«, antwortete sie, überrascht darüber, daß ihre Stimme erkannt worden war.

»Hier ist Judith Winckelmeyer.«

Es dauerte eine Weile, bis sie den Namen einordnen konnte, und dann sagte sie: »Judith Winckelmeyer! Du meine Güte. Es ist Jahre her, seit ich deine Stimme zum letzten Mal gehört habe. Wo bist du?«

»In Minneapolis auf dem Busbahnhof.«

»Ich wußte nicht, daß du eine Reise hierher planst! Weißt du, ich hatte eine nette Zeit mit deinem Jungen. Er fuhr mich zum Veteranenfriedhof, wo ich Mr. Obstschmecker besuchen konnte, und zuvor zur Messe, und auf dem ganzen Weg sagte ich mir, wie sehr er meinem Mann ähnelt. Ich glaube, du hast Mister Obstschmecker nie kennengelernt. Er starb, bevor du geboren wurdest.«

»Du weißt nicht, wo ich William finden kann, oder?«

»Nun, er ist nicht zu Hause. Ich nehme an, er ist bei der Arbeit.«

»Ich habe bei beiden Stellen angerufen, und niemand meldet sich. Ich möchte nicht mit einem Taxi den ganzen Weg nach Willowville fahren, wenn keiner dort ist.«

»Das kann ich verstehen.«

»So rief ich dich an, weil ich hoffte, daß William oder Judge oder Lisa vielleicht zufällig bei dir vorbeigeschaut haben.«

»Nein, das haben sie nicht. Aber du wirst nicht glauben, wer hier *ist*: Lance Hill!«

»Wer?«

»Madges erster Mann. Neds Vater. Er hieß Lance, aber jetzt sagt er, er ist Launce, weil er so lange in Kanada lebte. Und jetzt wohnt er in unserem Keller. Das ist ein Ding, was?«

»Hast du eine Telefonnummer, unter der ich Madge erreichen kann?«

Mrs. Obstschmecker las die Nummer ab, die auf einem Stück Klebeband stand, das am Telefon befestigt war.

Judith bedankte sich und legte auf. Sie hatte keinem einzigen Wort, das Mrs. Obstschmecker gesagt hatte, Aufmerksamkeit geschenkt. Sie hatte nicht einmal höflich nach ihrem Befinden gefragt. Wo lernten junge Leute heutzutage Manieren?

71

Seit sie zum letzten Mal hiergewesen war, 1993, als sie mit John William und seinen Großvater besucht hatte, war die Innenstadt von Minneapolis zu einem Alptraum geworden. Aber das traf heutzutage auf fast jede Innenstadt zu. Zuerst die Rezession und dann die Seuche, und die Hennepin Avenue war so tot wie Ninive. Es gab keine Käufer und wenig zu kaufen. Abgesehen vom Busbahnhof und einem Laden der Heilsarmee, indem gespendete Dinge verkauft wurden, waren alle Geschäfte entweder mit Brettern vernagelt oder blickten mit leeren Fensterhöhlen auf die verlassenen Straßen. Ein solcher Laden der Heilsarmee mit einem Schild in dem einzigen intakten Schaufenster, auf dem stand DIE LETZTEN TAGE – GROSSER AUSVERKAUF, war eine Art Taubenschlag geworden, voller Gurren und Flattern, als Judith an der Tür stehenblieb, um den Anblick zu bewundern. Es war auf seine Weise so romantisch wie die Ruine einer Kapelle.

Ein paar Blocks östlich der Hennepin Avenue gab es noch Bürogebäude, die in Betrieb waren, und ein paar Restaurants und Geschäfte, die durch Hochwege in Höhe der zweiten Etage mit ihnen verbunden waren. Aber selbst hier wirkte Minneapolis wie eine Geisterstadt, wenigstens auf Straßenebene und um elf Uhr vormittags. Auf sonderbare Weise fühlte sich Judith persönlich verantwortlich für das, was sie sah, denn vor nicht langer Zeit hatte sie fest an Ökologie und die absolute Notwendigkeit geglaubt, daß die menschliche Rasse zurückgeführt werden mußte zu einer ernährbaren, vorindustriellen Größe, bevor die Menschen mit ihren Wegwerfprodukten, all den Schadstoffen und Gasen und radioaktivem Abfall den Planeten vergifteten und die Basis für eine unvermeidbare ökologische Katastrophe schufen. In gewisser Weise waren diese leeren Straßen das, was sie gewünscht hatte, denn man konnte nicht die Größe der menschlichen Rasse so drastisch reduzieren, ohne eine Menge Immobilien aufzugeben und – offener gesagt – Millionen Leute zum Tode zu verurteilen. In den Tagen ihrer ökologischen Überzeugungen hatte sie sich nie viel Gedanken über die Konsequenzen gemacht, die erforderlich waren, um Mensch und Natur zurück in die richtigen Proportionen zu bringen, vielleicht weil sie nie geglaubt hatte, daß es jemals geschehen würde. Jetzt geschah es rings um sie herum. Die Zahlen über ARVIDS waren schrecklich und beängstigend, und es gab anscheinend keine Begrenzung nach oben für den Schaden, den die Seuche noch anrichten konnte. In einigen Gebieten waren fast zehn Prozent der Bevölkerung dahingerafft worden, und es war kein Ende in Sicht. Während der Pest im Jahre 1350 war die Hälfte der Bevölkerung Europas gestorben; laut einigen Experten dreiviertel. Jahrelang hatte diese Seuche gewütet und dann aus keinem bekannten Grund aufgehört. Es war kein tröstendes Beispiel.

Sie bog nach links auf die Fifth Richtung Nicolett Einkaufszentrum, wo noch ein paar Fußgänger und fast so viele Beamte des Gesundheitsdienstes waren. Einer der Beamten ging sofort auf Judith zu und wollte ihre grüne Karte sehen. Sie hatte sich während der Busreise von Florida hierher drei Blutuntersuchungen unterziehen müssen, und alle waren vorschriftsmäßig auf ihrer Karte notiert. Trotzdem verhielt sich der Beamte, als wäre sie eine illegale Einwanderin, die beim Versuch, den Rio Grande zu durchqueren, geschnappt worden war. Trotz der Tatsache, daß sich ARVIDS anscheinend gleichmäßig im ganzen Land ausbreitete, wurden Fremde überall mit Argwohn und Feindseligkeit betrachtet. Das Problem war, daß in jeder größeren Stadt jeder ein Fremder für einen kleinen Kreis von Nachbarn und Kollegen war, und so betrachtete in Großstädten jeder den anderen mit Argwohn.

Daytons, welch ein Wunder, war noch geöffnet und verkaufte, und gegenüber von dem Warenhaus, in der Mitte des Einkaufszentrums, war ein unbeaufsichtigter Kiosk mit einem Schild DIE HANDELSKAMMER HEISST SIE WILLKOMMEN IN MINNEAPOLIS. KOSTENLOSE STADTPLÄNE UND INFORMATION. Ein Pfeil wies zu nicht vorhandenen Karten. Durch das Einkaufszentrum hallte als Berieselungsmusik eine von einem Streichorchester gespielte Version eines Beach-Boys-Schlagers.

Neben dem Informationskiosk war eine Sprint Kabine, und es kam Judith in den Sinn, daß Lisa oder William vielleicht bei ihrem Hausmädchen in Florida eine Nachricht hinterlassen hatten, mit der sie die Lage erklärten. Jeder in den Twin Cities Minneapolis/St. Paul schien verschwunden zu sein. Sie hatte William zu Hause angerufen und nur den Anrufbeantworter erreicht. Sie hatte versucht, John über den Privatanschluß zu erreichen, aber niemand hatte sich gemeldet. Bei MDS gab es einen Text vom Band, in dem es hieß, daß die Telefonzentrale neu programmiert wurde und jeder Anrufer bis Freitag warten und erst dann noch mal anrufen sollte. Judith hatte versucht, mit ihrem Vater zu Hause zu telefonieren und hatte wiederum nur einen Anrufbeantworter an die Strippe bekommen. Sie hatte bei Madge angerufen und deren Mutter erreicht, aber als sie bei der Klinik angerufen hatte, war sie von einer Telefonistin mit einem ›Bitte rufen Sie später noch einmal an‹ abgespeist worden.

Sie betrat die Kabine, nahm ihren Empfänger aus der Handtasche (es gab kein öffentliches Telefon mehr, nur Kabelanschlüsse), stöpselte ihn ein, tippte die Nummer ihres Ausweises und dann 111 ein, was sie automatisch mit ihrer eigenen Telefonnummer in Florida verband.

Griel meldete sich. Ja, da war eine Nachricht von ihrem Vater, der empört und schockiert aus einem Arrestzentrum des

Gesundheitsdienstes angerufen hatte. Offenbar waren er und William an einem Highway-Kontrollpunkt festgenommen worden, und er würde erst freigelassen, wenn jemand persönlich erschien und sich dafür verbürgte, daß er die Person war, als die ihn sein Paß auswies. Er hatte einen ganzen Tag gewartet, daß eine Direktorin von MDS kommen und ihn herausholen würde, doch die Frau war anscheinend vom Erdboden verschwunden. Da war noch mehr, aber er hatte Griel am Telefon nicht die ganze Geschichte erzählen können, weil man ihm nur zwei Minuten Sprechzeit erlaubte.

Judith wählte sofort die Nummer des Arrestzentrums und brauchte eine Viertelstunde, um herauszufinden, daß Ben Winckelmeyer tatsächlich noch dort war. Um weitere Informationen zu erhalten, würde sie persönlich zum Arrestzentrum kommen müssen.

Was sie tat. Die Taxifahrt kostete sie vierzig Dollar, im voraus zu bezahlen, und selbst bei diesem Wahnsinnspreis weigerte sich der Taxifahrer, draußen zu warten. Er hatte vermutlich recht mit der Prophezeiung, daß es ein paar Stunden dauern würde, bis die bürokratische Prozedur erledigt war und Ben entlassen wurde.

Das Arrestzentrum war ein ehemaliges Holiday Inn Hotel, und der einzige Hinweis darauf, daß es das nicht mehr war, bestand in einer hohen Einzäunung mit Stacheldraht obendrauf und der Aufschrift auf der Markise, die es als ›Staatliches Gesundheitslager 17 der Bundespolizei von Minnesota‹ auswies.

Die Polizistin an der Rezeption war viel menschlicher als die Leute, mit denen sie es am Telefon zu tun gehabt hatte. Judith brauchte nur ihre grüne Karte vorzulegen und drei Fragen zur Überprüfung ihrer Identität zu beantworten, und man führte sie zu dem Zimmer, in das Ben gesteckt worden war. Ihre bewaffnete Eskorte konnte nicht viel älter als fünfzehn sein und war von jener besonderen Art Wichtigtuerei erfüllt, die diejenigen auszeichnet, die schon in frühreifem Alter Machtbefugnis erhalten.

Als der junge Wärter die Tür aufschloß und öffnete, drang eine Geruchsmischung von Lysol und Erbrochenem aus dem Zimmer. Ben stand mit dem Rücken zur Wand da und sah aus, als warte er darauf, erschossen zu werden. Sein Gesicht hatte anscheinend nach all diesen Jahren, in denen es immerwährend das eines fettleibigen Fünfzigers gewesen war, sein wahres Alter angenommen. Er war jetzt ein alter Mann.

»Judith«, sagte er. »Gott sei Dank.«

Sie küßte ihn auf beide Wangen. »Alles okay?« flüsterte sie.

Sein Lächeln war fast wiedererkennbar. »Ich nehme an, das habe ich dem Nachtragsgesetz zu verdanken.«

»Was ist passiert? Ist William auch hier? Ich weiß nicht mehr als das, was ich von Griel erfahren habe.«

»Es ist eine lange Geschichte. Vielleicht sollten wir damit warten, bis wir draußen sind. Was William anbetrifft, habe ich keine Ahnung, wo er ist. Er war noch am Kontrollpunkt zur Blutabnahme, als man mich hierhin brachte. Ich habe versucht, ihn zu Hause anzurufen. Keiner meldet sich. Ich habe versucht, mit jemandem vom Kontrollpunkt zu reden, aber es ist, als ob man eine Audienz beim Papst haben will.«

»Und die Telefonzentrale von MDS ist nicht in Betrieb.«

Ben blickte grimmig drein. »Ich weiß. Und ich denke, ich weiß, warum. Aber das ist auch etwas, über das wir besser später reden.«

Es dauerte nicht lange. Als der Papierkram erledigt war, hatte man Bens Wagen aus der Garage geholt. Die Polizistin an der Rezeption forschte aus eigener Initiative, nur um hilfreich zu sein, beim Gesundheitsdienst nach, was aus William geworden war. Die Leute vom Gesundheitsdienst schworen, daß keiner namens Michaels in ein Quarantänelager oder irgendein Krankenhaus gebracht worden war. Sie konnten den Namen der Beamtin feststellen, die am Montagnachmittag die Leitung des Kontrollpunkts gehabt hatte – Sergeant Janet Beale – aber sie hatte sich seither nicht mehr zum Dienst gemeldet. Vermutlich war William entlassen worden, als die Blutuntersuchung ergeben hatte, daß er sauber war. Andernfalls beteuerten die Leute vom Gesundheitsdienst, würde etwas in den Akten beim Kontrollpunkt vermerkt sein – wie es zum Beispiel bei Ben und dem Chauffeur und sogar der Limousine der Fall war.

»Sie werden ihn vermutlich zu Hause finden«, sagte die Polizistin mit einem wenig überzeugenden Lächeln. »Viele Leute regen sich sehr auf, wenn sie an einem Kontrollpunkt gestoppt werden. Und das Fenster seines Wagens wurde zerschossen. Wer kann es ihm verdenken, daß ihm nicht nach Gesellschaft zumute ist? Es gibt Tage, an denen ich auch nicht ans Telefon gehe und viel geringere Gründe habe, als er sie hat.«

»Sie haben vielleicht recht«, sagte Ben. Er hätte zu diesem Zeitpunkt allem zugestimmt, weil er erpicht darauf war, wegzukommen.

Und dann waren sie auf der Schnellstraße, und Ben fuhr in einem Tempo, das Judith kriminell fand. »Vater!« schrie sie. »Paß auf den Lieferwagen auf!«

Ben bremste nicht und beschleunigte nicht, und der Fahrer des Lieferwagens, der hatte ausscheren wollen, riß das Steuer herum und blieb auf der rechten Fahrspur.

»Es tut mir leid«, sagte Judith. »Ich bin das Autofahren einfach nicht gewöhnt. In Florida fahre ich mit dem Bus oder gehe zu Fuß.«

»Du hast dein Gepäck in der Greyhound-Station gelassen?« fragte Ben, als sie sich der Ausfahrt zur Innenstadt näherten.

»Das Wichtigste ist für mich, herauszufinden, was aus William geworden ist. Macht es dir etwas aus, einen Umweg zu fahren und erst bei ihm vorbeizuschauen?«

»Wie du willst. Doch meine Sorge gilt mehr John als William. Wenn John eine Möglichkeit gefunden hat, sein elektronisches Überwachungsband zu entfernen, so daß er die Stadt verlassen kann, ohne Alarm auszulösen . . .«

»Das ist unwahrscheinlich. Und du solltest daran denken, ihn Judge zu nennen. Er ist empfindlich in diesem Punkt.«

»Judge, ja natürlich, ich werde daran denken. Aber kurz vor seinem achtzehnten Geburtstag wäre es dumm, gegen die Bewährungsauflagen zu verstoßen.«

»Ich wette zehn zu eins, daß er sich nicht am Telefon meldete, weil er mit Bruder Orson kommuniziert. War sein Anrufbeantworter eingeschaltet?«

»Da kam nur die Aufforderung vom Band, nach dem Pfeifton zu sprechen. Vielleicht meidet er dich einfach. Er ist in dem Alter, in dem er es vorzieht, allein gelassen zu werden.«

»In diesem Alter war er immer, Vater. Immer.«

Ben lachte, sagte jedoch nichts. Er brauchte auch nichts zu sagen. Judith wußte, daß er dachte: ›Wie die Mutter, so der Sohn.‹ Und das war nicht fair. Als kleines Mädchen und Teenager war sie in vielerlei Hinsicht schwierig gewesen, aber niemals feindselig. Sie hatte ihren Vater und Sondra nicht als Feind betrachtet. Mit ihrer Mutter im fernen Florida war das eine andere Sache. Sie *war* der Feind gewesen, bis sie in den vergangenen paar Jahren durch die Alzheimer Krankheit zu einem Gegenstand des Mitleids herabgesunken war.

Judith seufzte, und es wurde ihr klar, wieviel sie mit John gemein hatte. Mit *Judge* korrigierte sie sich. Sie mußte sich einschärfen, an ihn mit diesem lächerlichen Namen zu denken.

Als die Ausfahrt nach Willowville in Sicht kam, brach Judith schließlich das Eis und sagte: »Wenn du mir lieber nicht erzählen willst, was passiert ist . . .« Das war das Stichwort, das Ben gebraucht hatte, und er legte los. Er erzählte, daß sie am Kontrollpunkt zur Blutuntersuchung aufgefordert worden waren. Von der verirrten Kugel, die die Windschutzscheibe durchschlagen hatte. Wie William darauf bestanden hatte, den Rolls-Royce zu verlassen, um nach dem Mädchen zu schauen, das von dem Beamten des Gesundheitsdienstes niedergeschossen worden war, und wie sie getrennt worden waren. Ben und der Chauffeur waren zum Arrestzentrum gefahren worden, während William noch bei der Blutabnahme gewesen war.

»Das Schlimmste kam danach, als ich auf Miss Bright wartete und sie nicht auftauchte. Das war eine wahnsinnige Belastung für mich. Eine Stunde verging, zwei Stunden vergingen, und ich war in diesem widerlichen kleinen Zimmer eingesperrt – du hast den Gestank gerochen – und ich spürte mein Herz . . . flattern. Ich weiß nicht, ob das die richtige Bezeichnung ist, aber ich kann es nicht anders beschreiben. Ich fühlte mich, als hätte man mich ins Gefängnis von Stillwater zurückgeschickt. Nur mit dem Unterschied, daß die Quarantänelager sogar noch schlimmer sein würden. Schließlich bestach ich den Jungen, der dich ins Zimmer ließ, mir einige Seconal-Tabletten zu besorgen, und ich konnte schlafen. Ich schlief bis zum Mittag, und dann mußte ich stundenlang warten, bis ich telefonieren durfte. Und als ich *keinen* erreichen konnte, geriet ich wirklich in Panik. Ich bin immer noch in Panik.«

»Du *klingst* so ruhig wie immer«, versicherte ihm Judith.

»Ich weiß. Ein Teil in mir will einfach, daß Ben Winckelmeyer weitermacht, als wäre nichts Besonderes passiert, und der andere Teil in mir, der meinen Grundstoffwechsel steuert und nicht die Gedankenprozesse, macht immer noch Bumm! Bumm! Bumm! Erinnerst du dich an den Alarm des Rauchmelders, der jedesmal losging, wenn du ein Lammkotelett zu braten begannst? So fühle ich mich jetzt. In mir schreit dieser Alarm ›Lammkotelett! Lammkotelett! Lammkotelett‹«

Judith lachte laut. »O Gott, diesen Alarm hatte ich schon vergessen. Und er ging nur bei Lammkoteletts los, bei nichts sonst. Das Haus hätte abbrennen können, und der Rauchmelder wäre stumm geblieben, aber wenn ich ein Lammkotelett braten wollte, ging der verdammte Alarm los.« Sie neigte sich zur Seite, soweit es der Sicherheitsgurt erlaubte, und gab Ben einen Kuß auf die Wange.

»Meine Güte, wie lange ist das her«, sagte Ben wehmütig. »Es ist schön, dich wiederzusehen. Du bist so groß geworden.«

»Mein Hintern, ich weiß. Wenn mein dreizehnjähriges Anorexie-Ich mich jetzt sehen könnte! Aber ein dicker Hintern soll sein Gutes haben, besonders bei Frauen, im Gegensatz zu einem dicken Bauch. Es heißt, daß man damit weniger anfällig für die eine oder andere scheußliche Krankheit ist. Vater, was macht denn dieser Motorradfahrer, der fährt ja wie verrückt . . . entschuldige, auf Highways bin ich immer so nervös.«

Als der Motorradfahrer weit genug aus ihrem Blickfeld davongerast war, nahm sie den Blick von ihm und fragte: »Wie geht es Judge?«

»Absonderlich, der Junge. Ich mag ihn wohlgemerkt. Er ist eigentlich noch interessanter durch seine Eigenartigkeit. Manchmal fällt es mir jedoch schwer, ihn als direkten Nachkommen zu betrachten.«

»Eine der Frauen, die bei uns wohnen – Griel, mit der du am Telefon gesprochen hast – schwört, daß eine echte Person hinter Bruder Orsons-Comic-Gesicht steht. Sie sagt, sie hat Leute kennengelernt, die mit ihm persönlich gesprochen haben. Aber in den Nachrichten hört man etwas anderes. Griel hat auch Leute kennengelernt, die behaupten, in fliegenden Untertassen mitgeflogen zu sein. Glaubst *du*, daß es tatsächlich einen Bruder Orson gibt?«

»Genausogut könntest du mich fragen, ob ich an den Weihnachtsmann glaube. Ja, natürlich glaube ich daran.«

»Du und William!«

Es entstand peinliches Schweigen. Judith hatte Ben nie offen gesagt – keinem, was das anbetraf – daß William der leibliche Vater ihres Sohns war. Sie wußte jedoch, daß Ben es vor langer Zeit selbst herausgefunden hatte, und sie hatten eine stillschweigende Übereinkunft zu diesem Thema getroffen wie bei der Tatsache, daß sie lesbisch war.

Es war also nicht nötig, zu erklären, was sie mit ihrem unüberlegten ›Du und William!‹ meinte. Williams unerschütterlicher Glaube als Sechsjähriger an den Weihnachtsmann und Judges unerschrockener Glaube an Bruder Orson waren anscheinend auf die gleiche sture Wurzel zurückzuführen, auf irgendeine genetische Veranlagung, etwas voll und ganz zu glauben.

Sie konnte sich jedoch nicht mit der unüberwindlichen Verbohrtheit des Jungen abfinden.

»Weiß *er*, was in den Nachrichten gesagt wird?« fragte sie Ben. »Hat er die Berichterstattung über den Prozeß in Florida gesehen? Hat er die Zeugenaussagen gehört? Es sind jetzt nicht ihre Feinde, die sagen, daß Bruder Orson eine Erfindung ist, es sind die Leute, die jahrelang die Organisation geleitet haben.«

»Erinnerst du dich, wie lange einige Leute an Nixon geglaubt haben? An Reagan? An Guru Ma? Je schlimmer die Anklagen, je straffer die Schlinge um den Hals, desto stolzer kann ein Loyalist auf seine Loyalität sein.«

»Aber letzten Endes . . .«

»Ich stimme dir zu. Letzten Endes wird für Judge die Ernüchterung kommen. Wenn er nicht bereits die Illusionen verloren hat. Er diskutiert nicht mehr so bereitwillig über das Thema, wie er das vor einem Jahr oder sogar noch vor einem halben tat. Vielleicht glaubt er nicht mehr an Bruder Orson und ist einfach zu stolz, um zuzugeben, daß er so lange in einem Phantasieland gelebt hat.«

»Wie steht William zu alldem?«

»Er sieht meistens darüber hinweg. Weigert sich, darüber mit Judge zu disputieren. Ich denke, er bewundert sogar Judges Sturheit. Er ist ganz der Vater.«

Da war nach all diesen Jahren die Wahrheit heraus, über die sie nicht reden wollte.

»Wenn es ein Gen für Eigensinn gibt«, sagte sie, »dann könnte er es ebensogut von mir haben, meinst du nicht?«

Ben blickte sie mit einem amüsierten Lächeln von der Seite an. »Das gebe ich zu.«

»Es hat dich anscheinend nie aufgeregt. Der Gedanke oder der Verdacht . . .« Selbst jetzt konnte sie es nicht aussprechen.

»Es hätte mich vermutlich aufgeregt, wenn ich es früher herausgefunden hätte. Das heißt, vor Judges Geburt. Aber ich war zu dieser Zeit im Gefängnis, und das ist wie Zahnschmerzen. Man kann an nichts anderes denken. Aber für dich muß es die Hölle gewesen sein.«

»Es quälte mich. Und ich betete viel.«

»Und dann wurden deine Gebete erhört.«

»In dem Sinn, daß er nicht das Bradley-Chambers-Syndrom hatte, ja.«

»Aber du wußtest, daß es möglich war.«

Judith nickte.

»Und du hast nie eine Abtreibung in Erwägung gezogen.«

»Natürlich nicht.«

Ben schüttelte den Kopf. »Du bist ein erstaunlicher Sprößling.«

Danach verfiel Ben in Schweigen, und Judith war erleichtert, weil sie aus dem Schneider war. Sie lehnte sich auf dem Sitz zurück und widmete ihre Aufmerksamkeit der Szenerie von Willowville. Mindestens die Hälfte der Rasenflächen war von Metallzäunen umgeben, wie sie um das Quarantänelager errichtet worden waren, als wäre heutzutage das Heim eines Menschen nicht mehr seine Burg, sondern sein Kerker. Die Gärten waren noch gut gepflegt, und Judith sah Sprinkler in Betrieb, ein Luxus, den Florida vor Jahren hatte einschränken müssen. Sonst war Willowville so, wie sie es in Erinnerung hatte.

Noch weit entfernt von Williams Wohnviertel am Nordrand von Willowville bremste Ben und hielt am Straßenrand. Der Wagen kam neben einem rotweißblauen Briefkasten zum Stehen.

»Vater?« fragte Judith. »Ist alles in Ordnung mit dir?«

Er lächelte, wie es seine Art war, wenn er eine spitze Bemerkung machen wollte, unterließ es jedoch.

»Kannst du ... mir helfen ... den Gurt zu lösen?« Er fummelte am Sicherheitsgurt herum.

Sie löste den Sicherheitsgurt und lockerte dann Bens Krawatte.

»Mir wurde es schummrig vor Augen«, erklärte er, ohne daß sie fragen mußte.

»Soll ich telefonieren und Hilfe holen?« fragte sie.

Er schüttelte den Kopf. »Gib mir nur eine Minute oder so. Wenn heutzutage ein Krankenwagen geschickt wird, ist immer jemand vom Gesundheitsdienst dabei. Diesmal würden wir beide ins Arrestzentrum kommen. Oder Schlimmeres. Ich würde dich bitten, zu fahren, aber ich bezweifle, daß ich aussteigen und mich auf den Beifahrersitz setzen kann. Diese verdammten Schalensitze. Da kann man nicht einfach rüberrutschen. Ich denke, das Beste ist jetzt ein Nickerchen.«

Er neigte den Kopf zurück gegen die Kopfstütze und schloß die Augen. Judith hielt seine rechte Hand und beobachtete, wie das Leben langsam dahinschwand, wie die Sonne am fernen Horizont unterging. Es war die Art Tod, um die man betet, ein himmlisches Betäubungsmittel, kein Schmerz, keine Warnung, nur das einfachste Schließen der Tür. Sie beneidete ihn und fühlte sich gesegnet.

72

Im Augenblick von Ben Wickelmeyers Tod ging ein Beben durch das Gewebe. Die Fasern, die am nächsten beim Zentrum waren und bereits unter einer Spannung standen, die durch das frühere Reißen des zuerst geflochtenen Fadens entstanden war, registrierten die Wirkung am stärksten.

Die Ulmen an der Calumet Avenue und im Brosner Park, bei denen Billy Michaels vor so langer Zeit die Macht des Merkurstabs angewandt hatte, spürten plötzlich eine hilflose Schwäche im weichen Kern ihres Phloems, und in der ganzen folgenden Nacht, als der angegriffene Saft sich durch die Zweige und Blätter verbreitete, erlagen die Ulmen dem Tod, der durch die Macht des Merkurstabs hinausgeschoben worden war. Am Morgen waren die Straßen und Rasen von gelben Blättern übersät.

Es prickelte auf Mrs. Obstschmeckers Kopf, als sich drahtige Haare in den Follikeln bildeten, die so viele Jahre lang brachgelegen hatten, und im Schlaf kroch die Hand der alten Frau aus dem Kokon der Bettdecke und kratzte ihren stoppeligen Skalp.

Oben in seinem Schlafzimmer erlebte Ned eine schmerzhafte Belebung, als seine Zunge, die so lange träge gewesen war, gegen seinen Gaum stieß, nicht hungrig auf Essen – denn er beachtete die Tätigkeit seines Verdauungstrakts ebensowenig wie das Schlagen seines Herzens – sondern weil er das Verlangen hatte, zu sprechen. Seine Kiefer preßten sich zusammen; die linken zygomatischen Muskeln spannten sich, zerrten an dem Fleisch seiner Oberlippe. Dann erschlafften alle Muskeln wie die Arme eines Gewichthebers, der nach äußerster Anstrengung auf die Bank sinkt.

Im Nachbarzimmer schlief seine Mutter. Sie träumte, ihre Zunge preßte sich gegen den weichen Gaumen und erinnerte sie an einen Durst, den sie viele Jahre nicht mehr gekannt hatte. Sie sehnte sich nach einem einzigen Tropfen kühlen Wein, einem Schluck Orangensaft mit Wodka, nach einem langen kräftigen Zug Bier – Alkoholisches jeder Art, Fässer davon! Nichts Geringeres konnte die Leere füllen, die Jahre der Abstinenz in ihr ausgehöhlt hatten. Sie erwachte, ging nach unten in die Küche, füllte ein Glas mit Diät-Cola, und dann ging sie damit barfuß auf den Hof, wo die Gartenstühle aufgestellt worden waren. Sie setzte sich auf einen der Stühle und wunderte sich über die gelben, welken Blätter, die durch die windstille Juniluft herabschwebten.

Viele Blocks entfernt, am Luckner Boulevard, in Bett achtunddreißig der Henry Michaels Memorial Clinic, starrte Robert Corning fasziniert auf seine Hände, die er zur Faust ballen und öffnen konnte, ballen und öffnen und entspannen, wie er es mit seinem Willen befahl. Robert hatte das Erzittern, das durch das Gewebe gegangen war, stärker als jeder andere empfunden. Als Ben Winckelmeyer gestorben war, hatte Robert einen Adrenalinstoß gespürt, als ob er, wieder kleines Kind, seine Mutter rufen hörte: »Bubby! Bubby! Sei vorsichtig!« Und im Pavillon 4-H des ehemaligen Messegeländes tastete William Michaels über seinen harten Unterleib. Sofort wurde er weich, aber es war keine akute und (glücklicherweise) keine zurückprallende Weichheit. Ein anderer diagnostischer Test bei Verdacht auf Blinddarmentzündung erforderte, daß sich der Patient auf die linke Seite legte und den Lendenmuskel anspannte, aber das war keine Prozedur, die William allein machen konnte.

Eine Stimme aus der Dunkelheit flüsterte: »Du da oben in der obersten Koje, wie spät ist es?« Als er einen Stoß gegen die dünne Matratze spürte, wurde ihm klar, daß die Frage an ihn gerichtet war.

»Ich weiß es nicht«, erwiderte er. »Ich habe keine Uhr. Sie wurde mir gestohlen.«

»Da ist eine Uhr über der Haupttür. Wenn du dich aufsetzt, kannst du sie sehen.«

Als William sich mühsam aufsetzte, spürte er einen heftigen Schmerz. Er atmete scharf ein und klammerte sich im Reflex an die rauhe Kante des Etagenbetts. Ein Splitter stach in die Seite seines Daumens. Als hätte er die Tür eines Ofens geöffnet, spürte er, daß die Hitze seines Zorns seinen ganzen Körper erfüllte. Während diese Tür offenblieb, konnte er sich auf keinen besonderen Gedanken konzentrieren, glühender Zorn löschte alles andere aus. Jeder neue Ärger, jede kleinste Erinnerung an seine Hilflosigkeit und die Schmerzen, löste neuen Zorn aus.

Genauso war es an diesem Nachmittag gewesen, als er in dem Zelt gleich hinter dem Eingang zum ehemaligen Messegelände seine verschmutzte Kleidung hatte ausziehen müssen. Die Arbeiter des Gesundheitsdienstes hinter ihren Plexiglastrennwänden hatten Protesten von eintreffenden Häftlingen keine Beachtung geschenkt. Sie hatten die alte Kleidung angenommen, mit einem Etikett versehen und in Behälter gelegt. Dann hatten sie die weiße Krankenhauskleidung ausgegeben, mit einer Gleichgültigkeit gegenüber dem Leid der Leute, daß es William rasend gemacht hatte. Sie verrichteten ihre Arbeit wie Kassierer in einem Supermarkt, und die meisten der Häftlinge, die abgefertigt wurden, nahmen anscheinend ihre Lage wie Schafe hin. Kein Zweifel, sie hatten seit einiger Zeit gewußt, daß sie ARVIDS hatten, und vorausgesehen, daß sie in Quarantäne geschickt werden würden. Als William protestiert und versucht hatte, seinen Fall jemand Qualifiziertem vorzutragen, war er mit routinemäßiger Brutalität behandelt worden, als wäre er nur ein weiterer überreizter und möglicherweise gefährlicher Häftling, der das einzige Mittel bekommen mußte, das die Wärter des Gesundheitsdienstes austeilten – Ruhigstellung mit Beruhigungsmitteln. Er hatte nur eine sehr vage Erinnerung daran, daß er mit Gewalt entkleidet worden war und man ihm den Pyjama des Lagers übergestreift hatte, der schlecht paßte und steif von Stärke war. Später, hier im Pavillon 4-H hatte ihm jemand gesagt, daß das meiste Personal im Lager nur wenig oder kein Englisch sprach und deshalb Beschwerden sinnlos waren. Man hatte illegal Eingewanderten die Wahl zwischen Deportation und Arbeit in den Quarantänelagern gegeben. Die meisten hatten die Deportation gewählt.

»Hey, Arschloch! Wie spät ist es?«

William suchte in den Schatten des Pavillons unter dem geneigten Dach und den kahlen Sparren und dem labyrinthartigen Zickzack der hölzernen Trennwände. Nur eine ferne Vierzigwattglühbirne spendete Licht. Er konnte keine Uhr entdecken, und so gab er die Uhrzeit vier Uhr fünfundzwanzig an, was den Mann unter ihm im Etagenbett anscheinend zufriedenstellte.

Um zehn Uhr würden die Wärter das Haupttor aufschließen und Essensmarken ausgeben. Dann hatten diejenigen, die nicht zum Saubermachen eingeteilt waren, die Freiheit, sich in den meisten Teilen des Lagers zu bewegen. Gestern, noch benebelt von dem Beruhigungsmittel, hatte William stundenlang gewartet, um an einem der Telefone in der Pioneer Halle ein R-Gespräch zu führen. Er hatte in die Überwachungskameras an den dunklen Wänden gestarrt und mit den Fingerspitzen die weiche Stelle an seinem Unterleib untersucht. Jede Person durfte nur ein Telefongespräch führen und mußte sich für ein weiteres wieder hinten anstellen. Und wenn keine Verbindung zustande kam oder die Gebühren für das R-Gespräch nicht übernommen wurden, mußte man sich wieder ans Ende der Schlange stellen und von neuem warten. Er hatte dreimal angerufen: bei Lisa, wo sich nur der Anrufbeantworteter gemeldet hatte; bei seinem Privatanschluß bei MDS, wo niemand den Hörer abgehoben hatte, und schließlich (weil er sich nicht an Miss Brights private Telefonnummer erinnern konnte) bei der allgemeinen Telefonnummer von MDS, wo sich der Telefonist in der Zentrale geweigert hatte, die Gebühren für das R-Gespräch zu übernehmen. Zu diesem Zeitpunkt war die Pioneer Halle geschlossen worden, und William hatte zum Schlafsaal im Pavillon 4-H zurückkehren müssen, bevor um neunzehn Uhr die Sperrstunde begann.

Er konnte nicht glauben, daß er zu so einer Null erniedrigt worden war, daß er mit all der Macht – er wußte, daß er sie hatte – nicht so etwas Einfaches wie seine Freilassung aus der Hölle bewirken konnte, in der er gelandet war. Dieses ganze System war in gewisser Hinsicht sein Werk. So war jeder Zorn, den er haben mochte, in derselben Hinsicht seine gerechte Strafe. Aber das änderte nichts. Ihm kam es jetzt nur noch darauf an, seine eigene Haut zu retten. Und er wußte nicht, wie.

73

Die Uhr auf dem Turm des Hängenden-Garten-Rathauses zeigte vier Uhr fünfundzwanzig, aber Judge war sich nicht sicher, ob die Uhr richtig ging. Seit seiner Ankunft in Wyomia hatte er die Erfahrung gemacht, daß man sich auf nichts und niemanden verlassen konnte. Zum Beispiel hatte in dem Gasthaus, in dem er sich aufhielt, in der Lobby eine große Vase mit Rosen gestanden. Doch als er das Kommando ROSENDUFT eingetippt hatte, war ihr Duft der Gestank von verfaultem Fleisch gewesen. Judge hatte immer ein wenig Argwohn vor Blumen gehabt, und so war er nicht überrascht. Aber es waren wahrscheinlich viele der Dinge hier in Wyomia ebenso falsch und betrügerisch, die er für bare Münze nahm. Wie Bruder Orson stets betonte: der Mund des Satans ist voller Falschheit und Betrug. Er lauert in den Gassen der Dörfer, und an den geheimen Plätzen ermordet er den Unschuldigen.

So wußte Judge, daß er sich vorsehen mußte, oder er würde enden wie eine der Leichen, die von den Bäumen im Garten der Hängenden Gärten hingen und von denen einige noch lebten und sich vor Schmerzen krümmten, obwohl die meisten tot und verwest waren. Manchmal waren es die einfachsten Dinge, die einen zu Fall bringen konnten. Man vergißt für ein paar Stunden zu essen und wird ohnmächtig vor Hunger. Man kommt zu lange ohne Schlaf aus und wird groggy und unvorsichtig. Und nicht nur im Spiel, sondern in der Realität. Wyomia war wie eine Droge, über die man im Schulunterricht Vorträge hörte, wie Crack, das so sehr Macht über einen gewinnt, daß man alles übrige vergißt. Jetzt, achtundvierzig Stunden nachdem er sich ins Programm gehackt hatte (er hatte die Platte in der obersten Schublade von Williams Schreibtisch gefunden), war die Grenze zwischen Spiel und Realität verschwommen, so daß er die Zeituhr des Laptops so einstellen mußte; in Vierstundenintervallen ertönte nun ein Summton. Der erinnerte ihn daran, auf die Toilette zu gehen oder in der Küche eine Pizza mit der Mikrowelle zuzubereiten. Er hatte auch ein paar längere Nickerchen hier auf der Couch im Arbeitszimmer seines Vaters gemacht, aber in diesem Fall ließ er das Spiel auf dem Bildschirm, weil er befürchtete, daß ein SAVE-Kommando vielleicht seine Hackerarbeit zunichte machte und er wieder ganz von vorne anfangen mußte.

Wyomia war unheimlich, ein Land mit mehr Friedhöfen als Städten, und selbst diese Städte waren überwiegend verlassen oder von Dämonen und Hexen und anderen Günstlingen des Satans bewohnt. Tote erledigten die meiste Arbeit, obwohl man nicht bei bloßem Hinblicken sagen konnte, ob sie tatsächlich tot waren. Man brauchte eine spezielle Art Brille, die es nur hier in den Hängenden Gärten gab. (Er hatte das von einem sprechenden Raben namens Karn erfahren, der ihm gesagt hatte, wenn er erst die Brille der Wahren Vision habe, werde er, Judge, die geheime Bedeutung von allem rings um ihn herum verstehen – und rings um ihn herum war William Michaels' Seele, verzaubert zu einer Landschaft.) Die simulierte Umgebung von Woymia zu erkunden war besser als das Tagebuch seines Vaters zu lesen; es war, als spaziere man in seine Träume hinein. Aber um die Bedeutung dieser Träume zu verstehen, brauchte er die Brille.

Und dort, nur um die Ecke vom Rathaus, an einer Straße mit heruntergekommenen Läden, war das Geschäft eines Optometrikers mit einer gigantischen Brille über der Tür als Ladenschild. Auf der Tür war ein Messingschild mit dem Namen des Optometrikers, Dr. Neudista. Jugde klopfte an. Die Tür schwang auf. Er trat ein.

»*Guten Tag*«, sagte Dr. Neudista. »Kann ich Ihnen behilflich sein?« Er war ein kleiner, kahlköpfiger alter Mann, dessen Haut die Farbe von Kerzenwachs hatte und dessen Lippen rot wie Erdbeermarmelade waren.

FRAGE NACH BRILLE DER WAHREN VISION, tippte Judge.

»Möchten Sie ein Metall- oder Plastikgestell?«

WIEVIEL KOSTET DIE? fragte er und nutzte die Maus, um auf eine Brille zu zeigen, die auf einem abgetrennten Kopf auf der Ladentheke ausgestellt war.

Als der Optometriker sich umwandte, um zu sehen, auf welche Brille der Kunde gewiesen hatte, nahm Judge ein Rasiermesser aus der Schultertasche, die er in Wyomia stets bei sich hatte. Die Tasche war gefüllt mit einem Durcheinander von ärztlichen Utensilien: Messer, Skalpelle, Zangen, Pinzetten, Fäden, Klebstoff, Lötlampen, Antibiotika und Placebos.

KILL DR. NEUDISTA, tippte er.

»Oh, das würde ich nicht tun«, sagte Dr. Neudista, ohne sich umzudrehen. *»Wenn du mich killst, wirst du nie wissen, was dies alles zu bedeuten hat. Deshalb ist mein Name ein Wortspiel, ist dir das nicht aufgefallen? Herman Neudista.«*

»Sie sind ein Nudist, meinen Sie das?«

»Nur wenn ich meine Kleidung ausziehe. Hier.« Er überreichte Judge die Brille und hielt einen Spiegel hoch. *»Schau dir an, wie du damit aussiehst.«*

Judge starrte entsetzt in den Spiegel. Er war zu einem Satan mit kurzen spitzen Hörnern geworden, und sein ganzes Gesicht hatte das matte, sich abschupppende Rot einer alten Tätowierung. Er hob die Brille vom Nasenrücken an und sah sein normales Gesicht in dem Spiegel, aber wenn er die Brille senkte, wurde er wieder ein roter Teufel.

Aber noch erschreckender war, daß sich das Gesicht des Optometrikers in das von Bruder Orson verwandelte, wenn Judge vom Spiegel wegblickte. Und Bruder Orson hatte Hörner wie Judge, und seine Haut war rot, und er hatte seine gesamte Kleidung ausgezogen.

»Ich habe mich schon gefragt, wann du mich erkennen wirst«, sagte Bruder Orson und lachte glucksend.

»Wie kannst du hier sein? Hier in Wyomia?«

»Warum nicht in Wyomia? Meinst du, dein Vater besitzt das ganze Land? Nein, dir gehört soviel davon wie ihm. Erinnerst du dich an die Zeit, als du noch ein Kleinkind mit einer Lätzchenhose warst? Da kam William in den Osterferien und im Sommer zu langen Besuchen nach Florida. Er hatte seinen Computer dabei, und anstatt dir Gutenachtgeschichten vorzulesen, sahst du sie auf dem Computerbildschirm. So hast du Wyomia kennengelernt. Deshalb kommt dir jetzt alles so vertraut vor. Du warst schon hier. Viele Male.«

»Und *du* warst ebenfalls hier?«

»In der einen oder anderen Form, ja. Erinnerst du dich nicht?«

»Ich erinnere mich an einen Apfel, der im Gras lag.«

»So einer?« Bruder Orson hielt einen Bilderbuchapfel hoch, der makellos rot war.

»Es war ein Giftapfel. Und du hast ihn mit deinem Fingernagel in zwei Hälften geteilt.«

Bruder Orson berührte die Schale des Apfels mit einem Krallenfinger, und der Apfel spaltete sich, und es war verfaultes Fruchtfleisch zu sehen, in dem es von schwarzen Pünktchen wimmelte. *»Sieh die Legionen, die Herman dienen«*, zischte er. *»Sieh eine Million mikroskopisch kleiner Schädlinge!«*

Judge schaute auf die Pünktchen im Apfel und sah, daß sie eine Armee unendlich kleiner, ungeheuer teuflischer Insekten waren.

»Was wir hier haben, ist ein mutiertes Gen«, erklärte Bruder Orson, oder er zitierte es vielmehr, denn seine Erklärung nahm die Form eines gereimten Verses an:

So winzig, daß es jeden Schutzschirm durchdringt
Umspült von deinem Lebenssaft
reife es zu Krankheit, die Qualen bringt
Und den langsamen Tod mit verheerender Kraft.
Eine Seuche, die fast immer tödlich ende,
Das ist mein Fluch, bis ich ihn ins Gegenteil wende.

Zuerst schenkte Judge Bruder Orsons Worten nicht viel Beachtung, weil er ein tief verwurzeltes Mißtrauen gegen alles hegte, das wie Gedichte klang. Reimerei war für ihn eine Form weltlicher humanistischer Propaganda, die ihm in der Schule eingetrichtert worden war und ihm verhaßter war als andere Formen, weil sie einem im Gedächtnis haftenblieben wie die Reklamespots im Fernsehen. Aber dann dämmerte Judge, worum es sich handelte.

»Das klingt nach ARVIDS«, sagte er zu Bruder Orson.

»In der Tat. Und diese winzigen Kreaturen sind die Sämlinge.«

Die Insekten gaben einen schrillen Laut von sich wie zur Zustimmung.

»Schädlinge stimmt nicht ganz. Eigentlich sind das Mycoplasmen, die kleinsten, einfachsten frei lebenden Organismen.«

»So so«, sagte Judge. Seine Abneigung gegen wissenschaftliches Geschwafel mit Fachbegriffen war noch ausgeprägter als seine Aversion gegen die Reimwut. Eines der Dinge, die er an Bruder Orson mochte, war die Tatsache, daß er einem nie das Gefühl gab, in der Schule zu sein und belehrt zu werden. Bis jetzt.

»Du bist nicht interessiert?« fragte Bruder Orson, der seine Gedanken gelesen hatte.

»Ich bin einfach nicht so firm in den Wissenschaften.«

»Aber bist du nicht neugierig, die Geheimnisse des Erfolgs deines Vaters zu erfahren?«

»Eigentlich schon. Aber ich verstehe nicht, was das mit diesen Mikroplastika oder so zu tun hat.«

»Vor langer Zeit, als sich der Weiße Mann Amerika unter den Nagel riß, fand er, daß er viel mehr Indianer töten konnte, wenn er ihnen Decken gab, anstatt sie zu erschießen, sofern die Decken mit Pockenerregern infiziert waren, gegen die die Rothäute keine natürliche Immunität hatten. Ganze Nationen wurden ausgerottet.«

»Hm-hm«, sagte Judge, der Geschichte vielleicht noch mehr haßte als jedes andere Pflichtfach. Geschichtslehrer versuchten einem immer Schuldgefühle wegen irgendwas einzureden – Sklaverei oder kein Wahlrecht für Frauen oder Indianer mit Pocken infizieren. Und dann dämmerte ihm abermals, worauf Bruder Orson hinauswollte.

»Du meinst, William hat so etwas mit ARVIDS gemacht?«

»Niemand hat je die Ätiologie, der zugrundeliegende ursächliche Zusammenhang von Infektion in Zusammenhang mit Mycoplasma incognitus *verstanden. Es kann viele Gewebe befallen. Es kann nicht in Blutproben isoliert werden; der Test für ARVIDS ist eher für die Nebenerscheinungen der Infektion im Endstadium.«*

Jetzt klang er wie der Dozent des Gesundheitsamts, der in der Schule einen Vortrag gehalten hatte, nach dem jeder im Vortragssaal hatte aufsagen müssen, wofür ARVIDS stand: Acute Random Vector Immune Disorder Syndrome. Als wären die Wörter eine Art Zauberformel, die verhinderte, daß man sie bekam. Wo doch Judge wußte, daß ARVIDS Gottes Strafe für Sünde war, schlicht und einfach das Schwert in seiner rechten Hand.

»Es gibt mächtigere Waffen als das Schwert.«

Judge warf unbehaglich einen Blick über die Schulter zu den Schüreisen, die neben dem Kamin auf Wache standen. »Ich nehme an, du meinst die Feder«, sagte er ausweichend.

»Nein, nicht die Feder. Auch nicht den Schürhaken. Ich meine den Merkurstab. Weißt du, was das ist?«

»Klar, das ist dieses gewundene Ding über der Tür von MDS.«

»Dein Vater hat einen Merkurstab.«

»So so.«

»Alles, was er als Arzt erreicht hat, gelang ihm durch diese Macht. Mit dem Merkurstab verursachte er ARVIDS. Er war auch die Ursache deiner unverdienten guten Gesundheit und der deiner ganzen Familie; deiner Brüder, deiner Mutter, der alten Mrs. Obstschmecker, wen auch immer dein Vater auswählte, um ihm Gutes zu tun.«

»Wie kommt es, daß ich dieses Ding nie gesehen habe?«

»Er hält den Merkurstab geheim. Würdest du das nicht auch tun?«

»Du meinst, er versteckt ihn?«

»Er ist den meisten Augen verborgen . . . aber mit der Brille der Wahren Vision . . .«

Es klingelte.

»Entschuldige mich einen Moment«, sagte Bruder Orson und verschwand durch eine hintere Tür des Geschäfts.

Als er fort war, erkannte Judge, daß der Kopf auf der Ladentheke der von Lisa war. Es sickerte immer noch Blut aus ihrem Haar, wo er mit der Spitze des Schürhakens geschlagen hatte.

Lisa betrachtete ihn haßerfüllt. »Ich habe dich immer für einen niederträchtigen kleinen Scheißkerl gehalten.«

»Ja, schön. Ich habe dich auch nie leiden können.«

Wieder klingelte es.

»Diesmal ist es nicht das Telefon, weißt du«, sagte Lisas abgetrennter Kopf. »Es ist jemand an der Straßentür, du wiedergeborener Vollidiot.«

»So so«, murmelte Judge, ohne ganz aufzunehmen, was sie sagte, weil er seine Aufmerksamkeit der wirklichen Leiche auf dem Ledersofa neben dem Kamin gewidmet hatte. Es wurde ihm klar, daß er sich früher oder später mit dem Problem befassen mußte, das sie darstellte. Nach einer gewissen Zeit begannen Leichen zu stinken und wurden madig. Er würde auch das Blut aufwischen müssen, doch er bezweifelte, daß er die Flecken aus dem Teppich herausbekommen würde.

Er sagte sich, daß er besser gleich damit anfing. Widerstrebend tippte er SAVE, und das Bild des abgetrennten Kopfes auf der Ladentheke von Dr. Neudistas Geschäft schrumpfte zu einem weißen Punkt und verschwand, was genau das war, was er in puncto Leiche wünschte. Aber Lisas toter Körper lag wirklich dort, und ebenso real war die Person an der Haustür, jemand, der nicht mit dem Klingeln aufhörte.

74

Judith verzweifelte fast, weil niemand auf ihr Klingeln hin öffnete. Sie spielte bereits mit dem Gedanken, von ihren Problemen fortzulaufen – die Leiche im Wagen zu lassen, zum Busbahnhof zu gehen und mit dem Bus nach Florida zu fahren. Aber schließlich, als sie das Gefühl hatte, schon zehn Minuten geschellt zu haben, öffnete Judge die Tür.

»Oh, du bist es«, sagte er und spähte mißtrauisch durch den schmalen Spalt der Tür, die durch die Kette gesichert war. »Ich fragte mich schon, wann du kommst.«

»Ich habe zehn Minuten lang geklingelt.«

»Tut mir leid, ich hatte Kopfhörer auf. Nur einen Moment.« Er schloß die Tür, löste die Kette und öffnete die Tür etwas weiter. Versperrte Judith aber weiterhin den Weg.

Nach allem, was Judith soeben durchgemacht hatte, war sein

Anblick ein Schock für sie. Die Gesichtszüge eines Menschen, der auf den ersten Blick wahnsinnig oder zumindest geistig gestört ist. Und dem Schock folgte ein Schuldgefühl – das Gefühl zu wissen, daß sie in irgendeiner Weise verantwortlich für das war, was sie sah. Dies war ihr Sohn. Ihre Worte, ihre Knochen, ihre wechselnden Stimmungen und ihre dauernde Anwesenheit waren die Gußform gewesen, die seinen Charakter gebildet und sein Gesicht modelliert hatten. Sogar der Name, den er angenommen hatte – Judge (Richter) – schien auf die gleiche Moral hinzuweisen. Ein Kind ist immer das wahre Zeugnis der Zeit über seine Eltern; sogar als Kind hatte sich Judge anscheinend hämisch über das Zeugnis gefreut, das er seinen Erzeugern darstellte. Und sie hatte sich stets geweigert, zu glauben, daß er einfach das war, was sie verdiente.

»Ist alles in Ordnung?« fragte er. »Warum sitzt Ben dort allein im Wagen?«

»Weil er tot ist. Er starb auf der Fahrt hierhin.«

»So so.«

Es war etwas fast Buddhistisches an seinem Mangel an Reaktion, um das man ihn vielleicht eher beneiden als bedauern mochte. Aber sie zeigte ja auch nicht viel offenes Gefühl. Nichts beruhigt die Nerven und stillt den Schmerz mehr als die Notwendigkeit, mit einer Herausforderung fertig werden zu müssen, während Ben noch auf dem Fahrersitz angeschnallt gewesen war wie eine Marionette. An jeder Verkehrsampel und jedem Stoppschild hatte sie angehalten (sie war kaum mit dem Fuß ans Bremspedal herangekommen), hatte bei jeder Kreuzung die Querstraßen abgesucht, ohne eine Ahnung zu haben, wo sie abbiegen mußte, um zu Williams Haus zu gelangen (bisher hatte sie sich immer von ihren Gastgebern fahren lassen), und jedesmal, wenn Bens Kopf auf seine Brust gesunken war, hatte sie befürchtet, ein Passant würde es bemerken und beim Gesundheitsamt anrufen. Sie hatte Bens Kopf an einer Haarlocke zurückgezogen und weiter mit der rechten Hand den Wagen gelenkt, und keiner hatte etwas bemerkt, weil niemand außer anderen Autofahrern auf der Straße gewesen war.

»Er starb auf dem Fahrersitz?« fragte Judge. »Wie bist du dann hergekommen?«

»Es tut mir leid, ich kann das jetzt nicht alles erklären. Ist William im Haus?«

»Nein, ich bin allein hier. Lisa schickte die Kinder und ihr Kindermädchen mit dem Flugzeug in den Osten zu Besuch bei ihren Verwandten. Dann folgte sie ihnen mit einem späteren Flug. Aber ich weiß nicht, wo William ist. Er war jetzt ein paar Tage lang nicht zu Hause. Manchmal bleibt er bei MDS oder sonst bei Madge in St. Paul. Deshalb machte ich mir keine Sorgen.«

Judge hatte diesen verschlagenen Blick wie immer, wenn er log, aber Judith hielt es für besser, nicht sofort eine Konfrontation zu suchen.

»Was machst du mit ...?« Judge nickte diskret in Richtung Bens Leiche. »Müssen wir nicht das Gesundheitsamt anrufen, wenn jemand stirbt?«

»Ben ist gerade aus einem Arrestzentrum des Gesundheitsdienstes entlassen worden. Man wird uns beide höchstwahrscheinlich in Quarantäne stecken, wenn wir uns an die Vorschriften halten und seinen Tod melden. Deshalb schlage ich vor, du öffnest das Garagentor, und ich fahre den Wagen in die Garage. Danach wird William wissen, was wir am besten machen, wenn er heimkommt. Hast du *keinerlei* Ahnung, wo er sein könnte?«

»Ich kann mir nur denken, daß er da ist, wo ich sagte – bei MDS oder Madge.«

»Wann war er zum letzten Mal hier?«

»Montagabend kam er nicht zum Abendessen. Seither war er nicht mehr hier.«

»Und wann flog Lisa weg?«

»Am nächsten Tag.«

»Seither bist du allein hier?«

»Wohin soll ich denn mit dem verdammten Ding an der Wade gehen?« Er zog die Jeans hoch genug, um das elektronische Überwachungsband zu zeigen, das sich unter seinem Strumpf wölbte. »Außerdem bin ich nicht allein. Ich kann mit Bruder Orson sprechen, wann immer ich das brauche, und Gott ist immer an meiner Seite. Er ist mein Beschützer und der Garant meines Seelenheils.«

Judith hätte fast laut gelacht, nicht so sehr über seinen Blödsinn, wie über ihre eigene Dummheit, den ganzen weiten Weg bis hierhin auf sich zu nehmen in der Hoffnung, auf Judge einwirken zu können. Schon jetzt wurde ihr bewußt, daß sie nichts sagen konnte, was er nicht hören wollte. Dieses Wissen hatte etwas merkwürdig Befreiendes.

»Was ist daran so lustig?« fragte er mit seinem üblichen Mißtrauen, schief angesehen zu werden.

»Die Situation. Wir stehen hier herum und plaudern, während eine Leiche beseitigt werden muß. Das ist schon recht makaber, findest du nicht auch?«

»Hm-hm. Nun, ich öffne die Garage. Kommst du mit dem Wagen zurecht?«

»Damit mußte ich fast den ganzen Nachmittag zurechtkommen.«

Judith stieg in den Wagen und rangierte, bis sie ihn in die Garage lenken konnte, wo sie ihn in der Mitte parkte, neben Lisas Volvo.

Als sich das Garagentor mit einem Rumpeln schloß, schaltete Judith die Zündung aus, bettete den Kopf ihres Vaters gegen die Kopfstütze und versuchte ihm die Augen zu schließen, ohne zuviel Druck anzuwenden.

»Laß mich das machen«, sagte Judge und griff durch das offene Fenster des Wagens.

Judith wandte den Blick ab, und als sie wieder hinschaute, sah es aus, als schliefe Ben.

»Willst du ihn hier drin lassen?« fragte Judge.

»Ja. Für den Augenblick.«

Judith folgte Judge durch die Halle, in der Lisas Bilder in Wasserfarbe und Druck hingen – Großaufnahmen von Blumen und Landschaftsmotive, Bilder, die Matisse nachempfunden waren, jedoch wie Ansichtskarten und Schallplattenhüllen für Popmusik wirkten. Judith war froh darüber, daß Lisa ihnen durch die frühe Abreise die Mühe erspart hatte, höflich zueinander zu sein.

Als sie das Wohnzimmer betraten, wurde der Geruch, der in der Halle nur schwach widerlich wahrzunehmen gewesen war, zu regelrechtem Gestank.

»Du lieber Gott? Was ist das?«

»Ich nehme an, ich hätte all diese Blumen wegwerfen sollen.«

Überall wo eine ebene Fläche zum Hinstellen war, standen Vasen mit abgestorbenen und welkenden Rosen, ganze Sträucher waren aus Beeten herausgerissen worden und hingen kläglich herab. Der Teppich war mit Rosenblättern übersät.

»Sind das die Rosen, die so schlecht riechen?« wunderte sich Judith.

»Wenn es so viele sind, können sie ziemlich stinken.«

»Es riecht mehr nach etwas, das im Kühlschrank schlecht geworden ist.«

»Du kannst den Kühlschrank überprüfen, wenn du willst. Ein Geruch baut sich allmählich auf, und man bemerkt ihn nicht, wenn man immer dort ist, wo er entsteht. Besucher im Knast von Starke beschwerten sich über unseren Geruch, aber wir nahmen ihn nicht wahr. Hast du keinen Koffer dabei?«

»Den habe ich im Busbahnhof im Schließfach gelassen.«

»Ich dachte, er wäre vielleicht in deinem Hotel.«

»Ich steige nicht im Hotel ab, John«, sagte sie entschieden. »Ich bleibe hier.«

Seine Miene verfinsterte sich. »Lisa sagte mir nichts davon.

»Ich nehme an, sie betrachtete das als selbstverständlich.«

»Und nenn mich nicht John! Als überzeugter Anhänger von Bruder Orson bin ich *Judge*.«

»Ich weiß«, sagte sie. »Eines der letzten Dinge, über die dein Großvater sprach, war eine Ermahnung, wie empfindlich du in puncto Namen bist.«

»Ich bin nicht *empfindlich*!«

Diesmal konnte sie es nicht ändern, obwohl sie die Lippen aufeinanderpreßte und den Blick auf den mit Rosenblättern übersäten Teppich senkte. Das Lachen wallte in ihr auf, wie Kohlensäure aus einer Flasche aufsteigt, wenn sie geöffnet wird. Und es war nicht nur ein glucksendes Lachen, sondern lautes Gelächter.

Judge blies sich natürlich vor Empörung auf, und das war sogar noch lustiger. Er starrte sie finster an, während sie schallend lachte, aber schließlich gab er sich geschlagen, machte auf dem Absatz kehrt und ließ sie allein mit den verwelkten Blumen. Judith hörte laute Schritte, die sich die Treppe hinauf entfernten, und das Zuknallen einer Tür.

Sofort hörte sie mit dem Lachen auf.

Es war, als ob jemand in diesem Moment das Zimmer betreten hätte, nicht verlassen. Es war ihr Kummer, und als sie das erkannte, konnte sie ihn mit den ersten Tränen begrüßen, die sie seit Bens Tod vergoß.

75

Nachdem er einen ganzen Tag vergeudet und es auf dem Dienstweg versucht hatte, war William schließlich auf jemanden gestoßen, der ihm zuhörte – ein schwarzer Teenager namens Larry, der das Kommando in jenem Essenszelt hatte, in dem William seine Mahlzeiten erhielt. Larry war seit über einem Jahr in dem Lager und hatte gute Verbindungen zu der heimlichen Hierarchie, und so konnte er eine Botschaft an eine Frau namens Lorine schicken, die ihrerseits – laut Larry – William heimlich in das alte Midway-Gebiet bringen konnte, wo die Büros des Gesundheitsdienstes und die Wohnquartiere des Personals untergebracht waren. Von dort aus hatte William die Möglichkeit, nach überallhin in den Twin Cities zu telefonieren, und wenn er derjenige war, für den er sich ausgab, konnte er Kontakt mit jemandem aufnehmen, der das bezeugen konnte.

Lorine kam um fünfzehn Uhr dreißig. Sie war eine untersetzte blonde Frau, die mindestens zehn Jahre älter als er sein mußte, jedoch immer noch die traditionelle Uniform der Rebellion des Teenageralters trug – Lederjacke, Jeans und jede Menge falschen Schmuck.

Sie rauchte eine Zigarette nach der anderen und sog daran, als bemühe sie sich, Luft aus einem defekten Atemgerät einzuatmen.

William erzählte abermals seine Geschichte. Lorine hörte gleichgültig zu. Es interessierte sie anscheinend nicht, wie er ins

Lager entführt worden war oder ob er ARVIDS hatte oder nicht. Es bedurfte keiner ärztlichen Ausbildung – um zu sehen, daß *sie* ARVIDS hatte. Ihre Finger zitterten, sobald sie eine Zigarette an die Lippen hob. Tränen sickerten unbeachtet aus ihren Augenwinkeln und zeichneten Bahnen von aufgelöster Wimperntusche auf ihre Wangen. Und der herbe Geruch der Krankheit strömte wie der Geruch eines Tiers im Käfig im Zoo von ihr. Selbst der Gestank ihrer Salems konnte ihn nicht mildern. Aber sonderbarerweise wirkten bei Lorine diese Anzeichen auf den nahe bevorstehenden Tod weniger wie Krankheitssymptome, sondern eher als Merkmale des Trotzes wie die Lederjacke und der Schleier ihres Zigarettenrauchs.

Lorine war eigentlich nur an einem interessiert – wieviel William für seine Freilassung zahlen konnte.

»In *bar*«, betonte sie. »Aus offenkundigen Gründen –«, sie hatte einen kurzen Hustenanfall, erholte sich davon, blinzelte Tränen fort und sog an ihrer Zigarette, »– muß es Bargeld sein. Gold ist auch in Ordnung. Kein Goldschmuck, nur Gold in Barren.«

»Ich habe Geld auf verschiedenen Bankkonten. Wenn ich einen Barscheck ausschreibe . . .«

»Ja, aber wer löst ihn bei der Bank ein? Das ist das Problem. Wissen Sie, wie können wir Ihnen vertrauen, daß Sie uns nicht verpfeifen, wenn Sie hier raus sind?«

»Wenn ich das täte, würde ich nur das Risiko eingehen, wieder hier zu landen.«

»Vielleicht, vielleicht aber auch nicht. Wenn Sie so ein großes Tier sind, wie Sie behaupten, und nicht positiv sind, dann sind Sie aus dem Schneider, wenn Sie raus sind. Und dann vergessen Sie, daß Sie allen Grund haben, mir und meinen Freunden dankbar zu sein. Das liegt anscheinend in der menschlichen Natur.« Sie machte einen Lungenzug und grinste philosophisch.

»Wenn Sie Bargeld wollen, kann ich Ihnen welches geben. Ich habe eine Reserve Bargeld in meinem Safe. Wenn Sie zu jemandem telefonisch durchkommen, kann ich sagen, wie der Safe geöffnet wird.«

»Jetzt erzählen Sie Märchen. Wieviel ist denn im Safe?«

»Zehntausend, vielleicht auch mehr.«

»Sie müssen schon mehr bieten, wenn Sie Entlassungspapiere haben wollen, doch das sollte das Rad in Bewegung setzen. Nein, sagen Sie nicht – ich sehe Ihnen an, was Sie auf der Zunge haben – ›das ist Erpressung!‹«

William versuchte ihren kessen Tonfall nachzuahmen. »Nein, das ist mehr wie Lösegeld für ein Kidnapping.«

Sie nickte zustimmend. »Richtig. Dies ist Ihre eigene Geiselkrise. Da wir uns darüber einig sind, gehen wir jetzt zu dem Wohnwagen.«

Lorine führte William in einem Zickzackkurs über das ehemalige Messegelände. Unterwegs hielt sie ein paarmal, um mit anderen inoffiziellen Größen in der Hierarchie zu sprechen: mit dem Rausschmeißer vor einer großen Kirmesbude (die zu einem Crack-Haus geworden war, wie jemand gesagt hatte, der am vergangenen Tag mit ihm in der Schlange vor der Pioneer Halle gestanden hatte); mit einer alten Frau, die zerfledderte Taschentücher und alte Zeitschriften an einem Stand verkaufte.

Die Bürgersteige waren voller Leute, überwiegend in den Pyjamas, die im Lager ausgegeben wurden, aber wenige dieser Leute gingen irgendwohin. Sie standen in Gruppen zusammen oder saßen längs des Bordsteins. Ein paar sprachen miteinander, die meisten schwiegen, und alle wirkten bedrückt und resigniert, als hätten sie stundenlang auf eine Parade gewartet, die niemals auftauchen würde. In Intervallen fuhr langsam eines der grünweißen Servicefahrzeuge des Gesundheitsdienstes vorbei wie ein Streifenwagen, der durch ein Viertel mit hoher Kriminalität rollt.

»Larry sagte, sie sind eine Art Doktor.«

William nickte. »Ich leite ein Forschungsinstitut.«

»Was erforschen Sie?«

»Verschiedene Aspekte von Immunreaktionen.«

Lorines Lachen zu hören war wie ein Röntgenbild ihrer geschädigten Lunge zu sehen. »Heißt das, Sie haben sich auf ARVIDS spezialisiert?«

»Jemand muß das, wenn es jemals ein Heilmittel geben soll.«

Sie blieb vor einem mit Brettern vernagelten Messestand stehen und musterte ihn durch einen Schleier von Zigarettenqualm. »Wie war noch mal Ihr Name?«

»Michaels.«

»*William* Michaels – der Typ in den Nachrichten?«

»Von Zeit zu Zeit.«

»Sie sind der Mann, der diesen Plan hat, irgendein ganzes County im Norden in ein Seuchenlager wie dies hier zu verwandeln?« Sie wartete nicht auf eine Bestätigung. »Scheiße.« Sie warf die Zigarettenkippe auf den Bürgersteig und trat sie aus. Dann sah sie William mit offener Berechnung an.

William fühlte sich zuversichtlicher. Jetzt war er als derjenige erkannt, der er war, und es würde nur eine Frage der Zeit sein, bis er freigelassen werden würde. Die Höhe des geforderten Lösegelds war ihm gleichgültig.

Lorine hatte es auf einmal eilig, und sie gingen sofort zur Hauptstraße, ohne weitere Abstecher zu machen. Als sie durch ein Nebentor gingen, sah William, daß die Wachen nicht die grüne Uniform des Gesundheitsdienstes trugen. Der Wohnwagen stand hinter dem großen Riesenrad, das noch in Betrieb war. Es diente der Unterhaltung des Personals des Gesundheitsdienstes und als Wahrzeichen des Messegeländes. Aus der Ferne vermittelte der Anblick des sich drehenden Riesenrads den Eindruck, als wäre es ein gewaltiger Rummelplatz, auf dem es so heiter war wie auf der Kirmes zwischen den Ausstellungen. Das Riesenrad diente dem gleichen Zweck wie der Blumenstrauß neben einem Krankenbett, wenn auch in enorm größerem Umfang.

Der Wohnwagen war sparsam eingerichtet. Es gab zwei Schreibtische und ein paar Bürostühle. Schnapsflaschen, Schokolade und Zigaretten – die inoffizielle Währung im Lager – waren in Schränken mit Maschendrahttüren gelagert, die mit Vorhängeschlössern gesichert waren.

Lorine öffnete einen der Schränke, nahm ein Telefon heraus und stöpselte es in eine Anschlußbuchse in der Wand ein. »Sagen Sie mir, welche Nummer ich wählen soll.«

Er nannte ihr zuerst Bens Telefonummer, und als sich dort niemand meldete, seine Telefonnummer bei MDS. Als sich Bens Sekretärin meldete, weigerte sich Lorine, die Kontrolle über das Telefon abzutreten. »Sie konnte mir nur sagen –«, faßte sie zusammen, als sie den Hörer aufgelegt hatte, »– daß er nicht da ist und daß sie nicht weiß, wo er sein könnte. Wen rufe ich als nächstes an?«

Er nannte ihr die Hauptnummer von MDS und wies sie an, zu versuchen, eine Verbindung zu der Verwaltungsdirektorin, Valerie Bright, zu bekommen. Lorine wurde mit verschiedenen Anschlüssen verbunden, und schließlich legte sie den Hörer auf. »Das gleiche wie mit diesem Winckelmeyer. Sie ist nicht da, und keiner kann sagen, wo sie ist oder wann sie zurückkommen wird. Zweite Niete.«

Es blieb ihm nichts anderes übrig, als Lorine seine Telefonnummer zu Hause anrufen zu lassen. Er hatte seine Frau nicht in seine Schwierigkeiten hineinziehen wollen, wenn es sich vermeiden ließ. Lisa war unerwarteten Forderungen nicht gewachsen. Er wollte ihr auch nicht die Kombination des Safes geben. Sie sollte nicht einmal wissen, daß es einen Safe in seinem Arbeitszimmer gab.

William überlegte schon, wen er als nächstes anrufen konnte, als sich jemand schon nach zweimaligem Klingeln meldete. »Hallo«, sagte Lorine, »ist dort die Gattin von Mr. William Michaels?« Und dann nach einer Pause: »Nun, ist Mrs. Michaels da? Ich möchte mit ihr sprechen.« Es folgte eine längere Pause, und schließlich sagte Lorine in verzweifeltem Tonfall: »Scheiße, aufgelegt.«

»Aber *jemand* war da«, sagte William.

»Eine Frau. Mit demselben Nachnamen wie die erste Person, bei der ich anrufen sollte.«

»Winckelmeyer. Judith Winckelmeyer?«

»Richtig.«

»Judith würde nicht einfach auflegen, das ist nicht ihre Art.«

Lorine schnaubte verächtlich und holte aus der Reißverschlußtasche ihrer Lederjacke eine Schachtel Salem hervor. »Sie glauben gar nicht, wie viele Leute den Hörer auflegen, wenn sie erfahren, von woher der Anruf kommt. Ich habe einen Bruder in Edina. Glauben Sie, der freut sich, wenn ich ihn anrufe? Glauben Sie, daß eine meiner Nichten jemals da ist, wenn ich nach ihnen frage? Wenn man erst hinter diesen Zäunen ist, wird man von den Leuten draußen bereits als tot betrachtet. Und sie wollen nicht von Geistern heimgesucht werden, nicht mal übers Telefon. Willkommen in der Hölle, Dr. Michaels.«

»Aber Judith wußte nicht, wer anruft. Lassen Sie *mich* telefonieren. Ich weiß, daß sie bei mir nicht auflegen wird.«

Lorine zündete sich eine Zigarette an. »Versuchen Sie's.«

Als William den beigefarbenen Telefonhörer nahm, hatte er das Gefühl, einen Rettungsring zu ergreifen. Er brauchte nur die richtigen sieben Zahlen zu wählen, und all seine Probleme würden gelöst sein wie bei einem Haupttreffer in der Lotterie.

Er wählte, und Judith meldet sich sofort mit einem fragenden »Hallo?«

»Judith? Judith, ich bin's. William – bitte leg nicht wieder auf. Dies ist sehr wichtig.«

»William! Ich habe nicht aufgelegt, die Leitung war aus irgendeinem Grund auf einmal tot. Wo bist du? Ben sagte, du bist vom Gesundheitsdienst festgehalten worden.«

»Da bin ich jetzt. Auf dem Messegelände. Es war ein Alptraum, aber ich kann jetzt keine Einzelheiten erzählen. Ist Lisa da?«

»Lisa war bereits weg, als ich hier eintraf.«

»Weg? Wohin?«

»Sie besucht ihren Bruder im Osten. Sie flog am Dienstag. Die Jungs und das Kindermädchen flogen schon vorher. Ich bin allein mit Judge hier. William, ist alles in Ordnung mit dir?«

Die Frage schien wie ein Karateschlag genau ins Zentrum seiner Pein zu sein. Es war, als schlage ein Blitz in sein Nervensystem und lösche alles andere aus.

Lorine nahm ihm den Telefonhörer aus der Hand. Sie tat es mit der geschulten Gleichgültigkeit einer Krankenschwester, für die der Schmerz eines Menschen nur ein Symptom wie Fieber oder Inkontinenz ist, mit dem man fertig werden muß. »Hallo, Mrs. Winckelmeyer?« sagte sie. »Ihr Freund ist vorübergehend in einer Notlage. Er rief an, weil er möchte, daß jemand seinen Safe im Büro öffnet und etwas Geld herausnimmt. Und dann soll das Geld überbracht werden ... wohin, hat er zu diesem Zeitpunkt noch nicht entschieden. Wenn sie also das Geld holen und warten, bis wir wieder anrufen ... glauben Sie, Sie können das tun?«

William konnte Judiths Antwort nicht hören, aber was sie sagte, stellte Lorine anscheinend zufrieden.

»Wie lautet die Kombination des Safes?« fragte Lorine.

Er konnte nicht sofort antworten. Der Schmerz und die Furcht wirkten noch nach, und er konnte kaum klar denken.

»Doktor?« drängte Lorine und kniff die Augen zu Schlitzen zusammen.

Als er ihr die Kombination nannte, fühlte er sich sonderbar hilflos und erniedrigt.

»Und wo ist der Safe, will Ihre Freundin wissen.«

»In der Wand rechts von meinem Schreibtisch, hinter meinem Doktordiplom.«

Lorine gab die Information an Judith mit eigenem Kommentar weiter: »Er sagt, der Safe ist an der ersten Stelle, an der jeder nachschauen würde, hinter dem Doktordiplom an der Wand in seinem Büro. Vielleicht ist da sogar ein Pfeil, der drauf zeigt, und auf einem Schild steht ›Hier Safe‹.« Nach einer Pause murmelte sie vor sich hin: »Nicht zu glauben!« Dann blickte sie auf und sagte zu William: »Sie hat wieder aufgelegt. Denken Sie, ich habe etwas gesagt, das sie beleidigt hat?«

Aber William war überhaupt nicht zum Denken fähig. Der Schmerz war zurückgekehrt, nicht mit ganzer Kraft, nur ein dumpfer Schmerz, der erträglich war, wenn er nicht schlimmer wurde.

Lorine wählte noch einmal die Telefonnummer und meldete: »Besetzt.« Sie legte den Hörer auf. »Nur aus Neugier, ist diese Judith jemand, den Sie wirklich gut kennen? Ich meine, sie wird sich doch nicht das Geld nehmen und damit abhauen, oder?«

William schüttelte den Kopf. »Ich glaube, ich sollte einen Arzt konsultieren.«

Lorine lachte. »Das sollten wir beide, Süßer.«

»Ich meine, dies ist vielleicht dringend.«

»Hey, ich habe nicht aufgelegt, das war Ihre Freundin Judith.«

»Wenn Sie jemanden auftreiben könnten, der mich zur Calumet Avenue 1350 fährt, hier in St. Paul ... Es ist nur anderthalb Kilometer vom Messegelände entfernt.«

»Warum, was ist da?«

Dort war der Merkurstab, wo er ihn zuerst versteckt hatte, unter der Isolierwolle auf dem Speicher. Der Merkurstab war in der Vergangenheit immer wirksam gewesen. Wenn er an ihn heran konnte, würde es ihm wieder gutgehen, der Schmerz würde verschwinden. Aber wie konnte er das dieser Lederjackenhexe erklären, diesem Möchtegern-Teenager, der älter aussah als Madge?

Als Antwort fiel ihm nur ein: »Meine Stiefmutter wohnt dort. Sie ist Krankenschwester. Sie . . .« Er hielt den Atem an, als wieder ein Feuer aus Schmerzen durch sein Nervensystem zu toben schien.

Lorine neigte sich vor und kniff die Augen zu Schlitzen zusammen. Ihr Interesse wurde von den Anzeichen auf sein Leiden angezogen wie ein Eisenspan von einem Magneten. »Hey, Sie verscheißern mich nicht, oder? Sie haben ein Problem.«

»Bitte«, flehte er mit der tiefen Verzweiflung, die kommt, wenn die Hoffnung schwindet. »Bringen Sie mich . . . zur Calumet 1350.«

»Nun, wir werden weiter wählen. Aber unterdessen können Sie meiner Meinung nach eine kleine Aufheiterung brauchen. Etwas, das Sie von Ihrem derzeitigen Problem ablenkt.« Sie ging zu dem Eisenschrank mit der Maschendrahttür, aus dem sie das Telefon genommen hatte, und kehrte mit einer Schachtel zurück, in der sich eine Spritze und ein paar verschieden große Ampullen befanden. Sie zog die Spritze so geschickt wie jede staatlich geprüfte Krankenschwester auf und fand die Vene, die sie suchte, schon nach dem zweiten Versuch.

Das Morphium durchflutete ihn wie Taufwasser, löschte den Schmerz und erfüllte alle Dunkelheit mit hellem, weißem Licht. Sein Körper wurde zu einer Wiese bei Tagesanbruch, schimmerte mit einem Tau reinen, schmerzlosen Gefühls.

»Jetzt fühlen Sie sich besser?« fragte Lorine. Ihre rauhe Stimme schien ein klarinettenhaftes Timbre angenommen zu haben.

Er nickte.

Lorine hielt einen Finger unter sein Kinn und hob seinen Kopf an, so daß sie ihm direkt in die Augen schauen konnte. Einen

Augenblick lang dachte er, sie wollte ihn küssen, doch dann zog sie die Spritze aus einer anderen Ampulle auf.

»Da gab es einen Song«, bemerkte sie, »damals in den Sechzigern . . .« Sie verstummte, als sie die erste Wirkung der Droge spürte, und fuhr dann fort: »Ich kann mich nicht mehr an den Text erinnern, aber ich hörte mir das Lied immer wieder an.«

76

Es war jetzt klar, daß alles zu einem Zweck geschehen war: der Anruf seines Vaters genau zu diesem Zeitpunkt, Judiths Ankunft zu diesem Zeitpunkt, so daß sie sich am Telefon meldete und William mit ihr redete. Judge war überzeugt, daß William ihm nicht die Kombination des Safes genannt hätte, ganz gleich in welcher üblen Lage er auch sein mochte. Er hätte es bestimmt nicht gesagt, denn er wußte, daß in dem Safe nicht nur das Geld war, das er in Judiths Auftrag herausholen sollte, sondern auch – Gott sei gepriesen! – das Gerät für das Hausarrest-System des Komitees für bedingte Haftentlassungen. Er hatte das Arbeitszimmer förmlich auseinandergenommen, um das verdammte Ding zu finden – und jetzt hatte er den Safe in der Wand entdeckt und erkannt, daß das Gerät darin sein mußte.

Zu diesem Zeitpunkt war Lisa bereits tot.

Es tat ihm leid, daß er sie hatte töten müssen, doch zugleich empfand er eine Art Befriedigung. Keine fleischliche Befriedigung, sondern das Gefühl, das man hat, wenn das letzte Puzzleteil paßt oder ein Messer mitten ins Zentrum der Zielscheibe trifft. Nein, es tat ihm leid, weil er wußte, daß er tief in der Klemme war und keinen Ausweg sah. Wenn er sich zu weit von dem Gerät im Haus entfernte, würde das Überwachungsband um seine Wade Alarm auslösen, und er würde geschnappt und heimgebracht werden. Und wenn er das Band mit der Gartenschere entfernte, würde die Polizei im Nu im Haus sein und Lisas Leiche finden. Ganz gleich was er tat, er würde wieder im

Gefängnis landen, und so hatte er sich nicht vom Fleck gerührt und seine Aufmerksamkeit der Erkundung von Wyomia gewidmet.

Wyomia war eine Goldmine an Informationen, besonders seit er die Brille der Wahren Vision hatte. In mancher Hinsicht war Wyomia interessanter als Willowville oder Minneapolis oder sonstwas in der Realität. Es war nicht, als sehe man Bilder auf einem Fernsehschirm, es war wie die Welt, die kommen würde, die Welt des Jüngsten Tags, die vom Evangelium und Bruder Orson prophezeit wurde.

Und hier war er, noch lebendiger als zu der Zeit, in der Judge über die Telefonnummer 009 und den Computer Kontakt mit Bruder Orson gehabt hatte. Die Leute versuchten immer, Bruder Orsons Existenz zu bestreiten, indem sie sagten, daß er nur eine durch den Computer erzeugte Illusion der Interaktion war, der Wechselbeziehung zwischen Personen und Gruppen. Aber nichts konnte wegdiskutieren, was Judge in den vergangenen Tagen gesehen und gehört hatte. Er hätte das Computerprogramm gern sofort wieder gestartet, doch er mußte sich nun wirklich erst mit den Leichen beschäftigen. Besonders mit Lisas Leiche, die übel roch. Eines der guten Dinge beim Leben in den letzten Tagen war das Wissen, daß das eigene Fleisch nie verdarb. Es würde durch die Entzückung gehen und unvergänglich werden.

Judge zog die Kante einer Perserbrücke unter den Sofabeinen hervor, die sie auf den Teppichboden drückten. Er legte Lisas Leiche auf ein Ende der Brücke und rollte sie zu einem ziemlich handlichen Bündel in den kleinen Teppich. Er verschnürte das Bündel mit drei Krawatten aus dem Schrank in Williams Ankleideraum. Als er fertig war und das Bündel hinaus auf den Gang schleppte, waren an einem Ende des Bündels Lisas Haar zu sehen und am anderen ihre Schuhspitzen, aber im Grunde wirkte sie wie ein zusammengerollter Teppich.

Er ließ Lisa beim oberen Treppenabsatz liegen und ging hinab ins Wohnzimmer, um zu überlegen, was er mit seiner Mutter machen sollte. Er hatte wirklich nicht vorgehabt, Judith zu töten, aber sie hatte ihm keine Wahl gelassen. Als er sich geweigert hatte, sie in Williams Arbeitszimmer zu lassen, hatte sie gesagt ›okay‹ und sich abgewandt. Sie hätte sofort das Haus verlassen. Er hatte sie stoppen müssen. Die Tatsache, daß sie seine Mutter war, kam ihm nicht in den Sinn, doch es war ihm eines klar: wenn er geschnappt wurde und es Schlagzeilen in den Zeitungen gab, würde man ihn zu einer Art Monster machen, weil er seine Mutter *und* seine Stiefmutter ermordet hatte, und vermutlich würde man ihn auch noch für Bens Tod verantwortlich machen. Man würde ihn als eine Art wahnsinnige Sexbestie hinstellen, und das war wirklich unfair. Und wie konnte er den Medien erklären, daß weder Judith noch Lisa nach seiner Reinigung durch den Geist seine Mutter waren? Oh, wenn sie ihn jetzt schnappten, würde er die Hölle auf Erden haben.

Judiths Leiche sah aus, als wäre Judith auf der Couch eingeschlafen, auf der er sie liegengelassen hatte. Ihr Kopf hing zur Seite und ruhte auf dem Kissen. Die linke Hand war zwischen die Schenkel geklemmt, und die rechte Hand hing schlaff von der Armlehne. Wenn die Augen geöffnet gewesen wären, hätte man annehmen können, sie posiere für ein Foto. Nur wenn man aus nächster Nahe auf ihren Hals schaute, konnte man die Male sehen, die seine Hände hinterlassen hatten, als er sie erwürgt hatte.

Judge wußte nicht, was er mit Judith machen sollte. Da gab es noch einen Perserteppich im Wohnzimmer, aber er war drei Meter mal vier Meter groß und nicht sehr geeignet zum Verpacken von Leichen. Er hatte neulich eine Tiefkühlpizza aus der Tiefkühltruhe im Keller geholt und wußte, daß die Truhe zu voll war, um darin eine Leiche unterzubringen. Ein Vergraben der Leichen auf dem Hof kam nicht in Frage, auch nicht, wenn er bis spät in die Nacht wartete. Es gab einfach zu viele andere Häuser mit Blick auf das, was er tun würde.

Während Judge überlegte, wie es weitergehen sollte, klingelte jemand an der Tür. Er empfand kurz Panik, mehr jedoch nicht. Ungebeten kamen ihm die Worte des achtzehnten Psalms in den Sinn: *Jehova ist mein Fels und meine Burg und mein Erretter; mein Gott, mein Hort, auf ihn werde ich trauen, mein Schild und das Horn meines Heils.*

Judge rückte die Couch ein Stück von der Wand ab. Er schob

eine Hand unter Judiths Rockbund und die andere Hand unter ihre Knie. Wie ein Gewichtheber beim Stoßen hob er Judiths Leiche über den Rücken der Couch und ließ sie zu Boden fallen. Er schob die Couch so weit wie möglich zur Wand zurück, betrachtete die Wirkung aus ein paar Schritten Entfernung und sagte sich, daß das durchgehen würde. Dann ging er zu dem Monitor in der Halle, um zu sehen, wer an der Tür war.

Es war der schwarze Priester, der in der Muttergotteskirche die feine Predigt über das Vaterunser gehalten und ihn und die alte Mrs. Obstschmecker zum Friedhof begleitet hatte. Pfarrer Lyman Sinclair.

Judge war erfreut.

Er löste die Sicherheitskette, entriegelte die Tür, öffnete sie und streckte dem Priester die Hand hin. »Welch eine Überraschung! Sie sagten, Sie werden mich mal besuchen, und da sind Sie!«

Der Priester lächelte. »Paßt Ihnen der Zeitpunkt? Störe ich nicht?«

»Ich wüßte nicht, wen ich in diesem Moment lieber sehen würde als Sie, Lyman Sinclair. Sie werden sich erinnern, daß Sie sagten, ich brauche Sie nicht mit Father anzureden. Kommen Sie herein! Kommen Sie herein!«

77

Pfarrer Lyman Sinclair war sich darüber im klaren, daß er herumschnüffelte, aber das gab ihm nicht das Gefühl, zu sündigen, denn es gab kein Gebot, das sagte, du sollst nicht schnüffeln! Teils hatte es ihn aus normaler Neugier auf eine Berühmtheit hierhin gezogen, aus der gleichen Neugier, aus der sich jedesmal eine Million Ungläubige an den Straßenrändern sammeln, wenn der Papst in eine Limousine steigt. William Winckelmeyer war viele Striche tiefer auf der Skala des Interesses der Medien als der Heilige Vater und tiefer auf der Skala als die meisten Filmstars, aber er stand immerhin auf gleicher Stufe mit dem Gouverneur oder sogar einem Nachrichtenmoderator. Er war ebenfalls die einzige berühmte Person, mit der Lyman zusammen auf die Schule gegangen war, und weil Judge selbst auf regionale Weise Berühmtheit erlangt hatte, war der Besuch für ihn so etwas wie ein kleines Klassentreffen. Selbst der Schultyrann (und das war gewiß Lymans Rolle gewesen) entwickelte eine Art sentimentales Interesse, wenn genug Zeit vergangen ist.

Darüber hinaus war ein so tiefes Schuldgefühl in Lymans Seele, daß es manchmal den Anschein hatte, Billy Michaels sei sein Bruder, ein Abel, der einen verpfuschten Mord überlebt hatte. Als er erfahren hatte, daß am Tag nach dem Streich, den er Billy gespielt hatte, Mr. Michaels bei einem Autounfall ums Leben gekommen war, als er Billy zum Krankenhaus hatte fahren wollen, war Lyman schnurstracks zu Pfarrer Youngermann in die Pfarrei der Muttergotteskirche gegangen und hatte seine Tat gebeichtet. Die erste echte Beichte seines Lebens. Aber Lyman hatte nie das Gefühl gehabt, daß ihm die Schuld erlassen worden war, ganz erlassen, und das Gefühl, ein Sünder zu sein, hatte Jahr um Jahr in ihm genagt, bis es ihn zum Priester gemacht hatte. *O felix culpa* vielleicht. Dennoch war er überzeugt, daß in den Büchern im Himmel noch das Konto zwischen ihm und dem Jungen ausgeglichen werden mußte, aus dem Dr. William Michaels geworden war.

So war er hier in Willowville im Haus des Mannes, saß auf dessen Couch im Wohnzimmer und gab der Neugier und den Schuldgefühlen all dieser Jahre nach. Es mochte nicht ein Tatort des Verbrechens sein, an den er zurückgekehrt war, aber es kam ihm so vor.

Aber das war nur ein Teil seiner Neugier. Er war nicht weniger von Judge Winckelmeyer fasziniert, Dr. Michaels rüpelhaftem Stiefsohn, und obwohl er wußte, daß es eine morbide Faszination war, hatte er nicht dem Impuls widerstehen können, als ihn seine Pflichten als Pfarrer nach Anoka gerufen hatten, und er war bei der Ausfahrt nach Willowville vom Highway 10 abgebogen. Hier, umgeben von einer Innenausstattung, die als Titelbild für eines der Magazine hätte dienen können, die übertrieben peniblen Hausbesitzern etwas boten – alles feine Stoffe und edle Hölzer – wirkte der Junge sogar noch fremder und plumper, als es in der Kirche oder auf dem Friedhof der Fall gewesen war. Nichts von dem vornehmen Stil dieses Hauses hatte auf ihn abgefärbt. Er wirkte wie ein Klempner, der gekommen war, um einen verstopften Abfluß in Ordnung zu bringen. Er hatte die blasse Haut einiger Weißer, mit denen sie wie halbtot aussahen und die sich Lyman selbst in seinen schlimmsten Augenblicken des Neids oder Selbstmitleids im Priesterseminar nie an Stelle seines eigenen tiefen Kakaobrauns gewünscht hatte.

Die Augen des Jungen faszinierten Lyman am meisten. In diesen Augen sah er Fanatismus, perfekten Glauben, Wahnsinn. Sein eigener Glaube war nie so rein gewesen, und er hatte nie ganz das gleiche verräterische Funkeln in den Augen anderer Katholiken gesehen, abgesehen vielleicht von einigen Nonnen, die er aus der Kindheit in Erinnerung hatte. Er empfand Neid angesichts dieser Reinheit des Herzens, dieser visionären Kraft, aber er fürchtete beides auch ein bißchen, und wie immer wenn Furcht mit Verlangen verbunden ist, war es zu einer Versuchung geworden, der er erlegen war.

»Ich wette, ich weiß, was Sie denken«, sagte Judge. »Sie fragen sich, warum es hier so riecht. Es sind die Rosen. Am Montag füllte meine Stiefmutter all diese Vasen, und dann reiste sie nach Osten, um ihren Bruder zu besuchen, und ich war hier seither mehr oder weniger allein. Ich dachte erst heute nachmittag daran, die verdammten Dinger zu entfernen, und deshalb hängt der Geruch noch in der Luft.«

»In der Kirche kann es auch so riechen – nach einer Trauerfeier zu einer Beerdigung.«

Judge neigte sich ruckartig vor und starrte ihn argwöhnisch an.

»Nur ein Scherz«, sagte Lyman besänftigend. Man mußte daran denken, daß Leute mit großem Glauben dazu neigten, null Humor zu haben.

Judge nickte und entspannte sich anscheinend. Er saß auf der Kante eines Ohrensessels, hatte die Ellbogen auf die Knie gestützt und die dicken Finger fest verschränkt. »Ich bemerkte den Geruch erst, als mich meine richtige Mutter darauf hinwies«, fuhr er fort. »Sie ist zu Besuch hergekommen. Aber sie ist jetzt nicht hier. Ich habe Ihnen von ihr erzählt.«

»Ich erinnere mich. Sie erwähnten, daß Ihre Mutter Nonne ist.«

»Hm-hm, das kann man sagen. Sie würden sie vermutlich mögen. Oder vielleicht auch nicht: Sie ist eine Ketzerin.«

»Ja, das erwähnten Sie ebenfalls auf der Fahrt zum Friedhof. Ich würde sie vermutlich mögen. Einige meiner besten Freunde sind Ketzer.«

»Das ist wohl ein anderer Scherz, wie? Ich kann nicht verstehen, wie ihr Katholiken wißt, was ihr glauben müßt, wenn ein Haufen von euch das eine glaubt und ein anderer Haufen etwas anderes und die Zeitungen sagen, daß ein großer Prozentsatz von beiden Seiten darauf pfeift, was die Priester beider Seiten sagen, und einfach seinen eigenen Weg geht.«

»Ich nehme an, wir sind ein bißchen wie Familien. Außenstehende hören nur den Lärm, wenn wir streiten. Die Liebe ist still.«

»In diesem Punkt muß ich Ihnen zustimmen. Mit Gott kann es keinen Anlaß zu Streit geben. Wenn er sagt, tu dies, sollte man es tun. *Dein Wille geschehe.* Sie haben das gepredigt. Doch bei dieser Zeile schweiften Sie ab, wie ich mich erinnere. Sie sagten nur, wir müssen jeden sonst lieben, und beließen es dabei.«

»Ich habe diese Idee nicht erfunden, wissen Sie. Das steht ebenfalls im Evangelium.«

»Aber das Lieben sollte der leichte Teil sein. Es gibt keine Meinungsverschiedenheit in puncto Liebe. Erst bei anderen Ideen Gottes kann *Dein Wille geschehe* kitzlig werden.«

»Andere Ideen als Liebe?« fragte Lyman in abwehrendem Tonfall. »Zum Beispiel?«

»Zum Beispiel als er Abraham befahl, sein Baby Isaak auf den Berggipfel zu bringen und zu töten. Ich verstehe nicht, was das mit Liebe zu tun hat.«

»In Wahrheit ging es in diesem Fall mehr um den Glauben. Aber Abraham brauchte Isaak am Ende nicht zu töten. Ein Widder wurde als Ersatz genommen.«

»Hm-hm. Aber wir sollen annehmen, daß Abraham so etwas

Besonderes war, weil er es getan hätte, wenn Gott sich nicht in letzter Minute anders besonnen hätte. Richtig? Und wie war das mit Jephta? Jephta zog los und tat, was Abraham erspart blieb. Er tötete seinen eingeborenen Sohn. Natürlich war es seine Tochter, die er killte, kein Sohn, aber heutzutage ist anzunehmen, daß das keinen Unterschied macht.«

»Ich kenne die Geschichte von Jephta«, sagte Lyman in ärgerlichem Tonfall. Die Geschichte von Jephta zählte seiner Ansicht nach zu den größten Fehlern und Schwächen des Alten Testaments. Feministinnen benutzten sie gern als Munition, um zu beweisen, daß Jephta vom ethischen Standpunkt her nicht viel besser als Baal oder Dagon oder die anderen Hauptkonkurrenten dieser Ära war. Ja, er kannte die Geschichte sehr gut, und er wußte, daß es nur ein Hintertürchen gab: »Aber nirgendwo in der Geschichte heißt es, daß Gott Jephta *befahl*, zu tun, was er tat. Es war seine eigene dumme Idee, dieses Versprechen zu geben.«

»Nun, wenn es eine so dumme Idee war, warum sagt dann die Bibel, Kapitel elf, Vers einundzwanzig: ›*Da kam der Geist Jehovas über Jephta*‹ und dann gleich weiter, Vers dreißig und einunddreißig: ›*Und Jephta gelobte Jehova ein Gelübde und sprach: Wenn du die Kinder Ammon wirklich in meine Hand gibst, so soll das, was zur Tür meines Hauses herausgeht, mir entgegen, wenn ich in Frieden von den Kindern Ammon zurückkehre, es soll Jehova gehören, und ich werde es als Brandopfer opfern!*‹ Daraus geht ziemlich klar hervor, daß der Herr Jephta zu diesem Gelübde veranlaßte. Und als es seine Tochter war, die durch die Tür kam, meinen Sie nicht, daß der Herr auch dabei die Hand im Spiel hatte? Gott *prüfte* Jephta, indem er ihn die Person verbrennen ließ, die er am meisten liebte. Das muß die Bedeutung der Story sein. Und als er getan hatte, was er gelobt hatte, machte Gott ihn zu einem der Richter von Israel wie Samson. *Und Jephta richtete Israel sechs Jahre*: Kapitel Zwölf, Vers sieben. Es steht in der Bibel.«

»Worauf wollen Sie hinaus? Denkt Bruder Orson, wir sollten wieder Menschenopfer einführen?«

»Das ist nicht *meine* Sache und nicht Bruder Orsons Sache. Es ist Gottes Sache. Gott kann von uns einige verdammt merkwürdige Dinge verlangen. Wie mal angenommen, daß es einen Atomkrieg geben muß, um zu verhindern, daß die Kommunisten die ganze Welt für sich beanspruchen, und wir würden eine nukleare Katastrophe verursachen. Ich nehme an, das wäre vielleicht eine Art Menschenopfer, aber wir müßten es tun.«

»Eigentlich hatte Christus andere Vorstellungen, wie man mit seinen Feinden fertig wird. Deshalb sprechen wir von einem Alten Testament und einem Neuen Testament.«

»Bruder Orson sagt, und ich glaube das, es gibt nur einen Gott, und er ist ewig. Und wenn er sagt, du mußt die nächste Person töten, die durch die Haustür kommt, dann mußt du das tun. Ohne Wenn und Aber. Aber ich vergesse meine Pflichten als Gastgeber. Möchten Sie etwas trinken? Kann ich Ihnen Milch oder Orangensaft oder etwas aus der Schnapsbar meines Vaters anbieten?«

»Vielleicht etwas Orangensaft. Ich habe noch eine lange Heimfahrt.«

Judge erhob sich und ging zum fernen Ende des Wohnzimmers, wo es in ein Eßzimmer von gleicher Größe überging. »Zu schade, daß mein Vater jetzt nicht hier ist«, sagte er auf der Schwelle zwischen den beiden Räumen. »Ich erinnere mich, daß Sie sagten, sie waren Schulkameraden.«

Judge ging durch den Bogengang ins Eßzimmer und verschwand aus Lymans Sichtfeld. Lyman schnüffelte. Gestank hing in der Luft, der über den widerlichen Geruch verfaulter Blumen hinausging. Es roch mehr nach verdorbenem Fleisch.

Da war ein Rascheln, anscheinend hinter der Couch. Irgendein Haustier, nahm Lyman an. Da die Couch ein Stück vor der Wand stand, hätte er leicht über den Rücken der Couch blicken können, aber gerade als er den Kopf drehen wollte, kehrte Judge mit zwei gefüllten Gläsern zurück.

Er ritt immer noch auf Jephta herum. »Ich verstehe nicht, wofür ihr Katholiken die Bibel haltet«, sagte er und überreichte Lyman eines der Gläser mit Orangensaft und Eiswürfeln. »Wenn es Gottes Wort ist, ist dann nicht die ganze Sache Gottes Wort! Einschließlich der Story von Jephta? Was *meint* Gott Ihrer Ansicht nach mit dieser Geschichte?«

»Markus beantwortet die Frage. Er sagt, daß Christus in

Gleichnissen sprach. Er erklärte die volle Bedeutung nur, wenn er allein mit seinen Jüngern war. Ich würde sagen, daß der Gott, der uns das Alte Testament gab, ebenfalls oftmals in Parabeln spricht. Die Geschichte von Jephta ist ein Mythus wie die Geschichte von Agamemnon und Iphigenie. Es sind sehr ähnliche Geschichten. Ein Vater auf dem Weg in die Schlacht leistet einen Schwur, seine Tochter zu töten, und er tut es. Der Hauptunterschied besteht darin, daß Agamemnon seine Tochter vor dem Krieg tötete und Jephta bis nach dem Krieg wartete.«

Judge johlte höhnisch. »Aga-Memnon? Iffi-genie? Das sind griechische Namen, nicht wahr? Bruder Orson sagt, daß all dieses griechische Zeug weltlicher, humanistischer Scheiß ist. Wie dieser Ödipus, über den wir in der Schule lesen mußten. Killte seinen Vater und heiratete seine Mutter, und dann kommt dieser Psychoanalytiker Sigmund Freud daher und sagt, wir alle sehnen uns danach, das gleiche zu tun. Ich wußte, daß Juden das denken, aber es überrascht mich, es von einem katholischen Priester zu hören.«

Einen Augenblick lang blieb Lyman wie festgewurzelt sitzen. Konnte der Sohn eines Arztes, eines prominenten Wissenschaftlers, wirklich so ein Ignorant sein? Er war versucht, Judge zu zwingen, Farbe zu bekennen. Doch das Funkeln in den Augen des Jungen war während des Gesprächs noch stärker geworden, und Lyman bezweifelte, daß so etwas vorgetäuscht werden konnte. Irgendwie hatte der Junge nur durch sein Wohnen in Florida und durch das Anschauen unzähliger evangelischer Fernseh-Comics die Essenz des Schwachsinns der Fundamentalisten in sich aufgenommen. So würde es nicht reichen, einfach ›Blödsinn!‹ zu sagen und zu gehen. Das mochte bei einem Lügner genügen; ein Verrückter verdiente mehr Höflichkeit.

Der Anblick des Orangensafts war wie ein Stichwort für ihn. Seit seiner vierjährigen Missionarsarbeit in Kalkutta hatte er die Farbe von Orangensaft mit den schreienden Farben der Gewänder der priesterlichen Kaste und mit dem Farbenprotz des Hinduismus im besonderen verknüpft.

»Oh, der Katholizismus würde viele Überraschungen für Sie haben, und die religiöse Welt jenseits des Katholizismus noch viel mehr. Für mich hatte er das. Nach dem Besuch des Priesterseminars in Rom arbeitete ich als Missionar in Kalkutta, und ich erfuhr aus erster Hand, was Götzendienst ist. Amerikaner schnappen den Begriff beim Lesen der Bibel auf, aber die Wirklichkeit des Götzendiensts würde auch Sie in Staunen versetzen. Der populärste Gott ihres großen Pantheon heißt Ganesch, und er sieht aus wie ein Mensch, hat jedoch den Kopf eines Elefanten. Wie es zu diesem Aussehen kommt, das führt uns wieder zu Jephta und Ödipus zurück. Ursprünglich sah Ganesch wie jeder andere Gott aus, sozusagen menschlich. Aber eines Tages kam sein Vater Schiwa nach langer Abwesenheit heim und erwischte seine Frau Parvati mit einem jungen Mann in ihrem Schlafzimmer. Im Jähzorn schnitt er dem jungen Mann den Kopf ab. Erst dann erkannte er, daß es Ganesch war, und um ihn am Leben zu halten, schnitt er einem Elefanten, der zufällig just in diesem Augenblick vorbeikam, den Kopf ab und befestigte ihn am Hals des toten jungen Mannes, und in dieser Gestalt wird Ganesch seit Jahrhunderten verehrt.«

Judge blickte Lyman mit echtem Erstaunen an. »Aber das ist unmöglich. Man kann nicht einfach einem Menschen einen Elefantenkopf aufsetzen.«

»So denken wir. Aber es gibt Millionen Inder, die so überzeugt an Ganesch glauben wie Sie an Bruder Orson.«

»Worauf wollen Sie hinaus? Wollen Sie sagen, daß Bruder Orson eine Art heidnisches Idol ist?«

»Nein. Ich will auf die Art des Götzendienstes hinaus. Daß es in der Natur des Götzendienstes liegt, Gott menschliche Attribute zuzuschreiben, und daß jede Kultur schließlich mit Mythen endet, die sich ähneln, weil die menschliche Natur, wie Freud aufzeigte und wie St. Augustin viel früher klarmachte, die gleiche in Indien wie in Griechenland oder Nordafrika oder Minneapolis ist. Freud spricht vom Ödipuskomplex, Augustin nennt es Ursünde.«

»Und ich nenne es Scheiße!« Judge zuvor blasses Gesicht war zornrot geworden. »Elefanten! Aga-*mem*-non! Jesus Christus Allmächtiger!« Er stand auf und starrte Lyman an, als überlege er, ob er ihm das Glas mit Orangensaft ins Gesicht schleudern sollte.

In diesem Augenblick, als vorweggenommene Antwort auf

das Gebet, an das Lyman noch nicht gedacht hatte, klingelte das Telefon. Sofort schaltete Judge auf Höflichkeit um. »Entschuldigen Sie mich bitte einen Moment, Sir, ich muß zum Telefon.« Er durchquerte das Wohnzimmer und versprach, bevor er durch die Tür verschwand: »Ich werde mich beeilen.«

Lyman stellte sein beschlagenes Glas Orangensaft auf einen Rosenholztisch, und es war ihm gleichgültig, ob es vielleicht einen Wasserflecken hinterließ. Er wollte das Haus verlassen, bevor Judge das Telefonat beendet hatte.

Als er sich erhob, hörte er wieder ein Geräusch hinter der Couch, leise wie das Rascheln, das er zuvor wahrgenommen hatte, aber kein Geräusch, wie es vielleicht ein Haustier verursachen würde. Es war eine Frauenstimme, die ein einziges Wort flüsterte: »Bitte . . .«

Er kniete sich auf die Kante der Couch und spähte in das Halbdunkel dahinter. Ein Frauenkörper war dort eingeklemmt. Ein Arm war über dem Kopf verdreht, und die Seite des Gesichts war gegen den geblümten Bezugstoff gepreßt.

Ihre Blicke trafen sich.

»Sagen Sie nichts«, wisperte sie. »Er könnte es hören. Gehen Sie nur . . .«

»Hat er . . .«

»Schnell! Er ist sehr . . . gefährlich. Gehen Sie zur Polizei.«

»Ich soll Sie hier mit ihm allein lassen?«

»Ich bin sicher, wenn er mich für tot hält.« Sie lächelte verzweifelt und flehte. »Bitte . . .«

»Sie sind seine Mutter, nicht wahr?«

Als Antwort schloß sie nur die Augen.

Lyman richtete sich auf und stand von der Couch auf, aber bevor er auf halbem Weg zur Tür war, tauchte Judge auf, und mit der schnellen Auffassung des Paranoikers erkannte er die Absicht des Priesters. Er schnappte sich eine große Keramikvase von einem der Rosenholztische und schleuderte sie auf Lyman. Die Vase traf ihn an den Knien und zerbarst.

Lyman zog sich ins Wohnzimmer zurück, und Judge postierte sich einen Schritt vor der Tür.

»Da ist eine Leiche hinter der Couch«, sagte Lyman. »Eine tote Frau.«

Judge schaute sich nach einem anderen Wurfgeschoß um.

»Das ist Ihre Mutter, nicht wahr?« Lyman suchte Schutz hinter dem Ohrensessel, und die zweite Vase traf die Lehne des Sessels, ohne zu Bruch zu gehen.

»Es tut mir leid«, sagte Judge in normalem Plauderton. »Ich wollte nicht, daß sich die Dinge so entwickeln. Sie tauchte einfach auf wie Sie. Ich nehme an, es muß ein Zeichen sein.«

Lyman war sich darüber im klaren, daß er dem Jungen in einem körperlichen Kampf nicht gewachsen war. Seine ganze Hoffnung war die Flucht, aber der Junge stand zwischen ihm und dem einzigen Ausweg. Blieb nur das große Fenster gegenüber der Couch. Wenn er die Scheibe einschlug und hinaussprang . . .

Er packte den Rücken des Ohrensessels, hob ihn an und schwang ihn zum Fenster hin, um die Scheibe einzuwerfen. In diesem Augenblick traf ihn Judges Messer in den Rücken. Der Sessel krachte gegen den Couchtisch, Orangensaft spritzte, und Rosenholz splitterte.

Lyman fiel auf die Knie. Er spürte, daß das Messer aus seinem Körper gezogen wurde und empfand ein letztes Erstaunen, als die Klinge zwischen seinen Rippen drang und das Herz durchbohrte.

78

»Ist dir klar«, wunderte sich Madge, »wie lange ich nichts Alkoholisches mehr getrunken habe? Wie lange ich nicht mehr *betrunken* war?« Sie hielt das Weinglas hoch und drehte es leicht, so daß der teuerste französische Wein aus dem Spirituosengeschäft den letzten Schein des Sonnenuntergangs einfing und widerspiegelte wie ein kleiner flüssiger Lüster. Schön. »Mehr als zwei Jahrzehnte«, beantwortete sie ihre Frage und seufzte. »Fast drei Jahrzehnte.«

»Das ist 'ne Menge Wasser, das nie unter der Brücke floß«, pflichtete Launce bei.

Madge lachte übertrieben und staunte über ihr Lachen. »Und Scherze! Ich pflegte immer zu scherzen, obwohl Henry der geborene Komiker war. Er konnte eine ganze Nacht lang Witze erzählen, ohne sich auch nur einmal zu wiederholen. Gott, ich kann mich jetzt nicht mehr an einen dieser Witze erinnern.«

»Oh, ich erinnere mich an einen, den er erzählt haben muß. Es war in den Sechzigern ein wirklich beliebter Witz. Den über die drei Juden, die in den Schnee pinkeln, hörte ich zum erstenmal in Wisconsin. Ein anderes Mal waren es drei norwegische Farmer. Erinnerst du dich?« Launce neigte sich vor und schenkte den Rest Wein der dritten Flasche für vierundzwanzig Dollar in ihre Gläser ein. Er füllte sein Glas bis zum Rand und hob es an die Lippen, ohne einen Tropfen zu verschütten.

»Ich glaube, ich erinnere mich. Der Dritte schrieb den vollen Namen des Präsidenten in den Schnee – ist das der Witz?«

»Das ist der Witz. Er schrieb ›Lyndon Baines Johnson – Präsident der Vereinigten Staaten‹ und das in großen Buchstaben.«

Madge empfand ein Glühen der Nostalgie, das auch – ohne jeden Widerspruch – das Glühen des Burgunders war, der durch ihre Kehle lief. »Ich kann mich erinnern, daß Henry diesen Witz erzählte. Wir waren in einer Bar an der Snelling, die es jetzt nicht mehr gibt, und wir saßen in einer großen Gruppe an einem Tisch. Aber ich kann mich nicht entsinnen, warum es so lustig war.«

»Das Lustige ist, daß der dritte des Trios, der Jude oder der Farmer, derjenige, der soviel schrieb, jemanden haben mußte, der ihm dabei den Schwanz halten mußte.«

Madge dachte einen Augenblick lang darüber nach und mußte dann fragen: »Warum?«

»Weil er sagte, er kann prima pinkeln, aber nicht schreiben.«

Madge prustete vor Lachen Wein über ihre zitronengelbe Bluse. Die Freude über den Witz und über die ruinierte Bluse waren ein einziges Vergnügen, das sich mit dem Brennen des Weins vereinigte, der ihr in die Nase gestiegen war. Sie hatte vergessen, wie es war, so herrlich betrunken zu sein, wenn die Dinge die Konturen verloren und sich zugleich ihre Klarheit verstärkte. Die wundervollen Einblicke, die sie vermutlich morgen vergessen hatte. Die Unbekümmertheit! Der Leichtsinn!

Denn was konnte leichtsinniger sein, als mit jemandem Sex zu haben, der ARVIDS hatte, was bei Lance fast mit Sicherheit der Fall war, obwohl sie vermieden, darüber zu reden. Sie waren so linkisch und gierig wie Teenager gewesen. Wunderbar!

Aber das Schönste von allem war die Art, wie der Sonnenschein alles mit seiner eigenen Schönheit vergoldete, die Blätter der Bäume und ihre Schatten auf der weißen Seite des Hauses. Die Ameise, die über die hölzerne Armlehne des Gartenstuhls kroch. Die Blätter, die unerklärlich mitten im Sommer von der Ulme gefallen waren und jetzt das ungemähte Gras zierten. Selbst die Weinflecken auf dem Gelb ihrer Bluse waren wie die blutroten Blüten einer Blume, die sie vor ihrem geistigen Auge sehen konnte, deren Name ihr jedoch nicht einfiel. Zinnie?

Sie lachte – kein Lachen, bei dem sie Wein ausprustete, sondern eines, bei dem sie das Gefühl hatte, ihr Körper werde von Sonnenschein erfüllt und glühe tief innen.

»*So* lustig war es nun auch wieder nicht«, sagte Launce, lehnte sich auf dem Gartenstuhl zurück und schaute zu dem Baum empor.

»Nein, ich dachte, daß wir keine Sünder sind.«

»Sind wir keine? Ich dachte, wir haben uns ziemlich bemüht.«

»Nein, wir sind immer noch Ehemann und Ehefrau. Die Kirche kennt keine Scheidung. Wenn wir miteinander schlafen, ist das keine Sünde. Wir sind dazu berechtigt.«

»Ah, aber die Kirche kennt *auch* keinen Oralverkehr.«

»Auch nicht bei Verheirateten?«

»Auch nicht bei Verheirateten. Vater Sowieso macht das ganz klar. So sind wir also Sünder. Wenn du das willst.«

»Nun, *Mutter* würde sich besser fühlen, dessen bin ich sicher. Sie drehte fast durch, als sie sah, daß ich dich auf der Treppe küßte.«

»Es erstaunt mich, daß sie noch durchdrehen kann.«

»Schau nicht hin, aber ich glaube, sie beobachtet uns durch die Jalousie. Durch eine kleine Spalte.«

Launce blickte trotzdem hin und prostete der Spalte in der Jalousie zu, die sich sofort schloß. »Das war sie tatsächlich.«

Madge kicherte. »Sie war ganz aus dem Häuschen, als ich heute morgen runterging, um das Frühstück zu machen.«

»Es war mehr Mittag, als du das Frühstück machtest. Vielleicht war sie deshalb ganz aus dem Häuschen.«

»Nein, das war nicht der Grund. Es war ihr Haar.«

»Was ist mit ihrem Haar?«

»Es wächst wieder. Ihr richtiges Haar, meine ich. Was du gesehen hast, ist nur ihre Perücke. Sie hatte vor Jahren ein Mißgeschick bei einer Friseuse, und all ihr Haar fiel aus. Jetzt wächst es wieder. Sie sagt, das Jucken macht sie verrückt. Außerdem kommt es mit einer falschen Farbe zurück. Karottenrot. Sie ist in heller Aufregung.«

Madge nippte an dem Sankt Emilion, und diesmal hatte er den Geschmack von Philosophie. »Weißt du, es ist merkwürdig. Anscheinend erledigt sich alles am besten, wenn man aufhört, sich zu bemühen.«

»Wie meinst du das?« fragte er, und das Wunderbare war, daß er nicht nur höflich war, sondern wirklich an dem interessiert war, was sie zu sagen hatte. Madge konnte sich nicht erinnern, wann ihr jemand zum letzten Mal dieses besondere Kompliment gemacht hatte.

Aus reiner Dankbarkeit versuchte sie, eine klare Antwort zu geben. »Zum Beispiel in der Klinik. Gestern und heute wieder erhielt ich diese Berichte. Patienten geht es tatsächlich besser. Einem besonders, Corning, Bett achtunddreißig. Eine Schwesternschülerin sagt, sie hat ihn lachen sehen. Natürlich sieht man manchmal etwas, was man zu sehen hofft. Ich weiß nicht, wie oft ich hätte schwören können, daß Ned mir etwas sagen wollte. Und jetzt, wie er geweint hat . . . Selbstverständlich ist das möglich ohne eine Art Wunder – Ein Staubkorn kann unter sein Augenlid geraten sein . . . aber Gott, stell dir nur vor, er würde wirklich nach all dieser Zeit gesund? Er würde ein Elfjähriger in dem Körper eines Siebenunddreißigjährigen sein.«

Launce lachte hart auf. »Das ist besser als das, was ich bin – ein siebenunddreißig Jahre alter Mann in *diesem* Körper.«

Madge besänftigte ihn. »Möchtest du lieber den Verstand eines alten Menschen haben? Wie Mutter? Alte Leute erstarren in ihrer Art und Weise, werden wie Roboter. Oder wie sie dich als Kind gewarnt haben, daß dein Gesicht zu diesem Ausdruck erstarrt, wenn du eine Grimasse geschnitten hast.« Sie verdrehte die Augen und streckte die Zunge heraus, um zu zeigen, was sie meinte . . .

Und in genau diesem Augenblick kam Judge Winckelmeyer um die Hausecke, der auf ihr Grimassenschneiden hin stutzte und sich köstlich amüsierte.

Madge brach in Gelächter aus, hob ihr Glas an und rief: »Judge! Komm zu uns. Wir haben ein Picknick.«

»Ich dachte, du trinkst nicht«, sagte er in tadelndem Tonfall.

»Das tat ich auch nicht. Ich konnte es nicht. Aber Launce brachte eine Flasche mit, und plötzlich wußte ich, daß ich es konnte. Und ich kann es! Ist das nicht wundervoll?«

»Nun, das würde ich nicht sagen.«

»Oh, das würdest du, wenn du etwas davon trinkst. Die Flasche kostete vierundzwanzig Dollar. Bist du sicher, daß du nicht in Versuchung gerätst? Nur, damit du weißt, welcher Art Versuchung du dein ganzes Leben widerstanden hast?«

Der Junge stand bestürzt und errötend auf dem schmalen Betonweg, der den Rasen teilte. Er trug seine übliche Miesmacher-Uniform aus schwarzem Anzug, weißem Hemd und schwarzer Krawatte.

»Madge, laß die Stichelei«, flüsterte Launce.

»Launce hat recht, ich stichele. Da ist Coke im Kühlschrank, wenn du eine magst.«

»Danke, sehr freundlich, aber ich möchte keine.«

»Warum machst du uns nicht miteinander bekannt?« fragte Launce.

»Selbstverständlich, wo sind meine Manieren! Launce, dies ist Judge Winckelmeyer. Er ist der Sohn von Judith Winckelmeyer, die Williams Stiefschwester ist, aber jetzt bist du offiziell Judge Michaels, ja? William adoptierte ihn, als er herkam, wann war das, vor zwei Jahren?«

Judge nickte. »Ich wurde bedingt entlassen und in seinen Gewahrsam gegeben.«

»Und dies ist Launce Hill. Launce ist Neds Vater.«

»Es freut mich, Ihre Bekanntschaft zu machen, Sir.« Judge trat auf den Rasen und neigte sich vor, damit Launce ihm die

Hand geben konnte, ohne sich vom Gartenstuhl erheben zu müssen. »Ich wollte gerade fragen, ob ich nach oben gehen und Ned guten Tag sagen kann.« Er wandte sich an Madge. »Mit Ihrer Erlaubnis, Ma'am?«

»Natürlich, Judge, jederzeit, das ist sehr aufmerksam von dir. Bist du mit Lisa hergekommen? Oder mit William? Sind sie im Haus?«

»Nein, Ma'am. Ich bin allein hier. Aber ich erwarte, daß mein Vater später eintrifft. Ich sagte ihm, daß ich mich hier mit ihm treffe.«

»Das ist schön.« Sie seufzte resigniert. »Ich nehme an, ich sollte aufstehen. Es wird bald dunkel. Es ist erstaunlich, daß wir nicht schon von Mücken gestochen wurden.«

»Machen Sie sich meinetwegen keine Umstände. Ich sah, daß die Verandatür auf ist, und ich weiß, wo Neds Zimmer ist. Wenn ich ihn besucht habe, werde ich Ihrer Mutter guten Tag sagen, sofern sie einen Besucher empfängt.«

»Nun, dann können wir hier die Abendbrise ein wenig länger genießen.«

Als Judge um die Seite des Hauses verschwunden war und das Schließen der Verandatür zu hören war, bemerkte Launce: »Das ist aber ein verrückter Typ.«

»Ich fand ihn heute abend auch ein wenig sonderbar, aber ich nehme an, so ist er für gewöhnlich. Mutter mag ihn.«

»Das paßt!«

Madge schwenkte ein letztes Mal bewundernd den Wein im Glas und setzte zu einem kräftigen Schluck an. In genau diesem Moment ging das Licht hinter der Jalousie im Zimmer ihrer Mutter an.

»Erinnerst du dich an die sechziger Jahre, als wir im Sommer nach der Arbeit zum Lake Calhoun fuhren?«

»Und ein Kanu mieteten. O ja, ich erinnere mich gut daran.«

»Vermieten sie dort am See immer noch Kanus?«

»Ich habe keine Ahnung.«

»Das wäre doch lustig. Und noch eine Flasche Wein . . .«

»Wir können das nicht, weil der Junge im Haus und William auf dem Weg hierher ist.«

»Warum nicht? Der Junge wird schon nichts stehlen und auch nicht deine Mutter umbringen, leider nicht.«

»Launce!«

»Was nutzt es, sich so zu betrinken, wenn es uns keinen Vorwand gibt, den wir brauchen, um zu tun, was wir gern tun?«

Dies war anscheinend eine unanfechtbare Logik, auf die Madge keine Erwiderung fand. »Du meinst, wir sollten einfach dorthin *fahren*?«

»Wenn du meinst, du bist zu blau zum Fahren, können wir den Bus nehmen wie früher.«

Madge war empfindlich. »*So* betrunken bin ich nicht.«

Launce erhob sich. »Denk darüber nach. Wenn du noch eine Flasche *vin extraordinaire* möchtest, spaziere ich unterdessen zum Laden an der Pillsbury.«

»Du weißt, wo meine Geldbörse ist.«

Launce nickte und ging ins Haus.

Die Blätter der Ulme raschelten, und ein nicht zu sehender Wagen brauste auf der Calumet Avenue vor dem Haus vorbei. Fledermäuse flatterten aus dem Dachgesims und an den höheren Zweigen der Ulme vorbei, und auf diese Distanz (und bei dieser Weichheit der Farben) wirkten sogar die Fledermäuse schön.

Dann bemerkte sie etwas Sonderbares: Auf dem Speicher war Licht an. Es war eine schwache Vierzigwattglühbirne oben über der Treppe, am anderen Ende des Speichers von diesem einen Schlafzimmer aus, das zum Hinterhof blickte, so daß sie ein kaum wahrnehmbares Glühen schuf. Es hätte gut als Titelbildmotiv für einen Kriminalroman von Nancy Drew dienen können: *Das Licht im Speicherfenster.* Die Glühbirne mußte brennen, seit Madge zum letzten Mal dort oben gewesen war. Wann war das gewesen? Es war mindestens ein paar Wochen her. Aber wahrscheinlicher war, daß Launce sich auf dem Speicher umgesehen und das Licht angelassen hatte. Was auch immer die Erklärung war, ihr Wunsch, Energie zu sparen, war nicht so stark, daß er sie ins Haus und auf den Speicher trieb, um 0,05 Cent Stromkosten zu sparen.

Solch ein wunderschöner Abend! Aber konnte sie wirklich daran denken, betrunken zum Lake Calhoun zu fahren, als wären sie und Launce wieder Teenager – mit Elvis aus dem Radio und den großen spritfressenden Wagen Stoßstange an Stoßstange auf der Straße am Seeufer, Wagen, an deren Namen sie sich nicht einmal mehr erinnern konnte. Aber sie konnte sich an das süße Gefühl der Erleichterung beim Verlassen des Hauses erinnern – dieses selben Hauses, das jetzt bedrückender war als damals – und an den Wind, der durch das offene Autofenster wehte und ihr Haar flattern ließ.

Was machte es schon, wenn sie sich kein Kanu mehr mieten konnten? Der See war noch da, und sie konnten im Gras liegen und über das Wasser schauen und für zwei oder drei Stunden alles sonst vergessen. Sie würden wieder in der Ewigkeit ihrer Jugend sein. Sie sollte ja sagen, Launce zuliebe, wenn nicht ihr selbst zuliebe. Als er mit den beiden letzten Flaschen des wunderbaren Weins zurückkehrte, die auf Lager gewesen waren, brauchte Madge nicht mehr überredet zu werden. Er sagte: »Hast du's dir überlegt?« und sie sagte: »Was soll's« und ging ins Haus, um die Autoschlüssel zu holen und eine Notiz auf dem Küchentisch zu hinterlassen. ›Wir machen eine Spazierfahrt. Kommen spät zurück. Madge.‹ Den gleichen Text hatte sie vor vierzig Jahren geschrieben und unter dem Salzstreuer zurückgelassen – mit dem gleichen köstlichen Schuldgefühl.

79

Lorine rauchte, während ihr Abendessen durch die durchsichtigen Schläuche in ihren Körper floß. Es gab so wenig Nahrungsmittel, die sie verdauen konnte, und diese wenigen waren so fade, daß sie dazu übergegangen war, das Problem der Ernährung direkter anzugehen.

Doc MacDonald schaute unterdessen auf den nackten und bewußtlosen Körper seines Arztkollegen, der auf dem Untersuchungstisch des Chirurgen lag. Er befühlte das untere Abdomen des Mannes, was ein leises Stöhnen im Traum zur Folge hatte. »Nun, ich muß mich seiner eigenen Diagnose anschließen.«

»Blinddarmentzündung?«

Er nickte, doch nach Art der Ärzte mußte er eine kompliziertere Formulierung wählen: »Akute Appendizitis. Ich kann nicht sagen, wie lange es noch dauert.«

»Wie lange was dauert?«

»Bis es zu einem Durchbruch kommt. Dann ist es zu spät. Das Gift füllt dann die Bauchhöhle.«

»Er muß operiert werden, meinen Sie das?«

»Außerhalb von hier wäre er längst zur Operation eingeliefert worden. Aber hier . . .« Doc MacDonald zuckte die Achseln. »Was hätte das für einen Sinn?«

»Wir müssen ihn nur einen Tag oder zwei Tage am Leben erhalten. Bis wir die Verlegung arrangieren können. Wenn er danach abnippelt, um so besser. Ich spreche nicht für mich, wohlgemerkt. Ich übermittle die Wünsche der Lagerleitung. Die Wünsche des Kommandanten.«

»Wenn Wünsche Wunschdenken sind . . .«

»Haben Sie so etwas noch nicht gemacht?«

»Ich bin Orthopäde, kein Chirurg. Ich beschäftige mich mit Knochen, nicht mit Därmen.«

»Aber Sie reden immer davon, daß Sie in diesem Feldlazarett in Vietnam waren.«

»Da mußten wir keine Appendektomien machen.«

»Aber Sie müssen es mit herausgequollenen Gedärmen zu tun gehabt haben. Eine Blinddarmoperation soll ziemlich einfach sein.«

»Lorine, meine Liebe, heutzutage habe ich Schwierigkeiten, wenn ich mir die Schnürsenkel binde.« Um seine Probleme zu demonstrieren, zog er das Thermometer unter der Achsel des Bewußtlosen vor und versuchte es mit zitternder Hand ruhig zu halten, während er die Temperatur ablas.

Lorine ignorierte sein Heischen um Mitleid. »Wie ist die Temperatur?«

Er runzelte die Stirn. »Über neununddreißig.« Er legte einen Finger an den Hals des Mannes und schaute auf seine Armbanduhr.

»Puls fünfundneunzig«, sagte er schließlich und schüttelte ernst den Kopf.

»Hören Sie«, sagte Lorine und entfernte mit einem Ruck den Schlauch aus ihrem Arm. »Wir beide machen hier ein gutes Geschäft, richtig? Wir haben Nebenverdienste und Privilegien, die keiner von uns gefährden würde. Wenn Sie also eine Blinddarmoperation machen, die nicht nach dem neuesten Stand der Technik durchgeführt wird, wer wird das je erfahren? Meinen Sie, es gibt einen ärztlichen Ausschuß, der das überprüft? Wenn sich der Typ nicht erholt, kann das sogar ein Plus für uns sein, denn dann hat er keine Chance, sich förmlich zu beschweren und zu versuchen, eine Ermittlung in Gang zu setzen. Warum machen wir nicht einfach unsere Sache so gut, wie es geht? Einzelheiten, mit denen Sie vielleicht nicht fertig werden, mache ich. Ich bin überhaupt nicht zimperlich. Geben Sie mir einfach Anweisungen. Ich habe die Chirurgie immer für eines dieser Dinge gehalten wie Fallschirmspringen oder Austernessen, die jeder mindestens einmal in seinem Leben tun sollte. So betrachte ich das als meine große Gelegenheit. Was sagen Sie dazu?«

Doc MacDonald zuckte mit den Schultern. »Ich werde ein paar Flaschen brauchen.«

»Ist Chivas Regal okay?«

»Das wäre prima.«

»Ich hole die Flaschen. Unterdessen bereiten Sie ihn vor. Ist das die richtige Bezeichnung ›vorbereiten‹?«

»Lorine, Sie werden dieses Lager als staatlich geprüfte Krankenschwester verlassen.«

»Als Krankenschwester? Hey, Doc, Frauen haben heutzutage höhere Erwartungen! Ich werde dieses Lager als Doktorin der Medizin verlassen.« Sie lachte heiser und wies auf den Patienten. »Mit dem mache ich mein Examen!«

80

Judge hatte die Sterblichkeit abgelegt und die Aura der Unvergänglichkeit angenommen, und das Ergebnis war, daß er sich phantastisch fühlte. Es war, als hätte er Röntgenaugen, als verzehrten ihn die Feuer von Pfingsten. Er konnte die Dinge sehen, wie sie wirklich waren, wie sie gewesen waren und sein mußten, gleichzeitig und alle zusammen, zerbrochen in Fragmente wie ein Monitor mit vielen Fenstern, und jedes Fenster von Licht erfüllt. Als ob alles in der Welt von innen erhellt war wie eine Glühbirne. Und wenn er *in* das Licht schaute und den Blick darauf gerichtet hielt, würde Bruder Orson mit dem Engel Lazarus dort sein, aber jetzt waren die beiden eins, und dieser eine war Gott, wie Judge es in seinem Herzen immer angenommen hatte. Bis jetzt hatte Bruder Orson wie Jesus Fragen, wer er war und woher er kam, ausweichen müssen, aber nun offenbarte er sich.

So war Judge nicht aufgeregt, als er die Nachricht las, die Madge auf dem Küchentisch unter dem Salzstreuer zurückgelassen hatte, aber für einen Moment war er überrascht, denn er hatte angenommen, daß sie für ein Opfer vorgesehen war wie Lisa und Judith und der Priester. Warum sonst stand der Salzstreuer auf dem Zettel? Denn es steht geschrieben – Hesekiel, Kapitel dreiundvierzig, Verse dreiundzwanzig und vierundzwanzig – *Wenn du das Entsündigen vollendet hast, sollst du einen jungen Farren ohne Fehl und einen Widder ohne Fehl vom Kleinvieh darbringen: du sollst sie vor Jehova darbringen, und die Priester sollen Salz auf sie streuen und sie dem Jehova als Brandopfer opfern.* All das war klar, aber eines war ebenso klar: der Herr hatte nicht im Sinne, daß Madge und der Mann, der bei ihr war, ein Teil des Opfers waren. Wenigstens jetzt nicht.

Nun mußte er im Haus suchen und den Merkurstab finden, der laut Bruder Orson hier seit vielen Jahren versteckt war. Wo genau würde er jedoch nicht sagen; nur – suchet, und ihr werdet finden. Verdächtige Stellen im Haus waren der Keller und der Speicher, denn dort war die Wahrscheinlichkeit groß, daß etwas lange Zeit unentdeckt blieb.

Die Glühbirne über der Treppe, die ins Kellergeschoß führte, war durchgebrannt, und selbst mit seinen neuen visionären Kräften mußte sich Judge den Weg die Treppe hinab an der Wand ertasten. Das einzige Licht im ganzen Keller war ein roter Punkt in Hüfthöhe, der schwächer war als ein Nachtlicht im Badezimmer. Der Punkt erwies sich als das Lämpchen einer Tiefkühltruhe.

Er öffnete die Tiefkühltruhe und konnte im Licht der Innenbeleuchtung die groben Umrisse anderer Dinge wahrnehmen. Am fernen Ende des Kellerraums standen Regale mit einer Leiter daneben. Eine innere Stimme wies ihn an, auf die Leiter zu steigen und auf die Regale zu schauen, aber als er das tat, fand er nur leere Einmachgläser. Dennoch hatte er das feste Gefühl, daß da etwas war, das er haben sollte. Nicht der Merkurstab. Etwas . . . anderes. Dessen Abwesenheit schien ihn zu verspotten. Er warf eines der Einmachgläser an die Wand und hörte mit Befriedigung, wie es zerklirrte. Aber wenn er jedes Glas auf den Regalen zerschmettert hätte, wäre seine Frustration nur noch stärker geworden.

Er stieg von der Leiter und fühlte sich enttäuscht und betrogen, als er zu der Tiefkühltruhe zurückging. Fast hätte er den schweren Deckel geschlossen, ohne den Inhalt der Tiefkühltruhe zu bemerken – ein einziges Bündel in einer Plastiktasche aus einem Supermarkt, deren weißes Plastik mit etwas gesprenkelt war, das Blut sein mußte. Und in der Tasche, wo das meiste Plastik abgeblättert war, ein Männerkopf. Eine aufgedunsene gefrorene Zunge ragte aus dem geöffneten Mund, und die Augäpfel waren glasig und rissig wie Eiswürfel. Judge war vorübergehend verstimmt wie ein auf einem Hochsitz versteckter Jäger, der den Schuß eines anderen Jägers ganz in der Nähe hört. Doch dann wurde ihm klar, daß der Kopf als Zeichen beabsichtigt war, wie auch immer er hierhin gekommen war, ein Zeichen (erkannte er jetzt), das durch die heidnische Parabel des Priesters über den hinduistischen Gott Ganesch mit dem Elefantenkopf angekündigt worden war. Die dicke, purpurne Zunge diente dem Zweck der Kommunikation – wenn sie wieder bewegt werden konnte – wie der aufgespießte Kopf auf der Ladentheke des Optometrikers zu ihm gesprochen hatte. Ein weiterer Vorgriff. In dem, was Gott tat, blieb kein Raum für Zufälle.

Er sagte sich, daß der Kopf aufgetaut werden mußte, und ging damit in die Küche. Er stellte die Mikrowelle auf TAUEN – FLEISCH – acht Pfund ein. Mit der Wange auf dem Teller paßte der gefrorene Kopf so gerade in die Mikrowelle hinein. Dann erinnerte sich Judge an Madges früheres Angebot und nahm eine Dose Coke aus dem Kühlschrank. Anschließend setzte er sich vor die Mikrowelle, beobachtete, wie sich der Kopf auf dem Drehteller drehte, und trank dabei Coke. Er erinnerte sich, daß er als kleines Kind wie gebannt vor dem 33⅓-Plattenspieler seiner Mutter gesessen und beim Zuhören das Drehen der Platte beobachtet hatte.

Während er Coke trank und beobachtete, wie die gefrorenen Gesichtszüge des Mannes ein helleres Rosa annahmen, empfand er eine Art Ehrfurcht, wie sie (das nahm er an) Leute mit konventionellerem religiösem Naturell in der Kirche empfinden mußten, wenn sie auf die flackernden Kerzen schauen und den Weihrauch riechen.

Dann sprach eine Stimme zu ihm: *Schicke deine scharfe Sichel und lies die Trauben des Weinstocks der Erde, denn seine Beeren sind reif geworden,* wie es der Engel in Johannes' Offenbarung ruft, und als der Wein der Erde in die große Weinpresse des Zorn Gottes geworfen war, spritzte Blut aus ihr hervor, wie Johannes schreibt: *Und Blut ging aus der Kelter hervor bis an die Gebisse der Pferde, tausend sechshundert Stadien weit.* Es hatte eine Zeit gegeben, in der viele dieser Einzelheiten verwirrend für Judge gewesen waren, und als er Bruder Orson darüber befragt hatte, waren seine Antworten anscheinend unklar und ausweichend gewesen.

Aber jetzt war das alles anders. Bruder Orson war an seiner Seite. Es war seine Stimme, die laut gesprochen und die Worte des Engels wiederholt hatte; seine Hand hatte die Dose Coke geöffnet, und als jetzt das Telefon klingelte, war es die Stimme von Bruder Orson, die sich meldete: *»Ja?«*

Es war die Frau, auf deren Anruf er gewartet hatte, die Frau, die zuvor in Willowville angerufen hatte. Sie war sehr brüsk und geschäftsmäßig, und Judge war es ebenso. Er bestätigte, daß er das Geld hatte, und er versprach, es um dreiundzwanzig Uhr zu dem vereinbarten Treffpunkt am Rand des Brosner Parks zu bringen.

Er verließ nur ungern das Haus, ohne zu wissen, wann Madge mit dem alten Mann zurückkehrte, der Neds Vater sein sollte, wie Madge gesagt hatte. Sie würde sich zweifellos aufregen, wenn sie sah, was in der Mikrowelle war. Aber es war zu früh, um es herauszunehmen, denn es war noch längst nicht aufgetaut. Schließlich sagte sich Judge, daß er dem Herrn vertrauen konnte, Madge zu führen, das Richtige zu tun, wie er ihn, Judge leitete.

Obwohl er die Hand Gottes auf seiner Schulter spürte und Bruder Orsons Schritte neben sich hörte, stellte er bei seiner Ankunft bei dem Cadillac in einer Seitenstraße fest, daß der Motor lief und der Schlüssel im Zündschloß steckte. Es war verständlich, daß er bei all den Ereignissen nervös war, aber eine solche Nachlässigkeit durfte er sich nicht erlauben.

Er fuhr auf der Ludens Street ostwärts und bog nach rechts zum Brosner Park ab. Die sechs Blocks bis zum Park legte er im Schrittempo zurück. Die leichte Brise war aufgefrischt, und jetzt sah er, daß sich Wolken vor den Mond schoben.

In der Ewigkeit, bald, würde es keine Wolken geben, nicht einmal einen Mond, dessen Form sich von Nacht zu Nacht veränderte, und die Sonne würde am Himmel stehen wie über Jericho, aufgespießt von Josuas Horn.

Zum vereinbarten Zeitpunkt stoppte ein großer, schwarzer Transporter vor dem Cadillac, und zwei Männer in Jeans und T-Shirts steigen aus, gingen zum Heck des Wagens, öffneten die Tür und leuchteten mit einer Taschenlampe auf eine Gestalt, die auf einer Matratze lag. Dann kam eine Frau mit einer Lederjacke zum Fenster des Cadillac und fragte Judge nach dem Geld. Judge schaute zu, während sie jedes Geldbündel durchblätterte und den Nennwert der Scheine überprüfte. Eine Zigarette hing in ihrem Mundwinkel, und Rauch kräuselte empor. Judge fühlte sich angewidert und versuchte, nicht durch die Nase zu atmen, damit er den Tabakrauch nicht so stark roch.

»Okay«, sagte sie schließlich und nickte den beiden Männern zu, die neben dem Transporter warteten. Sie packten die Ecken der Matratze und zogen den Mann zum Wagenheck heraus, bis ihn einer an den Beinen festhalten konnte. Dann trugen sie ihn zum Beifahrersitz des Cadillac, wo Judge bereits die Tür geöffnet hatte.

Judge betrachtete seinen Vater mit gedämpftem, vorweggenommenem Triumph, aber dieses Gefühl wurde begleitet von dem verständlichen Abscheu vor seinem Aussehen und Geruch. Sein Kopf sank mit einem leisen Stöhnen gegen die Kopfstütze des Sitzes. Seine beiden Schneidezähne fehlten, was Judge an die Zeiten in Florida erinnerte, als William die Zahnspange aus dem Mund genommen und einen alten Penner gespielt hatte. Jetzt war er wirklich ein alter Penner.

»Sie sollten vorsichtig mit ihm umgehen«, mahnte die Frau und paffte an der Zigarette. »Er ist da unten noch ziemlich empfindlich.« Sie rieb über den unteren Teil ihrer Lederjacke.

»Sie brauchen sich keine Sorgen zu machen«, versicherte Judge. »Ich werde mich gründlich um ihn kümmern.«

»Sie haben einen südlichen Akzent«, bemerkte sie.

»Ja, ich komme aus dem Süden. Florida.«

Sie lächelte und berührte seine Wange mit einem ihrer langen, rotlackierten Fingernägel. »Süß«, sagte sie. »Wirklich süß. Schade, daß wir uns nicht anders kennengelernt haben.«

Judge fand keine Worte.

»Nun«, fuhr sie in dem gleichen zweideutigen Tonfall fort, »vielleicht sehen wir uns noch mal.« Sie zwinkerte Judge zu und kehrte zu dem Transporter zurück. Die beiden Begleiter waren bereits eingestiegen und hatten die Hecktür hinter sich geschlossen. Die Rücklichter leuchteten orangefarben auf, und der Wagen fuhr bis zum Stoppschild an der Calumet Avenue und bog dann nach Süden ab.

»Alles in Ordnung mit dir?« fragte Judge, ohne seinen Vater anzusehen.

»Das wird es werden . . . bald.« Williams Stimme klang leise und gerade noch wahrnehmbar.

Judge wartete, ob er noch mehr sagen wollte, aber als nichts kam, startete er und fuhr zurück zu dem alten Haus.

81

Jeder vertraute Anblick auf der Fahrt über die Calumet Avenue war wie eine Bestätigung, daß der Alptraum vorüber war. Dort wo er hinfuhr, würde er sicher sein. Welche Schlachtereien auch immer im Namen der Chirurgie begangen worden waren, sie würden heilen, sobald er wieder im Besitz des Merkurstabs war.

Der Wagen hielt an einer roten Ampel Ecke Calumet und Hubbard. Alle kleinen Geschäfte wurden nicht mehr betrieben, auch nicht der Rexall Drugstore, wo er sich an den kältesten Wintertagen auf dem Heimweg von der Schule aufgewärmt hatte. Die leeren Fenster des einstigen Drugstore schienen für einen Moment alles zu symbolisieren, was im Menschenleben tragisch und schicksalhaft war.

Dann sprang das Licht der Ampel um, der Wagen fuhr weiter, und die Bedeutung der Szenerie, die vorbeizog, geriet durcheinander und wurde unklar. Die Drogen, die man ihm gegeben hatte, bevor die Frau ihn aufgeschnitten hatte, waren noch in seinem Organismus, betäubten den Schmerz, erschwerten jedoch klares Denken. Sein Zeitgefühl war nicht in Ordnung. Es hatte den Anschein, als fahre der Wagen so langsam, wie ein Passant über den Bürgersteig ging.

Ein paar Häuser voraus sah er eine Hecke, deren kleine Blätter sich im Wind bewegten, und ein widerwärtiges Gelb unter den Peitschenlampen, und er erinnerte sich, daß er an dieser Hecke vorbeigelaufen war, als er nach dem Zwischenfall mit dem Drachen blutend nach Hause gerannt war, und die Frau beim Schneiden der Hecke aufgeblickt und ›Kleiner Junge!‹ und dann ›Junger Mann!‹ gerufen hatte. Er erinnerte sich genau an die geöffnete Heckenschere in ihren Händen, an den kreischenden Klang ihrer Stimme, an die Blutflecken auf seiner Hemdbrust.

Er spürte die feuchte Wärme des Bluts, das seine Unterhose tränkte. Es kam ihm schmachvoll vor wie Inkontinenz, und der Gedanke, Judith oder Madge zu bitten, seinen Intimbereich zu säubern, war noch unerträglicher. Aber so eine einfache

Aktion – sich vorzuneigen, hinabzugreifen – ging jetzt über seine Fähigkeiten hinaus. Es war sogar unklug, in seiner Verfassung aufrecht im Wagen zu sitzen. Er sollte auf dem Rücken liegen, damit das Gewicht seine Därme nicht gegen die grobe Naht drückte, mit der die Wunde geschlossen worden war.

Der Wagen hielt an der Davis Street, nur zwei Block von daheim entfernt, und zwei Jungen auf einem Fahrrad überquerten die Straße vor ihnen. Aus einem offenen Fenster klang Rockmusik, vereinfacht durch die Entfernung (oder durch das Morphium) zu einem einzigen Schlag, Systole und Diastole.

»Hörst du?« bemerkte Judge. »Du kannst den Teufel in der Hölle tanzen hören.«

Das Licht der Ampel sprang um, und der Wagen fuhr mit einem Ruck an. Der Umriß des Obstschmecker-Hauses kam in Sicht, jedes Fenster war erhellt, ein sicherer Hafen, der ihn willkommen hieß.

Als der Wagen um die Ecke bog und am Bordstein hielt, hatte William zum ersten Mal das Gefühl, daß alles nicht so war, wie es sein sollte. Judge stieg aus, ging um den Wagen herum und öffnete die rechte vordere Tür, und niemand kam aus dem hell beleuchteten Haus. Gewiß hatten sie auf Judges Rückkehr gewartet und würden Sorge und Neugier zeigen. »Wo . . .« William hatte nicht die Kraft, mehr als dieses eine Wort zu sagen, aber Judge verstand, was er meinte.

»Ich hätte dir schon eher sagen sollen, daß Madge nicht zu Hause ist. Sie war bereits mit einem Freund weg, als ich anrief. Die alte Lady mußte mich hereinlassen.«

Judge schob den rechten Arm unter Williams Kopf und den linken Arm unter die Schulter und hob seinen Vater mit einem Ächzen der Anstrengung aus dem Wagen. Dann schloß er mit dem Fuß die Wagentür und trug seine zusammensinkende Last über den Rasen zur Veranda. William spürte jeden Schritt, den Judge machte, wie eine Erschütterung bis ins Mark. Als Judge auf den Stufen der Verandatreppe stolperte, war etwas Zwangsläufiges daran.

Eine Zeitlang danach war William in einem Stadium der Verworrenheit. Er verlor nicht das Bewußtsein; statt dessen verlor er den Orientierungssinn, so daß er zuerst, als er auf der Veranda lag, seine Aufmerksamkeit auf die Glühbirne über sich richtete, um die fette Insekten des Junis kreisten oder dagegenprallten. Dann wurde er wieder eine Treppe hinaufgetragen, und er erinnerte sich an eine Bemerkung, die ein Dozent auf der Uni bezüglich Krankenhauspflege gemacht hatte – daß sie ein Ritual der Infantilität war; das fade Essen, von anderen gebadet zu werden, die geregelte Schlafenszeit, die stetige Aushöhlung der eigenen Autorität. Und hier war er, auf den Armen seines Sohnes, wie er es einst auf denen seines Vaters gewesen war, der ihn dieselbe Treppe hinaufgetragen und ihn ins selbe Bett gelegt hatte, in dem er als Kind geschlafen hatte. Es konnte ein sonderbarer Trost sein, hatte der Dozent gesagt, so behandelt zu werden, aber William vermochte sich nicht an den Grund zu erinnern, den der Mann angeführt hatte. Es hatte etwas mit Furcht zu tun.

Er erinnerte sich, warum er verlangt hatte, zu diesem Haus gebracht zu werden. Er mußte den Merkurstab haben, der auf dem Speicher versteckt war. Aber er konnte nicht selbst dort hinaufgehen und ebensowenig bitten, noch eine Treppe hinaufgetragen und dort allein gelassen zu werden, selbst wenn er die Kraft hätte, den Merkurstab selbst aus dem Versteck zu holen, was zweifelhaft war. Doch aus irgendeinem Grund wollte er nicht, daß Judge den Merkurstab für ihn holte. Es war besser, Judith darum zu bitten.

Er räusperte sich, und Judge neigte sich zu ihm herab, als er fragen konnte: »Ist deine Mutter hier?«

Judge schüttelte den Kopf, ohne eine Erklärung zu geben.

»Oder Lisa?«

Abermals verneinte Judge mit einem Kopfschütteln.

Es ließ sich nicht vermeiden. »Da ist etwas auf dem Speicher, und ich muß dich bitten, es mir zu holen.«

Judge nickte.

»Eine Art Talisman. Ein Aberglaube. Aber ich würde mich viel besser fühlen, wenn ich es jetzt haben könnte.«

»Wie sieht es aus, und wo soll ich danach suchen?«

»Es ist eine Art Stock, äh, mit einem toten Vogel daran.«

»Wo genau auf dem Speicher?«

»Unter der losen Isolierwolle . . . im Boden.«

»Welcher Teil vom Boden?«

Er zögerte, denn die Beantwortung der Frage kam einem Geständnis gleich. Aber welche Wahl hatte er? »Genau über Neds Zimmer, denke ich. Ungefähr dort, wo sein Bett steht.«

»Ich hole deinen Talismann sofort.«

Als Judge das Zimmer verlassen hatte, hatte William das Gefühl, er sollte ihn zurückrufen und ihm sagen, daß er keine Art ärztliche Hilfe rufen sollte. Alle Ärzte, die er kannte, würden darauf bestehen, ihn in ein Krankenhaus einzuweisen, und dort wurde die Aufnahme von Personal des Gesundheitsdienstes per Kamera überwacht. Aber es war anscheinend nicht nötig, Judge zu warnen. Irgendwie hatte er verstanden, ohne daß es ihm gesagt werden mußte.

Vorsichtig, so sehr aus Schwäche wie aus Besorgnis, öffnete William die Knöpfe seines blutbefleckten Pyjamaoberteils. Als er den letzten Knopf geöffnet hatte, sah er zu seinem Entsetzen, daß beim Sturz auf der Verandatreppe die unfachmäßig genähte Wunde aufgebrochen war, der lange Schnitt in seinem Abdomen weit aufklaffte und Därme zu sehen waren. Er fühlte sich wie eines der legendären Opfer der Guillotine – das sich bewußt war, wenn auch nur kurz, wenn der Henker den Kopf hochhebt, daß es geköpft worden war. Jetzt würde ein Arzt gerufen werden müssen, ganz gleich welche Konsequenzen es haben würde. Der Merkurstab konnte keine Chirurgie bewirken.

»Du siehst nicht sehr gut aus«, sagte Judge im Plauderton. Er stand plötzlich auf der Türschwelle und hielt den Merkurstab vor sich, wie jemand den Stil eines Weinglases halten mochte.

William hob die blutbeschmierte Hand, um den kostbaren Talisman entgegenzunehmen, doch als Judge ihn nicht übergab, schwand die verbliebene Kraft aus seinen Armmuskeln, und Williams Hand sank auf die Bettdecke.

»Ich weiß, was dies ist«, sagte Judge. »Es ist eines dieser Dinger wie die Skulptur bei MDS, ein Merkurstab. Und ich weiß *viel* über das, was du damit gemacht hast. Ich weiß sogar, wie ich ihn selbst benutzen kann. Bruder Orson hat mir erklärt, daß man seinen Wunsch so formulieren muß, daß er sich reimt.«

»Bitte, Judge ... ich brauche ihn.«

»Oh, du wirst bekommen, was du brauchst. Aber dies –« er drehte den Merkurstab wie ein Weinglas in der Hand, »– gehört nicht mehr dir. Der Merkurstab gehört jetzt mir, und als erstes werde ich damit deinen linken großen Zeh berühren.« Er tippte mit dem Merkurstab auf Williams Zeh. »Bis ich etwas anderes sage, bleibst du gelähmt in dieser Lage.«

Judge trat zurück, um zu sehen, welche Wirkung er erzielt hatte. William starrte ihn trotzig an. Aber nein, es war eher ein Starren der Hilflosigkeit, der kalte Blick einer Person in dem Moment, in dem sie erkennt, daß jeder Ausgang verschlossen ist.

»O Mann!« staunte Judge. »Du kannst dich tatsächlich nicht bewegen, wie? Auch nicht, wenn ich das mache?« Er trat neben das Bett und tippte auf die Eingeweide, die aus dem Schnitt quollen. Er wartete auf eine Antwort und fügte hinzu: »Du *kannst* antworten auf meine Fragen, aber du *mußt* mir die Wahrheit sagen.«

Ob Judge den Reim beabsichtigt hatte oder die Formulierung Zufall war, die Worte reimten sich, und William antwortete wahrheitsgemäß. »Ich kann mich nicht bewegen.«

Judge lächelte und legte den Merkurstab einen knappen Zoll neben Williams gelähmten Fingerspitzen auf die Bettdecke. Er trat vom Bett fort, überzeugt von seiner Macht. »Du kannst dich nicht mal bewegen, um Hand an dieses Ding zu legen. – Kannst du es?«

William wandte vergebens seine ganze Willenskraft auf. »Ich kann es nicht.«

»Du bist wie der gute Ned, der all diese Zeit in seinem Bett gelegen hat. Hilflos. Und alles, was ich tue ... alles, was der Herr von seinem Diener verlangen mag ... du wirst einfach dort sein und es hinnehmen. Ich könnte dir den Pimmel abschneiden, und du müßtest einfach lächeln.«

Judge hakte den Zeigefinger unter eine Schleife des hervorgequollenen Darms und zog leicht daran. Der Darm schien ihm zu gehorchen wie ein lebendes Ding, eine große pinkfarbene Schlange, die aus dem dunklen Loch kroch, in dem sie lebte.

»Du bist wie der gute Joram, der eine Tochter von Ahab zur Frau hatte. Du weißt, was mit Joram geschah?«

»Nein.«

»Gott schlug ihn mit einer Krankheit seiner Eingeweide, so daß sie herausfielen. Zweite Chronika, Kapitel einundzwanzig. Der einzige Unterschied ist, daß er nicht eingeäschert werden konnte. Wohingegen bei dir der Herr einen lieblichen Duft riechen wird, zur Freude seiner Nase. Ich sehe die Flammen des Brandopfers bereits jetzt. Du nicht?«

»Ich sehe nur, was hier ist.«

»Die Flammen sind rings um uns, überall, hell wie Er, der dort bei deinem Bett steht. Du siehst *Ihn*, nicht wahr?«

»Nur du bist neben diesem Bett.«

»Dann hat Er dich mit Blindheit geschlagen! Aber Blindheit kann dich nicht retten. Deine Verbrechen sind in Bruder Orsons Kartei vermerkt. Und du wirst Zeugnis davon ablegen. Ich weiß bereits einige davon. Ich weiß, daß du diesen Stab vor langer Zeit gegen deinen Bruder Ned eingesetzt hast. Und du hast ihn vermutlich benutzt, um mir und dem Rest der Familie Gesundheit zu geben, daß sich keiner von uns auch nur eine Erkältung holt. Und wenn du den Stab benutzen willst, um Patienten zu heilen, tust du das ebenfalls. Habe ich recht?«

»Ja.«

»Aber die Seuche – Tausende und Abertausende Leute, die du niemals auch nur sehen wirst, vielleicht Millionen, bis alles vorüber ist! Ich kann nicht verstehen, warum du das getan hast. Es sei denn, du hast dich für Gott gehalten. Ich könnte das vielleicht tun, ich muß es vielleicht eines Tages tun als Teil einer größeren Strafe gegen die Laster und Sünden der Welt. Weil ich ein Instrument Gottes bin. Aber du? Warum wolltest du eine Seuche machen?«

»Damit ich reich werden konnte. Und wegen der Macht.«

»Macht?«

»Die Macht über Leben und Tod. Schließlich ist das der Angelpunkt aller Macht, aber es ist auch die Macht, die ein Arzt hat. Abgesehen davon, daß Medizin zu unsicher ist. Mit der besten Behandlung können Patienten sterben. Aber mit dem Merkurstab war ich wie Gott.«

»Ich kann verstehen, daß du Leute heilen wolltest. Aber warum Leute krank machen, die du nicht kanntest? Warum eine Seuche?«

»Der Merkurstab kann zum Heilen nur im Verhältnis zu dem benutzt werden, was er bereits an Schädlichem angerichtet hat. Sagen wir, ich hätte mich darangemacht, ein nächster Dr. Salk zu werden und hätte eine Wunderdroge entwickelt, mit der die Alzheimer Krankheit geheilt werden könnte. Ich hätte das Leiden meiner Patienten nur reduzieren können, indem ich das Leiden auf einigen anderen Gebieten vergrößert hätte. Ich hätte in begrenztem Maße auf dieser Basis ein Krebsquacksalber in Mexiko oder eine Art Gesundbeter werden können. Aber ich wollte nicht zu einem Ein-Mann-Lourdes werden. Ich wollte keine Berühmtheit werden, bei der jede Aktion überprüft wird. Ich wünschte mir eine andere Art Macht, die Art Macht, die ich durch die Leitung von MDS bekam.«

»Wie kamst du überhaupt an das Geld zum Bau von MDS? Das war vor ARVIDS.«

»Der Merkurstab war wirksam gegen Aids, aber die Kosten jeder Heilung waren enorm. Es war, als mußte Peter getötet werden, um Paul zu retten. Aber sogar ein Hoffnungsfunke konnte in jenen Tagen riesige Forschungsgelder einbringen, und Ben Winckelmeyer konnte bessere Gesuche schreiben als jeder in dem Geschäft. Ich tötete genug Peters und rettete genug Pauls, um vielversprechende Wege für die Forschung nahezulegen. Und die Forschung, die mit öffentlichen Geldern finanziert wurde, war der wahre Jakob. Ebenfalls der Impfstoff.«

»Warum hast du dann eine *andere* Seuche angefangen?«

»In gewisser Weise war es wie das Anlegen eines Gartens. Ich konnte nur ernten, was ich gesät hatte, und so würde ich immer einen Überschuß an heilender Kapazität haben.«

»Du hast dir das alles im voraus ausgedacht?«

»Ich habe mir die letzten Einzelheiten ausgedacht, als ich in genau deinem Alter war, als ich einem Lebensmittelhändler, der mich ärgerte, ein Gerstenkorn verpaßte und es später rückgängig machte. Das Wichtigste war, einen Vektor für die Krankheit auszurechnen, der nie zu mir zurückverfolgt werden konnte und auch nie wurde.«

»Und was war das, dein ›Vektor‹?«

»Amerikanischer Stolz.«

Judge hielt das für eine Verhöhnung, und als Vergeltungsmaßnahme zog er eine andere Schleife Darm aus der offenen Wunde. »Du mußt die *Wahrheit* sagen!«

William konnte keine Antwort geben, weil ihm keine Frage gestellt worden war. Aber Judge war nicht vertraut mit der computerhaften Auslegung der Wirkung des Merkurstabs. Er hatte das Gefühl, daß William ihm trotzte. Er packte eine Handvoll Eingeweide und schüttelte sie vor Williams Gesicht. »Antworte auf meine Frage, verdammt, oder ich reiße dir *all* diesen Scheiß raus. Was war der verdammte Vektor?«

»Ein Stier, der auf dem Messegelände ausgestellt war. Teils Charolais, teils amerikanisches Mastrind und eingetragen unter dem Namen ›Amerikanischer Stolz‹. Er war in diesem Sommer zwei Jahre alt, und sein Sperma sollte sein Gewicht in Plutonium wert sein. Ich entschloß mich, den Amerikanischen Stolz – oder vielmehr seine Nachkommen – zum Träger meiner Seuche zu machen. Der Fluch war so formuliert, daß die Verbreitung sowohl ausgedehnt als auch nicht ausfindig zu machen war. Ich baute auch einen Verzögerungsfaktor von zehn Jahren ein, damit ich, wenn die Sache schließlich losging, in einer plausiblen Position war, um eine Heilung zu ›entdecken‹.«

Judge ließ das Stück Darm neben William fallen. »Und dieser Fluch? Wie lautete der?«

William zitierte den Fluch:

Das Fleisch der Rinder von deinem Samen
Der Rinder in zehn Jahren, deinen Ahnen
Soll mit einer Seuche infiziert sein
Und ein halbes Prozent der Esser bekommt diese Pein.
Und nach vollendeter Ansteckung
gibt es nur durch mich eine Heilung,
Durch meine Hand, meine Arbeit, mein Wort
Nun an die Arbeit, Bulle, zeuge, zeuge immerfort.

Hier verstummte er, konnte nichts mehr sagen. Er hatte das Gefühl, am Ende einer Planke zu sein, nur von der See und

Haien umgeben. Judge würde ihn bald töten, davon war William überzeugt. Judge würde ihn töten, geführt durch die List seines Bruder Orson, der sicherlich der Gott der Merkurstabs in einer anderen seiner Verkleidungen war. William schalt sich einen Narren, daß er nie auf diese Idee gekommen war.

Es gab noch so vieles, was er erklären wollte – nicht seinem wahnsinnigen Sohn, sondern irgendeinem imaginären Schwurgericht mit Geschworenen seinesgleichen. Hauptsächlich wollte er nachdrücklich betonen, daß er im Grunde ein guter Mensch war, obwohl er seine Macht auf diese Weise genutzt hatte. Keineswegs ein Heiliger, aber ein Mensch mit einem gesunden Gewissen und anständigen Instinkten. Wenn er Mozart oder Mahler oder Bach hörte, verstand er, was ihre Musik sagte. Bei den traurigen Szenen in Filmen wurden seine Augen feucht. Seine Seele war nicht in der Ausübung seiner Macht verkümmert. Was er durch den Merkurstab getan hatte, war in einem separaten moralischen Reich geschehen. Es war, als wäre er ein Pilot gewesen, der den Auftrag hatte, ein Land zu bombardieren, dessen Sprache er nicht beherrschte und dessen Ruinen er nie besuchen würde. Es kam ihm alles so klar vor, so ausdrückbar – wenn er nur nicht durch die Macht des Merkurstabs stumm gemacht worden wäre.

In einem anderen Zimmer ertönte ein Klingeln, das nicht aufhörte.

»Scheiße«, sagte Judge und wischte sich mit der Bettdecke das Blut von der Hand. »Der Rauchmelder. Ich habe den Mikrowellenherd vergessen.«

82

Es war, als ob eine Kette entfernt worden war, eine gewaltige Kette aus schweren Gliedern, die so fest und völlig um ihn gewickelt war, daß Kette und Fleisch scheinbar eins geworden waren, wie manchmal Baumrinde mit einer Kette verschmilzt, die eine Hängematte hält. Aber in dem Augenblick, in dem

Judge den Merkurstab aus dem Versteck nahm, zerriß die Kette, und Ned Hill war frei. Er hob die Hand, die seinem Willen gehorchte, und ballte sie fest zur Faust.

Ned wandte den Kopf zur Tür seines Zimmers, die einen Spaltbreit offenstand. Er hatte das Gefühl, eine gewaltige und nicht vertrauenswürdige Maschinerie zu bedienen, einen Mastenkran, der jahrelang rostend herumgestanden hatte. Einige der Nackenmuskeln schienen zu schwach zu sein, um den schwankenden Schädel zu stützen, geschweige denn, um die komplizierten Bewegungen zu steuern. Aber es war herrlich, daß die Maschinerie überhaupt arbeitete, was sicherlich auf Madges geduldige Bewegungsübungen zurückzuführen war.

Das Aufrichten seines Oberkörpers in eine sitzende Position ging fast über seine Kräfte hinaus, denn die Bauchmuskulatur und der Unterleib waren am wenigsten geübt. Schließlich schaffte er es, ein Knie zu heben und seitwärts über das andere Bein fallen zu lassen. So gelangte er im Bett in eine Seitwärtsposition, in der er mit der größeren Kraft seiner Arme an den Decken ziehen und sich aufstemmen konnte, bis er saß.

Dann stellte er die Füße auf den Teppich neben dem Bett, hielt sich am Bettpfosten fest und erhob sich. Er machte einen schlurfenden Schritt zur Probe in Richtung Tür. Er wagte nicht, die Knie zu beugen, weil er befürchtete, das ganze Gefüge aus Knochen und Muskeln würde zu einem hilflosen Haufen zusammenbrechen. Seine Füße schienen sich ständig zu verheddern. Er fragte sich, wie Leute beim Gehen an etwas anderes denken konnten als daran, wie es gemacht wurde. Und dann erinnerte er sich schwach, daß es einen Witz mehr oder weniger in dieser Hinsicht gegeben hatte, als er voller Leben und ein Schuljunge auf der Muttergottesschule gewesen war.

Und er lächelte, weniger über den Witz als über die Erinnerung an eine Welt, in der Witze gemacht wurden.

Dann schlug der Rauchmelder in der Küche Alarm. Einen Augenblick später hämmerten feste Schritte die Treppe hinab, und Ned wußte irgendwie, daß sie eine Gefahr für seine Sicherheit und ein Ziel waren, das noch formlos war.

Das Ziel hatte noch keine feste Form, war jedoch ziemlich

klar. Jeder Schritt, den er jetzt machte, jede kleine Verlagerung von Gewicht schien ihn zu dem notwendigen und zwangsläufigen Ziel zu führen.

Das lautlose Öffnen der Tür, der Weg über den Gang und das Betreten des Zimmers seines Bruders. Es überraschte Ned mehr, Billy als Erwachsenen zu sehen, als einen Teil seiner Gedärme zu sehen, obwohl ihm sein Verstand gesagt hatte, daß sie beide zu Erwachsenen geworden waren. Aber das war nur eine Sache der Zeit, während der aufklaffende Bauch und die herausquellenden Eingeweide ein Werk des Schicksals waren, eine Fügung und voller Gerechtigkeit. Ned *dachte* es nicht, aber er empfand tiefe Dankbarkeit. Er fand sogar die Kraft, hinabzugreifen in die klebrige Wärme der Gedärme, die noch im Bauch waren. Dabei quoll noch mehr davon aus der blutenden Bauchhöhle.

Sein Bruder regte sich nicht. Ned fand es passend, daß der Verursacher seiner Qualen jetzt seine Stelle einnehmen sollte, nachdem er aus seiner langen Lähmung befreit war. Es ist das inbrünstigste Gebet jedes Gefangenen, solch eine ausgleichende Gerechtigkeit zu sehen, ein Messer an der Kehle des Wärters zu halten, den er am meisten haßt, und einen blutigen Schnitt durch die Haut zu machen.

Dann sah er nur ein paar Zoll von den Fingerspitzen seines Bruders entfernt die Ursache all dieser Ereignisse, den Merkurstab, den er sich aus einem verbogenen Stock, dem vertrockneten Kadaver eines Spatzen und einem Stück Bindfaden gebastelt hatte. Er brauchte nur zuzugreifen, den Merkurstab zu nehmen. Und mit dem geflüsterten Wunsch würde er wieder stark sein und brauchte nicht die Person zu fürchten, die vorhin die Treppe hinuntergestürmt war (es war ihm klar, daß er diese Person fürchten mußte).

Er erkannte jedoch, daß er genau wie das Ding werden würde, das er haßte, wenn er den Merkurstab nehmen und benutzen würde. Es kam ihm vor, als würde er einen endlosen Darm aus einer ewigen Wunde anfassen und könnte ihn nicht mehr loslassen. Er würde an dem Bösen kleben, bis es ein Teil von ihm werden würde, innerlich und unsichtbar.

Ned nahm den Merkurstab nicht. Statt dessen ließ er mit

wunderbarer Geschicklichkeit Williams klebrige Därme in dessen eigene reglose Finger gleiten.

Er verließ das Zimmer und kehrte in sein eigenes zurück, gerade noch rechtzeitig, um nicht von dem jungen Mann gesehen zu werden, der jetzt zu Williams Bett zurückkehrte und einen großen Braten (Ned erhaschte nur einen flüchtigen Blick darauf) auf einer Servierplatte trug.

Aber der flüchtige Blick genügte: Ned wußte jetzt genau, was er tun mußte. Er mußte das Haus mit William und dem Merkurstab – darin niederbrennen.

Das bedeutete, daß er die Treppe hinuntergehen mußte. Auf dem Kaminsims hatte immer eine Schachtel Streichhölzer gelegen.

Die Treppe stellte eine größere körperliche Herausforderung für ihn dar, als er gedacht hatte. Den Fuß aufzusetzen und zu hoffen, daß sein Knie nicht nachgab, überforderte seine derzeitigen Kräfte fast wie ein Drahtseilakt. Lange Zeit verharrte er und hielt es für unmöglich. Dann gelangte er zu der gleichen Lösung, die jeder arthritische Achtzigjährige findet. Er drehte sich um und ging rückwärts die Treppe hinunter, wobei er sich am Geländer festhielt.

Im Kamin waren vertrocknete Blumen, und auf dem Kaminsims lag keine Schachtel Streichhölzer mehr.

Auf dem Küchentisch fand er den Rauchmelder, dessen Batterie herausgerissen war, damit er stumm war. Es roch nach verbranntem Fleisch. Eine Weile betrachtete Ned ein großes schwarzes viereckiges Gerät, das anscheinend zum Braten des Fleischs gedient hatte. Eine Art Miniaturofen. Der Ofen war elektrisch betrieben, und nirgendwo konnte Ned Streichhölzer finden, aber das stellte ein kleineres Problem dar als das Bewältigen der Treppe. Er fand eine große Dose Speiseöl im Küchenschrank (er konnte sie so gerade mit beiden Händen tragen) und tränkte einen Besen mit Speiseöl, der genau dort war, wo er sein sollte, im Besenschrank. Er schaltete die vordere rechte Herdplatte ein und wartete, bis sie rot glühte. Der Besen geriet sofort in Brand, als Ned damit die rotglühende Herdplatte berührte.

Zuerst zündete er die Vorhänge in der Küche an, und dann

ging er methodisch durch Eß- und Wohnzimmer und steckte alles leicht Brennbare an: die Tischdecke auf dem Eßtisch, die vertrockneten Blumen im Kamin, die Vorhänge (aber sie fingen kein Feuer). Zuerst sprangen die Flammen empor, doch dann verloren sie anscheinend die Kraft und erloschen, ohne mehr Stoff zu verbrennen. Das Zimmer war voller Rauch, doch seine Fackel war erloschen, und die einzigen Flammen waren ein schwaches, bläuliches Flackern auf dem Tisch im Eßzimmer.

»Madge!« kreischte eine vertraute Stimme. »Madge, bist du dort draußen? Da brennt etwas. Madge! Kannst du mich über dieses Mikrofon hören? Madge, verdammt, antworte! Ich bin mir sicher, daß Rauch in der Luft ist. Und ich weiß, daß ich den Alarm hörte. Madge, wie kann ich dieses sogenannte Sicherheitssystem dazu bringen, meine Tür zu öffnen? Madge!«

Gerade als Ned seine Bemühungen als Brandstifter für gescheitert hielt, loderten Flammen aus dem gepolsterten Rücken des Schaukelstuhls, und einen Augenblick später brannte der Lampenschirm darüber und dann eine Hängepflanze.

»Madge!« Oma O.s Stimme klang erstickt. »Ich *weiß*, daß da was brennt – und die Telefonleitung ist tot! Madge!«

Ned kehrte in die Küche zurück und nahm die Dose Speiseöl. Er schüttete etwas Öl in eine Tasse, stellte die Tasse auf den Herd und kippte sie so, daß das Öl auf die rotglühende Herdplatte zulief. Ohne auf das Resultat zu warten, nahm er die Dose Öl mit ins Wohnzimmer, tränkte den Teppich rings um den brennenden Schaukelstuhl und goß eine Spur von dort fort zur Couch.

Er stieg mühsam die vier untersten Stufen der Treppe hinauf und schüttete Öl aus der Dose, die jetzt viel leichter war, auf das Treppengeländer und an die Wand.

Dann wollte er das Haus durch die Vordertür verlassen, aber er kannte die Kombination, die in die Tastatur des Sicherheitssystems eingegeben werden mußte, ebensowenig wie Mrs. Obstschmecker sie kannte. Er hatte kaum Zeit, Entsetzen zu empfinden, da hüllte ihn schon der Rauch ein.

83

Die Wolken ballten sich, so daß nur gelegentlich der Mond zu sehen war, der scheinbar jedesmal an einem anderen Teil des Himmels zwischen Wolken hervorlugte, wenn Launce beim Paddeln in dem gemieteten Kanu aufblickte. Er hatte das Paddeln als mühelos in Erinnerung gehabt, ein langsames Hin und Her, bei dem man nur das Padel richtig ins Wasser tauchen mußte, um die Richtung zu bestimmen. Dieses Kanu forderte ihm alle Kraft ab, und Madges Bemühungen vorn im Kanu paßten so wenig mit seinen zusammen, daß sie ständig in eine unbeabsichtigte Richtung abwichen. Schließlich mußte er um Gnade bitten. Seine Schultern konnten einfach nicht mehr ertragen.

»Waren die Kanus immer so groß wie dieses?« fragte sich Madge, als sie ihr Paddel unter dem Sitz verstaute.

»Und war der See so schwarz?«

»Das liegt an den Wolken, nehme ich an. Ich bin so *durstig*. Und ich habe das Gefühl, zu verbrennen. Mein Rücken kribbelt. So lange waren wir doch nicht in der Sonne.«

(Genau in diesem Augenblick loderten Flammen aus dem zuvor schwelenden Schaukelstuhl.)

»Möchtest du, daß ich die letzte Flasche öffne?«

»Nichts wäre mir lieber.«

Launce legte sein Padel auf dem Boden des Kanus ab, drehte sich um und nahm die Tüte mit der Reklame des Spirituosengeschäfts. Er nahm die Flasche heraus und löste die Aluminiumfolie vom Flaschenhals. Er schaffte es nur langsam, und das Eindrehen des Korkenziehers seines Schweizer Armeemessers in den Korken fiel ihm noch schwerer.

»Soll ich das machen?« fragte Madge und bemühte sich, ihre Ungeduld zu verbergen.

»Nein, es geht schon.«

Aber es ging nicht, der Korken rührte sich nicht von der Stelle (wie die Tür des Obstschmecker-Hauses, die Ned nicht öffnen konnte, wie er in diesem Moment feststellte). Der Korken ließ sich nicht herausziehen, als Launce die Flasche unter den linken Arm klemmte und mit der rechten Hand am Korkenzieher zog, und auch nicht, als er die Flasche zwischen die Schenkel klemmte und mit aller Kraft am Korken zog. Das einzige Ergebnis seiner Bemühungen war ein plötzlicher Drang, zur Toilette zu gehen.

»Laß mich das machen«, verlangte Madge. Sie nahm Flasche und Korkenzieher von Launce entgegen.

Ihre erste Bemühung war erfolglos wie seine. »Der Korken sitzt wirklich fest.« Sie versuchte es von neuem mit der Flasche zwischen den Beinen. »Nichts zu machen.«

Sie stand auf.

»Madge«, warnte Launce.

»Keine Sorge. Ich bin fest auf den Beinen. Ich brauche nur die Hebelkraft.«

In genau dem Moment, in dem Ned starb, auf dem Boden im brennenden Haus erstickte, schoß der Korken aus der Flasche. Madge stürzte über eine Seite des Kanus, Launce über die andere. Madge hatte sich vor langer Zeit geschworen, alles zu tun, um Ned zu überleben. Obwohl sie es nie erfahren würde, hatte sie ihren Schwur gehalten.

Während sie sich an die Seite des gekenterten Kanus klammerte, konnte sie noch die Hälfte des Flascheninhalts trinken. Sie genoß jeden gesegneten Tropfen, bis die Kraft sie schließlich verließ.

84

Die Feuer der Hölle und Verdammnis loderten rings um ihn, ein Vorhang orangefarbener Flammen, spirituale Feuer, durch deren Licht Judge die himmlische Herrlichkeit sehen konnte, die denjenigen wie ihm versprochen wurden, die im Blut des Lammes gewaschen waren. Er stand mitten im finsteren Tal, mit Feuer zur Rechten und Feuer zur Linken, aber er fürchtete keinen Teufel, weil Gott der Herr an seiner Seite und in ihm war. Er war gefangen in seiner Verzückung, bis er laut vor Freude ausrufen mußte: »Gott sei gepriesen! Glory hallelujah!« Und immer noch loderten die Flammen heller und höher, zuckten über die Rosen der Tapete und züngelten über Eingeweide, die über die Kante des Altars hingen, der durch die Kraft von Judges Glauben und den Zorn Gottes des Allmächtigen vorbereitet war. Ein süß riechender Rauch stieg von dem Opfer auf, wie aus einem Kräuterbeet oder einem Grill.

Und dann teilten sich die Lippen des verkohlten Kopfes, und der Mund klaffte auf wie eine zweite kleinere Wunde in der größeren, in die Judge den Kopf in den ausgeweideten Bauch des dargebrachten Opfers gestopft hatte wie eine Batterie in eine Taschenlampe, und die Lippen sprachen zu ihm in der Sprache von Pfingsten, die nur er verstehen konnte.

»Du gehörst mir.«

»Ganz dir«, stimmte Judge zu. »Halleluja!« Doch in dem ›Halleluja!‹ war eine schwache Unsicherheit, ein Zittern, eine Abschwächung der Verzückung, denn während er noch auf das verkohlte Gesicht des Brandopfers schaute, veränderte es sich und nahm die Züge des Gesichts an, das ihm von all den Stunden gemeinsamer Kommunion so gut bekannt war, noch nicht ganz Bruder Orsons Gesicht, sondern auch sein eigenes.

»Mir ausschließlich«, betonte der abgetrennte Kopf mit einem Blinzeln des mit Blasen bedeckten Augenlids über der leeren Augenhöhle.

Es war, als schaute er auf sein eigenes vergängliches Fleisch, als würde das Versprechen, das ihm so lange und so fest gegeben worden war, zurückgenommen und nur durch einen Teller mit Würmern und Maden ersetzt.

Und in diesem Augenblick wurde ihm klar, daß die Flammen des Feuers um ihn herum nicht die Flammen von Pfingsten waren, nicht nur die des Geistes waren, sondern ein körperliches Feuer, das über die Wände ringsum züngelte und sein eigenes Fleisch versengte.

»Du brauchst die Flammen nicht zu spüren«, versprach das Gesicht vor ihm. *»All ihre Hitze wird wie eine kühle Lotion auf deiner Haut sein, wenn du den Merkurstab nimmst und mich verehrst. Aber schnell, du hast nur wenig Zeit, bis der Merkurstab selbst ein Raub der Flammen wird.«*

Judge nahm den Merkurstab vom schwelenden Bett.

»Sprich mir nach: Du, Merkur, bist mein Gott. Ich gebe mein Leben in deine Hand.«

Judge schüttelte den Kopf.

»Du mußt die Worte sagen. Sonst kann ich dir nicht helfen.«

»Du bist *nicht* mein Gott!« protestierte Judge heftig. »*Mein* Gott ist der Gott, der Sahdrach, Meshach und Abednego aus dem Fegefeuer erlöst hat und aus dem Er mich jetzt erlösen wird. Weil ich an ihn *glaube*, und das ist Sein Versprechen an diejenigen, die das tun.«

»Du hast nie an jemand außer mir geglaubt, du irregeführtes, unwissendes Arschloch. Nun knie dich hin und bete mich an. Oder stirb qualvoll, wenn du das vorziehst.«

Das Feuer war rings um ihn, und es gab kein Entkommen. Ein schrecklicher Gestank von verbranntem Fleisch hing in der Luft, als die Flammen die Leiche seines Vaters erreichten und seine Haut anbrannten.

Judge kniete sich hin, schloß die Augen und wiederholte die Worte seiner Verdammung. »Du, Merkur, bist mein Gott. Ich gebe mein Leben in deine Hand.«

»Nun verpfände ich dir meine Seele.«

»Nun verpfände ich dir meine Seele.«

»Das schwöre ich auf deinen Stab.«

Es war zuviel, er würde es nicht tun. Obwohl sein ganzes Leben eine Lüge und dieser falsche Gott der Kern der Lüge gewesen war, konnte er nicht diese letzte kriecherische Abscheulichkeit tun. Er stieß den Merkurstab in die Flammen, die jetzt vom Bett aufloderten, und hielt ihn dort, bis er verschlungen war, ein Brandopfer, wie es das göttliche Gesetz verlangte.

EPILOG

»Mrs. Winckelmeyer?« rief die Sprechstundenhilfe und schaute von ihren Unterlagen zur Decke, als wage sie es nicht, zu raten, welche der drei Personen im Wartezimmer, Judith, Henry oder ihr Anwalt, besagte Mrs. Winckelmeyer sein könnte.

Judith erhob sich, und der Anwalt lehnte sich auf seinem Stuhl vor, wie um seine Bereitschaft zu zeigen, sie zu begleiten. Sie gab ihm mit einem kurzen Kopfschütteln zu verstehen, daß es nicht nötig war.

»Es wird nicht lange dauern«, versicherte sie Henry, der nicht von seinem magischen Würfel aufblickte.

Die Versicherung hätte ebensogut ihr selbst gelten können, anstatt dem Jungen. Als sie zum letzten Mal hier im Willowville Memorial Hospital gewesen war, war sie zwei Tage in Einzelhaft genommen und zusätzlich eine Woche in Quarantäne gehalten worden, was nicht die Behandlung ist, die man erwartet, wenn man fast ermordet worden wäre. Ihr Anwalt hatte ihr versichert, daß sie eine gute Grundlage für eine Klage hatte, selbst wenn das Krankenhaus auf Veranlassung der Polizei gehandelt hatte. Aber Judith war von Natur aus nicht prozeßsüchtig, und sie war sogar insgeheim dankbar dafür, daß man ihr die schlimmste der Nachrichten so lange erspart hatte. Hätte sie in den Tagen gleich danach das Ausmaß des Entsetzlichen gekannt, das stattgefunden hatte, hätte sie sich vielleicht nicht so schnell von ihren eigenen Traumata erholen können.

Es half jedoch, wenn der Krankenhausdirektor denken mußte, sie hatte guten anwaltlichen Beistand, denn es hatte ihr erlaubt, den Termin dieses Treffens viele Monate hinauszuschieben und zu bestimmen, worüber sie reden würde und worüber nicht. Wenn es Dinge gab, über die sie informiert werden mußte, wie der Direktor behauptete, und wenn diese Dinge nicht brieflich oder telefonisch mitgeteilt werden konnten, dann war sie bereit, die Informationen entgegenzunehmen, aber sie fühlte sich nicht verpflichtet, seine Neugier zu befriedigen.

Auf jeden Fall hatte sie keine Ahnung, warum Judge all das getan hatte. Es war noch nicht einmal sicher, *daß* er es getan hatte. Jedenfalls was den Brand des Hauses anbetraf. Zuerst hatte die Polizei angenommen, das Feuer wäre von Ned gelegt worden, bis sie darauf hingewiesen worden war, daß er seit seiner Kindheit gelähmt war. Es gab soviel Entsetzliches, und einiges von dem Horror war so unerklärlich (der abgehackte Kopf wurde als der eines Farmers namens Ray Bonner aus dem nördlichen Minnesota identifiziert), daß die Anklagevertreter schließlich den Versuch aufgegeben hatten, die präzise Reihenfolge zu rekonstruieren, in der Judge seine Greueltaten begangen hatte. Und was seine Motive anbetraf, welches mögliche Motiv außer völligem Wahnsinn konnte es für solche Taten geben?

Das Büro des Krankenhausdirektors, das zugleich sein Sprechzimmer war, ähnelte allen solchen Räumen. Die Ausstattung hatte keinen praktischen Zweck, sondern diente zur Repräsentation. Wände mit Regalen nie gelesener, ledergebundener Bücher; ein abstraktes Ölgemälde, das wohl scharf umrandete menschliche Organe in sanften Brauntönen zeigen sollte; drei gerahmte Diplome (falls jemand die Fähigkeiten des Mannes bezweifeln sollte); und eine sonst verborgene Bar, die bereits geöffnet war und die Bereitschaft des Direktors und des Krankenhauses anzeigte, zu vergessen und vergessen zu werden.

Dr. Sackuvich stellte sich vor und äußerte sein förmliches Bedauern über Judiths Behandlung durch das Krankenhaus. Er sprach befangen und steif, was Judith angemessener fand als das glattere Gerede von einem PR-Fachmann. Er war ein kleiner, fast kahlköpfiger Mann in mittleren Jahren, der versuchte, seine Unscheinbarkeit mit einem kecken Schnurrbart effektvoller zu gestalten.

Als die Förmlichkeiten erledigt waren, fragte Dr. Sackuvich nach den Kindern, und Judith erklärte etwas widerstrebend (weil sie nicht verstand, was ihn das anging), daß Jason Schechner zugestimmt hatte, den Jungen zu adoptieren, der nach ihm benannt worden war. Der andere Zwilling, Henry, war bei Judith im Haus ihres verstorbenen Vaters in Willowville geblieben und würde sie bei ihrer Rückkehr nach Florida begleiten, irgendwann im Oktober.

»Und Sie meinen, daß ihre Trennung zu diesem Zeitpunkt . . .?

»Sie wären gewiß zusammengeblieben, wenn das der bessere Weg gewesen wäre.« Judith gab keine näheren Erklärungen.

»Ja, dessen bin ich sicher . . . Ich wollte nicht, äh, meine Nase in anderer Leute Angelegenheiten stecken. Und natürlich wird gut für sie gesorgt sein. Der verstorbene Dr. Michaels war ungewöhnlich . . . äh, nun, das geht mich nichts an. Der Grund, weshalb ich auf Ihrem Besuch bestanden habe, Mrs. Winckelmeyer, hat etwas mit einem Brief zu tun, der nach den Ereignissen des siebzehnten Juni im Obstschmecker-Haus gefunden wurde. Der Brief wurde vor langer Zeit geschrieben und an Dr. Michaels adressiert (obwohl er noch kein Arzt war, als der Brief geschrieben wurde). Wir glauben – das heißt, die Polizei glaubt – daß der Brief im Besitz von Dr. Michaels Großmutter war, denn er wurde in einer Kommode in dem einzigen Raum des Hauses gefunden, der nicht vom Feuer zerstört war. Die Polizei fand den Brief und öffnete ihn.« Dr. Sackuvich senkte den Blick auf seinen Schreibtisch und räusperte sich.

»Aber wegen der Natur des Inhalts hielt man es für besser, daß *ich* Sie informiere und . . .«

»Ich nehme an, es gibt einen Grund, weshalb ich den Inhalt dieses Briefes kennen sollte, oder?«

Dr. Sackuvich nickte. »Ja, als Henrys Adoptivmutter sollten Sie den Inhalt kennen, und die neuen Eltern des anderen Jungen sollten ebenfalls Bescheid wissen. Ich bedaure, daß ich keinen Kontakt mit ihnen aufnehmen konnte, bis Mr. Schechner nach Cambridge zurückgekehrt war, aber die Polizei erlaubte uns nicht, über diese Sache zu reden, bis ein ärztliches Gutachten über die Veranlagung im Fall Ihres Sohnes erstellt wurde. Ihres älteren Sohnes – Judge.«

Judith biß sich auf die Unterlippe. »Ich dachte, wir waren uns einig, daß ich nicht über den *Fall* meines Sohnes sprechen will, wie Sie es formulierten.«

»In der Tat. Nun, hier ist eine Ablichtung dieses Briefes. Die Polizei hat das Original, aber sie sagt, das Papier ist zu bröckelig, um es oft anzufassen. Vielleicht sollten Sie den Brief jetzt lesen, und wenn Sie dann irgendwelche Fragen haben . . .«

Judith nahm die vier Seiten des kopierten Briefs und las, was Henry Michaels vor dreiundzwanzig Jahren an seinen Sohn geschrieben hatte.

3. April 1976
Lieber Billy,

ich hoffe, Du wirst diesen Brief nie lesen müssen. Ich wünsche sogar noch mehr, ich müßte ihn nicht schreiben. Wenn Du ihn jetzt liest, bedeutet das vermutlich, daß ich tot bin und schon eine ganze Weile tot sein muß, denn ich nehme an, daß dies der Abschiedsbrief eines Selbstmörders ist. Vielleicht werde ich stärker sein, als ich mich im Augenblick fühle, vielleicht wird sich dies als falscher Alarm erweisen, ich hoffe es. Ich liebe Dich, das ist das Wesentliche, und wenn ich Selbstmord begehe, ist das mein eigenes Problem. Trotzdem liebe ich Dich, Billy, das mußt Du mir glauben.

So oder so, tot oder lebend, was ich Dir sagen muß, sind schlimme Nachrichten. Für uns beide. Es hat den Anschein, daß ich mit fünfzigprozentiger Wahrscheinlichkeit die schlimmste gottverdammte Krankheit der ganzen Welt habe – und wenn ich sie habe, hast Du sie mit fünfzigprozentiger Wahrscheinlichkeit ebenfalls. Die Krankheit heißt Chorea Huntington – Veitstanz. Chorea Huntington ist eine dominant vererbbare, unheilbare Krankheit. Sie bedeutet, das man spastikartige Anfälle bekommt, und diese Anfälle können extrem sein; ich habe Forschungen angestellt und Bilder gesehen. Ich will hier nicht in Einzelheiten gehen, aber glaube mir, es ist schrecklich, und die spastischen Anfälle sind nicht das Schlimmste davon. Das Beste, *was Du erhoffen kannst, ist eine Einweisung in eine Klapsmühle, bevor du etwas tust, wodurch dein Foto in die Zeitungen kommt. Es hat viele Fälle gegeben, bei denen das passierte, bei denen jemand einfach durchdrehte und einen Mordrausch bekam, jemand, der bis zu diesem Moment immer geistig gesund war. Und das verdammteste ist, daß kein Arzt Dir* vorher *sagen kann, ob Du den Huntington Veitstanz bekommst oder nicht.*

Es liegt in den Genen, und Du bekommst sie von einem oder anderen Elternteil. Wenn einer von beiden die Krankheit hat, dann hast du sie mit fünfzigprozentiger Wahrscheinlichkeit ebenfalls, wie ich schon sagte. Aber *– da es einen für gewöhnlich nicht trifft, bevor man vierzig oder fünfzig oder sogar noch älter ist, findest Du nicht unbedingt heraus, daß das Risiko besteht, bis Du eigene Kinder hast. Mein eigener Vater starb, bevor er es bekam, er fiel in Deutschland im Krieg, und ich erfuhr erst vor zwei Wochen von meiner Schwägerin Luisa, daß ich ein Kandidat bin. Mein Bruder Ed und ich hatten nie ein gutes Verhältnis, er ging zum Marine Corps, als ich noch ein kleiner Junge war, nach einem Streit mit meiner Mutter, der nie beigelegt wurde. Wir trafen uns später ein paarmal, aber wir kamen als Erwachsene genauso schlecht miteinander zurecht wie in der Kinderzeit. Als Ed diese Krankheit bekam und ins Krankenhaus eingeliefert wurde, wußte man, daß ich mit fünfzigprozentiger Wahrscheinlichkeit ebenfalls die Veranlagung ererbt habe. Das mögen gute Chancen beim Pokern sein, aber keine, wenn das Leben auf dem Spiel steht. Ich dachte immer, wenn ich blind werde oder mir etwas anderes Schreckliches passiert, würde ich den leichten Ausweg wählen, aber dies war eine Situation, für die ich nie Pläne gemacht habe. Ich habe es Madge noch nicht gesagt und beabsichtige auch nicht, es ihr zu sagen, weil wir uns bereits einig sind, daß wir keine weiteren Kinder haben wollen.*

Aber wenn ich Selbstmord begehe, will ich dich nicht in die Lage versetzen, in die mein Vater und mein Bruder mich gebracht haben. Er wußte, daß es in seiner Familie war. Luisa hat nachgeforscht und herausgefunden, daß er eine Tante und einen Onkel hatte, die in Irrenanstalten gesteckt wurden, als er noch klein war, und sein Vater – mein Großvater – wurde irre, als mein Vater auf der High-School war. So wußte mein Vater es also, und er hielt es geheim. Wenn ich Bescheid gewußt hätte, wäre ich kein Vater geworden. Das ist schrecklich, es dem eigenen Sohn zu sagen, aber denk darüber nach. Denn Du bist in der gleichen Situation oder wirst es sein, wenn Du diesen Brief erhältst. Vielleicht hat bis dahin die genetische Forschung Fortschritte erzielt, und es gibt einen diagnostischen Test, aber ich bin mir nicht sicher, ob ich mich einem solchen Test unterziehen möchte, wenn es ihn gäbe. Wenn ich mit Sicherheit wüßte, daß ich zwangsläufig eines Tages von der Krankheit befallen werde, dann würde ich überhaupt nicht zögern und einfach Schluß machen. So habe ich wenigstens diese Fünfzig-Fünfzig-Chance, und wenn die Zeit vergeht und es aussieht, daß ich mit meiner Seite der Münze Glück habe, dann verbessert das Deine Chancen. Deshalb werde ich vielleicht um Deinetwillen versuchen, weiterzumachen, und wenn ich weiterlebe, werde ich Dir all dies vielleicht persönlich erklären.

Jedenfalls mußt Du es irgendwann erfahren, weil Du bald – angenommen, Du erhältst diesen Brief, wenn Du achtzehn wirst – daran denken wirst, Kinder zu haben. Und vielleicht solltest Du es Dir zweimal überlegen. Ich wünsche, ich könnte diesen Brief mit etwas Positivem beenden, aber es gibt nichts an dieser Scheiße zu beschönigen, Junge, tut mir leid.

Ich liebe Dich! *Dad*

Als Judith den Brief zu Ende gelesen hatte, tat sie eine Zeitlang, als lese sie noch, damit sie nicht mit Dr. Sackuvich sprechen mußte.

Schließlich übernahm er die Initiative. »Ich hätte es Ihnen bis zu einem späteren Zeitpunkt erspart, das zu lesen, aber die Polizei bestand darauf, daß Sie und die Schechners als die neuen Eltern der beiden Jungen so bald wie möglich informiert werden.«

»Weil Sie denken, sie sind ebenfalls . . . gefährdet?«

»Zweifellos, ja, sie sind gefährdet.«

»Aber wenn die Information in dem Brief richtig ist . . .«

»Im wesentlichen ist sie das, ja. Ein ziemlich guter Bericht für einen Laien. Normalerweise wäre es nicht angemessen . . . über Gebühr besorgt zu sein. Sowohl Dr. Michaels als auch sein

Vater, der Schreiber des Briefs, starben ohne irgendein Anzeichen auf die Krankheit. Aber . . .« Der Arzt drehte sich auf seinem Drehstuhl, um Judiths fragendem Blick auszuweichen. »Lassen Sie mich offen sein, Mrs. Winckelmeyer. Der . . . äh . . . Zusammenbruch Ihres Sohnes Judge – bitte hören Sie mich an, mir ist klar, daß es ein schmerzliches Thema ist. Solch ein absonderliches Verhalten ist ein fast klassisches Symptom für eine Form von Chorea Huntington, die einen Heranwachsenden eher befällt als in einem späteren Alter. In solchen Fällen kann der Wahnsinn plötzlich und akut sein. Und stark.«

Dr. Sackuvich zwang sich, Judith direkt anzusehen. »Ich frage dies nicht gern, Mrs. Winckelmeyer, und es braucht kein Teil der offiziellen Akte zu werden, aber war William Michaels der Vater Ihres Sohns?«

»Es wäre sinnlos für mich, das zu leugnen, oder?«

»Ich stelle diese Frage nicht nur aus Neugier, Mrs. Winckelmeyer, ich hoffe, Sie verstehen das. Aber dies ist eine Sache, die wichtig für das zukünftige Leben von Dr. Michaels Söhnen ist.«

»Ihre Chancen sind also . . .?«

»Wie es in dem Brief steht: fünfzig zu fünfzig.«

Judith schloß die Augen und versuchte zu beten, aber es waren keine Gebete mehr übrig. Ihr Herz war wie die Ruine dieses niedergebrannten Hauses, eingezäunt, mit nichts mehr, was Flammen verschlingen konnten.

»Ich bedaure, Ihnen dies sagen zu müssen. Aber ich muß hinzufügen, daß die Situation heute in bezug auf medizinisches Wissen nicht ganz so ist, wie es der Fall war, als Dr. Michaels' Vater diesen Brief schrieb. Es gibt keine *Heilung* für Chorea Huntington und keine kurzfristige Aussicht auf eine, aber der genetische Mechanismus, durch den die Krankheit übertragen wird, ist jetzt besser erforscht, und es gibt Tests zur Diagnose, die mit einiger Sicherheit anzeigen, ob eine gefährdete Person die Gene für die Krankheit hat oder nicht.«

»Meinen Sie damit, daß diese beiden Jungen, in ihrem Alter, jetzt mit Sicherheit wissen können, daß eines Tages . . . Aber das ist noch schlimmer! Das ist ein Alptraum!«

»In gewisser Hinsicht, ja, das muß ich zugeben. Die Medizin hat nicht Chorea Huntington geschaffen, Mrs. Winckelmeyer;

sie kann die Krankheit nur erforschen. Wir erfassen sie sozusagen kartographisch.«

»Ich werde das nicht zulassen!«

Dr. Sackuvich nickte ernst. »Zweifellos wäre es verfrüht, solche Test zu diesem Zeitpunkt durchzuführen. Aber wenn Dr. Michaels' Söhne älter sind, *sollten* sie es erfahren. In welchem Alter genau, entscheiden Sie und Mr. und Mrs. Schechner unter sich. Dann kann sich jeder Junge entscheiden, ob er sich dem Test unterziehen will oder nicht.«

Judith erhob sich. »Doktor, wenn es Ihnen nichts ausmacht, möchte ich dieses Gespräch beenden.«

»Wie Sie wünschen, Mrs. Winckelmeyer«, sagte der Arzt, ohne sein geschäftsmäßiges Verhalten zu ändern. »Danke für Ihren Besuch. Ich werde dafür sorgen, daß Ihr Anwalt die entsprechenden Papiere für Ihre Unterschrift erhält. Ich entschuldige mich noch einmal, daß ich Sie zu einem Zeitpunkt behelligt habe, an dem Sie unter so großem Streß stehen.«

Judith murmelte eine Entschuldigung für ihren Aufbruch, doch wenn sie aufrichtiger gewesen wäre, hätte sie dem Arzt gedankt, weil er sie von der gewaltigen Last der Schuldgefühle befreit hatte, die sie als Mutter des Monsters gehabt hatte, das solch unvorstellbare Verbrechen begangen hatte. Die Gene waren von William gekommen, und so hatte sie keinerlei Schuld, weder als seine leibliche Mutter noch durch Fehler in seinem Aufziehen. Mit solch einer Gewißheit konnte sie vielleicht einen Kummer empfinden, der nicht nur Verbitterung und Entkräftung war.

Während der Doktor zögerte und überlegte, ob er ihr zum Abschied die Hand reichen sollte oder nicht, eilte Judith ins Wartezimmer und wich den Fragen des Anwalts aus, indem sie ihm sagte, daß Dr. Sackuvich darauf wartete, über die Papiere zu reden, die unterzeichnet werden mußten. Dann entschuldigte sie sich, nahm Henry an der Hand und führte ihn aus dem Krankenhaus und zum Wagen auf dem Parkplatz.

»Sagte der Doktor, daß es dir besser geht?« fragte Henry, als er angeschnallt auf dem Sitz saß.

»Ja, das sagte er. Ich bin kerngesund.«

»Können wir jetzt das Haus anschauen?«

»Oh, Henry, das willst du doch nicht. Da gibt es nichts zu sehen. Der Teil, der nicht verbrannte, wurde abgerissen. Da ist nur ein Loch im Boden.«

»Du hast es versprochen!« Mit der erstaunlichen Fähigkeit, leicht in Tränen auszubrechen, die einige Sechsjährige noch haben, begann Henry zu heulen.

»Aber das ist mindestens eine Stunde Fahrt von hier aus.«

»Du hast es versprochen!«

Das hatte sie tatsächlich, und es würde kein günstiger Beginn ihres Zusammenlebens sein, wenn sie ihr Wort in einer Sache mit solch symbolischer Bedeutung brechen würde. Außerdem war sie selbst neugierig darauf, das Ergebnis des Feuers zu sehen.

Während der Fahrt spielte sie eine Kassette mit Couperins *Leçons des Ténèbres*, wahrscheinlich das letzte Musikstück, das Ben im Auto gehört hatte. Henry spielte mit dem Zauberwürfel herum, was Judith unnormal bei einem Sechsjährigen fand. Es wurde ihr klar, daß sie für den Rest ihres Zusammenlebens alle seine Taten in Begriffen wie normal und anomal, geistig gesund und geisteskrank bewerten würde.

Couperins Musik und der September halfen ihr, die Nerven zu beruhigen, und als sie die Ecke Calumet und Ludens erreichten, fühlte sich Judith viel optimistischer.

Ein hoher Bretterzaun war um das Grundstück errichtet worden, und die Abbrucharbeiten an der Ruine waren fertig. Es blieb ein L-förmiges Loch vom Kellergeschoß und der Ulme im Hof, die ebenfalls dem Feuer zum Opfer gefallen war. Auf dem vorderen Rasen, der nie gut gepflegt worden war, wuchs bereits hohes Unkraut.

»Wenn der Zaun nicht da wäre, könnten wir rübergehen und in den Keller schauen«, bemerkte Henry.

»Ja, aber der Zaun ist da. Folglich können wir das nicht.«

»Wie lange dauerte es, bis das Haus niederbrannte?«

»Ich weiß es nicht, aber vermutlich nicht sehr lange, denn sonst wären die Leute nicht drinnen umgekommen.«

»Ich wette, es gab eine große Explosion, als wenn eine Bombe losgeht. Jason sagt, wenn man den Herd anschaltet, aber das Gas nicht anzündet, füllt sich das Haus mit dem

Gas, und wenn dann jemand nur ein Streichholz anmacht, macht es *Bumm*!«

Henry gewann anscheinend eine solche Befriedigung aus dieser Erklärung, daß Judith sie ihm nicht nehmen wollte, und so verzichtete sie, darauf hinzuweisen, daß der Herd in der Küche des Obstschmecker-Hauses kein Gas-, sondern ein Elektroherd gewesen war. Ihre eigenen Vorstellungen über das Geschehen an jenem Tag waren schließlich nicht genauer als seine.

»Jason sagt, sie alle müssen zuerst eingeschlafen sein vom Einatmen des Rauchs, und sie haben nicht gespürt, daß sie verbrannten. Das hat Onkel Jason ihm gesagt. Aber ich nehme an, das hat er nur gesagt, damit Jason nicht dauernd heult.«

»Es ist unmöglich, genau zu sagen, was geschah, Henry. Wenn Jason das denken will, hat es keinen Sinn, mit ihm zu streiten.«

»*Jason* hat mit dem Streit angefangen. Ich bin froh, daß er mit Mr. Schechner leben muß und nicht ich. Er behandelt einen, als wäre man ein Baby.« Henry warf einen Seitenblick zu Judith, um zu sehen, ob das wie beabsichtigt als eine Loyalitätserklärung gegenüber Judith aufgenommen wurde.

Sie wußte, daß dies der passende Augenblick war, um den Jungen zu umarmen und zu küssen, eine bessere Versicherung als Worte, daß er geliebt und geschützt wurde. Aber das Wissen war nur ein Reflex aus Jahren Sozialarbeit und Krisenmanagement. Es entsprang keiner tieferen Quelle. Auf jeden Fall hatte sie nicht die Energie, um sich mit den Sicherheitsgurten zu beschäftigen. Sie fuhr weiter, bog bei der nächsten Kreuzung rechts ab und fuhr die sechs Blocks zum Brosner Park. Dort parkte sie wieder.

»Möchtest du eine Weile im Park spielen?« fragte sie Henry. »Ich möchte einfach ein bißchen hier sitzen und denken, bevor wir nach Willowville zurückfahren. Okay?«

»Okay«, stimmte er wenig begeistert zu.

Er löste den Sicherheitsgurt und nahm seinen Tornister mit dem magischen Würfel, einem Malbuch und anderen Spielzeugen. »Wie lange?« fragte er, als er ausstieg.

»Fünf Minuten?«

Er schaute auf seine Armbanduhr. Es war kurz vor halb vier. »Okay ich werde in fünf Minuten zurück sein.«

Henry ging in den Park und wich dem Spielplatz mit den Schaukeln und Klettergeräten aus, der in fester Hand einer Horde älterer schwarzer Jungen war. Er hielt Ausschau nach einem schattigen Platz, an den er sich setzen und weiter den Würfel drehen konnte, bis mindestens zwei Seiten dieselbe Farbe hatten, aber alle Schatten spendenden Bäume waren anscheinend verschwunden.

Dann hörte er das ferne Geräusch einer Motorsäge. Das erklärte, was mit den Bäumen geschehen war. Sie waren gefällt worden! Am anderen Ende des Parks stand ein grüner Lastwagen mit einer Leiter darauf wie bei einem Feuerwehrwagen, und ein Mann auf der Leiter sägte die Zweige von einem der wenigen Bäume ab, die übriggeblieben waren.

Normalerweise wäre Henry hingegangen, um zuzuschauen, doch er hätte über den Spielplatz mit all den schwarzen Jungen gehen müssen. So schlug er die andere Richtung ein und ging den Hügel hinauf, auf dem die abgesägten Zweige und Äste von drei anderen Bäumen gestapelt waren. Die Baumstämme standen noch. Sie wirkten wie emporgereckte Arme mit Fingern, die an den Knöcheln abgehackt waren. Henry überlegte, ob er auf einen der Holzstapel klettern sollte, aber ohne Jason oder jemanden, den er damit beeindrucken konnte, war anscheinend nicht viel Sinn darin.

Dann weckte etwas auf dem Boden neben dem nächsten Holzstapel seine Aufmerksamkeit. Ein Stock. Es lagen natürlich jede Menge Stöcke rings um die Holzstapel, aber dieser war anscheinend irgendwie anders. Zum Teil mußte es an der gewundenen Form liegen. Zum Teil an etwas anderem, das er nicht erklären konnte.

Er hob den Stock auf und schaute ihn genauer an. Der Stock war ungefähr so lang wie ein Lineal und fast so gerade, und genau dort, wo sein Finger den Abzug gefühlt hätte, wenn es eine Strahlenwaffe gewesen wäre, war ein Knorren.

Eines Tages (obwohl Henry dies bis jetzt noch keinem erzählt hatte, nicht einmal Jason), wenn er groß war, würde er Jagdflieger bei der Air Force sein. Er würde einen Jet mit vier Laserkanonen fliegen.

Wie diese Laserkanone: er stellte sich vor, daß der Stock seine Kanone und der Knorren daran sein Abzug war. Dann zielte er mit hundertprozentiger Genauigkeit auf ein anderes Jagdflugzeug (in Wirklichkeit auf ein Rotkehlchen, das sich auf dem Holzstapel niedergelassen hatte), drückte ab, imitierte das Hämmern eines Maschinengewehrs und sagte dem Rotkehlchen, daß es tot war.

ENDE

Band 13 454

Robert Bloch/Andre Norton

Dr. Jekylls Erbe

Deutsche Erstveröffentlichung

Eine Zeitungsannonce in dem Lieblingsbuch ihres soeben verstorbenen Vaters bringt es an den Tag: Die junge Hester Lane kann Anspruch auf das Erbe des berühmten Dr. Jekyll anmelden, der unter mysteriösen Umständen den Tod fand. So verläßt Hester Lane ihre kanadische Heimat und taucht ein in das London des ausgehenden 19. Jahrhunderts.
Am liebsten würde Hester, Journalistin eines Frauenmagazins, den dunklen Geheimnissen der Weltstadt nachspüren. Aber in ihrer Umgebung überstürzen sich die Ereignisse. Unvermittelt sieht sie sich haarsträubenden Drohungen ausgesetzt. Und schon bald munkelt man, daß der tote Mr. Hyde wieder auferstanden ist und von neuem sein Unwesen in den Straßen von London treibt.

BASTEI LÜBBE

Band 13 417

Poppy Z. Brite

Verlorene Seelen

Deutsche Erstveröffentlichung

Sie sind steinalt, aber liebeshungrig und unersättlich, und sie fügen sich keiner Moral und keiner Konvention: Twig, Molochai und Zillah, die drei Vampire. Im Karneval von New Orleans kommen sie auf ihre Kosten, in einem düsteren Schuppen, dem Treff der verlorenen Herzen und vergnügungssüchtigen Nachtschwärmer. Hier macht Zillah eine Eroberung mit Folgen: Die hübsche Jessy erwartet wenig später ein Kind von ihm. Aber die Schwangerschaft, die ihr nun bevorsteht, ist eine unmenschliche Tortour, und es gibt einen Menschen, der das weiß . . .

BASTEI LÜBBE

Sie erhalten diesen Band im Buchhandel, bei Ihrem Zeitschriftenhändler sowie im Bahnhofsbuchhandel.

Band 13 426

Alan Rodgers

Feuer

Deutsche Erstveröffentlichung

Nach einem Unfall entweichen gefährliche Viren aus einem amerikanischen Forschungslabor; sie verändern die Umwelt, erwecken Tote wieder zum Leben – auch jenes in einem haarsträubenden Experiment entstandene Tier, das sie alle nur ›die Kreatur‹ nennen.
Die Bevölkerung wird hysterisch, glaubt in ›der Kreatur‹ eine Gestalt aus der Apokalypse zu entdecken. In der Tat scheint das Ende der Welt nahe, denn auch der US-Präsident verliert die Nerven und droht ausländischen Mächten aus rein persönlichen Gründen einen sinnlosen Krieg an.

›In diesem Weltenbrand-Gemälde wechseln packende Action-Horrorszenen mit Szenen überwältigender Zärtlichkeit.‹
Locus

BASTEI
LÜBBE

Sie erhalten diesen Band im Buchhandel, bei Ihrem Zeitschriftenhändler sowie im Bahnhofsbuchhandel.

Band 13 458

Willy Loderhose

Das große Stepen-King-Filmbuch

Deutsche Erstveröffentlichung

Die einzigartige Dokumentation über alle verfilmten Romane und Kurzgeschichten des meistgelesenen Autors unserer Zeit – spannend, kenntnisreich und informativ.
WILLY LODERHOSE gewährt faszinierende Einblicke in die Entstehungsgeschichte der Filme, liefert detaillierte Hintergrundberichte zu den vielen ›special effects‹ und verrät, wie Stephen King zu den verschiedenen Verfilmungen seiner Werke steht.
Das besondere Augenmerk des Autors gilt den neuen Stephen-King-Verfilmungen wie MISERY, NACHTSCHICHT, DER RASENMÄHERMANN, DER SCHLAFWANDLER, TÖDLICHE ERNTE u. v. a.

BASTEI LÜBBE

Sie erhalten diesen Band im Buchhandel, bei Ihrem Zeitschriftenhändler sowie im Bahnhofsbuchhandel.